THOMAS OLDE HEUVELT

ECHO

UITGEVERIJ LUITINGH-SIJTHOFF

De hoofdstukken in dit boek dragen de titels van klassieke gothic novels en verhalen. Het zijn stuk voor stuk meesterwerken, en ik raad ze zonder uitzondering aan.
T.O.H.

MIX
Paper from responsible sources
FSC® C004378
www.fsc.org

Eerste druk 2019
Derde druk 2020

Omslagontwerp: Studio Jan de Boer
Omslagbeeld: Christopher Kapp
Opmaak binnenwerk: Crius Group, Hulshout

ISBN 978 90 245 9041 4
NUR 330

www.oldeheuvelt.com
www.lsamsterdam.nl
www.boekenwereld.com

Facebook: Thomas Olde Heuvelt
Twitter: @Thomas_Novelist
Instagram: @thomasoldeheuvelt

Echo

Van Thomas Olde Heuvelt zijn verschenen:

De Onvoorziene
PhantasAmnesia
Leerling Tovenaar Vader & Zoon [e]
Harten Sara [e]
HEX [e]
Om nooit te vergeten [e]
Dolores Dolly Poppedijn (geschenk voor de Spannende Boeken Weken 2019)
Echo [e]

[e] Ook als e-book verschenen

Voor Pieter
vanwege de bergen

En voor David
vanwege de liefde

It happens fast for some people and slow for some, accidents or gravity, but we all end up mutilated.
– Chuck Palahniuk, *Invisible Monsters*

Battle not with monsters, lest ye become a monster, and if you gaze into the abyss, the abyss gazes also into you.
– Friedrich Nietzsche, *Beyond Good and Evil*

PROLOOG

Something Wicked This Way Comes:

Wat er met Julia Avery gebeurde

But three, now, Christ, three A.M.! The soul is out. The blood moves slow. Sleep is a patch of death, but three in the morn, full wide-eyed staring, is living death! You dream with your eyes open.
– Ray Bradbury

I

Julia ziet de mensen in het trapgat als ze 's nachts moet plassen. Ze staan daar in het donker en staren roerloos naar haar omhoog, alsof ze op haar hebben gewacht. Haar linkervoet staat dan al op de bovenste trede en ze maakt juist aanstalten haar rechter op de volgende te plaatsen, maar haar vingers klemmen zich krampachtig om de leuning en ze stokt. Natuurlijk stokt ze, want ineens dringt het tot haar half wakende brein door: *er staan daar mensen in het trapgat, en ze staren roerloos naar haar omhoog.*

Even tevoren is ze wakker geschrokken. Het bedlampje verjaagt de schimmen uit het chalet, maar buiten giert de wind met zo'n naargeestig gehuil om het dak dat de luiken trillen en de balken kraken. Het geluid van de wind wekt bij Julia instinctief een gevoel van onheil, een vertróúwd gevoel van onheil. Het brengt haar terug naar Huckleberry Wall, dat afbrandde in precies zo'n zelfde storm. Dat was vijftien jaar geleden in de Catskills en dit is nu en duizenden kilometers van huis in de Zwitserse Alpen, maar wanneer 's nachts de sneeuw tegen de ramen plakt en de wind aanzwelt is iedere berghut hetzelfde. *Creepy as fuck* en volkomen afgesneden van de wereld.

Ze grijpt onder haar kussen naar haar iPhone. 1:15 uur, geen berichten van Sam. *Dammit*. Ze wordt wee vanbinnen.

Ze slaat het dekbed terug en haar lichaamswarmte, vastgehouden door het dons, verwaait in de tocht. De kou van de nacht hangt op zolder. Het is die tocht, wervelend door het chalet als een echo van de storm, die haar eerder die avond ervan heeft weerhouden een vuur aan te steken. Ze beeldt zich in dat die tocht als zij slaapt leven in de kooltjes zal blazen, gloeiende asdeeltjes op het tapijt laat warrelen en de gordijnen in brand zal steken. Vijftien jaar geleden was haar grote broer er geweest om haar te wekken voor ze in de rook kon stikken – zij zes, hij negen – maar de laatste keer dat hij vanavond heeft gebeld is om iets voor halfelf, als hij vastzit op de snelwegen rondom Bern. De sneeuwploegen doen hun uiterste best, zegt Sam over de wegvallende verbinding, maar sneller dan stapvoets komt hij niet vooruit en het ergste deel in de bergen moet nog komen. Dat wil zeggen, als de weg door het dal nog open is. Misschien heeft hij het opgegeven en een hotel gepakt. Dat hoopt Julia eigenlijk, want Sam staat onder veel te veel spanning en ze is als de dood dat hij van de weg raakt en een ongeluk krijgt. Ze hoort dat het meer is dan alleen ongerustheid in zijn stem, wanneer hij haar smeekt op de uitkijk te blijven voor Nick... en voor hem op haar hoede te zijn.

Alleen is het nu bijna drie uur later en heeft hij niets meer laten horen. Van Nick is er geen teken geweest. Ook Julia is inmiddels meer dan ongerust. Ze is bang.

Op blote voeten loopt ze over de vloerplanken, die kraken onder haar gewicht, om de steunmuur heen naar het voorportaal. Naar het trapgat.

Dat trapgat. Het leidt regelrecht het donker in.

Er zit een lichtknopje, maar nog voor ze ernaar kan tasten staat ze op de bovenste trede en ziet ze de mensen onder aan de steile trap omhoogstaren.

Het zijn nauwelijks meer dan silhouetten, zwart tegen zwart, maar ze voelt hun blikken op zich gevestigd, voelt het doelbewuste in hun aanwezigheid. Zes, zeven gedaantes, samengedrongen in het trapgat, roerloos.

Ze begrijpt onmiddellijk dat dit geen indringers zijn; daarvoor is het chalet te afgelegen, de nacht te onvergeeflijk. Ze begrijpt ook, ingegeven door primitief overlevingsinstinct, dat ze het licht niet mag aandoen. In het licht zullen de mensen in het trapgat niet meer zichtbaar zijn – en hen niet zien, terwijl ze weet dat ze daar zijn, is erger dan ze wél zien. Veel erger.

De kou die haar omvat als ze terugloopt naar het bed is meer dan een fysieke kou. Het is een kou in haar ziel, zo elementair dat ze zich schrap moet zetten tegen de kracht waarmee hij bezit van haar neemt. Een plank onder haar voet kraakt als een geweerschot en ze krimpt ineen, springt in bed en trekt het dekbed op tot aan haar kin. Met opengesperde ogen staart ze naar het nabeeld van de schaduwen op haar netvlies, te verlamd om zich af te vragen wat ze nu moet doen.

Het trapgat is vanuit hier onzichtbaar.

In de veiligheid van haar bed dringt langzaam de o-zo-voor-de-hand- liggende verklaring tot Julia door: ze heeft het gedroomd. Natuurlijk. Die mogelijkheid omarmt ze met een iets te gretige overtuiging, maar de logica is onweerlegbaar. Ze is wel degelijk uit bed gestapt – ze voelt de kou op haar voetzolen tenslotte nog steeds – maar haar half slapende geest heeft haar dingen laten zien die er niet zijn. Schaduwen op de overloop vervormd tot menselijke gedaantes, een slaapdronken projectie van haar angst.

Je was wakker genoeg om je rationeel af te vragen waar Sam is. Wakker genoeg om serieus bang te zijn.

Die gedachte verdringt ze. Er staan daar echt geen mensen in het trapgat. Ze is alleen in het chalet. Ze weet nog dat ze de grendels op de deuren heeft geschoven voordat ze naar boven ging. Want ze heeft inderdaad op de uitkijk gezeten, zoals Sam heeft gevraagd. Niet bij een haardvuur dus, maar met de elektrische kachels aan en een deken om haar schouders geslagen, terwijl ze zich gewoon probeert te maken met de vreemde geluiden van het huis. Het lijkt te leven. De koekoeksklok tikt zijn hartslag. Het hellende dak kreunt onder het gewicht van de sneeuw en af en toe schuiven hele ladingen naar beneden.

Het ergst is het huilen van de storm. Er gaat een onweerstaanbare aantrekkingskracht van uit. Steeds weer moet ze haar warme plekje op de bank inwisselen voor de kille voordeur, waar ze door het raampje tuurt. De sparren zijn nauwelijks te onderscheiden in de sneeuwjacht, laat staan de bergruggen of het weggetje dat langs de beek terugleidt naar het dorp. Het chalet staat geïsoleerd aan het eind van een doodlopend dal. Boven haar ligt alleen het stuwmeer en daarachter de verraderlijke gletsjer. Haar hand ligt rusteloos op de deurklink, alsof ze even overweegt de nacht in te gaan. Om kwart over elf besluit ze dat Nick onmogelijk daarbuiten kan ronddwalen, niet met dit weer. Ze checkt de sloten, luistert naar het vreemde tikken van de kachels wanneer ze die heeft uitgezet en dooft de lichten. Sam belt haar wel wakker, mocht hij toch nog thuiskomen. Dat zou Julia bepaald niet erg vinden.

Maar er kan dus niemand anders in huis zijn. Ze is alleen met de wind. De benedenverdieping is leeg.

Alleen... vóélt het huis niet leeg.

Onzin natuurlijk.

Het enige wat ze hoeft te doen om zichzelf daarvan te overtuigen, is een kijkje nemen.

Natuurlijk hoeft ze zichzelf nergens van te overtuigen, en ze hoeft zich al helemaal tegenover niemand te bewijzen. Maar ze moet tenslotte nog steeds plassen.

Gewapend met haar iPhone in de hand stapt Julia uit bed en loopt geluidloos om de steunmuur heen.

Daar is het trapgat. Als een put in de houten vloer.

Ze moet helemaal tot de rand lopen om erin te kunnen kijken en toegegeven, dat wil ze niet. Ze wil niet dat de enige weg naar de badkamer door dat donkere gat leidt. Dus blijft ze staan. Luistert naar het tikken van de koekoeksklok op de benedenverdieping.

Ze steekt haar nek uit, maar haar blik reikt niet verder dan de bovenste trede.

Je stelt je aan. Niets is minder eng dan een leeg huis.

Julia haalt diep adem en stapt snel naar voren – dat is de enige manier om het te doen. Ze ziet het pas als ze recht boven het trapgat staat en als haar blik zich vastgrijpt aan wat daar beneden is te zien, wordt de koude lucht met geweld in haar lichaam gezogen en vertraagt de wereld met een extreme schok. Haar longen zwellen op als ballonnen voor de schreeuw die binnen in haar groeit, maar het is of de lucht niet meer kan ontsnappen, want als ze haar handen voor haar mond slaat is er alleen een afgeknepen gepiep te horen.

De mensen in het trapgat staan er nog.

Ze zijn dichterbij gekomen.

Allemaal hebben ze hun gezicht opgeheven en staren ze haar recht aan. Het afschuwelijke is dat ze recht bij haar *naar binnen* staren. Op hun gezichten ligt de bevroren stilte van krankzinnigheid. De voorste, een lange, magere vrouw in het zwart en met een bijna doorschijnend bleke huid, staat roerloos op de derde trede. Ze wordt op de voet gevolgd door een dikke man in een groezelig wit hemd. De anderen daarachter zijn schimmen.

Volkomen verlamd staart Julia terug. Het duurt lang voordat ze met zekerheid kan zeggen dat de mensen in het trapgat meer zijn dan een stilstaande dia of een levenloos nabeeld, maar dan ziet ze de wijsvinger aan de rechterhand van de vrouw en de donkere, paarszwarte huid onder haar oogleden trillen. Haar ogen zijn groot, krampachtig fel en geconcentreerd, en vol haat. Ze heeft het gezicht van een psychopaat die op het punt staat te schreeuwen. Als dat gebeurt, zal het breken en in scherven van haar af vallen.

Eindelijk krijgt Julia adem. Lucht perst zich in een serie korte, hijgende kreetjes uit haar longen. Tranen springen haar in de ogen. Ze voelt hitte achter haar jukbeenderen en een knetterende steek in haar hersenen, als elektriciteit. *Dat zijn de stoppen die doorslaan*, denkt ze heel rationeel.

Op benen die niet langer als benen voelen rent ze terug naar het bed. De veren kraken als ze erop springt. Zo zit ze daar, rechtovereind, het dekbed met een verkrampte hand tot haar middel opgetrokken, de andere klauwend in haar gezicht tot het pijn doet. De pijn is goed, maakt haar hoofd helder. Als ze haar hand weghaalt blijven er halvemaantjes van bloed achter op haar rechterwang en neusvleugel.

Er kraakt een trede.

Haar blik is vastgepind op het stuk van het voorportaal dat ze om de steunmuur kan zien. Het is leeg, maar het trapgat ziet ze niet. Ze kijkt bliksemsnel over haar schouder, alsof ze verwacht iemand achter haar te betrappen. Er is niemand.

Die vrouw. Dat gezicht.

Waarom keek het haar aan met zoveel haat?

Ze swipet de vergrendeling van haar iPhone en zoekt met trillende vingers tussen de recente oproepen naar de bovenste, het nummer van Sam. Als ze Sams stem hoort hoeft ze niet meer bang te zijn. Dan zal haar nachtmerrie uit elkaar spatten: met Sams stem in haar oor zullen er geen mensen in het trapgat staan.

Het duurt een eeuwigheid eer er een signaal is en de telefoon overgaat. De verbinding stoort. Het stormt niet alleen om het dak maar ook op de lijn.

Neem op. Kom op, kom op, kom op...

Voicemail. Ze jammert verslagen en probeert het nog eens.

Als er opnieuw een trede kraakt gilt ze geluidloos.

Bij de derde poging wordt er opgenomen.

'Julia!'

'Waarom nam je niet op?'

'Sorry, het is linke soep hier op de weg. Moest 'm even aan mijn koptelefoon linken. Heb je nieuws?'

'Ik... nee.' Niet het nieuws waar hij op wacht. Ze voelt zich stom, wat moet ze zeggen? Dat ze in slaap is gevallen tijdens de wacht? Dat ze bang is om alleen te zijn, dat ze bang is dat ze nu níét alleen is? Ze wil dat híj praat, dat zijn stem alles beter maakt. 'Waar ben je?'

'Onderweg. Zussie, is alles goed? Je klinkt gek.'

Ze luistert naar geluiden vanuit het trapgat, maar er is alleen stilte.

'Ja,' zegt ze uiteindelijk. 'Ik word alleen gek van die storm. Hoelang duurt het nog voordat je er bent?'

'Ugh, als ik dat eens wist. Dit geloof je niet: ik rij achter een sneeuwploeg aan! Dat is de enige manier waarop ik vannacht nog omhoog kon. Voorbij Bern losten alle files op, maar ook alleen maar omdat niemand het nog in zijn hoofd haalt de weg op te gaan. Er is een weeralarm afgegeven voor heel West-Zwitserland en in de bergen is het lawinegevaar verhoogd naar vier, vannacht waarschijnlijk vijf. Ongelofelijk, op sommige stukken is er werkelijk geen hand voor ogen te zien. Ergens voor Montreux raakte ik in een slip. Ik had pure mazzel dat er geen vrachtwagen naast me zat, want ik schoof gewoon schuin over de weg naar de vluchtstrook voor ik hem weer onder controle kreeg. Daarna werd het iets beter omdat ze strooien, maar hier valt niet tegenop te strooien. Echt, het is wel indrukwekkend wat een materieel die Zwitsers inzetten om...'

Met de telefoon tussen haar schouder en oor geklemd staat ze op. Ze voelt de plotselinge urgentie om nu te gaan kijken, met zijn veilige stem die doorratelt, zodat zij zich ervan kan vergewissen dat er daar niemand is, dat het in orde is om naar de wc te gaan. Ze mag zich dan gedragen als een klein kind, maar met de stem van haar grote broer in haar oor is ze...

O jesus fuck-fucking-fuckery-fuck! De telefoon glijdt van haar schouder en klettert op de vloer van het voorportaal.

De bleke vrouw in het zwart steekt tot haar middel uit het trapgat. Opnieuw staat ze roerloos, maar haar schouders en hoofd zijn zo gedraaid dat ze Julia recht aanstaart.

Zonder adem te halen struikelt Julia voorover om haar telefoon op te rapen. Daarvoor moet ze dichter naar het trapgat toe kruipen, en terwijl ze probeert de vrouw niet uit het oog te verliezen ziet ze vingers over de rand van het trapgat geklemd.

Dikke vingers van mannenhanden.

'... Hallo? Hallo? Ben je daar?' Sams stem klinkt blikkerig als ze de iPhone naar haar oor brengt. 'Julia?'

'Ja, ik ben er.' Op een of andere manier slaagt ze erin haar stem kalm te laten klinken. Hol, dood, maar kalm. Sam zal niets aan haar merken.

Ze kijkt op en krijgt de grootste schok tot nu toe.

De vrouw met de uitpuilende, starende ogen staat nu náást het trapgat, pal voor haar. De dikke man in het groezelige hemd staat op een van de bovenste treden naar Julia te kijken en een derde, mager gezicht is achter hem verschenen. *In dat ene ogenblik dat haar blik over het display van haar telefoon gleed hebben de mensen zich verplaatst, en zij heeft het niet eens opgemerkt.*

Annemaria koekoek.

Nu staan ze weer roerloos.

Er klinken twee piepjes in haar oor en Julia moet op haar tong bijten om niet te gillen. Achterwaarts krabbelt ze door het voorportaal terwijl ze de mensen in haar blik gevangenhoudt.

'Julia? Julie!'

'Sorry, ik... ik liet je even vallen. Praat maar door, ik ben er.'

Ja, ze is er, maar ze begrijpt de fout die ze heeft gemaakt: ze is terug in het slaapgedeelte van de zolder en kan de mensen in het voorportaal niet meer zien. Dat betekent dat ze zich weer zullen verplaatsen. Dat ze dichterbij zullen komen. Maar niets in de wereld kan haar ertoe bewegen terug te gaan. Op dit moment van totale ontreddering wil ze de warmte en veiligheid van haar bed, omdat dat de plek is waar alle boze dromen eindigen.

'*Anyway*, toen ik dus eindelijk aan het begin van het dal aankwam was al gebeurd waar ik bang voor was: de weg naar Grimentz was dicht. Helemaal vanaf de snelweg. Ik heb overwogen om het er toch maar op te wagen, maar je hebt zelf gezien hoe smal dat weggetje is en hoe diep die afgrond, en het zou zelfmoord zijn om...'

Julia voelt hoe nodig ze moet plassen. Ze trekt het dekbed op en knijpt haar dijen tegen elkaar. Ze weet niet wat ze moet doen, krijgt haar gedachten niet helder.

Waarom zegt ze niets tegen Sam? Maar ze weet het antwoord wel: als ze het aan Sam vertelt, zal ze het definitief maken. Dan kan ze er niet meer omheen dat er echt mensen in het trapgat staan en die realiteit kan ze niet aan.

Sam ratelt maar door, maar zijn woorden komen nauwelijks bij haar naar binnen: '...tot dus die sneeuwploeg kwam. Ik moest schreeuwen om boven de storm uit te komen, maar ik kon ze duidelijk maken dat ik naar Grimentz moest. Die chauffeur, die zei dat ik gek was, dat ik daarbeneden onderkomen moest zoeken, en toen moest ik wel iets bedenken, dus ik zei dat mijn vriendin daarboven ieder moment kon bevallen. Dat er al weeën waren en zo. En die chauffeur me aankijken en toen zei-ie dat het wel goed uitkwam dat iemand het strooizout zou inrijden. Maar wel zeggen dat ik langzaam moest gaan, heel langzaam, anders zou die kleine nog voor de geboorte half wees zijn.' Hij grinnikt even. 'Ik denk dat-ie me vooral achter zich aan liet rijden omdat ik Frans sprak. Anders...'

Opnieuw twee piepjes en opeens begrijpt ze het: haar telefoon is bijna leeg. Ze kijkt op het display. Het batterijtje is rood en er staat een melding in beeld: *Minder dan 10% opgeladen*.

Dat is al even geleden.

Julia buigt zich naar het nachtkastje en naar het stopcontact en dan breekt het koude zweet haar uit. Nu weet ze het weer: ze heeft de iPhone vanavond aan de oplader gelegd naast de bank, maar toen Sam om halfelf belde heeft ze hem eruit getrokken. Daarna is ze vergeten hem opnieuw erin te steken.

Haar telefoon is bijna leeg en de oplader ligt beneden.

Als ze overeind komt vangt ze een glimp op van iets waarvan al haar spieren helemaal slap worden.

In de schaduwen van het voorportaal. Een zwarte schaduw, donkerder dan alle andere, net achter de steunmuur. Eén hand. Eén oog. Erlangs spiedend.

Het oog staart haar aan.

Tot haar afgrijzen voelt Julia haar urine langs haar dijen lopen.

'... dus in een slakkengangetje omhoog. Echt, het is bar en boos. Ik heb het idee dat achter ons de weg meteen weer ingesneeuwd raakt. Soms kan ik door de voorruit de achterlichten van de sneeuwploeg niet eens zien en ik rij nog geen tien meter achter hem. Ik heb echt geluk gehad, hij zou vannacht eigenlijk niet verder gaan dan Vissoie, maar... ben je er nog?'

Zij, onbeweeglijk in een warme, natte plek op het matras.

Die vrouw, onbeweeglijk verscholen achter de steunmuur.

Een *staring-contest*: kijk niet weg, of je bent af. Maar Julia vreest voor iets heel wat ergers dan 'af'.

Er begint haar iets te dagen. 'Ben je al in het dal?' Er klinkt iets scherps door in haar stem. Wie dat hoort zou het kunnen verwarren met verbazing, maar een goede luisteraar herkent de hysterie.

'Ja. Dat probeer ik de hele tijd te vertellen.'

'Kom alsjeblieft snel,' fluistert ze en ze begint te huilen. Haar hele lichaam schokt, maar het zijn stille snikken en Sam hoort ze niet.

'Ik doe mijn best, zusje, maar ik kan niet sneller dan de sneeuwploeg. Ik schat nog veertien kilometer. Een halfuur, veertig minuten of zo.'

O god. Ze veegt de tranen uit haar ogen. Ze hebben haar zicht vertroebeld en bij het wegvegen moet ze haar ogen sluiten. Als ze ze opent, ziet ze dat de mensen dichterbij zijn gekomen.

De vrouw staat voorop, nu helemaal vrij van de steunmuur. Schuin achter haar, de dikke man in het hemd. Zijn handen bungelen roerloos langs zijn vette lijf. Daarachter, nog drie mannen, in groezelige kledij.

Een halfuur. Sam zal nooit op tijd zijn.

Als om dat te bevestigen, piept haar iPhone weer.

'Ik heb Nick proberen te bellen,' zegt Sam. Zijn stem is zachter geworden, en op de achtergrond hoort ze het constante zwiepen van de ruitenwissers. 'Zijn telefoon staat nog steeds uit.' Stilte. 'Ik ben bang, Julie.'

Niet huilen.

Niet wegkijken.

Zonder haar blik ook maar een tel van de mensen af te wenden, trekt ze haar benen op en duwt met een grimas haar kleddernatte slip naar beneden. Ze schuift naar de andere bedhelft, slaat het dekbed om en trekt het met zich mee. Nou ja, ze hoeft in elk geval niet meer naar de wc, dat is één zorg minder. Ze zoekt aan het voeteneind naar Sams veel te grote joggingbroek die ze toen ze ging slapen heeft uitgetrappeld en trekt hem aan.

Er zijn meer mensen bij gekomen.

Veel meer.

Ze hebben zich over de hele zolderkamer verspreid.

Julia begint te hyperventileren. Ze krijgt geen lucht meer. De tranen springen in haar ogen, haar zicht vertroebelt. Elf, twaalf donkere monolieten schemeren roerloos als zoutpilaren aan de voet van haar bed. Als haar focus terugkeert en de schimmen vaste vorm aannemen zijn ze opnieuw dichterbij gekomen. In een stille, verstikte schreeuw krabbelt Julia achteruit, tegen het eikenhouten hoofdbord op. Het voelt of er aan haar haar wordt getrokken, haar ogen puilen letterlijk uit.

Allemaal staren ze haar aan.

Hoeveel dichterbij laat je ze nog komen? gilt de gedachte door haar hoofd. *Hoeveel dichterbij voor je bedenkt wat je eraan gaat doen?*

De bleke vrouw in het zwart staat nu naast het bed, ter hoogte van het voeteneind. Ze is groot en vormloos, draagt een ouderwetse donkere rok en een al even ouderwets wollen vest die haar de uitstraling geven van een schooljuffrouw uit het begin van de vorige eeuw. Maar dat is niet wat Julia het bangst maakt. Het is wat ze op haar gezicht ziet. Julia kijkt naar een gezicht dat compleet is losgeslagen van de herkenningspunten in haar bestaan. Daarbinnen is geen herinnering, geen bezinning. Alleen wanhoop. Woede. Waanzin.

Sam zegt iets.

Met schokkende, raspende stootjes weet ze eindelijk lucht naar binnen te zuigen. 'W-w-wat?'

'Julia, wat is er aan de hand? Ben je aan het huilen?'

'Nee, ik...'

'Je bent wel aan het huilen! Zussie, wat is er?' Ineens klinkt zijn stem scherp. 'Is er iets gebeurd?'

'Kom alsjeblieft, o god,' fluistert ze. Haar fluisteren gaat over in een bevend snikken, terwijl ze de indringers in haar blik gevangen probeert te houden. Ze durft niet te knipperen. Knipperen kan haar doodvonnis betekenen.

'Ik kom! Ik ben onderweg, dat weet je, maar ik kan niet sneller! Wat is er gebeurd?'

Eindelijk krijgt ze het over haar lippen. 'Er zijn mensen hier.'

'Wat?'

'Er zijn mensen hier.'

Stilte. Het zwiepen van de ruitenwissers. Twee piepjes.

De gespannen vingers van de vrouw aan haar bed trekken samen. De dode huid onder haar ooglid trilt.

'Hoe bedoel je, mensen.'

'In mijn slaapkamer.'

'Hoe bedoel je, er zijn mensen! Uit het dorp? Die mensen die vanmiddag uit het dorp kwamen?'

'Nee, die zijn het niet. Er zijn hier mensen...' kan ze alleen maar herhalen, maar dan breekt ze los: 'De hele kamer staat vol en ze kijken naar me. O god Sam, ze komen dichterbij! O jezus. Ze komen steeds dichterbij. Help me. Kom alsjeblieft nu meteen. Er is een vrouw en ze kijkt naar me, ze staat naast mijn bed en kijkt de hele tijd naar me...'

'Julia! O god, hebben ze ogen? *Hebben die mensen ogen?*'

Hebben ze ogen? Waarom vraagt hij zoiets? Natuurlijk hebben ze...

Ze knippert. Ze kan het niet helpen.

Julia begint te gillen, haar gezicht een uit zijn voegen getrokken masker van doodsangst. De vrouw zit kaarsrecht op de rand van haar bed. Ze heeft inderdaad geen ogen. Ze heeft gaten als ogen. Waar haar ogen moeten zijn, verdwijnen twee diepe, blinde tunnels in haar hoofd. In die tunnels bulkt een gitzwarte duisternis.

De dikke man heeft de plaats ingenomen waar ze nog geen tel eerder heeft gestaan. Ook hij heeft blinde, zwarte tunnels als ogen. De anderen drommen zich achter hem samen. Blind. Starend. En allemaal op het punt te gaan gillen.

Julia weet niet meer hoe ze het heeft. De nachtmerrie is volledig. Ze heeft het gevoel dat ze wordt gewurgd, dat de aderen binnen haar lijf openspatten. Dat haar hart begint te lekken en dadelijk stil zal komen te staan, omdat het zoveel angst niet zal kunnen verdragen.

'Julia, maak dat je daar wegkomt!' gilt Sam in de verte.

Maar hoe? Ze is volkomen verstijfd. Ze is een gevangene binnen haar eigen lichaam, een gijzelaar in een cel. En die mensen, natuurlijk hebben ze wel ogen. Hoe heeft ze iets anders kunnen denken? Intense ogen, starende ogen, die zich boren in de hare. Of...

Ze hebben geen ogen. Nee, jawel. Het schemert, ze lijkt het *allebei* te zien.

Julia slaat zich met beide handen in haar gezicht om zich af te wenden van de waanzin die haar belaagt. Ze schreeuwt om haar broer, die te ver weg is om iets te kunnen uitrichten – maar ze schreeuwt geluidloos. Er komt geen klank meer uit haar dichtgeknepen keel.

'Ga daar weg, nu meteen! Julia! Julia!'

De vrouw heeft zich naar haar toe gebogen. Vlak voor haar. De dikke man heeft zijn handen op de rand van het bed gezet.

Met een ruk grist Julia het dekbed over haar hoofd en rolt zichzelf in een cocon. Weg, weg, ze wil weg van hier. Vroeger was je onder de dekens veilig. Ze herinnert het zich nog precies van haar kindertijd. Dat weeë gevoel vanbinnen, als je wakker werd in Huckleberry Wall en ontdekte dat het langste deel van de nacht nog voor je lag. Als de storm tegen het dak beukte en de sneeuw zich ophoopte tegen de muren, en je te oud was om opa en oma wakker te roepen, maar jong genoeg om je het ondenkbare in je hoofd te halen: *Ze zijn er niet meer. Ze zijn gestorven in hun slaap. Opa en oma zijn dood en als je ze roept zullen ze niet komen en ben je alleen met de storm...* Als je jezelf dan in een cocon rolde, was je veilig en kon je niets slechts overkomen. Dan wist je: Sam is vlakbij, in het andere bed en hij waakt over je.

‘Sam,’ fluistert ze in haar iPhone. ‘Sam, ik hou van je. Ik heb je nodig. Kom alsjeblieft snel. Ik wil niet alleen zijn. Ik wil niet...’

De stilte is drukkend. Het dringt tot haar door. Ze kijkt op het display, het is zwart. De verbinding is verbroken. Als ze de knop aan de zijkant indrukt, verschijnt het icoontje van een lege batterij in beeld.

Opnieuw begint Julia te huilen, stil, ongecontroleerd, doodsbang, maar dit keer is het een overgave. Ze voelt dat het einde nadert en is zichzelf doelbewust aan het losmaken van de wereld, om het niet meer mee te hoeven maken.

Hier, onder de dekens, is ze alleen.

Alleen in haar cocon. Alleen in het chalet. Buiten is de storm, de wereld.

Haar schokkende borst komt eindelijk tot bedaren. Haar voet beeft, maar houdt dan ook op. Het is stil.

Er drukt een gewicht op het matras.

Iets trekt het dekbed strak.

Er ligt iemand naast haar. In haar cocon. Iemand die haar omhelst als een geliefde. Als een broer.

Ze voelt een ijskoude hand op haar schouder. Julia sluit haar ogen en beeldt zich in dat het Sam is, die haar vasthoudt.

2

Uit *de Volkskrant*, 9 november 2018

VROUW SPRINGT VAN AMC, MOGELIJK VERBAND DODENNACHT AUGUSTUS

Van onze verslaggever Robert Feenstra

AMSTERDAM – Een 44-jarige vrouw uit Amstelveen heeft zich gisteravond van het leven beroofd door in Amsterdam-Zuidoost van het dak van het Academisch Medisch Centrum te springen. Wat de vrouw tot haar daad heeft bewogen is onduidelijk, maar een politiewoordvoerder bevestigde dat ze in het ziekenhuis werkzaam was. Het AMC zelf wil geen commentaar geven tot het onderzoek is afgerond.

Volgens berichten zou het gaan om neurochirurg Emily Wan. Wan zou dienst hebben gehad tijdens de 'Dodennacht' van 18 augustus jl., toen 32 patiënten van het AMC door tot op heden onbekende medische oorzaak stierven. Vorige week maakte de Onderzoeksraad voor Veiligheid bekend dat later deze maand het eerste rapport over de zaak zal worden gepubliceerd. In oktober bevestigde minister Ferdinand Grapperhaus van Justitie en Veiligheid dat er geen kwade opzet in het spel is geweest, nadat eerder al biochemische terreur werd uitgesloten. Of Wan in de zaak is gehoord kon de politie niet bevestigen. De neurochirurg is de derde medewerker van het AMC die sinds augustus zelfmoord heeft gepleegd.

Wan, weduwe sinds twee jaar, laat twee jonge kinderen na.

The Invisible Man

Aantekeningen van Sam Avery

'You don't understand,' he said, 'who I am or what I am. I'll show you. By Heaven! I'll show you.'
– H.G. Wells

1

Toen de Airbus de daling inzette naar Genève werd Nick, of wat er van hem over was, nog kunstmatig in coma gehouden. En hierboven in de bergen knalde het onweer. Hierboven, één grote turbulentienachtmerrie in onstabiele lucht. De Airbus cirkelde eindeloos en blind in de wolkenmassa en dook plotseling door een gat, waardoor ik zag dat we al geruime tijd lager zaten dan de omringende bergruggen. Het horror vacui bij het totale gebrek aan oriëntatie verruilde zich onmiddellijk voor een onverbloemde claustrofobie. Buiten de wolkenkrabbers van Manhattan was dit de eerste keer in zestien jaar dat ik met bergen werd geconfronteerd. Het liet geen ruimte voor illusies: ik háátte de bergen. Ik haatte ze nog steeds.

Ik haatte hoe ze ons insloten. Hoe ze zich over het vliegtuig heen leken te buigen. Hoe ze dwars door het noodweer rezen. Grillig als de tanden van een roofdier.

De bergen hadden Nicks gezicht eraf gebeten.

Al die tijd had ik me afgevraagd wat die vent aan de telefoon had bedoeld toen-ie het steeds over Nicks gezicht had gehad. Die vent die vertegenwoordiger was van de Police Cantonale. Dat er iets mis was met zijn gezicht, had-ie gezegd. Dat gezicht, ik kende het door en door. Mannelijke lijnen maar zachte trekken, een oersymmetrie die hem het voorkomen gaf van een wezen rechtstreeks afkomstig uit de natuur. Wat ik er het meest in aanbad was de volledige afwezigheid van schaamte. Ik was er nog altijd niet uit of de kalme zelfverzekerdheid waarmee Nick de wereld in keek voortkwam uit het feit dat hij andermans blikken eenvoudig niet gewaarwerd, of dat hij er juist zo aan was gewend dat ze hem koud lieten.

En ik nog denken dat híj het was, toen de telefoon ging: datzelfde gezicht grijnsde me toe vanaf het scherm. De foto die ik tien dagen eerder had genomen, de avond voor zijn vertrek. Ik had die foto in beeld willen zien, elke keer als hij zou bellen. *#bebacksoon* had ik hem op Instagram *gecaptiond*. In de dagen erna had Nick zelf ook foto's gepost, met gletsjerbrillen en ijsbijlen en dieptes die ieder gezond mens de rillingen bezorgden. *#livingthelife* had-ie ze *gecaptiond*.

Die foto, ik zag 'm omdat de Police Cantonale Nicks eigen nummer gebruikte toen ze belden.

De rit naar het CHUV in Lausanne verliep langzaam omdat het regende en noch Harm, noch Louise Grevers graag reed in het buitenland. Onderwijl dacht ik: *Blijf je bij me als ik verlamd raak? Blijf je bij me als mijn gezicht gruwelijk is verbrand?* Ik dacht: *Blijf je bij me als ik geen benen meer heb? Als ik vloeibaar voedsel moet slikken door een slangetje? Blijf je bij me als ik verstandelijk gehandicapt raak, en ik je niet meer kan liefhebben zoals ik je nu liefheb?* Ik dacht: *Blijf je bij me als ik oud ben en onzichtbaar?*

Ik dacht: *Bij sommigen gaat het snel en bij sommigen gaat het langzaam, ongeluk of zwaartekracht, maar uiteindelijk raken we allemaal verminkt.* Nu wás het ongeluk de zwaartekracht. Niet het soort dat je lichaam laat hangen en je stukje bij beetje onzichtbaar maakt, maar het soort dat je met een klap te pletter doet slaan.

Ik dacht: *Blijf je bij me als ik geen gezicht meer heb?*

Op de achterbank van de Hertz-rental van Nicks ouders namen de bergen me gevangen. Het Meer van Genève was de toegangspoort tot de Alpen. Deze omgeving was me vijandig gezind, dat voelde ik aan alles. Er hing een tastbare boosaardigheid over het water, als een elektrische lading. Alsof er hier een deur openging waarachter zich iets ongrijpbaars maar zeer dreigends bevond dat me lange tijd gezelschap zou houden.

Het punt was: ik was vierentwintig, hij zevenentwintig. Het punt was: we wilden nog niet onzichtbaar zijn. Compenseren. Blij zijn dat-ie nog leefde. Daar waren we te jong voor. Maakte het me een slecht mens, dat ik dergelijke gedachten erop na hield terwijl Nick in coma lag? Oppervlakkig? Het was de wereld die ik kende. Geef me maar die oppervlakkigheid. We hadden elkaar nota bene ontmoet in de sportschool. Biceps: check. Pecs: check. Abs: check. De sportschool is de crème de la crème van de menselijke buitenkant, de tegenhanger van de krochten van het internet waar creditcardpervs en stompjesfetisjisten naartoe gaan om zich uit te leven op verminking en amputatie.

Ik dacht: *Blijf ik bij je, als ik dit niet aankan?*

De bergen rezen aan weerszijden, hoger en hoger. Een wee gevoel pakte zich samen in mijn maag. Ik zag voor me hoe hij daar die eerste keer op dat fitnessbankje had gelegen, glanzend van het zweet met gewichten in de weer, zijn hemdje doorweekt. Alleen nu had hij geen gezicht. Waar zijn gezicht had moeten zitten zat een diep, zwart gat, een culminatie van zwaartekracht en boze dromen.

2

Hij was buiten levensgevaar, maar de artsen waren nog met hem bezig. Voor we bij hem mochten werden we door twee rechercheurs van de Police Cantonale meegenomen naar het kantoortje van de kaakchirurg. De kaakchirurg deed het woord en de rechercheurs zaten al die tijd alleen maar verveeld aan zijn flanken. Het protocol achter hun aanwezigheid was me niet duidelijk; op sfeer scoorden ze geen punten. Na verloop van tijd voelde ik me er zo opgelaten door dat ik me begon af te vragen of de Zwitserse politie soms doofstommen in dienst had, in het kader van een of ander sociaal re-integratieprogramma.

De samenkomst was een ware linguïstische smeltkroes: de ouders van Nick spraken Nederlands met elkaar en Engels tegen de kaakchirurg, de kaakchirurg sprak Engels tegen Nicks ouders en Frans tegen de rechercheurs, en de rechercheurs spraken zogezegd niet, talen die ik alle vier beheers. Ik weet dat Europeanen stukgaan op die scène uit *Inglourious Bastards* waarin Diane Kruger aan Brad Pitt vraagt: '*I know this is a silly question before I ask it, but can you Americans speak any other language besides English?*' Ik toevallig wel. Ik spreek ook nog Spaans, een redelijk woordje Duits, heb een specialisatievak gedaan in creoolse talen en ik lees (of nou ja, las) Latijn. Ik doe mijn *Research Master's in Linguistics* aan de UvA en heb mede dankzij Nick in drie jaar tijd vloeiend Nederlands geleerd (al hoor je het nog aan de harde r; het grootste struikelblok is niet 'Scheveningen' maar een simpel woord als 'groot').

Dat neemt niet weg dat deze aantekeningen vol staan met anglicismen en Amerikaanse *slang. Get used to it.* Beter dat je die disclaimer nu hoort dan in de recensies, nietwaar?

De kaakchirurg heette Olivier Genet en tegen mij sprak-ie overigens niet. Misschien omdát ik Amerikaan ben, of misschien omdat-ie was getrouwd met Jezus. Uitgedund haar was van de zijkanten van zijn schedel als een doorzichtig netje over zijn kalende hoofdhuid gekamd. *Alopecia androgenetica*, dacht ik. Toen hij zich voor de zoveelste keer alleen tot Nicks ouders richtte, herzag ik mijn diagnose: *hufterige kaalheid*. Op zijn witte jas stond PROPRIÉTÉ DE CENTRE HOSPITALIER UNIVERSITAIRE VAUDOIS gedrukt en ik vroeg me af of dat voor de jas gold of voor de man zelf.

Mannen als hij zijn altijd wel eigendom van iets of iemand.

Nick had geluk gehad, vertelde Genet. Hij was getroffen door vallende rotsblokken, maar hij leefde nog. Tot hij bij machte zou zijn om meer te vertellen was niet met zekerheid vast te stellen hoe het precies was gegaan, maar veel viel af te leiden uit de omstandigheden waarin de bergredding hem had aangetroffen. Hem, want van zijn klimmaatje Augustin werd alleen een pickel gevonden. Augustin moet in slechte weersomstandigheden hulp zijn gaan zoeken en bij het afdalen in een gletsjerspleet zijn gevallen. Wat er van hém over was zat muurvast in het ijs gevroren; *HIJ STIERF IN EEN SPLEET BIJ HET BEOEFENEN VAN ZIJN PASSIE* zou het grafschrift luiden. Zijn familie was op de hoogte gesteld.

'Ach, wat vreselijk,' zei Louise steeds weer. 'Vreselijk, voor die ouders. Godzijdank leeft onze Nick nog.'

Ja, godzijdank, want Nick, zo zei Genet, Nick had geluk gehad.

Van Nick was alleen maar zijn halve gezicht weggeslagen. De

kei had zijn kaak gespleten, twee kiezen eruit geslagen en het grootste deel van zijn wangen weggerukt, *#livingthelife*.

Ik dacht: *De bergen hebben zijn gezicht eraf gebeten.*

Ik dacht: *Ongeluk of zwaartekracht, uiteindelijk raken we allemaal verminkt.*

'Hij mag van geluk spreken,' zei Genet voor de derde keer, en hij spreidde zijn duim en wijsvinger. 'Zo'n stukje en de kei had zijn ogen meegenomen. Zo'n stukje en hij had dood kunnen zijn.'

Ik begreep niet wat hij steeds bedoelde met 'geluk'. Zo'n stukje de andere kant op en hij was heelhuids thuisgekomen. Zo'n stukje en we zouden nu in een zonnig hotelbed *hot & steamy* seks kunnen hebben om hem de ervaring te doen vergeten. Ik overwoog al wat de beste Franse vertaling voor *hot & steamy* zou zijn, maar bedacht me dat de arts waarschijnlijk Nick nog in behandeling had.

Harm vroeg of het een gevaarlijke plek was, waar het ongeluk had plaatsgevonden en ik wilde zeggen ja, het waren de bergen. Als je onder aan die helling staat ben je nog niet dood, maar laten we zeggen dat de klok tikt.

Genet zei dat de exacte plaats hem niet bekend was. 'In het Val d'Anniviers, in de Walliser Alpen. Maar het rapport van Air-Glaciers vermeldt verder alleen dat het op afgelegen, ontoegankelijk terrein was. Gevaarlijk terrein, waar zelden wordt geklommen.' Hij mompelde iets onverstaanbaars tegen zijn doofstomme gevolg (ik was ze in dit stadium Chief Bromdon en sidekick Bernardo gaan noemen) en wendde zich weer tot ons: 'We zullen navraag voor u doen op welke berg het ongeluk heeft plaatsgevonden.'

Ik vroeg me af wat het uitmaakte, een berg was een berg. Een hoop vastgevroren steen zonder koffiecorners, club soda's of mojitobars, waar je zo ver mogelijk vandaan diende te blijven. Het kon me niet schelen hoe een stuk land heette dat miljoenen jaren niet onderhevig was geweest aan evolutie. Boor er een gat in, stop er een klein nucleair arsenaal in en boem, je bent aan het recyclen.

Er waren politiefoto's, genomen voordat zijn gezicht bij elkaar werd genaaid, maar die hield de kaakchirurg tussen ons in zodat wij ze niet konden zien. Draaide ze fronsend ondersteboven, draaide ze weer terug. 'Het zal moeilijk genoeg worden als straks het verband eraf gaat.'

Louise sloeg haar handen voor haar mond.

'Uw zoons geluk is dat hij goed geconserveerd is geweest. Hij heeft uren bewusteloos in het ijs gelegen voordat hij bijkwam, waardoor de bloeding is gestelpt en zwelling is tegengegaan. De bevriezing heeft wel geleid tot verlies van weke delen, die we met transplantaten hebben moeten sluiten.'

Transplantaten?

'Van zijn arm.' Hij spreidde opnieuw zijn duim en wijsvinger, dichter op elkaar dit keer.

Ik zag Nicks gezicht voor me: een bloederig, gapend gat.

Ik zag Nicks gezicht voor me: necrotisch en zwart. En er groeide een arm uit.

Harm stelde de *million dollar question*: 'Is er blijvende schade?'

Genet keek peinzend naar de foto's van dat perfecte, gemutileerde gezicht en zei: 'Plastisch chirurgen noemen dit een "eeuwige glimlach" en dat is niet voor niets. Tegen littekenvorming kunnen we later een corrigerende ingreep doen en mogelijk kunnen we het geheel wat soepeler maken met siliconenpleisters. Maar het is een illusie om te denken dat we dit soort lelijke verwondingen volledig onzichtbaar kunnen maken. Je hoort er nooit iemand over, maar na een facelift zitten mensen onder de littekens. We snijden alleen slim. Een snee boven het ooglid. Een snee langs de neusvleugel. Een snee achter het oor. Het verschil is dat we het bij uw zoons rectificatie niet voor het kiezen hebben.'

Ja, dat woord gebruikte hij.

Nick kreeg niet eens een krantenberichtje, geen *MOUNTAIN BITES HAPPY HORROR GRIN IN DUTCHMAN'S FACE*, want de volgende dag werden foto's gepubliceerd die bewezen dat de Zwitserse actrice Heidi Lötschentaler een neuscorrectie had gehad en er was geen ruimte meer voor klein nieuws.

'Tot over een maand of zes het kaakbot is genezen en we gebitsimplantaten kunnen plaatsen krijgt hij een prothese. Maar dan zijn we er nog niet. Het is maar de vraag of hij zijn volledige mimiek terug zal krijgen. U moet rekening houden met functionele problemen als een beperkte mondopening, blijvende beschadiging van de motorische zenuwen met als gevolg een hangende mondhoek of gedeeltelijke aangezichtsverlamming...'

Het begon me te duizelen. Ergens in de verte hoorde ik Louise huilen. Ik probeerde te focussen op de kronkelende ader achter de kalende slaap van Genet: er gleed een zweetdruppel overheen.

'... verlies van kauwvermogen, beperkte neusademhaling, verminderde reuk en smaak, spraakproblemen...'

Die ader, die kaalheid, dat zijn ook littekens: ouderdom.

'... PTSS, gedeeltelijk geheugenverlies, angststoornissen... is uw zoon verzekerd?'

In mijn hoofd schreeuwden mijn gedachten: *Geef me zwaartekracht. Laat me maar te pletter slaan. Maak me onzichtbaar...*

Op dat moment zag ik nog niet dat er iets niet klopte. Daarvoor was mijn shock te ontzagwekkend. En ik wilde het nog steeds niet zien nadat ik die avond het hotel had verlaten en na enkele omzwervingen door de wirwar van nauwe, irritant hellende straatjes uiteindelijk weer bij het ziekenhuis was aanbeland, waar nachtzuster Cécile Métrailler me nerveus het dichtgevouwen briefje toestopte. Het briefje geschreven in Nicks handschrift:

Geloof niet wat ze zeggen. Het was geen ongeluk.

Natuurlijk had ik hem moeten geloven. Wie gelooft zijn partner niet, als-ie zoiets tegen je zegt? Maar Nick kampte met de naweeën van een ernstig trauma en dr. Genet had verteld dat-ie zich het ongeluk niet herinnerde. Ik dacht dat Nick aan waanvoorstellingen leed.

En ook dacht ik dat dat het grootste van mijn zorgen was. Maar die openbaarde zich pas toen iets die arme Cécile de volgende avond zo de stuipen op het lijf had gejaagd dat ze tijdens haar dienst uit het ziekenhuis was weggevlucht en niet meer terug durfde te komen.

Dat iets was Nick.

3

Hij was al bij kennis toen wij hem die middag bezochten en ze hadden hem pen en papier gegeven zodat hij kon communiceren. Hij was echter nog niet in staat om meer dan uiterst basale informatie los te laten – *Nee, geen pijn* en *Water, alsjeblieft* en *Zwarte magie* – dus de rechercheurs van de Police Cantonale moesten nog wat langer geduld hebben. Ze hingen nu verderop in de gang als twee monitors op *mute*.

Ik zal eerlijk zeggen dat ik als de dood was om die deur door te gaan. Louise zag het en kneep in mijn hand, maar ging toch alvast vooruit de kamer in naar haar zoon. Het kostte me alle moeite om me niet om te draaien en weg te rennen. Ik was doodsbang voor wat ik zou aantreffen, maar voelde ook woede omdat ik hem zo vaak had gesmeekt om op te houden met die idiote hobby van 'm, en zelfmedelijden, want *dammit*, onze beste kans op geluk was nu terug te kijken naar hoe het was geweest, niet naar hoe het zou kunnen worden. Misschien waren die gevoelens niet eerlijk, maar ze waren echt.

Toen rechtte ik mijn rug, liep naar binnen en zag wat er was overgebleven van de knappe Hollandse jongen op wie ik drie jaar geleden verliefd was geworden. Ik wou dat ik kon zeggen dat het meeviel. Maar als ik nu begin met liegen, zal alles wat ik hierna nog moet vertellen waardeloos zijn.

Ik herkende hem omdat het lichtblauwe laken tot zijn middel was teruggeslagen en hij geen shirt droeg. Biceps: check. Pecs: check. Verminkte mummiekop: check. Ze hadden zijn hoofd ingewikkeld met hele verpakkingen strakgetrokken gaasverband die kompressen op hun plek moesten houden. Lukraak vastgeclipt om te voorkomen dat de boel zou loslaten en wij getrakteerd werden op de monsterlijke aanblik van wat daaronder zompig en stinkend was ingevingerd met een dikke lik antibiotische zalf. Er waren alleen ruimtes opengelaten voor zijn ogen, zijn linkeroor en zijn neusgaten: één waardoor hij ademhaalde en één waardoor een plastic slangetje naar binnen liep. Had hem zijn gletsjerbril opgezet en hij was de *Invisible Man* op glucosesiroop.

Zijn ogen waren dof van de morfine maar waren nog altijd dezelfde, en zochten tussen zijn ouders door naar die van mij.

'Heil, Toetanchamon,' zei ik.

Daardoor schoten Harm, Louise en de zuster die zijn bloeddruk opnam in de lach. Zelfs dr. Genet grinnikte even. Stiekem was ik opgelucht, want het gaf mij de gelegenheid me aan die blik te kunnen onttrekken. Ik had hem niet kunnen verdragen – ik wilde niet huilen waar iedereen bij was.

4

Dat eerste bezoek, het stelde niet veel voor. Nick was nog te zeer bedwelmd van zijn narcose en wij waren allemaal te geschokt om er iets gedenkwaardigs van te maken. Toen ik die avond alleen terugkeerde wist ik dat hij zou slapen, maar ik had de onbedwingbare behoefte hem te zien.

Zoals dat gaat in de bergen – dat wist ik toen nog niet, maar dat weet ik nu – was de lucht vlak voor zonsondergang opengetrokken. Louise en Harm waren na het eten een lange wandeling gaan maken langs het meer. Ze waren prikkelbaar door het verdriet om hun zoon en door het nieuws dat hij mogelijk pas over een week naar Nederland mocht worden overgevlogen, om het gevaar voor infectie in te dammen. Ik had hun uitnodiging afgeslagen en was mijn eigen weg gegaan, heuvelopwaarts, terug naar het CHUV, worstelend met de gedachte wat ik zou doen als ze me niet op de afdeling zouden toelaten.

Het was erg rustig in het ziekenhuis. In de lange gang die via het open atrium naar de IC liep, de gang die één langgerekte wolk van urinelucht, bodylotion en ontsmettingsmiddelen was, zag ik maar één patiënt en twee verpleegsters, die me beleefd groetten in het voorbijgaan. Ik probeerde me op mijn voeten te concentreren en keek alleen vluchtig op als het echt niet anders kon, want het uitzicht door de grote ramen gaf me de kriebels. De bergen aan de overkant van het meer waren donkere contouren die in een vreemd atmosferisch effect oplosten in de wolken en ik voelde er sterker dan ooit dreiging van uitgaan.

Op Nicks afdeling bleek geen spoor meer van de Police Cantonale. Later hoorde ik dat ze Nick die namiddag een paar vragen hadden gesteld – standaardprocedure bij dodelijke bergsportongevallen. Ze hadden een afsluitend rapport geschreven en waren vertrokken. Nick had ja en amen gezegd en de conclusies van de bergredding bevestigd.

Zelfs in zijn toestand had Nick beseft dat het hem wel eens duur zou kunnen komen te staan als hij begon over wat er echt door zijn hoofd spookte.

Verwarrende herinneringen, angstbeelden, vaag als een verre echo...

(*Dum-dum-dum-duuuummmm – roll credits.*)

Ik glipte ongezien zijn kamer binnen. Daar lag mijn perfecte vriendje, naakt op bed. Het lichtblauwe laken teruggeslagen, een plastic slangetje uit zijn ongelukkige, slappe penis, een jonge verpleegster met een volle bos donker, krullend haar over hem heen gebogen. Mijn perfecte gemummificeerde vriendje, aangerand door een knappe jonge creditcardperv met een cytoscoopfetisj. Geef haar eens ongelijk: haal dat hoofd eraf, prik het lijf op een standaard, en iemand zou er een ton voor betalen en het Apollo's torso noemen.

Toen zag ik het teiltje water, de washand en de urinezak waar het slangetje in uitliep tussen zijn benen, en toen zag de verpleegster mij. Ze gaf een verschrikte gil.

'*Bonsoir*,' zei ik.

Het is grappig hoe mensen zich geen raad weten met situaties. Ik zei: 'Ik ben blij dat ik dr. Genet niet zo met 'm aantref.' Ik zei het in het Frans, net als al het volgende wat ik tegen Cécile zou zeggen, want Cécile bleek maar een paar woorden Engels te spreken.

Ze leek iets te ontspannen – een heel klein beetje maar – en keek me met nerveuze, heldere ogen aan. 'Jij moet Sam zijn.'

'Dat klopt. Hoe weet jij dat?'

Ze glimlachte, maar ontweek toen weer mijn blik. 'Nick heeft me over je verteld. Cécile Métrailler.'

'Hallo Cécile.' Ik liep naar het bed en schudde boven het naakte lichaam van mijn vriendje haar in latex gehulde hand. 'Als mannen dat soort handschoenen dragen zijn ze doorgaans heel andere dingen van plan.'

Ze zeggen dat humor een copingmechanisme is, maar als poging om Cécile op haar gemak te stellen slaagde het nauwelijks. Ze proestte even verlegen, maar wendde snel weer haar hoofd af en stak een elektrisch pistool in Nicks blootgelegde oor.

Haar nervositeit sloeg op me over, merkte ik. Het werkte op mijn zenuwen om naar dat slapende, ingekapselde gezicht te kijken, en dus liet ik mijn blik afglijden naar waar de drukverbanden op de rest van zijn lichaam zaten. Biceps: check. Quadriceps: check. Reps: tot je niet meer kon. Natuurlijk; zijn gezicht gedicht met een armlap, zijn arm gedicht met een dijlap. Cosmetische chirurgie is het verplaatsen van het litteken naar waar het niet uitmaakt. De mens als alles-in-één bouwpakket.

Het punt is: met zo'n lichaam was er geen waar-het-niet-uitmaakt.

Het punt is: zonder gezicht werd zo'n lichaam waardeloos.

Ik rukte mijn blik los van het bed en vroeg: 'Hoe gaat het met hem?'

'Hij slaapt als een roos. Temperatuur en bloeddruk zijn stabiel. Hij voelt niets.' Voor het eerst keek Cécile me langer aan. 'Hoe gaat het eigenlijk met jóú?'

Ik haalde mijn schouders op, overwoog te liegen, zei toen: 'Slecht.'

Ik weet niet waarom ik openhartig was tegen iemand die pas veertig tellen in mijn leven was, maar Cécile intrigeerde me en ik mocht haar meteen. Soms voel je dat. Ik denk dat we onder andere omstandigheden vrienden hadden kunnen worden.

'Het zal heel moeilijk zijn,' zei ze eenvoudig. Ze reikte me de washand aan. 'Hier, jij wil hem vast wassen.'

Dat wilde ik helemaal niet en Cécile wist dat donders goed, maar ze zag de afstand die ik hield tot het bed en mijn pogingen te vermijden wat ik uiteindelijk onder ogen moest zien: dit was Nick, en ik kon er maar beter aan wennen. Onze levens zouden gedefinieerd worden door het moment dat het verband eraf zou gaan en Nicks onherstelbaar verminkte gezicht werd onthuld. Als een berg zag ik ertegen op. Ik moest steeds denken aan hoe dr. Genet de foto's ondersteboven had gehouden en weer terug had gedraaid. Maar hoe ik ook vreesde of ik kon omgaan met wat ik te zien zou krijgen, ik vreesde nog meer voor Nick zelf. De vloek van knap zijn is dat het belangrijk voor je wordt. Het wordt een verslaving. Zwaartekracht is je vijand. Eén blik in de spiegel en Nick zou een junkie worden in een afkickkliniek.

Ik was als de dood dat mijn gezicht die spiegel zou zijn en dat Nick niet zou kunnen verdragen wat hij erin zou lezen.

Dus nam ik de washand van Cécile over en waste hem. Ik reinigde zijn lichaam, elk plekje dat ik door en door kende, elke welving die een eigen herinnering met zich meedroeg. Ik dacht aan de woorden

Ik wou dat je me niet zo hoefde te zien

die hij vanmiddag op zijn blocnote had geschreven, maar voelde geen moreel bezwaar, en ben er zeker van dat de handeling van het reinigen ook in mij iets louterde. Ik schiep ruimte voor zijn imperfecties en toekomstige littekens, leerde ze kennen en haalde daarmee de scherpe randjes weg van de gruwel die onder dat mummiemasker op ons lag te wachten.

Toen ik klaar was vertrouwde Cécile me eindelijk genoeg om het dubbelgevouwen briefje uit de zak van haar uniform te halen. Ze speurde langs me heen naar de deuropening en zei met gedempte stem: 'Ik moest je dit van hem geven. Het is in het Nederlands, maar ik heb Google Translate gebruikt, en er staat dat hij van je houdt.' Ze kreeg een kleur. 'Sorry, ik was nieuwsgierig.'

Ik vouwde het briefje open en las Nicks boodschap dat het geen ongeluk was geweest.

Het scheen stiller te worden in de ziekenhuiskamer. Ik werd me plotseling gewaar van mijn hartslag, die op hol was geslagen. Toen ik opkeek zag ik dat Cécile haar wijsvinger tegen haar lippen drukte. Ik kreeg een schok: ik begreep dat wat ik eerst voor nervositeit had gehouden, in werkelijkheid angst was.

Ik dacht: *Dr. Genet.*

'Zeg, ik heb nu late dienst,' zei ze gehaast, 'maar lijkt het je wat om morgenochtend koffie te drinken? Ik ken een leuk barretje aan het water.'

5

De volgende dag was Nick vroeg wakker en zijn ouders en ik wisselden elkaar voortdurend af aan zijn bed. Later op de ochtend zouden Harm en Louise met Nicks autosleutel afreizen naar het Val d'Anniviers om zijn Focus op te halen, die door de Police Cantonale was gesignaleerd op de plek waar hij en Augustin hem voor hun fatale tocht hadden achtergelaten. Zodra duidelijk werd wanneer Nick kon worden overgevlogen naar het AMC zouden zij de auto terugrijden naar Nederland.

Nicks ogen zweefden spookachtig en dof tussen de stroken verband. De morfine maakte hem nog steeds suffig, maar hij was helderder dan gisteren en ik praatte honderduit omdat ik met geweld zijn gedachten wilde afleiden van het voor de hand liggende. *Flash*: Fazila en Rob hadden weer een pauze ingelast, appte Faz – niets nieuws onder de zon. *Flash*: Ramses had gevochten met Chef, een oor was gehavend en hij wilde alleen nog achter naar buiten. *Flash*: Weleda had een nieuwe Skin Food Facial voor de droge huid en deze smeerde veel soepeler dan... *o fuck*. Ik betrapte mezelf erop dat ik al die tijd vermeed om naar zijn ingekapselde gezicht te kijken. In de spiegel aan de tegenoverliggende muur (de zusters hadden hem verhangen zodat het onmogelijk was voor Nick om erin te kijken) keek ik naar mezelf wegkijkend van het bed, kijkend naar mezelf wegkijkend van het bed, en ga zo maar door, een realiteitslus die nooit eindigde – tot Nick mijn hand pakte en me op slag tot zwijgen bracht.

Ik ben een monster

schreef hij op zijn blocnote.

Flash: in Ohio had een vrouw haar baby opgegeten en ze was trending, *#onlyinohio*.

Als je weggaat, zou ik het je niet kwalijk nemen.

'Doe niet zo gek.'

Die ogen, ik kon me er niet toe zetten erin te kijken.

'Niemand gaat hier weg, hoor je me? We kunnen dit samen aan.'

Dat hoopte ik oprecht, maar we wisten beiden dat er een moment zou kunnen komen waarop de werkelijkheid ons inhaalde. We waren drie jaar lang onafscheidelijk geweest. Nick was de reden dat ik niet terug was gegaan naar New York. We hadden erover gedroomd dat op termijn samen te doen. Ik had hem geleerd hoe je moest dansen en hij had mij geleerd hoe je moest liefhebben. Die realiteitslus: het ging niet om mij hier, dat wist ik. Maar als ik nu in die ogen zou kijken, zou ik de oceaan zien die tussen ons oude en ons nieuwe leven lag, en ik had geen idee hoe we die moesten overbruggen.

Louise en Harm kwamen binnen met koffie. Ik was opgelucht. Het gesprek bleef aan de oppervlakte en dat was precies hoe ik het wilde. Toen zijn ouders een halfuur later naar Wallis waren vertrokken, boog ik naar Nick toe en fluisterde: 'Wat bedoelde je te zeggen, met dat het geen ongeluk was?'

Het leek erop dat hij niet zou antwoorden, maar toen schudde hij traag zijn hoofd.

'Weet je niet meer wat er is gebeurd?'

Hij wendde zijn gezicht af. Een kleine rode vlek groeide als een traan in het verband op zijn rechterwang.

'Dat is normaal, hoor.'

Hij was aan het doorlekken.

'Ik bedoel... geheugenverlies. Na een coma.'

Nick pakte zijn kladblok op en terwijl hij schreef keek ik naar zijn brede, gebruinde schouders, waar ik mijn wang zo vaak tegen had laten rusten. De holtes achter zijn sleutelbeenderen, waar ik het fijn vond om mijn vingers in te haken. De onderkant van een stoppelbaardje, dat ik zo sexy vond. Het gaasverband, dat iets gruwelijks verborgen hield.

Ik weet het niet. Durf er niet aan te denken. Help me, Sam. Bang dat ik gek word. Vertrouw mijn eigen gedachten niet eens. Je zou gillend bij me wegrennen als je...

Zijn pen bleef lange tijd boven de blocnote zweven, voor hij er nog een paar woorden aan toevoegde, het blaadje afscheurde en aan mij gaf.

Misschien is dat wel beter.

Ik wou dat hij dat niet had gedaan. De suggestie van zijn onafgemaakte zin was erg geweest, maar dit was erger. Het was míjn keuze, niet de zijne, of ik het aankon om bij hem te blijven of dat ik bij hem weg zou gaan om zoiets banaals als een verminkt gezicht. Ik haatte mezelf om die gedachte, maar als me dat ook al uit handen werd genomen, het laatste wat van míj was, kon ik er net zo goed mijn organen op een dampende hoop bij doneren. Je kunt aanvinken je hart achterwege te laten, maar waarom zou je.

Wat hij beweerde, het waren spookbeelden. Een deel van mij wilde geen seconde twijfelen aan Nicks geestestoestand, want dat voelde als hem afvallen. Maar ik kon niet voorbijgaan aan de diagnose van dr. Genet. Zijn ogen waren open en hij leefde, maar vanbinnen was Nick bevroren in het moment dat hij omhoogkeek en die rotsblokken op zich af zag komen. Hoe kon ik hem ervan overtuigen dat de kille wind die was opgestoken in zijn gedachten niets anders was dan de echo van een verscheurd gezicht, het gevecht van een getraumatiseerde geest? Hij was niet gek, hij was aan het trippen. PTSS en morfine – die cocktail werkt.

Daar was ik: starend naar zijn woorden.

En niet bij machte iets tegen hem te zeggen.

Die schouders. Dat mummiehoofd. Feilloos legden ze mijn onvermogen bloot om te gaan met de situatie en hem de woorden toe te fluisteren die hij nodig had. Ik was het niet gewend om de sterkere te zijn. Ik schoot hopeloos tekort, maar ik had zíjn schouders nodig om op te steunen. Zíjn gezicht om in mijn handen te nemen. Zíjn lippen, om me toe te fluisteren dat het goed was.

Als je de dynamiek tussen twee mensen brak, staarde je ieder met grote open ogen in je eigen duister.

Bij dat bed weglopen was het moeilijkste wat ik ooit heb gedaan. Eenmaal in beweging scheurde ik het blaadje aan snippers en stopte ze weg in mijn achterzak. Ik zei slaap maar wat, ik zei dat ik snel terug zou zijn, ik weet niet meer wat ik allemaal zei, en toen had ik de deur bereikt. Het laatste wat ik zag voordat ik deze achter me sloot waren dat gebroken lichaam op het ziekenhuisbed, zijn doffe ogen en het allerergste, zijn eenzaam begrip.

Op de gang overspoelde het leven me met zo'n kracht dat ik me schrap moest zetten. Een tijdlang bleef ik voor die gesloten deur staan, vechtend tegen de paniek, ondanks alles dankbaar dat ik buiten was en vrij. Maar ik besefte dat ik niets kon beginnen, en bovendien liep het tegen elven. Ik had een afspraak.

6

'Ik heb de verwondingen gezien,' zei Cécile Métrailler. 'Ik heb wel vaker slachtoffers van *rockfall* behandeld en ik durf te zweren dat wat ik bij Nick heb gezien geen *rockfall* is.'

De zomer lag zinderend over Lausanne toen ik bij de haven

van Ouchy uit de Métro stapte, die me via een steile afdaling aan de oever van het meer had gebracht. Kleine bootjes dobberden kriskras op het water; silhouetten van windsurfers schitterden even verderop uit de kust. De bergen waren luchtspiegelingen in de verte, illusies die oplosten zodra je een poging zou doen ernaar te grijpen. Ondanks dat de felle zon de scherpe kantjes van de toppen leek af te stompen, deed het niets om mijn gemoed te sussen.

'Als een steen je in het gezicht raakt, breekt die je neus, of je jukbeen. De botten die uitsteken, bedoel ik. Nick is juist getroffen op de plek die het meest beschut ligt.' Ze opende haar mond en maakte haar wangen hol.

Rockfall was overigens niet het woord wat Cécile gebruikte – zij zei *éboulement*. De Fransen zijn in staat om alles zachter te laten klinken. Geef toe, in het Frans klinkt zelfs *équarissage* aantrekkelijk.

'Hij heeft zijn kaak gebroken,' opperde ik.

'Ja, maar die is alleen gespleten omdat twee kiezen er met geweld uit zijn geslagen. Eentje met wortel en al. Wat je eerder zou verwachten zijn grillige beschadigingen over de hele botstructuur, open bloedingen en kneuzingen onder de huid. Maar wat je bij hem ziet, die...' Cécile sloeg haar handen voor haar mond. Natuurlijk, ze besefte dat ik nog helemaal niets had gezien. 'Sorry, ik weet niet of je dit *en détail* wil horen...'

'Is het heel erg? Zeg maar eerlijk, hoor.'

Ze zag dat ik het moeilijk had en was zo tactvol als ze naar omstandigheden kon zijn: 'Het zal beter worden. Maar je moet je wel voorbereiden. Zijn gezicht zal nooit meer hetzelfde zijn.'

Ik roerde in mijn ijsmochaccino en schoof het glas opzij. Ik bedoel, ik die een ijsmochaccino laat staan. Wee de wereld. *Big boys don't cry*, maar ik was blij dat ik een zonnebril droeg.

'Gaat het hem... beïnvloeden bij zijn werk?' informeerde Cécile voorzichtig.

Ik wist donders goed wat ze daarmee impliceerde. Ik haalde mijn schouders op. 'Hij is webeditor voor TripAdvisor en schrijft freelance voor *Lonely Planet*. Je hebt geen gezicht nodig om te reizen. Of te schrijven.'

Ik dacht: *Maar ík heb een gezicht nodig.*

'Maar als het geen vallende rotsen waren,' zei ik uiteindelijk, 'wat dan wel? Dat briefje van Nick. Hij zei dat het geen ongeluk was. Ik dacht dat hij ijlde.'

'Wil je eerlijk weten wat ik denk?'

Nee, en ik wilde ook niet dat we straks op straat zouden worden nagestaard omdat Nick een freak was, maar dit was mijn leven nu, dus ik zei ja. Voorlopig.

'Het lijkt meer een steekwond.'

Ik staarde haar aan.

'Het spijt me, dit klinkt heftig... maar het lijkt alsof iemand een mes in zijn linkerwang heeft gestoken, zo diep dat het er door de rechterwang uit kwam. En het er daarna met geweld voorwaarts uit heeft gerukt.'

Ik zag opeens een gruwelijk beeld voor me: Nick die, in plaats van dood te bloeden, eigenhandig over een gletsjer naar beneden wankelde tot een plaats waar zijn telefoon bereik zou hebben om een helikopter op te roepen, de ijzige wind fluitend door het gat in zijn gezicht. Ik kreeg zo'n hevige schok dat ik met mijn been bijna het tafeltje omverstootte.

'Maar dat moet dr. Genet dan toch ook zijn opgevallen?' zei ik moeizaam.

'Ik heb het er met dr. Genet over gehad.'

'En wat zei hij?'

'Hij zei dat Nicks verwonding op het eerste gezicht onwaarschijnlijk is voor wat de bergredding zegt dat hem is overkomen, maar niet onmogelijk. Rotsen kunnen gemeen scherp zijn. Nick zou zijn hoofd zijwaarts moeten hebben gehouden, en de rotspunt moet zo scherp als een tentharing zijn geweest... maar het kan. Een ander scenario, zei hij, is dat Nick zich tijdens een val ongelukkig heeft verwond met zijn ijspickel. Wederom onwaarschijnlijk, maar niet onmogelijk.' Cécile werd rood en plukte aan het lepeltje van haar cappuccino. 'Ik zei dat hij gek was als hij dat geloofde.'

'Echt waar? Wat zei hij?'

Ze keek me onomwonden aan. 'Hij zei dat als ik prijs stelde op mijn baan, ik mijn mond moest houden en mijn werk moest doen zonder vragen te stellen.'

Ik floot. 'Wow. Is hij altijd zo'n lul?'

'Nee, en dat is het gekke. Dr. Genet is een heel vriendelijke, bekwame arts. En hij heeft wel een punt als hij zegt dat als iets onwaarschijnlijk is, je het nog niet als theorie mag verwerpen zolang er zich geen betere verklaringen aandienen. Het was hoog in de bergen en zijn vriend is wel degelijk in een gletsjerspleet gevallen. De bergredding heeft zijn pickel gevonden bij de opening van de spleet en ze waren niet aangelijnd, dus waarschijnlijk was hij alleen op dat moment. De omstandigheden waren slecht. Zolang Nick niets anders beweert, is er geen reden om aan te nemen dat hem iets anders is overkomen dan een ongeluk. En dat Augustin hulp wilde gaan halen.'

'Maar Nick heeft wel iets anders beweerd.'

'Juist. En dan kom ik toch weer terug bij de aard van zijn verwonding. Ik weet hoe een steekwond eruitziet, Sam.'

Ik dacht: *En ik geloofde hem niet.*

Mijn bewondering voor Cécile Métrailler groeide; ze had haar baan op het spel gezet door hier met mij af te spreken. Ik vond dat ze het recht had om te weten wat er op het laatste briefje van Nick had gestaan, dus ik haalde de snippers uit mijn achterzak, streek ze uit en spreidde ze voor haar op tafel. Gescheurd zoals zijn gezicht. Nicks noodkreet in mozaïek.

Je crains de devenir fou is Frans voor 'bang dat ik gek word'.

Fuir en hurlant is Frans voor 'gillend wegrennen'.

'Maar waarom zegt hij zoiets?' vroeg ik, nadat ik zijn hele boodschap voor haar had vertaald. 'Als ze zijn beroofd, of iemand ze iets heeft willen aandoen, waarom is hij dan zo bang?'

En Céciles gezicht zo ongemakkelijk alsof ik de laatste was in de wereld die het begreep.

'Omdat het niet logisch is wat je zegt,' zuchtte ze. 'Ze zijn niet beroofd, Sam. Nicks paspoort en portemonnee zaten gewoon in het bovenvak van zijn rugzak. Dit is Zwitserland, niet de Kaukasus. Boven de 3.000 meter tref je alleen bergbeklimmers, geen rebellen. En volgens Air-Glaciers bevonden ze zich op een totaal afgelegen plek, waar zelden wordt geklommen. Ze maakten geen melding van sporen van andere klimmers in de omgeving waar ze Nick hebben gevonden.' Het kostte Cécile steeds meer moeite om me aan te kijken, maar ze hield vol en pakte mijn hand vast. 'Snap je waar ik heen wil? Als er geweld is gebruikt, dan moet het onderling zijn geweest.'

O shit.

'De zusters fluisteren er allemaal over, maar niemand durft het hardop uit te spreken. Ik vond dat je het moest weten.'

Augustin had het gedaan. Er was iets gebeurd daarboven en Augustin had het gedaan. Augustin had Nick voor het leven verminkt.

Ik kreeg een inval, koud als een handvol ijs. Koud als gefluister uit een gletsjerspleet.

Augustin had het gedaan... *maar Augustin was nu dood.*

Ik dacht: *Je zou gillend bij me wegrennen als je...*

Als je wist wat ik heb gedaan.

En daar zat ik, zwetend achter mijn zonnebril, zwetend achter een niet opgedronken ijsmochaccino in een land waar ik niet wilde zijn, een land dat, anders dan de rest van de wereld, geen horizon kende maar rijen scherpe tanden die zich uitstrekten tot in het oneindige. Mijn *Invisible Man* in het ziekenhuis aan een IV-standaard en gele en rode vloeistoffen die in en uit hem lekten, en ik bang, *conspiracy-theory*-achtig bang dat hij iets vreselijks op z'n kerfstok had.

Ik schoof mijn stoel achteruit en zei dat ik weg moest.

7

Halsoverkop terug naar het CHUV, maar toen ik Nicks kamer binnenstormde lag Nick te slapen. Ik belde de dagzuster en drong erop aan zijn functies te checken. Ze verzekerde me, gecharmeerd door mijn bezorgdheid, dat hij volkomen stabiel was. Ik was er niet gerust op, maar besefte dat de koorts waaraan hij leed alleen in zijn geweten woekerde. Tot diep in de middag zat ik aan zijn bed gekluisterd, wilde hem geen seconde alleen laten. Zappend met de tv op *mute* langs Zwitserse infomercials, zappend langs *Ab Wonders*, *Flex Belts* en *ThighMasters* tot ik geen ingeoliede sixpack meer kon zien. Knappe gezichten, lachende gezichten, plastic gezichten, ze zijn overal ter wereld hetzelfde.

Zappend langs duizend mogelijke scenario's in mijn hoofd, elke keer terugkomend op één: zelfverdediging. Denkend: *Blijf je bij me als ik geen gezicht meer heb?* Denkend: *Blijf je bij me als ik iemand heb vermoord?*

Het moest zelfverdediging zijn geweest. Het bewijs was *in your face. Like, literally.* Om welke reden dan ook was het gruwelijk uit de hand gelopen daarboven, *cabin fever*, berggekte, *whatever*, en Augustin moest Nick met zijn outdoorknipmes te lijf zijn gegaan. Waarom, dat wist ik niet en het deed er ook niet toe. Nick, zwaargewond, had hem van zich af geduwd. Ze hadden op een hoge plek gestaan. Een ijstoren. Een gletsjerbekken – weet ik veel hoe het er daar uitziet. Augustin was gevallen. Rechtstreeks zijn reïncarnatie tegemoet getuimeld.

Niet de kopij die je inlevert bij *Lonely Planet*, niet de review die je schrijft op TripAdvisor, als je je ervaringen deelt over het Val d'Anniviers. Niet iets wat je de Police Cantonale of zelfs maar je vriendje vertelde.

Body Xtremes, *TotalGyms* en *Power Crunches*, nog meer perfecte, lachende gezichten levend in perfecte zeepbellen, *zapp* en ze spatten uit elkaar, *zapp* en er kwamen weer nieuwe voor in de plaats. *Zapp* en Nicks perfecte gezicht zou nooit meer lachen. Nicks perfecte lach uit hem gesneden door de herinnering aan wat hij had gedaan. O, wat was ik stom geweest. Waarom had ik het niet eerder gezien? Waarom had ik hem niet laten blijken dat hij er niet alleen voor stond?

In plaats van dat de wetenschap van zijn daad me verder van hem af dreef, schiep het een hernieuwde vastberadenheid om naast hem te gaan staan. Immoreel misschien, maar hiermee kon ik leven. Hiermee kon ik dealen. Alles beter dan de zinloosheid van een ongeluk. *Hell*, zelfs al zou het iets ergers zijn geweest dan zelfverdediging: hoe zou ik hem ooit kunnen afvallen? Nick, míjn Nick, hij was doodsbang, omdat hij verantwoordelijk was voor de dood van een ander. Daarom had hij niets gezegd. En hij hoefde niets te zeggen, want het bewijs zat de komende tienduizend jaar muurvast in een gletsjerspleet.

Tegen de tijd dat ze die ijsmummie zouden ontdekken zou het geen onderwerp van criminologisch onderzoek meer zijn, maar een archeologisch curiosum.

Augustin, de nieuwe Ötzi.

8

Toen Nick wakker werd waren zijn ouders al terug. Hij was monter en maakte zelfs grapjes, waaruit ik voorzichtig opmaakte dat hij blij was om me te zien; niet kwaad dat ik hem alleen had gelaten. Hij klaagde over een drukkend gevoel achter zijn gezicht, maar de dagzuster zei dat hij pas over een uur weer morfine kreeg. Het laatste wat ze wilde was een junk van hem maken.

Ik zei: 'Ik neem zijn portie wel. Ik heb het nodig.'

Nee serieus, ik had het nodig.

Ik kreeg mijn shot in de vorm van Louise en Harm en een telefoontje met het AMC. De arts met wie ze hadden gesproken zei net als zijzelf geen reden te zien om Nick nog langer in een dure Zwitserse kliniek te houden. Er waren zelfs mogelijkheden om onder bepaalde omstandigheden het oordeel van zijn behandelend geneesheer ter plaatse te overrulen. Aangezien Nicks bergsportverzekering een ambulancevlucht dekte, stond dr. Genet mogelijk morgen rond de lunchpauze al een lelijke verrassing te wachten. Uw Patiënt X, uw experiment, uw monster zonder gezicht, wel, die is verdwenen van de IC. Doe es een gooi, maar wij denken dat het vallende rotsen waren.

We zaten aan zijn bed, alle vier opgelucht, tot vroeg in de avond Nicks nieuwe dosis morfine begon in te werken en hij moeite kreeg zijn ogen open te houden. Louise en Harm namen afscheid en gingen vooruit naar de verpleegsterspost om de avondploeg op de hoogte te stellen van het aanstaande repatriëren van hun zoon. Het gaf mij de kans om eindelijk tegen Nick te zeggen wat ik al die tijd had willen zeggen.

'Nick... het spijt me dat ik vanmorgen wegging.' Ik boog me over hem heen, zo dicht dat ik de antibiotische zalf onder het verband kon ruiken... en daaronder, onmiskenbaar en duister, de wondlucht. Ik legde mijn hand op zijn schouder. 'Ik ben er voor je, oké? Je hoeft niet bang te zijn. Wat er ook is gebeurd, ik steun je, hoor je dat? *Wat er ook is gebeurd*.'

Nicks ogen vestigden zich op de mijne, en al was het door de morfine moeilijk te lezen welke emotie ze herbergden, hij kneep zachtjes in mijn hand.

'En als je straks in Nederland bent, wil ik dat je het me allemaal vertelt. Oké?'

Hij kneep opnieuw. Ik wilde blijven, maar Nick nam de blocnote van zijn borst en schreef:

Ga maar wat eten met die twee daar. Cécile zal zo wel komen, maar ik denk niet dat ik wakker kan blijven tot die tijd.

Dus dat deed ik, en ik wou dat ik het niet had gedaan.

We aten de beste kaasfondue die ik ooit heb gehad – Gruyère, Vacherin, veel knoflook en wijn – in de buurt van het hotel. In het zuidoosten, in de richting van Wallis, was de hemel massief donker en hoorde je het rommelen, ver weg, galmend tegen het rotsgebergte. Halverwege de maaltijd kreeg Harm telefonisch bevestiging dat de ambulancevlucht voor morgen was geregeld en Louise klapte in haar handen van blijdschap.

'O, wat is dat fijn,' zei ze. Ze lachte met glanzende ogen en boog zich naar me toe. 'Zal ik je wat vertellen, Sam? Die man, die kaakchirurg, die Jeanette of hoe hij ook mag heten, hij doet ongetwijfeld heel goed zijn werk, maar ik zei gisteren al tegen Harm dat ik het een verschrikkelijke man vond.'

Ik grijnsde. 'Dus ik was niet de enige.'

En zo kwam het dat ik tegen negenen voor de tweede keer die dag door de gangen van het CHUV holde en Nicks kamer binnenstormde. Maar deze keer niet in shock, deze keer niet speculerend over vreselijke daden, deze keer opgetogen om Cécile het goede nieuws te brengen.

'Cécile, hij mag naar huis!' riep ik – maar toen zag ik dat het Cécile helemaal niet was, de vrouw die over Nicks bed gebogen stond. Het was een veel oudere, zwaargebouwde zuster en toen ze geschrokken omkeek zag ik de donkere kringen onder haar ogen.

En ik zag nog iets.

Het was maar een flits voordat de zuster met haar lichaam afschermde wat ze aan het doen was, een flits voordat ze het verband met die metalen clips vastzette. Maar in die flits zág ik iets, en het stond nog steeds op mijn netvlies gebrand toen ik de volgende dag met een gesmoorde snik wakker schoot uit een nachtmerrie ergens boven de Atlantische Oceaan, halverwege mijn vlucht naar New York.

Het zijn de dingen die je weglaat die het ergst zijn.

Mijn knieën bezweken en ik zakte onderuit tegen de deurpost. Ik kon maar ternauwernood voorkomen dat ik op de grond zou vallen. Zo zat ik daar, half onderuitgezakt, tot de zuster klaar was en zich tot mij wendde. Al het bloed was uit mijn gezicht getrokken.

'Waar is Cécile?' wist ik uit te brengen.

Ik staarde naar latex handschoenen, staarde naar het metalen bakje in haar hand. Ik staarde naar slierten oud gaasverband en plukken bloederige watten, geelbruin en plakkerig van de desinfecterende middelen. Toen ik sprak herkende ik nauwelijks mijn eigen stem.

'Vraag me niet waar ze is. Een kwartier geleden is ze gillend van de afdeling weggerend. De portier heeft haar naar buiten zien gaan. Het kind was doodsbang, zei hij.'

'Wat is er gebeurd?'

'Ze was bij die vriend van jou. Iets moet haar de stuipen op het lijf hebben gejaagd. Ze was het verband aan het verschonen en ze heeft alles gewoon open en bloot laten liggen. Open en bloot! En hij is verdorie door alles heen geslapen.'

Ze knikte naar Nick, maar het viel me op dat ze niet naar hem keek. In feite was ze al halverwege de deur, alsof ze geen seconde langer in de kamer bij haar patiënt wilde zijn.

'Ik heb haar wel tien keer proberen te bellen, maar ze neemt haar telefoon niet op. Ze moet terugkomen, we zijn al onderbezet en alles loopt hier helemaal in het honderd.'

'Maar... wat kan er dan gebeurd zijn?' probeerde ik nog eens.

'Geen flauw idee, maar als de staf erachter komt, en dat zullen ze, dan zal het niet nog eens gebeuren. Ze vliegt eruit.'

Het deed me pijn om dat te horen. 'Kan ik bij Nick?'

Ze keek me aan, twijfelde en hief toen haar vrije handpalm. 'Ik wil hier niets mee te maken hebben. Als ze ernaar vragen, dan heb ik u hier niet gezien, begrijpt u dat? Ik ga ervan uit dat u dat voor me bevestigt.'

'U bent een engel,' zei ik.

Maar de engel liep al weg, die ene latex hand geheven, foeterend tegen zichzelf en Cécile en God en de wereld.

Ik deed zachtjes de deur dicht. Nick had inderdaad niets meegekregen van het tumult. Hij lag daar onder dat laken, roerloos als een dode, zijn gezicht verborgen onder het verschoonde verband. Achter hem dat grote raam, uitkijkend over paarszwarte onweerswolken en het voorgebergte in het stervende licht. Dat raam, het trilde heel zacht in zijn sponningen elke keer als het weerlicht in de verte de contouren van de toppen zichtbaar maakte. Misschien was het verbeelding. Wat geen verbeelding was, waren mijn vingers, die zo trilden toen ik Cécile een appje stuurde dat ik drie keer opnieuw moest beginnen:

Cécile, WTF?

Ik had geen reden om aan te nemen dat ze mij wel iets zou laten horen als ze onbereikbaar was geweest voor het ziekenhuis, maar niets was minder waar.

Ik kreeg één appje; en dat was het laatste wat ik van haar vernam.

Spijt me. Hij had gelijk, hij is een monster.

9

Die sportschool van de UvA, dat fitnessbankje waarop hij van het zweet ligt te glanzen, dat doorweekte hemdje – het is niet alleen waar we elkaar voor het eerst ontmoeten, het is ook waar we voor het eerst zoenen. In de kleedkamer. Gedoucht, dat dan weer wel.

Hoe we hier terecht zijn gekomen weet ik niet en het kan me ook niet schelen, maar hij drukt me zoenend tegen de tegelmuur, één meter negentig *twinkfaced* machoboy ruikend naar bodywash en Dior Fahrenheit, één hand in mijn nek, de andere die de mijne onder zijn shirt leidt, Nick, *perfect-pec* babemagneet, waarschijnlijk volgende week een vriendin maar dat risico neem ik graag voor lief.

Die vriendin is er nooit gekomen, er volgen drie jaren van voorbeeldige trouw, maar als hij zich terugtrekt en naar me lacht zijn zijn mondhoeken tot de oren opengespleten en zie ik een rij blootgelegde, bloederige kiezen, helemaal tot achter in zijn mond. Ik tast naar mijn eigen lippen en het is net of we met een mondvol rauw gehakt hebben gezoend.

'Het was geen ongeluk, Sam,' zegt Nick, en ik zie zijn tong, ik bedoel zijn héle tong, en ik begin te gillen. 'Augustin is dood en het was geen ongeluk...'

10

Ik schrok paniekerig wakker, maar in plaats van te gillen kreunde ik alleen maar diep in mijn keel. Ik was ingedommeld in de harde plastic stoel bij het raam. De klok boven de deur gaf halfelf aan en het was doodstil op de IC. Met de adrenaline nog in mijn lijf wankelde ik overeind.

Nick sliep nog steeds. Hij had zich niet bewogen, maar toch definieerde die roerloze gedaante op het bed de ziekenhuiskamer. Ik vind het vreselijk om dit te zeggen, maar ik durfde nauwelijks naar hem te kijken. Wat er was opgebouwd aan vertrouwen met de situatie was in één klap weggevaagd door wat ik had gezien toen ik op het verkeerde moment de kamer was binnengekomen. De droom was maar een gruwelbeeld en daarmee kon ik dealen, maar dat was echt geweest.

Hij had gelijk, hij is een monster.

Op het terras in Ouchy had ik Cécile in vertrouwen deelgenoot gemaakt van Nicks schrijnende woorden van die morgen. Ik kon niets bedenken wat haar ertoe had kunnen brengen ze op deze manier terug te kaatsen. Mogelijk had ze dezelfde conclusies getrokken als ik en koesterde zij grotere gewetensbezwaren, maar dat verklaarde niet dat ze haar patiënt zomaar aan zijn lot had overgelaten. Wat kon een ervaren verpleegkundige zo bang hebben gemaakt dat ze gillend was weggevlucht tijdens het verschonen van zijn verband?

Nick sliep. Het laken roerloos. In de verte flitste weerlicht.

Op tv hadden de perfecte gezichten en perfecte sixpacks plaatsgemaakt voor deskundigen die Heidi Lötschentalers neuscorrectie analyseerden, maar het drong nauwelijks tot me door. Ik liep naar het raam en keek uit over de wijken van Lausanne die over verschillende terrassen van de hellingen liepen, een cascade van geel en oranje licht. Ons hotel lag meer naar rechts, in het oude stadshart, maar mijn blik dwaalde dieper naar beneden, naar de spiegel van dat eindeloze zwarte meer, die de lichtjes van dorpen hoog tegen de tegenovergelegen bergen geplakt reflecteerde.

Wat dreef mensen om daarboven te gaan wonen? En wat bezielde Nick om zo nodig de zwaartekracht te willen tarten, de wolken achterna die zich zo verraderlijk eenvoudig over de hoogste kammen waagden? Was het leven beneden zo uitzichtloos dat hij met alle geweld zijn wereld wilde verkleinen tot een plek vanwaar je aan alle kanten alleen nog maar bergafwaarts kon gaan?

Er was daarboven iets gebeurd en voor Nick was het daarna alleen nog maar bergafwaarts gegaan. Voor Augustin definitief.

Plotseling besefte ik dat ik bang was, gewoon redeloos bang, zoals een windvlaag op een koude winteravond een kind bang kan maken. Geluiden werden dof, het bonken van mijn hart luider. Ik keek naar mijn armen en voelde de haartjes kruipen, alsof de geventileerde lucht in dat ziekenhuiskamertje vol statische elektriciteit zat. Jezus, wat bezielde me ineens?

Toen opnieuw het weerlicht flitste en de contouren van de bergen aan de overkant van het meer zichtbaar werden, besefte ik wat het was: er ging iets *bewusts* in schuil, iets wat ons met opzet buiten het pad van ons geluk had laten treden. En begon je eenmaal te dwalen in de bergen, dan kreeg de zwaartekracht je te pakken.

'Er zitten gaten in het ijs,' zei Nick.

Met een ruk draaide ik me om naar het bed. Tegelijk met de woorden die ik dacht te hebben gehoord, had ook een zacht geritsel geklonken. Nick lag er nog precies zo bij als eerst. Alleen nu was zijn hoofd opzij gegleden, alsof hij zich in zijn slaap naar het raam had gericht.

Ik dacht: *Dat was je verbeelding maar, onthoud dat goed.*

Ik weet zeker dat ik mezelf daarvan had kunnen overtuigen, maar toen zag ik dat Nicks ogen open waren, zwevend in die opening tussen het gaasverband. Hij was wakker. Ondanks de morfine was hij wakker.

'Nick, is alles oké?' vroeg ik. Ik liep naar het bed en pakte zijn hand vast, die koud aanvoelde. Onnatuurlijk koud. Hij leek mijn aanwezigheid niet op te merken; zijn ogen staarden dwars door me heen, naar het raam en zochten de bergen daarachter. Eerder nog dof van de morfine, nu ongemeen fel, met bovenmenselijke concentratie. Het weerlicht reflecterend toen dat in de verte schitterde.

Ik dacht: *Het is een night terror*. Ik dacht: *Een soort wakend dromen. Hij slaapt, maar heeft zijn ogen open. Dat kan. Vergeet alleen niet dat hij niet kan praten; de aansturingsspieren in zijn wangen zijn doorgesneden en hij zou de hechtingen finaal losscheuren.*

Maar toen richtte zijn blik zich op mij en zei Nick: 'Het zijn net ogen. Het water binnenin vriest en dooit, vriest en dooit.'

Zijn stem klonk gedempt door de watten en het gaasverband, maar de woorden waren gearticuleerd en helder, en ik zou ze nooit vergeten.

'Wat zeg je...?'

Een brede, gruwelijke grijns brak door achter het mummiemasker. 'En jíj zal ook ontdekken hoe het is om te vallen. Om te vallen... en te vallen... en te vallen... en te vallen.'

Het bloed in mijn aderen bevroor. Die grijns, ik zag hem in zijn ogen. Het was alsof er door die ogen een vreemde naar me staarde, alsof er diep binnen in hem een deur was geopend waardoor iets anders naar buiten keek. En nu zag ik die grijns ook op zijn gezicht: het trok de naden van het rolverband strak; bloedvlekken bloeiden erin op als afstotelijke bloemen en staken er zo donker tegen af dat ze haast zwart leken.

'*Nick, dammit Nick, you're freaking me out!*' In mijn paniek besefte ik nauwelijks dat ik naar mijn moedertaal was geswitcht; Nick en ik spraken normaal altijd Nederlands met elkaar. Ik pakte zijn schouders beet en schudde hem door elkaar. Zijn lichaam bewoog mee als een lappenpop, zijn hoofd rollend op zijn nek. 'Nick, hé, Nick, zeg iets! Praat alsjeblieft tegen me...'

Hou op! Weet je wel wat je aan het doen bent? Je kunt onherstelbare schade aanrichten...

Ik liet hem los en staarde verbijsterd naar het bed.

Nick lag te slapen, net zo kalm als tevoren.

Maar de bloedvlekken op het masker waren echt: het verband was ermee doordrenkt.

De deur van de kamer sloeg open en de zuster, dezelfde zuster die Céciles taak had afgemaakt en het verband had verwisseld, kwam geschrokken binnen. Zij staarde naar het bed. Ik staarde naar haar. Zij staarde naar mij.

Ergens hier speelde een déjà vu.

Toen rende ik langs haar heen de kamer uit.

11

De volgende ochtend kocht ik bij de Swiss desk in Genève een ticket naar New York. Ik betaalde met creditcard. Deze Airbus was groter en maakte zich snel los van de omliggende bergruggen, maar het duurde tot lang nadat de laatste besneeuwde toppen achter ons waren verdwenen en wij in een zonovergoten, kraakheldere atmosfeer naar het westen koersten dat ik me niet meer zo krampachtig aan de stoelleuningen hoefde vast te klampen. Maar zelfs toen voelde ik me nog niet uit de greep van de bergen bevrijd. Daar was een oceaan voor nodig.

Om drie uur 's middags EST landde ik op JFK. Ik zette mijn telefoon aan en had zestien gemiste oproepen en vijf sms'jes, allemaal van het nummer van Louise Grevers. Zonder de berichten te bekijken of mijn voicemail af te luisteren haalde ik de sim uit mijn iPhone en kocht een *Pay-As-You-Go* bij de AT&T. Daarna nam ik een Uber naar de stad en daar bleef ik de volgende drie weken.

Ongeacht hoe ver je ervandaan bent gegaan of hoelang je weg bent geweest, thuis is waar ze de deur voor je open hebben staan, zelfs al ben je op de vlucht.

Buiten was Amerika, maar Europa was nooit ver weg.

Ik hoefde alleen maar mijn ogen te sluiten en dan zag ik dat ingekapselde masker.

Dan zag ik die donkere bloedvlekken ontstaan en hoorde ik hem zeggen: *Er zitten gaten in het ijs. Het zijn net ogen.*

Misery

Berichten van Nick Grevers

The pain was like the end of the world. He thought: There comes a point when the very discussion of pain becomes redundant. No one knows there is pain the size of this in the world. No one. It is like being possessed by demons.
– Stephen King

1

WhatsApp-bericht, 18 augustus 2018, 08:13

Ja, ben in orde. No worries. amc in totale chaos. Ze denken aan terrorisme. Spooky shit allemaal!

2

Subject: Meer spooky shit
From: nick_grevers91@gmail.com
To: samalloveryou@icloud.com
Date: 2018-8-18 14:10

Lieve Sam,

Je zult wel geschrokken zijn. Ongelofelijk, het was dus zelfs op CNN. Het is niet te bevatten. Het ziekenhuispersoneel loopt hier rond met de verdwaasde blikken in de ogen die iedereen zal hebben die aanwezig is op de plaats van een grote ramp, maar verder zit je hier echt in het oog van de orkaan. Het nieuws gaat allemaal langs me heen. Niemand vertelt ons iets. Wat ik weet haal ik van mijn iPad of de tv boven het bed: daar is op elke zender zo'n marathonuitzending aan de gang (denk MH17, denk *Charlie Hebdo*) en ik lees elke keer opnieuw weer de headline op de blauwe strook onder de beelden: *32 DODEN IN AMC, MOGELIJK BIOTERRORISME*. Ik heb een keer uit het raam gekeken en beneden op de parkeerplaats buiten de afzettingen staan Gerri Eickhof en de nieuwscrew van de NOS. Ik heb mijn raam op tv gezien. Vroeg me af of ik even moest zwaaien. Met míjn hoofd, haha.

Er staan ook massa's mensen voor het ziekenhuis. Ramptoeristen. Familieleden van de overledenen die informatie willen. Familieleden van patiënten die naar binnen willen. Ik geloof dat mijn ouders er ook tussen staan, maar ik heb ze geappt dat ze beter naar huis kunnen gaan. Er zijn opstootjes geweest.

Hoe dan ook, ik heb er niets van meegekregen, toen het gebeurde. Ik ben er dwars doorheen geslapen. Maar de nasleep was geen pretje. Ik ben de hele ochtend gemonitord op de IC, Sam, omdat ik 'verdachte symptomen' zou hebben gehad. Geen zorgen; als die er al waren dan zijn ze nu weg, want ik ben weer op mijn kamer en word weer aan mijn lot overgelaten. Er gaan geruchten dat we straks allemaal overgeplaatst worden naar andere ziekenhuizen, maar dat is nog onduidelijk.

Nou ja – wat kun je er voor zinnigs over zeggen? Niets, want er is nog niets bekend. Laat ik me daarom maar focussen op wat ik je eigenlijk wilde schrijven.

Ik moest eerlijk gezegd wel lachen toen ik gisteren je Facebookpost zag. Ik wist meteen dat het oké was om je te DM'en. Een selfie midden op het zebrapad van 5th Avenue... op exact dezelfde plek waar wij vorig jaar onze selfie maakten die uitvergroot in de keuken hangt, alleen sta je er nu niet met mij, maar met Julia! Dezelfde pose, iets achterovergeleund; dezelfde grijns, dezelfde zonnebril; zelfs aan de Starbucksbeker in je rechterhand heb je gedacht (want natuurlijk deed je het erom.) De gele taxi's en de zee van overstekende New Yorkers maken de gelijkenis compleet. En dan dat onderschrift: *#livingthelife*. Een onnavolgbare Sam Avery-grap, ver over de schreef in een situatie die volkomen naar de klote is, maar ik ken je lang genoeg om te weten dat het jouw enige manier moet zijn geweest om toenadering te zoeken. Het kan ook nooit zonder een scherp randje bij jou, hè? Dat is een van de dingen die ik zo leuk aan je vind.

Wat lijkt dat lang geleden, wij samen in New York. Verliefd en onafscheidelijk, Julia elke keer met ons mee naar jouw favoriete clubs – je zusje had je ook zo gemist! Het kwam allemaal bij me terug toen ik je post zag. Wat leek het leven toen heerlijk simpel. Gek, hoe één foto zo'n hele stroom aan herinneringen en gevoelens kan losmaken. Het is precies om die reden dat ik het nog steeds niet heb gedurfd de foto's van mijn GoPro op de iPad te uploaden. De foto's van die laatste beklimming met Augustin... de foto's van die plek waar het misging. Ik weet dat ik een deel van de gebeurtenissen nog steeds kwijt ben. Niet zoveel als ik zou willen, maar genoeg om opgelucht te zijn. Soms is het leven ons onbedoeld genadig door de dingen die het ergst zijn aan het zicht te onttrekken, als een laken dat wordt uitgespreid over menselijke resten na een terroristische aanslag of een vliegramp. Maar de vloek van de geest is dat hij wíl herinneren... en ik ben als de dood voor wat het in me zal losmaken als het laken straks is neergedaald en de contouren eronder zichtbaar worden.

Of als het wordt weggetrokken.

Alles vóór 8 augustus lijkt nu lang geleden. Het lijken de herinneringen van een ander. En er zijn nog maar tien dagen verstreken. Tien dagen! Kun je dat geloven? Het voelt als een eeuwigheid, waarin alles is teruggebracht tot een soort geestelijke verwarring, gedrogeerd en gedesoriënteerd en nergens meer zeker van behalve van die afschuwelijke druk achter mijn gezicht. Geen pijn, daarvoor zit er te veel troep in mijn lijf, maar een *druk*, almaar toenemend, alsof daarbinnen een ballon opzwelt die op het punt staat te knappen. Dat duwt al het andere naar achteren, zelfs die walgelijke lucht van de zalf die ze onder het verband uitsmeren, of het slangetje van de sondevoeding dat mijn neus in loopt. (Daarover heb ik dus, *I kid you not*, gehallucineerd dat het met me was vergroeid, als een plastic navelstreng aan een foetus. Ahhh, de morfine! Je gaat er serieus van trippen.)

Hoe dan ook, het grootste deel van de tijd slaap ik en dat maakt me doodmoe. De slaap is onrustig en zit vol nare dromen. Bovendien zijn ze opgehouden me morfine te geven en dus kom ik steeds meer terecht in iets wat je een normaal slaap-waakritme kunt noemen. Langzaam maar zeker begint het tot me door te dringen dat ik wakker ben geworden in een nachtmerrie waarin niet alleen mijn leven van voor 8 augustus van een vreemde lijkt te zijn geweest, maar waarin ik zélf de vreemdeling ben geworden.

Ik hoef maar mijn vingers naar mijn gezicht te brengen en ik herken de vormen niet meer die ik voel. De vormen achter dat masker. Kun je je voorstellen hoe beangstigend dat is?

Over een paar dagen mag het verband eraf, zegt de dokter. Alsof het een traktatie is. Ik zie er zo tegen op, Sam. De gedachte eraan maakt me doodsbang. Dat gezicht. Ik heb er nog niets van gezien, en ik *wil* het ook helemaal niet zien. Ik praat met een psychotherapeut (nou ja, zij praat, ik typ) om me erop voor te bereiden, maar ik geloof niet dat je je op zoiets kúnt voorbereiden.

Het *voelt* niet eens meer als mijn gezicht. Dat komt door die druk. Ik beeld me in dat het steeds zwaarder wordt en dat het niet lang meer duurt voor het eraf zal vallen. En dan legt het iets vreselijks bloot. Iets wat *eronder* zit. Dat is het echte laken dat straks wordt weggetrokken, Sam, en ik weet niet of ik ertegen ga kunnen.

Ik wilde je zeggen dat ik het je niet kwalijk neem dat je weg bent gegaan. Je vroeg op Facebook of ik me nog iets kon herinneren van wat we die eerste dagen in Lausanne tegen elkaar hebben gezegd – eigenlijk niet, sorry. (Je hebt het toch niet met me uitgemaakt zonder dat ik me dat kan herinneren hè? Haha.) Ik weet nog dat je er was, en dat je was vertrokken op de dag dat ze me naar het AMC vlogen. Nu ik eraan terugdenk... ik schreef je briefjes, hè? Natuurlijk, op die blocnote. Wat heerlijk Agatha Christie. Ik kan je wel vertellen dat mijn wereld met mijn iPad een stuk groter is geworden. Ik verveelde me namelijk stierlijk hier, voordat iedereen om me heen dood neerviel en we wereldnieuws werden. Morgenavond wilden we met de hele afdeling facial freaks naar Club AIR voor een avondje stappen, maar dat zal er voorlopig wel niet in zitten...

Oké, ik hou op. Ik maak er een lolletje van. Je weet dat ik dat altijd doe als het te dichtbij komt.

De waarheid is dat de spieren in mijn wangen zijn doorgesneden en ik helemaal niet meer kan praten. De waarheid is dat ik zelfs met logopedie waarschijnlijk nog jaren zwakzinnig zal klinken. De waarheid is dat ik eruit zal zien als een monster. Nee, ik weet niet of ik het in jouw plaats wel zou hebben kunnen opbrengen om te blijven. We hebben elkaar zo vaak die vraag gesteld, zoals elk verliefd koppel. *Blijf je bij me als ik in een rolstoel kom? Blijf je bij me als ik voor het leven ben verminkt?* Nogal melodramatisch, vind je niet? Ik weet wat het moreel juiste antwoord is. Het verliefde antwoord. Maar je bent jong. Je wil nog zoveel. Je kunt nog zoveel. En ik? Ik weet ook wat het reële antwoord is en daar ben ik nog banger voor dan voor al het andere.

Want Sam, ondanks dat ik je begrijp, hoop ik dat je snel terug zult komen. Ik weet dat je tijd nodig zult hebben om na te denken. Maar kom alsjeblieft terug. Ik heb je nodig. Dat weet ik, om wat er afgelopen nacht met *mij* gebeurde.

Ik was gaan slapen in mijn ziekenhuishemd, maar toen ik wakker werd stond ik naakt in de hoek van de kamer, mijn linkerhand geklemd om de IV-standaard, die ik in mijn slaap met me mee moet hebben gerold. Mijn gezicht stond in brand. Een laaiende pijn die me deed denken aan hoe het voelt als het terugkerende bloed bezit neemt van je vingers na een bevriezing. Ik had dat eerder meegemaakt... tien dagen eerder, om precies te zijn, toen Augustin en ik noodgedwongen de nacht moesten doorbrengen in die spleet, hoog op die berg, terwijl de storm boven ons over de gletsjer huilde en sneeuwjachten over de kammen joeg. Alleen nu waren het niet mijn vingers, maar was het heel mijn gezicht dat leek te ontdooien. God, die pijn. En ik had het *koud*, Sam. Zo koud dat het mijn brein benevelde en mijn lichaam gevoelloos maakte. De IV-standaard rammelde en het zakje met vloeistof zwiepte heen en weer en pas later besefte ik dat dat kwam omdat ik zo beefde.

Ik stond daar eindeloos en apathisch, bevangen door de kou. Toen de pijn eindelijk wegtrok en ik bij mijn positieven kwam, besefte ik dat er slierten verband van mijn gezicht naar beneden bungelden, stinkend naar desinfecterende middelen. Ik kan me niet herinneren dat ik het heb gedaan, maar er was geen andere conclusie mogelijk dan dat ik het zelf moest hebben losgerukt.

En ik besefte nog iets. In mijn rechterhand hield ik een klein maar scherpgerand stuk steen geklemd. Gneis zo te zien, maar puntig en ongewoon donker. Ik herkende het meteen. Hoe was het in mijn hand terechtgekomen? Nu bij daglicht kan ik er nog steeds geen verklaring voor vinden. De laatste keer dat ik de steen had gezien had ik hem in de binnenzak van mijn North Face-jas gestopt, en die hadden mijn ouders met al mijn andere spullen mee naar huis genomen. Dat ik hem erin stopte, een souvenir, dat was op de top van de Maudit geweest. Natuurlijk, de top! We hadden de top gehaald; dat kwam nu pas bij me terug. We hadden de top gehaald en daarna was alles misgegaan. Nee – op dat moment was alles al helemaal mis geweest. En nu stond ik hier, zevenhonderd kilometer noordelijker, en droeg ik diezelfde top in de palm van mijn hand. Er ging een gruwelijk gewicht van uit. Bijna liet ik de steen vallen.

Dat was het dieptepunt. Het was kwart voor vier 's nachts en ik wankelde terug naar het bed door die donkere, spiegelloze kamer, onbedaarlijk rillend en met dat verband als lappen huid hangend van dat onbekende, drukkende gezicht. Ik had me nog nooit zo ellendig en alleen gevoeld. En bang, ik zal eerlijk zijn.

Terug in bed legde ik het stuk steen weg in het nachtkastje en trok ik het beddengoed over me heen, op zoek naar wat warmte. Pas toen hoorde ik het gedempte getetter van de intercom op de gang. Op mijn afdeling, waar patiënten bijkomen van operaties of langdurige zorg nodig hebben, lieten ze de oproep niet horen op de kamers (om de zieken niet te storen, begreep ik achteraf). Op dat moment vond ik het alleen maar vreemd dat het maar niet ophield.

Ik belde de nachtzuster en het duurde een eeuwigheid voordat ze kwam. Dat was ook vreemd. Maar ze verschoonde het verband. Ik vertelde haar dat ik het in mijn slaap moest hebben losgewoeld.

Ik wilde niet dat ze dacht dat ik gek was, snap je?

Hoe dan ook, de nachtzuster gaf me extra dekens en een Temazepam, maar ze voelde hoe koud mijn huid was en toen zag ik de zorgelijke blik in haar ogen. En toen ze mijn temperatuur had opgenomen was het geen zorgelijke blik meer, maar regelrechte paniek. Ze belde, maar er kwam niemand, dus liep ze naar de gang en begon ze te roepen. Even later werd ik door een heel leger aan artsen naar de IC gerold. Daarna zit er een gat in mijn geheugen. Ik weet alleen nog dat ik daar weer lag, aangesloten op monitors en rillend in het bed waarin ik nu al meer dan een week lig, terwijl het slaapmiddel op me begon in te werken en ik in de verte diezelfde storm dacht te kunnen horen huilen, vol holle dreiging.

Die kou, Sam, dat was geen gewone kou. Het was dezelfde kou die ik daarboven heb gevoeld. Op de Maudit. En die kou bracht dingen bij me terug. Dingen die daarboven zijn gebeurd. Augustin is dood, en het is die plek, die berg, die de schuld is van alles.

En ik ben bang dat... [...]

Ik heb nu zes keer geprobeerd die zin af te maken en zes keer hou ik *backspace* ingedrukt tot de woorden weer zijn gewist. Ik kan het niet opschrijven, niet zo. Ik wil je in de ogen kunnen kijken als ik je de dingen vertel die ik me denk te kunnen herinneren. Ik wil zien dat je me gelooft. Want fysiek mag ik dan een wrak zijn, ik wil niet dat je gaat twijfelen aan mijn geestelijke gezondheid. Niet jij. Dat is alles wat ik nog heb, en het is niet veel. Als wat ik me denk te herinneren waar is, twijfel ik zelf al genoeg.

Weet je wat freaky is? Er gaan hier geruchten dat een aantal van de doden vannacht is bezweken aan bevriezingsverschijnselen. Wat heeft dat te betekenen?

Kom naar huis, Sam. Ik hou van je. Ik heb je nodig. Nu meer dan ooit.

Liefs,
Nick

PS: Vanochtend ben ik op de IC verhoord door twee rechercheurs, die ongeveer vijftig manieren hadden om twee dezelfde vragen te stellen: wat heb je gehoord of gezien (niets dus) en hoe voel je je (ik heb geen gezicht meer, hoe denkt u dat ik me voel). Niks gezegd over die kou want niet bij stilgestaan dat het belangrijk kon zijn. Misschien is het dat ook niet.

3

Subject: Re: Re: Meer spooky shit
From: nick_grevers91@gmail.com
To: samalloveryou@icloud.com
Date: 2018-8-18 17:59

Ja, ik heb de e-mail zelf geschreven en nee, hij is niet gereciteerd door een priester tijdens een exorcisme. Ook niet door het Cloverfield monster. Dank voor die kleurrijke beeldspraak. Maar fair enough. Het is niet eerlijk van me om je met A de stuipen op het lijf te jagen en dan niet B te zeggen.

Goed dan, ik zal het proberen.

N.

4

Subject: Re: 'My dearest Mina, -
From: nick_grevers91@gmail.com
To: samalloveryou@icloud.com
Date: 2018-8-22 00:51

Lieve Sam,

Ik moest erg lachen om je subject line. Creep die je bent. Zelfs op mijn begrafenis zou je nog iets bedenken om iedereen te choqueren. Maar het heeft inderdaad wel iets romantisch, hè? Elkaar van die lange e-mails schrijven na zo'n ramp. Alsof we een rol in onze eigen gothic romance spelen.

Oké, hier is het dan. Mijn verhaal. Ik had niet gedacht dat ik het zo helder zou kunnen terughalen, omdat ik me er aanvankelijk nog maar zo weinig van herinnerde. Maar toen ik begon te schrijven kwam het allemaal bij me terug en kon ik er niet meer mee ophouden. Het is nogal lang geworden. Ik wil niet zeggen dat het alles is, maar wel het meeste. Het belangrijkste.

Toch deed het me geen goed, Sam. Sinds het gat in het papier zich opende – wat eigenlijk het gat in je geheugen is, de toegang tot je herinneringen – voel ik me erdoor gegijzeld. Er zijn dingen, *plaatsen*, die beter verborgen kunnen blijven en die berg is er zo een. Maar je vroeg erom en dus ben ik, voor zover ik zelf kan nagaan, eerlijk geweest. Ik kan alleen maar hopen dat je daardoor niet aan me gaat twijfelen.

Eerlijk gezegd gaat het helemaal niet zo goed met me. Ik voel me slap, gemangeld en ben vreselijk bang. Morgen gaat het verband eraf. Ik wil het niet. Alles zal anders worden. Maar wie hou ik voor de gek? Alles is al anders.

En er is nog iets. Ik heb een naar voorgevoel dat ik maar niet kwijtraak. Het staat los van wat er hier in Amsterdam allemaal aan de hand is. Misschien ontwikkelt iemand zoals ik die zich vaak en moedwillig op gevaarlijk terrein begeeft daar op den duur wel een soort zesde zintuig voor, omdat je in de bergen continu waakzaam moet zijn, maar meestal kan ik er feilloos op bouwen. Alle symptomen zijn er. De lichte zuurte in mijn mond, een subtiel aroma in de lucht, als de geur van ozon voor een naderend onweer. De nerveuze sfeer, de stilte, het gewone dat ineens onverklaarbaar vreemd wordt – ik voel het in elke hoek van de ziekenhuiskamer. Ik heb geleerd zulke voorgevoelens serieus te nemen, Sam. Ik weet niet wat me te wachten staat, maar ik word er akelig van.

En ik denk dat het te maken heeft met wat er daarboven is gebeurd.

Ik wou dat je hier was.

Kom naar huis.

Liefs, Nick.

The Valley of Unrest

Het manuscript van Nick Grevers

Now each visitor shall confess
The sad valley's restlessness
Nothing there is motionless
Nothing save the airs that brood
Over the magic solitude.
– Edgar Allan Poe

I

Ik ben verantwoordelijk voor de dood van Augustin Laber. Niet in absolute zin, want in zekere zin is sterven – die laatste adem, het stoppen van het hart – het enige in het leven wat je volkomen alleen doet. En zelfs niet direct: er was niets wat ik had kunnen doen om het te voorkomen, toen het moment daar was. Hij verdween gewoon met duizelingwekkende snelheid het leven uit, het duister in. Maar ik was het die die berg ontdekte – Le Maudit – en ik was het die het idee kreeg voor die fatale expeditie. Dus ik ben verantwoordelijk. Hoe meer tijd ik heb gekregen om daarover na te denken, hoe zekerder ik daarvan ben.

Het moment dat ik Augustins noodlot beslecht komt als we eindelijk de rotsgraat achter ons hebben gelaten en de noordelijke schouder van de Zinalrothorn hebben bereikt. Ik ben nogal *shaky* na wat er hoger op de kam is gebeurd. Bovendien zijn we bij lange na nog niet beneden. We bevinden ons nog steeds op vierduizend meter hoogte en de afdaling naar de vallei voert over een messcherpe, steile sneeuwgraat boven het gapende amfitheater van de noordwand langs, volgt veel lager een lange, gespleten gletsjertong, kruist eindeloze blokkenvelden en brengt je ten slotte over het pad door het Val d'Anniviers naar beneden.

Augustin is stil terwijl hij zijn powerbar eet en zijn gezicht staat bedachtzaam. 'Trek het je niet aan, man,' zeg ik op mijn meest laconieke toon. 'We hebben een geweldige tocht gemaakt, als we straks beneden zijn.'

Maar hij moet net als ik horen dat de euforie over onze succesvolle beklimming uit mijn stem is verdwenen. De verleiding van het gevaar, normaal een opwindende dans met een geheimzinnige, gemaskerde minnares, is door zijn stomme fout ineens keihard in ons gezicht teruggekaatst. Waarschijnlijk schiet het nu door hem heen: *fouten op deze plek kunnen dodelijk zijn*. Of eigenlijk: *Fehler können hier oben tödlich sein*, want Augustin is natuurlijk Duits.

De Zinalrothorn is een spitse berg, een machtige berg die als de ruïne van een kasteelmuur uit de omliggende gletsjerbekkens torent en fier de kam tooit tussen het dal van Zermatt en het dal van Zinal. Er loopt geen makkelijke route naar de top. Wij hebben bovendien gekozen voor een eenzaam alternatief vanuit de imposante noordzijde, op zoek naar de essentie van de berg. Die schuilt in onschendbaarheid van het mysterieuze landschap, dat de illusie wekt dat je op een plek bent waar nooit eerder een mens voet heeft gezet. Hoor je als klimmer haar lokroep, dan raak je erdoor betoverd, bedwelmd, en weet je dat ze alleen begrepen kan worden als je eraan toegeeft – als je *naar boven* gaat.

Tot dan toe is de beklimming goed verlopen, maar traag: die ochtend hebben we ontdekt dat de hele noordgraat met een verraderlijk laagje ijs is berijpt. De korte depressie van de afgelopen dagen in dit verder zo warme zomerseizoen heeft zelfs voor een laagje verse sneeuw gezorgd. Als we tijdens de aanloop met gretige verwachting naar de kam opkijken zien we ijskristallen banieren in het eerste, fonkelende zonlicht tussen inkepingen en rotstorens wervelen, waardoor de berg lijkt te golven van leven en is gekroond met een halo van bevroren, zilveren mist. Ze hebben tot de verbeelding sprekende namen, die rotstorens. Ik ken ze stuk voor stuk uit de klimliteratuur: Le Rasoir, Le Bosse, Le Sphinx. Scheermessen, bochels en oud-Egyptische leeuwen die overwonnen dienen te worden via donkere, gladde platen en langs diepe afgronden. De hele klim zijn we gedwongen onze stijgijzers te dragen en in plaats van de tweeëneenhalf uur die voor het stuk vanaf de schouder naar de top staat, doen wij er bijna vier uur over. Maar de weersomstandigheden zijn perfect – stralend en kraakhelder – dus vandaag kan dat geen kwaad. We zijn de enige klimmers in de wijde omtrek. Een gids met een cliënt die vanmorgen even na ons uit de hut zijn vertrokken zijn lager op de berg omgekeerd vanwege de zware condities. De stilte is immens en wordt alleen doorbroken door het krassen van mijn stijgijzers tegen beijzelde rotsgroeven, het rinkelen van karabiners en mijn ademhaling in de ijle lucht. We weten waar we zijn, we zijn alleen verantwoording verschuldigd aan onszelf en we doen wat ons vervulling brengt. Het gevoel van toebehoren als we op de top staan is overweldigend.

Jij hebt me vaak gevraagd waarom ik bergen beklim. Je hebt me ook vaak gevraagd (ik zal niet zeggen gesmeekt, maar het zit er niet ver vandaan) om ermee op te houden. De ergste ruzie uit onze relatie ging over dit onderwerp, en het was de enige keer dat ik echt bang ben geweest om je kwijt te raken. Ik heb het je nooit duidelijk kunnen maken. Ik vraag me af of je zoiets ooit helemaal duidelijk kúnt maken aan iemand die zelf niet klimt. Er ligt een schijnbaar onoverbrugbare kloof tussen het idee dat ik mijn leven in de waagschaal stel voor zoiets onnozels als het beklimmen van een koude hoop steen en ijs... en de notie me voort te bewegen door een zwevend landschap, een voortbewegen onder opperste concentratie waarin ik volledig controle heb over het essentiële evenwicht dat me in leven houdt en dat me daardoor láát leven. Die kloof overwinnen is misschien wel de zwaarste klim in het leven van de alpinist met een relatie. Van ieder méns met een relatie, als je het goed bekijkt.

(*En wat kan ik nu nog zeggen? Dat je gelijk had? Augustin is er niet meer. Je hebt gezien hoe ik erbij lig. Hoe kan ik je ooit nog onder ogen komen? We hebben gegokt en verloren; natuurlijk lijkt het onverdedigbaar. Toch kan ik dat niet zomaar accepteren, want wat er met Augustin en mij is gebeurd op de Maudit was geen gewoon, stompzinnig bergsportongeluk.*

Ik kan nog steeds nauwelijks geloven dat Augustin er niet meer is, Sam. Ik moet steeds maar denken aan zijn ouders. De autoriteiten hebben hun geen lichaam kunnen geven, maar ze hebben ook geen verhaal en dat maakt het des te tragischer. Ik ben de enige die ze dat kan geven. Toch geloof ik dat ik er beter aan doe het ze niet te vertellen. Als jij daar anders over denkt nadat je dit hebt gelezen, zeg het me dan, oké?)

Augustin was een jonge hond. Het was de tweede keer dat ik met hem klom en het is altijd afwachten hoe dat dan gaat. Ik had er eigenlijk nog steeds de balen van dat Pieter vanwege de kids tegenwoordig minder tijd heeft om te klimmen, want Pieter was altijd mijn vaste klimmaatje. Maar ik heb je nooit veel over Augustin verteld, hè? Hij was zes jaar jonger dan ik en overambitieus in zijn jeugdige enthousiasme, maar we klikten goed. Hij studeerde politicologie en deed iets in de jongerenafdeling van de Grünen. Het was puur toeval dat ik hem tegen het lijf liep, toen ik online naar foto's zocht van een afgelegen, moeilijke route in de Zwitserse Alpen waarover nauwelijks iets is gedocumenteerd. Maar Augustin bleek hem een jaar eerder met zijn vader te hebben beklommen. Via Facebook raakten we aan de chat, hij met zijn grappige verbasterde Engels, hoofdletters voor elk zelfstandig naamwoord, *and the Rest is History*.

Augustin was een veel betere klimmer dan ik. Hij woonde in het Schwarzwald, op 1.200 meter hoogte bij het dorpje Feldberg, waarmee zijn longen sowieso al twee streepjes op me voor hadden wat betreft acclimatisatie. Maar het zijn de rotsmassieven die daar overal uit de heuvels steken en die hij van kinds af aan had beklommen, die voor een onvermijdelijk verschil in karakter en ambitie tussen ons beiden hadden gezorgd. Waar ik de bergen altijd met respect en een haast bedrukte gereserveerdheid tegemoet treed, gaf Augustin zich met open armen aan ze over. Hij kende nooit de twijfels die ik elke keer voel voor een beklimming. Hij leek mácht te hebben over de bergen en begaf zich in hun arena als een dompteur: hij temde ze, onderwierp ze aan zijn wil. Tegenover mijn onzekerheid leek zijn zelfvertrouwen soms haast fatalistisch.

Maar natuurlijk is dat een illusie. De bergen zijn ontembaar. Waar Augustin in feite macht over had, was zichzelf. Het stelde hem in staat de meest onmogelijke, loodrechte bergwanden te beklimmen. En hij was góéd, Sam. Als je hem in het verticale zag bewegen was het met zo'n souplesse dat het leek alsof de wetten van de zwaartekracht voor hem niet golden. Hij bezat een kalme zelfverzekerdheid die bravoure oversteeg. Hij tartte het onmogelijke, hij kickte op het uitdagen van de val.

Dat soort wanden zijn niet aan mij besteed. Ik sta doodsangsten uit als ik de hele dag in mijn gordel moet hangen en halsbrekende toeren moet uithalen boven een gapende afgrond. Ik wantrouw de grenzen van mijn kunnen (beperkt), de kwaliteit van de rots (zit het allemaal wel vast?) en de kwaliteit van het materiaal (ik bedoel, die gordel is ook maar gestikte draad). Maar het is vooral valangst. Geen hoogtevrees, die heb ik niet. (*Weet je nog dat we in het kantoor van je pa op de zevenenzestigste verdieping over Manhattan uitkeken en jij niet dichter dan twee meter bij die glaswand in de buurt durfde te komen? Zo cute...*) Ik zeg altijd maar zo: heb je hoogtevrees, dan moet je geen alpinist worden. Heb je géén valangst, dan moet je ook geen alpinist worden. Net dat vleugje valangst voorkomt dat je overmoedige dingen gaat doen en een krantenberichtje in de *Walliser Zeitung* wordt.

Hoe dan ook, als team ben je zo sterk als de zwakste schakel en dus moest Augustin zich wel aanpassen aan mijn niveau. Geen technische wandbeklimmingen dus, maar luchtige bergkammen, waar je tussen de uitdagende passages door altijd weer vaste grond onder je voeten kunt vinden. Ik dacht na vorige zomer dan ook dat we niet nog eens met elkaar zouden klimmen, maar blijkbaar vond hij het leuk genoeg met me om het nog eens te willen proberen. Ik verbaasde me er een beetje over, maar zo was het.

Een paar dagen voor onze Zinalrothorn-beklimming heb ik hem nog gevraagd of hij wel eens nadacht over het risico dat hij in de bergen zou verongelukken. Augustins antwoord was even simpel als verontrustend: '*When I go, I go, nothing I can do about it.*'

Ik geloof dat ik toen al aanvoelde dat Augustin niet oud zou worden.

We dalen dezelfde route af van de Zinalrothorn als waarlangs we omhoog zijn gekomen. Voorzichtig, langs het touw zakkend, met diepe afgronden links en rechts. De berg kent een ijzige onverschilligheid en ik word me bewust van haar ingehouden kracht. Er komt altijd een moment waarop de afdaling meer begint te voelen als een ontsnapping. De stilte, eerst zo aangenaam, wordt drukkend. De gesprekken worden afgemeten. De schoonheid wordt een sombere dreiging. De berg is zijn betovering kwijt, je wil zo snel mogelijk naar beneden. Vermoeidheid begint haar tol te eisen maar het is noodzaak je concentratie vast te houden, want het is een verontrustende wetenschap dat de meeste ongelukken tijdens de afdaling gebeuren.

Het gebeurt op Le Bourrique: de ezelsrug.

Le Bourrique is een horizontale traverse van ongeveer vijftig meter, waar de graat zo smal is dat je er schrijlings zittend met je ene been in het dal van Zinal en je andere been in het dal van Zermatt overheen moet schuifelen. Detail: de gletsjer aan de westkant ligt ongeveer achthonderd meter lager aan de voet van een met sneeuw en ijs beplakte, vijandig uitziende bergwand. De gletsjer aan de oostkant ligt recht onder je, twaalfhonderd meter in de diepte, overschaduwd door een loodrecht rotsbastion. Ik weet nog dat ik op de heenweg genoot van de fatale pracht; nu vult de passage me met onbehagen.

Augustin gaat voor. Ik zeker hem behoedzaam tot halverwege; daar zit een haak in de rots geboord waar hij zich aan vastmaakt om mij naar zich toe te zekeren. Als we daar zo tegenover elkaar zitten, allebei vast aan die haak tussen ons in en ons ene been bungelend in de westwand en het andere in de oostwand, moet ik denken aan die poster van die *construction workers* op het Empire State Building. Je kent 'm wel. Ze pauzeren en trekken loom aan een sigaretje op een constructiebalk, met driehonderd meter lager de straten van het New York van de jaren dertig. Zo voel ik me nu ook. Alleen ligt er onder mij geen New York, maar een kilometer niks.

Augustin schiet het touw op in lussen zodat hij mij verder kan zekeren terwijl ik voorga, en terwijl hij dat doet kijkt hij naar rechts, de afgrond in. Heel even heb ik de illusie dat zijn hoofd simpelweg van zijn nek rolt, alsof de pezen het eenvoudig loslaten. Dan besef ik dat het zijn helm is.

Op de top heeft hij hem afgedaan, en toen we ons klaarmaakten voor de afdaling moet hij zijn vergeten het gespje onder zijn kin weer vast te maken.

'*Fuck... me!*' schreeuwt hij.

Samen kijken we de helm na, weigerend te geloven wat we zien: een rood stipje dat kleiner en kleiner wordt terwijl het langs de oostwand zeilt. Ergens halverwege slaat het tegen de wand en stuitert verder, wazig door de snelheid, en verdwijnt uit het zicht.

Het is niet moeilijk om je voor te stellen hoe het eruit zou zien als er een lichaam aan die helm vast zou zitten. Het beeld komt op een afschuwelijke manier tot leven. Als een lappenpop tuimelt het van me vandaan; een woeste, loeiende kreet van ontkenning stijgt op uit de diepte, tot het de wand raakt. En dan? Breekt het alle botten? Wordt het simpelweg uit elkaar gereten?

Ik wend me af, bang uit balans te raken, plotseling misselijk van de aanzuigende werking van de afgrond. Ineens wankel ik, heb de irrationele neiging met mijn armen te gaan zwaaien. Want er is hier geen afwenden, er is hier geen geborgenheid: links is de afgrond net zo ontgoochelend diep. Wij zijn het hoogste punt, voor en achteruit is alleen die evenwichtsbalk waarop we balanceren boven de dood.

Ik roep mezelf tot de orde, probeer tevergeefs het beeld uit mijn hoofd te zetten.

'Heb je 'm vergeten vast te maken?' vraag ik.

Augustin schudt zijn hoofd van ongeloof. 'Dat is zo *fucking stupid*.'

'Jezus.'

'Nee! Hoe kan ik dat nou zijn vergeten!'

Ik haal mijn schouders op, achtelozer dan ik me voel. 'Nou ja, hij is weg. Niets meer aan te doen. Focus, man, we hebben nog een lange weg te gaan.'

Augustin kan er niet over uit. Hoe stom het is dat hij zo'n fout heeft kunnen maken. Tachtig euro heeft die helm hem gekost. Ik grinnik vreugdeloos, vraag of hij hem soms wil gaan halen. Augustin staart de diepte in, alsof hij die mogelijkheid even serieus overweegt. *No way* – in de verte ligt de gletsjer te schitteren in de zon, gekloofd en onbereikbaar.

Ik maak Augustin duidelijk dat ik hier weg wil. De lucht is stil en waakzaam, het licht glanst. Ver onder ons cirkelt de zwarte schaduw van een alpenkauw en ik kan me niet aan de indruk onttrekken dat we hier, boven de wereld en geïsoleerd van alles, worden vastgehouden. Het beeld van een vallend mens blijft maar op mijn netvlies gebrand. Ik voel mijn maag dichtklemmen bij de gedachte dat het dezelfde afgrond is waar ik dadelijk mijn benen in moet laten zakken om het laatste stuk van Le Bourrique te traverseren. Ik ben inmiddels gewend geraakt aan het degelijke gemak van de richel en zie ertegen op om die te moeten inwisselen voor de diepte.

Ik beweeg heen en weer, staar nadrukkelijk naar de haak, maak me vertrouwd met de grepen van de rots. Ik controleer tot driemaal toe de zekeringsknopen die Augustin in het touw heeft gelegd. Ja, ik wil weg, maar zo'n fout als het niet vastgespen van je helm maak je alleen met concentratieverlies. En het beeld dat ik zelf dat rode stipje ben dat in de afgrond verdwijnt, spookt iets te levendig door mijn hoofd.

Twee uur later bereiken we de schouder: het adelaarsnest op de noordelijke hoek van de berg waar de rotsgraat afbreekt in de steile, met overhangende ijsbalkons geplamuurde noordwand. Daar doe ik de ontdekking die ons beider lot voorgoed zal veranderen.

Het spoor van de heenweg buigt af naar links, over een messcherpe sneeuwgraat die toegang verschaft tot het onderliggende gletsjerbekken. Het loopt inmiddels tegen drieën en de kou van de vroege ochtend is geweken voor een lome zomerhitte, die zorgt voor een nieuw gevaar. In de felle zon is de sneeuw papperig geworden. Opperste concentratie dus op de graat: ons spoor is schoenbreed met links en rechts gapende dieptes. Papperige sneeuw betekent dat je kunt wegglijden bij elke stap.

Het is dus niet verwonderlijk dat Augustin me aanspoort om haast te maken. Terwijl hij het touw inkort tuur ik de elkaar overlappende bergkammen in het westen af, die naar het noorden toe stapsgewijs afdalen naar de heiige nevel van de Rhônevallei. Ik vind het heerlijk om de vormen van de sneeuwbedekte pieken te herkennen. Ze rijen zich aaneen als zielen ontkoppeld van het leven beneden, roerloos boven een stille, inerte wereld. Als een mantra trekken de namen aan me voorbij: Obergabelhorn, Dent d'Hérens, Dent Blanche, Grand Cornier, Pigne de la Lé...

'Hé, moet je kijken,' zeg ik.

Augustin volgt heel even mijn vinger maar heeft zijn gedachten bij het touw. 'Wat?'

'Zie je die piek daar, achter die kam die van de Grand Cornier naar rechts loopt?'

'Welke bedoel je?'

'Die puntige, die donkere.'

Hij tuurt door zijn zonnebril, nog steeds niet erg geïnteresseerd. 'Wat is ermee? Nick, die sneeuw wordt er niet beter op.'

'Welke is dat?'

Hij haalt zijn schouders op. De piek die ik bedoel gaat inmiddels weer schuil achter kalme middagwolken die aan de oostelijke hellingen van het dal kleven en de lagergelegen toppen van het Val d'Anniviers verhullen, maar er is iets met de inval van het licht en de speling van de wolkenflarden waardoor hij me net, gedurende dat korte moment dat hij zichtbaar was, in het oog is gesprongen. Het laat op mijn netvlies een imprint achter van wat de Zwitsers een *formschöner gipfel* noemen: een spitse, ranke piramide met twee toppen, een perfecte berg. Een berg zoals een kind een berg zou tekenen. En het brengt me van mijn stuk omdat ik, normaal toch een wandelende encyclopedie op het gebied van Alpentoppen, geen flauw idee heb naar welke berg ik kijk.

Dan gebeurt het. Ineens materialiseert hij zich uit een krans van uiteenvallende wolken, eerst vaag als een motief, dan helder en onkenbaar wild tegen de pastelblauwe lucht. Het gebeurt met zo'n verbijsterende snelheid dat het een luchtspiegeling lijkt. Donkere, grillige en met ijsgeulen dooraderde flanken komen bloot te liggen. De zon valt in een uitbarsting van licht op het ijsveld tussen de twee gehoornde toppen en verandert deze in een verblindende spiegel, die als een baken glinstert aan de overzijde van het dal. Zelfs achter mijn gletsjerbril moet ik mijn ogen toeknijpen. Waanzinnig! Wat is dit mooi! Ik begin verrukt te grijnzen, voel me herboren. De gevaren van deze plek en wat er met Augustins helm is gebeurd: het is niet meer van belang. Alles wat telt is deze berg en zijn verlammende schoonheid.

'Wow,' zegt Augustin. 'Zie je dat?'

Ik gris de *Landeskarte* uit het voorvak van mijn rugzak en vouw hem open. Augustin buigt zich over me heen en samen volgen we de ons zo bekende lijnen van de bergkammen, de tussenliggende gletsjers, de hoogtelijnen en de namen en vergelijken de weergave met het landschap aan onze voeten, om vast te stellen welke piek ons zo betovert.

'Kijk, daar ligt hij.' Mijn vinger wijst op de kaart naar een hooggelegen, naamloze vallei ten oosten van de Moirygletsjer, boven het stuwmeer en het dorpje Grimentz, die vanuit ons adelaarsnest onzichtbaar in de diepte achter nevelige bergruggen liggen. Aarzelend blijft mijn vinger hangen boven een kruispunt van ingesneden, gekartelde rotskammen. 'Le Maudit,' zeg ik. Ik weeg de naam in mijn mond, besluit dat het goed klinkt. 'Dat moet hem zijn.'

'3.311 meter hoog,' leest Augustin af, en kijkt dan naar de overzijde van het dal. 'Dat kan nooit.'

Besluiteloos staren we naar het westen. Ik schat de piek ten opzichte van de omliggende bergtoppen eerder op 3.600, misschien wel 3.700 meter hoog. Een secundaire top vergeleken met de vierduizenders die de kammen meer naar het zuiden kronen, maar toch zeker een stuk hoger dan wat staat aangegeven op de kaart.

'Dat is gek,' zeg ik. 'Het moet haast wel een drukfout zijn.'

'Hebben we wel de goeie voor ons, dan? Het kan ook... die zijn. Hoe heet die?' Augustin tuurt naar de kaart en legt zijn vinger op een top. 'De Dent des Rosses.'

'Nee, dat is die daarvoor. Kijk maar, die steekt recht boven de gletsjer uit. En schuin naar rechts, iets verder naar het westen, kom je dus... hier uit,' zeg ik, en ik priem met mijn vinger in een gebied waar alleen maar de Maudit ligt, een rotsachtige punt die volgens de kaart twee-, driehonderd meter uit de kam zou moeten steken voor deze in het westen steil afbreekt naar het Val d'Hérens. Ik check en ik dubbelcheck, maar het lijkt van geen kant te kloppen met wat we in werkelijkheid zien. Hoogteverschillen zijn op grote afstand moeilijk in te schatten. Onder nieuwe hoeken vervormen, vergroten of verkleinen opvallende herkenningspunten in de bergen zich, of verdwijnen soms helemaal uit het zicht. Misschien wordt de illusie van hoogte in dit geval wel gewekt door de geïsoleerdheid van de top, of door hoe hij als een eiland uit een zee van wolkenflarden steekt.

Even – heel even maar – voel ik me onaangenaam, vang ik een schaduw van dreiging op, de plotse gewaarwording te worden aangestaard door een vormloos gevaar. Het is alsof het me maar niet lukt iets in het zicht te krijgen. Misschien is het een voorgevoel, maar als het dat is, is het meteen weer verdwenen. Ik besluit het af te doen als de nerveuze angst na wat er is gebeurd met Augustins helm. Het volgende moment ben ik weer bedwelmd door de schoonheid van het licht, dat de gehoornde piek doet stralen van een fel leven.

'Die zou ik wel willen beklimmen,' zeg ik. 'Alleen gek dat hij me nooit eerder is opgevallen, voor zo'n prominente berg.'

Augustin knikt en ik zie die welbekende twinkeling in zijn ogen. 'Welke het ook is, het is wel een vette. Als we beneden zijn zal ik 'm in het gidsje opzoeken. Volgens mij moeten er mooie routes lopen; het ziet er steil uit.'

Zonder meer woorden eraan vuil te maken hebben we op dat moment al besloten dat we voor onze volgende beklimming niet naar de Grandes Jorasses zullen gaan, zoals we van plan waren. Dat is niet niks: de Jorasses-overschrijding is een tocht die al lang op ons verlanglijstje staat. Maar we zijn beiden volledig in de ban van wat we hebben gezien.

Als ik weer opkijk, is de Maudit verdwenen achter opgestegen wolkenflarden. Ik heb niet eens een foto genomen, besef ik.

We pakken onze spullen, hijsen onze rugzakken op, binden ons aan het touw en vertrekken. Tijdens de afdaling betrap ik me erop dat ik steeds weer naar die plek in het westen kijk, waar de wolken zich nu massiever hebben opgebouwd en niets meer prijsgeven. Eénmaal glij ik weg in de papperige sneeuw en weet ik nog maar net met een armzwaai mijn evenwicht te hervinden. Ik scheld mezelf de huid vol. Concentreer je, verdomme. Eén misstap en je bent dood.

We verliezen snel hoogte en als we eindelijk op de gletsjer staan, is de plek waar de Maudit moet liggen verdwenen achter de kam van de Grand Cornier. Maar de berg heeft geroepen en wij zijn zijn onderworpenen: we kunnen alleen maar gehoor geven aan zijn lokroep.

2

Het plan begint zich de volgende dag tegen het middaguur uit te kristalliseren, als we zijn gesetteld op een typische klimmersrustdag.

'*Extrem brüchiges und heikeles Gelände*,' leest Augustin voor uit de SAC-führer. '*Die Touren sind alle sehr langweilig und nicht empfehlenswert.*' Zo wordt in één zin de hele lagergelegen bergkam ten westen van Moiry afgedaan. In het Nederlands: brokkelig terrein, zeer gevaarlijk, saai en niet aan te raden. Augustin merkt op: 'Meer heb je niet nodig om een gebied te mijden.'

Ik tuur op de 1:25.000 *Landeskarte der Schweiz*, die voor me ligt uitgevouwen in het gras. De beschrijving correspondeert met wat ik zie: kale flanken, de resten van een oude, grotendeels weggesmolten gletsjer, geen noemenswaardige toppen. Maar de Maudit dan? Die wordt in de klimgids niet eens genoemd.

'Laten we straks even op internet kijken,' zeg ik. Ik rol om en knijp mijn ogen toe. 'Er moet iets over te vinden zijn.'

Ons tentje staat in de blakende zon op de camping in Mission, te midden van iets wat je gerust een slagveld kunt noemen. De camping loopt over terrassen stapsgewijs af naar de beek. In het gras, vanmorgen nog bedauwd, ligt het touw uitgewaaierd op te drogen, tussen de provisorisch uitgezochte stijgijzers, pickels, karabiners en rugzakken. De achterbak van mijn Ford Focus staat open. Augustin heeft me uitgelachen om de drie hoeken die met aluminiumtape zijn afgeplakt: twee vanwege de gesandwichte aanrijding op de Amstelkade vorig jaar en één omdat ik gewoon niet kan inparkeren. In de auto stapelen zich nog meer tassen en kratten met kampeermateriaal op. Tussen twee lariksen hebben we een waslijn gespannen waaraan onze uitgespoelde thermoshirts, handschoenen, bergsokken en gore-texbroeken hangen. De rest van onze spullen ligt overal en nergens in het gras, tussen ontbijtbordjes, waterflessen, een leeg pak sinaasappelsap en een in papier verpakt stuk Zwitserse worst. Het is een chaos, maar wel een chaos waar ik van hou. Een chaos waarin ik mezelf terugvind.

Lui en loom liggen wij te midden hiervan op de uit de tent gesleepte slaapmatjes, allebei in een korte broek, allebei met een arm voor onze ogen tegen de zon, genietend van de zwaarte van onze lichamen. De fluistering van het water en het tjirpen van de cicaden vormen een heerlijk meditatief koor dat opstijgt van de bodem van de vallei. Later komt er wel een moment dat we ons zo ver kunnen krijgen ons overeind te hijsen en de zooi op te ruimen, en misschien verkassen we dan naar de campingbar voor een cappuccino of een cola. Maar nu voldoet de aarde, nu volstaat het gras.

Ik weet dat je je er niks bij kunt voorstellen, maar voor mij is dit het ultieme vakantiegevoel.

'Kun je dan niet in ieder geval een chalet huren, als je zo nodig naar de bergen moet?' heb je me een keer gevraagd. 'Ik bedoel, *I get it*, heel retro allemaal dat *back to nature*, maar moet je nou ook nog het gras knuffelen en schimmelinfecties oplopen? Ik betaal het wel voor je, als het moet.'

Maar daar gaat het natuurlijk niet om. Je weet hoe kriegelig ik word, na een paar nachten in jouw favoriete resorts of hotels. Ik heb deze eenvoud nodig als ik in de bergen ben.

(*In gedachten hoor ik je nu protesteren dat je echt niet alleen maar van luxe houdt, en dan zou ik zeggen, o nee? En dan zou jij zeggen ja oké, maar dat je ook heel puur kan zijn, en dan zou ik zeggen ja, op een stralend, witgewassen hotellaken en ruikend naar Dior bodycrème ben je heel puur.*)

Je weet dat ik geniet van onze verschillen en tegenstellingen, onze woordenwisselingen en het feit dat wij op het eerste gezicht twee onverenigbare werelden lijken. Als er iets aanwijsbaars is waarom wij van elkaar houden is dat het, en dat accepteer ik nu al drie jaar als een onverwacht geschenk. Er is weinig waaraan mensen zich zo lelijk kunnen verwonden als het elkaar willen omvormen naar het beeld van zichzelf. In plaats daarvan respecteer ik dat deze verschillen ons juist kracht geven en zie ik elke hobbel als een ontdekkingstocht, elke aanvaring als een nieuwe, onbestegen piek. De bergen en jij, het zijn twee volkomen verschillende werelden en als ik beide kan blootleggen, ben ik volmaakt gelukkig.

Ik heb er respect voor dat je mij elke keer weer naar boven laat gaan, omdat ik weet hoe bang het je maakt. Zodra mijn iPhone tijdens de afdaling de vorige dag bereik had, appte ik je dat we veilig beneden waren en toen ik doodop in mijn slaapzak lag nog eens: We bellen morgen wel. En dat hebben we gedaan: die ochtend spreken we elkaar. (*Dat was de laatste keer, hè? Onvoorstelbaar, het lijkt alweer zo lang geleden.*) Je vraagt wanneer ik thuiskom. Je vertelt over de dingen die je doet in Amsterdam nu je het rijk alleen hebt, over de vrienden met wie je op stap gaat. Je draagt me op voorzichtig te zijn, en aan jou te denken als ik weer ga klimmen, en wat ik je zou aandoen als ik naar beneden lazer. Erg subtiel ben je niet, maar ik vind het nogal schattig. Jouw manier om af te bakenen: dit is jouw obsessie en dit is wat het met mij doet.

Het is fijn om je stem te horen, zeker na wat er die nacht is gebeurd.

Ik dacht dat ik als een blok droomloos het klokje rond zou slapen, maar dat is niet zo.

Steeds zie ik Augustin naar beneden vallen.

Het rode stipje van zijn helm, kleiner en kleiner verdwijnend in de oostwand, zijn fladderende ledematen. Het enge is dat hij niet gilt: hij is doodstil.

Elke keer grijp ik naar hem, maar ik ben te laat. Elke keer maken mijn ingewanden een duikvlucht met hem mee.

En dan ineens ben ik het zelf die valt. Op een of andere manier ben ik losgeraakt van het touw en ik zie Augustins verbijsterde gezicht boven op de graat, ik zie zijn uitgestoken hand naar me grijpen, maar ik ben al te ver, ik verdwijn met een verblindende versnelling in die kille, beschaduwde bergwand, ik tol het duister in. Ik probeer te schreeuwen, maar een gewicht drukt op mijn borst en beneemt me de adem. Een primitieve ontkenning scheurt zich uit mijn binnenste en in paniek maai ik om me heen. Ik zit verstrikt in mijn gore-texjas; ik vecht om me eruit te bevrijden, om iets te kunnen doen dat geen zin heeft en dan zit ik rechtovereind, compleet gedesoriënteerd, mijn lijf heet en koortsig en kleddernat van het zweet. Ik heb geen flauw idee waar ik ben. Wel weet ik vanuit mijn halfslaap dat er een groot gevaar dreigt, maar ik val niet meer. De druk op mijn borst en mijn verstrikte armen is de donzen slaapzak, die als een cocon om me heen zit gewurmd. Pas als ik hem paniekerig van me af sla besef ik waar ik ben. De ruis is de beek, niet het suizen van de wind. Door het tentdoek komt het licht van de lantaarnpaal bij het wc-huisje naar binnen. De vormeloze hoop naast me is Augustin, diep in slaap.

Ik moet plassen. Normaal heb ik daar een hekel aan: je uit het comfort van je slaapzak worstelen, proberen je klimmaatje niet wakker te maken met het openritsen van de tent, dan de kou in, als het al niet regent of sneeuwt. Nu vind ik het niet erg. Ik wil naar buiten, ik wil die kou voelen: weg van de versteende stilte van de val. Ongelofelijk, wat was dat levensecht. Ik kijk weg, schud mijn hoofd, maar kan het nabeeld niet uit mijn geest krijgen.

Slaapdronken kruip ik uit de tent. Mijn kuiten gillen van de spierpijn en koude dauwdruppels strijken van het tentdoek langs mijn blote rug. Ik wankel een eind voor me uit, heb geen zin om naar het wc-huisje te lopen. Ik zoek een donker plekje uit bij de graswal naar het hogergelegen terras, trek de rand van mijn boxer omlaag en doe wat ik moet doen.

Ik staar de nachtelijke hemel in. De bergkammen die het nauwe dal omlijsten zijn contouren, er is geen maan maar wel een verbluffende hoeveelheid sterren. Een eenzame orografische wolkenstreep vlecht zich traag door de nacht. Daarboven kun je vlagen van de Melkweg zien. Normaal gesproken een eindeloos, adembenemend schouwspel, maar nu doet het me onwillekeurig rillen. Het universum lijkt een koude plek, vijandig, niet bedoeld voor mensen. Net als die hemelladders van sneeuw, rots en ijs die wij elke keer weer proberen te bestijgen. Overdag heerst er een bedrieglijke kalmte en een gevoel van veiligheid, maar dan, als de zon achter de horizon verdwijnt, daalt de geïsoleerdheid over je neer, de klamme zekerheid dat als je zou schreeuwen, er niemand, niemand is die je hoort.

Ik moet denken aan de Maudit, de gehoornde top, de berg die we in de verte hebben gezien. Nu, hier, halfnaakt onder die kille sterrenhemel, is er ineens geen enkele behoefte om daarheen te gaan en hem te beklimmen. Het idee vervult me eerder met weerzin.

Terug in de slaapzak wrijf ik mezelf warm en val in een rusteloze slaap. De droom keert niet terug, maar ik word wel op een zeker moment wakker van Augustin, die overeind zit en iets lijkt te zoeken. Hij mompelt in het Duits, steeds opgewondener. Ik besef dat hij in zijn slaap praat. Ik richt me op en zeg: 'Hé, het is goed. Ga maar weer slapen.'

Hij mompelt nog iets en gaat weer liggen, lijkt meteen weg te zinken in de slaap. Ik trek de slaapzak iets verder over zijn schouders zodat hij warm blijft.

Ik heb ineens een sterke behoefte om bij jou te zijn en je vast te pakken, jij met je heerlijk warme lichaam, want als ik dat vastpak, is dat op een andere plek, op een ander moment, tussen schone witte lakens, zonder de eenzaamheid van de bergen, op een plek waar ik niet de drang voel ze te moeten bedwingen. En als we wakker worden is dat in elkaars armen in een blakend zonlicht, in een ruime, warme kamer.

3

Had ik de volgende dag maar stilgestaan bij die voorzienigheid. Maar bij daglicht lijken dat soort irrationele angsten niet meer dan onnozelheid. Onze spieren raakten gewarmd aan de zon, de geest gelaafd aan het licht. In de verte, aan het eind van het dal, lonkten de bergen, schitterend als ruwe diamanten aan de ketting van een nieuwe dag.

Bovendien besef ik dan al dat er iets vreemds aan de hand is met de Maudit. In plaats van dat ik het als een waarschuwing opvat, gaat er magnetisme van uit. Het mysterie lonkt.

Google biedt geen uitkomst. Op de wifi van het campingbarretje proberen we verschillende zoektermen, maar noch op Bergtour.ch, noch op SummitPost, Camptocamp of Hikr is enige informatie te vinden. Dat is gek, die websites zijn zo'n beetje de Bijbel voor de moderne alpinist. Maar de verbinding is *crappy* en als we vooral bezig zijn met wachten tot een aantal kleineresolutiefoto's van dat gebied is geladen, verliezen we algauw ons geduld. In plaats daarvan swipen we door onze eigen foto's van de afgelopen twee dagen. Er zitten een paar prachtige plaatjes tussen – die ene waar Augustin schijnbaar in het luchtledige aan Le Rasoir bungelt, heb je voorbij zien komen op Instagram.

(*Op dat moment stonden we er verder niet bij stil, maar als je erover nadenkt is het merkwaardig. Een beetje griezelig zelfs. Vanmorgen heb ik hier, met de snelle 4G-verbinding van het AMC, ook een Google search gedaan op de Maudit, en het is frappant hoe weinig er over deze berg is gedocumenteerd. Probeer het zelf maar eens. Hij wordt terloops genoemd in een aantal Franstalige beschrijvingen van de kammen die naar het noorden lopen tussen het Val d'Anniviers en het Val d'Hérens, maar van trip reports ontbreekt elk spoor. Ook vind ik geen goede close-ups. Er zijn een paar overzichtsfoto's, geschoten vanuit het noorden, maar dank-*

zij zijn ongunstige geografische ligging gaat de piek grotendeels verscholen achter de bergruggen die het stuwmeer van Moiry omlijsten en valt hij haast weg tegen de Alpenreuzen van de Walliser grenskam. De enige concrete naamsvermelding staat in een oud, ingescand (en eigenlijk nogal sinister) krantenknipsel uit La Nouvelliste *uit 1957, over een ongeluk op de Maudit waarbij zeven alpinisten zouden zijn omgekomen. Het is in het Frans en ik kan er niet echt goed wijs uit. Ik heb de jpeg opgeslagen, misschien kun jij me helpen vertalen als je terug bent.*

Ik weet niet waarom het die zonnige middag in de campingbar niet tot me door wilde dringen. Het is niet gek dat mijn interne blueprint van de Alpen blijkbaar niet volledig is, maar dat internet geen uitkomst biedt in een tijdperk waarin elke molshoop zo'n beetje is omgeploegd en een hashtag heeft, beangstigt me. En niet zo'n beetje ook.)

De hele dag dubben we wat we nu moeten doen. Als de avond valt rijden we omhoog naar Grimentz, precies de slaperige nederzetting van luxe chalets en seizoensgesloten skiliften die ik ervan had verwacht: een toevluchtsoord voor schuchtere bergbewoners en rijke zomergasten. Vanuit de nauwe straatjes van de tegen de helling geplakte dorpskern zien we de ingang van het brede dal van Moiry, waar de geasfalteerde weg in haarspeldbochten naar het stuwmeer klimt. Meer naar het westen, nauwelijks te ontwaren, ligt de toegang tot de veel smallere, hooggelegen vallei waar de aanloop naar de Maudit begint. De berg zelf is vanuit hier niet te zien. De avond is bestendig, de kleuren intens; de schemer haalt gefacetteerde, diepblauwe en groene holtes naar voren uit de dichtbeboste hellingen.

In een herberg die ruikt naar een steenoven en gesmolten kaas, krijgen we twee schuimende pullen bier van de tap. De enige andere gasten zijn een stel oude mannen uit het dorp die kortaf knikken als we binnenkomen. Boven de bar hangt een ouderwetse vogelkooi. Terwijl ik mijn bier drink wordt mijn blik steeds getrokken door de donkere schaduw die daarbinnen rondscharrelt. Een kraai. Of een kauw.

Geen van ons kan een knoop doorhakken over de plannen voor morgen. Tot Augustin naar de wc gaat, terugkomt en me met een brede grijns wenkt. Ik volg hem naar de benedenverdieping, waar een serie ingelijste foto's en oude prenten aan de muren prijkt. Chalets met een dik pak sneeuw op het dak, vergezichten vanaf de skipistes boven het dorp, mannen in klederdracht voor een gekloofde gletsjer.

'Hier, moet je kijken,' zegt Augustin. Hij wijst op een vergeelde, ingelijste ets, tussen de deur van de heren en de dames. Als ik me bij hem voeg zie ik dat de ets *Val d'Anniviers 1878* heet. Het is moeilijk te bepalen vanuit welk perspectief hij is getekend. Ik herken de toppen, maar ze zijn grof geschetst met bruine inkt, puntiger en ruiger dan in werkelijkheid, alsof de tekenaar onbewust de associatie legt met de scheve tanden in de muil van een wolf. Het is een afspiegeling van de tijdgeest, besef ik, waarin bergen voor de dalbewoners een haardstede van gevaren en lokaal bijgeloof moeten zijn geweest. Erboven staan met diezelfde verkleurde inkt de namen geschreven: *Cervin, Dent Blanche, Garde de Bordon, Pointe de Mourty*. De gletsjers bulken uit de dalen, machtiger en langer dan in de eenentwintigste eeuw. Het stuwmeer van Moiry is er nog niet. In plaats daarvan is er een verlaten, U-vormig dal getekend, waaruit de gletsjer krult als een gespleten tong. En rechts daarvan, aan wat de westzijde moet zijn, ligt nog een dal. Hoger, scherper uitgesneden, kleiner, maar daar is het. Aan het eind ervan een donkere, scherp gekraste piek. Een gehoornde top: een stier, een duivel. *Pointe Maudit*, staat erboven.

'Dat is hem!' roep ik uit. 'Zie je wel, hier ziet hij er net zo uit als toen wij hem zagen vanaf de Rothorn, vind je niet?'

'Grappig, al die oude namen. Cervin heet tegenwoordig Matterhorn, ook in het Franssprekende deel van Zwitserland. En Gabelhorn is Obergabelhorn geworden.'

'Maar dat dal, dat komt dus pal hierboven bij Grimentz uit, precies zoals de kaart zegt. Bizar, die prent maakt gewoon meer duidelijk dan al die foto's op internet.'

Ik blijf naar de ets kijken. Er gaat een onmiskenbare dreiging uit van de Maudit. Iets in hoe die piek groter is geschetst dan hij in werkelijkheid is, hoe de top voorover lijkt te hellen, of hoe die vallei, die zonder naam op de kaart staat, vol schaduwen lijkt te zijn.

'Wat dacht je ervan, zullen we er morgen gewoon heen gaan?' zegt Augustin. Zijn ogen reflecteren de subtiele fascinatie die ik elke keer zie als hij zich een nieuw project in zijn hoofd haalt, een fascinatie die de kiem is van een obsessieve bezetenheid.

'Zonder informatie?'

'*Old-school.* We nemen bivakspullen mee, zoeken een pad langs dat riviertje dat dat dal in leidt en beklimmen die berg, zonder routes uit te zoeken. Da's toch vet, alsof we aan het pionieren zijn.'

Het klinkt aanlokkelijk. Het is een idee naar zijn hart; Augustins helden zijn de Edward Whympers en Geoffrey Winthrop Youngs van deze wereld, alpinisten van weleer die hun heldhaftige eerstbeklimmingen deden zonder paden en gore-texmateriaal.

'Volgens *MeteoSchweiz* is er alleen in de middag lokaal wat kans op onweer, dus we kunnen bivakkeren,' opper ik voorzichtig. Ik merk dat ik enthousiast word. 'Scheelt wel veel gewicht, als we de tent beneden laten.'

'En dan bepalen we ter plekke wat de beste route is. We weten beiden niets van de Maudit. Waar in de Alpen kunnen we nog doen alsof we eerstbeklimmers zijn?'

'Weet je zeker dat je niet naar de Jorasses wil?'

'Daar hebben we nog tijd zat voor. Waarschijnlijk staat er op die kaart echt een drukfout, maar de Maudit kan nooit meer dan vijf-, zesendertighonderd meter hoog zijn. Als we overmorgen vroeg vertrekken vanuit het bivak en het niet te moeilijk is kunnen we voor de middag terug zijn. 's Avonds op z'n laatst. Gaan we daarna naar Italië.'

Dat was ons plan in een notendop. Onvoorbereid maar vastberaden, zeker van ons kunnen, gesterkt door de kortstondige, maar intense band die wordt gesmeed tussen klimmers tijdens een delicate onderneming in het hooggebergte, zelfs wanneer je in het echte leven geen vrienden bent. Die band gaat dieper dan vriendschap op zeeniveau: je legt een eed af op elkaars leven, doet een rotsvaste belofte dat je, zelfs in het meest onnoemelijke geval, samen weer levend beneden komt.

Het is spijtig dat geen van ons echt goed de Franse taal beheerste, en we dus niet wisten wat *Le Maudit* betekent.

4

Als dit een verhaal was geweest, zou er nu een serie steeds verwarrender dagboekfragmenten volgen van de ongeveer zesenvijftig uren die onze expeditie naar die onheilsplek besloeg. Dat is de klassieke manier hoe dit soort verhalen wordt verteld, omdat schrijvers menen dat de toon van het directe verslag een laag realisme toevoegt. Maar in werkelijkheid is het volslagen onrealistisch, en wel om twee redenen.

Ten eerste nemen alpinisten geen dagboek mee in hun rugzak. Elke gram telt. Als je je krampachtig door een loodrechte rotsschoorsteen manoeuvreert, acht meter boven de laatste zekering terwijl je spieren worden volgepompt met melkzuur en het gewicht op je rug je steeds verder omlaagdrukt, prijs je je gelukkig dat je het steeltje van je tandenborstel hebt afgeknipt, of de labeltjes van de ritssluitingen hebt gehaald. Ik heb eens een berggids gehad die altijd een pocketboekje mee omhoog nam om de tijd te doden in berghutten. Zodra hij een bladzij had gelezen, scheurde hij die uit en gebruikte hem als wc-papier. Je reet afvegen met Tolstoj: over efficiëntie gesproken.

De tweede reden is dat er nooit een moment komt om te schrijven. Een bivak in het hooggebergte is tijdrovend, koud en oncomfortabel. Het enige waar je in die omstandigheden mee bezig bent is overleven, jezelf warmhouden en je zo effectief mogelijk voorbereiden op de beklimming van de volgende dag.

Een dagboekverslag zit er dus niet in. Maar ik heb wel de foto's.

(*Ik heb ze dan toch geüpload, Sam. Zonder de foto's vertrouwde ik niet op mijn vermogen om de gebeurtenissen daarboven zo compleet mogelijk terug te halen, want mijn herinneringen waren nog steeds verwarrend en fragmentarisch. Ik dacht dat de foto's wel iets los zouden maken. En fuck, dat hebben ze gedaan.*)

Ze zijn geschoten met de GoPro. Ik schiet zelden filmpjes in de bergen omdat ik merk dat een foto veel meer impact heeft en er beter in slaagt hun schaal vast te leggen. Bovendien kijk je foto's veel vaker terug dan ongeëdit videomateriaal. De fotoreportage van de Maudit telt zestien stuks, allemaal genomen op de eerste dag tijdens de aanloop en het bivak. Van de beklimming zelf heb ik niets. De batterij had het toen al begeven. (*En mijn iPhone?*

hoor ik je denken. Ja, die deed het toen nog, al hadden we al geen bereik meer om het alarmnummer te bellen vanaf het moment dat we de vallei betraden. En tegen de tijd dat de batterij van de GoPro ermee ophield, was ik zo druk met mezelf in leven te houden dat foto's nemen met mijn iPhone niet eens meer in me opkwam.)

De eerste foto laat een prikkeldraadversperring zien voor iets wat het begin van een steil klimmend paadje lijkt te zijn, op de dichtbeboste hellingen boven Grimentz. *ACCÈS INTERDIT* staat op een geel bordje, en Augustin poseert er met een brede grijns voor, zijn opgerolde slaapmatje tegen de zijkant van zijn North Face-rugzak gegespt.

Onze problemen zijn even daarvoor al begonnen, als we proberen de toegang tot het smalle zijdal te vinden. Volgens de kaart lopen er onduidelijke padsporen vanuit het hogergelegen deel van het dorp naar de beek die vanuit de vallei naar beneden stroomt (*Torrent de Maudit*, staat er in blauwe letters bij gedrukt), maar het stippellijntje houdt op nog voor het op de stroom stuit. Vanuit Grimentz zelf, waar we de auto op het parkeerterrein voor *La Poste* hebben gezet, zijn de steile hellingen volslagen onoverzichtelijk, en we kunnen het pad niet vinden. We verliezen drie kwartier als we een beek boven het dorp volgen die ons uiteindelijk naar het braakliggende skigebied in het westen brengt. Pas als we uit het bos op een rustieke alm komen met een aantal logge, door de elementen verweerde schuren, zien we dat we verkeerd zitten. Meer naar het zuiden lijkt nu de nauwe, v-vormige inkeping in de bergketen waar we naartoe moeten zichtbaar te zijn. *Mapcheck* zorgt alleen maar voor meer verwarring, omdat de zo voor de hand liggende oriëntatiepunten op de kaart in werkelijkheid niet te herkennen zijn. Geen wonder dat er zo weinig over de Maudit is te vinden, denk ik. Erg makkelijk wordt ons de toegang ertoe ook niet gemaakt. In de zo gecultiveerde, overlopen Zwitserse Alpen lijkt dit een stuk onontgonnen wildernis.

Even overweeg ik de gedachte om ons plan maar in het geheel te laten varen, want instinctief voelt het niet goed dat ik me door mijn richtingsgevoel voor de gek heb laten houden. Maar Augustin stelt monter voor om terug te lopen naar het dorp en op zoek te gaan naar die zuidelijker gelegen geul. Ik benijd zijn zorgeloze houding om zelfs van zo'n vergissing te kunnen genieten, zonder gemopper of twijfel.

Zodoende komen we uiteindelijk bij de plek waar die eerste GoProfoto is genomen, met het bordje ACCÈS INTERDIT. Geen wonder dat we het aanvankelijk niet wisten te vinden. Het pad begint buiten het dorp aan de andere kant van een hellende weide, waar larikshouten voorraadschuren balanceren op ronde granieten stenen en hoekpalen. Het tellen van de boerderijen en chalets op de kaart heeft ons echter op het juiste spoor gezet. Het spoor omhoog is nauwelijks te onderscheiden en overwoekerd met dichte vegetatie, maar dit moet het juiste zijn.

Alleen stuiten we dus op die afzetting, die waarschijnlijk een privéreservaat afbakent waar vee vrij rondloopt. Het is nog niet eenvoudig om die barrière te passeren. Een hachelijke toer langs het prikkeldraad naar links brengt ons op een rotsklif boven een waterval, die de Torrent de Maudit moet zijn. Aan die kant is er geen doorkomen aan. Pas na tien minuten zoeken vinden we verder naar rechts in het woud een plek waar het prikkeldraad losser zit. Als we het voor elkaar omhooghouden en op de onderste draad gaan staan, kunnen we eerst onze rugzakken en daarna onszelf erdoorheen wurmen. Het duurt even voor we op het steile paadje aan de andere kant van de afzetting staan, maar dan kunnen we op weg.

De tweede foto is een stuk hogerop genomen en is subtiel verontrustender. Net als de derde, en de vierde. Kijk... de fotoreportage van onze expeditie naar Le Maudit is fragmentarisch en incompleet, in tegenstelling tot alle andere fotoseries van beklimmingen op mijn externe harde schijf. Het is niet de normale successieve reeks van actie- en uitzichtplaatjes, *sunset shots* en verplichte topfoto's.

(Ik heb ze niet meegestuurd, maar ik wil ze je best laten zien, als je terug bent en je erop staat. Maar ik weet niet of het wel zo'n goed idee is. Vanmorgen heb ik ze aan mijn ouders laten zien. Pa vroeg erom, al zag ik het eigenlijk niet zitten, want ik heb ze nog niets verteld van wat ik jou nu vertel – en dat ben ik ook geenszins van plan. Maar uiteindelijk heb ik toegegeven, omdat ze toch al met zoveel vragen rondlopen.

Beiden voelden zich slecht op hun gemak bij het kijken. Ma heeft de reeks niet afgemaakt; halverwege duwde ze mijn iPad weg en wendde ze zich af, niet bij machte onder woorden te brengen waarom het bloed uit haar gezicht was weggetrokken. Ik kan dat denk ik wel. Het is dezelfde reden waarom veel mensen moeite hebben met die Schipholselfies die op internet circuleren, van mensen die op het punt stonden de MH17 te boarden. Het is in het licht van wat er vlak ná het moment van de foto gebeurt, dat het bekijken ervan iets slechts lijkt. Selfies van de net-niet-overledenen. Jij weet het, zij nog niet. Het is te intiem, de privacy wordt geschonden tijdens dat laatste, meest vergankelijke moment van hun leven.

En er is nog iets. Als je de foto's bekijkt bekruipt je steeds meer het gevoel dat je het verslag ziet van twee jongens, twee slachtoffers, twee verdoemden, *die steeds meer de grip op de werkelijkheid beginnen te verliezen.*)

Foto 2 is denk ik twee uur na de eerste genomen. We zijn nu een flink eind boven de boomgrens en de zon brandt fel op de kale helling. Het is een door mij genomen selfie, met hoger op de helling achter me Augustin in korte mouwen en met een bandana om zijn lange haar uit zijn gezicht te houden. Foto 3 is nog een uur later en dalwaarts genomen, veel lager sjokt Augustin de helling op tegen het decor van de bergen aan de overzijde van het dal. Foto 4 is weer een selfie, en tegen die tijd is de lucht betrokken geraakt.

Wat verontrustend is aan de foto's is dat ze alle drie scheef zijn genomen. De zonnige selfie helt over naar rechts en het is puur dankzij de groothoeklens van de GoPro, die de horizon aan de randen een beetje verbuigt, dat je in de bovenhoek achter Augustin en mij de inkeping ziet die toegang biedt tot de vallei. Maar het is vreemd, als je erover nadenkt, uit welk perspectief ik blijkbaar heb geschoten. Dat kan ik niet bewust hebben gedaan. Selfies van schuin onder met sportcams zijn nog tot daaraantoe, maar om het beeld dan zo scheef te houden? De bergketenhorizon op de volgende foto helt juist scherp over naar links en je zou kunnen zeggen dat hij totaal is mislukt. En de tweede selfie leunt opnieuw naar rechts. Als je je lang genoeg concentreert op die foto's lijk je een beetje misselijk te worden, alsof niet alleen de maker, maar ook jij op de deinende voorboeg van een schip staat, zonder aanknopingspunten omdat alles om je heen mee golft, tot je uiteindelijk het gevoel krijgt dat je over de reling moet braken. (*Het is hier dat zowel pa als ma stil werden bij het bekijken van de foto's.*)

Iets anders dat verontrustend is, is hoe de uitdrukking op onze gezichten verandert. En onze lichaamstaal. Wat de foto's niet prijsgeven, niet direct tenminste, is de moeite die het ons kost om hogerop te komen. Al voor we de boomgrens passeren is het pad simpelweg opgehouden te bestaan. De enige zinvolle doorgang door de wirwar van veel te dicht op elkaar groeiende alpensparren en lariksen, is om de haverklap versperd met stapels overwoekerde, vermolmde boomstammen. Alles wijst erop dat de houtkap jaren geleden heeft plaatsgevonden en daar zomaar is blijven liggen, blootgesteld aan de elementen en als voedingsbodem voor nieuw leven. Toch kan ik me niet aan de indruk onttrekken dat de versperring bewust is opgeworpen. Een hindernis? Natuurlijk, schiet het me te binnen – het zijn oude lawinekeringen. Het maakt het stijgen afmattend en we verliezen opnieuw tijd. Maar dat is niet het enige wat uit onze gezichtsuitdrukking spreekt.

Op foto 2 zie je mijn gezicht in groothoekperspectief. Ik frons in een ongerichte glimlach, gebruind door het zonlicht en met rode wangen van de inspanning. Mijn haar plakt in slierten aan mijn voorhoofd, mijn lippen zijn iets van elkaar. Augustin staat hogerop en kijkt naar beneden, langs de camera, gezicht strak. In principe niets geks daar, hooguit een lichte spanning omdat we onze weg zoeken op onbekend terrein. Op foto 3 is Augustin dus ver achteropgeraakt; hij leunt schuin voorover als een oude man op zijn Black Diamond-stokken, hoewel het perspectief van bovenaf die indruk wat lijkt te versterken. Zijn gezicht is nauwelijks te zien. Het enige wat opvalt is dat het door de schaduwwerking van deze afstand doodsbleek lijkt, met gaten in plaats van ogen. En op foto 4 bevindt hij zich weer boven me. Hij lijkt hier opvallend mager te zijn. Net op het moment dat ik de foto neem draait hij van de camera weg en zijn haren steken grillig af tegen de bleke wolkenlucht. Mijn eigen gezicht is nu vol in beeld en dat wekt misschien nog wel het meest unheimische gevoel. Ik zie grauw, mijn ogen liggen weggezonken in een strakgespannen huid en er spreekt overduidelijk onbehagen uit mijn gezicht – of zeg maar gerust doffe angst, al doe ik schijnbaar mijn best het te verhullen.

We hebben dan namelijk net voor de derde keer een *mapcheck* gedaan en ditmaal hebben we er ruzie over gekregen. We komen er niet uit waar op de kaart we zijn. Volgens de hoogtemeter op Augustins Seiko moeten we ons op 2.800 meter hoogte bevinden. Ik vraag of het horloge een te hoge waarde kan aangeven vanwege de dalende luchtdruk, maar Augustin zegt dat het een gps-meter is. Gps-meters gaan via satellieten en die hebben het nooit fout.

'Maar waar zitten we dan,' zeg ik en ik douw de kaart in zijn handen. Ik ben gefrustreerd omdat ik het niet begrijp. Als ik terug het dal in kijk is de omgeving zo overzichtelijk als het maar kan. Toch lijken de hoogtelijnen niet in overeenstemming met de werkelijkheid hier, hogerop. Volgens de kaart zou de naamloze vallei aan welk uiteinde de Maudit rijst op 2.700 meter moeten beginnen, maar de toegang (die vanaf hier niet meer v-vormig lijkt; eerder een vlakke, plateauvormige pas) ligt nog steeds schuin boven ons. Of zijn we al te ver de helling op en ligt de vallei van de Maudit nog een kam verder, naar het westen? Maar waarom klopt de vorm ervan dan niet?

Als ik er te lang naar kijk zie ik vlekken voor mijn ogen en merk ik dat ik licht lijk te gaan zweven in mijn hoofd. Ik snap het niet. Ik heb nooit problemen met oriëntatie.

Augustin reageert geïrriteerd op mijn twijfels. 'Wat wil je eraan doen? Nog een halfuurtje max en we zijn op de col, daar kunnen we het beter zien. Als het klopt moeten we daar de Maudit zien liggen en dan zullen we meteen herkennen waar we zijn.'

'Maar je *ziet* toch op de kaart dat het niet klopt, dat we te hoog zitten?'

'Je *ziet* toch dat die vallei daarboven ligt? Kijk dan!' Hij zwaait met zijn Black Diamonds naar de inkeping.

'Er klopt helemaal niets van.'

Augustin lacht schamper. 'Jonge, wat bedoel je nou. We zijn gewoon een beetje verdwaald omdat er geen paden zijn. Laten we naar boven gaan, daar kunnen we het beter zien.'

Daar heeft hij gelijk in. Men klimt; men ziet. Men daalt af; men ziet niet langer, maar men hééft gezien. Ik tuur langs hem heen naar de pas, naar de steile, niet uitnodigend uitziende hellingen die de vallei erachter omsluiten en de steeds meer betrekkende lucht. Er cirkelen drie kauwen hoog boven ons op een onzichtbare thermiekbel. Ik merk dat ik kippenvel heb in mijn nek en op mijn armen: ik heb het koud nu ik stilsta in alleen een bezweet thermoshirt. 'Oké,' zeg ik ten slotte. Maar ik voel me niet oké, de kilte zit ook in mijn hoofd en dat is het moment dat ik de vierde foto neem, dat is de kilte die de foto overbrengt op de kijker.

Wat de foto's vanzelfsprekend niet vastleggen, is wat er in me omgaat, die laatste dertig à veertig minuten voor we de pas bereiken. Zo kort moet het althans zijn geweest, al voelde het langer, veel langer. Elke keer als ik naar de pas opkijk merk ik dat er opnieuw vlekken voor mijn ogen verschijnen en dan begint het me te duizelen. Ik zuig mijn longen vol lucht en probeer mijn hoofd helder te krijgen, maar algauw zakt het gevoel door naar mijn maag. De moed zakt me in de schoenen, want ik herken het uit duizenden.

Een van de fysiek grootste ongemakken van het bergbeklimmen is dat je midden in de nacht vertrekt, in de kou en het stikdonker, onder het hypnotiserende schijnsel van je Petzl-hoofdlampje. Het is namelijk van belang om rond het middaguur, als de zon aan kracht wint, van de gletsjers af te zijn, omdat instabiele sneeuwbruggen over onzichtbare spleten dodelijke valkuilen worden. Ieder jaar weer verdwijnen er klimmers – soms zelfs hele touwgroepen – in diepe gletsjerspelonken, om in de bevroren duisternis te sterven. Als de berg ze genadig is, is de val diep genoeg om ze in één keer de stilte in te slaan. De meeste slachtoffers schieten echter klem tussen blauwe, vernauwende ijsmuren en terwijl hun lichaamswarmte ze millimeter voor millimeter dieper vast laat smelten, sterven ze langzaam en zeer bewust de verstikkingsdood.

Vroeg vertrekken, dus. Alleen komt mijn maag in opstand als ik om drie uur 's nachts, dronken van de slaap, een fysieke tour de force moet leveren. Eten verdraag ik niet, ik braak het meteen uit. Maar eet ik niet, dan word ik ook misselijk omdat mijn lichaam geen brandstof heeft voor de beklimming. Beide opties zijn even slecht. Daarom zweer ik tegenwoordig bij Metoclopram, dat ik 's avonds en 's ochtends voor een beklimming inneem en mijn maag tot rust brengt.

Vanochtend zijn we gewoon op een christelijk tijdstip vertrokken en het loopt inmiddels al tegen het middaguur, maar toch lijkt mijn maag nu in een knoop te schieten en met elke stap die ik zet in zijn eigen, vettige hangmat te schommelen. Ik probeer me op mijn ademhaling te concentreren, een ritme te vinden in het gestage voortschrijden van mijn voetstappen. Mijn hart gaat zo tekeer dat ik het niet alleen in mijn borst maar ook achter mijn slapen voel bonken. Het lijken verdomme wel hoogteziekteverschijnselen. Maar dat is bullshit. We zijn goed geacclimatiseerd en de hoogte zou pas ver boven de vierduizend meter een rol moeten gaan spelen.

Ik blijf staan en buig voorover, hangend in mijn stokken. We zijn halverwege een steil blokkenterrein vol losliggend puin en ik wankel even om mijn evenwicht te bewaren. De horizon in het noorden golft. Ik breng mijn hand naar mijn borst alsof ik mijn hart op die manier tot bedaren kan brengen. Ik voel me ellendig. Misschien moet ik mijn vinger in mijn keel steken om mezelf te laten overgeven en zo de misselijkheid verdrijven, maar op een of andere manier maakt dat vooruitzicht me bang. Zo ver wil ik het niet laten komen. Stom, achteraf, hoe je beoordelingsvermogen afneemt in die omstandigheden. Alleen, buiten adem en onder invloed van... ja, van wat?

Ik richt me op en volg het puinveld met mijn blik. Augustin zwalkt gestaag tegen de helling op (*gestaag zwalken? denk ik dat echt?*) – heen en weer, heen en weer en even lijkt hij op een gehangene aan een galg, traag bewegend in de wind.

'Hou op,' kreun ik. Ik wrijf met mijn knokkels in mijn ogen, ruik het zout op mijn vingers. Ik probeer mijn ademhaling te vertragen, bedenk dat ik een Metoclopram uit mijn EHBO-kitje moet nemen, maar heb geen zin om mijn rugzak af te doen. Als ik mijn handen voor mijn gezicht weghaal zijn er alleen maar vlekken, maar die trekken grotendeels weg en dan zie ik weer helder.

Klimmen. Nog een stukje verder klimmen.

De bergkam in het noorden golft nog steeds.

Niet die aan de overzijde van het dal, maar helemaal in de verte, aan de overzijde van de Rhônevallei, waar je tegen het Berner Oberland aankijkt. De sneeuwkappen en rotsflanken zetten uit, krimpen in, zetten uit. De lucht lijkt dun, alsof ik hallucineer. Ik schud fel mijn hoofd en ik kerm. Het horen van mijn eigen stem zou me een vertrouwd gevoel moeten geven, maar het geluid wordt op een vreemde manier vervormd door de puinwaaier onder ons, alsof uit het dal duizenden verborgen monden achter grauwe rotsblokken terug kermen.

Abrupt kijk ik om me heen. Links, rechts, beneden me. Niets, ik beeld het me in. De kauwen zijn verdwenen. Er heerst een diepe stilte, afgezien van het geklater van de beek, ergens ver weg.

Ik zie vocht in de lucht hangen: een enkel waterdeeltje dat zich uit de staalgrijze lucht losmaakt. Ineens bang om te ver achterop te raken, zet ik me weer in beweging. De misselijkheid is weggeebd, maar komt vijf minuten later weer opzetten. Als ik even later opkijk ben ik verbaasd Augustin te zien zitten, uitrustend onder een rotsuitstulping.

'Gaat-ie, maatje?' vraag ik als ik hem bereik.

Hij lacht naar me – de lucht is geklaard, de irritatie van eerder is verdwenen. 'Gek hè, wat de ruimte hier met je doet,' zegt hij.

Ik knik en sjok traag door, niet van plan mijn ritme te onderbreken, want dat kost me weer de energie van me losrukken uit een rustpauze. Nu ik eraan terugdenk kan ik me helder voor de geest halen hoe slecht Augustin er op dat moment in feite uitziet, maar op het moment zelf lijk ik het niet te beseffen. Het dringt niet eens tot me door wat hij zegt. Ik weet niet wat me bezielt.

'Ik denk dat er hier doodsvogels zijn,' zegt hij vertrouwelijk. 'Ik hoor ze steeds, achter de bergen.'

Ik lach – *concentreer je op je ritme* – en dan ben ik hem voorbij. Ik begin mijn stappen te tellen. Steeds tot tien en dan opnieuw. Als ik me daarop focus voel ik mijn duizeligheid niet, voel ik niet de zwaarte van mijn ledematen. De grip van mijn vingers om de handvatten van mijn Black Diamonds verslapt, de rugzak wordt zwaarder. Er ligt een druk net achter mijn oren, die steeds groter wordt, alsof ik steeds dieper onder water zak, in een wak. Een wak, of een gletsjerspleet. Stomme gedachte. Waarom beeldde ik me net in dat ik Augustins lichaam aan een galg zag bungelen, traag op en neer, op en neer in de wind?

Ik denk dat er hier doodsvogels zijn.

Die zitten niet achter de bergen, hoe kan hij dat denken. Ze zitten in gletsjerspleten en komen het leven uit je vreten als je erin wegzakt.

'E... ven... nog...' hijg ik tegen mezelf. 'Stap... stap... stap... zijn er bijna...'

(Achteraf mag duidelijk zijn dat we toen al niet meer toerekeningsvatbaar waren. Een andere verklaring heb ik niet voor ons gedrag. Hoe kan het anders dat we de situatie zo slecht beoordeelden? Of dat we keer op keer de verkeerde beslissingen namen en dat we, ondanks de signalen dat we als de sodemieter moesten omkeren, steeds maar dóór bleven gaan?)

Eén ding is zeker: nog voor ik de col bereik, voel ik de aanwezigheid van de berg aan het einde van die vallei aan ons trekken en ons afstoten, alsof er daarboven een magnetisch veld ligt dat om onaardse reden steeds van pool verandert. Het splitst me in tweeën. Ik voel dat er iets ernstig mis is, aan alles voel ik dat, en tegelijkertijd móét ik erheen. De berg is een verleider. Zijn mysterie een obsessie.

En opeens, vlak voor ik de col betreed, is het voorbij. Mijn afschuw, mijn duizeligheid en de manier waarop de elementen en de woeste natuur het onvoorstelbare suggereerden, zijn plotseling verdwenen. De bergen zijn niets meer dan bergen: dode steen, vaste grond onder onze voeten.

De vallei openbaarde zich en wij betraden hem.

5

Het is een anticlimax: de top van de Maudit ligt in de wolken en laat zich niet zien. Dat is het verhaal van de vijfde foto. Tegen de tijd dat we op de pas staan is het halfeen 's middags (*dat weet ik nog, omdat ik nadat ik een fleecetrui uit mijn rugzak had getrokken om niet af te koelen op mijn iPhone een weersupdate wilde zoeken, maar er was op dat moment al geen datanetwerk meer*) en alle omringende bergkammen zijn in wolken gesluierd, maar dat neemt niet weg dat we een duidelijk overzicht hebben over de vallei, zoals te zien is op foto 5.

De vallei is een puinkom van grauwe morenes en oude sneeuwplekken, doorregen met de modderige bedding van de beek. Behalve aan de monding wordt hij aan alle zijden omsloten door steile hellingen en indrukwekkende rotswanden. Een kilometer of vier, vijf verderop ligt de teruggetrokken uitloper van een compacte gletsjer. Sneeuwcouloirs lopen vanaf de hogere flanken de wolken in aan weerszijden van de machtige, ongewoon donkere muur die de voet van de Maudit moet zijn. Aan het uiteinde, waar de tong van de ijsmassa uiteenvalt in een doolhof van spleten, moet het gletsjermeer liggen dat als een kil oog over de vallei waakt.

'Valt dat even tegen, hè?' merk ik op.

Augustin kijkt teleurgesteld om zich heen. Hij heeft zich iets indrukwekkenders voorgesteld: het zicht op de piek waarvoor we zijn gekomen. Hij opent zijn armen naar waar hij moet liggen – met zijn Black Diamonds lijkt hij op een hoofdletter Y – en joelt zo hard hij kan: '*Heeeeeee-yo!*'

In plaats van dat zijn stem galmt en terugkaatst tegen de bergwanden, klinkt zijn roep merkwaardig vlak en valt algauw dood. De vallei is te groot voor de echo. Wij zijn te klein. Er heerst hier eenzaamheid, maar niet de eenzaamheid waar we naar op zoek zijn. De doodse stilte, de totale afwezigheid van bergpaden en de troosteloosheid van die puinflanken wekken de indruk dat de menselijke beschaving deze plek links heeft laten liggen.

Met een knoop in mijn maag draai ik me om en kijk naar de horizon. Achter het massief van het Berner Oberland heeft zich een donkere wolkenbank gevormd die snel aan hoogte en kracht lijkt te winnen.

'De weersverandering zint me eerlijk gezegd niet zo. Denk je dat het zich goed zal houden?'

Augustin haalt zijn schouders op. 'Er was alleen kans op lokaal onweer in de middag. Het zal wel meevallen.'

Er klinkt een schelle kreet en met een ruk kijk ik op. Een alpenkauw zweeft op de stijgende wind boven de monding van de vallei en duikt dan uit de hoogte naar beneden. Ineens zie ik dat het een hele zwerm is: overal komen ze vandaan, een donker gevlekte werveling als bladeren op de wind en ik hoor hun schorre gekibbel en gegil, dat soms haast menselijk klinkt en net als Augustins gejoel doodslaat tegen de veranderende atmosfeer. De vogels vertonen hun dolle acrobatische toeren, maar blijven dan plotseling, als op een signaal dat alleen zij kunnen horen, boven het plateau hangen, hun malle pootjes bungelend onder hun scheef hangende lichamen. Een van hen landt een meter of tien van ons vandaan en stapt parmantig tussen de rotsen onze richting uit. Hij vouwt zijn vleugels, graaft met een lange, felgele snavel tussen zijn veren en kijkt dan behoedzaam naar het onverwachte gezelschap op de col. Ik vraag me af hoelang geleden het is dat zij hier levende zielen hebben gezien.

Augustin grijnst en knielt, steekt zijn hand uit naar de vogel en roept hem. De kauw blijft argwanend maar brutaal zitten.

Ook zonder blik op de barometer weet ik wat de komst van de vogels impliceert. Alpenkauwen trekken naar het dal en laten de bergen aan de storm over, zodra de luchtdruk daalt.

Als om dat te bevestigen slaakt de vogel een naargeestige kreet, waarna hij opvliegt en met de hele zwerm in één woelige beweging de diepte in duikt.

(*En natuurlijk hadden wij ze moeten volgen. Natuurlijk hadden wij het enige logische, het enige verstandige, het enige verantwoordelijke moeten doen en de vogels naar het dal moeten volgen. Maar we deden het niet. Ik wou dat ik er een logische verklaring voor had waarom niet.*)

'Wow, wat een gezicht,' zegt Augustin.

We kijken ze zwijgend na tot ze uit het zicht zijn verdwenen. Ik voel opeens de sterke behoefte om jou een bericht te sturen, maar als ik mijn iPhone uit de zak van mijn gore-texbroek heb gehaald, zie ik opnieuw dat er geen netwerk is. Dat heb je in deze afgelegen dalen vaker: de steile hellingen die de tussenliggende valleien omsluiten blokkeren het signaal.

Ik zet het display uit en stop hem weg. 'Zullen we hier ergens dan maar bivak opslaan, of gaan we een stukje verder?'

Nee, we gaan terug, denk ik. *Terug naar het dal.*

Augustin knikt. 'Laten we bij het gletsjermeer kamp maken. Het is bijna vlak terrein hier, hooguit een uur lopen – dat halen we nog wel voor het onweer. Daar zal de grond wat zachter zijn, en als het vanavond opentrekt hebben we mooi zicht op de route die we morgen nemen.'

O ja, de beklimming. Op een of andere manier lijk ik steeds de focus te verliezen op waarvoor we hier eigenlijk zijn. Bergen beklimmen, het is nu eenmaal wat ik doe.

Het duurt niet lang eer we onze rugzakken weer op hebben gehesen, maar voor we op weg gaan doet Augustin iets onverwachts: hij stapelt een dozijn of wat platte stenen op elkaar voor een steenmannetje. Ik aarzel even maar volg dan zijn voorbeeld.

Marked territory. Dit is onze vallei. Even later staan ze daar op de col: twee steenmannetjes, gezamenlijk uitkijkend over het dal, overgeleverd aan de berg.

Eén voor Augustin, één voor Nick.

Dan zijn we op weg en lossen de steenmannetjes op in de grijze massa achter ons.

6

Trekking door het hooggebergte is een introverte aangelegenheid die niet voor iedereen is weggelegd. Ondanks het gezelschap van je klimmaatje, ben je het grootste deel van de tijd alleen met de berg, alleen met jezelf. Doordat je reserves moet sparen voor de aanhoudende, langdurige fysieke inspanning val je in een zwijgzame, gestage cadans van de ene pas naar de andere, die sluipenderwijs de afstand tussen elkaar vergroot. Al snel beweeg je je in een ontkoppelde, tranceachtige volharding, een zuiver meditatieve staat waarin je hoofd leeg is en je geest zo is opengesteld voor de stille kracht van de omgeving, dat je de polsslag van de aarde kunt voelen. Het is de perfecte mindfulnessoefening: na een klimvakantie kom ik mentaal volkomen uitgerust thuis.

Het is in diezelfde trance dat we volkomen onze grip op de werkelijkheid verliezen, in de uren dat we door de vallei aan hoogte winnen.

Ik weet nog dat er momenten zijn dat ik me bewust word van de veranderende omgeving. Ook dit zijn net foto's, maar dan foto's in mijn herinnering: beelden en fragmenten die me nog helder voor de geest staan.

Het eerste fragment is niet lang nadat we van de col zijn vertrokken. Achter ons, in het noorden, is het donker geworden. Het Berner Oberland is achter een paarsgrijze wolkenmuur verdwenen en in het Rhônedal lijkt het haast nacht.

Het volgende moment – ik kan niet bepalen hoeveel later – is het zicht op het dal geblokkeerd doordat wolkenflarden van de steile rotshellingen omlaag komen rollen, als voorrijders van de storm. Er is een wind opgestoken die het zweet op mijn voorhoofd verkilt en Augustins haar over zijn bandana laat wapperen.

We volgen de bedding min of meer stroomopwaarts, hoewel er niet altijd sprake is van een bedding. Het ene moment vervlecht de beek zich in een breed, ingeslepen stroomgebied door de vallei, het volgende moment is hij verdwenen onder het puin en hoor je alleen het druppen van smeltwater. Het terrein is eenvoudig; het stijgt slechts geleidelijk en als je weet hoe je je moet bewegen is het een elegante dans om van rots tot rots te springen, nu en dan ondersteund door je Black Diamonds, maar vooral feilloos vertrouwend op je evenwicht en de welkome balans van de rotsblokken. Op dat moment meen ik nog dat we snel voortgang boeken en over niet al te lange tijd ons bivak kunnen inrichten.

Dan ineens word ik uit mijn trance gerukt als Augustin zegt: 'Het is verder dan het lijkt, hè?'

Ik kijk op en om me heen. Ik vraag hem hoelang we gelopen hebben. Vijftig minuten nu. Ik kan het nauwelijks geloven. Met een uur zouden we er zijn, was onze inschatting. De wolken, zwaar van de regen, zijn gedaald tot op de gletsjer onder de noordwand van de Maudit, maar de gletsjer is nauwelijks dichterbij gekomen. Grijswit en gescheurd houdt hij zijn adem in, daar in de verte. Achter ons liggen eindeloze blokkenvelden. Ook de col waar onze steenmannetjes staan is uit het zicht achter wolken die vanuit het dal omhoogkruipen. Het maakt het moeilijk om afstanden in te schatten. Vanaf de col had het nog maar zo'n klein stukje geleken.

'Laten we maar verdergaan,' zeg ik. Even later zink ik weer in die gedachteloze droomtoestand.

De wind trekt aan en wordt gemeen koud.

Het klopt niet, denk ik, ik weet niet hoeveel later. Augustin loopt verderop en ik wil hem niet uit zijn ritme halen, en aangezien ik zelf geen horloge draag wurm ik mijn hand in mijn zak en haal mijn telefoon tevoorschijn. We zijn nu ruim anderhalf uur onderweg vanaf de col, zie ik, en ik weet het: *We hadden allang bij het meer moeten zijn.*

Maar we zijn niet eens in de buurt. Alleen die puinvelden, die zich uitstrekken tot ze aan alle kanten in wolken of rotswanden verdwijnen. Mijn oriëntatievermogen is fucked-up. Om ons heen ontvouwt zich een onbekend bedrog van ruimte en beweging, alsof de horizon zich in volle vaart in alle richtingen van ons verwijdert en de grootsheid van de vallei over ons heen valt. *De tijd gedraagt zich stroperig*, denk ik verward, en dan: *Nee, de vallei zelf gedraagt zich stroperig.*

Dan zie ik Augustins helm voor me, dat rode stipje dat langzaam kleiner wordt als het in de diepte verdwijnt. Ik hoor een gil. Die zit in mijn hoofd, maar toch kijk ik opeens met luid bonzend hart om me heen, want de stilte wordt zo plotseling doormidden gescheurd en de gil weerkaatst zo vlak tegen mijn directe omgeving, dat het lijkt alsof hij uit de wolken recht boven me komt.

Ik wrijf in mijn gezicht, overweeg of ik de moeite wil nemen om mijn rugzak af te doen en water te drinken. Ik schrik op van gemompelde woorden en kijk opnieuw om me heen, maar zie alleen rotsblokken. Dan was ik het zelf. Ik voel me verward en kwetsbaar in mijn gebroken denken, alsof ik hallucineer. Is het puur desoriëntatie? Ik heb geen antwoord op die vraag.

Als ik me omdraai zie ik dat we in rap tempo worden ingehaald door een aanrollende wolkenbank. De wolk steekt diffuus wit af tegen de loodgrijze hemel en groeit als een reusachtig levend wezen. Ik roep Augustin, maar hij hoort me niet, dus ik fluit op mijn vingers. Hij kijkt om en ik wijs met mijn Black Diamond op wat ons van achteren besluipt.

Augustin blijft op me wachten en tegen de tijd dat ik hem heb ingehaald heeft hij zijn gore-texjas al aangetrokken. Ik volg vlug zijn voorbeeld. Net op tijd, dan rolt de wolk over ons heen en slaat de koude adem van de berg ons in het gezicht.

De wereld verandert in een bleekwitte cocon waarin niets meer is te ontwaren.

'Moeten we geen kamp opslaan?' vraag ik. Ik schaam me voor de onzekerheid die in mijn stem doorklinkt.

Maar Augustin haalt alleen zijn schouders op. '*It's just a cloud.*'

Weer die benijdenswaardige nuchterheid, die het zo makkelijk maakt om je over te leveren aan zijn zelfvertrouwen. Had ik er maar wat meer van.

We gaan verder, maar nu blijven we dicht bij elkaar en verliezen we de beek niet meer uit het oog. Het geluid van stromend water geeft houvast: zolang het water nog de weg naar de bewoonde wereld kan terugvinden, kunnen wij dat ook. Augustins jack is felrood (*net als zijn helm*, denk ik, *zijn vallende helm*) en het bandje dat aan zijn vastgegespte ijsbijl bungelt is felgeel, maar zelfs van zo dichtbij zijn de kleuren nu mat en levenloos. Het zicht is nog geen dertig meter: dat is het punt waar rotsblokken en wolk in een grauwe waas in elkaar overgaan. Het is een spookachtig gezicht. We lopen door een mistige tunnel met een grillige, rotsachtige bodem. Nu het perspectief op de vallei is verhuld drukt de aanwezigheid ervan des te meer op ons neer. Iedereen die wel eens in een mijn is afgedaald zal begrijpen wat ik bedoel: onzichtbare ruimtelijkheid kan een verstikkende claustrofobie oproepen.

En het maakt me bang. Dit *alles* maakt me bang. Ik kan het niet helpen, ik zal er eerlijk over zijn. Ik denk aan de haast onvindbare toegang tot het pad, aan het bordje *ACCÈS INTERDIT* dat is bevestigd aan het prikkeldraad. Ik denk aan het feit dat hier geen paden lopen, ik denk aan door mensenhanden opgetrokken versperringen, aan ontoegankelijkheid die een *doel* dient. Ik denk aan de twee door ons gebouwde steenmannen in de monding van de vallei, die zijn opgeslokt door de nevel. Het beeld werpt de schaduw van een enorm, onvatbaar gevaar.

Ik probeer mezelf terug te dwingen in de trance van het lopen, maar slaag er niet in. IJskoude neerslag begint in mijn gezicht te striemen, maakt mijn wangen gevoelloos en steekt in mijn oogspleetjes. Ik trek mijn capuchon dicht, maar meteen werkt het klapperen van de stof in de wind me op mijn zenuwen. Het is nauwelijks te onderscheiden wat mist en wat neerslag is en het duurt even voor ik besef dat de lucht vol is van natte sneeuw. Het fluistert onafgebroken als het tegen de rotsblokken slaat, als een zacht getrippel dat ons heimelijk achtervolgt.

'Hé, kom op,' roep ik naar Augustin als ik voor de zoveelste keer bijna ben geslipt op een rotsblok. Hij blijft staan en kijkt om. 'Dit is geen doen, ik heb geen zin om alles nat te laten worden en dan in de slaapzak te moeten kruipen. We kunnen die shit nergens drogen in de bivakzak.'

Augustin worstelt met de gedachte terwijl hij om zich heen kijkt. Sneeuw blijft op zijn neus liggen en drupt er dan vanaf. Nu bivak maken, zonder enig zicht op waar we zijn, klinkt hem niet aantrekkelijk in de oren.

'Luister, het valt nu nog best mee, als we een kwartiertje doorgaan moeten we bij het meer komen, verder kan het niet zijn. Daar moet tenminste vlakke ondergrond...' Hij stokt halverwege zijn zin, want op dat moment kijkt hij op zijn horloge. Hij tikt ertegenaan en drukt op een paar knopjes.

'Wat?'

'Hij geeft aan dat het bijna kwart voor vijf is. Hoe laat heb jij het?'

Kwart voor vijf? Dat is onmogelijk. Ik haal opnieuw mijn iPhone uit mijn zak. Het schermpje is beslagen en terwijl ik hem binnen mijn jas uit de sneeuw probeer te houden veeg ik hem droog aan mijn fleecetrui.

16:47.

'Dat kan niet.'

'Hebben we...'

'Hoe kan dat nou?' Ik ben tot het Nederlands vervallen, maar meer dan dat kan ik niet uitbrengen. Tweeënhalf uur geleden heb ik voor het laatst de tijd gecheckt, toen de wolken ons insloten. Voor mijn gevoel kunnen er sindsdien nog geen twintig minuten zijn verstreken.

Dat betekent dat we al vier uur in de vallei lopen.

'Hebben we nou helemaal verkeerd gekeken, op de col?' vraag ik.

'Het was halfeen toen we op de col aankwamen. Ik weet nog dat ik dacht dat vierenhalf uur vanuit het dorp een mooie tijd was, zo zonder paden en ondanks onze *detour* in het begin. En we zijn om acht uur vertrokken. Nick, wat is hier aan de hand?'

Ik moet hem het antwoord schuldig blijven. 'Dat kan toch nooit? We hebben sinds de col toch geen echte stijging meer gehad? Zelfs als je het heel voorzichtig inschat moeten we minimaal tien kilometer hebben afgelegd. Fuck nee, twaalf.' Wat onmogelijk is; op die afstand zouden we al bijna op de grenskam met Italië moeten zitten en zo ver reikt de vallei bij lange na niet. 'Wat zegt je hoogtemeter?'

'3.030 meter.'

'Zie je wel, we zijn nauwelijks gestegen.'

'Als-ie klopt.'

'Het is toch gps?'

'Ja nou, weet ik veel?' Augustin heeft zijn stem verheven. Niet veel, maar genoeg om me te alarmeren. In deze *white-out* is ons enige houvast elkaar, en die eenheid moet bewaard blijven. 'Ik denk dat we terug moeten, Nick. Gewoon helemaal naar beneden. Ik heb hier geen goed gevoel bij.'

'Als we er vier uur over hebben gedaan om hier te komen, zal het donker zijn voor we bij de col zijn. Als we al niet afdwalen, in de mist.'

'Maar het kan nooit vier uur zijn geweest!'

'Nou, toch is het blijkbaar zo!'

'Fuck!' Zijn onderlip trilt en hij wendt zich af, kijkt de sneeuwjacht in. Voor het eerst zie ik dat hij ontredderd is. Zijn zelfverzekerdheid kent dus wel degelijk grenzen... al had ik die liever niet willen ontdekken.

En ik zie nog iets: op de dichtgetrokken capuchon van zijn jas blijven de sneeuwvlokken nu liggen.

'Augustin, relax. Laten we redelijk blijven. We hebben...'

'Er is hier niets! Je voelt het toch? *Voel* je niet hoe uitgestorven het hier is? Hoe leeg?'

Ja, dat voelde ik al toen we op de col stonden en die glooiende vlaktes van de puinvelden en de omliggende rotswanden aanschouwden. Dood, is het woord dat in me opkomt. Het leek een dode vallei. Zelfs uit hoe Augustins jodelkreet afvlakte en doodsloeg in de ruimte, bleek dat.

'Goed, en dat zint mij ook niets. Ik weet niet hoe het kan dat we nog steeds niet bij de gletsjer zijn. We moeten gedesoriënteerd zijn geraakt, ik heb er geen andere verklaring voor. De inspanning, de *white-out*, de hoogte, *whatever*. Maar hé, we hebben gewoon een inschattingsfout gemaakt daar beneden en waarschijnlijk ligt de gletsjer pal voor ons, in de mist.'

Dat klinkt aannemelijk: ik lijk zijn koude, massieve adem zelfs te voelen. De vallei mag dan dood zijn, gletsjers leven – slapend, wakend, oeroud en kil.

'Laten we gewoon bivakkeren. Ik krijg het koud en ik vind het niks om in het donker en de mist onze weg naar het dal te moeten zoeken. Vannacht zal het wel opentrekken, en morgenochtend zien we gewoon waar we zijn. Dan kunnen we altijd nog beslissen of we omhooggaan of terug.'

'Ja, en hoe zit dat met die sneeuw, eigenlijk?' Augustin kijkt op zijn horloge. 'Het is -2. Hadden ze dat voorspeld?'

Ik haal mijn schouders op. We weten beiden hoe ontzettend lokaal die dingen kunnen zijn in de Alpen. Hoge bergen creëren hun eigen wetten en weerfronten die, als je je erdoor laat overvallen, alle zorgvuldig opgebouwde ervaring en technische vaardigheden nutteloos maken. Je kunt leren het weer te lezen, maar je kunt het nooit helemaal begrijpen. Toch, die plotselinge afkoeling is vreemd. De afgelopen dagen is de nulgradengrens naar de 4.100 meter gestegen en het zou de komende dagen warm blijven.

'Kom,' zeg ik. 'We gaan een beschut plekje zoeken.'

Ik schrik als ik besef dat ik even niet meer weet van welke kant we zijn gekomen, want het terrein is nagenoeg vlak en de toenemende sneeuw maakt het zicht nog slechter dan eerst. Met meer geluk dan wijsheid weet Augustin de bedding te ontwaren en we lopen er vlug naartoe, opgelucht ons referentiepunt terug te hebben gevonden. De beek is onze laatste *escape*: als zelfs de vogels zijn vertrokken en het water wegvliedt, is stroomafwaarts de enige gids naar het dal. Misschien zijn we dan gedesoriënteerd geraakt, we zijn tenminste niet verdwaald.

Dat dacht ik toen.

7

Ongeveer een uur later hebben we het ons redelijk comfortabel gemaakt – voor zover je daar natuurlijk van kan spreken in de vochtige cocon van een bivakzak, *in the middle of freezing nowhere*.

Het licht is diffuus, zoals je op foto 6 en 7 kunt zien. 'Een kijkje in het kamp', noem ik dit duo. De bergen hebben dat vreemde, ingehouden moment bereikt tussen namiddag en schemering. Hoewel het daglicht nog niet uit de lucht is getrokken, wekt de sneeuwjacht de indruk dat de avond zich al om ons heen heeft vastgevroren.

De eerste van de twee is met de zelfontspanner genomen, maar je ziet dat ik niet de rust of de gemoedstoestand heb om behoorlijk te poseren. Iets verder stroomopwaarts hebben we dan inmiddels een groot, licht overhellend rotsblok gevonden. De luwte die het biedt is meelijwekkend, maar het is het beste wat we kunnen vinden en de ondergrond is met wat fantasie egaal te noemen.

Snel richten we de slaapplaats in door rotsblokken op te stapelen voor de stormkering, de bivakzak uit te spreiden en de matjes en slaapzakken door de halsopening naar binnen te proppen. Het werk houdt ons warm, maar de wind rukt op en striemt koude sneeuwvlagen in ons gezicht. Op de foto zie je achter mij Augustin op de bivakzak zitten. Om hem heen bolt het gore-tex op door de gevangen lucht en zijn blik is intens, geconcentreerd, in beslag genomen door het uittrekken van zijn lichtblauwe Scarpa's.

De tweede kampfoto, foto 7, ademt een vrolijker sfeer, doordat Augustin breeduit naar de camera lacht boven een dampende mok citroenthee. Hij leunt op zijn elleboog, weggedoken onder de kap van de bivakzak en popt als een rups tot zijn middel uit de donzen mummieslaapzak. Augustin heeft net als ik zijn muts opgezet om warm te blijven. Onze adem stijgt in wolkjes op en mengt zich onder de beschutting van de rots met de stoom van het benzinebrandertje. Net hadden we Cup-a-Soup Chinese tomaat en de thee, nu zijn we begonnen aan Thaise noedels met curry. En eend, staat op het pakje. Het is een wonder wat voor culinair genot je met poeder en gesmolten sneeuw in elkaar kunt draaien.

(*Ja, de aura rond foto 7 is er een van positiviteit, maar het zou de laatste foto zijn die ik van Augustin nam. Wisten we dat soort dingen maar op het moment dat ze ertoe deden.*)

We liggen tegen elkaar aan gedrukt, starend naar de zilveren binnenkant van de bivakzak, als de ontberingen van de dag eindelijk in onze lichamen kruipen. Ik probeer me gewoon te maken met het harde ongemak van de rotsbodem onder mijn matje en de schoenen en rugzakken die liggen opgehoopt aan het voeteneind. Als ik voorzichtig door de hals van de bivakzak tuur slaan koude lucht en sneeuw naar binnen. Buiten is het weer alleen maar verslechterd. Het is een bizar gezicht: het lijkt wel winter. Soms vallen er gaten in de gejaagd passerende wolken, alleen maar om het zicht te openbaren op lagen van hoger hangende wolken, roterend in de machtige machinerie van voorbijstuivende sneeuw. Die vormt poederwaaiers op de stof van de bivakzak en hoopt zich al op tegen het muurtje om het kamp. De Black Diamonds, die we tussen de rotsblokken hebben geplant, steken er als wachters tegen af en ik huiver onwillekeurig.

Wanneer ga je jezelf de vragen stellen die gesteld moeten wor-

den? schiet het door me heen, als ik de kap weer aantrek en de storm buitensluit. *Wanneer ga je jezelf de vraag stellen hoe het kan dat jullie uren en uren hebben gedaan over een stuk dat nog niet een kwart van de tijd zou moeten kosten? Hoe het kan dat de vallei groter leek te worden met elke stap die jullie zetten? En waarom was er online helemaal niets over deze plek te vinden?*

De condensdruppels aan de bivakzak lichten op als Augustin op zijn mobieltje kijkt. Ik vraag of hij wel bereik heeft. 'Uh-uh,' zegt hij en hij schudt zijn hoofd.

'Gek hè, hoe afhankelijk je je gaat voelen als je even buiten het bereik van het netwerk bent. Dan besef je pas hoezeer je op jezelf bent aangewezen.'

Augustin haalt zijn schouders op. 'Ik heb het er sowieso niet op. Ik heb een prepaid zodat ik 1414 kan bellen in een noodgeval, maar voor de rest gebruik ik 'm alleen als fototoestel.'

'Ja, alleen zul je net zien dat er een berg voor de zendmast staat en je geen bereik hebt als het erop aankomt.'

Ik vraag hem of hij wel eens de bergredding heeft moeten bellen, en hij schudt opnieuw van niet. Ik vertel hem van die ene keer dat ik me er zelf toe gedwongen voelde. Dat was jaren geleden, op een afgelegen berg die La Grivola heet, in Noord-Italië. We kwamen onverwacht in een onweersstorm terecht en werden gedwongen de graat te verlaten en af te dalen in een rampzalig steil labyrint van onstabiele rotsribben en lawinegeulen. Na een urenlange en hachelijke serie abseils aan zelf gefabriceerde, niet-solide zekeringspunten en een val van mijn toenmalige klimmaatje Wilco die ik ternauwernood wist te houden, konden we geen kant meer op. Het touw zat boven ons klem in een spleet en met mijn volle gewicht eraan omhoogklimmen durfde ik niet. De verslechterende omstandigheden en Wilco's val werkten op onze zenuwen. We besloten de helikopter te bellen... maar hadden geen bereik. Uiteindelijk lag de oplossing voor de hand: ik heb het touw doorgesneden en met het restant konden we net de gletsjer bereiken.

'Dat heb je goed gedaan,' zegt Augustin nuchter. 'In de bergen ben je verantwoordelijk voor je eigen acties. Als je jezelf afhankelijk hebt gemaakt van anderen, dan heb je een fout gemaakt. Jullie brachten jezelf in de problemen en hebben je er zelf weer uit gered.'

Sja. Het doorsnijden van het touw sloeg een gat van tweehonderdvijftig euro in mijn studentenbudget, maar ik kreeg er mijn leven voor terug.

Wilco niet, overigens. Na die zomer verloren we elkaar uit het oog en drie jaar later maakte hij een fout bij het abseilen in de Dolomieten en viel hij driehonderd meter naar beneden. Ik voelde me volkomen verloren toen ik het mailtje las.

We luisteren naar het klapperen van het doek, het fluisteren van de sneeuw.

'Wat bedoelde je nou eigenlijk met die doodsvogels?' vraag ik uiteindelijk. De vraag komt zomaar in me op, alsof hij al een hele tijd op de achtergrond van mijn gedachten heeft liggen wachten om gesteld te worden, maar hij lijkt in te slaan als een bom.

'Doodsvogels?'

'Toen we naar de col omhoogliepen. Je zei dat je doodsvogels hoorde, achter de bergen.'

'O ja, dat zei ik, hè?' Augustins gezicht gaat verborgen achter de flappen van zijn slaapzak en zijn stem klinkt merkwaardig vlak. Het is alsof hij de woorden tussen ons in laat zweven, alsof hij ze liever van afstand leest voor hij wil aanvaarden dat we op dat moment de controle over onszelf waren kwijtgeraakt. 'Ik weet het eigenlijk niet.'

Hij blijft stil en ik denk dat dat alles is wat hij erover zal zeggen, maar dan vervolgt hij ineens: 'Je kent de verhalen toch wel? Doodsvogels zouden de zielen van gevallen klimmers uit de wereld wegleiden. Tenminste, als je de oude gidsen en bergbewoners mag geloven.'

'En jij gelooft dat?'

Hij grinnikt. 'Wist je dat de bergredding verongelukte klimmers vaak zonder ogen terugvindt? Tegen de tijd dat ze de lichamen kunnen bergen hebben de vogels ze al te pakken gekregen. Raven, kauwen, kraaien; ze pikken hun ogen uit en slokken ze op.'

'Djeez, echt waar?'

'Ga maar eens met die gidsen praten. Volgens hen doen de vogels dat zodat de ziel vrij is om te ontsnappen. Anders blijft hij veroordeeld om op die plek rond te waren. Soms wil de ziel alleen niet weg, en blijft hij een tijdje in de vogel hangen. Als je luistert, zo wordt gezegd, kun je 's nachts hun gegil horen opstijgen uit de bergen.'

Ik denk aan de alpenkauwen op de col, die zich met hun schelle kreten zijn komen vergewissen van onze komst voordat ze aan hun vlucht naar het dal begonnen. Die ene die landde; hij spookt door mijn vermoeide geest. Hoe hij ons fixeerde met die kwade, lidloze zwarte ogen. Als dat het vooruitzicht is van de ziel, dan berooft de dood ons van al wat menselijk is.

'Maar geloof je dat verhaal?' vraag ik nog eens.

'Waarom niet? De bergbewoners zijn hier al generaties lang, zij hebben andere kennis dan die van beneden. Er gebeuren wel meer vreemde dingen hier. De bergen vormen hun eigen regels.'

De warmte van mijn lichaam en de stilstaande, bedompte lucht in mijn cocon van dons maken me slaperig. Tot mijn stomme verbazing merk ik dat ik aan het wegglijden ben in een roes. Ik vecht tegen de aandrang om te gaan slapen, wat plotseling als een ernstige bedreiging voelt op deze plek. Maar de vermoeidheid overmeestert me en als ik onverbiddelijk wegzweef over de rand van mijn bewustzijn, is mijn laatste kortstondige, maar fel alarmerende besef dat ik in deze schemertoestand niet alleen ben. Er drukt iets op de buitenkant van mijn slaapzak, dat harkend het strak samengetrokken gat naar mijn gezicht zoekt. En even kan ik bijna de muffe verenlucht en de aasgeur ruiken die het met zich meebrengt.

8

Ik schrik wakker van de stilte, even abrupt als de slaap me heeft overvallen. Het is alsof een enorme kracht die me eerst gevangenhield, me met geweld uit mijn dromerij slingert en alle synapsen van mijn brein wagenwijd openzet. Mijn oogleden schieten open in een volmaakte duisternis. *Ik heb geen ogen meer*, schiet het door me heen, de blinde angst van de droom nog zwevend in mijn geheugen. Dan voel ik het gewicht van de slaapzak tegen mijn wangen en begrijp ik waar ik ben.

Ik voel eerder dat Augustin weg is dan dat ik het zie: de vertrouwde druk van zijn lichaam in de te krappe bivakzak is verdwenen. Paniek laait op in mijn binnenste en ik worstel me uit mijn slaapzak, ruk de claustrofobische kap omhoog.

Even begrijp ik niet wat ik zie, want het is nog licht en de omgeving baadt in een onaardse, oranjegele gloed. Heb ik dan zo kort geslapen? De wind raast onverminderd voort. Kolkende, donkergrijze en paarszwarte wolkenbanken verhullen nog steeds de dalmond, maar het is opgehouden met sneeuwen en een plotseling gat in de wolken openbaart het zicht op waar we zijn. Ongemerkt zijn we toch verder in de vallei doorgedrongen dan we ons hebben gerealiseerd. Ik zie dat we in een glooiende, rotsachtige bedding staan, tegenover een steile morenewal. Het sneeuwtapijt heeft de kleur van de verdwijnende zon aangenomen. Maar het licht heeft niet de rijkdom en kille schoonheid van een normale zonsondergang in de bergen. Het heeft een koortsachtig bleke glans die de omgeving in een ijl, ziekelijk leven zet.

'Augustin? Augustin!'

Hij is nergens te zien. Zijn rugzak, zijn stijgijzers, het brandertje: ze liggen er allemaal nog, onberoerd. Waar is hij in vredesnaam? *Waarom heb ik niet gemerkt dat hij ging?* Ik kijk de gure, noordelijke leegte in en gedachten aan het ondenkbare beginnen onmiddellijk door mijn hoofd te spoken. Mijn kwetsbaarheid grijpt me naar de keel. Ik worstel me overeind om bergopwaarts om de bivakrots heen te kijken.

Sam, hoe kun je een beeld onder woorden brengen dat in één oogopslag je leven verandert? Eén moment, rijzend aan de horizon van de geest, dat zo alomvattend heerst, zoveel vastgevroren emotie oproept en zo rijk is aan monumentale schoonheid en onvoorstelbare gruwel, dat elke poging het te beschrijven het teniet zou doen, zou afbreken, de vormen amorfiseren, als de erosie van een blootgelegd landschap. Is zoiets überhaupt mogelijk?

Goed dan, ik zal het proberen.

We blijken ons bivak vlak bij het gletsjermeer te hebben opgeslagen. In feite zijn we er al deels aan voorbij getrokken: de besneeuwde bedding van de beek draait met een bocht naar het westelijke bekken en het meer ligt rechts van ons, nauwelijks hoger dan ons kamp. Daarachter bulkt het ijs van de gletsjer als een stomme getuige van onze vergissing. De tong is verwrongen en gebroken, zodat er honderden grillige spleten zijn ontstaan waar de gletsjer en de morene elkaar ontmoeten. Op het hogergelegen deel voert de wind een ballet op van wervelende wolkenflarden en opstuivend poedersneeuw – maar daarboven valt nog een gat. En daarin verrijst de Maudit: schokkend dichtbij, waanzinnig groots, brandend in het stervende licht van de ondergaande zon.

Honderden meters hoog en ongemeen donker torent zijn noordwand, een schier onneembare veste van majestueuze pilaren die diepe schaduwen werpen in tussenliggende groeven en te steil zijn voor de sneeuw om ertegenaan te blijven plakken. Mijn god, wat een berg! De verbijsterende helderheid van het avondlicht en de nabijheid van de wand zuigen me naar binnen en scheppen de duizelingwekkende illusie dat ik val. Of misschien is het de berg die naar míj toe valt: het chaotische labyrint van de rotswand dat over me heen komt storten. Het beneemt me de adem en ik kan niet anders dan een paar wankele passen achteruitzetten, op kousenvoeten struikelend over de bivakzak. Mijn blik volgt hogerop de messcherpe kammen. Een perfecte vorm, getooid met onwaarschijnlijke sneeuwluifels op de gehoornde top, de rechter hoger dan de linker, met in de luwte ertussen het ijsveld als een oog dat bloedt in de laatste avondzon. Deze berg, Le Maudit, hij is fenomenaler dan een kathedraal. Het is een heiligdom.

Ik hoop niet dat ik nu te zweverig voor je ga klinken, Sam, maar als ik daar zo aan de voet van de Maudit sta, kijk ik recht in de ziel van de berg. Ik ben niet religieus. Ik geloof niet in lotsbestemming, in voortekenen, in vogels die de zielen van de doden overdragen naar een andere wereld. Maar ik geloof in de ziel van een berg, in de stille kracht van de geologische processen die het leven blaast in gebergtes. Je *voelt* die ziel als je je op hun flanken begeeft. Goeroes, monniken en profeten kwamen terug uit de bergen en interpreteerden het als een openbaring van het goddelijke, maar je hoeft geen spiritueel ziener te zijn om het leven te voelen in gesteente en ijs. Als klimmer voel je het elke keer weer: de betekenis van een geboorte, leven en dood over de spanne van miljoenen jaren, waarin de seizoenen voorbijtikken als onze hartenklop.

Daar, als ik ademloos opkijk naar de Maudit, ervaar ik de volle kracht van dat leven en ik stel er mijn eigen verhaal tegenover als een zandkorrel in de palm van mijn hand. Het is zuiver overstelpend, het is bedwelmend en verpletterend en het is angstaanjagend tegelijkertijd.

En was dat nou alles geweest, dan had je kunnen zeggen dat ik een soort mystieke, transcendente ervaring had. Een of ander inzicht ingegeven door de confrontatie met de natuur en de grootsheid van haar dimensies. Maar er is nog iets, iets wat een verschrikkelijk voorgevoel wekt in mijn binnenste.

Je weet het als klimmer: deze bezieling geeft iedere berg een eigen, specifiek karakter. De Mont Blanc is een grote, slapende reus. Als je het massief met zijn satelliettoppen vanaf de hellingen boven Genève bekijkt, kun je er zelfs het hoofd in herkennen. De Gran Paradiso is een gemoedelijke oude dame; zij laat dagelijks honderden mensen toe op haar sneeuwwitte flanken. De Zinalrothorn is een jonge ziel met scherpe randen die venijnig van zich af bijt, maar dat is de krachtpatserij van een balorig kind.

Als klimmer leg je kortstondig contact met die ziel en sluit je er een overeenkomst mee... maar geen vriendschap. Dat niet. De berg laat je toe en de berg laat je gaan, als hij je goedgezind is. 's Avonds kijk je nog eenmaal om naar de top aan het eind van het dal. Je knikt naar elkaar met wederzijds respect: je bent er dit keer mee weggekomen. Maar je vergeet nooit dat de berg altijd de baas over je zal blijven. Minacht je hem ook maar een ogenblik, dan zal hij onverbiddelijk toeslaan.

Terwijl ik naar de Maudit kijk besef ik dat de ziel van deze berg *oud* is en *gevaarlijk*. Ik zie hem voor me als een kwaadaardige donkere vlek. Een kanker die zich uitzaait over de vallei. Plotseling word ik doodsbang.

We zijn niet welkom hier. Dat voel ik aan alles.

'Augustin!' schreeuw ik, zo hard ik kan. Ik luister gespannen of ik hem hoor roepen, maar de vallei antwoordt alleen met een spookachtige echo die verwaait in de aantrekkende wind.

Dan zie ik het.

Een meter of tachtig verderop strekt een natuurlijke waterkering zich uit tot aan het gletsjermeer. Op de wal, afgetekend tegen het decor van de gapende bergwand, zit Augustin. Roerloos, met zijn rug naar me toe. Starend naar de berg. Het tafereel waar ik getuige van ben lijkt zich af te spelen in een extreme, geluidloze vertraging.

Net als op de hoogste flanken van de Maudit, heeft zich op Augustins capuchon, zijn schouders en in de plooien van zijn jas een laag fijne poedersneeuw verzameld, alsof hij uren buiten in de storm heeft gezeten. En net zoals de ijzige wind de sneeuw in de hoogte van de kammen spuwt en laat wervelen in een wolk van ijsdeeltjes, *zo wervelt de sneeuw ook op van Augustin, in een volmaakte weerspiegeling van de berg.*

Augustin en de Maudit: het is alsof er elfen om hen heen dansen. Een warreling van licht, gedragen op de muziek van de wind.

Als ik ooit in zielen heb geloofd, Sam, is het dan. Zonder adem te durven halen kijk ik toe hoe ze zich met het wervelen van de sneeuw van hen losmaken: de ziel van Augustin en de ziel van de berg. Ze gaan hun betoverende liefdesspel aan, opstijgend in het avondrood. Ze verleiden elkaar. Ze worden één.

Het staat me nauwelijks meer bij dat ik mijn schoenen heb aangetrokken, noch dat ik stenen op de bivakzak heb gelegd om deze te verzwaren; toch moet ik dat hebben gedaan. Met stijve benen volg ik een pad van besneeuwde rotsblokken. Als ik opkijk is het magische beeld verdwenen: de dag loopt ten einde, de berg valt in schaduwen. Augustin zit daar nog steeds, even roerloos als eerst, maar de gloed is weg, de werveling van de sneeuw is weg. Nu zit hij in het donker.

'Augustin. Hé, Augustin.'

Ik beklim de wal en nader hem behoedzaam. Ik wil hem niet laten schrikken. De wind heeft Augustins voetsporen in de sneeuw uitgewist. *Hoelang zit hij hier al?* vraag ik me af. Als ik langs hem heen ben en voor hem kniel gaat zijn gezicht verloren in de schaduw van zijn capuchon.

Maar ik zie wel zijn ogen. In hun koortsachtige glans reflecteert de gehoornde top van de Maudit.

Ik spreek opnieuw zijn naam uit, maar Augustin blijft onverzettelijk naar de berg staren, alsof die hem volledig in zijn macht heeft. Ik voel me wee worden als ik zie dat zijn ogen helemaal niet knipperen, zelfs niet in de wind die tegen zijn hoornvliezen blaast. Ik trek mijn binnenhandschoen uit en knip met mijn vingers voor zijn gezicht. De ban lijkt doorbroken. Hij kijkt me aan, maar toch heb ik het gevoel dat hij me niet ziet, dat hij dwars door me heen staart naar iets wat alleen hij kan zien.

'Er zitten gaten in het ijs,' zegt hij en ik denk: *We horen hier niet te zijn. Zelfs de doodsvogels zijn hier weggetrokken.*

'Augustin, hé man, doe eens even niet zo freaky, oké?'

Ik heb ineens sterk de behoefte om zijn gezicht te zien. Zonder zijn gezicht, met alleen die zwevende, bezeten ogen, kan het iedereen wel zijn die daar roerloos zit weggedoken.

Als ik mijn handen uitsteek om voorzichtig zijn capuchon af te trekken, zegt Augustin: '*Augustin ist tot.*'

Mijn ingewanden worden wee en ik stel me voor dat als ik zijn capuchon zal wegtrekken, er niets onder zal zitten, alleen maar de lege afgrond van een gletsjerspleet.

'Augustin, doe niet zo gek. Wat doe je hier in de kou? Hoelang zit je hier al?'

Vlak voor mijn vingers de rand van zijn capuchon aanraken, veert hij overeind. Ik deins terug voor de kracht van zijn opleving en lijk me gewaar te worden van iets onzichtbaars dat langs me heen schiet, iets wat de zuigende kracht heeft van een enorme diepte.

'Ik denk dat we het best de oostgraat kunnen nemen,' zegt hij. Hij gebaart naar de gekartelde kamlijn aan onze linkerzijde. 'Ik denk dat je hem via die rotsribben kunt bereiken, of via het sneeuwcouloir daarachter, als dat in conditie is. Dat lijkt me de minst moeilijke route. Morgenochtend zullen we het beter zien, maar ik wil niet op het eerste licht wachten.'

Zijn stem klinkt vreemd toonloos en het duurt even voordat ik besef dat hij het over het beklimmen van de Maudit heeft. Het idee komt zo absurd op me over dat ik het nauwelijks kan geloven. Na wat ik zojuist heb gezien, na mijn openbaring, zouden wíj een poging moeten wagen om over die flanken naar boven te klimmen? Wíj? De arrogantie, de hoogmoed! We zouden het moeten opnemen tegen de woede van een god.

'Augustin, luister...'

'Of wil je de westgraat proberen? Ziet er steil uit, maar ik vind het best, als je denkt dat...'

'*No way* dat we daar morgen naar boven gaan.'

'Hoe bedoel je.' Voor de tweede keer in korte tijd deins ik terug. De woorden komen er venijnig uit, bijtend. Augustin lijkt niet zichzelf te zijn. Er is iets heel erg mis met deze situatie en ik kan er niet mijn vinger op leggen.

Plotseling denk ik: *Zijn jack was helemaal ondergesneeuwd.*

Dat betekent dat hij hier al moet hebben gezeten lang voordat de storm ging liggen. Terwijl er geen hand voor ogen was te zien. Hoe wist hij dat deze wal hier was?

Ik moet mijn keel schrapen voordat mijn stem de vastigheid heeft gevonden om uit te spreken wat ik denk: 'Het lijkt me beter dat we naar beneden gaan, Augustin...'

'Ben je gek geworden?'

'... en niet morgenochtend als het licht wordt, maar nú. We kunnen gebruikmaken van het laatste licht. En daarna hebben we de hoofdlampjes. De lucht is nu opengetrokken en als we de beek volgen kunnen we nooit verdwalen, donker en sneeuw of niet.' *Maar dat dacht je vanmiddag tijdens de aanloop ook*, hoor ik mezelf er in gedachten aan toevoegen. *Tot de vallei besloot jullie te gaan mindfucken. Wie zegt dat hij dat niet weer zal doen als jullie proberen te ontsnappen?*

Augustins stem klinkt zacht en ijzig als gletsjerwind. 'Je gaat maar alleen. Ik ga naar boven.'

'Doe normaal. Weet je hoe link dat terrein is, dat zie je toch? Je hebt geen idee wat je daarboven aantreft, of hoe je weer naar beneden komt.'

'De Maudit zal me de weg wijzen.'

Koud worden tot op het bot is maar een uitdrukking; toch heb ik het gevoel dat het me overkomt. Met wie sta ik hier eigenlijk te redeneren? Tot mijn verbijstering draait Augustin zich om en maakt aanstalten om richting de gletsjer te lopen. Nu, bij het vallen van de nacht. In een impuls grijp ik hem bij zijn schouder beet. Vliegensvlug schiet zijn arm uit en voor ik het besef explodeert er een witte flits in mijn gezicht. De flits spat uiteen in de schaduw van iets ontzettends, een bovenmenselijke kracht die veel meer is dan zijn elleboog die me vol op mijn jukbeen heeft geraakt. In die flits stort een lawine van reusachtige brokken ijs over me heen. Pijn schiet in schokgolven door mijn hoofd en ik val met een gesmoorde kreet achterover tegen de rotsen aan, beide handen tegen mijn linkergezichtshelft gedrukt waardoor ik doorrol op mijn zij.

Maar Sam, in die halve seconde dat ik achteroverval, val ik eindeloos veel verder. De illusie van een enorme diepte in.

Als ik opkijk zie ik Augustin boven me uittorenen. Eindelijk krijgt de wind vat op zijn capuchon en blaast hem af. Het gezicht dat wordt blootgelegd is verscheurd. Enerzijds zie ik zíjn gezicht, ik zie Augustin, en ik kan er niet uit opmaken of de emotie erop verrukking, vertwijfeling of afschuw is. Maar er is ook een ander gezicht en dat ken ik niet, en het is zo vreemd en afstandelijk dat ik onwillekeurig begin te kermen. In dat gezicht heeft de ontmenselijking toegeslagen. Het is het gezicht van iets ouds, en ik hoef niet naar de zwarte zuil achter hem te kijken om te weten dat ik rechtstreeks naar het gezicht van de Maudit kijk.

The Turn of the Screw

Aantekeningen van Sam Avery

The story had held us, round the fire, sufficiently breathless, but except the obvious remark that it was gruesome, as, on Christmas Eve in an old house, a strange tale should essentially be, I remember no comment uttered till somebody happened to say that it was the only case he had met in which such a visitation had fallen on a child.
– Henry James

I

Je vertelde ze natuurlijk nooit het hele verhaal.

Wat je niet vertelde aan al die perfecte gezichten in *rooftop bars* met ramen van de vloer tot het plafond en loungeverlichting met kleurverloop, wat je niet vertelde aan al die perfecte gezichten in ondergrondse East Village hang-outs met elektronische muziek en killer cocktails, is dat je alleen maar naar ze keek omdat je niet anders kon. Die zogenaamde metroseksuele zoontjes van mediamagnaten en superbeleggers met hun gladgeschoren kaaklijnen, gemarmerde jukbeenderen en geëpileerde wenkbrauwen, hun met proteïneshakes gestimuleerde pecs en abs gehuld in merkkleding, nippend aan mojito's en cherry-blossom martini's... je vertelde ze niet dat je verslaafd aan ze was om alle verkeerde redenen. Dat de upper-class-vleeskeuring niets anders was dan je pathologische traumatherapie.

Eén telefoontje van de Police Cantonale, één keer op het verkeerde moment die ziekenhuiskamer binnenkomen terwijl ze het verband aan het verschonen waren en je was dysmorfofoob. Een dag eerder had ik niet eens geweten wat dat woord betekende.

Dus daar zat ik in New York, nippend aan mijn *Absolute Elyx Cup*: wodka, komkommer, mint, verse limoen en prosecco. Mijn zusje Julia even verderop dansend met een of andere hunk die zo zelfverzekerd was dat zijn LV-sweatshirt niet eens zweetplekken vertoonde. *Mr. Perfect Face 1*, *2* of *3* die tegen me aan filosofeerde: 'Vind je dat mensen het recht hebben uitdagingen aan te gaan, om hun ware potentieel te ontdekken?'

Zijn adem ruikend naar oesters, zijn huid naar Paco Rabanne, denkend me met zijn ongegeneerde IQ-display in bed te kunnen lullen. Niet beseffend dat hij als niets anders fungeerde dan mijn mentale one-click-weg-porno. Zijn perfecte reclameglimlach een levende seksadvertentie voor alles wat ik in míjn bed niet meer had.

Wat je ze niet vertelde is dat er iemand was van wie je hield in een ander werelddeel, in een ander bed, zonder gezicht en ademend door buisjes en gevoed via een IV-slang.

Dat een romantisch diner bij kaarslicht voorlopig zou bestaan uit Olvarit-babyprakjes opgeslurpt door een rietje. Dat je van geluk mocht spreken als er geen gat meer in zijn gezicht zat waardoor het allemaal weer naar buiten zou vallen.

Of dat hij iemand van een berg af had geduwd. Iemand van wie je hield, die zijn ware potentieel achterna was gegaan. Nee, dat soort dingen vertelde je ze niet.

Het leek allemaal zo'n mooi sprookje, de verhalen die ze je online vertelden. Josh Fonesca die een diamanten verlovingsring had gekocht voor zijn vriendin Sarah Hilt, terwijl zij op de intensive care lag. Sarah Hilt, die tijdens een ultramarathon muziek luisterde op haar iPod en te laat had opgemerkt dat ze regelrecht een weidebrand in was gerend. Haar gezicht en zesenzestig procent van haar lichaam verbrand. Drie reanimaties, tweehonderd operatieve ingrepen en een huwelijksaanzoek op Bora Bora verder poseerde ze op de cover van *People*. Als een soort menselijke uitgelopen kaars. Zeggend: zelfvertrouwen is schoonheid.

Of Gordon Duvall, die een ongelukje had gehad met een cirkelzaag, een ongelukje dat een oog en het grootste gedeelte van zijn neus had weggespat, en een jaar later via een datingsite het blonde lingeriemodel Billie Hamilton aan de haak had geslagen. Bilbo die bij Ellen DeGeneres verkondigde: 'Ik zie het eigenlijk niet eens als ik naar hem kijk.' En Gollum naast haar op de bank, loensend met dat ene oog uit de resten van iets wat ooit een gezicht was, Ellen zich zichtbaar afvragend waar Bilbo's geleidehond was. De datingsite waar ze elkaar hadden ontmoet was *Plenty of Fish*, niet eens een plek voor creditcardpervs. Of voor blinden.

Wat niemand je vertelde, is dat de realiteit compleet anders was. Al die lifestylemagazines, al die human-interestwebsites, ze publiceerden nooit de verhalen die niemand wilde horen: *Ik verliet mijn partner, na de brand*. Of: *Hoe ik vreemdging, nadat de pitbull haar te grazen nam*. Al die *message boards*, al die discussiefora, al die hypocrieten die puur hypothetisch roepen: 'Natuurlijk zou ik bij hem blijven, ik ben toch niet voor zijn úíterlijk gevallen?'

Al die politiek correcten die zijn vergeten hoe het is om vierentwintig te zijn. Als wolven vallen ze over je heen als je zei dat verminking alle seks uit een mens ragt.

Die retroclub in New York vol met reallife Tinderfoto's, *Mr. Perfect Face* 4, 5 of 6 stond er veel te dicht in mijn persoonlijke ruimte een chakra te verstoren, denkend dat hij de volgende dag naast me wakker zou worden, waarschijnlijk nog nooit teleurgesteld in zijn leven, filosoferend: 'Je toekomst. Vertel me over je toekomst. Vandaag is morgen alleen nog maar een verhaal.'

En ik werkte me door mijn *Good Evening, Spitfire*: anchochililikeur, mezcal, kokosmelk en ijskoffie. God weet waar Julia was, maar in dit stadium kon het me niet meer schelen, niet de mentholadem van mijn sprekende covermodel-Spinoza, niet dat Julia me alleen had gelaten om door half biseksueel Lenox Hill gespeeddatet te worden. De buzz van de alcohol begon op me in te werken, maakte me dizzy en koortsig heet. Club Buddha Bar Dance of wat ze ook draaiden naar de achtergrond gedrukt en mijn toekomst, elke mogelijke toekomst die ik voor me zag, recht de spotlights in.

Ik kon er niet mee omgaan.

Ik had het geprobeerd, echt. Mezelf ermee te confronteren. Ik had gegoogeld. Gezichtsverminking. Gebergtevorming. Littekens. Gletsjerspleten. Brandwonden. Geërodeerde rotswanden. Trypofobische huidcondities. Aardkraters. Elefantiasis. Bergbeekjes.

Sorry, maar ik kon er gewoon niet naar kijken. De rillingen liepen letterlijk over mijn rug bij het zien van die plaatjes. Ik moest opstaan en rondlopen, zat letterlijk met mijn handen voor het scherm. Ken je dat gevoel?

Al die misvormde gezichten. Al die misvormde landschappen.

Zapp: Nicks verminkte gezicht, in die ene seconde toen ik op het verkeerde moment de kamer binnenkwam. De bergen aan de overkant van het meer, buiten dat ziekenhuisraam.

De bergen hadden Nicks gezicht eraf gebeten.

En dan dacht je dat je er was, dat het leven niet met nog meer gewicht over je heen kon tuimelen, maar dan was er nog de reactie op je reactie, en daar weer de reactie op: een lawine van emoties die alles meesleurde op haar pad. Was ik dan echt zo oppervlakkig? Zo'n immorele loser? Waarom had ik niet wat meer Josh Fonesca in me, wat meer Billie Hamilton? Waar Fonesca een Tiffany-ring had gekocht terwijl de liefde van zijn leven als een stuk nasmeulend houtskool voor het hare lag te vechten, was ik op de vlucht geslagen naar New York. Mijn *crib*, mijn *crowd*, mijn kudde. Mijn urban drinkplaats ten tijde van extreme droogte. In plaats van dat ik hier in mijn *comfort zone* terechtkwam, was ik alleen maar tevergeefs bezig uit mijn *discomfort zone* te ontsnappen. Die lawine achter me aan denderend, van de bergen af, me zelfs hier achtervolgend, door de straten van Manhattan. Zelfs hier, zelfs hier, zelfs hier.

Terwijl *Mr. Perfect Face* 7, 8 of 9 tegen me aan stond te zweten sloeg ik mijn *Sunset Spice* achterover: rum, curaçao, pomelo, dragon en oranje chilipeper. Mijn eigen zweet van mijn haarlijn naar mijn wenkbrauwen druipend, van mijn nekharen naar de kraag van mijn T-shirt, waar het hete, vochtige plekken maakte in het katoen.

Julia dook op uit de menigte en zei: 'Laat die cocktails maar even staan, broertje. Je ziet er niet goed uit.'

Ik zei: 'Ik heb nergens last van.'

En *Perfect Face N° Zoveel*, Harry of Niall of Liam heette hij denk ik: 'Vertel me over het meest bepalende moment van je leven. Het moment dat alle andere momenten mogelijk heeft gemaakt.'

Julia keek me aan en had kennelijk een binnenpretje, afwachtend of ik hem iets zou gaan vertellen. Zij wist dat het meest bepalende moment van mijn leven ook het meest bepalende moment van het hare was geweest.

'Kom, we gaan,' zei ze toen ze zag dat er alleen ellende uit zou komen als ik mijn mond opendeed. Het soort ellende van te veel cocktails en duizeligheid en buikkrampen; dat gunde je Zayns of Louis' mooie L'Envin-sweatshirt nou ook weer niet. 'Ruk je af op iemand anders,' zei Julia tegen die verbouwereerde *stud* terwijl ze me naar de uitgang trok, 'deze is van mij.'

Score. Vergeleken met mijn zus ben ik een amateur.

Hierom was ik naar New York gegaan. Zelfs als je alles had verkloot, wachtte aan het eind van alles altijd nog Julia Avery. Mijn zuster, mijn medicijn.

Weet je wat ze je nooit over New York vertellen? Dat de stad aan de rand van een enorme wildernis ligt. De schil van de Big Apple is een illusie, een flinterdun laagje van gecultiveerde beschaving waarachter onmiddellijk de woestenij van de Highlands, de Catskills en de Adirondacks rijst. Geen New Yorker is zich ervan bewust dat op exact deze plaats twee werelden over elkaar heen schuiven. Die eeuwige wind uit het noorden die door 5th Avenue fluit? Thermiek veroorzaakt door de vormen van de moderne hoogbouw, dacht je altijd. Totdat je je ervan bewust wordt dat de stad een eiland is in de monding van een oeroud gletsjerdal. Vanaf Ellis & Avery, vanaf mijn pa's kantoor op de zevenenzestigste verdieping, had ik nu pas voor het eerst gezien hoe de bergketen van stenen architectuur naadloos overging in de rotspartijen die meteen voorbij de George Washington Bridge boven de Hudson uittorenen. Hoe die rotsachtige aardlaag ondergronds dichterbij kroop en hier in Central Park plotseling weer door de zachte bovenlaag scheurde. Miljoenen jaren oude geologie die de wildernis ongemerkt terug de stad in bracht. Alsof het groeide. De stad infiltreerde. Overnam.

En daarachter? Eindeloze bossen van rottend kreupelhout waar je in kon verdwalen, eindeloze heuvels waar ik weet niet wat kon gebeuren. Oké, niet exact onontgonnen, niet exact *Manifest Destiny*, maar ze vertelden je niet dat nog geen twee uur die wildernis in een paar jaar geleden drie mensen waren gedood door een bergleeuw. Ze vertelden je niet dat nog geen twee uur die wildernis in een paar jaar geleden een heel dorp was verdwenen,

Black Rock of Black Hill of Black Spring, of hoe het mocht heten. En jij vertelde op jouw beurt niet dat het meest bepalende moment van jouw en Julia's leven daarboven heeft plaatsgevonden, in die heuvels, in die wildernis. Je vertelde niet dat de laatste keer dat je in de Catskills kwam de laatste keer was dat je óóit nog in de Catskills wilde komen.

Je kon een oceaan oversteken, je kon vijftien jaar ouder worden, maar de wildernis haalde je altijd in, want die lag in je.

2

En dus reed ik de volgende dag naar het noorden, de stad uit waar ik nog maar vijf dagen was geweest. Tenminste, zodra ik genoeg ontnuchterd was dat ik het aandurfde om mijn pa's open Corvette Grand Sport uit de garage op East 67th te laten rijden en zelf achter het stuur te kruipen, zonder het risico te lopen op een verzekeringsclaim van $60.000.

Dit was nog vóór Nick en ik toenadering hadden gezocht – vóór de volgende dag CNN berichtte over al die doden in Amsterdam en ik hem in alle staten dat sms'je stuurde. Ik miste hem op dat moment zo erg dat het pijn deed in mijn buik. Niet de Nick die daar met de resten van zijn gezicht ingepakt lag in het AMC, niet die vreemdeling voor wie ik bang was, maar de Nick die springlevend was, drie weken eerder. Nick, de punten van zijn stijgijzers bijvijlend te midden van een explosie van uitgestald klimmateriaal, die zo'n beetje de hele bovenverdieping van ons huurhuis in Amsterdam-Zuid besloeg. Begin augustus en heet, ik met mijn e-reader in de deuropening naar het dakterras, een kussen in mijn rug, een ijsthee in de schaduw. Ramses die zich plat op Nicks donzen slaapzak had genesteld, ons aankijkend met zijn ondoorgrondelijke pokerface, waarbij hij erin slaagde tegelijkertijd verveling, ergernis en zelfvoldaanheid uit te stralen.

'De vraag is,' zei ik, 'waarom je me níét zou gaan compenseren met een Ted Baker-tas.'

'Compenseren nog wel. Ik dacht dat jij zo onafhankelijk was?'

'*Omigod*. Die zonnebril... is dat wat je daarboven ophebt?'

'Uhuh.'

‘Soms is het beter helemaal niets te zeggen. Gewoon even helemaal niets te zeggen en het moment over ons neer te laten dalen. Hoor je dat, Ramses, die stilte?’

Ramses keek besmuikt weg en gaf een rukje met zijn oren. Nick proestte het uit. ‘Wat is er mis met mijn gletsjerbril?’

‘Zie je dat dan niet?’ Ik legde mijn e-reader opzij en hief mijn handen. ‘Die is zó... kom-allemaal-bij-de-wandelclub. Maar je bent ook wel een beetje een wandelclubtypje, eerlijk gezegd. Je hebt vast ook een kaki korte broek en nordicwalkingstokken.’

‘Ik heb mijn Black Diamonds, baby,’ zei Nick met een diepe Elvisstem, terwijl hij zijn borst breed maakte en me zijn stokken voorhield.

Nick, Ramses, ons plekje in Amsterdam: het zijn kristalheldere flitsen in een verder oneindig universum.

‘O jongen.’ Ik lachte hardop en spottend. ‘Wat ben je toch provinciaal, vind je zelf ook niet?’

Hij haalde zijn schouders op.

‘Ahw,’ zei ik.

Ik reikte over de kratten met kampeerspullen en klopte op zijn arm. Nick deed alsof hij met zijn stokken naar me uithaalde. ‘Ja, val maar terug op fysiek geweld. Heel alfa allemaal. Een slinkse manier van je om de aandacht af te leiden van waar dit allemaal om gaat: of je me wel of niet tegemoet gaat komen met een Ted Baker-tas, voor het feit dat je me nu alweer alleen laat en je leven in de waagschaal stelt met die idiote hobby van je.’

‘Dus als ik het goed begrijp kan ik mijn klimvakantie afkopen met een tas.’

‘Uhuh,’ zei ik, heftig knikkend.

‘Als een soort levensverzekering.’

‘Precies.’

‘Want dat zou mijn dood verzachten.’

‘Jij begrijpt het.’

‘Want dan heb jij een Ted Baker-tas.’

‘Ik wil je niet misgunnen mij nog even heel gelukkig te zien.’

‘Zak,’ lachte hij. ‘Die is echt vreselijk.’

Mijn ouders in New York, pa en ma Avery, je hoeft geen Sherlock Holmes te zijn om inmiddels te hebben uitgevogeld dat ze meer dan een beetje bemiddeld zijn. Hoewel een groot deel van

Hugh Avery's kapitaal in vastgoed en aandelen zit, had hij Julia en mij verzekerd van een riante studiebeurs die ons niet exact in staat stelde een jetsetleven te leiden, maar toch wel iets wat dat benaderde. 'Maar het is eenmalig,' zei hij toen hij het me op mijn achttiende schonk. 'Het is genoeg om je door je hele studie, en als je slim bent nog jaren daarna, heen te slepen, maar als je het er allemaal in één keer doorheen jast, hoef je daarna niet bij me aan te kloppen. Ik wil dat je je eigen financiële planning doet en verstandiger bent dan je pa.'

Rijkdom is riskanter dan armoede voor de gemiddelde achttienjarige – dat was de val die hij voor me had gezet. De enige juiste val die exorbitant rijke vaders voor hun kinderen kunnen zetten om ze onafhankelijk en niet onomkeerbaar hufterig te maken. Ik tuimelde er met open ogen in. Twee jaar lang was ik het spoor volledig bijster. Geen idee had ik wat ik met zoveel geld moest doen. Je kunt je er wel iets bij voorstellen hoe die twee jaar eruit moeten hebben gezien en zo niet, dan beeld je je Cancun en Cannes en Macao in, dan beeld je je martini's in casino's en trippy seks in limousines in en dan zou ik zeggen dat je warm zat.

Toen leerde ik Nick kennen en hij wist me te temmen. Drie maanden Amsterdam werd een jaar Amsterdam en een jaar werd een onbepaalde tijd. Hugh Avery's studiebeurs was zodanig opgedroogd dat ik me nu gestructureerd aan een meerjarenplan moest houden, maar dankzij mijn spaarrekening kon ik me niet alleen ons huis in Zuid veroorloven waar we nu bijna anderhalf jaar samenwoonden (en waar Nick sinds zijn werk voor *Lonely Planet* steevast aan de huur bijdraagt, een sympathieke en verstandige regeling), maar op zijn tijd ook echt wel elke Ted Baker-tas die ik me wenste. Toch was het een van mijn favoriete bezigheden om Nick te verleiden tot het geven van dure cadeautjes, vooral om hem het gevoel te geven dat ik meende dat hij zijn liefde kon bewijzen door iets duurs voor me te kopen. Mannen kicken daarop. Zelfs mannen die zo met hun hoofd in de wolken lopen dat dit soort sociale oerwetten straal aan ze voorbijgaan, zoals Nick.

'Toch is het niet cool dat je mij er zo mee confronteert,' zei ik, wijzend op de chaos in de gang. 'Zeg me na: "Het is niet cool tegenover jou dat ik je nu alweer alleen achterlaat."'

'Het is niet cool tegenover jou dat ik je nu alweer alleen achterlaat,' herhaalde hij braaf. 'Hoewel je in april niet kon wachten tot mijn vlucht ging. En toen ik weer thuiskwam liep je nog langer met een onweerswolk op je gezicht dan Ramses.'

'Ja nou, daar heb ik recht op,' zei ik, zogenaamd gekwetst. Ik vond het schattig dat hij me vergeleek met de kat. 'En bovendien, toen was mijn grootste zorg of je de oplader van je MacBook nergens zou vergeten, zodat je je deadlines kon halen. Nu of je niet te pletter valt.'

'Je weet toch dat ik voorzichtig ben.'

'En jij weet dat je niet alle risico's in de hand hebt. Ik spuug echt op je graf als je dood terugkomt.'

Nick schoof zijn rugzak opzij en keek me aan. 'Ik wou dat je een keer meeging. Dat ik je kon laten zien wat ik daar zoek.'

'"Goh, Sam, ga je mee naar rotsblokken kijken? Zonder wifi en mochaccino's, en als we op de top zijn hou ik je omhoog als Simba en alles wat het licht aanraakt, behoort tot ons koninkrijk." Sure, ga jij mee snorkelen met piranha's?'

Hij hield zijn hoofd schuin. '*Hakuna matata.*'

Ik grijnsde. 'Daarmee maak je het nog niet goed.'

Maar die blik, ik zag iets wat me van mijn stuk bracht. Zijn ogen keken ín me, ver en afstandelijk. Plotseling huiverde ik, ondanks de hitte. Die ogen, helder groen, wezen op een grote eenzaamheid, maar ook op een bijna beangstigend groot geluk dat voor mij altijd onkenbaar bleef, waar ik nooit deel van zou uitmaken. Ik had die blik vaker gezien en telkens maakte hij me onbehaaglijk, omdat hij me confronteerde met de vraag: *hoe goed kennen we nou eigenlijk de persoon van wie we houden?* Het was alsof elke keer dat Nick zich weer voorbereidde om naar de bergen te gaan er een ander wezen in hem wakker werd, niet een echt mens maar eerder een natuurkracht, een wezen dat zich voor mij altijd schuilhield en dat ik, nu het zich voor een ogenblik toonde, niet tussen mijn vingers door mocht laten glippen.

En ik zal eerlijk zijn: het wond me op. Hoe ik het ook haatte dat Nick weer ging klimmen, na drie jaar samen en de eerste *honeymoon* wel zo'n beetje voorbij voelde dit ongrijpbare wezen in hem als iets krachtigs, als iets wat *verboden* was – als een geheime minnaar met wie ik een kortstondige, opwindende affaire kon hebben.

Voor ik het wist had Nick me overeind getrokken en tegen de deurpost van onze slaapkamer geduwd, mijn handen om zijn middel en de zijne, kijk nou eens, als hij daar niet die twee ijsbijlen mee vasthield, als hij die doornen niet zachtjes achter mijn nek haakte en me dwingend tegen zijn lichaam aan trok, die koude metalen tanden in mijn nek en kippenvel, o jezus, over de hele lengte van mijn ruggengraat.

'Die ijsbijlen maken je zó niet-sexy,' ademde ik tussen zijn lippen door. Maar ik loog en hij wist het.

'Zonder kun je me niet beklimmen.'

'O, nee. O, Nick. Die tekst is echt nog slechter dan E.L. James.'

'*One hundred million readers can't be wrong*.'

Ramses drentelde met hoge staart de trap af, maar hij hoefde dan ook niet zijn zesde zintuig in te zetten om te weten wat er nu ging komen. Zoals altijd kon hij het niet nalaten ons een duidelijk signaal te geven dat hij betere dingen te doen had.

3

Ik reed langs de Hudson door een glooiend heuvellandschap dat ik me maar vaag herinnerde, tot ik in de buurt van de Catskills kwam. Ineens doemden ze daar op in het westen. Hoog en deprimerend en onveranderd. Het voelde alsof ik terugreed in de tijd. Mijn herinneringen aan Huckleberry Wall waren in de loop der jaren vaag geworden, maar toen ik van de Interstate afsloeg en de Onteora Trail naar het westen volgde, kwamen ze terug met een kille helderheid waar ik niet op was voorbereid. Deze bergen waren minder grillig en onheilspellend dan de bergen die ik in Europa achter me had gelaten, maar ondanks de aangename augustuszon kreeg ik kippenvel op mijn armen.

Ik dacht: *Toen waren de bergen wit geweest, niet groen. Het was hartje winter geweest en de storm huilde om het huis. De wolken en de sneeuwjacht hadden het uitzicht op de bergen ontnomen en dat had het alleen maar erger gemaakt.*

Ik dacht: *Je kunt omkeren. Het verleden met rust laten.*

Ik dacht: *Je kunt naar Amsterdam vliegen. Een Tiffany-ring kopen.*

Maar ik reed door.

Ik vroeg me af of ik de plek nog zou vinden, maar het was alsof ik op de automatische piloot reed. Bij Phoenicia verliet ik de hoofdweg, stak de beek over en reed langs de oude lodge waar opa en oma ons elke keer dat we waren komen logeren één ochtend mee naartoe hadden genomen voor blueberrywafels. Vreemde traditie eigenlijk, want die van oma zelf waren altijd het lekkerst geweest. Daarna klom de weg met scherpe bochten door het bos, met aan weerszijden verscholen buitenverblijven, tot hij langzaam in een pad veranderde. Ik wist dat het even verderop ten einde leek te komen, maar dat was maar schijn.

Voorbij het laatste erf, dat het begin van de bewoonde wereld markeerde, boog het spoor scherp en onverhard naar links, voor die eindeloze klim die opa altijd de Panther Mile had genoemd. Die bracht je uiteindelijk naar het eind van de wereld, naar Huckleberry Wall.

The Cabin in the Woods.

The Last House on the Left.

Waar opa vroeger altijd stapvoets en hotsend links af was geslagen, hing nu een bemoste houten balk over het spoor. Daarachter was het pad overwoekerd. Natuurlijk, omdat er daarboven geen bestemming meer was, was de Panther Mile opgenomen in het *trail system* van het Catskill Park. Ik parkeerde de Corvette aan de rand van het erf en vroeg me af wat ik nu moest doen.

Vijftien jaar was ik hier niet geweest, maar er was niets veranderd aan mijn verpeste New Yorkse beleving. De geluiden in het bos een slecht afgemixt *Sounds of Nature*-meditatiealbum. De geur een afgeprijsde wc-verfrisser van de Fairway Market. Mijn kennis van de natuur gedoceerd door Spotify en sanitaire producten met dennenaroma.

Ik overwoog om het trucje te doen dat je macho guys in films altijd ziet doen met open sportwagens, maar mijn handen trilden te hevig, dus ik gebruikte gewoon het portier. Er zijn afgangen die je jezelf wil besparen.

Het erf was bijzonder groen en de boerderij was goed onderhouden. Ik wist niet of de mensen van toen er na al die jaren nog woonden, maar de appelboom stond er nog. Ik had geen vooropgezet plan, niet eens een naam, alleen een herinnering. In die herinnering waren ze toen al oud geweest. Maar dat zei niet zoveel. Als je negen was, leek iedereen die ouder was dan je moeder oud.

Halverwege het gazon bleef ik staan omdat ik het gekwetter van een lokaal radiostation hoorde. De hor ging open en een oudere vrouw kwam de veranda op, met een transistorradio in haar hand. Ze werd voor de voeten gelopen door een hond, die nieuwsgierig blaffend op me af kwam getrippeld.

Al moest de vrouw nu in de zeventig zijn, ik herkende haar onmiddellijk aan haar schort en haar lange, zilveren haar. Ze zette het radiootje af, klapte de antenne in en liet hem in haar schort glijden. 'Af, Zeus!' riep ze. 'Maak je geen zorgen, jongeman, hij doet niets, zolang jij ook niets doet. Kan ik je misschien helpen?'

Zeus was middelgroot, bruin – beeld je maar iets in, ik ben niet goed in rassen. Ik aaide hem over zijn kop en haakte toen mijn zonnebril in de hals van mijn shirt. 'Misschien heeft u zo'n appel voor me, van uw boom? Die gaf u me vroeger ook altijd.'

Ze kneep haar ogen samen en kwam de verandatrap af. 'Ja, ik ken jou... help me eens even?'

'Ik had een klein zusje. En een opa en oma.'

'Ach nee! Jij bent de kleinzoon van Herb en Dorothy Avery!'

Ik glimlachte. 'Sam Avery. Wat leuk om u te zien.'

Ze klapte in haar handen. 'Sam Avery! Lieve hemel, wat ben jij uit de kluiten gewassen, zeg! De laatste keer dat ik je zag was je nog zo'n klein hummeltje.' Ze kwam naar me toe en schudde niet alleen mijn hand, ze omklemde hem met al haar vingers. Ik voelde hoe knokig en broos ze waren. De vrouw moest eerder in de tachtig zijn, besefte ik. Maar er zat onmiskenbaar pit in die vingers. Zeus kwispelde. 'Ik wou dat ik je een appel kon geven, Sam, maar ze rijpen pas in september, ben ik bang.'

'Hoe heette u nou ook alweer, als ik vragen mag?'

'Ik heet Abigail Bernstein, maar...'

'Auntie Bernstein! Natuurlijk, zo noemde oma u altijd!'

'Krek,' glimlachte ze. 'Uncle Bernstein is helaas al zes jaar niet meer bij ons, maar ik hou nog steeds mijn eigen kippen. Wat brengt jou helemaal hier naar boven, Sam?'

Ik wist niet goed wat ik moest zeggen. 'Ik woon tegenwoordig in Europa. Ik heb niet vaak de gelegenheid om... Nou ja, ik was nu in New York. Ik dacht, misschien is het de moeite waard om eens een eindje te rijden.'

Dat was een slap verhaal en de oude mevrouw Bernstein doorzag het. Ze keek me schuin aan. Ik voelde me stompzinnig en beschaamd, omdat ik zelf niet eens helemaal begreep wat ik hier kwam zoeken. Uiteindelijk zei ik maar: 'Ik ben hier niet meer geweest sinds... nou ja, sinds heel lang.'

'Ik weet nog goed hoe jullie met de hele familie hiernaartoe kwamen om Herbs as uit te strooien – je opa's as, bedoel ik. Ik was dolblij dat ik erbij kon zijn, omdat ik de dag ervoor pas het bericht had gezien dat hij was overleden. Je grootouders moeten toen al drie jaar in Newburgh hebben gewoond en ons contact was verwaterd, zoals dat gaat met oude buren.' Er lag een oprechte spijt op haar gezicht zoals je die alleen ziet bij mensen die in de epiloog van hun leven zitten en een soort Sparknotes-verklaring van al het voorafgaande hebben gekregen. 'Het was een prachtige ceremonie. Het bos was zo vol leven die dag, alle vogels floten. Weet je dat nog?'

'Ik was er niet bij,' zei ik zacht.

'Niet? Waarom niet?'

Ik voelde een hitte opstijgen achter mijn gezicht.

'O hemel. O lieve hemel. Dan moet de laatste keer dat je hier boven bent geweest zijn geweest...'

'Na de brand.'

'Lieve help, dat wist ik niet.' Het gezicht van de oude vrouw kreeg een ferme uitdrukking en ze veegde haar handen af aan haar schort. 'Weet je wat? Waarom laat je me niet even wat anders aantrekken, dan loop ik een eindje met je mee op naar de plek waar het huis stond. Als het je niet uitmaakt om een beetje in te houden tenminste, want ik ben op mijn leeftijd niet zo sterk meer als jij, ben ik bang.'

Ik wist helemaal niet of ik wel naar boven wilde. Alleen de gedachte al voelde aan alsof er ergens diep vanbinnen een schroef werd aangedraaid. In mijn herinnering strekte het spoor zich kilometers en kilometers uit de berg op, voordat het je bij Huckleberry Wall bracht. Kilometers en kilometers terug het verleden in. Geen prettig vooruitzicht. Het stond me bij dat we het altijd alleen maar met opa's 4WD hadden bereden... behalve die laatste keer.

Die laatste keer dat we per slee de berg af waren gekomen.

Ik legde haar uit dat het pad in mijn beleving veel te lang was geweest om te belopen.

'Welnee. Ik wandel er nog elke dag met Zeus, hier. Meestal keer ik zo halverwege om, want het is een hele klim. Maar voor jou moet het geen probleem zijn, het kan niet langer zijn dan een mijl.'

'De Panther Mile,' zei ik.

Ze keek me verrast aan.

'Zo noemde mijn opa het pad altijd.'

'Ha, dat was ik vergeten! De Panther Mile, dat is goed. Het is al lang geleden dat we hier panters hebben gezien. Vroeg of laat trekken ze allemaal de bergen in, Sam.'

We zwegen beiden en ik liet die woorden op me inwerken. Toen zei mevrouw Bernstein: 'Geen wonder dat het pad langer leek die nacht. Misschien was het dat ook wel, zo gedragen dit soort paden zich nou eenmaal op het kritieke moment. Wacht, ik ben zo terug.'

Ze liep kloek naar binnen en liet Zeus bij me achter op het erf. De hond hijgend aan mijn voeten en me schuin aankijkend, tong uit de bek. Glimlachend. Insinuerend dat ik wel ontzettend dom moest zijn.

4

Zeggen dat ik mijn best moest doen om mevrouw Bernstein bij te houden zou overdreven zijn, maar ik zal eerlijk bekennen dat ik ook niet mijn pas hoefde in te houden. Die pit zat niet alleen in haar handen, die zat in dat hele lijf. Zeus tientallen meters voor ons uit dravend en schallende blafsalvo's door het bos jagend. En ik me de hele tijd maar afvragen waar we écht naartoe liepen.

'Vertel me eens hoe het was begonnen,' zei ze.

Met een verhaal, natuurlijk. Alles begon altijd met een verhaal.

Die laatste keer dat ik in de Catskills kwam, de laatste keer dat ik in Huckleberry Wall kwam. Die avond dat het affikte. Zie je het voor je, de perfecte berghut, het perfecte winterse logeerpartijtje bij opa en oma. De sneeuw die tegen de ramen bleef plakken. De sneeuw tegen de ramen en de storm buitengesloten en mijn lieve oude opa die griezelverhalen vertelde bij het vuur. Het haardvuur, bedoel ik dan.

Tegen mevrouw Bernstein vertelde ik dat als die haard brandde, het zo heet was in Huckleberry Wall dat je er helemaal suf van werd. Julia, zij was pas zes, zij was in slaap gesukkeld op oma's schoot. Oma was haar sjaal aan het breien en op een avond als deze hoorde je alleen het knusse tikken van de naalden en het knappen van het vuur. De wind die het dak deed kraken. De oudemannenstem van mijn opa. Ze zeggen dat je de stemmen van de doden het eerst vergeet, maar ik weet nog precies hoe mijn opa's stem klonk.

Het is zijn gezicht, dat ik ben vergeten.

Altijd als ik het voor me probeer te zien, zie ik alleen maar een zwart gat. Een zwart, *rokend* gat.

Wat ik niet tegen mevrouw Bernstein vertelde, omdat ik er niet de woorden voor zou kunnen vinden, is dat mijn kindertijd hierboven was beladen met verhalen. En dat het ondanks hun geheimzinnigheid, goede verhalen waren geweest. Hier omhooglopend, met mevrouw Bernstein over de Panther Mile, klimmend over het bospad naar Huckleberry Wall, lagen die verhalen in een wijde kring om ons heen. De beboste bergtoppen rond het huis, waar je als kind altijd oeroude gezichten in kon herkennen. De hoogste top boven Huckleberry Wall, die 's winters bedekt met sneeuw altijd op een roofvogel in de aanval leek, de lagere toppen links en rechts zijn gespannen vleugeltips. Die spiedende vogelblik in je rug, als Julia en ik sleetje reden op de glooiing achter het huis of als ik opa meehielp met houthakken. Er lagen hier mysteries in de bergen, er zaten gezichten en verhalen in verborgen, maar ze waren in essentie *goed* geweest.

Hoe één vlam, één vonk, één verhaal alles kon veranderen.

'Vertel nou eens een écht griezelig verhaal, opa,' zei ik die avond. Die avond van sneeuw en wind. Sneeuw en wind en vuur. Ik zat aan zijn voeten op het tapijt, een hoogpolig en *licht ontvlambaar* tapijt, ik in mijn pyjama, mijn knuffels voor me uitgestald, een of ander baanbrekend pleidooi houdend voor landhuizen waar bloed uit het plafond droop, landhuizen waar de hele nacht een baby huilde die er niet was, landhuizen waar op de keldertrap soms een lichaam vol steekwonden opdoemde. Mijn gezonde

Amerikaanse smaak bepaald door HBO en het *six-o'clock-news*. Ik zei: 'Julia slaapt al, dus nu mag het écht eng zijn.'

Maar opa vertelde een heel ander verhaal en het zijn die verhalen die de meeste indruk maken.

'Eens, lang geleden,' begon hij, 'werd in Phoenicia, onder aan de Panther Mile, een groot feest gegeven terwijl de zon laag en rood aan de hemel stond.'

'Is dit verhaal echt gebeurd?'

'Natuurlijk is dit verhaal echt gebeurd,' zei hij. 'Alle verhalen die ik je vertel zijn echt gebeurd. Iedereen was uitgenodigd, zelfs de Kluizenaar, die hoog hierboven op de berg woonde. De bewoners van het stadje wisten niet of de Kluizenaar zou komen, want hij was een zonderling en niemand was ooit hoog genoeg in de bossen op de hellingen doorgedrongen om zijn huis te bezoeken. Hamsteraars en bessenplukkers gaven er hoog van op dat zij daar in de bergen nooit leven hadden aangetroffen, alleen maar vlugge schaduwen hadden gezien die boven de boomtoppen scheerden en de zon blokkeerden, en het geluid hadden gehoord van machtige vleugels.'

En vijftien jaar later reciteerde mevrouw Bernstein: '*There is a Catskill eagle in some souls, that can dive down into the blackest gorges, and soar out of them again to become invisible in the sunlight.*' Ze zei: 'Ik weet niet of ik het helemaal juist citeer, maar dat komt uit *Moby Dick*. Het gaat nog verder, iets over hoe hij in de bergen altijd hoger vliegt dan de vogels op de vlakte. Maar dat eerste stuk vind ik geloof ik het mooist.'

'Komen hier nog steeds adelaars voor?'

'O jazeker. Soms voer ik ze een stukje lever, dat vinden ze het lekkerst. Zo uit de hand. Is het niet heerlijk in het bos, vandaag?'

En ik dacht: *Een stukje lever.*

En wij hogerop, het erf van mevrouw Bernstein uit het zicht, de mijl bewandelend die vijftien jaar eerder ervoor had gezorgd dat ik nu niet bij Nick kon zijn. Het zweet uitgebroken op mijn voorhoofd en mijn hoofd vol van het geluid van de wind die door een zeil klapperde, het geluid van vleugelslagen. Ik dacht: *Beter kijk je niet om.* Ik dacht: *Níét omkijken.*

Mevrouw Bernstein vroeg: 'Gaat het wel goed met je, Sam?'

En wat dacht je? Die Kluizenaar, die kwam natuurlijk, in opa's verhaal. Oma breide haar sjaal met een vage glimlach om haar lippen, Julia was diep in slaap. Ik luisterde naar opa's woorden: 'Het was een oude man met een donkerbruine mantel en spierwit haar, maar het gekke was dat niemand echt zijn gezicht kon zien. Toch maalde niemand erom, want de Kluizenaar had als geschenk voor de mensen het vuur meegenomen. Je moet namelijk weten dat dit in een tijd speelde voordat de mensheid het vuur had ontdekt. Tot dan toe hadden de mensen uit Phoenicia in de klei geleefd en het vuur stelde ze in staat uit de klei op te rijzen, en bovendien kon het feest nu de hele avond doorgaan. Algauw werden in de gelagzaal toortsen en haardvuren aangestoken en steeg de verrukkelijke geur van gebraden vlees op. De dorpsbewoners bereidden op hun beurt ook een geschenk voor, maar onder hen was een knappe en sterke jongeman, genaamd Prometheus, en hij nam de Kluizenaar in de maling: Prometheus schotelde hem twee schalen voor, de ene met heerlijk malse biefstuk verstopt in een afschuwelijk uitziende ossenmaag, de andere met de botten van de os verstopt in glinsterend, gebraden vet. De Kluizenaar koos natuurlijk de laatste. De dorpsbewoners aten al het vlees op, terwijl ze elkaar en Prometheus op de rug sloegen van het lachen.

'Er klonk een schel gekrijs door de zaal, er staken winden op uit alle richtingen en op slag werd het donker omdat de toortsen en haardvuren uitwaaiden. Een vrouw gilde: "*Lieve help, hij is de berg, hij stijgt op uit de as!*" en in het bleke maanlicht kon niemand zien wat ze precies bedoelde, noch wilde ze er later ooit nog met een woord over reppen. Maar de woedende Kluizenaar was verdwenen en had het vuur met zich meegenomen en hield het voor altijd voor de mensheid verborgen.'

Er moet een knoest of een kooltje uit de haard zijn gesprongen en zo moet het tapijt hebben vlam gevat, zei ik tegen mevrouw Bernstein. Dat dachten ze later, althans. Ik zei: 'We lagen allemaal al te slapen. Tegen de tijd dat de rookmelder ons wakker maakte, hadden we alleen nog maar de tijd om onszelf te redden. De woonkamer stond in lichterlaaie en binnen een minuut kon je al bijna niet meer ademhalen door de dikke rookwolken en verspreidde het vuur zich al naar het dak. Het huisje was verloren.'

'Wat vreselijk, zo snel gaat dat dus. Vuur is zoiets gevaarlijks,

Sam. Ze zeggen niet voor niets: wie met vuur speelt, zal zich lelijk branden...'

'Oma gilde. Ik had zoiets nog nooit gehoord. Kunt u zich voorstellen hoe het is om je oma te horen gillen?'

'Mijn hemel. Jongen toch, wat moet dat erg zijn geweest. En was het je opa die op het idee kwam om jullie op die slee te zetten? Om jullie alle drie op die slee te zetten en helemaal de berg af te trekken?'

'Ja. Hij had nog geprobeerd de auto uit de garage te halen, maar hij was te laat.'

Ze schudde ongelovig haar hoofd. 'Hij was beresterk, die opa van jou. Het was een heldendaad dat hij jullie allemaal in veiligheid heeft kunnen brengen voordat jullie bevroren. Want lieve help, wat was het gemeen koud, die nacht! Veel mensen zouden verdwalen in zulke kou.'

Ik haalde mijn schouders op. 'Hij hoefde natuurlijk alleen maar het pad naar beneden te volgen.'

'O, maar je kunt ook op andere manieren verdwalen, hierboven. Ik weet nog precies hoe jullie kwamen aankloppen. Het was alsof er vier sneeuwpoppen op de veranda stonden, twee grote en twee kleine. Het was ook zulk beroerd weer, met al die ellende die uit de lucht kwam vallen! De sneeuw, die vogels...'

'Er waren geen vogels,' zei ik.

'O jawel. Ze moeten zijn aangetrokken door het vuur, zeker tientallen, en grote ook, en ze vlogen in spiralen boven de plek waar Huckleberry Wall in brand stond. Alsof ze zochten naar een prooi.'

'Dat kunt u nooit hebben gezien,' zei ik en ik hoorde hoe onvast mijn stem klonk. Er was iets mis. Met een schok besefte ik dat mevrouw Bernstein niet gewoon verstrooid was en ook niet seniel. 'Door de sneeuwstorm en het donker kon je de boomtoppen niet eens zien. En u bent nooit daarboven geweest, die nacht.'

'Weet je dat wel zeker? Mij staat bij van wel, Sam. Op sommige nachten ben ik daar nog steeds.'

En mevrouw Bernstein naast me lopend. Naast me lopend op de Panther Mile, en niets wat me ertoe had kunnen bewegen haar kant uit te kijken. In mijn ooghoeken alleen haar knokige gedaante. Mijn blik strak vooruit, naar waar Zeus ons voor was gegaan, maar als hij daar was zag ik hem niet. Het pad door het bos volkomen stil.

Prometheus had het er niet bij laten zitten. Natuurlijk niet. Vijftien jaar geleden, in Huckleberry Wall, vlak voordat het in vlammen opging, vertelde opa: 'Op een goede dag zei de listige Prometheus tegen de andere dorpsbewoners dat *híj* het wel zou wagen om naar boven te klimmen en het vuur te stelen. Zodat hij het aan de mensheid kon teruggeven. Hij werd natuurlijk uitgelachen, maar toch toog Prometheus de berg op, en aangekomen bij het huis van de Kluizenaar ontdekte hij dat het leegstond en dat de Kluizenaar nergens was te bekennen. Maar in de haard brandde wel een vuur en Prometheus stal het in de halm van een reuzenvenkel. Toen hij met zijn toorts de Panther Mile naar beneden kwam gelopen dromden de mensen van Phoenicia samen. Er barstte een gejuich los. Op handen droegen ze hem het stadje in. Prometheus was op slag een held geworden. Dagen was het feest, want met het vuur kon men vlees braden, en ijzer smeden, en water verwarmen, en rees de beschaving op uit de klei.

'Maar in het feestgedruis zagen zij niet dat een gitzwarte schaduw zich losmaakte van de berg. Ze hoorden niet het schorre gekras van de vogel, tot de knappe Prometheus door vlijmscherpe klauwen werd gegrepen en met spartelende benen de lucht in werd getild, hoger dan de hoogste bomen, hoger dan de torenspits. Het was een enorme adelaar genaamd Ethon en Ethon nam hem mee naar de top van de hoogste berg. Daar werd hij blootgesteld aan de elementen en in niets anders dan een lendendoek aan een rots vastgeketend en rukte de adelaar zijn lever uit, en slokte deze met schrokkende, vogelachtige bewegingen van zijn kop naar binnen. En...'

'Herb, die jongen krijgt daar nachtmerries van,' onderbrak oma hem, terwijl ze opa vinnig aankeek over haar breinaalden.

'Maar zo ging het, Dorothy, dat weet je toch? En niet één keer, want elke nacht groeide Prometheus' lever weer aan, en dan kwam de adelaar de volgende dag weer terug en scheurde hem met zijn scherpe klauwen weer open en vrat het bloederige ding op. Soms gebruikte hij alleen maar zijn snavel om hem open te...'

'Herb!'

'Het is niet erg, oma, ik kan daar best tegen,' zei ik, niet zeggend dat mijn gedachten waren blijven steken bij die lendendoek, die lendendoek waarin ik mijn knappe held aan die rots vastgeketend zag liggen.

Die lendendoek, die deed het 'm.

En dat was hoe ik me het einde van het verhaal herinnerde: Prometheus zou voor eeuwig worden gestraft voor het rotzooien met krachten die groter waren dan hijzelf. Daarna gingen we slapen en vloog het huis in brand.

Zoals zoveel verhalen is de mythe van Prometheus een verhaal dat is voorbestemd op verschillende momenten in je leven je pad te kruisen, en de eerstvolgende twee keren dat dat gebeurde, raakte het me diep. De eerste keer tijdens *Ancient History* op de Wagner Middle School in New York, omdat ik besefte dat er een origineel was dat zich blijkbaar níét in Phoenicia afspeelde. De tweede keer tijdens mijn keuzevak Oudgrieks in het tweede jaar van *Linguistics* in Amsterdam, omdat ik oud genoeg was om alle metaforen te herkennen.

Maar dat was niet de reden waarom ik beide keren met bonzend hart in de schoolbanken had gezeten. Niet de reden waarom hier, vijftien jaar later, bijna boven aan de Panther Mile met mevrouw Bernstein, bijna gearriveerd op de plek waar opa's verhaal eindigde, het zweet van mijn vingertoppen en oorlellen gutste, terwijl ik mezelf toefluisterde: *Niet omkijken, Sam. Níét omkijken. Geloof me, dat wil je niet.*

Maar ik keek wel om, als de vrouw van Lot, en toen ik de Panther Mile bergafwaarts door die tunnel van bomen zag verdwijnen wist ik weer hoe het was geweest. Die nacht, die epische afdaling, die nacht dat Huckleberry Wall in brand stond en de Panther Mile zich kilometers en kilometers had uitgestrekt. Oma achter op de slede, zachtjes huilend en haar armen om mij heen, mijn armen om Julia, dicht tegen elkaar aan, weggedoken in wollen dekens tegen de snijdende wind en de sneeuwjacht. Uren en uren ploegden we voort tot mijn wangen gevoelloos waren van de kou en ik banger was dan ik ooit was geweest. Het enige wat ik kon onderscheiden was die grote, donkere figuur die ons vooruittrok over het pad; zwart, gitzwart, zo zwart dat het een vlek was in de nacht en geen echt mens. Het was niet opa, dat wist ik, want hij had geen gezicht en er steeg rook op van zijn schouders en schedel. Het was de Kluizenaar die de slee daar door die winterse kou de berg af trok. De Kluizenaar was de Duivel. En er waren wel degelijk vogels: grote, mythische vogels die je niet kon zien maar alleen kon horen. Elk moment verwachtte ik dat ze naar beneden kwamen vallen, onvoorstelbaar snel, dwars door de kale boomtakken heen. Dan zou ik ogen zien gloeien als kooltjes uit het haardvuur en zou het scheuren beginnen, het scheuren en het fladderen en het krijsen en het schransen.

En daarom ben ik nooit meer de bergen in geweest, zei ik vijftien jaar later tegen mevrouw Bernstein. Die afdaling, die nacht, het was de donkerste nacht van mijn leven en een afdaling die heel wat dieper ging dan terug naar de bewoonde wereld.

Mevrouw Bernstein, die vrouw die ons toen met haar man had opgevangen onder aan de Panther Mile, die vrouw die toen al oud was geweest, ik durfde haar nog altijd niet aan te kijken.

Het was veiliger haar in mijn ooghoek gevangen te houden.

Haar stem, die hoorde ik nog wel. Maar het zijn de gezichten die je het eerst vergeet. Wat als ik zou kijken en zij geen gezicht meer zou hebben?

'Het was intens koud, die nacht,' hoorde ik mevrouw Bernstein zeggen met een zweem van verdriet. 'Als je ouder bent en die kou gaat eenmaal in je botten zitten, dan trekt hij nooit meer weg. Nu heb ik het alleen nog maar koud. Hoe is het tegenwoordig met Dorothy, eigenlijk?'

Mijn opa was drie jaar na de brand in Huckleberry Wall gestorven; mijn oma vijf jaar geleden, in 2013. Wanneer mevrouw Bernstein was doodgegaan wist ik niet, maar afgaand op wat ze zei moest het ergens ertussenin zijn geweest.

5

'Oma wandelt nog vaak over de Panther Mile,' zei ik. 'Komt u elkaar hier nooit tegen?'

Ik draaide me om. Ik was niet verrast om te zien dat mevrouw Bernstein weg was. Het pad was stil. Zo stil dat ik me afvroeg of ze er ooit was geweest. Ergens in het bos klopte een specht. Heel even voelde ik een elementaire kilte in het diepst van mijn ruggenmerg, daarna schudde ik met mijn schouders.

Ik besloot dat het niet uitmaakte.

Wat uitmaakte was niet wat ik zou aantreffen als ik het spoor weer zou aflopen, of de boerderij van Bernstein daar aan het begin van de bewoonde wereld leegstond of was verkocht aan nieuwe bewoners.

Wat uitmaakte was waar ik was aanbeland: even verderop zou het spoor uitkomen op een braakliggend terrein, dat in vijftien jaar tijd zou zijn teruggewonnen door de natuur. Waar ooit de fundering van Huckleberry Wall had gelegen, zouden nu jonge sparren groeien die inmiddels groter waren dan ik. De natuur zou al onze sporen hebben uitgewist en die gedachte was beangstigender dan het idee dat ik met een dode omhoog was gelopen.

Ineens was ik benauwd. Mijn luchtpijp, hij zat zo strak dat-ie geen zuurstof meer doorliet.

Ik wilde het niet zien. Even stond ik daar bevroren, zei tegen mezelf dat als ik het nu niet zou doen, ik het nooit meer zou doen. Toen zette ik het op een lopen. Ik vloog de Panther Mile af. Ik vluchtte voor de geesten van mijn kindertijd en met elke stap beeldde ik me in dat ze minder echt waren.

6

Want hoe ik het tegen mevrouw Bernstein vertelde, je dacht toch niet dat dat het hele verhaal was? *Reality check*: het was nog niet de helft. Terug naar Huckleberry Wall, die avond van opa's verhaal, die avond vijftien jaar geleden, de negenjarige ik even onrustig en geplaagd als de storm die om het dak gierde. De avond dat Prometheus maar in mijn hoofd spookte en ik hem, weet ik veel, tot leven wilde brengen: Prometheus, drager van het vuur, mijn eerste cultheld, mijn eerste rolmodel, mijn eerste *man-crush*.

De laatste avond van kleine Sam Avery's onschuld.

Of toch niet zo onschuldig, want daar was ik, alleen en uit bed, Julia en opa en oma diep in slaap, twee kussenslopen aan elkaar gebonden als lendendoek en verder poedelnaakt. Dit was Prometheus in mijn premature kinderfantasie. Daar was ik, mezelf identificerend met het object van mijn begeerte. Mijn verlate, *twisted* oedipuscomplex aan het botvieren, want laten we wel wezen, mijn moeder was *no match* bij het beeld dat ik vormde van mijn superheld. De lendendoek strak genoeg dat het niet uitmaakte dat ik nog niet wist wat masturbatie was. Heil Prometheus, een klein, negenjarig, seksueel geprikkeld narcistje.

En Nick zich maar afvragen waar mijn voorliefde voor roleplay vandaan komt. Of bondage.

Als negenjarige kon ik al niet wachten op de scène dat ik aan het rotsblok vastgeketend zou zijn, overgeleverd aan de adelaar.

Zo ver kwam het natuurlijk niet.

Midden in de nacht en klaarwakker sneakte ik naar de grote kamer, waar nog steeds de hitte van de nasmeulende open haard hing. De oranje gloed flakkerend tegen wanden van het glanzende vurenhout waaruit Huckleberry Wall was opgetrokken. Uitgestald op het kleed wachtte mijn gevolg: Dr. Jingles, Twig en Porcupiny. Mijn beer, mijn stuk geknuffelde ondefinieerbare íéts en mijn stekelvarken.

Dit was wat in mijn wereld doorging voor de mensheid.

En wee de machtige Prometheus, zijn gevolg toesprekend met gespreide armen, proberend niet elke keer ineen te krimpen als de knokige takken buiten tegen het dak sloegen: 'Aanbid mij, o onderdanen, en laat mij jullie helpen te verrijzen uit de klei!'

Helemaal vol van zichzelf, helemaal vol van het outfitje dat-ie droeg. Toen al.

Al die kinderpsychologen, al die gedragstherapeuten waar ze je later mee naartoe sleepten: dit is niet het verhaal dat je ze vertelde, want al begreep je die gevoelens van ontluikende seksualiteit in je onderbuik niet, je wist wel dat dit het soort geheim was dat je beter voor je hield.

Ik zei: 'Laat mij, de grote Prometheus, jullie het vuur brengen.'

Je denkt dat je al weet wat er gaat komen, maar het is erger. Geloof me.

Dus ik pokend met de haardtang in de asresten, starend naar de sintels die in de schoorsteen opstegen – ieder kind is in meer of mindere mate geobsedeerd door vuur, nietwaar? Ik tilde een verkoold blok op en hield het voor me uit, blazend zodat er vlammen ontstonden, en meteen flakkerde het schijnsel in mijn ogen en tegen mijn gladde naakte huid; ik, een duiveltje in de nacht.

De mensheid zag toe hoe ik ze het vuur bracht: het was meteen het laatste wat ze zagen. Toen ik het verkoolde blok boven ze hield, viel het met een *pfflt* uit elkaar. Porcupiny vatte het eerst vlam. Ik probeerde haar nog wel te redden – in feite was ik zo geschrokken dat ik het arme beest helemaal lens knuppelde met de tang, maar daardoor spatten de kooltjes fonkelend alle kanten uit.

Eén vonk en je schrijft een compleet herziene, gelimiteerde editie van je kindertijd.

Eén vonk en geen verhaal dat je ooit hebt verteld is nog het hele verhaal.

Het moment dat het vuur de leiding nam besefte je dat er consequenties waren voor Prometheus, consequenties voor het tarten van krachten die groter waren dan jijzelf. Dat was het moment dat de asresten Dr. Jingles en Twig in brand zetten. En het tapijt.

Ik schonk de mensheid niet alleen het vuur. Ik cremeerde ze waar ik bij stond.

En misschien, als ik snel had gehandeld, had ik er op dat moment nog iets aan kunnen doen. Als ik met een van oma's geborduurde kussens in de vlammen had geslagen, als ik opa had geroepen en hij het brandblusapparaat uit de keuken had gepakt, misschien waren we er dan nog van afgekomen met flinke roetschade en een donderpreek. Maar ik was negen. Ik was verlamd. En ik was zo goed als naakt.

Zelfs nu de vlammen razendsnel om zich heen grepen door de droge, hoge polen van het tapijt en in het gordijn klommen, zelfs nu was het eerste wat ik wilde mijn pyjamajasje aan zien te krijgen. *Go figure*, maar ik vreesde de brand minder dan de verklaring die ik iedereen schuldig zou zijn voor mijn travestie.

Dit had ik mevrouw Bernstein er allemaal niet bij verteld. Zoiets als dit, dat gaf je zelfs tegenover jezelf niet toe. Zelfs niet na al die jaren.

Zo snel en zacht als ik kon trippelde ik naar de gang, langs de slaapkamers van opa en oma, elk moment verwachtend dat de rookmelder een einde zou maken aan negen jaar liefde van mijn familie.

Ik kreeg de lendendoek niet los.

In mijn slaapkamer, wippend van mijn ene been op het andere, pulkend aan de knopen, trekkend aan de kussenslopen, mijn pikkie daaronder slap en urine sproeiend van paniek. Een hete, oranje gloed inmiddels onder de deurspleet. Prometheus, mijn mannelijkheid, mijn trots straal vergeten.

Eindelijk schoot hij los, dat vieze ding en eenmaal uitgelekt kon ik mijn pyjamabroekje aantrekken. Mijn pyjamajasje en mijn pantoffels. Ik schudde mijn zusje wakker en zij begon te gillen op precies hetzelfde moment dat het rookalarm begon te loeien.

Daarna de chaos. Opa en oma, ze waren te oud voor dit soort actie. Wij waren te jong. Tegen de tijd dat iedereen goed en wel uit bed was en de situatie had beoordeeld, was er geen houden meer aan. Opa gillend dat we naar buiten moesten, Julia en ik voortgetrokken aan zijn hand, onze eigen handen voor onze mond om geen zwarte rook te inhaleren. De grote kamer één woekerend inferno, ik tot mijn opluchting constaterend dat in die muur van vlammen geen resten te zien waren van Dr. Jingles, Twig en Porcupiny. Opgelucht dat het vuur de mensheid had verwoest voor het mij had kunnen ontmaskeren.

'Er moet een knoest uit de haard zijn gesprongen,' huilde oma, toen we klappertandend in de sneeuw naar het brandende Huckleberry Wall stonden te kijken. Opa kwam terug uit de vuurzee, zijn armen vol dekens zodat wij niet zouden doodvriezen. En oma huilde: 'Dat moet het zijn geweest. Een kooltje dat het tapijt heeft aangestoken.'

En ik, de vader van het vuur, hier was mijn tweede kans om mijn mond open te doen. Ik had kunnen zeggen dat ik het was geweest, ik had kunnen zeggen dat ik niet had kunnen slapen en een blok op het vuur had gegooid, dat de sintels op het tapijt waren gespat. Dat het een ongeluk was geweest. Niemand hoefde te weten van mijn escapades.

Wat me tegenhield was Prometheus.

Hoe die vogels je kwamen halen, als ze wisten dat jij de dader was.

Zo had ik het allemaal niet gewild.

Dat ontwijken, dat verdringen van de herinnering: je ouders, je therapeuten, ze interpreteerden het allemaal als normaal gedrag na wat je had moeten doorstaan. Want wat is nou eigenlijk normaal gedrag voor een kind dat een hutbrand overleeft? Julia had jarenlang nachtmerries en kraste op de muren tot ze tien was. Kneep een fles Lysol Power Cleaner leeg in haar tropische aquarium. Ik vertelde verhalen over scherpe snavels en klauwen die elke nacht kwamen om me open te rijten. Durfde geen voet meer buiten de stad te zetten, bang voor wildernis en alles wat een hellingsgraad had.

Maar wat je echt definieerde, wat het meest bepalende moment was van je leven – dat is dat je nooit meer bij opa in de buurt durfde te komen.

Dat je drie jaar later toen hij uiteindelijk aan een hersenbloeding stierf op de begrafenis met iedereen meehuilde, maar dat het tranen waren van opluchting. Daar praatte je écht niet over.

Dat beeld dat je bijstaat van die nacht, die epische afdaling door de sneeuw naar de bewoonde wereld, die grote, zwarte duivel die ons voorttrok op die slede, rook opstijgend van zijn schouders en schedel: het is niet zo ver van de waarheid als je denkt.

Opa moet wel de kracht van de duivel hebben gehad om zijn vrouw en kleinkinderen te redden, na waar híj doorheen was gegaan.

Hij had de auto uit de garage willen halen. Oma zei nog doe het niet, het heeft geen zin. Maar hij wilde het voor ons. Het was januari en het was koud: hij was bang dat we het anders niet zouden redden.

Zie je, die figuur die uit de explosie naar voren stapte, die uit die muur van vlammen waar net nog de garage was naar voren strompelde, dat was niet mijn opa. Zijn overjas afgebrand tot op de naden, de deken een smeulende hoop die uit zijn handen viel, al zijn grijze haar weggebrand, zijn rokende gezicht een Freddy Krueger-masker dat léék op het gezicht van mijn opa, maar het niet was: roet en bloed en geroosterd vlees, en twee grote, verbijsterde ogen.

Zo had ik het allemaal niet gewild.

Al die verminkte gezichten, al die verminkte landschappen. Daarom kon ik nu niet bij Nick zijn. Daarom was ik nu in New York. Werd Prometheus niet steeds opnieuw gestraft?

Opa zette nog een stap naar ons toe en viel voorover, dat gezicht plat in de sneeuw, en er klonk een sissend geluid terwijl hij er langzaam doorheen smolt.

7

Nog even terug naar die middag in Amsterdam-Zuid, een paar dagen voordat Nick naar Zwitserland vertrok; de overloop boven een chaos van zijn klimspullen. Wijzelf gevangen in gefluisterde woorden en rollende, wervelende ademhaling. Ik was lang, een meter vierentachtig, maar tegenover Nicks een meter drieënnegentig kon ik me in zijn armen klein maken en de lucht in hem naar binnen voelen stromen. Ik zei: 'Beloof me dat je terugkomt.'

'Ik beloof je alles.'

'Het is belangrijk,' zei ik. Ik draaide me om, voor zover het klimtouw dat toeliet en staarde hem recht in de ogen, smekend. Het koude metaal van de ijsbijl tussen ons in, zijn huid voelde plotseling hard als gesteente. Ik stelde me voor dat er van grote hoogte iets afschrikwekkends naderde, iets wat zich met krachtige vleugelslagen voortbewoog en waartegen ik hem onvoorwaardelijk in bescherming moest nemen. 'Echt, je moet het me beloven, Nick.'

Hij kuste me op mijn oogleden. 'Hé. Je hebt niet de controle over de hele wereld, Sam.' Na een tijdje voegde hij eraan toe: 'Natuurlijk kom ik terug, dat weet je. Ik kom altijd terug.'

Ik drukte mijn gezicht weg tegen zijn borst: mijn plekje, mijn bewegende aarde.

Na een tijd zei ik: 'Beloof je me alles?'

'Alles.'

'Mooi, ik heb die tas namelijk al besteld.'

'Echt?'

'Met jouw creditcard.'

8

De volgende avond laat meldde CNN dat er mogelijk een aanslag was gepleegd in het AMC in Amsterdam. Tien tellen zat ik verlamd voor de livestream, ademde diep in en uit om mijn hartslag te bedaren. Toen stuurde ik hem de volgende sms:

Jesus fuck Nick u ok???

Soms zijn er tweeëndertig doden nodig om het ijs te breken.

Maar we raakten aan de praat en een paar dagen later, de avond voordat het verband eraf ging, mailde Nick me dat vreemde manuscript.

Hij was productief geweest. Je moest iets, als je lag te wachten tot je gezicht was aangegroeid en je je schuldgevoel over de dood van een ander probeerde wit te wassen.

Ik las het en legde het naast me neer.

Een berg waar het spookte, een afdaling opgejaagd door vogels. We vertellen allemaal verhalen als de waarheid te pijnlijk is.

At the Mountains of Madness

Het manuscript van Nick Grevers (deel 2)

I could not help feeling that they were evil things – mountains of madness whose farther slopes looked out over some accursed ultimate abyss.
– H.P. Lovecraft

I

(Kan een mens bezeten raken door een berg?

En dan doel ik niet op zomaar obsessie, de koorts die iedere klimmer kent om weer omhoog te moeten wanneer men in het dal is, maar op werkelijke bezetenheid, zoals in de oude griezelverhalen.

Het vergt nogal wat geestelijke flexibiliteit om zoiets voor waar aan te nemen, maar in de fictieve werkelijkheid van zulke verhalen zit tenminste nog een bepaalde logica, omdat de hoofdpersoon bezeten wordt door een geest, een demon, een duivel; iets wat in zekere zin menselijk is of ooit was. Maar kan een mens bezeten raken door de ziel van een berg, iets wat niet alleen niet menselijk is, maar wat bovendien geen wil of doel kan hebben?

Ik schrijf deze woorden om elf uur 's avonds vanuit mijn ziekenhuisbed. Het AMC *is stil na alle commotie van de afgelopen dagen. Het scherm van mijn MacBook is helder, de lamp naast mijn bed brandt, de gordijnen zijn dicht, het duister is buitengesloten. Toch voel ik die kracht rondwaren, daarboven in die vallei. Het bulkt over de rand van de col en hier, in Amsterdam, krijg ik het koud over mijn hele lichaam, alsof het zich uitstrekt tot net buiten het raam. Op de achtergrond hoor ik voortdurend die ruis, als het fluisteren van vallende sneeuwvlokken, of het naderende gedreun van zich verzamelende krachten. Ik schrik als ik voetstappen hoor op de gang. Ik schrik van een schaduw. Sinds ik in deze nachtmerrie ben wakker geworden leef ik met het onvoorstelbare en moet ik in het reine komen met wat daar is gebeurd. Ik weet dat dat onmogelijk is. Want op dit soort momenten acht ik die duisternis tot alles in staat, alsof het naar me kan uithalen vanaf die vergeten plek in de Alpen, alsof het me tot waanzin kan drijven door alleen al deze woorden op te schrijven, alsof het zelfs invloed op jóú zal hebben, puur door erover te lezen.*

Want we zijn de Maudit gaan beklimmen, Sam. Ondanks alles.

Er zit een gat in mijn geheugen, na mijn aanvaring met Augustin op de morene. De psychotherapeut zegt dat geheugenverlies normaal is na een coma en een traumatische ervaring, maar er is iets anders aan de hand. Het is niet zomaar als het je niet meer kunnen herinneren hoe je bent thuisgekomen na een dronken avondje stappen. Er is iets met me gebeurd op het moment dat Augustins elleboog mijn jukbeen raakte en ik tegen de uitloper van die gletsjerwal sloeg. En het meest beangstigend is dat ik daarna geen controle meer lijk te hebben gehad over mijn eigen wil.

En dat is meteen het verhaal van foto 8 tot en met 16. Vormen. Grillige, schreeuwende horizonnen, zwart afgetekend tegen het donkerblauw van het stervende licht. Schots en scheef. Dit is het enige beeldmateriaal dat ik heb van de Maudit, Sam, en het vertelt een verhaal van waanzin. Ik weet niet meer dat ik deze foto's heb genomen, maar ze staan op mijn GoPro en te oordelen aan het licht moet het niet lang na de aanvaring op de morene zijn geweest. Hoe langer ik naar ze kijk, hoe meer ze lijken te bevestigen wat ik al weet: iets heeft de macht over ons genomen en ons die berg op gestuurd.)

Van de nacht in het bivak staat me niets meer bij.

Van de start van de beklimming ook niet.

Er staan me alleen nog momenten bij, vlagen uit een koortsdroom.

Er komt een moment waarop we in een bitterkoude tunnel van windstoten en duisternis lopen, mijn stijgijzers knerpend door een bevroren korst gletsjersneeuw. Deze tunnel is de hele wereld. Ergens, ver weg, verontrust het me dat ik alleen het touw kan ontwaren, dat voor me uit wordt getrokken in de lichtkegel van mijn Petzl-hoofdlamp. De verstijvende stroom ijsdeeltjes die mijn wangen geselt maakt me slaperig en laat mijn geest afdrijven. Ik denk dat ik de laatste mens op aarde ben, maar in plaats van angst, geeft die gedachte me troost.

Er komt een moment dat het licht is en nu begrijp ik waarom ik in het donker niets heb kunnen zien: we zijn ingesloten door de wolken. En ik ben ook helemaal niet alleen. Hoe heb ik dat kunnen denken? Augustin is er ook, en ik voel een kortstondige, maar felle steek van jaloezie als ik hem door de sneeuwjacht tegen de wolken op zie klauteren, alsof hij de macht heeft over het weer. Het idee verwondert me meer dan dat het me verbaast. Als ik even later in zijn voetstappen door de steile sneeuwwand klim, denk ik: *Hoe deed hij dat toch?*

Er komt een moment dat er iets uit de white-out onder mijn voeten langs me heen schiet en me bijna uit balans weet te brengen. Ik ram mijn ijsbijlen diep in de wand en een frontale golf poedersneeuw stuift over me heen. Als ik happend naar adem omkijk zie ik hoe de diepte tot leven lijkt te komen. In wurgende paniek ploeter ik verder, wegzakkend in de sneeuw. '*Augustin!*' schreeuw ik, maar de wind snoert me de mond. Alleen het bewegende touw bewijst dat Augustin er nog is, maar opeens ben ik ervan overtuigd dat er aan het andere eind iets gruwelijks zit verbonden, iets wat ik helemaal niet wil zien.

Er zijn ook helderder momenten. Op die momenten lijk ik meer mezelf te zijn en dringt de waanzin van de situatie tot me door.

Een van die momenten is als we de oostgraat hebben bereikt. Door gaten in het wolkendek zie ik enorme, beijsde rotsbastillons voor me opdoemen, angstwekkend steile en messcherpe graatstukken en gevaarlijke, boven de noordwand overhangende sneeuwluifels die ons de weg versperren. *Nicht empfehlenswert*, denk ik onwillekeurig. De wind belaagt ons vanaf de onzichtbare, lagergelegen gletsjer en huilt door de inkeping op de kam. Dit is geen gewone zomerstorm, besef ik. We zijn niet opgewassen tegen een storm als deze.

Toch is Augustin al voorgegaan. Ongeduldig trekt hij aan het touw.

'*Augustin, wacht! Waar zijn we mee bezig?*'

Hij draait zich om en spreidt zijn armen. Ik moet me schrap

zetten in een nis in de rotsen om mijn evenwicht te bewaren, maar hij staat daar blootgesteld op de graat, schijnbaar onverzettelijk tegen de elementen die op hem inbeuken. Het is volstrekt surreëel, maar zo staat het beeld me voor de geest. '*Voel die kracht!*' schreeuwt hij opgetogen. '*Voel die storm! Is het niet prachtig?*'

'*Augustin, dit is zelfmoord!*'

'*Welnee, wij kunnen dit! Ik heb me nog nooit zo sterk gevoeld! Jij niet dan?*'

Hij heeft gelijk. Ondanks mijn angst, ondanks de storm, ondanks dat we in deze omstandigheden mogelijk helemaal niet meer naar beneden zullen komen, voel ik me sterk en wil ik door naar de top. Wat hier ook voor kracht heerst, het heeft ook mij in zijn greep.

Als je me zou vragen een concrete routebeschrijving van de Maudit te geven, zou ik het niet kunnen. Daarvoor was mijn angst te verlammend en mijn opwinding te bevrijdend. Zelfs de moeilijkheidsgraad durf ik niet in te schatten, omdat de condities op de berg toen wij hem beklommen op het epische af waren. Maar het is de zwaarste beklimming die ik ooit heb gedaan en ondanks de invloed van de vreemde, hypnotiserende kracht die door mijn lijf woedde, regen de momenten zich aaneen waarop ik dacht: *Nu zal ik sterven.*

Het hachelijkste wat me bijstaat gebeurt tijdens het omzeilen van een rotstoren die overhellend en intimiderend op de graat staat. Augustin is hem gepasseerd via loodrechte, beijsde platen en een kronkelende ader van blauw waterijs aan de noordzijde. Nu zekert hij mij naar boven. Het zicht is praktisch nul, maar toch word ik me bewust van de elektriserende hoogte om me heen, die mijn maag lijkt uit te hollen. IJspegels hangen van de rotsen naar beneden als tanden in de muil van een roofdier. Ik probeer niet aan mijn kwetsbaarheid te denken en geef me over aan de wand, in een dromerige concentratie van bijlslagen en krachtexplosies van mijn benen.

Beroofd van vaste grond onder mijn voeten giert de adrenaline door mijn aderen, terwijl het melkzuur in rap tempo mijn spieren aantast. Ik adem stotend uit en mijn kuiten trillen van inspanning. Het gevoel van zekerheid dat van het touw uitgaat geeft me meer vertrouwen dan mijn eigen kunnen. Als de blauwe ader doodloopt ram ik mijn ijsbijl dwars door het verraderlijk dunne plakkaatijs en spat er een cordietlucht van de onderliggende rotsen. De klap schiet door in mijn elleboog en brengt me uit balans. Nog net op tijd weet ik mijn evenwicht te bewaren, ik heb niet eens de tijd om te schreeuwen. In groeiende paniek kijk ik naar wat me boven staat te wachten. Het terrein dwingt me om delicate randjes in de gladde rots te zoeken waarachter ik de doorn van de ijsbijl kan haken. Ik voel de voorpunten van mijn stijgijzers bewegen; ze staan twee millimeter in het ijs en dragen mijn volle gewicht. Als ik nu rust, verspil ik kracht en val ik. Ik hou het niet lang meer vol. En Augustin is hier zo soepel over voorgegaan! Hij heeft niet eens een tussenzekering aangelegd, als hij was gevallen zou hij zeker dertig meter in de noordwand zijn verdwenen. Stel ik me dan zo aan?

Tsjak! één, *tsjak!* twee, *tsjak!* drie passen hoger. De punten van mijn stijgijzer schrapen weg over de rotsen en ik val. Ik zie wind, ik zie langsflitsend ijs, ik zie mijn bijl aan mijn polslus zwaaien. Dan heeft Augustin het touw boven me strakgetrokken en hang ik al in mijn gordel. Het is voorbij eer ik besef dat het is begonnen.

Nee, het is niet voorbij. Want het volgende moment word ik *omhoog* getrokken. Ik trappel met mijn stijgijzerpunten langs de wand, probeer tevergeefs grip te krijgen en sla met mijn bijlen de ijspegels weg, voordat ik er dwars doorheen word getrokken. Als brekend glas storten ze de diepte in.

Augustin helpt me een handje. Het duurt niet lang eer ik over de rotsband heen ben en het gemixte terrein minder steil wordt, waardoor ik eenvoudig door kan klimmen naar zijn standplaats op de graat. Als Augustin de verwilderde uitdrukking op mijn gezicht ziet, begint hij joelend te lachen.

'Godsamme, ik had het niet meer,' hijg ik. 'Thanks, man.'

Ben ik me er op dat moment van bewust dat het onmogelijk is om het gewicht van een mens aan een touw op te trekken? Ik weet het niet. Toch gebeurde het.

Want Augustin heeft haast.

Het volgende moment dat ik me herinner ben ik alleen. Ik weet niet waar Augustin is. Hij is vooruitgegaan om te kijken naar het routeverloop, los van het touw, maar hij is niet meer teruggekomen. Het maakt me niet uit. Ergens, diep in me, licht een felle angst op omdat ik weet dat hij een gevaarlijk stadium van verwarring is gepasseerd en dat zijn handelen roekeloos en irrationeel is geworden, maar dat gevoel is afgestompt, lijkt niet langer van belang.

De Maudit is míjn berg, niet die van hem.

Ik voel zijn geladen kracht: het stroomt vanuit de rotsen door mijn vingers heen alsof onder de oppervlakte van de berg een batterij ligt opgeslagen die knettert van statische energie. Nooit heb ik me zo machtig gevoeld, zo geweerd tegen de beukende machinerie van de tijd. Het is een overweldigend gevoel van individualisme, van mijn *eigen* kracht. De hoogspanningskick stimuleert me alsof ik op speed draai. En zoals iedere berg alleen staat, duld ik geen ander met wie ik het moet delen.

Het kunnen goed uren zijn geweest dat ik zo ben voortgegaan, maar in mijn beleving is het tijdloos. Geen voor, geen na, alleen een oneindig voortstuwen door die rauwe, elementaire bezieling die mijn lichaam is binnengedrongen. Geen moment denk ik aan het touw dat is opgeborgen in mijn rugzak, of het welbekende *één-misstap-en-je-bent-dood*. Zou ik hebben kunnen stoppen als ik had beseft waar ik mee bezig was? *Heck*, ik wil niet stoppen. Ik voel de Maudit niet, ik bén de Maudit. De berg is een geologische powerbomb.

Hoe dicht ik in de buurt van de dood ben geweest weet ik niet, maar ik denk dat het uiterst precair is geweest. Ik durf niet te zeggen wat er van me zou zijn geworden als de bezetenheid die me tijdens de beklimming steeds sterker in zijn macht kreeg, me op de top niet even plotseling weer losliet. Want dat gebeurde.

Het voelde alsof iets levends, iets oppermachtigs, iets volslagen krankzinnigs een kort moment zijn blik op me had laten vallen... en op het laatste moment zijn interesse verloor.

2

(Ik besefte pas dat ik op de top stond toen ik hem in mijn hand hield. Letterlijk. De top van de Maudit is een stuk gneis van vier bij elf centimeter, het stuk gneis dat ik een paar dagen geleden in mijn hand hield toen ik midden in de nacht wakker werd in de hoek van de ziekenhuiskamer. Je weet hoe ik ze altijd bewaar als trofeeën: mijn toppen; de hoogste steen, het hoogste handjevol

sneeuw dat ik laat smelten in een plastic schroefdopflesje en thuis overgiet in een glazen flacon. Etiketje erop, plakkaatje erop: ze vertellen de verhalen van mijn persoonlijke triomfen.

Opnieuw vraag ik me af hoe die top tijdens de nacht van de ramp in mijn hand is terechtgekomen. Ik heb er geen verklaring voor. De steen moet al die tijd in de binnenzak van mijn gore-tex-jas hebben gezeten en als het goed is hebben mijn ouders die met al mijn teruggevonden spullen naar huis gebracht. Hoe is die dan hier gekomen, in het AMC*?*

Het is een eenvoudig stuk steen, voor de berg irrelevant: puur toeval heeft juist deze steen in de loop van miljoenen jaren met het rijzen van de continenten naar boven gestuwd. Toch is het goed mogelijk dat het mijn redding is geweest. Want ik *hecht er symbolische waarde aan. Al die bergen waarvan ik de top aan mijn collectie heb toegevoegd: ze hebben hun aantrekkingskracht verloren, ik heb ze overwonnen.*

Misschien was het daarom dat ik met het oppakken van de top van de Maudit ergens een angel uittrok, want op slag was ik terug in mezelf.)

Om me heen bevindt zich een barre wereld. De topgraat bestaat uit grillige, besneeuwde rotsen en is zo nauw dat twee mensen elkaar er niet zouden kunnen passeren. Nergens een steenman die verraadt dat hier ooit eerder mensen zijn geweest. De sneeuwstorm bulkt over het hoogste punt als een levend wezen en zet alles in een grauwe waas van horizontale verplaatsing, maar toch is het me duidelijk dat er geen hogere plek is om naartoe te klimmen: vanuit hier leiden alle wegen naar beneden.

Ik voel niet de bevrijding of de vervulling die ik normaal voel bij het bereiken van een top. Alleen een afschuwelijk rudimentair besef van waar ik ben: in een claustrofobisch oord waar de dood in stilte op me jaagt. Na de intense geladenheid van eerst voelt het nu alsof ik me in een afwachtend vacuüm bevind. Een holte zonder echo, die zijn adem inhoudt.

Achter mij, waar mijn voetsporen teruglopen in een gapende afgrond, schemert tussen scheuren in de wolken het ijsveld dat de gehoornde top in tweeën splijt. Ik herinner me hoe we het gisteravond als een bloedrood oog zagen schitteren. De dimensies ervan gaan mijn voorstellingsvermogen te boven. Mijn god, heb ik dat in mijn uppie getraverseerd? En sta ik daadwerkelijk op déze berg? Het idee is zo angstaanjagend dat het mijn verstand aan het wankelen brengt.

Wat was dat voor kracht, die je hier naar boven heeft gedreven? En wat gaf Augustin de kracht dat hij je verdomme zó omhoog kon hijsen, alsof je een zak aardappels was?

Maar ik weet het: het is de Maudit. De berg is een levend organisme dat zich als een virus bij ons naar binnen heeft gedrongen.

Ik dwing die gedachte mijn hoofd uit en stop met verdoofde vingers de top van de Maudit weg in de binnenzak van mijn jas. Ik trek de voering van de handschoenen er weer overheen en probeer ze warm te wrijven. Christus, het is koud hier. Gebogen tegen de beukende wind strompel ik naar het westelijke uiteinde van de topgraat, op zoek naar een mogelijke afdaalroute. De gedachte dat ik hierboven zal sterven heb ik nu toch wel geaccepteerd, maar ik voel er niets voor halfgek van eenzaamheid te moeten gaan afwachten tot de kou en uitputting hun werk hebben gedaan. Of tot de storm me van de graat blaast. Als het gebeurt, dan liever tijdens een poging om naar beneden te komen.

Pas op het laatst zie ik dat de bult op het uiteinde geen rotsblok is, maar Augustin. Hij is er dus nog! En hij leeft! Aan de rand van mijn bewustzijn schemert een vlaag scherpe woede – *wat geeft hem het recht om hier eerder te zijn geweest dan ik?* – en even schrik ik in alle hevigheid... maar het is slechts een echo. Meteen is het weg. Ik lik over mijn gekloofde lippen en proef angst: *Wat als het nog niet klaar met me is?*

We moeten hier weg. Nu onmiddellijk.

Ik moet schreeuwen om boven de storm uit te komen: '*Augustin... hoe is het met je?*'

Zijn doffe ogen tonen geen reactie en wat hij mompelt verwaait in de wind. Ik zie direct dat het mis is. Er is geen spaander heel van Augustins eerdere vervoering. Hij oogt verward en apathisch, als iemand die net is wakker geworden en niet goed begrijpt waar hij is.

Onderkoeling, flitst het door me heen. In een ogenblik taxeer ik de situatie: kritiek. Hij is een veel snellere klimmer dan ik. Hij moet hier ik weet niet hoelang al op de top blootgesteld hebben gezeten aan een gevoelstemperatuur die een hart kan doen stilstaan. Zijn gezicht is wasachtig en vertrokken, sneeuw heeft zich verzameld op zijn kraag en in zijn wapperende haar. Als ik zijn vertraagde bloedsomloop niet snel op gang weet te krijgen, komt hij hier nooit meer weg.

Ik tuur langs hem heen in de diepte. Een meter of vijftig, zestig lager aan de voet van het topbastion begint de westgraat, die zich steil verliest in de wolken. Het ziet er niet uitnodigend uit, maar ook niet zo dreigend als het ijsveld aan de oostzijde. Ik schakel over in een praktische modus: dit is een uitdaging die ik aankan, een probleem waarover ik controle heb.

Ik wend me tot Augustin, trek zijn capuchon over zijn hoofd en trek het koord strak aan. Met beide handen op zijn schouders schud ik hem door elkaar en articuleer de woorden luid en duidelijk in zijn gezicht: '*Augustin, we moeten naar beneden, begrijp je dat?*'

'Ja,' mompelt hij. Zijn stem is nauwelijks te verstaan, maar het is in ieder geval iets.

'*Je hebt hier veel te lang gezeten. Als je hier nog langer blijft raak je onderkoeld. Je moet even in beweging komen, begrijp je dat ook?*'

'Ja, naar beneden.' Hij knikt afwezig en steekt zijn handen onder zijn oksels, waardoor er een siddering door zijn hele lichaam trekt.

'*Steviger, jongen*,' zeg ik. Ik schud zijn arm bij de elleboog op en neer.

Als een echo neemt hij de beweging over.

'*Ik wil kijken of we kunnen afdalen via de westgraat, goed? Het lijkt me beter dan terug over het ijsveld.*'

'Oké.'

'*Kun je abseilen, denk je?*'

'Oké.'

Ik kijk hem besluiteloos aan. Geen goed plan, dit. '*Weet je wat? Ik ga je laten zakken aan het touw, een hele lengte. Dat moet je wel op de graat brengen. Dan kom ik zelf in twee keer abgeseild. Maar luister goed: onderaan maak je een zelfzekering en maak je jezelf los van het touw, goed? Zodat het vrij is voor mij om aan te abseilen.*'

Hij kijkt me aan alsof ik Spaans heb gesproken. Er is geen

beginnen aan. Ik begin maar met het inrichten van de abseilpiste, hopend dat het vaste ritueel van touwhandelingen iets van de oude Augustin zal wekken. Ik vind een mooie, vaste rotspunt, offer een prusiktouwtje op en schiet het hoofdtouw op in lussen. De warmte keert terug in mijn handen, wekt leven in mijn vingers en ik geniet van de teruggewonnen controle. Elke overwinning is er één. Augustin is overeind gekomen en staart gapend langs me heen naar dingen die alleen hij kan zien. Ik klik een karabiner aan zijn gordelring en maak hem vast aan het touw. Als ik hem strak heb gezekerd neem ik al zijn klimmateriaal over. Het voelt veiliger om dat bij me te hebben... voor het geval Augustin iets overkomt.

Ik steek een schlinge aan zijn gordel en duw hem de karabiner aan het uiteinde in zijn hand. '*Oké, dit is je zelfzekering als je beneden bent. Je maakt je van het touw los en slaat de schlinge om een rotspunt. Dan kom ik omlaag. Capisce?*'

Hij knikt en klikt de karabiner afwezig aan zijn materiaallus. Dat is goed, een simpele routineuze handeling die iets van vertrouwen schept. Toch is het broos: mijn nachtmerriescenario is dat hij weer zal wegzakken in zijn schemerstoestand en het touw niet zal losmaken. In dat geval zal ik geen kant meer op kunnen.

Ineens kijkt Augustin me ongemeen fel aan. 'Je wil me hier vandaan halen, hè?'

Het duurt even voor hij het registreert. '*Wat zeg je?*'

'Je wil naar beneden.'

'*Ja. Ik ga je laten zakken en jij maakt het touw vrij als je beneden bent zodat ik kan abseilen. Zoals ik je net heb uitgelegd.*'

'Ik ga niet.'

'*Wat?*'

'*Ik blijf hier!*'

Woorden kunnen je niet omverduwen; toch gebeurt het, en als ik geen zelfzekering had aangelegd was ik onherroepelijk in de zuidwand verdwenen. Even heb ik het duizelingwekkende en misselijkmakende gevoel dat ik daadwerkelijk val en maai ik woest met mijn armen naar een houvast dat er niet is. Dan begrijp ik dat het een illusie is. Ontgoocheld trek ik me met beide handen terug op de veiligheid van de richel, mijn stijgijzers schrapend over gladde rots.

Als ik weer bij adem ben, begin ik: '*Augustin, we moeten wel, anders zullen we...*'

Maar dan besterven mijn woorden. Er verplaatst zich iets van Augustin naar mij. Een felle, koude luchtstroom. En op hetzelfde moment weet ik dat ik niet tegenover Augustin zit, maar tegenover de berg zelf.

Voor mijn blikveld opent zich een afgrond van eenzaamheid. Bevroren in de tijd voel ik mezelf te midden ervan, stil, onveranderlijk, een lijdzaam ervaren. Gevangen in rots en ijs, voor zolang als de berg er zal zijn. Het is afschuwelijk. Ik begrijp dat als ik me tegen Augustin verzet – tegen de *Maudit* verzet – dit me staat te wachten.

En ik twijfel er geen seconde aan dat hij het werkelijkheid zal kunnen maken.

Ik doe het enige zinnige wat in me opkomt: ik sla hem plat in het gezicht. Zijn hoofd vliegt opzij, sneeuw spat van zijn capuchon. Zelfs de Maudit, die me in een oogwenk als een luciferhoutje in tweeën zou kunnen splijten, wordt verrast. Maar ook ik ben sterker dan ik behoor te zijn: ik vibreer van de kracht die overleven in doodsnood met zich meebrengt.

Het heeft het gewenste effect: als Augustin me verdwaasd aankijkt is de berg verdwenen... voor nu, tenminste. Opgejaagd door mijn angst geef ik hem een enorme zet, zodat hij met zijn gewicht aan het touw komt te hangen. Ik laat hem over de rand van de richel zakken en schreeuw hem na: '*Denk aan je zelfzekering, beneden! Je maakt je los van het touw!*'

3

Tijdens die ellenlange minuten dat ik alleen achterblijf op de top en Augustin laat zakken, balanceer ik voortdurend op de rand van paniek. De wind beukt me steeds verder opzij naar de rand van de richel en ik voel de onzichtbare dreiging van deze plek zich om me heen opbouwen. Als Augustin zich maar blijft verzetten tegen die storm die in hem woedt, als hij zich maar losmaakt...

Eindelijk gaat het gewicht van het touw. Ik laat het nog iets verder vieren, maar het komt slap te hangen: Augustin heeft vaste grond onder zijn voeten.

Ik wacht.

Ik trek aan het touw.

Het geeft niet mee.

Nog een keer. Niets.

Ik wacht langer, een oneindigheid, mijn hart bonst in mijn keel.

Als ik opnieuw trek is het los en kan ik het omhooghijsen.

Niet veel later sta ik naast hem en zo begint onze lange, uitputtende afdaling van de Maudit.

In tegenstelling tot de heenweg, staat deze me nog helder voor de geest. Mijn eerdere vermoeden blijkt juist: de berg is zijn grip op me verloren. Daarmee is de leiding van de expeditie automatisch van Augustin op mij overgegaan en ligt het lot van ons beiden nu in mijn handen. Het schept voldoening, creëert ruimte voor een koele nuchterheid waarin alleen mijn verantwoordelijkheid voor mezelf en Augustin en de rationele beslissingen die ik neem over het overwinnen van de volgende passage tellen. Het is merkwaardig verfrissend en voor het eerst voel ik hoop.

Voor we op pad gaan bereid ik zorgvuldig de afdaling voor. Aan proviand blijken we alleen nog een restje water uit een half bevroren petfles te hebben en een paar powerbars uit de voorklep van Augustins rugzak. Ik eet en drink de helft en zie erop toe dat Augustin zijn deel binnenkrijgt. We kunnen alle energie gebruiken. Augustin reageert nog altijd traag en dromerig, maar de kleur is in zijn gezicht teruggekeerd en voorlopig lijkt hij althans stuurbaar. Volgens zijn Seiko is het kwart over twee en ik hoop met het vallen van de avond het bivak te kunnen bereiken. Niet dat we daar dan stoppen: we gaan halsoverkop maken dat we naar beneden komen, weg uit de greep van de vallei. Maar in het bivak hebben we extra proviand en kunnen we aansterken.

Vlak voor ik Augustins arm loslaat, zie ik iets wat me zo'n schok geeft dat ik bijna loskom uit mijn lichaam. De gps van de Seiko geeft aan dat we ons op 5.035 meter hoogte bevinden.

Meer dan tweehonderd meter hoger dan de top van de Mont Blanc, de hoogste berg van de Alpen.

Er zijn helemaal geen toppen van boven de vijfduizend meter in West-Europa – en ik sluit me met geweld af voor wat dat te betekenen heeft.

We klimmen af langs onzichtbare afgronden terwijl ik Augustin aan kort touw zeker. O jezus, die dieptes die door de wolken schemeren. Die flanken. Als het terrein *tricky* wordt laat ik Augustin zakken en klim ik uiterst behoedzaam af, of abseil ik langs het touw. De westflank blijkt een eindeloos labyrint. Het verloop van de graat is nauwelijks te volgen in de sneeuwjacht en ik kan alleen maar hopen dat we niet afdwalen of voor verrassingen komen te staan.

Hoe verder we de top achter ons laten, hoe griezeliger Augustin zich begint te gedragen.

Hij praat opgewonden in het Duits tegen iemand die er niet is.

Meestal is hij onverstaanbaar, als iemand die praat in zijn slaap, maar op een gegeven moment maakt hij wilde armgebaren en begint hij te gillen. Is dit Augustin die probeert te vechten tegen wat bezit van hem heeft genomen, of zijn het zijn demonen die dit voortbrengen? Ik heb er geen antwoord op. Als ik luister hoe het een naargeestig koor vormt met de huilende wind lopen de rillingen me over de rug.

In het begin heb ik het idee dat ik nog wel een bepaalde mate van controle over hem heb, maar op een gegeven moment wordt zijn gedrag zo onberekenbaar dat ik voor mijn eigen veiligheid begin te vrezen. We bevinden ons niet op terrein waar we ons een misstap kunnen veroorloven, maar meermaals glipt Augustin weg of trapt hij ongecontroleerd rotsblokken los, die met geraas in de zuidwand verdwijnen. Ik hou zijn bewegingen scherp in de gaten en span het touw zo kort en strak als ik durf, waar mogelijk met een lus om een rotspunt geslagen zodat er een zekering ontstaat. Keer op keer word ik me bewust van de stompzinnige roulette die ik Augustin laat spelen met mijn leven. Als hij híér valt, word ik onherroepelijk mee de diepte in gesleurd.

En toch.

Corrigeren of aansporen durf ik niet meer. Zodra hij wordt herinnerd aan mijn aanwezigheid, richt zijn woede zich namelijk op mij.

Hij wil niet weg van de berg. Het gevecht begint zich duidelijker af te tekenen: een deel van hem laat zich gedwee naar beneden leiden en een ander deel wil blijven... omdat die ander deze plek in wezen ís.

Voor die ander ben ik de boosdoener.

Die blikken waarmee het me aankijkt, Sam. Die vergezichten

die het me laat zien. Op een toekomst die volkomen desolaat is, een diepte die niet valt te beschrijven. Het laat het bloed in mijn aderen stollen.

En het brengt me uit balans. Eerst denk ik dat het de zuigende werking van de afgrond is die me steeds weer laat wankelen, dat hypnotiserende magnetisme van de diepte dat je geest soms gevaarlijk dicht ertoe kan brengen om erín te springen, gewoon voorover te duiken, zonder dat je een vrije wil hebt die zich ertegen kan verzetten. Maar dat is het niet. Híj is het.

Elke keer dat Augustin naar me kijkt voelt het alsof ik op een evenwichtsbalk sta en een duw in mijn rug krijg.

Ik vrees allang niet meer dat hij een misstap zal maken en we zullen vallen. Ik ben ervan overtuigd dat hij me iets zal aandoen. Er is een passage waar ik Augustin noodgedwongen mijn rug moet toekeren als ik een delicate rotsplaat afklim, waar ik hem net over heb laten zakken. Hij staat onderaan te wachten en ik voel zijn blik op me gevestigd. Ik voel het *staren*. Ik mis een voetgreep, schraap met mijn stijgijzerpunten langs de rots. Herpak me. Het begint me te duizelen. Elk moment verwacht ik armen op mijn schouders te voelen die me de afgrond in zullen smijten, ongeacht het feit dat Augustin er zelf aan het touw achteraan zal kukelen. De laatste passen. Ik ben binnen handbereik. Ik krimp ineen, mijn bewegingen verkrampen. Hij kan het doen, ik ben volledig onbeschermd...

Hij doet het niet. Maar als ik langs hem heen wankel en mijn ogen stijf op de rots fixeer, ben ik ervan overtuigd dat het niets heeft gescheeld.

Ondanks alles komt het niet één keer in me op om het touw los te binden en me niet langer om Augustin te bekommeren. In de staat waarin hij verkeert zou dat zonder meer zijn doodvonnis betekenen. En ik voel me verantwoordelijk. Ik was het die de Maudit zag. Het is mijn schuld dat we hier zijn.

Lager besef ik plotseling dat er iets vreemds heerst in de atmosfeer. Het is ongemerkt donkerder geworden, een grillige verandering van het licht die het grijs de kleur geeft van leisteen. Het vallen van de avond kan het niet zijn, daarvoor is het te vroeg. Toch? Waakzaam bestudeer ik de lucht, die vreemd afwachtend en bestendig is, alsof iets op het punt staat geboren te worden.

Dan gebeuren twee dingen nagenoeg tegelijkertijd: aan weerskanten van Augustins helm gaan zijn haren zonder dat hij het merkt overeind staan, alsof iemand er met een onzichtbare ballon overheen heeft gewreven... en mijn ijsbijltjes beginnen statisch te zoemen.

Ik zal nooit meer vergeten hoe de atmosfeer op dat moment begint te rommelen: een diep, onderaards geluid dat uit het binnenste van de berg zelf lijkt te komen en de aarde aanhoudend laat beven. Het vacuüm is een illusie, de bergwanden spreken. Zelfs Augustin kijkt verschrikt op. Ontzet voel ik dat mijn huid begint te tintelen, een prikkeling die mijn lichaam binnendringt en door mijn ruggengraat trekt waardoor de haartjes in mijn nek overeind komen te staan. Het zoemen van het aluminium wordt een elektrostatisch geknetter. Ik besef dat we ons midden in de kern bevinden van een negatief geladen onweerswolk, die zorgt dat zich in de rotsen om mij heen een enorme positieve lading opbouwt.

Met al het metalen klimmateriaal aan ons lichaam, zijn wij menselijke bliksemafleiders.

De aantrekkende wind rijt een wolkenflard uiteen en opent het zicht op het gletsjerbekken rechts van de kam, zo'n tweehonderd meter in de diepte. Plotseling zie ik dat na een laatste ophoging in de graat een gemakkelijke afdaling volgt naar een zadel, vanwaar een sneeuwwand toegang verschaft tot de gletsjer.

'*Augustin, nú!*' schreeuw ik.

Ik begin hem als vee voort te drijven aan het touw. We klauteren, we struikelen, we hollen over de rotsen, sneller dan onze gedachten, sneller dan de wind. Het is onze enige kans, als we van de graat af weten te komen voordat het onweer...

De wereld vergaat. De sneeuwstorm ontploft in een grillige tak van wit vuur. Het geluid slaat door me heen, een pandemonium als van bergen die gooien met rotsblokken zo groot als huizen. Het verplettert mijn geest en het kraakt mijn verstand als tienduizenden volts ergens hoger op de kam inslaan. Ik geloof dat ik schreeuw, maar als ik het hoor is het alleen in mijn hoofd. Een blauwe, knetterende vlam schiet uit de punt van de ijsbijl op Augustins rugzak. Ik vóél zelfs een schok, al heb ik me dat mogelijk ingebeeld.

Augustin begint te gillen... en het duurt even voor ik besef dat het een ontlading van extase is. Hij staat daar te gillen met zijn armen gespreid als een krankzinnige imitatie van Dr. Frankenstein.

Met een zwiep van het touw bezorg ik hem een oplawaai en we snellen weer voort, want ik voel dat de storm zich oplaadt voor de volgende klap. Die komt als we struikelend het zadel bereiken en ik werp me tegen de grond, gooi me plat in de sneeuw. De donder laat ons vergeten dat er licht bestaat. Augustin begint hysterisch te lachen.

'*Naar beneden!*' gil ik als ik mezelf weer bij elkaar heb geraapt. Koortsachtig bekijk ik hoe we in de relatieve beschutting van de sneeuwwand kunnen komen. Het eerste gedeelte is extreem steil, meer dan zestig graden schat ik, maar een meter of tien lager steekt een eenzame rotsbult uit, vanwaar ik Augustin misschien over het ergste stuk kan laten zakken.

Schuin omlaag naar die rotsbult traverseren is het gevaarlijkste wat ik ooit heb gedaan. De poedersneeuw is zo diep dat ik er tot mijn heupen in wegzak en het in suikerlawines onder me wegvalt. Het is alsof ik op iets klim dat niet bestaat. Augustin is intussen volslagen onhandelbaar. Hem achterlaten op het zadel tot ik een zekering heb aangelegd zou in elk ander geval de enige optie zijn, maar de kans op een blikseminslag is te groot, dus ik ben gedwongen hem mee omlaag te nemen. Ploeterend graaf ik een spoor uit, mijn gezicht naar de wand, mijn bijltjes klauwend in zeeën van poeder. Ik schreeuw Augustin toe op korte afstand te volgen. Bij de volgende donderklap lijkt de sneeuw wel van binnenuit te worden opgelicht en ik probeer me haast los te maken van de wand. Tot mijn schrik zie ik Augustin *naar boven* krabbelen. De sneeuw schiet onder zijn schoenen vandaan en opeens glijdt hij op me af. Met een bons komt hij tegen me aan en bijna word ik uit de wand gekegeld. Alles begint om me heen te draaien. Gelukkig is de afstand tussen ons zo klein dat hij geen snelheid heeft kunnen opbouwen. Anders zouden we er zijn geweest. Ik verkort het touw tot minder dan een meter, zodat ik hem tijdens het afklimmen haast kan omhelzen. Zonder dat hij het doorheeft ondersteun ik nu zijn voeten als ze grip zoeken in de sneeuw.

Ik denk dat we het niet zullen halen. Elk moment denk ik dat we zullen vallen.

Toch weten we op een of andere manier de rotsbult te bereiken. Buiten adem laat ik me in een zelfzekering hangen.

Nu de storm onverbiddelijk aan kracht wint volgen de donder en de bliksem elkaar in steeds sneller tempo op. Zonder woorden te verspillen maak ik het touw vrij zodat ik Augustin kan laten zakken. Hij verdwijnt met ruisende poedersneeuwlawines in de grijze massa onder me. Verdoofd laat ik het touw door mijn handen glijden. Ik kijk naar het bewegen van de zekeringsknoop. Steeds doen bliksemflitsen het nauwe gletsjerbekken oplichten, een kom die is omringd door de grimmig geëtste rotswanden van de tegenoverliggende bergen. De kom werkt als een natuurlijke versterker, die met elke onweersslag de omgeving laat rommelen met een woeste, kwaadaardige bezieling. Het onweer voelt niet minder bedreigend nu we van de graat af zijn. De berg heeft ons nog niet laten gaan. Het is een irrationele zekerheid die ik net zo duidelijk proef als de ozon in de lucht.

Een eeuwigheid later ben ik het hele stuk afgeklommen. Als ik naast Augustin sta is de hellingshoek iets afgenomen. We bevinden ons nu midden op een steile poedersneeuwhelling, die ons geen andere keuze laat dan het vervolg ongezekerd af te klimmen. Maar het is hooguit honderdvijftig meter en hoe dichter we bij de randspleet komen, hoe meer de wand afvlakt. Wonder boven wonder lijkt de kwaliteit van de sneeuw ook beter, plakkeriger. Voor het eerst lijkt het ons mee te zitten. De weg naar de gletsjer is misschien niet geplaveid, maar in tien minuten zouden we de randspleet moeten kunnen oversteken.

Ik bind twaalf meter tussen ons in, leg remknopen in het touw, schiet het op in lussen in mijn hand en hou Augustin strak op anderhalve meter. Het is een fout die me duur zal komen te staan.

Op weg. Augustin voorop, ik volg. Stapje voor stapje komen we lager. Honderdtwintig meter. Honderd. Tachtig. De helling neemt af naar vijfenveertig graden en we kunnen nu met ons gezicht dalwaarts en de hakken diep in de sneeuw geplant naar beneden stappen. Augustin doet wat er van hem wordt verwacht en ik ben verheugd over onze plotselinge snelheid, zonder ook maar even mijn waakzaamheid te verliezen... niet beseffend dat het noodlot al heeft toegeslagen.

Ik kijk naar het gletsjerbekken aan onze voeten, zoek een afdaalroute. Augustin vertraagt een moment, het touw komt slap te hangen. Ik heb niet gemerkt dat er een lus uit mijn hand is gegleden. Een oorverdovende donderklap. Als hij wegglijdt gaat het zo snel dat ik geen tijd heb om te anticiperen. De touwlussen worden uit mijn hand gerukt en ik staar naar hoe ze zwiepend achter hem aan verdwijnen. Ik begrijp mijn fout maar weiger het te geloven; ik blijf denken dat ik hem wel zal houden. Het is de stem van de ontkenning. Nog voor ik word meegesleurd heb ik de tijd om te denken: dat het dan zo moet eindigen. De val waar ik altijd bang voor ben geweest.

Was het een overhaaste beslissing vanwege de dreiging van het onweer en de Maudit? Was het de bedrieglijke nabijheid van de gletsjer met zijn verborgen spleten, die me ertoe bracht ons in te binden zoals je dat op een gletsjer doet, maar *never*-nooit-niet in steile sneeuw? Of is het eenvoudiger, ben ik ten prooi gevallen aan de veel oorspronkelijker oerwet die dicteert dat klimmers bij de afdaling zoveel concentratieverlies lijden dat ze fatale fouten maken waarvan je denkt, dat zal mij nooit overkomen?

Een fenomenale klap op mijn middenrif rukt me uit de wand. Ik vlieg voorover, even volkomen gewichtloos, opgetild door de wind, te snel voor mijn adem. Dan spat de val uit elkaar in een natte golf van verblindend wit. Mijn helm beschermt mijn schedel als ik op mijn hoofd doorrol, maar mijn hoofd klapt achterover, waardoor er iets knakt in mijn nek dat heet, verlammend vocht door mijn spierweefsel stuwt. De val gooit me omlaag in duizelingwekkende salto's die mijn ijsbijlen, de een slingerend aan mijn polslus, de ander aan de materiaallus van mijn gordel, als malende tanden naar me laten happen. De naald van die laatste dringt diep mijn dijbeen binnen en ik probeer te schreeuwen, maar mijn mond vult zich met poedersneeuw, dat de structuur heeft van ijskoude veertjes. Het heeft iets verzachtends, en ik denk: *Ik ga sterven met mijn mond vol fluweel.*

Er is geen stoppen aan. Door mijn snelheid schiet ik langs Augustin heen, waardoor het touw opnieuw strak komt te staan en ik hem uit zijn glijpartij ruk en geluidloos over de kop laat slaan. Algauw tuimelen we in een kluwen van touw, rugzakken en klimmateriaal naar beneden. Met een ruk scheurt er iets in mijn lies. De wind slaat tegen mijn oren, de sneeuw flitst langs en ik vang een glimp op van de gletsjer, schrikbarend dichtbij. Eén verblindende tel schiet een vlijmende angst door me heen: *De randspleet!* Dan flitsen we er al overheen en belanden we met een plof op de sneeuwkegel die uitloopt op de vlakke gletsjer.

Het is een wrede grap van de Maudit. We glijden zestig, zeventig meter door en beginnen al te vertragen. Mijn gedachten zijn ergens bevroren achtergebleven in de sneeuwwand, maar intuïtief lijk ik te weten dat we tot stilstand zullen komen, gewond, gehavend, maar in leven. Dan splijt onder Augustin de gletsjer open en hij zinkt weg in een gapend zwart gat. De remknopen snijden zich niet in, de sneeuw is te poederig. Het gaat zo snel dat ik niets kan doen: ruggelings schiet ik op de spleet af. Dan verdwijn ik met een lading sneeuw in een golvend duister.

Met stijf dichtgeknepen ogen voel ik de versnelling. Ik durf niet te kijken naar mijn graf, registreer alleen zijn afschuwelijke duisternis, zijn ijskoude adem. Dan de ruk aan het touw, een slingerbeweging, de klap tegen keiharde muren.

Alles wordt stil.

4

Ik draai zachtjes in het rond.

Geen moment ben ik buiten bewustzijn geweest, maar ik ben totaal in de war, ik begrijp niet wat er is gebeurd of hoe mijn omgeving zo snel heeft kunnen veranderen van de weidse openheid van de bergflank naar deze ingesloten tombe. Aan weerszijden rijzen blauwharde, onvergeeflijke muren van gescheurd ijs. Het gewicht van mijn rugzak heeft me achterovergetrokken en ik hang ondersteboven in de lussen van het opgeschoten touw, waarin ik door de val verstrikt ben geraakt. Tollend worstel ik me uit de kluwen, laat het resttouw van me af glijden en trek me op aan mijn levenslijn, zodat ik in mijn gordel overeind kom te zitten.

De stilte is huiveringwekkend. De schemer kruipt uit de spleet naar boven. Ik kijk langs het touw omhoog en zie dat het een meter of tien hoger is blijven hangen aan een brug van brokkelig ijs die de tegenoverliggende wanden met elkaar verbindt. Goddank is het niet geknapt. De architectuur van de gletsjer vormt zich hierbeneden niet volgens esthetische wetten, maar door miljoenen tonnen ijs die zich met geweld van elkaar losscheuren en langs elkaar heen schrapen. De spleet is een labyrint van gebarsten richels, instabiele bruggen en balkons van opgevroren sneeuw. Ver boven me zie ik het gat in het dak waar we doorheen zijn gevallen. Het is puur toeval dat ik een weg van leegte heb gevonden en niet tegen die grillige ijssculpturen mijn wervelkolom uit elkaar heb gerukt.

Op de gletsjer rolt de donder; ik hoor de gedempte echo's zacht vibreren tegen de muren van de spleet. De tol is betaald. De berg laat een tevreden gerommel horen.

Augustin. Waar is Augustin?

Met een schok dringt het tot me door hoe precair mijn situatie is. Het enige wat mij in de lucht houdt, is het tegenwicht van Augustins lichaam, dat aan de andere kant van die rand op de sneeuwbrug moet liggen. Is hij dood? Of alleen buiten bewustzijn? Gevoelloos constateer ik dat mijn lot er niet door verandert: elk moment kan mijn gewicht hem van de sneeuwbrug trekken, of kan het broze ijs dat hem tegenhoudt breken. Verstijfd van schrik staak ik mijn gekronkel en gedraai. Onder mijn bungelende voeten verdwijnt het resttouw in een onderaardse duisternis. Al mijn aandacht wordt ernaartoe geslurpt; het is zo donker en diep dat ik het einde van het touw niet eens kan zien.

'Augustin!'

Ik hoor onverbloemde paniek in mijn stem. Alleen de echo komt terug en sterft weg tegen het ijs.

Dan weerklinkt er een hoog, naargeestig gefluit. Een windvlaag die van dieper in de spelonk lijkt te komen. Het krijgt vat op me en brengt me traag aan het zwaaien. O jezus, hang stil! Ik moet iets doen. De druk van de gordel sluit de bloedtoevoer naar mijn benen af en ik begin het gevoel erin te verliezen. Als ik niets doe verlies ik mijn krachten en zal ik hier gek van angst sterven, als de ijsbrug het begeeft en we in die gapende muil zullen storten

(*waar de doodsvogels wachten*)

of, als dat onverhoopt niet gebeurt, bungelend, ellendig van de kou en de dorst.

Zo voorzichtig als ik kan probeer ik me tot het uiterste te strekken, maar de ijsmuren zijn buiten bereik van mijn ijsbijl. Mijn enige hoop is langs het touw omhoog, waarbij mijn bewegingen continu rukken zullen geven aan Augustins dode gewicht.

Besluiteloos hang ik aan het touw, hulpeloos bevend; bijna laat ik me door de paniek overmannen. Als dat gebeurt is het met me gedaan. Met geweld dwing ik mezelf mijn angsten in te dammen. Het is net als op de top: ik kan niets aan het uitgangspunt veranderen, ik kan me alleen richten op de eerstvolgende stap.

Ik trek mijn handschoenen uit en klik ze aan een karabiner aan mijn gordel. Ik heb twee prusiklussen aan mijn gordel hangen en als ik ze tevoorschijn heb gehaald, begin ik ze om het touw te wikkelen. De prusikknoop is een geweldig mechanisme dat zich onder spanning aan het touw vastgrijpt, maar dat zich zonder spanning vrij laat bewegen. Door er twee boven elkaar in het touw te hangen heb je een zelfzekering en een beenlus, die je door je gewicht afwisselend van de een naar de ander te verplaatsen in staat stellen stukje bij beetje langs het touw omhoog te schuiven. Zodra ik mijn zekeringsknoop zo ver mogelijk naar boven heb geschoven test ik hem uit door erin te gaan hangen. Hij grijpt vast. Meteen schommel ik in het rond en begin te draaien, maar daar is niets aan te doen. De echte test komt als ik in mijn beenlus ga staan.

Ik gebruik mijn linkerbeen, omdat het rechter gewond is geraakt tijdens de val. Hoe erg weet ik niet – er klopt een doffe pijn in het vlees van mijn dij. Zorg voor later.

Uiterst behoedzaam, scherp omhoogstarend, elk moment verwachtend dat Augustin over me heen komt lazeren en we in de duisternis zullen verdwijnen, ga ik in de lus staan. Het schommelen wordt heviger. Ik krimp ineen, glij een decimeter terug. Het is de prusikknoop maar. Hij grijpt zich vast en ik werk me omhoog.

Ik heb driemaal deze touwhandeling verricht als ik ineens in een misselijkmakende luchtzak een halve meter omlaag schiet. Stilte. Dan nog eens, bijna een meter.

Uit het duister van de ijsgrot komt een waanzinnig gegiechel dat op slag alle spieren in mijn lichaam slap maakt. Ik voel warme nattigheid langs mijn dijen sijpelen en besef dat ik mijn urine laat lopen. In eerste instantie begrijp ik niet waar het geluid vandaan komt, omdat de echo's overal terugkaatsen van de ijsmuren. Dan herken ik Augustins stemgeluid erin, maar in plaats van dat die wetenschap me ontspant, raak ik buiten mezelf van een soort afschuwelijke oerangst. Hij moet wel dood zijn. Alleen de doden kunnen in staat zijn zulk vervormd, kakelend gegiechel voort te brengen – niet dierlijk, niet menselijk, maar bíjna menselijk.

'*Augustin!*' schreeuw ik. Hij valt abrupt stil. Ik hoor het geritsel van kleding die schraapt over ijs en zak nog tien centimeter verder. '*Augustin, don't move!*'

Het touw schraapt over de rand, ijsdeeltjes en sneeuw spatten in mijn gezicht. Dan weer dat gegiechel, hol en hysterisch.

Met krampachtige opwaartse rukken begin ik blindelings aan het touw omhoog te prusikken. Mijn lichaam begint te zwaaien, mijn buikspieren branden, ik draai in het rond als een dol geworden pendel. Als ik de eerste remknoop tegenkom, die met geen mogelijkheid uit het strakgespannen touw is te halen, moet ik de zelfzekering en beenlus afbreken en boven de knoop weer opnieuw opbouwen, wat tijd kost die ik vrees niet te hebben. Jankend van inspanning en wanhoop schuif ik hoger en hoger, terwijl het touw aan mijn gordel in een steeds grotere lus komt te hangen. Ik heb mijn ogen gevestigd op een richel van blauw waterijs, die enkele meters onder de brug waaraan mijn broze evenwicht hangt naar rechts voert, weg van Augustin en de rand, omhoog naar een opgehoopt balkon van sneeuw en ijs. Doorklimmen naar Augustin en zíén wat er aan de andere kant van die rand op me ligt te wachten, of het leeft of dood is en in het laatste geval, wat voor afschuwelijks er dan bezit van hem heeft genomen... ik kan het niet.

Als ik de richel heb bereikt neem ik beide ijsbijlen in de hand en haak ze er met een verstikte grom achter. Met twee armen trek ik mezelf naar de richel toe, maar ik dreig terug te zwaaien: de zelfzekering trekt me bij de wand vandaan. Verbijsterd laat ik een van mijn bijlen aan de polslus hangen en begin met gehaaste vingers aan de prusikknoop te sjorren. Hij zit vast, ik moet mijn evenwicht van de wand af verplaatsen om de druk van de knoop te halen. Mijn spieren sidderen van de kramp en ik denk dat ik val. Dan schiet de knoop los en kan ik mezelf in een laatste krachtexplosie op de richel trekken. Ik zuig de lucht in mijn longen en met mijn gewicht eindelijk van het touw probeer ik de verdwaasde werveling van mijn gedachten te bedaren.

De richel is in feite de bovenrand van een losgekomen, rechtopstaande ijsplaat. Hij is een voet breed en er zit een gitzwarte, smalle spleet tussen de plaat en de loodrechte muur. Als ik me voorzichtig omhoog heb gewerkt kan ik op de punten onder mijn schoenen een precaire balans vinden, met mijn gezicht tegen de kille wand gedrukt. Voetje voor voetje schuifel ik naar rechts, de zelfzekering achter me aan schuivend, niet denkend aan wat er zal gebeuren als ik mijn evenwicht verlies en van de rand val. Met trillende benen bereik ik de andere kant en sla mijn bijltjes in het rommelige balkon van sneeuw en ijs. Nog voor ik me erop heb gehesen zie ik dat er overal zwarte gaten in schemeren: het balkon is niet meer dan een verzameling neergevallen ijsblokken, klem gevroren en opgevuld met sneeuw, zwevend boven een kloof van leegte. Toch is het mijn oase, een waar luxe oord vergeleken met het verankerd zijn aan dat wankele, levend-dode lichaam van Augustin. Ik draai een ijsschroef in de muur en zodra ik me er met een bandschlinge aan heb vastgemaakt, blijf ik er hijgend van uitputting op liggen.

Het is donkerder geworden.

Ik heb het niet eerder opgemerkt omdat ik in beslag was genomen door mijn poging mezelf te bevrijden uit mijn benarde situatie en mijn ogen aan het diffuse licht gewend zijn geraakt. Maar het is donkerder geworden, de schaduwen kruipen omhoog en plotseling gealarmeerd schiet ik overeind. Het zal toch niet al avond worden? Voor geen goud wil ik de nacht hier doorbrengen.

Ik haal mijn iPhone tevoorschijn en wacht ongeduldig tot ik de toegangscode kan invoeren. Een overrompelende schok als ik zie dat het 20:17 uur is. Dus toch. Tegen beter weten in hoop ik vurig dat de zoeker een netwerk vindt en als dat niet gebeurt ben ik zo teleurgesteld, dat ik van ellende begin te huilen. Veilig? Hoe kan ik denken dat ik veilig ben? Ik zit in de val en het zal nu snel stikdonker zijn. De gletsjer daarboven, het eeuwige voortjagen van de storm; het is een andere wereld, bewaakt door nietszeggende, overhellende muren van ijs, even ver weg als de zon en de maan.

Het wil maar niet bij me landen dat ik vannacht niet uit de gletsjerspleet zal komen. Het vooruitzicht is afschuwelijk demoraliserend, maar er is niemand die ons hier zal komen zoeken. In het donker zal ik nooit naar boven kunnen klimmen

(als je dat überhaupt al kunt...)

en aangezien ik compleet op mezelf ben aangewezen zal ik een wanhoopspoging moeten wagen bij daglicht. Ik vind mezelf zielig, voel me een verdoemde, wil het lot niet aanvaarden. Niet zo. Nooit in mijn leven heb ik me zo ver van mezelf verwijderd gevoeld, zo vervreemd van het leven en zo dicht bij de dood.

Ik open WhatsApp. Jouw laatste berichtje: *Hou van je. Doe voorzichtig*. Je zegt haast nooit 'Hou van je.' Ik probeer er geen profetisch afscheid in te lezen. *Ik weet nog dat ik dat typte, die dag voordat hij stierf. Dat zei ik anders nooit, maar ik deed het in een impuls, mijn gevoel gaf het me in. Nu ben ik blij dat ik dat in ieder geval nog heb gedaan...*

Met een steek in mijn hart zet ik de iPhone uit om de batterij te sparen. Ook al is hij dan nutteloos, het voelt als een laatste link naar huis die ik noodgedwongen doorsnijd.

Ik heb de neiging te gaan schreeuwen, om hulp te roepen, maar als ik daar eenmaal aan begin, weet ik dat ik er niet meer mee zal kunnen ophouden. Het is volkomen zinloos, de echo's zullen zich tegen me keren. Ik begin te huiveren. Nu ik niet meer in beweging ben en de adrenaline is uitgewerkt, dringt de kou als een sluipmoordenaar in mijn botten. Plotseling besluitvaardig haal ik mijn Petzl uit het bovenvak van mijn rugzak en rek het elastiek over mijn helm. Ik haal kracht uit de heldere lichtbundel en begin in mijn rugzak te zoeken, terwijl ik mijn ademhaling in wolkjes zie ontsnappen. Had ik mijn donsjack maar meegenomen. Gelukkig vind ik wel mijn windstopper. Ik doe de helm af, trek hem over mijn hoofd, zet de helm weer op en trek mijn handschoenen aan. Zo verlies ik in ieder geval iets minder warmte.

Ik hoor gestommel en voel twee zachte rukken aan het slaphangende touw.

'Augustin?'

De lichtbundel snijdt door de duisternis en overal waar ik hem laat schijnen bewegen schimmen, figuren die zich losmaken uit de dieptes van de glinsterend blauwe en zilveren wanden waar mijn hoofdlamp niet kan reiken en die wegdansen aan de rand van mijn gezichtsveld. Ik hou mezelf voor dat het spelingen van het licht zijn, onwelkom en tegennatuurlijk op deze levenloze plek, maar kan me niet aan de indruk onttrekken dat sommige eruitzien als gruwelijk vervormde mensen.

Dan klinkt weer het gegiechel.

En er giechelt iets terug.

Van ver uit de diepte en op de een of andere manier ver naar links weerkaatsen de tweede en de derde echo's, die de illusie scheppen van een enorme ruimtelijkheid waarin het wemelt van de geesten.

Ik onderdruk de neiging om naar hem te roepen. Ik zou eigenlijk moeten gaan kijken hoe het met hem is. Dat zou het moreel juiste zijn. Ik heb geen idee hoe zwaar hij gewond is geraakt. Als hij bij zijn val met zijn benen gestrekt op het ijs terecht is gekomen, is zijn scheenbeen dwars door het kniegewricht heen geslagen, zoals Joe Simpson dat overkwam op de Siula Grande. Maar het kan ook zijn rug zijn. Dan is hij verlamd en zal hij vermoedelijk in de loop van de nacht sterven. Als ik terug over de richel traverseer en het aandurf enkele meters over glad, loodrecht waterijs omhoog te klimmen, kan ik poolshoogte nemen. Maar wat haalt het uit? Ik kan niets voor hem betekenen. Naarmate de tijd verstrijkt, lijkt dat idee steeds makkelijker aanvaardbaar.

Goed... maar dat is niet de echte reden. Je bent bang voor hem. Geef toe. Zelfs nu je de tijd hebt gehad om de situatie afstandelijk te beschouwen, ben je ervan overtuigd dat het niet Augustin is, die daar zo giechelt.

Zonder aan die gedachte te willen toegeven, wend ik me tot mijn been. Als ik de zijkant van mijn broek openrits zie ik dat mijn verwonding erger lijkt dan het is. De doorn van de ijsbijl is mijn dij binnengedrongen en heeft een lelijke, paarse wond achtergelaten, maar het bloeden is gestelpt door de kou. Ik druk er een gaasverband met sterilon uit het EHBO-kitje op en wikkel er met mijn tanden op elkaar in een paar slagen een rolverband omheen. Als ik ermee klaar ben kan ik boven me het gat in het dak nauwelijks meer onderscheiden. De nacht is als een deken over de gletsjer gevallen.

Na een tijdje gaat Augustins gegiechel over in gillen.

Ik luister naar hem, smeek dat het zal ophouden. Maar het houdt niet op.

Ineens zie ik dat het slaphangende touw tussen ons in nog altijd aan mijn gordel is bevestigd. Als Augustin onverhoopt komt te vallen, zal de ijsschroef de klap waarschijnlijk niet kunnen opvangen. Opgelucht afleiding te hebben draai ik mijn tweede en laatste schroef in het ijs, een eindje van de eerste vandaan. Ik hang er het touw in. Nu kan ik mezelf ervan losmaken. Mocht Augustin nu vallen en de schroef houdt het niet, dan word ik tenminste niet mee de diepte in gesleurd.

Het resttouw bungelt nog altijd vanaf de schroef de afgrond in. Hand over hand begin ik het op te halen. Ik kijk in de gapende leegte, waar zelfs de lichtbundel van mijn Petzl niet door het onderaardse duister kan dringen en een halo van spookachtig licht terugkaatst.

Opnieuw kruipen de schimmen. Met het touw komt een kille windvlaag mee, een dodelijke kus vanuit de diepte. Ik begin het sneller binnen te halen, plotseling irrationeel bang dat iets uit de afgrond naar me terug staart.

Augustins gegil heeft iets onnoemelijks gewekt.

Als het het touw ziet hangen, zal het mogelijk mee omhoogkomen.

Het ijs kreunt. Stilte. Met een dof geluid breekt ergens iets af. Mijn gezicht trekt krampachtig samen, het haar in mijn nek gaat overeind staan. Iets ketst tegen galmende wanden, steeds opnieuw, sterft langzaam weg in de diepte.

Er is daar iets.

Met opengesperde ogen staar ik in de gletsjerspleet. Ik heb ineens het gevoel dat het duister meer zal onthullen als ik geen tegenlicht geef. In een impuls trek ik met mijn tanden een handschoen uit en knip met een blote vinger mijn hoofdlamp uit.

In die ene, onbeweeglijke seconde van totale duisternis voel ik de schimmen uit de spleet op me afkomen en weet ik met verlammende zekerheid dat ze *echt* zijn, niet alleen spelingen van het ijs. Heel bewust hoor ik een klik in mijn hoofd: de sluizen van waanzin die opengaan. De buitenkant van mijn gezicht onder de windstopper is een bevroren, plastic masker. Daarbinnen hete, levende stromen van pure doodsangst. Ik grijp naar de Petzl, maar...

Ik krijg het lampje niet aan.

Op slag laat ik het touw los. Ik hoor het zwiepen als het terug in de diepte valt en dan de metalige ruk als het strak in de karabiner komt te hangen. Iets fladdert daarbeneden. Met beide handen ruk ik aan de hoofdlamp, mijn vingers in een ijzeren verkramping. Het is de paniek die ze zo laat trillen dat ik in eerste instantie niet voel waar het drukknopje zit. Dan boort de bundel zich door de spleet. Als een klein kind sla ik om me heen om de luchtspiegelingen af te weren, maar natuurlijk zijn het alleen maar

(*doodsvogels*)

luchtspiegelingen. Er is daar niets wat uit het duister...

Augustin is weg.

Ik staar naar waar zijn ijsbrug was, maar die is verdwenen. Alleen maar leegte en het touw dat zich eindeloos van me verwijdert, zo ver als het bleke licht van mijn Petzl reikt. Nee, in de verte, een reflectie in het ijs, de vorm van de brug, *maar dat is zeker dertig meter verderop*. Augustins gelach klinkt ijl en naargeestig, de verre roep van een gevallen klimmer. En het dak van de spleet...

De muren rijzen omhoog tot in het oneindige.

Ik sla mezelf in mijn gezicht, knijp in mijn wangen, schud wild mijn hoofd.

Nu lijken de wanden van de spleet schots en scheef te staan.

Ik ben gek aan het worden.

Ik ploeter en grabbel met slappe ledematen zo ver als mijn zelfzekering het toelaat van de rand af. Mijn handen zakken weg in de sneeuw, ik kom zwalkend overeind, ik zoek om me heen, mijn hart roffelend in mijn borst. Ik gris het aluminium reddingsdekentje uit de klep van mijn rugzak en sla het uit, duik erin weg, sluit het helemaal over mijn hoofd en lichaam, elk moment verwachtend dat iets uit de diepte van die spleet over me heen zal vallen – en dat iets, weet ik, is de ziel van de berg, de ziel van de Maudit, en als ik omkijk en het aankijk zal het me op slag krankzinnig maken. Het laatste wat ik zal voelen zal de bevroren adem zijn, en ik zal donkere, lege oogkassen zien waarin heel diep iets zal gloeien, oogkassen als gaten, en in die gaten zal ik voor eeuwig vallen.

Zo zit ik daar tegen het ijs met mijn armen om mijn knieën geslagen, te kijken naar de zilveren schittering van fel licht op strakgetrokken folie. Buiten die cocon het waanzinnige gegil van de gletsjerspleet en het gekrijs van de doodsvogels.

Die nacht ontdek ik de betekenis van de afgrond.

5

De kou maakt het ontwaken tot een langdurige, gedesoriënteerde droom. Mijn geest kruipt traag over de rand van mijn bewustzijn heen, lijkt terug te kantelen, grijpt zich dan eraan vast. Als ik me bevrijd uit het halfduister van de reddingsdeken kijk ik naar doffe lichtpatronen die glanzen in het ijs. De batterijen van mijn Petzl zijn ermee opgehouden, maar door het gat in het dak zie ik dat de hemel helder is en gekleurd in het eerste ochtendlicht.

Apathisch en onbedaarlijk rillend staar ik naar de grijsblauwe grot, de ijsschroeven, het weglopende touw en probeer de echo's van een traumatische nacht te verdringen. Ergens in de loop van de nacht is Augustin opgehouden met gillen en de onverzoenlijke stilte zuigt nu alle kracht naar zich toe. Ik moet plassen, voel het geklonterde bloed traag door mijn verstijfde spieren stromen, krijg geen vat op mijn gedachten. Symptomen van onderkoeling, weet ik. De spleet heeft beschutting geboden en mijn rugzak onder mijn lichaam en het reddingsdekentje hebben gezorgd voor wat extra isolatie, maar mijn kleding is niet berekend op een nacht in de vriescel. Ik heb geluk dat ik ben wakker geworden: de kou had me net zo goed kunnen omhelzen in de eeuwige slaap van de gletsjerspleet.

Ik dwing mezelf overeind te komen, stamp woest met mijn voeten ijsgruis los van het balkon, sla mezelf met beide handen tegen mijn dijen en onderbenen en daarna kruislings tegen mijn borst en armen. Ik kan er al mijn woede en angsten over de afgelopen nacht in kwijt en als ik een kwartiertje later ophoud, voel ik me zowel lichamelijk als mentaal sterker. De ergste kou is uit mijn botten getrokken, het bloed is weer gaan stromen. Ik zie de grot voor niets meer dan wat het is: een holle uitsparing in tienduizenden jaren oude massa's schijnbaar stilstaand ijs.

Ik tuur omhoog naar de ijswanden en er begint zich langzaam een plan te vormen. Het gat waar we doorheen zijn gevallen kan ik onmiddellijk uit mijn hoofd zetten, maar de spleet loopt verder door naar links en opent zich daar opnieuw. Op die plek zijn de wanden grilliger, komen ze nauwer samen. Een gebroken toren van ijs loopt uit in een trechter van bevroren sneeuw die helemaal naar het gat toe leidt. Als ik Augustins plateau kan bereiken, kan ik misschien voorkomen dat ik over spekgladde, overhangende wanden omhoog moet klimmen.

Augustin. Leeft hij nog?

Daar zal ik gauw genoeg achter komen. Als hij leeft, kan ik me bezinnen op een reddingsoperatie. Zo niet, dan heb ik in ieder geval zijn ijsschroeven nodig.

Ik draai de mijne uit de wand en prop mijn spullen in mijn rugzak. Als ik een zelfzekering aan het touw heb gemaakt, begin ik mezelf op te laden. De uitweg houdt continu mijn blik gevangen: de richel, de ijswand, het plateau. Dan de traverse, de toren, de trechter. Obsessief herhaal ik die woorden, hardop als een mantra. Ineens is de spleet niet langer een grafkelder maar een serie complexe hindernissen die ieder afzonderlijk zijn te tackelen. Het gat is alles wat telt, daar moet ik heen.

Driemaal klim ik van het ijsbalkon enkele stappen omhoog in de wand, probeer me een gecoördineerd ritme aan te wennen, de juiste balans tussen kracht en elegantie te vinden die ik dadelijk in de ijswand nodig zal hebben voor mijn stijgijzers en mijn bijlslagen. Als ik me er vertrouwd mee heb gemaakt ga ik meteen op weg: ik weet dat ik gebruik moet maken van deze rush van zelfvertrouwen, voordat de onzekerheid kans ziet om toe te slaan.

Behoedzaam traverseer ik de richel, de prusikknoop aan het strakgetrokken touw voor me uit schuivend. Dit eerste stuk moet ik vertrouwen op Augustins lichaam als mijn verankering, mocht ik onverhoopt komen te vallen. Gisteren heb ik er nota bene aan gehangen, dus het moet maar houden.

Als ik aan de overzijde ben kan ik door het daglicht nu verder omlaagkijken, maar de schaduwen rekken zich grillig naar beneden en er is nog steeds geen bodem te zien. Toch heeft de diepte nu minder dreiging. Ik focus me op de ijswand die boven me rijst. Slechts drie of vier meter glad waterijs, dan kan ik mijn ijsbijlen in de brug slaan waarop Augustin verscholen gaat. Ik schuif de prusik zo ver ik kan reiken omhoog, voel het prettige gewicht van mijn ijsbijlen in mijn handen en haal diep adem. Het is nu of nooit.

Mijn kuiten gillen, ijssplinters rinkelen als glas naar beneden, mijn maag trekt zich samen en ik voel de diepte in elke cel van mijn lichaam... maar op een of andere manier weet ik omhoog te klimmen en mezelf met een schreeuw van triomf op het plateau te hijsen.

Holy shit, ik ben zo trots op mijn prestatie dat ik wel kan juichen. Duizelig van de inspanning en met kloppend hoofd krabbel ik overeind en trek de touwlussen naar binnen. Dan kijk ik waar ik ben.

Augustin ligt zijlings tegen de opstaande rand gedrukt en ik zie de groeven in het ijs waar het touw is ingesneden. Zijn gewicht heeft inderdaad ternauwernood voor een verankering gezorgd. Augustins benen liggen in een onnatuurlijke hoek onder zijn lichaam. Dus toch gebroken. Erger: hij vertoont geen enkel teken van leven. Zijn gezichtshuid is vettig en bleek en er kleeft gestold, berijpt bloed onder zijn helm. Ondanks de gesloten ogen dragen zijn gelaatstrekken een uitdrukking van bevroren verwildering.

Ik moet denken aan zijn schorre gillen van de afgelopen nacht en huiver onwillekeurig. In het daglicht lijkt de herinnering ver weg, maar ik kan mezelf nauwelijks de illusie verwijten dat hij bezeten was of dood, toen hij zo gilde.

Ik schud voorzichtig aan zijn schouder, trek dan mijn handschoen uit en wring mijn hand in een positie voor zijn lippen, op zoek naar ademhaling. Niets. Ik wil het zeker weten en tast onder de gevoerde kraag van zijn gore-tex naar zijn hals.

Augustin rolt om en als een spin grijpt zijn hand zich vast om mijn been.

'*O jesus christ!*' Mijn gil weerkaatst schel tegen de ijsmuren. Ik spring achteruit, zwaai met mijn armen en val bijna van de brug.

Augustins ogen gaan open, maar er zijn helemaal geen ogen. Dat komt omdat de doodsvogels ze vannacht hebben weggevreten. Waar zijn ogen moeten zijn, staren twee grote, zwarte gaten me aan.

'Ik heb het zo koud, Nick,' fluistert hij. Witte wolkjes lucht stijgen op van zijn lippen. 'Zo koud...'

Het is niet echt, denk ik, maar de paniek grijpt me gierend naar de keel en ik druk me stijf tegen de muur van de spleet. *Niet echt, het laat je dingen zien. Net als toen Augustins Seiko gisteren aangaf dat we op 5.000 meter hoogte zaten: niet echt. Het probeert je gek te maken, nu het op jou geen vat meer heeft.*

Ik knijp mijn ogen dicht, schud mijn hoofd, sla mijn handen

voor mijn gezicht. Als ik weer kijk, zie ik vlekken.

De gaten waar zijn ogen zouden moeten zijn, staren ín me, terwijl hij daar zo bewegingloos ligt. Er zijn niet eens oogleden, hoe heb ik dat kunnen denken? Alleen die twee diepe, dode tunnels, waarin de lege, vastgepinde blik lijkt te zijn weggerukt uit een andere plaats – een afschrikwekkende, *geladen* plaats.

'Help me, Nick.' Zijn gefluister bijna onhoorbaar. 'Ik heb het zo ontzettend koud...'

'Jezus christus Augustin, je leeft nog...'

Maar is dat wel zo? Als zijn ogen zijn weggepikt en zijn ziel is ontsnapt, leeft wat is achtergebleven dan nog daadwerkelijk?

Augustin tilt zijn arm op en stijve vingers strekken zich hulpeloos naar me uit. *No way* dat ik dichterbij ga komen. *No way* dat ik hem ga aanraken. Toch merk ik dat mijn voeten zijn kant uit lopen. Ik moet me voorhouden dat het een illusie is, dat het Augustin is die daar hulp nodig heeft.

'Hey... hoe voel je je, man?'

Geen antwoord. Ik kom dichterbij.

Die uitgestrekte hand. Die gaten als ogen.

Het kost me al mijn wilskracht om hem aan zijn schouders overeind te hijsen. Ik durf niet in dat behekste gezicht te kijken. Elk moment verwacht ik dat er iets afschuwelijks zal gebeuren. Maar Augustin geeft geen kik. Zijn lichaam is gevaarlijk afgekoeld. Uitkijkend dat zijn benen niet verdraaien, sjor ik hem in een zittende positie tegen de opstaande rand. De opluchting als ik hem loslaat is enorm.

Augustin richt zijn gezicht naar me op. Ik heb het idee dat hij me iets probeert te vertellen, maar het niet kan, alsof het trauma van de afgelopen nacht hem niet alleen heeft beroofd van zijn ziel, maar ook van zijn vermogen om nog verder te spreken. In die gaten waar zijn ogen moeten zitten schemert iets, als mist over verre ijsvelden. Zijn mond vormt onhoorbare woorden die wijzen op een gure leegte.

'Luister,' zeg ik, in een poging me zo nuchter mogelijk voor te doen. Het is een kinderlijke gedachte, maar als ik niet laat blijken dat ik iets zie, misschien ziet het mij dan ook wel niet. Het voelt als mijn enige kans. 'Ik ga een poging wagen hieruit te klimmen, oké? Als ik boven ben haal ik jou hier ook weg. Ik heb genoeg materiaal voor een *flaschenzug*, dus ik takel je naar boven. Het komt goed. Daarboven schijnt het zonnetje, zie je? Je moet gewoon nog even volhouden. Als je boven bent gaan we een helikopter voor je bellen.'

Ik realiseer me dat het een heleboel 'alsen' zijn – áls ik omhoog weet te komen, áls ik in staat ben om Augustin naar boven te takelen, áls mijn iPhone daar bereik heeft – maar het is het beste wat ik hem kan bieden.

Áls het Augustin nog is.

Ik reik naar zijn materiaallus om zijn ijsboren en prusiktouwtjes over te nemen en word helemaal onbehaaglijk als ik zie dat die zwarte gaten strak mijn hand volgen.

Met bonzend hart keer ik hem de rug toe.

Vlug begin ik een ijsschroef in de wand te draaien. Met vier schroeven kan ik mezelf enigszins zekeren, tijdens mijn kamikazeklim over de traverse en de toren. Ik schat dat het dak zich op zo'n vijftien meter hoogte bevindt. Steeds vier meter aangelijnd boven een schroef uit klimmen betekent dat ik maximaal acht meter kan vallen. Als ik boven ben en erin slaag het touw te verankeren op de gletsjer, zal ik het hele stuk weer moeten afdalen om het touw beneden vrij te maken en opnieuw de boel te beklimmen, maar *better safe than sorry*.

De ijsschroef zit nog niet halverwege in het ijs als mijn hand stokt.

Het is nu volledig licht geworden en het zonlicht schittert door de openingen in het koepeldak. Op slag ben ik erdoor betoverd en ben ik Augustin vergeten. Het licht bezit een verheven intensiteit die na de kille dreiging van de afgelopen nacht de ijsgewelven het aanzien geeft van een kathedraal, met glinsterende wanden van sneeuwkristallen. Wat is het mooi! Alle ontberingen smelten in dat licht, maken plaats voor de essentie van waarom ik hier eigenlijk ben: het verlangen naar de onveranderlijkheid die alleen de bergen kennen, een verlangen dat ik in al zijn kwetsbaarheid alleen in dit landschap terug kan vinden. Als ik vanaf de ijsbrug omhoogstaar naar dat sacrale licht, overweldigt het niet alleen mijn ziel; het gijzelt mijn bewegingen.

En zonder me ook maar te bekommeren om het touw of de schroef, zonder dat ik er zelfs maar controle over lijk te hebben, begin ik de ijswand *head-on* te beklimmen.

(Ik zal eerlijk zijn, Sam: ik weet niet hoe ik uit die spleet ben gekomen. Ik weet niet waarom ik het veilige plan om naar links te traverseren in de steek liet, of hoe ik erin ben geslaagd om vijftien meter staalhard, overhangend ijs ongezekerd te beklimmen en me door die afbrokkelende korsten en lawines van poedersneeuw over de rand op de gletsjer te slepen. Er zijn mensen die dat soort beklimmingen aankunnen, maar er zijn ook mensen die de honderd meter binnen de tien seconden lopen en ik ben niet zo'n mens. Ik weet er niets meer van, behalve dat ik klom in een roes van kracht, en dat ik in het stralende zonlicht op de gletsjer stapte, en dat ik totaal niet meer bang was voor wat er in Augustin rondspookte, en dat was dat.

Ik moet steeds denken aan hoe Augustin me tijdens de beklimming over die verijsde platen in de noordwand omhoogtrok. Ik lig er steeds maar over te malen. Ik geloof eerlijk gezegd niet zo in die bovenmenselijke, door adrenaline opgewekte kracht waarvan ze zeggen dat het je in noodsituaties in staat zou stellen dingen te doen die je anders niet kunt. Niet in deze mate, tenminste. Er zijn simpele natuurwetten die grenzen stellen aan het menselijk vermogen.

En dat roept de vraag op: heeft *de Maudit me eigenlijk wel echt laten gaan?*

Soms denk ik dat ik straks zal wakker worden, om tot de ontdekking te komen dat ik nog steeds in die gletsjerspleet lig.

Dat ik Augustins gegil nog steeds om me heen zal horen, als de doodsvogels zijn ziel bevrijden.

En dan, Sam? Wat dan?

Misschien zou het een opluchting zijn, want het alternatief is erger: dat ik niet meer in de gletsjerspleet ben, maar de gletsjerspleet in mij.)

Mijn herinnering neemt weer vaste vorm aan vanaf het moment dat ik opgeladen door de warme zon in mijn rug in diepe lagen poedersneeuw graaf, in de luwte van de bergwanden die het bovenste gletsjerbekken omsluiten. Eindelijk stuit ik op een hardere onderlaag, waarin ik mijn ijspickel als een anker kan begraven. Ik stamp de sneeuw aan. Het voelt hopeloos instabiel, zo instabiel dat ik mezelf van het touw losmaak en me liever blootstel aan de gevaren van eventueel verborgen gletsjerspleten, dan het risico te lopen samen met Augustin in de diepte te lazeren als het anker losschiet. Maar het is het beste wat ik kan maken. De *flaschenzug* is bergsportcursus-101, je hoopt het alleen nooit in de praktijk te hoeven brengen: een takel van prusiklussen en karabiners aan het hoofdtouw die het gewicht dat je moet bergen door drieën deelt.

'*Augustin, komt-ie!*' schreeuw ik.

Ik ga met mijn volle gewicht aan het touw hangen, één hand om de verschuifbare prusikknoop. Ik heb geen idee of Augustin me heeft gehoord. Zodra hij omhoog wordt gehesen zal hij zichzelf moeten ondersteunen om niet zijn gewicht op zijn gebroken benen te krijgen. Niets aan te doen; hij zal op zijn tanden moeten bijten.

Hoe zwaar zal hij zijn? Zestig, zeventig kilo. Even later komt het allemaal aan het anker te hangen. De bandschlinge snijdt zich diep in de sneeuw in. Ik heb het gevoel dat de ingegraven pickel verschuift door de onderlaag en kijk scherp naar het anker. Niets. Ik takel verder.

Als ik halverwege ben verschuift de pickel wél, zeker een decimeter. Nu is er geen twijfel.

Met op hol geslagen hart ren ik terug naar het anker en stamp de sneeuw zo voorzichtig mogelijk aan, bang dat ik met de schokken het delicate evenwicht juist zal breken. Ik kijk er besluiteloos naar. Ren terug, het moet maar goed zijn. Zo snel als ik kan takel ik verder.

Eindelijk gerucht: geploeter in de sneeuw aan de rand van de spleet.

Op handen en voeten kruip ik ernaartoe, bedacht op de instabiliteit van de sneeuwluifel.

Het touw is te diep ingesneden.

Augustin hangt onder de rand, is bezig de poedersneeuw weg te maaien met zijn ijsbijltjes. Hij kijkt niet naar me op en ik kan zijn gezicht onder zijn helm niet zien.

'Wacht even, jongen, ik help je.'

Ik krabbel terug, takel hem nog een halve meter verder.

Het anker verschuift. O jezus.

Zo snel ik kan kruip ik terug naar de rand. Het moet snel gaan nu, zijn gewicht moet van die pickel...

Augustin is ineens heel dichtbij en heeft een groot stuk van de luifel weggeslagen. Ik wil op mijn buik in de sneeuw gaan liggen en hem mijn hand toereiken... maar dan kijkt hij op.

En dan.

En dan.

6

Een onbepaalde tijd later word ik wakker. Het moment zelf staat me niet meer voor de geest, ik weet alleen dat op een gegeven moment mijn ogen open zijn en ik in een blakend, verblindend zonlicht kijk en dat een vlaag driftsneeuw als zand in mijn ogen waait.

Ik heb geen benul van waar ik ben. Ik lig op mijn buik, mijn gezicht platgedrukt in de sneeuw, mijn ledematen bewegingloos naast me. Ik voel een onregelmatige, ijsachtige structuur onder mijn lichaam, maar kan er geen betekenis aan verlenen. Al wat ik ken is de kou.

Hoe ernstig ik ben afgekoeld besef ik pas naderhand, uit het feit dat het pas na een hele tijd in me opkomt dat ik me zou kunnen oprichten en iets aan mijn situatie veranderen. Zelfs nadat het idee in me opkomt, duurt het nog lang voor ik de apathie kan doorbreken. Uiteindelijk jaagt de gedachte aan Augustin me overeind. Augustin en de Maudit. Heb ik hem uit de spleet getakeld? Ik heb geen idee wat er is gebeurd nadat dat anker in de sneeuw begon te verschuiven.

Er klinkt een ritsachtig geluid als ik mijn linkerwang van de sneeuw trek, zo afschuwelijk dat ik verwacht mijn halve gezicht kapot te hebben gescheurd.

O jezus, de sneeuw zit vol bloed.

Het is geen vers bloed, daarvoor is het er te diep ingetrokken. *Maar wat is er veel van.*

Ik breng mijn rechterhand naar mijn gezicht, maar voel helemaal niets. Zowel mijn onderste gezichtshelft als mijn vingers zijn gevoelloos, afgezien van een dof bonken in mijn rechterwang, zwaar als een kloppende kiespijn. Mijn verhemelte voelt zo droog en gezwollen aan dat mijn tong mijn eigen mond niet meer herkent.

Misselijkheid en paniek jagen door me heen. Met alle wilskracht probeer ik ze me niet te laten beteugelen. O, wat is er met me gebeurd? Een windvlaag waait in mijn gezicht en ik wacht tot mijn hoofd weer helder wordt.

Uiteindelijk gebeurt dat.

Als ik me heb opgericht, zie ik tot mijn stomme verbazing dat ik me heel veel lager op de gletsjer bevind. Achter me slingert mijn spoor vanaf het hogergelegen gletsjerbekken over de elkaar overlappende, besneeuwde glooiingen naar de plek, hier, waar ik uiteindelijk door mijn knieën ben gezakt en out ben gegaan. In het noorden, waar het ijs met puinwaaiers bedekt naar beneden bulkt, zie ik het ronde gletsjermeer en daarachter de morenes waar ons bivak is. De vallei ligt verankerd in de zon en ondanks mijn verregaande onderkoeling besef ik dat het niet zo koud meer is. Dat zie je aan hoe zwaar en nat de sneeuw op de puinvelden ligt. Er vallen al gaten waar het inzakt en smelt. Dat is mijn redding geweest: als de storm van vannacht had doorgezet, dan was ik waarschijnlijk nooit meer wakker geworden. Nu is het in de hogere lagen van de atmosfeer windstil, maar er hangt iets vreemds in de lucht, alsof de afdruk die de wind erin heeft achtergelaten nog niet is uitgewist.

Ik moet er alles aan doen om niet aan de neiging toe te geven weer te gaan liggen. Ik zwaai met mijn armen, negeer de huiveringen en probeer mezelf warm te wrijven om bij bewustzijn te blijven. Ik draai mijn hoofd alle kanten op. Heel langzaam kom ik op temperatuur en voel de lethargie wegebben... maar met de geestelijke helderheid komt ook de pijn.

Mijn gezicht. Er is iets mis met mijn gezicht.

Er is iets gebeurd. Iets ernstigs. Wat, dat valt niet te bepalen. Ik durf mijn gezicht niet aan te raken. Durf het niet te voelen.

Waarom voelt mijn tong zo dik?

Ik zwalk op bevroren voeten dalwaarts. De sneeuwlaag is dun, het ijs eronder aper. De gletsjer heeft zijn gevaren opgegeven. Ik steek mijn bevroren handen onder mijn gore-texjas in mijn oksels. De laaiende pijn die met het terugkerende bloed bezit neemt van mijn vingers verdringt al mijn gedachten uit mijn hoofd en ik schreeuw het uit. Zelfs de pijn in mijn gezicht valt in het niet bij de verschrikkelijke brand in mijn vingers. Als de pijn wegtrekt, beweeg ik ze houterig en stop ze diep weg in mijn mouwen. Mijn handschoenen heb ik niet meer, die moet ik bij de gletsjerspleet hebben uitgetrokken toen ik Augustin uit de spleet trok

(*Waar ís Augustin eigenlijk?*)

en daar hebben achtergelaten na

(*na wat? Wat is er gebeurd?*)

Ook mijn rugzak ben ik kwijt.

Terwijl ik over de gletsjer afdaal, voel ik me plotseling bekeken. Augustin? Of...

Voor zover mijn toestand het toelaat begin ik haast te maken, want hoe ik mijn situatie ook tracht te rationaliseren, ik kan het gevoel niet van me afzetten.

Ik maak me zorgen om mijn voeten. Als ik mijn tenen probeer te bewegen weigeren ze dienst. Ze voelen aan als weke klompjes dood vlees. Ik ben er het complete gevoel in kwijt

(*net als in mijn gezicht, o, wat is er met mijn gezicht?*)

en ik kan alleen maar hopen dat het terugkeert.

Ik probeer er niet aan te denken en me te richten op het afdalen. Ik besef opeens waar het gevoel bekeken te worden vandaan komt. Rechts in mijn rug rijst de enorme noordwand van de Maudit. Ik voel zijn massieve aanwezigheid boven me uittorenen. Ineens brand ik van het duivelse dilemma om me om te draaien en te kíjken... terwijl ik begrijp dat ik met één blik misschien wel mijn enige kans op ontsnapping teniet zal doen. Alsof de berg me alleen al door ernaar te kijken weer in zijn greep zal krijgen en onverbiddelijk zal toeslaan. Dus ik focus me op de weg vooruit en ik kijk niet om. Ik kijk níét om.

De druk op mijn gezicht neemt toe, maakt me duizelig.

Ik kijk niet om.

Honderd meter lager is de neiging zo groot geworden, dat ik hálf omkijk.

Ik bevind me nu op de met rotsblokken bezaaide, apere tong van de gletsjer, die verwrongen en gebroken is

(*net als de mijne*)

en in een labyrint van spleten en half bevroren poelen van modderig water in de morene wegzakt. Aan de overzijde rijzen steile sneeuwhellingen naar de afschrikwekkende rotswand van de Maudit

(*maar daar kijken we niet naar, daar kijken we niet naar...*)

waar poedersneeuwlawines naar beneden komen stuiven. Machteloos kijk ik naar dit overschaduwde landschap. Het lijkt een tijdloze, levenloze plek, onaangeraakt door de eeuwen. Maar schijn bedriegt. Hier voel ik die kracht sterker dan ooit, de ziel van het gesteente en het ijs. Ik voel dat het me bespot. En daar wilden wij ons aan meten? Het is een belachelijke gedachte.

Ik bereik de gletsjerrand. De morene slingert in de richting van het meer en ik begin hem te volgen.

Mijn gezicht.

Het gilt, zonder dat er geluid over mijn lippen komt.

Mijn lippen, die slap open lijken te hangen.

Het gevoel begint erin terug te stromen en dat gilt het werkelijk uit.

Het duurt niet lang eer ik de waterspiegel zie: donker en glad. Het ziet er koud uit, een onmetelijk diep, rond gat, pal aan de voet van de Maudit. Onwillekeurig doet het me denken aan wat er met Augustins ogen is gebeurd. Die ogen, door de doodsvogels uitgepikt. Ook in het gletsjermeer voel ik die kracht. Het hangt in de stilte, houdt zijn adem in en fluistert een woordeloos welkom.

Zwalkend nader ik de oever. Laat me op handen en voeten zakken. Ik moet weten wat er met mijn gezicht is gebeurd.

Ik zie druppende ijsafzettingen op de keien, ik zie modderige sneeuw, ik zie de reflectie van iets ontzettends dat zich over me heen buigt.

Zou jij je hebben kunnen omdraaien?

Zou jij gewoon níét hebben kunnen kijken?

Al wanneer ik mijn handen in het ijskoude water heb gestoken zie ik het. Ik denk dat ik het me heb verbeeld – ik móét het me hebben verbeeld. Traag wend ik me af en sluit ik mijn ogen, alsof ik het daarmee ongedaan kan maken. Dan buig ik me terug over de waterspiegel.

Ik zie het opnieuw en nu zie ik het echt: mijn gezicht, op een vreselijke manier verminkt. Ik zie de waarheid, die mijn geest tot dan toe niet heeft willen accepteren, heeft verdrongen naar een breekbare, donkere plek, maar die nu, in het gezicht van de berg, onherroepelijk in het licht wordt getrokken.

Want als ik Augustin op de rand van de spleet in zijn ogen staar

– ogen die helemaal geen ogen zijn, maar gaten in ijs – begint hij zo waanzinnig te brullen dat ter plekke al het bloed in mijn aderen stolt en mijn geestelijke gezondheid wordt verpletterd. Het is zo'n onmenselijk, verwoestend geluid dat ik me afvraag of ik het wel met mijn oren hoor, of dat het alleen in mijn hoofd klinkt. En ik begrijp dat het niet Augustin is die het voortbrengt. Het is het brullen van een rotslawine, het krijsen van een gletsjerspleet. In een flits zie ik de gehoornde berg voor me aan het eind van de vallei, zijn duistere gestalte hoog en steil en overhellend. Het is niet Augustin die daar brult, vanuit die gapende spleet. Ik hoor de krankzinnige, razende stem van de berg.

Ik zie de zwaai van zijn ijsbijl vertraagd, ik hoor zelfs het geluid van de luchtverplaatsing. Ik moet instinctief mijn nek hebben ingetrokken en mijn hoofd achteruit hebben gerukt, terwijl mijn mond openvalt in een woordeloze gil. Anders had hij de ijsbijl dwars door mijn hals geslagen. Nu dringt de doorn mijn linkerwang binnen, schampt mijn tong en komt door mijn rechterwang weer naar buiten. Zo blijven we steken, in een bevroren, verbijsterend moment. Ik proef ijskoud metaal in mijn mond. Ik hoor niets: de shock heeft me tijdelijk doof gemaakt. Augustin wrikt, herpakt zijn greep en ik word aan mijn wangen naar voren getrokken.

Dan schiet het anker uit de sneeuw en zwiept het touw. De bijl scheurt met een allesvernietigende hengst uit mijn wangen naar buiten. Augustin valt in de diepte, de pickel vliegt achter hem aan en als ik in de sneeuw val denk ik dat ik dood ben.

En nu, nu ik in de waterspiegel van het gletsjermeer naar mijn gezicht staar, grijnst een gezwollen en bloederig masker naar me terug, met opengeklapte wangen waardoor je het gebit in mijn onderkaak tot helemaal de achterste kiezen kunt zien. De onderste helft van mijn gezicht heeft alle kleuren die het niet hoort te hebben en de gescheurde randen zijn pikzwart.

Het bed van sneeuw en ijs heeft het dode vlees netjes ingevroren.

En achter dat monsterlijke gezicht, *mijn eigen gezicht*, rijst de uit zijn perspectief gerukte weerspiegeling van de gehoornde Maudit, de ondoordringbare noordwand het verborgen gezicht van de berg.

Ik begin te gillen.

The Strange Case of Dr. Jekyll and Mr. Hyde

Aantekeningen van Sam Avery

It was for one minute that I saw him, but the hair stood upon my head like quills. Sir, if that was my master, why had he a mask upon his face?
– Robert Louis Stevenson

I

De voordeur ging niet open. Fuck de voordeur. Een ongewoon kille tochtstroom vanuit het huis hield hem tegen en ik, ik huiveren natuurlijk. Dat KLM-bagagelabel aan mijn rugzak fladderen en ik denkend: *Dit is een teken.* Ik denkend: *Die deur, die geeft je een hint, doe er wat mee. Ga terug nu het nog kan.*

Major rewind van de afgelopen vierentwintig uur: ik stapte met een gammel slaaphoofd in een oncomfortabele nachtvlucht om er zes tijdzones eerder weer fris en fruitig uit te stappen, wrong me een brok in mijn keel wegslikkend uit Julia's te lange omhelzing bij het security checkpoint voordat ze zei: 'Je past op jezelf, hè? Ik kom je achterna als het niet gaat', en sloot haar aan de andere kant van die woorden in mijn armen, stapte uit en in een Uber, opende mijn ma's koffer op bed, haalde mijn kleren eruit, verbrak de verbinding, zei dat ik erover na zou denken, nam op en hoorde mijn mobieltje afgaan. *Niet opnemen*, dacht ik vierentwintig uur later in Amsterdam, kijkend naar het +31-nummer in mijn herinnering. *In elke Hollywoodfilm, in elke Netflixserie, in elke fucking Griekse mythe, reist slecht nieuws via long distance calls. Zwarte zeilen of smartphones, alleen het medium is anders.*

Niet opnemen en je kwam nooit meer terug. Niet opnemen was je ticket naar een toekomstig leven als bediende in een fastfoodketen ergens in de Midwest, met een bitch'n-hot Tinder-date Romeo die misschien nog niet uit de kast was maar die ook nog nooit van z'n leven een berg had gezien.

Met zo'n argument viel niet te twisten.

Louise Grevers, geduldig wachtend aan de andere kant van die lijn, zij hóórde die gedachte waarschijnlijk zesduizend kilometer verderop, dwars door die Apple-elektronica en Vodafone-frequenties heen. Had er waarschijnlijk nog begrip voor ook.

Geen veroordeling, geen verwijt dat ik Nick in de steek had gelaten. Niets daarvan. Of ik het goed had bij mijn ouders en of ik de boel al een beetje op een rijtje had kunnen zetten voor mezelf. Ik werd gemist in Nederland, zei ze, en of ik overwoog om weer naar huis te komen. Louise Grevers zei: 'Alhoewel, misschien voelt New York voor jou nu juist wel als thuis.'

En ik weer een enorme brok in mijn keel. Zo walgelijk lief is het mens.

Dus stond ik vierentwintig uur later in Amsterdam met die voordeur te worstelen. Duwde mijn schouder ertegenaan, had er al mijn kracht voor nodig en struikelde ineens over de drempel naar binnen. Denkend: *Zo weet je dus dat je de verkeerde keuze hebt gemaakt. Als zelfs het huis je niet meer moet.*

Ik plofte mijn rugzak neer in de schemerige gang en onderdrukte de neiging om '*Honey, I'm home!*' te roepen.

Het was een vreemd moment, met de zon al laag boven de huizen maar alles in diepe stilte. Het leven onzichtbaar. Alsof ik de enige mens in de wijde omtrek was die leefde, ademde. Ons huis scheen me ook vreemd toe, na al die tijd. Er hing een geur die ik niet kende, die ik associeerde met ziekenhuizen en crème. Geen Dior, maar antiseptische wondcrème. Niet voor de zachte huid, maar voor soepel littekenweefsel. Ik luisterde bij de trap naar de stilte op de bovenverdieping, die op een of andere manier de indruk van een ongewone diepte wekte, alsof in mijn afwezigheid allerlei kamers waren verplaatst of toegevoegd.

Het huis moest duidelijk nog aan me wennen, en ik aan het huis.

En Louise, vierentwintig uur eerder via die *long distance call*: 'Ik heb het gevoel dat Harm en ik onze grip op hem zijn kwijtgeraakt. Alles werd anders toen dat verband eraf ging.'

Hij was de reden dat ze belde: Nick.

Waar zelfs mijn epifanie in de Catskills niet in was geslaagd, waar zelfs een bijlslag dwars door zijn gezicht en tweeëndertig doden in het AMC niet in waren geslaagd, was dat ze voor de zo nodige loutering hadden gezorgd. Nadat ik langs de Hudson terug de stad in was gereden, nadat ik Nicks manuscript had gelezen, voelde ik me meer ontheemd dan ooit. Zelfs midden in de gecultiveerde pixelwerkelijkheid van Times Square, een Starbucks-beker in mijn rechterhand en kalmte zoekend in zo veel mogelijk antiwildernis als ik maar tot me kon nemen, was ik bang dat fictieve vogels uit de videowalls en gebouwen zouden duiken en me met hun scherpe snavels zouden openscheuren.

Doodsvogels, in Nicks verhaal.

Ethon, in het verhaal van mijn opa, die nacht dat Huckleberry Wall affikte. En het gezicht van mijn opa. Dat fikte ook af.

Mijn schuldcomplex met veren en klauwen.

Je huilde van opluchting op een begrafenis. Je was er niet op de dag dat je geliefde het verwoeste gezicht onder ogen kreeg dat zijn toekomst was en daarmee had je jezelf uit die toekomst geschreven.

Zelfs na al dat gevlucht, na al die vliegtuigen en auto's en niet meer achteromkijken, was waar je terechtkwam nergens anders dan het middelpunt van je eigen wildernis.

Vierentwintig uur later, stilte op de benedenverdieping. Het huis hield zijn adem in. Beterschapskaarten op de keukentafel. De afwasmachine ingeladen maar niet aangezet. Dat was Nick. De blender op een andere plek op het aanrecht. Ernaast een pak Bambix. Brinta. In de prullenbak lege verpakkingen maaltijdsoepen, griesmeel, Nutridrink. Olvarit. En rietjes. Natuurlijk, rietjes. Dat was ook Nick.

Het criterium voor de volgende *date night* zou worden of er een sapcentrifuge aanwezig was.

Ik schopte mijn schoenen uit en ging de trap op en vierentwintig uur eerder zei Louise: 'Ik wist dat alles anders was omdat hij het verband er meteen weer opdeed.' Ze zei: 'Omdat hij niemand zijn littekens wilde laten zien, zelfs niet aan ons. En ik wist het vanwege die foto van Augustin. Die foto waarop Augustin geen ogen had.'

Nick was een aantal dagen bij zijn ouders gebleven nadat hij uit het AMC was ontslagen. Louise had de foto gevonden toen ze schoon wasgoed in de linnenkast op zijn kamer was komen opbergen. 'Hij was genomen in het bivak,' zei ze. Ze beschreef de foto, maar dat had ze niet hoeven doen: ik wist precies wat erop stond. Nick had hem al voor me beschreven in zijn manuscript. Foto 7, 'Een kijkje in het kamp'. Die foto met die positieve aura. De laatste foto die hij van Augustin had genomen. 'Nick heeft afdrukken laten maken. Hij bijt zich er helemaal in vast, het is denk ik zijn manier om het te verwerken. Hoe dan ook, het leek me geen kwaad te kunnen om de foto's te bekijken, want Nick had ze al eerder laten zien, op de iPad in het ziekenhuis.' Ook dat wist ik al, maar ik zei niets. 'En ik dacht dat deze niet anders zouden zijn. Maar dat was hij wel. Die ene. Augustin lachte op die foto, Sam. Alleen had Nick met een balpen zijn ogen doorgekrast. Hij had ze zo hevig doorgekrast dat het zwarte tunnels leken.'

En dat was niet het enige. Hij had een schaar in de mondhoeken van de foto-Augustin gedreven en zijn wangen tot aan zijn oren toe opengesneden.

Nick was erachter gekomen dat zijn moeder de foto had gezien. Hoe, dat wist ze niet, daar had ze geen enkele aanwijzing voor, maar ze twijfelde er geen seconde aan. 'Hij zat die avond beneden en hoe hij me aankeek, Sam. Ik kende hem niet terug. Het was alsof ik tegenover een vreemde zat. En... hij schreef een briefje. Daar ben ik zo van geschrokken dat ik het heb weggegooid en niet eens aan Harm heb laten zien.'

Wat erop stond? Dat wilde ze niet vertellen.

Ze had achter Nicks rug om zijn behandelend psychotherapeut gebeld. Zij had haar verteld dat wrok niet uitgesloten was als Nick Augustin of anderen in zijn directe omgeving verantwoordelijk hield voor zijn verminking. Net als agressie. Waangedachten. Dwangneurose. Het beste wat Louise kon doen was zo goed mogelijk zijn normaliteit herstellen.

Dat deed ze nu. Door mij te bellen.

'Ik denk dat het hem goed zal doen als je terugkomt, Sam. Ik denk dat hij jou nodig heeft.'

Ik zei haar dat ik erover na zou denken.

'En zal ik je nog eens wat vertellen?'

'Nou?'

'Jij hebt hem ook nodig, als ik je stem zo hoor.'

Natuurlijk had Louise gelijk, maar toch dacht ik aan Cécile Métrailler. Ik dacht: *Als er geweld is gebruikt, dan moet het onderling zijn geweest.*

2

Nick lag niet in bed. Ik wist niet waar hij wel was, het bed zag er onbeslapen uit. De gordijnen dicht, zachtjes golvend voor het openstaande raam. Ik beeldde me in hoe ze opbolden, spookachtig in een lege kamer, toen ik beneden was binnengekomen. De antiseptische geur was hier nog veel sterker.

Dus ik terug naar de overloop en zijn naam roepen. Niets. Ik was verrast maar niet ongerust, mijn thuiskomst was onaangekondigd en misschien was Nick ondanks alles bij zijn ouders blijven slapen of voor een check-up in het AMC. Toch bleef ik een tijd luisteren, ontzet door de stilte. Zelfs Ramses kwam niet uit een van zijn donkere hoeken aangetrippeld, wat aannemelijk maakte dat hij zich bij Adelheid op nummer 47 aan het voeteneind had genesteld – waarschijnlijk als statement. Ik besloot op een vriendelijker tijdstip Louise te bellen en van de tussenliggende uren gebruik te maken om mijn jetlag in te halen.

Ik nam een douche. Genoot van de krachtige waterstraal, die thuis altijd het fijnst is. Het klaterde op mijn gezicht, zeker twintig minuten lang, mijn ogen gesloten en Spotify op de achtergrond. Geluiden dof. Ik bijna in slaap op het ritme van mijn daily mix en stromend water.

Met een handdoek om mijn middel liep ik de donkere slaapkamer in. Halverwege en ineens, kabam, zie ik daar dat Nick op de rand van het bed zit.

Ik dacht dat ik omver werd geblazen. Ik schrok zo hevig dat ik er letterlijk van wankelde en het gevoel had dat ik voorovertuimelde in, zo'n beetje, de Grand Canyon. Toch slaagde ik er op een of andere manier in te compenseren. Hem niets te laten merken. Dat was van levensbelang, wist ik. Iets zei me dat ik hem niet mocht laten blijken hoe erg ik van hem was geschrokken. Na een kort, ongecontroleerd schouderschokken stokte ik gewoon en bleef staan, halverwege de badkamerdeur en het bed, terwijl vanbinnen al mijn synapsen wagenwijd openvlogen, mijn gezicht haast lossprong van mijn schedel en ik met heel mijn hersenen probeerde vaste grond onder mijn voeten te registreren. Ademhalen deed ik niet. Dat was goed, anders had ik waarschijnlijk gegild.

Nick was een schaduw. Hij had een stel afgedankte kleren kunnen zijn dat over een stoel was gesmeten, waarin je de vorm van een mens kon herkennen. Ik kon zijn gezicht niet zien.

'*Surprise*,' zei ik onvast. Denkend: *De kelder.* Denkend: *Meer huis is er niet. Hij moet in de kelder zijn geweest toen ik thuiskwam. Heeft de boiler horen aanslaan.*

Right. En hij was om zeven uur 's ochtends in de kelder geweest omdat?

'Ik wist niet dat je thuis was,' zei ik. 'Ik wilde je verrassen, daarom heb ik niets gezegd.'

Ik stond daar maar, halverwege de slaapkamer. Op twee benen, en nog draaide alles om me heen. Jezus, waarom was ik zo ontregeld? Nick had zich niet verroerd. Het leek alsof hij in het halfdonker naar me staarde, maar me niet herkende. Ik zag een beweging naast hem en als dat niet Ramses was, die daar opgekruld op het dekbed lag. De kat lag te *spinnen*, nota bene, met Nicks hand roerloos in zijn nek. Dat ontregelde me nog meer. Ik wist heel zeker dat Ramses er niet had gelegen toen ik eerder in de slaapkamer had gekeken. Of toch? Opeens wist ik helemaal niets meer zeker, behalve dat ik me ontzettend kwetsbaar en naakt voelde.

'Damn, laten we even niet zo creepy doen,' zei ik. Vlug liep ik naar het hoofdeind en knipte het bedlampje aan.

Ik kreeg een schok. Hij hief zijn arm tegen het licht en hulde zijn gezicht in schaduwen, maar in die ene tel zag ik dat het nog steeds in verband was gewikkeld. Niet meer zo dik als die eerste dagen in Lausanne, maar genoeg om verontrustend te zijn. Zijn hele onderste gezichtshelft was bedekt. Er liep een strook over zijn neusbrug en jukbeenderen. Nog een over zijn voorhoofd, die alles op zijn plaats hield. Maar er was een zonnebrilvorm van huid vrij rondom zijn ogen, het puntje van zijn neus stak eruit en zijn haar viel er warrig overheen: achter dat verband schemerde ontegenzeggelijk Nick.

Ik verdraaide het bedlampje zodat het hem minder in de spotlights zette en hij liet traag zijn arm zakken. Ramses sprong van het bed en sloop de kamer uit zonder me aan te kijken.

Ik probeerde naar hem te glimlachen. 'Het is gek om je overeind te zien. Na zo lang in het ziekenhuis, bedoel ik. Maar eigenlijk ook wel logisch. Stom. Heb je nog pijn?'

Ik ratelde. 'Ik dacht dat het eraf mocht,' zei ik. 'Dat het... dicht was, en zo.'

Nick nam zijn blocnote van het bed en begon te schrijven. Hij schreef zo lang dat ik er ongemakkelijk van werd. Halverwege bleef zijn pen trillend boven het papier hangen en bewoog zijn hoofd abrupt van links naar rechts, alsof hij luisterde naar geluiden die alleen hij kon horen. Toen hij klaar was scheurde hij het briefje af en gaf het aan mij.

Ik wist wel dat je zou terugkomen. Dat wist ik al vanaf het moment dat je wegliep uit het CHUV, *want ik had het gezien in mijn hoofd. Ze zeggen wel eens dat mensen die blind worden ineens beter gaan ruiken en beter gaan horen. Dit is net zoiets. Alleen ruik of hoor ik niet meer, maar zie ik meer. Veel meer. Soms zie ik zoveel dat mijn hoofd ervan lijkt te knappen.*

O... ké.

Freak talk. Psychobabble. Ik wist niet of ik hier wel klaar voor was. Toen ik opkeek van het briefje zag ik dat Nick weer naar me staarde.

Ik liep naar de kast, haalde er een T-shirt uit en trok het aan. Daardoor voelde ik me wat sterker, maar ik dacht: *Er zitten gaten in het ijs. Het zijn net ogen.*

Ik wist niet wat ik moest zeggen.

Oké, nu droeg ik een T-shirt, maar ik stond weer op precies diezelfde plek halverwege de slaapkamer. Het was onmogelijk om naar hem toe te gaan of weg te lopen. Nick daar op de rand van het bed, zijn ogen groot en dof tussen die stroken verband en ze *leken* wel op die van Nick, maar hoe kon je dat helemaal zeker weten, als je zijn gezicht niet kon zien? Hoe kon je zeker weten dat het echt Nick was die daar zat en niet iets anders wat zich voor hem uitgaf, iets wat *leek* op Nick en dezelfde handen had en dezelfde joggingbroek droeg, maar in feite iets volslagen onbekends was? Het gebruikte niet de woorden die Nick zou gebruiken. Het *rook* niet zoals Nick rook. En het ergste was dat als het masker eraf zou gaan, het niet eens het gezicht van Nick zou hebben. Dus hoe kon je ooit zeker weten dat hij het was?

'Ik wou dat ik was gebleven,' zei ik plotseling. 'Dat ik niet was weggegaan. Maar ik was bang. Ik wist niet wat ik moest doen.'

Nick keek me lang aan. Die doffe ogen tussen het verband grepen zich haast aan me vast.

'Ik hoop gewoon dat we hier samen op een of andere manier doorheen komen. Je bent door iets vreselijks heen gegaan. En dan nog dat gedoe in het AMC. Ik wil er voor je zijn, oké?'

Hij knikte langzaam.

'Ik hou van je.'

Hij begon weer te schrijven.

Er gebeurt iets naars met me. Ik kan het niet tegenhouden.

Hij boog naar het hoofdeind en knipte het leeslampje uit. Het werd weer donker. Het enige licht het vage schijnsel dat door de dikke gordijnen naar binnen viel, dat van alles en Nick silhouetten maakte. Alleen was Nick veel meer dan een silhouet. Hij was een verwachting, een angst, een herinnering, en zijn aanwezigheid in die donkere kamer vulde mijn longen en drukte op mijn schouders en maakte me opnieuw duizelig.

'Vind je het licht vervelend?'

Ik kon vaag uitmaken dat hij knikte.

'Dat begrijp ik.' Het was stil, zo lang dat ik de vraag bijna niet meer durfde te stellen. 'Mag ik het zien?'

Nu kon ik niet zien of hij ja of nee schudde. Hij zat daar maar, die schim op de rand van het bed. Mijn hart bonsde in mijn keel.

'Nick. Mag ik het zien? Zonder verband?'

Hij begon weer te schrijven en scheurde het blaadje voor me af. Mijn ogen wenden langzaam aan het donker en ik moest me tot het uiterste inspannen om het te kunnen lezen.

Ik hou ook van jou. Ik ben er alleen nog niet aan toe om je mijn gezicht te laten zien.

Ergens rinkelden allerlei alarmbellen, maar hij wenkte me, en wat kon ik anders doen dan naar hem toe lopen? En wee de wereld, als die kamer niet weer begon te spinnen. Of was het Ramses die lag te spinnen? Ik zag het even niet meer helder. Het bed deinde en golfde als na mijn zoveelste Sunset Spice in New York en ik denkend: *Compenseer, hotshot*. Ik denkend: *Compenseer als je hem niets wil laten merken*, en met een plof kwam ik neer op de rand van het matras.

Ik greep me aan iets vast om het draaien te stoppen en o help, het bleek zijn been. Hij sloeg zijn arm om mijn schouders. Merkte hij dat ik ineenkromp? Dat mijn lichaam zo aan het draaien was dat ik uit elkaar zou springen als hij nog dichterbij zou komen? Maar dat is precies wat hij deed: hij trok me tegen zich aan, drukte me tegen dat grote, koortsig hete lijf van hem. De antiseptische geur was overweldigend zo dichtbij, zo sterk dat ik mijn adem probeerde in te houden. Maar daaronder rook ik bloed en zweet en daaronder rook ik Nick. En nog iets anders. Ik weet oprecht niet wat voor geur dat was. Iets ouds. Iets wat in ieder geval zeer zeker níét Nick was.

Ik probeerde niet te kermen toen ik me aan zijn omhelzing overgaf, toen we zijlings op bed zakten en ik gedwongen werd mijn benen op het matras te tillen en tegen hem aan te leggen. Ik sloot mijn ogen in een poging aan mijn duizeligheid te ontsnappen, maar zelfs achter mijn oogleden bleef de duisternis draaien. Waar ik dankbaar voor was, was dat Nick tenminste mijn gezicht niet kon zien in het donker – de uitdrukking van holle afschuw die ik daarop niet kon verbergen – en dat ik zíjn gezicht niet kon zien, toen ik dat stroeve verband tegen mijn nek voelde schuren, de zachte, onbekende vormen daaronder tegen mijn huid drukten en zijn adem over mijn wang blies, die niet heet was zoals de rest van hem, maar ijzig koud.

3

Ik dacht niet dat ik ooit in slaap zou kunnen vallen, maar toch moet dat zijn gebeurd. Toen ik wakker werd waren de gordijnen opengetrokken en baadde de slaapkamer in een warm zonlicht.

Nick was er niet. De wekker gaf aan dat het bijna halfvier 's middags was. Jezus, jetlag vs. Sam Avery, 1-0.

Ik had geen T-shirt aan. Ik kon me niet herinneren dat ik dat weer had uitgetrokken en dat gaf me een wee gevoel vanbinnen. Had Nick dat gedaan, terwijl ik sliep? Zonder dat ik wakker was geworden? Ik zag ineens het beeld voor me dat hij me in mijn slaap zou hebben gekust, met die beschadigde lippen verborgen achter dat stijve verband, en ik kreeg het helemaal koud.

Toen ik overeind kwam gleed er een dubbelgevouwen briefje van mijn borst.

Ik vouwde het open en las het.

Het was fijn om je bij me te kunnen houden. Ik heb de hele ochtend naar je gekeken, terwijl je sliep. Je leek zo klein in mijn armen! Zo klein dat ik het gevoel had dat ik je kon verpletteren als een insect – daarvoor hoefde ik alleen maar mijn armen te sluiten, en dan zouden al je botten breken. Kleine, breekbare Sam!

Het is niet erg dat je bent weggegaan. Alles wat ertoe doet is dat je er nu bent. Wees niet bang voor me, we redden het wel.

xXx Nick

4

Wanneer ik voor het eerst begon te vermoeden dat de traumatische ervaring in de bergen iets gevaarlijks in Nick had gewekt? Iets wat misschien een *ander* was, of, en dat was een veel griezeliger gedachte, altijd al in hem had gezeten? Nou ja, toen dus. Een van die eerste dagen in Amsterdam. Misschien was het wel die avond, na wat er gebeurde toen ik Nick op handen en voeten in de kelder had aangetroffen in het donker. Of misschien was het die nacht, toen Julia op FaceTime het woord *schizofrenie* in de mond had genomen, wat me als een plens ijskoud water in mijn gezicht had getroffen. Julia zou die nacht ook spreken over gespleten persoonlijkheden en freudiaanse doppelgängers en tegen die tijd zou ik zeggen *please*, zou ik zeggen *stop it*, zou ik zeggen

I get the point. Mijn Nick, Jekyll én Hyde. Hoe dan ook, het was evident dat de geboorte van die ánder samenviel met het afschuwelijke wat er tussen hem en Augustin was voorgevallen. Ik kon er niet langer omheen: Nick was verantwoordelijk voor Augustins dood. En het had er alle schijn van dat het zijn geest niet alleen had beschadigd, maar ook had gedualiseerd, alsof er daarbinnen een strijd was ontketend tussen goed en kwaad.

En dat, dat was nou niet wat ik die eerste nacht in Amsterdam kon gebruiken. Klaarwakker en rechtop in bed, een hopeloos gevecht verliezend van mijn jetlag; ik in bed met mijn MacBook en allerlei psychomedische zoektermen, zo ver van de kelder en wat daar ronddoolde af als je geografisch maar kon komen zonder het dak op te gaan of het huis uit te vluchten: dat was niet wat ik kon gebruiken.

Wat ik kon gebruiken was Vicodin en wifi zonder glitches.

'Ik ben zo blij dat je belt, broertje,' zei Julia, haar gezicht bevroren in een blur die haar niet bepaald *charmy* deed uitkomen. 'Pa en ma zeiden al dat je zou bellen.'

'Hoezo wisten zij dat nou weer? Als ik iemand de laatste weken niets heb verteld zijn zij het wel.'

'Daarom juist.' Het beeld blijven steken op een frame dat niet bepaald haar nieuwste Snapchat-selfie was. 'Ze zeiden: geef 'm twee dagen als-ie thuis is. Ik dacht al dat ze aan de ruime kant zouden zitten.'

Ik beeldde me mijn ouders in en voegde er in gedachten een sprinkhanenplaag en een cycloon aan toe. Niet om het een of ander, maar het laatste waar je op zat te wachten was je ouders deelgenoot maken van wat er allemaal mis met je was. De afgelopen weken in New York was ik ongeveer zo transparant naar ze geweest als gewapend beton. Zonder ondankbaar te zijn: als oogappeltje had ik recht op onaangekondigde bezoekjes in tijden van crisis, maar die oceaan, voor de rest van de tijd lag-ie daar prima.

Julia, die avond op FaceTime: 'Praat trouwens eens wat harder, je fluistert helemaal.'

Dat kan niet, zei ik. Vanwege Nick. Waar Nick dan was? In de kelder. Maar wat had ik bedoeld toen ik had gezegd dat ik bang voor hem was? Dat-ie me had bedreigd? Ik zei: ik wéét niet of-ie me heeft bedreigd, dat is het hele punt. Ik zei: de kelder, dat is zijn toevluchtsoord geworden. 'De kelder,' zei Julia. Ik zei: hij wil graag in het donker zijn. Dat zei hij tenminste. Julia herhaalde die zin en toegegeven, het klonk allemaal wat hectisch voor mijn eerste dag terug in Amsterdam, want nu bevroor het beeld op grote ogen en gekrulde lippen die niet bepaald begrip uitdrukten.

En hoe kon je Julia duidelijk maken dat je zo van streek was dat je zelfs al bang was om ook maar over Nick te fluisteren? Eén oortje in, het andere strak in mijn vuist geklemd, mijn vrije oor toegespitst op die kier in de slaapkamerdeur, de stilstaande duisternis op de overloop, op ook maar het minste geluidje dat van beneden zijn weg naar boven zou kunnen vinden als voorbode van Nick… of als voorbode van die ánder. En andersom, bang dat Julia's veel te luide stem dwars door die *noise cancellation* heen zou dringen, dwars door twee verdiepingen stilstaande lucht naar beneden en zou worden opgevangen door wat daar in die kelder als een enorm zwart gat lag te wachten, een zwart gat dat alle geluiden en gedachten en twijfels naar binnen zoog en zelfs de zwaartekracht in huis leek te verbuigen. Abs en pecs: check. Het spook van de opera: check. Een miljoen keer de massa van de zon aan alles wat ik niet hardop durfde uit te spreken: check.

'Dude, geef 'm wat krediet,' zei Julia. 'Die jongen heeft net een ernstig bergsportongeval én een terreuraanslag overleefd. Ik zou ook fucked-up zijn.'

Ik zei: 'Het was geen terreuraanslag.'

'Ja goed, maar iedereen dácht dat het dat was. En niemand weet wat het wel was; op CNN noemen ze het een *unknown medical anomaly*. Dat is net zo traumatisch.'

Haar gezicht bevroren in een expressie die zei *seriously, not making shit up*: 'Dat in het AMC, op io9 speculeren ze dat het een soort Captain Trips-*outbreak* was die ze net op tijd hebben kunnen isoleren.'

Haar gezicht bevroren in een expressie die zei *seriously, don't shoot the messenger*: 'Infowars zegt dat er zenuwgas is gebruikt en dat het in de doofpot is gestopt. Dat verklaart al die botbreuken.'

'Door wie dan?'

'Duh, zionisten. Het is Infowars.'

Ze zei: 'Ik wil alleen maar zeggen dat je van geluk mag spreken dat-ie nog leeft.'

Ik zei: 'Je begrijpt het niet. Het was ook geen bergsportongeval.'

En Julia's gezicht zes tijdzones verderop in expressies bevroren, maar toch voelde ze dichterbij dan ze in weken was geweest.

'Sam. Dat moment dat je eigenlijk zou moeten gaan praten? Dit is dat moment.'

Dus vertelde ik haar alles. Ik vertelde haar over Nicks manuscript, en hoe meer ik erover vertelde, hoe meer de onheilspellende blabla voor mijn ogen leek op te lossen. Het werd gewoon een verhaal, dat niet echt gebeurde en nooit echt was gebeurd. Een berg waar het spookte, een bezeten vallei: het was bijna grappig. Niet grappig was Céciles conclusie dat er geweld in het spel moest zijn geweest, en dat het onderling moest zijn geweest, en dat Nick leefde en dat Augustin dood was. Dóód. Ik zei dat ik niets liever wilde dan geloven dat het zelfverdediging was geweest nadat Augustin hem met die ijsbijl te lijf was gegaan, noodweer desnoods, maar *dan had hij me dat gewoon kunnen vertellen; niemand had hem dat kwalijk kunnen nemen.* Het ontkennen was de echte killer, want nu wist ik helemaal níéts, nu was er die foto van Augustin die Louise had gevonden en wat had dat te betekenen? Wat had dat te betekenen, zussie?

En nu bevroor het beeld en waren het Julia's ogen die recht in me keken zoals geen enkel paar ogen dat deze zomer had gedaan, en ze zei: 'Vertel me wat er vandaag is gebeurd.'

5

Het kwam door die gedachte, zei ik tegen Julia. Die gedachte die zich in mijn hoofd opdrong nadat Louise Grevers met die brief van Augustins ouders was komen aanzetten. Ken je dat, dat je zoiets verschrikkelijks denkt dat je je ervoor schaamt en het met alle geweld uit je hoofd probeert te aborteren, maar dat het daar gewoon blijft vastzitten en niet meer weggaat, wat je ook probeert? Als een duveltje-uit-een-doosje. Een kleine, eeuwig grijnzende Mr. Hyde aan de navelstreng van je geweten.

De dag was al niet goed begonnen, zoals dagen die beginnen wanneer je eigenlijk al aan de prosecco en een luxe notenmelange hoort te zitten zelden doen. Ik was nog steeds dizzy geweest, nog steeds met elke trede het gevoel dat ik over mijn voeten zou struikelen toen ik de trap af was gesjokt, en dat is niet wat je verwachtte na x te veel uren slaap. Wat je ook niet verwachtte was dat Nicks ouders beneden op de bank zaten. Harm en Louise Grevers, in dit stadium niet beter wetend dan dat Nicks gezicht door vallende stenen was weggeslagen; ze hadden van die gevulde chocoladebollen meegenomen en ik verward, ik denkend: *Die slagroom, die kun je er toch niet met een rietje uit zuigen?*

Tot ik begreep dat ze voor mij waren, natuurlijk. Een bomgordel vol calorieën voor de verloren schoonzoon. Ze wilden me vetmesten. Een monster creëren, om te compenseren voor hun mismaakte zoon.

Sam Avery, *Bride of Frankenstein.*

Frankenstein zelf zat met zijn ellebogen op zijn knieën in de schaduw voor het gesloten gordijn; iPad op schoot. Als ik zijn blik juist taxeerde terwijl Louise mij bedolf onder de zoenen (waarbij ze op haar tenen moest gaan staan en ik voorover moest buigen, want als je bij Nick denkt aan basketballen denk je bij Louise aan dwergwerpen), dan wenste hij op dit moment dat zijn ouders ook aan de andere kant van een diepzeetrog woonden. Erin, desnoods.

Voor Nick hadden ze ook iets meegenomen. Een plastic drinkbeker vol geblenderde permacultuur. Avocado, vermoedde ik. Tarwegras, of zoiets hips.

'Ik haal even een rietje,' zei Louise en ze holde naar de keuken.

Ondanks alles was ik opgelucht geweest dat Harm en Louise er waren, zou ik later die nacht tegen Julia zeggen. Tegen Julia, op FaceTime, fluisterend omdat ik bang was dat Nick ons anders zou horen. Niet alleen kon zo het onvermijdelijke gesprek worden uitgesteld – en wat moest ik eigenlijk tegen hem zeggen? – maar hun aanwezigheid stelde me in staat om beetje bij beetje aan onze nieuwe realiteit te wennen. In de context van zijn ouders was Nick gewoon Nick. Op dat moment kon ik bijna geloven dat Nick alleen maar herstellende was van een banaal ongeluk en kon ik bijna doen alsof mijn vermoedens niet van belang waren.

Goed, ik dus naar hem toe en ik gaf hem de meest onhandige non-knuffel die ik in mijn repertoire bleek te hebben. Ging naast hem zitten, kneep mijn ogen dicht, kneep in mijn nek. O jezus, wensend dat er een kop gemberthee *like, into existance* gebeamd zou worden om mijn maag te bedaren, want ik wist ineens zeker dat ik zou overgeven als ik weer overeind zou komen.

En Harm en Louise maar vragen stellen. Hoe ik het had gehad in New York. Of ik in de afstand de ruimte had gevonden die ik nodig had. Of ik de komende weken genoeg afleiding kon zoeken. En ik opgelaten, ik me schuldig voelend alsof ieder woord te veel aan mij besteed afbreuk zou doen aan waar Nick doorheen ging. Ik gaf schoorvoetend toe dat mijn colleges per 1 september eigenlijk al waren begonnen en dat ik een gesprek met mijn tutor had aangevraagd voor uitstel. Ondanks het medeleven van mijn schoonouders ontweek ik hun vragenlijst, want opeens doorzag ik het: het was geen liefde, het was onvermogen. Hoe getormenteerd Louise eruitzag. Hoe Harms ogen steeds weer afdwaalden naar Nick en hoe hij dan verward het hoofd schudde, alsof het hem net zo duizelde als het mij deed. Nicks open ogen die blind tussen die stroken verband de leegte in staarden, ze hielden hen gegijzeld. Dat was de verschuiving die had plaatsgevonden. Harm en Louise zouden nooit meer de controle hebben over hun zoon. Nick zou hén definiëren, niet andersom. Dat verband, dat verborgen litteken, het had macht over ze.

Al wat Harm kon zeggen was: 'Hier, neem een chocoladebol,' en hij reikte me een schoteltje aan.

Zo'n chocoladebol, zou ik die nacht tegen Julia zeggen, het is onmogelijk eten. Wat je ook doet, het resulteert altijd in een slagveld. Wat je ook probeert, met elke hap lijkt het meer op een aanslag op een melkveehouderij.

Ze probeerden het wel. Louise vroeg Nick naar hoe zijn herstel vorderde. Of hij zichzelf wel goed verzorgde. Harm vroeg hoe het er praktisch uit zou gaan zien de komende weken en of hij zijn afspraken met de psychotherapeut en logopedist van het AMC nakwam. Ze probeerden de ruimte tussen hen dicht te vragen. Maar Nick wilde niet praten. Zijn vader veranderde voor zijn ogen in een oude man, zijn moeder begon te huilen en Nick, ik kon me niet aan de indruk onttrekken dat hij genoot van hun wanhoop. Dat was een afschuwelijke gedachte, maar het was ook waar. Die wanhoop, dát was liefde en het was het laatste wat Nick restte.

Met trillende vingers haalde Louise een envelop uit haar tas.

Hij was duidelijk open geweest en zat met een plakbandje weer dichtgeplakt. Ze veegde langs haar ogen en zei: 'Augustins ouders hebben ons geschreven.' Ze zei: 'Uwe en Bettine Laber. Kende jij die mensen?'

Nick schudde traag zijn hoofd. Louise sprak traag en bedachtzaam, wilde zich ervan vergewissen geen verkeerde dingen te zeggen, want die foto van Augustin, de foto die ze had gevonden toen ze schoon wasgoed was komen opbergen, lag onuitgesproken tussen hen in. 'Ze zijn in diepe rouw om hun zoon. Ze wensen jou een heel voorspoedig herstel toe. Ze zijn ervan op de hoogte dat je nog niet aanspreekbaar bent, maar op den duur zouden ze heel graag met je willen praten over wat er is gebeurd.'

Ik dacht: *Nu gaat het komen*. Ik dacht: *Nu gaat ze zeggen dat ze hebben gevraagd of je nog foto's van hem hebt. En dan weten we allemaal wat er met foto 7 is gebeurd. We weten het allemaal, maar jij weet niet dat ik het weet.*

Maar dat zei ze niet. Louise legde de brief voor Nick op de salontafel en zei zo beheerst als ze kon: 'Lees het maar eens als je eraan toe bent.'

En toen gebeurde het, zou ik later tegen Julia zeggen. Het kwam met de helderheid van een bliksemflits. Ik dacht: *Kleine, breekbare Sam*. En ik zag voor me hoe Nick daar op die gletsjer zijn armen om Augustin sloot, zo stevig dat al zijn ribben braken en het bloed hem uit de ogen spoot. Toen hij losliet en Augustins lichaam levenloos in een gletsjerspleet viel nam Nick zijn Zwitserse zakmes, duwde het lemmet bij zichzelf in de mond en sneed zijn wangen van oor tot oor open.

Het was of ik een klap in mijn gezicht kreeg. Daar zat ik, rechtovereind, een vorkje slagroom halverwege mijn mond. En Harm vragend, kon het waardevol zijn als ik een keer mee zou gaan naar therapie? Louise vragend, wanneer verwachtten ze dat hij vast voedsel aan zou kunnen?

En mijn handen, zou ik tegen Julia zeggen, mijn handen onder de chocoladefondant en slagroom. Die stilte, zou ik tegen haar zeggen, die maakte het onmogelijk ze ongemerkt af te vegen aan het sierkussen.

En opeens verloor Harm zijn zelfbeheersing. Hij sprong overeind, stootte daarbij de schaal met chocoladebollen tegen de vloer en riep: 'Verdomme, Nick! Je moet toch een kéér gaan praten? Je moet toch een keer dat verband eraf doen en je nieuwe gezicht onder ogen komen?'

En iedereen muisstil. Iedereen bevroren, een *Mannequin Challenge* van mensen die naar opengebarsten chocoladesoezen kijken. Eén met een gezicht vol glazuur.

En Nick begon te typen.

Sam, zo te zien heb jij ook sondevoeding nodig. Ik kan ze door de blender voor je doen, maar ik weet niet of m'n ma dat ziet zitten...

En dat veranderde alles. Ik weet nog dat ik hem schaapachtig aankeek en in lachen uitbarstte. Louise en Harm lachten ook, Louise dwars door haar tranen heen. Nick keek verschrikt op en keek toen weer naar mij, met grote heldere ogen tussen die stroken verband waarvan ik had kunnen zweren dat het de ogen van de oude Nick waren, de Nick van voordat hij naar die berg ging, en hoe had ik zulke dingen over hem kunnen denken, Julia? Hoe had ik zulke afschuwelijke dingen kunnen denken? Het litteken had niet alleen macht over zijn ouders, het had minstens zoveel macht over mij. Ik was zo in beslag genomen door mijn eigen angsten en twijfels dat ik geen moment had stilgestaan bij hoe dit voor Nick was. In plaats van mijn vriendje te steunen met zijn PT-fucking-SS, had ik hem tot een monster gemaakt.

'En hij deed z'n *best*, zusje. Om lief te zijn. Hij kneep in mijn dijbeen, probeerde een arm om mijn schouders te leggen en daar zat ik, denkend dat hij Augustin had *vermoord*.'

'Joh, reken het jezelf niet zo aan,' zei Julia. 'Wat nog meer? Vertel me alles.'

6

Die hele avond was ik al wispelturig geweest. Nadat Harm en Louise naar huis waren gegaan en Nick zich met Ramses in de kelder had teruggetrokken was ik tenminste niet meer zo duizelig, maar ik kreeg het beeld niet uit mijn hoofd. Het beeld hoe Nick zijn armen had samengedrukt en het bloed uit Augustins ogen was gespoten.

Het was na tienen toen ik eindelijk genoeg moed bij elkaar had gesprokkeld om de kelder in te gaan. Ik hoef je niet uit te leggen hoe een kelder ruikt, maar dit was of je afdaalde in een apotheek na een bomaanslag. Iedere hap adem genoeg antibiotica voor een levenslange resistentie tegen pneumonia. Iedere hap adem genoeg wondlucht en stank van menselijk verval om je te doen kokhalzen. Het was dezelfde lucht die Nick vanmorgen had uitgewasemd toen hij me in zijn armen had gesloten, maar krachtiger. Kelderachtiger.

De trap leidde met een knik het donker in. Nee, niet aardedonker, aan het eind was een zwak schijnsel. De kelder leek groter dan hij zou moeten zijn. Té groot, alsof ik keek naar een optische illusie. En dat schijnsel, het werd verduisterd door iets wat zich ervoor ophield. Een zwarte, vormloze massa. Laag bij de grond. Zich losmakend uit het duister. Iets ontzettends, iets wat *kroop* met ledematen die op alle verkeerde manieren bewogen en op alle verkeerde manieren aan dat lichaam vastzaten. Bij het zien ervan begon ook mijn schedelhuid te kruipen. Elk haartje op mijn hoofd zo pijnlijk overeind dat het leek of iemand ze er bij de wortels uittrok, want ik wist plotseling zeker dat dat ding daar in het donker *naar me toe zou kruipen* als het me in de gaten zou krijgen.

Toen zonk de duisternis in elkaar, kreeg het menselijke vormen. Tot mijn schok herkende ik er Nick in. Het was mijn verbeelding die hem had opgeblazen tot iets uit nachtmerries. Maar het besef dat het Nick was die daar aan het eind van die kelder op handen en voeten rondscharrelde was eigenlijk minstens zo *weird*, zou ik later die avond tegen Julia zeggen, en even was ik bang dat hij alsnog naar me toe zou kruipen.

'Nick?' zei ik en op hetzelfde moment knipte ik de lichtschakelaar aan.

Nick schoot met zoveel geweld overeind dat ik, zelfs aan de andere kant van die kelder, haast een meter de lucht in sprong. En hij *kermde*. Het was het eerste geluid dat ik hem hoorde maken in meer dan een maand tijd en dat bezorgde me kippenvel.

Ramses drentelde tussen zijn benen en keek ondoorgrondelijk naar me om, met waakzaam geheven staart. In het licht zag ik dat Nick zo'n beetje de halve inboedel mee naar beneden had genomen. Bureau, Arezzokleed uit zijn werkkamer, slaapbank van zolder: check, check, check. Hij had over een op de vloer opengevouwen Alpenkaart gebogen gezeten in de lichtkring van een bureaulamp. Daarnaast, tussen gereedschapskisten, dozen etenswaren en blikken verf, boeken over bergen. Foto's van bergen. Bergen lege bierflessen, met rietjes. Ik werd wee vanbinnen. Nick was daar in het souterrain, ondergedompeld in zijn obsessie, een gothic-novelcliché geworden. Het enige wat eraan ontbrak was de ronddolende geest van Augustin en wat-ie deed uit wraak voordat-ie in die gletsjerspleet was gesmeten.

'Jezus, sorry Nick, ik wilde je niet laten schrikken. Leuk om te zien dat je bent verhuisd. Wanneer is de housewarming?'

Hij keek naar me om en hé, als ik het daar niet even helemaal ijskoud kreeg. Op die verbandwikkels, op de plek waar zijn mond zou moeten zitten, had hij met een Sharpie een smileymond getekend. Een zwart, liggend boogje, haakjes voor bolle cupidowangen aan de uiteinden. Het had onschuldig moeten zijn, maar dat was het niet. Doordat zijn hoofd bewoog en die smiley stilstond, kreeg zijn gezicht het griezelige van een tot leven gekomen pop.

Maar de bovenste helft was echt en dat was Nick. Hij maakte een gedempt stemgeluid, leek verheugd me te zien.

> Smile!

typte hij op zijn iPad.

> Zo weet je altijd dat ik het ben en kun je je nooit vergissen. Als ik lach hoef je niet bang voor me te zijn, oké?

Ik kon er niet uit afleiden of het grappig was bedoeld. Ik grinnikte voor de zekerheid en zei toen: 'Ik ben niet bang voor je.'

Maar dat was ik wel.

Ik knikte naar de slaapbank en vroeg: 'Heb je hier geslapen, de afgelopen dagen?' Ik vroeg: 'Waarom zou je dat willen?'

Nick haalde zijn schouders op en keek weg naar de met zwarte pen bekraste landkaart. Ramses sprong soepel bij hem op schoot en begon hem uitbundig kopjes te geven. Wrong dat lenige kattenlijf in bochten om zijn snoet tégen die repen verband aan te kunnen schuren. Dat was niet *cute* of grappig. Dat was creepy. Ramses moet anders nooit iets hebben van geurtjes.

'Dat is een behoorlijke score,' zei ik, knikkend op de stapel lege bierflessen. Knikkend op die lege kratjes La Chouffe. 'Is dat wel slim, met de medicijnen die je slikt?'

Weer dat schouderophalen, dat wegkijken. Die witte knokkels van zijn samengevouwen handen, het spannen van de pezen in zijn nek.

Het laatste wat je wilde was als zijn moeder klinken, maar het laatste wat Nick kon gebruiken was een verslaving. Je kon het bier rúíken onder die ziekenhuisstank. Nick mocht graag een paar biertjes drinken op een feestje, maar dit zag er niet erg Sugar Factory uit, niet echt Club AIR of een andere leuke avond uit.

Dat smileymondje op dat poppengezicht. Het bleef maar naar me lachen, maar Nicks ogen lachten niet mee.

'Zeg, ik vroeg me af of je zin had naar boven te komen. Kunnen we een film kijken, of zo.' Ik aarzelde en voegde eraan toe: 'Misschien samen een biertje drinken.'

En ik bloednerveus terwijl hij typte, zo erg dat mijn handen trilden.

Hij gaf me de iPad.

Ga jij maar een film kijken. Ik heb nog wat dingen die ik hier wil afmaken.

'Right,' zei ik, nadat ik lang naar die woorden had gestaard. 'Dingen. Die je moet afmaken. En die zijn belangrijker dan ik.'

Nicks hoofd draaide fel naar me toe en onder dat verband, onder dat masker leek alles te bewegen, zich binnenstebuiten te keren, alsof iets bloot kwam te liggen wat tot dan toe verborgen was geweest.

Opnieuw was er een optische illusie, maar dit keer was het alsof de vloer onder me vandaan werd getrokken. Ik zwaaide met mijn armen en wankelde. Even had ik de sensatie dat ik viel. Alles in de kelder, de schaduwen en de lichtplekken, de oppervlakken en de lege ruimtes, alles leek uit verhouding getrokken. Ik greep naar de rand van het bureau, miste, greep opnieuw, had het vast. Het duurde een paar seconden voor ik doorgrondde hoe dat kwam, maar dat bureau, het had *ver weg* geleken. Alsof het zich in een enorme diepte had bevonden, veel dieper dan mogelijk was.

Toen was daar ineens Nick, heel dichtbij, die mijn polsen vasthield in een soort stenen bankschroef en me in de ogen keek: *Gaat het wel?*

'Ik ben een beetje duizelig geloof ik,' hoorde ik mezelf zeggen. 'Ik weet niet wat er met me aan de hand is, ik voel me de hele dag al dizzy. Tipsy. *Topsy-turvy. Whatever.*'

Het geluid van mijn stem was haarscherp, galmend alsof er een echo tegen verre wanden terugkaatste, maar Nicks ingekapselde gezicht leek voor mijn opengesperde ogen weg te draaien en daar was ik blij mee, want ik kon het niet verdragen langer naar dat smileymasker te kijken.

'Schat, je doet me pijn. Het gaat wel weer.'

Nicks greep verslapte en liet toen los. Terwijl hij weer achter het bureau zakte en zijn iPad pakte, probeerde ik me te focussen op vaste punten in de werkelijkheid tot ik langzaam minder duizelig werd.

Sam, ga naar boven. Ga slapen. Laat me met rust.

En ineens was ik het zat.

'Nee,' zei ik en ik *voelde* hem verstarren. 'Nee, Nick, ik ben het zat om je te ontlopen, en ik ben het zat dat je mij ontloopt. Er komt een moment dat je weer onder de mensen moet komen. Er komt een moment dat je het onder ogen moet komen. Het gaat er niet door weg als je je opsluit, en zeker niet als je je opsluit voor mij.' Ik haalde adem, wist dat ik nu door moest drukken. 'En ik wil dat je me vertelt wat er is gebeurd. Wat er écht is gebeurd. Dude, heb je je verhaal wel eens teruggelezen? Ben je je wel bewust van wat er eigenlijk staat? Alsof die berg een soort...'

Met een klap op tafel schoot hij overeind. De bureaustoel kletterde omver tegen een stapel soepblikken die over de keldervloer rolden en Ramses liet serieus een gekrijs horen... naar míj, nota bene. Hoge rug, dikke staart, ontblote tanden voor hij in het donker afdroop. Maar niet Nick. Nick torende over me heen in het schemerdonker als een kale wilg in november en zijn verschijning perste alle lucht uit mijn longen. Ik moest me bedwingen om geen stap achteruit te doen. Als ik dat deed zou hij met die kale takken naar me uithalen.

Ik praatte, zo beheerst als ik kon, en onderwijl griste Nick de iPad van het bureau en begon zo snel te typen dat ik zijn vingers nauwelijks kon bijhouden. Ik zei: 'Luister, je hebt iets afschuwelijks meegemaakt. Ik wil dat je weet dat ik er voor je ben. *Wat er ook is gebeurd.* Ik steun je. Je bent bang voor die berg, logisch, je bent er door een hel gegaan. Fuck, misschien heb je wel gehallucineerd, door bloedverlies of shock of zo. Maar dat betekent niet dat die plek de *Twilight Zone* is. Je bent in de war. Kom op, waar is de Nick die ik ken, die lacht om spookverhalen?'

Hij was opgehouden met typen maar maakte geen aanstalten om de iPad aan mij te geven. Hij stond daar alleen maar. Staarde naar me. Zijn linkerooglid trilde. Ik trok de iPad uit zijn slap geworden vingers en las wat hij had geschreven.

> Hou nou eens op met al dat gepraat! Die mond van jou, het enige wat die doet is maar doorgaan en doorgaan en doorgaan. Hoe zou jij het vinden als die mond niets anders meer zou kunnen dan een zwarte rivier van bloed uitbraken, die dwars door de sneeuw en het ijs heen smelt omdat je leven nog warm is als het uit je stroomt

De stilte duurde een eeuwigheid.

Toen zei ik: '*You don't have to bitch about it.* Ik ben dan wel weggegaan, maar ik ben ook weer teruggekomen.'

> En heb je er wel eens bij stilgestaan dat ik misschien helemaal niet wíl dat je terug bent? Dat ik helemaal niet wil dat je me zo ziet? Heb je daar wel eens bij stilgestaan? Ik ben een FREAK, Sam en jij walgt van me. Ga alsjeblieft weg, ga terug naar New York of doe wat je wil maar GA HIER WEG!

Ik moest slikken voordat ik mijn stem onder controle had, maar toen zei ik heel beheerst, starend naar dat scherm: 'Nee, ik walg niet van je. Maar als je het me niet laat zien zal ik er ook nooit aan kunnen wennen, weet je.'

Toen ik opkeek zag ik dat hij zijn rechterhand met een trage armzwaai over zijn getekende smileymond legde.

Het werd natuurlijk niet écht tien graden kouder in die kelder, dat leek alleen maar zo. En Nick werd natuurlijk niet écht groter dan hij al was. Maar die schaduw, toen die over me heen gleed was het geen wilg, maar een landverschuiving en als ik al had getwijfeld of Nick, niet míjn Nick maar deze onkenbare Nick, in staat was tot moord; die schaduw wiste elke twijfel uit.

'Nick.'

Hij haalde zijn hand niet weg.

'Nick, praat tegen me.'

Hij haalde zijn hand niet weg.

Langzaam, heel langzaam, legde ik de iPad neer op het bureau. Me omdraaien kostte me al mijn wilskracht. En ik zette me zo krampachtig schrap dat ik nauwelijks de keldertrap op kwam. Ieder moment verwachtte ik zijn handen om mijn nek te voelen, hard als rots. Maar dat gebeurde niet. Toen ik boven aan de trap omkeek stond hij daar nog altijd op dezelfde plek, één hand langs zijn lichaam, de andere nog steeds geheven, maar die was net als zijn gezicht onzichtbaar achter de muren van het trapgat.

En uren later in dat dimlicht van triple-x-uur 's nachts, starend in bed naar die bevroren FaceTime-blur waar je al je hoop op had gevestigd, zei ik tegen Julia: 'Dus wat moet ik nou? Moet ik hem zeggen wat ik denk? Moet ik hem confronteren met dat ik denk dat-ie Augustin…'

'Nee natuurlijk niet,' zei Julia. 'Zelfs als je gelijk hebt, en dat weet je niet, zou dat het stomste zijn wat je nu kan doen.' Ze zei: 'Luister, ik zal je precies zeggen wat je te doen staat.'

Maar verder kwam ze niet, want op dat moment floepten de lichten uit en bleef niet alleen het beeld steken, maar ook het geluid. Omdat mijn MacBook op de accu doorging, duurde het even voor ik besefte dat het geen wifi-glitch was.

Het bedlampje was uit.

De elektrische wekker stond op zwart.

En op de overloop bulkte een onvoorstelbaar duister.

7

Ik had geen benul van hoelang ik in het donker was geweest, maar alles wat ik wist was dat Nick in de kamer was. Hij was niet iets wat ik kon zien. Het was meer het geluid van lucht dat me had gewekt, een onzichtbare adelaar die overzeilde, of de adem van iets gigantisch, zo dichtbij dat het laken ervan opfladderde en weer neerdaalde. En nu was hij daar, ergens verdwaald in datzelfde donker als ik. Nee, niet verdwaald. Daar in die hoek. Hij staarde naar me. De Kluizenaar. En ik in totale *sleep paralysis*, ik Prometheus, in paniek en niet in staat mijn ledematen te bewegen.

Hij kwam op het bed af.

O jezus. Hij kwam op het bed af.

Het was of hij met elke stap die hij zette meer duisternis verspreidde. Een inktvlek die om zich heen greep. Een afgrond die de kamer openscheurde. Ontzettend, zoiets groots wat daar op me afkwam! Misschien was hij wel echt de Kluizenaar, ontsnapt uit mijn opa's verhaal, ontsnapt uit Huckleberry Wall voordat het kon affikken; nu hier in de gedaante van een incubus. *Naakt* als een incubus. In mijn halfslaap was die gedachte even afschuwelijk als opwindend.

Ik moet hebben geslapen, dat kon niet anders. Nadat de stroom was uitgevallen had ik met verbijsterde ogen in dat duister liggen staren, niet in staat om naar beneden te gaan en uit te vinden wat het had veroorzaakt. De dingen die hij had *gezegd*. Dat gebaar, hoe hij zijn hand over die getekende smiley-mond had geslagen. *Schizofreen*, had Julia gezegd. *Gespleten persoonlijkheid*, had Julia gezegd. *De klassieke, gewelddadige doppelgänger, geboren uit verborgen verlangens en naar het onderbewuste verbannen gedachten* – dat had Julia van Dr. Phil, had ze gezegd.

En goedmaakseks niet een van de opties die in je op waren gekomen. Goedmaakseks niet het éérste waar je aan dacht als je je afvroeg of je vriendje je met dat ene gebaar had bedreigd, maar toch was dat waar ik nú aan dacht, terwijl hij op dat bed kwam toegeslopen.

Ik voelde het matras inzinken onder zijn gewicht. En het *bleef* maar inzinken, zodat ik wegzakte tussen bergen van dons. Die schim, die kroop over me heen. Wat een macht had dit wezen!

Mijn handen gingen omhoog en voelden huid. Ik kende die huid. Kon hem dromen. Vaag onderscheidde ik die felle, bezeten glans in zijn ogen, vlak boven me, hongerig als een roofvogel. Dit wezen, deze demon; het gezicht was in bandages gewikkeld, maar het rook nu niet naar antiseptica, het rook nu niet naar iets medicinaals. Het rook naar steen. Naar aarde. Naar iets wat uit de aarde zelf afkomstig was. Er stond ook geen smileymond op de bandages getekend. Misschien was Nick dat vergeten, na het verschonen van het verband. Misschien niet. Het kon me niet schelen. Goed of slecht, ik wilde in zijn macht zijn, ik wilde Prometheus zijn, overgeleverd aan de klauwen van de adelaar.

Natuurlijk had ik me afgevraagd hoe zijn verminking onze seks zou beïnvloeden. Een dysmorfofoob als ik, een *facial focus* als de mijne – *no pun intended* – en je gaat je dingen in je hoofd halen. Josh Fonesca, bijvoorbeeld. Je weet wel, die met dat vriendinnetje met die weidebrand en die verlovingsring. Hoe-ie wolkjes as uit dat verkoolde karkas ragt, elke keer dat-ie het op z'n heupen krijgt. Of Billie Hamilton, die bij Ellen DeGeneres zei: 'Ik zie het eigenlijk niet eens als ik naar hem kijk,' wat technisch gesproken alleen mogelijk is als ze allebei haar benen over Gollums gezicht slaat alsof zíj die cirkelzaag is, terwijl hij zijn adem inhoudt en met die bij elkaar genaaide mond – *again, no pun intended* – aan haar natte binnenkant zuigt.

De eerste keer dat-ie weer over je heen gaat, dat goddelijke, bezwete lichaam. Die littekens van de transplantaten op zijn bovenarm en dijbeen, het lijken net ritssluitingen. Je hoeft maar aan één draadje te trekken en *rats*, de hele zooi komt los. Of verbeeld je dat Nick het uitkermt en *snap*, al die hechtingen achter dat masker springen open. Dat masker eerst geel, dan bruin, dan rood.

Ik bedoel, seks heb je met lichaamsdelen, maar dit was me iets te letterlijk.

Geloof me, die gedachten kunnen behoorlijk wat roet in het eten gooien voor je gezonde nachtelijke fantasieën in New York.

En daar lag ik dan, nu was het zover, proberend me aan hem over te geven terwijl mijn verlangen zich verstrengelde met mijn walging. Ik klauwde me vast aan dat heerlijke lichaam en duwde me af van de horrors achter het verband. Ik sloot mijn ogen en probeerde al mijn energie te bundelen, voelde dat ik iets te bewijzen had. Als ik dit kon, dan zouden we het samen redden. Als ik dit kon, zou ik hem niet opnieuw kwetsen. Die adelaar, mijn opa, mijn schuldgevoel; in één keer afgekocht door een potje rampetampen met mijn grootste nachtmerrie.

En het ging goed. Het gíng goed. Tot ik langs mijn bezwete lichaam omlaagkeek en dat ingezwachtelde hoofd daarbeneden zag, zijn handen op mijn heupen zag en ja, ik *verzonken* in die repen verband, verdwenen in die onbekende, natte hitte daarbinnen.

En ik dacht aan Billie en Gollum. Echt, fuck Billie en Gollum, maar ik kon het niet helpen.

Ik zal er niet omheen draaien: ik kon het niet. Wat ik ook probeerde. Wat Nick ook probeerde. Zoiets was me nooit overkomen; niet met Nick, míjn Nick, mijn *Sexual Healing* op twee benen. Ik had het gevoel dat ik achteroverviel in die dekens, wegviel tot ik zou verdwijnen, en ik begreep pas volledig wat de leegte was die ik ervoer toen ik besefte dat Nick was opgestaan en al halverwege in dat donker was.

'Nick, wacht...'

Maar hij was al weg. Het was of hij zich als een geest had voortbewogen, want ik hoorde niet het geluid van zijn voetstappen op de trap, geen gekraak van treden, geen gekraak van de vloer beneden. Niets. Alsof hij er nooit was geweest.

Ik hoorde hem pas weer toen hij in de kelder was, want dat was waar het geschreeuw begon. Verdoofd, niet bij machte te bewegen en gruwelijk bang, luisterde ik naar hoe Nick tekeerging. Het gebons van dingen die omver werden gesmeten. Dat geschreeuw, gedempt en gepijnigd en woordeloos, het ging eindeloos door. En het ergste eraan was dat, alle eerdere twijfel ten spijt, híérover geen enkele twijfel bestond: het was Nick, die daar schreeuwde.

8

Ik droomde over Prometheus, zoals zo vaak.

In die droom was ik Prometheus; ik in die lendendoek op die rots, alleen was Ethon geen adelaar maar een enorme gezichtsloze schaduw met peilloze dieptes. Ik voelde hoe het over me heen kwam. *Smile!* zei het, met een mond die geen mond was, maar een afgrond. *Als ik lach hoef je niet bang voor me te zijn, oké?* En het lachte inderdaad, en er opende zich inderdaad een afgrond. Het ketende me vast aan de rots, niet aan mijn polsen, niet aan mijn enkels, maar aan mijn mondhoeken: ijzeren ringen dwars door mijn wangen geslagen en kettingen die mijn mond openspleten. En ik in paniek, ik proberend me af te wenden maar ik lag machteloos, het metaal wilde niet wijken en ik proefde het op mijn tong...

... tot ik besefte dat ik wakker was en *nog steeds* metaal proefde. En ineens bij mijn volle bewustzijn schudde ik wild mijn hoofd en voelde steken snijden in mijn wangen en hals. Ik lag verstrikt in iets. Een woeste, slaapdronken paniek golfde over me heen, maar ik hield onmiddellijk op met bewegen, bang dat ik mijn gezicht van alle kanten openhaalde. Bracht mijn handen naar mijn hoofd.

Voelde *prikkeldraad*.

Nee, ijzerdraad.

Het soort ijzerdraad waarvan Nick dit voorjaar een afrastering onder de heg in de tuin had gemaakt, zodat Ramses niet naar de tuin van de buren kon graven.

Het soort ijzerdraad van de rol die in de kelder stond.

Nick. O jezus, was Nick in de kamer?

Zelfs in mijn desoriëntatie begreep ik meteen dat als hij nog steeds in de kamer was, als hij stond toe te kijken hoe ik ontwaakte en ontdekte dat *mijn hele gezicht bij mijn mondhoeken zat ingewikkeld met ijzerdraad, strakgetrokken en vastgedraaid achter mijn nek*, dat er nog iets veel ergers zou gebeuren. De angst was vlijmscherp en heet en keerde mijn gezichtsveld volkomen naar binnen. Het was of mijn zintuigen een overlevingssysteem in werking stelden dat zich louter beperkte tot mijn onmiddellijke omgeving. Daarbuiten was de kamer wazig, daarbuiten dat licht een onwerkelijke zinderende glans alsof je onder water recht in de zon staarde. In dat licht dansten donkere vlekken, maar geen ervan was Nick.

En toch kwam die schok, venijnig en koud, toen de eerste paniek wegebde en de vlekken aan de rand van mijn gezichtsveld vaste vormen begonnen aan te nemen.

Overal op de muren – links, rechts, boven het bed – stonden groteske zwarte vogels getekend.

9

Nick staarde lange tijd naar de muren. Zijn hand wreef gedachteloos tegen de smileymond op het verband en hij had een uitdrukking in zijn ogen die zowel ongeloof, verslagenheid als een vreselijke vermoeidheid uitstraalde. Ten slotte typte hij:

Het spijt me verschrikkelijk. Ik heb geen enkele herinnering aan dat ik dit heb gedaan.

'Geen enkele herinnering?' zei ik met trillende stem. Duwde hem dat verwrongen stuk ijzerdraad zowat in zijn gezicht.

'Je hebt geen enkele herinnering aan dat je dit hebt gedaan?'

Wees hem op de striemen over mijn kaaklijn, de bloederige putten in mijn nek waar de uiteindes door mijn huid waren gedrongen.

'Geen enkele *fucking* herinnering?'

Douwde hem mijn iPhone haast door zijn strot, die selfie van voordat ik mezelf had weten te bevrijden, die horrorselfie die never-nooit-niet je nieuwste profile pic zou worden.

'Ik bedoel, een ontbijtje op bed was leuk geweest, maar dit? *You're* so *overdoing it*, Nick.' Ik schreeuwde nu haast, speeksel spatte tegen zijn verband. 'Ik heb even gegoogeld wat het symbolisch betekent als je partner je fucking gezicht inwikkelt met ijzerdraad en de experts zijn er nog niet over uit. Maar geen ervan raadt het aan als constructieve relatietherapie, Níck.'

Dat uitspuwen van zijn naam; Nick kromp ervan ineen alsof ik hem had geslagen. Liet zijn blik weer over die vogels glijden, de vogels op de muren. Ze waren getekend met een dikke marker. Waarschijnlijk de Sharpie Magnum uit dezelfde set waarmee hij die smiley op zijn verband had gezet. Sommige waren weinig meer dan krassen; grof gezette v's die formaties in de verte uitbeeldden. Andere waren levensgroot en schokkend dichtbij, gitzwarte nachtmerries met krijsende snavels en uitgestrekte klauwen die recht uit de muren leken te komen. In welk fucked-up oord moest Nicks geest zijn geweest om zoiets te tekenen? En kon het werkelijk mogelijk zijn dat hij er zich niets van herinnerde? Zijn afschuw was niet gespeeld, zoveel was duidelijk. Op een scheve manier was dat bemoedigend. Een Nick die bij zijn gezond verstand was, een Nick die althans nu voor een moment zichzelf was, die in staat was om mijn woede te voelen. En geloof me, woedend was ik. *Gosh*, dat was bevrijdend.

'Je bent te ver gegaan, Nick. Veel te ver. Of je je nu wel of niet kunt herinneren wat je hebt gedaan, dat maakt geen enkel verschil. Behalve dat dat het nog erger maakt. Wat als je de volgende keer *IK HOU VAN JE* op de muur schrijft, dat ijzerdraad om mijn nek wikkelt en me in mijn slaap wurgt? Wat als je dáármee wakker wordt, zonder het je te herinneren?'

Ik smeet het ijzerdraad tegen de grootste, meest monsterlijke vogel. Het ketste af en bleef in de hoek van de kamer liggen.

Nick leek iets te willen typen, maar deed het niet. Opnieuw woelde er van alles achter dat mummiemasker. Maar nu was het alleen maar een meelijwekkend beven, een laatste verzet van dat gebroken gezicht. Nick begon te huilen. Hij zakte in elkaar, ging met schokkende schouders op de rand van het bed zitten en sloeg zijn handen over het verband.

En ik, ik wankelde maar even. Probeerde onverschillig te blijven. Ik kon niet ontkennen dat het me een zeker genoegen verschafte dat de rollen waren omgedraaid en dat ik de leiding kon nemen. Zelfs in de afkeer die ik voor hem voelde zat een opluchting, want die kwam niet langer voort uit mijn angst voor zijn gedrag of zijn verminking. Die kwam voort uit macht. De Nick van voor het ongeluk had ik altijd bewonderd en verafgood omdat hij macht had bezeten, niet alleen door zijn verschijning of doordat hij nooit zijn beheersing verloor, maar doordat hij zich zelden bewust scheen te zijn van zichzelf. Dit onbedaarlijk snikkende hoopje mens op de rand van het bed bezat die macht niet, daar koesterde het te veel zelfmedelijden voor. In mijn ogen had Nick er nog nooit zo klein uitgezien.

Met trillende vingers typte hij tussen de tranen die op het touchscreen spatten.

Je hebt gelijk, hier zijn geen excuses voor. Ik heb geen controle meer over mezelf. Wat is er met me aan de hand???

‘Wat er met je aan de hand is? Jezus, Picasso, als je je serieus niet kunt herinneren dat je vannacht de slaapkamer bent binnengekomen, het behang hebt ondergeklad en mijn gezicht hebt afgerasterd, dan spel je dat PSY-CHO-SE. En hoe vreselijk het ook is wat er allemaal op die berg is gebeurd, maar dat betekent dat je direct hulp nodig hebt, want je kunt niet langer instaan voor mijn veiligheid. Of die van jezelf.’

Ineens begon mijn huid te gloeien. Ik wreef over de wondjes in mijn nek en dacht: *En jij dan.* Ik dacht: *Hoe kan het dat jíj er dwars doorheen bent geslapen?*

Die gedachte was te griezelig om lang over na te denken, dus verdrong ik hem met geweld uit mijn hoofd.

Een schaduw glipte naar binnen en sprong op het bed. Ramses. Ik had me er inmiddels bij neergelegd dat de kat me nog altijd niet had vergeven dat ik hem al die weken alleen had gelaten en me voorlopig geen verzoening gunde, maar toch was ik verbaasd dat hij onmiddellijk zijn voorpootjes op Nicks dij zette en aan dat met tranen doorweekte verband begon te snuffelen. *Purrrrr, purrrr*. Verrader.

Opeens was-ie daar weer, dat schizostemmetje in mijn eigen hoofd: *Het is tot daaraan toe om te denken dat Nick in je slaap je shirt kan uittrekken zonder dat je wakker wordt, maar hoe zie je het voor je dat hij een stuk ijzerdraad straktrekt om je...*

Ho. Stop. Daar denken we niet aan.

En weet je nog in Lausanne, vlak na het ongeluk, dat-ie die avond zomaar tegen je begon te praten en dat verband begon te bloeden? Grote opbloeiende bloemen van bloed die haast zwart leken tegen het decor van dat onweer in de bergen...

Hou op! En trouwens, dat was verbeelding geweest. Ik had onder hoge stress gestaan, zoiets was eenvoudig te verklaren.

Maar het stemmetje was genadeloos: *Verbeelding. Een verbeelding die je helemaal naar New York deed vluchten.*

Ik verdrong het, samen met de rest. Dat mentale archief van mij, dat archief der verboden gedachten: als die sluizen ooit opengaan, berg je dan maar.

Ik keek naar de kat en mompelde: ‘Er is tenminste iemand hier die niet bang voor je is.’

Nick uitte een krampachtige lach die eindigde in een snik.

Maar zijn huilbui was over, zijn tranen waren uitgeput. Ik op mijn beurt, ik voelde niet langer woede maar onbehagen. Terwijl Ramses om hem heen drentelde begon Nick te typen.

> Je bent terecht bang voor me, en je kunt je niet voorstellen hoeveel pijn me dat doet. Alleen denk ik niet dat het een psychose was. Want het is niet waar wat ik zei. O god, het is niet waar.

En ik, ongemakkelijk: 'Wat bedoel je?'

> Ik weet het nog wel, Sam. Ik weet nog wel dat ik die vogels tekende. Alleen was ik het niet zelf. Alsof ik door een raam naar mezelf keek, terwijl ik die rol ijzerdraad nam en het om je heen begon te wikkelen. Ik wilde je geen pijn doen. Maar die persoon aan de andere kant van dat raam wilde dat wel. En ik kon hem niet tegenhouden. Ik vind het vreselijk dit tegen je te moeten zeggen, maar ik moet eerlijk zijn, want anders zul je me nooit meer vertrouwen. Die persoon wilde wel degelijk die draad om je nek winden en eraan trekken tot je gezicht rood zou aanlopen en je ogen zouden uitpuilen, en ik had er geen controle over, alsof ik op die ruit bonsde en het me gewoon niet hoorde. Als het me die dingen kan laten doen, als het me zulke vreselijke dingen kan laten doen, waar eindigt dit dan?

Bijna vroeg ik naar de foto van Augustin. Bijna stelde ik de vraag die al weken wachtte om gesteld te worden, de vraag die de kern was van alles: wat had-ie écht met Augustin gedaan?

Maar ik deed het niet. Dat dissociatieve gedrag van hem was te griezelig. De waarschuwing op Wikipedia was duidelijk geweest: als mensen met een persoonlijkheidsstoornis in een psychose vervielen, konden ze gevaarlijk gedrag vertonen. Naar anderen toe en naar zichzelf.

Ineens een handvol ijs in mijn ballen.

Als ik 'm niet meer steun krijgt-ie straks nog echte zwarte gedachten. Zichzelf-van-kant-maak-gedachten, bijvoorbeeld.

Ik zei: 'Luister.' Sprak welbewust en traag. Zei: 'Er is niets wat je dingen laat doen. Geen bezetenheid. Geen andere persoon. Je bent jezelf niet, dat is alles. En je had er wel controle over, want wat je ook dacht, zo ver heb je het niet laten komen. Zie je wel? Je had er wel degelijk controle over. Of je het nou leuk vindt of niet, ik ben er nog. En ik ben niet van plan om weg te gaan.'

Die grote rode ogen tussen die stroken verband; ze klampten zich aan me vast.

'Maar we gaan wel wat dingen omgooien, Nick. *Whatever* je strategie was om ermee te dealen, het is duidelijk geen succes. We gaan je psychotherapeut bellen en je gaat er vandaag nog naartoe. Desnoods naar de crisisdienst. Je vertelt ze alles wat er is gebeurd en dan zien we wat zij voor je kunnen doen.'

Als ik ze dit vertel, dan word ik opgenomen.

Ik keek hem lang aan en besloot een risico te nemen. 'En zou daar echt zoveel op tegen zijn? Misschien kom je dan wel tot jezelf. Jezus, Nick, moet je jezelf nou eens zien. Je bent een wrak, je hebt hulp nodig.'

Dat weet ik, maar ik wil niet worden opgenomen, Sam. Alsjeblieft, ik aanvaard alle hulp, maar laat me alsjeblieft thuis blijven. Laat me bij jou blijven. Dat is het enige wat ik nog heb.

'Goed, maar dan gaat er wel wat veranderen,' snauwde ik. Het was dat smeken, het irriteerde me. Smeek en sorry, maar je verliest mijn respect. Toegegeven, als psycholoog stelde ik niet veel voor. Als prozac nog minder.

Ik zei: 'Geen *freaky shit* in de kelder meer. Geen smileys meer. Ik wil dat je jezelf medicatie laat voorschrijven. Lithium, antidepressiva, weet ik veel, je slikt maar wat ze je geven. En geen alcohol meer. Ik wil dat je een gewoon normaal slaapritme aanneemt. Hier naast mij, in bed. Het is afgelopen met die ongein. *Cold turkey.*'

Nick knikte, zijn ogen neergeslagen.

'En ik wil mee naar therapie. Deze week nog. Met alle respect, maar ik heb ook recht om te weten hoe ik met jou moet dealen.'

Ik dacht: *En ik wil een fucking frappuccino.*

Wees alsjeblieft niet kwaad op me.

'Ik ben niet kwaad op je,' zuchtte ik. 'Maar die plek, die kloteberg waar dit allemaal is gebeurd, die obsedeert je. Ik heb wel gezien wat je in de kelder aan het doen bent. En moet je zien.' Ik wees op de muren. 'Dat is toch *freaky*? Ik weet wat je hebt geschreven, Nick, ik weet wat die vogels in je verhaal betekenen.'

Die pauzes steeds terwijl hij typte; het maakte me ongemakkelijk. Ze gaven mijn gedachten te veel de ruimte om op de vrije loop te gaan en waar ze allemaal linea recta naartoe gingen waren die grote sluisdeuren, om er eens stevig op te bonzen.

> Het is of ik daar nooit ben weggegaan. Soms kan ik die wind nog steeds horen huilen. In de verte, net achter de echte wereld. En ik ken die wind. Het is de wind die over de gletsjer joeg, boven die spleet. En boven die wind uit hoor ik Augustin lachen, alleen na een tijdje is het geen lachen meer maar is het gillen. Waar ik ook ga. Hier. In de kelder. In het AMC. Het achtervolgt me. Ik kom er niet van los.

'No shit,' zei ik. *Die berg*, dacht ik, *die is in je gevaren.* Ik dacht: *Jij* bent *die berg nu, alleen niet op de manier hoe jij denkt. Dat is precies wat obsessie betekent.*

Ik zei: 'Praat erover, Nick. Met je psych, met mij, *whatever* goed voelt. Ik ga je niet dwingen dat masker af te doen, dat moet je zelf doen. Maar alleen dan kom je los. *Anyway*, we gaan nu koffiedrinken, maar ik heb nog wel een voorwaarde.'

Nick hield zijn hoofd schuin.

'Ik koop een emmer latex en jij gaat die muren overschilderen. Vandaag nog. Ik ga hier geen nacht slapen met die enge beesten in de muren.'

10

Major fast-forward naar die nacht dat ik stiekem onder dat verband keek. Dit twee weken later, Nick diep in slaap, mijn hart op hol in mijn keel en ik maar proberen met mijn duim en wijsvinger van twee handen die stroken HeltiQ-steunwindsel uit elkaar te trekken. De vormen daaronder vreemd en onbekend als een nog niet blootgelegd fossiel. En alles zonder hem wakker te maken, natuurlijk. Als de dood, maar uiteindelijk *moest* je wel kijken, want als je niet keek werd je gek.

Dit is wat er in onze nieuwe wereld doorging voor normaal. Ik naar hem starend, ik op één elleboog op mijn bedhelft, mijn adem ingehouden. Ramses waakzaam en rechtop aan het voeteneind, met grote ogen naar ons kijkend. Nicks borst rijzend en dalend met een diep, traag gerommel dat het vroeger nooit had voortgebracht. Dat lichaam Michelangelo's *David undone*: zorgvuldig opgebouwd en afgebroken, *crunch* voor bijslag voor *bench press* voor *skin transplant*.

Ik slikte. Ik schraapte mijn keel.

Het verband wilde niet meegeven. Het zat te strak.

Daar zat je dan. Te pulken aan de stroken die het verwoeste gezicht van je vriendje verhulden. Hopend dat die twee extra oxazepams die je in zijn kamillethee had opgelost genoeg waren om hem onder zeil te houden, want 'm laten overdosen, dat wilde je ook weer niet.

Om hier terecht te komen hoefde je alleen maar in zijn armen en een strakgetrokken rol ijzerdraad wakker te worden, luisterend naar *freaktalk* over Mount Doom, en te zeggen *ho*, te zeggen *tot hier en niet verder*. Je hoefde alleen maar de leiding te nemen en te zeggen *zo doen we het*, te zeggen *zo*, maar dan werd het laat in september en nog steeds liet-ie niet zijn gezicht zien. Je hoefde het alleen maar zat te zijn om hem te zien als één groot litteken. Je trauma, je opa, de adelaar die elke nacht kwam om oude wonden open te rijten – alles culmineerde in Nick en als je hem nu niet aanvaardde, dan zou je dat nooit meer doen.

Dus werd het tijd voor een face to face. Middernacht, maskers af.

Nick sliep en allejezus, wat was ik bang. Ik voelde me net Klein

Duimpje en de reus. Bilbo en Smaug. David en Goliath.

Er zat een clipje. Achter zijn nek, bij zijn haarlijn, in het kussen. Ik tastte en haakte het los. Meteen schoot het verband losser. Nick verroerde zich niet. Alleen dat rijzen en dalen van zijn borst, dat onderaardse gerommel.

Ik trok aan de wikkels en legde een stuk van zijn rechterwang bloot. Ik had me laten vertellen dat zelfs als je mondhoeken tot halverwege je oren zijn opengescheurd, de huidflappen van je wangen mits goed gehecht in een week tijd weer aan elkaar groeien. Daarbinnen duurde het langer; daarbinnen een doorgekliefde *orbicularis oris* en een afgescheurde *pterygoideus lateralis*, fancy woorden voor genoeg spier- en peesschade dat het maanden zou duren eer hij fatsoenlijk 'O' en 'A' en 'I' zou kunnen zeggen. Om maar niet te spreken over het litteken. Er was nu anderhalve maand voorbijgegaan en ik was voorbereid op afpellende bloedkorsten. Ik was voorbereid op een beurse, gezwollen wang, een stijve, leerachtige ballon met de kleur van zwetende parmaham.

Maar ik was niet voorbereid op wat ik zag.

Nicks huid onder het masker was grijs en hard. Gebarsten. Brokkelig aan de randen. Bijna als gesteente. Tussen de losse slierten verband zat een donker residu. Ik wreef het tussen duim en wijsvinger en het spatte over het matras.

Seriously – granietsplinters.

En ik, ineens wist ik niet meer zeker of ik wel onder dat verband wilde kijken.

Nick bewoog. Mijn hand schoot verstijfd terug. Ramses *twitchte* en ging er in een zwarte stuitersprong van nerveuze energie vandoor. En ik op mijn eigen helft, ik muisstil, ik met de adrenaline pompend door mijn aderen.

Nicks hoofd rolde langzaam op het kussen. Door die beweging gleed een nieuwe wikkel los. Meer grijs, meer groeven. Het was moeilijk te zien in het donker.

Ik telde. Tien. Twintig. Dertig.

Behoedzaam kwam ik dichterbij. Mijn hand trillend van verlangen om het resterende verband in één ruk weg te trekken en zijn ware gezicht bloot te leggen.

Te laat besefte ik dat ik de doffe dreun bij het afwikkelen van die laatste strook niet in mijn hoofd hoorde. Ik hoorde het in zíjn hoofd. Een diep, donker geluid. Alsof ergens diep binnen in hem een aardkorst verzakte.

Daar waren ze weer, de duizelingen, heviger dan ooit. Ik had de afgelopen weken stilaan aanvaard dat Nick ze op een of andere manier uitwasemde; Nick, een soort menselijke ziekte van Ménière, want je hoefde maar in zijn buurt te komen of naar hem te kijken en hij bracht je aan het wankelen. Alsof kijken naar hem letterlijk de zwaartekracht onder je vandaan trok. Nadenken over wat dat impliceerde had ik niet aangedurfd. En nu draaide alles te veel en was er geen omkeren meer aan...

Ik trok ook de laatste wikkel weg en kreeg niet eens de tijd om terug te deinzen.

Het perfecte reclamegezicht van mijn vriendje, Nicks lachende, knappe infomercialgezicht, het lag daar voor me als een kantelend, beschadigd landschap. Onder zijn jukbeenderen een woestenij van dode huid en gescheurd gesteente, geteisterd door de elementen. Een enorme kloof, dieper en grilliger dan alle andere, spleet het in tweeën. Strekte zich helemaal uit tot de afgrond van zijn mondhoek. Helemaal, zeg ik; afgrond, zeg ik, want al zie ik nog voor me hoe ik daar op het bed zat, die sliert verband in mijn handen en alles om me heen duizelend, *ik bevond me ook ín dat landschap, alsof ik er voorover in was getuimeld, en klampte me vast aan de kaaklijn van een reus.*

Ongelofelijk, wat was hij immens! En wat was ik klein! Onder mijn handen beefde het gesteente door het constante gerommel van zijn ademhaling. Galmend als een verre lawine. De wereld spande en strekte zich en ik had het gevoel dat ik moest overgeven, maar eindelijk begreep ik het: ik stond tegenover Nick zoals hij tegenover die berg had gestaan en ervoer *hoogtevrees*.

En toch, die kloof daar voor me, die kloof waar die ijsbijl dwars door Nicks gezicht was geslagen, ik moest ernaartoe. Moest kijken wat daarin was. Wat kon ik anders?

Terwijl ik me naar de rand sleepte sloeg een ijzige windvlaag me in het gezicht. En ik huiveren *all-over*.

Onder mijn vingers veranderde steen in ijs.

Het kraakte, blauw en hard en vijandig. De kou benam me de adem. Mijn ogen puilden uit en het hoornvlies leek te bevriezen. Het licht van de maan viel door het slaapkamerraam naar binnen, genoeg om de loodrechte ijsmuren te zien toen ik over die rand van Nicks gezicht de gletsjerspleet in tuurde.

Die diepte! O god, die afgrond! Het was het meest duizelingwekkende dat ik ooit heb gezien.

De afgrond zat vol schaduwen, vol pikzwart van een diepte waar het licht nooit reikte, vol dansende echo's.

En het leefde. De echo's leefden.

Iets kwam uit die spleet omhooggeklommen.

Ik zag het. Een verschrikking donkerder dan alle andere. Als een spin kleefde het aan de muur. Recht onder me.

Het staarde naar boven. Staarde me aan.

En ik, ik in totale paniek. Weg hier. Weg uit deze waanzin. Achter me bevond zich nog steeds de draaiende slaapkamer, achter me de losse wikkels van het verband op het kussen, maar waar ik ook greep, ik greep mis. Greep in het luchtledige. Nicks afgrond zoog me naar binnen. Ik wilde schreeuwen, maar de lucht leek mijn longen te hebben bevroren.

Het ding in de spleet was dichterbij gekomen. Het had de vorm van een mens, al bewoog het zich niet als een mens. Alle ledematen stonden verkeerd. Het hield zich stil als ik keek. Alsof ik het in mijn blik gevangen kon houden. Maar als ik knipperde...

... o jezus fuck, die arm, *die arm*, die was naar boven geschoten! Vingers vastgenageld in loodrecht blauw waterijs. Vlak onder me. Barsten verschenen waar ze zich erin hadden gehamerd. Het gezicht, het was in schaduwen gehuld, maar ik zag wel rood, het rood van zo'n buitensportjas, en een warrige haardos...

Fuck Nietzsche en zijn afgrond. Wat daar uit Nicks gezicht omhoog kwam gekropen was *Augustin.*

Nu schreeuwde ik wel. Met al mijn wilskracht gaf ik mezelf een oplawaai en duwde ik me weg van de rand. Ineens werd ik teruggeworpen op mijn bedhelft. Naast me die donkere stille vorm die Nick was, alleen was hij nu niet stil. Zijn lichaam huiverde, zijn lichaam kronkelde en er klonk gefladder, er klonk gekrijs, het vulde de slaapkamer en weerkaatste tegen muren die verder weg leken dan ik voor mogelijk hield...

In een flits schoot iets langs me heen. Het sloeg zijn vleugels uit. Ik sloeg gillend om me heen. Drie gitzwarte vogels cirkelden door de slaapkamer. Eén sloeg tegen de plafondlamp aan, buitelde omlaag en vloog krijsend verder.

Er kwamen vogels uit Nicks gezicht.

En dat was niet alles. Uit het blootgelegde litteken stak een arm. Vijf bevroren lijkenvingers uitgestrekt, zoekend naar warmte. Zoekend naar mij. Daaromheen, de mouw van een rode goretexjas.

Augustin.

Wat je nog niet geloofde als je moeder het je zou vertellen.

Met geweld schoot Nick overeind. Hij brulde het werkelijk uit. De schokgolf blies het raam eruit en smeet mij van het bed. Ik bedoel, hier was ik, ik vloog letterlijk door de kamer en kwakte tegen de muur. De lucht uit me geperst. Ik rolde over de grond. Hoestend en ineenkrimpend van de pijn.

Ik besefte niet wat er was gebeurd. Nick sloeg om zich heen en leek te worstelen met iets wat zich onder het laken bevond. Even *leek* ik iets onder het laken te zien – een kronkelende vorm, de gestalte van iets ontzettends. Maar toen was het weg. Nick staakte zijn vreemde, ongearticuleerde kreten en staarde met grote ogen naar de rondvliegende vogels. Veren warrelden door de slaapkamer. Ze vonden het weggeblazen raam en verdwenen een voor een naar buiten.

Het werd stil.

Nick tastte naar het losse verband op het kussen en zijn blik zocht de mijne. Ik krabbelde overeind en hief beide handen. 'Echt, voor je me verwijten gaat maken: dit wist ik niet. Dit had ik niet kunnen weten.'

Maar Nick was niet kwaad. Hij was geschokt. Geschokt en zo te zien doodsbang. Zijn lijf bedekt met zweet. Zijn haar plakte tegen zijn voorhoofd. Hij trok het laken op tot zijn ogen, veegde zich ermee af en begon met trillende handen het verband om te wikkelen.

'*What the fuck just happened?*' zei ik.

Iets had me door de kamer geblazen.

Nu pas zag ik in wat voor ravage ik me bevond. Er zat een barst in de muur. Niet van mijn impact, maar van dezelfde schokgolf die het raam uit de sponningen had geblazen. De deuren van de linnenkast waren ontzet, lades weggeworpen. Onze ingelijste foto op de vloer. De buren moesten denken dat er een gaslek was ontploft. Zelf dacht ik aan een aardverschuiving.

Ik keek naar Nick en zei: '*Birds came out of your face.*'

Wat er in mijn nieuwe wereld doorging voor normaal.

'*Birds. Birds came out of your face*,' zei ik nogmaals.

En er kwam ook nog iets anders uit, dacht ik, maar dat zei ik niet. Ik wilde hem niet nog verder van streek maken.

Ik liep naar het bed en trok het laken weg.

Aan Nicks voeten was het matras doorweekt. Het haar op zijn benen stond rechtovereind. En er lag gruis tussen. IJsgruis.

Ik dacht aan wat ik gezien dacht te hebben onder het laken.

Ik verkilde tot op het bot.

'Sorry,' zei Nick.

Het was het eerste woord dat ik hem had horen zeggen sinds het ongeluk. Ik keek hem ongelovig aan. Het klonk gedempt achter het verband en was slecht gearticuleerd, maar toch was het onmiskenbaar.

'Dude... alles is nu anders, begrijp je dat niet?' Ik ging naast hem zitten en sloot hem in mijn armen.

Iets had me door de kamer geblazen.

Er waren vogels uit Nicks gezicht gekomen.

Dat betekende dat het waar was.

Mijn vriendje, *supernaturally possessed*.

En ik, ik was Bella met ballen. Mijn vriendje geen pussy weerwolf of sparkling vampier, maar een fucking levende berg.

Log of the Demeter

Digitale dagboekfragmenten van Nick Grevers

Written 18 July, things so strange happening, that I shall keep accurate note henceforth till we land.
– Bram Stoker

I

4 oktober 2018
Onderweg. Reis verloopt voorspoedig. Grootste deel van de Duitse Autobahn geslapen terwijl jij reed. Opgelucht dat je het zo lang kunt volhouden, want mijn conditie is op een *alltime low*. Chronische pijn en oxa's drainen mijn energie. Continu moe. Psych kan wel eens gelijk hebben: mijn revalidatie heeft nog een lange weg te gaan.

Maar nu te opgewonden om te slapen – of moet ik zeggen te bang? Zojuist zijn we de Zwitserse grens gepasseerd. Voorbij Basel rijst de muur van het voorgebergte, waar de snelweg zich in tunnels doorheen weeft. Het is me niet ontgaan dat je de muziek zachter hebt gezet. Dat je steeds over je lippen likt als er een nieuwe, nog hogere kam achter de vorige opdoemt. Je moet er niets van hebben, hè? Schrale troost: je bent niet de enige dit keer. Zo vaak heb ik hier eerder gereden. En altijd met datzelfde vertrouwde gevoel van thuiskomen. Hoe anders is alles nu!

Aan het eind van deze weg wacht het Val d'Anniviers. Daarachter, de Maudit. Als het waar is wat ik denk te weten, dan zou ik wel gek zijn om geen vraagtekens te zetten bij wat mij drijft hier terug te komen. Dan zou het wel eens heel gevaarlijk kunnen worden. En toch, merkwaardig genoeg, hebben de gebeurtenissen van de afgelopen weken voldoende helderheid verschaft over wat we hier komen zoeken. De antwoorden op onze vragen liggen niet in Nederland maar aan de voet van die berg, in Grimentz, aan de monding van die vallei waar het allemaal is gebeurd.

Er is ook twijfel. Natuurlijk is er twijfel. Hoe vaak heb ik niet liggen malen of dit alles niet gewoon een hersenspinsel is, een fantasie ontsproten aan mijn geest tijdens die ellendige lange nacht in de gletsjerspleet? Ik weet dat jij dat ook hebt gedacht. Misschien denk je dat nog steeds. Maar zelfs als ik mezelf voor de gek hou, zelfs als we dat na alles wat er is gebeurd nog steeds willen geloven, dan nog blijft het geen slecht idee om in Zwitserland het trauma te verwerken en de revalidatie voort te zetten. Wie zal het zeggen? Al die kuuroorden daar liggen er niet voor niets. De gezonde berglucht zal ons goeddoen. Ook de littekencorrectie kan ik, als we besluiten zo lang te blijven, hier laten doen. De medische zorg in CH is van de hoogste standaard.

Volgens de navigatie is het nog drie uur tot Grimentz. Het laatste halfuur door het dal wordt het menens. De weg slingert langs diepe ravijnen en klimt langs steile rotswanden. Ik heb bewondering voor je vastberadenheid en je geduld in deze voor jou zo onnatuurlijke en vijandige habitat. Voor de nuchtere humor waarmee je steeds de angel uit moeilijke situaties weet te halen. Ik zou niet weten hoe ik de laatste twee weken zonder jou was doorgekomen. Jij hebt niet alleen over mijn geestelijke gezondheid gewaakt, je hebt me ook de kracht gegeven om weerstand te bieden. En dat na alles wat je van me te verduren hebt gehad!

Ramses ligt achterin in zijn reismand met zijn halfopen ogen op mij gericht en een blik dat iedereen kan doodvallen. Lachebekje. Zal ons deze rit nooit vergeven. Besef dat ik een verantwoordelijkheid heb. In de chaos van het al mag het koesteren van een slaperige boze kater en mijn liefde voor jou maar een kortstondig oplichtend vlammetje zijn, maar voor mij is het al wat telt.

Oké, tankpauze. Stop ermee voor nu. Laten we ervan uitgaan dat het goed zal komen. We hebben de juiste beslissing genomen.

Het *moet* goed komen.

2

22 september 2018 – twee weken eerder
Heb iets mee naar beneden genomen. Kan er niet langer omheen. Iets mee naar beneden genomen van de Maudit.

Wat was dat ding vannacht in onze slaapkamer? Dat ding onder de lakens? En die vogels... jij hebt ze ook gezien. Hier heb je de wanen waar psych Claire het over heeft. Je blik was echt kostelijk: '*Birds came out of your face*,' zei je steeds. Je hebt het misschien wel vijftien keer herhaald. Op een gegeven moment lachte je er zelfs bij. En wat moet je anders dan lachen? Als je niet lacht is het huilen of gillend gek worden.

Want het waren alpenkauwen. Daar twijfel ik niet eens aan.

En dat ding onder de lakens, dat was Augustin. Ik droomde van hem. Droomde dat hij uit die gletsjerspleet kwam geklommen, zo het voeteneind van het bed op. Ik vocht met hem onder de dekens, want ik was als de dood dat hij me terug die spleet in zou trekken. Zodat ik bij hem zou zijn in dat donker. En hij was koud, Sam, zo vreselijk kóúd, want hij zat natuurlijk al zo lang vast in de gletsjer. Ik herinner me nog dat ik wild om me heen sloeg en toen lag ik ineens in de slaapkamer met die krijsende vogels en was hij weg. Maar het ijs lag er nog wel, aan het voeteneind van het bed. Het ijs dat hij had losgetrapt toen hij uit die spleet was geklommen. Augustin kan ik me verbeeld hebben en jij zegt dat je niets hebt gezien. Maar waar komt dat ijsgruis dan vandaan? Dat was net zomin verbeelding als die kauwen.

Toch is er ondanks dit alles één lichtpuntje en je weet niet hoe opgelucht me dat maakt. Je gelooft me nu. Er is niets afschuwelijkers dan wanneer de mensen om je heen denken dat je gek bent.

Goed, nu heb je het dus gezien. Wat er van mijn gezicht is geworden. Ik ben er niet blij mee dat je tegen mijn wil in hebt gekeken, maar ik ben in ieder geval dankbaar dat je niet gillend bent weggevlucht. Dat zou best een voorstelbare reactie zijn geweest. Soms wil ik er zelf van wegvluchten – en volgens Claire Stein doe ik dat ook door het verband er steeds weer op te doen. Maar ik geloof dat ik nu pas begin te begrijpen dat het meer is geweest dan schaamte waarom ik dat al die tijd heb gedaan.

Vanmorgen aan het ontbijt vroeg ik waarom je nu niet meer

bang voor me bent. Met woorden welteverstaan – hoewel 'welteverstaan' in deze context nogal ironisch is. *Wurun bun-je nut-nur bung worme?*

'Ik was de hele tijd bang voor je,' zei je. 'Nu ben ik misschien wel banger dan ooit, maar niet meer voor jou. Ik bedoel, waar vogels uit je gezicht vliegen trek ik een lijn waarvoor ik je zelf nog verantwoordelijk kan houden.'

'Want dat hield je me hiervoor wel.' *Wun-dut huld je-ne hurwur wul.*

'Uhuh. Nu ben jij ook slachtoffer. Kunnen we samen bang zijn, hoe romantisch is dat?' En vervolgens, typisch jij: 'Laten we eerlijk zijn... het was *bad-ass* wat je deed.'

Ik zou het verre van *bad-ass* willen noemen. Maar belangrijker: *ik was het niet, die het deed.* Vraag mij je door de kamer te smijten en ik zou het niet kunnen. Ik heb geen bovenmenselijke krachten. Maar er zit iets in me en dat heeft die blijkbaar wel... en ik heb er geen controle over. Goed, de glaszetter is geweest. We kunnen nieuwe dakpannen leggen waar ze eraf zijn geblazen en die barst in de muur dichten met Alabastine. Maar wat betekent het voor mij, Sam? En wat betekent het voor *jou*? De vorige keer trok het ijzerdraad om je gezicht. Nu doet het dit. Als het hiertoe in staat is, waartoe dan nog meer? Helemaal niet zo'n *bad-ass* gedachte, als je het mij vraagt.

Zelfs nu nog hebben we eromheen zitten draaien, omdat dat makkelijker is dan de waarheid accepteren. Omdat we de waarheid niet wíllen accepteren. Maar vanaf het moment dat ik wakker werd in het CHUV in Lausanne heb ik het geweten. Ik heb iets mee naar beneden genomen van de Maudit, iets wat in me leeft als een parasiet. En het is niet Augustin, ondanks wat ik vannacht onder het laken heb gezien.

Het is de Maudit zelf.

Dit is het verhaal van een bezetenheid.

'Goed,' zei je toen je je cappuccino ophad, 'hoe *exorcise* je een berg?'

Ik heb geen flauw idee.

3

23 september 2018 – privénotities
Vanmorgen alles verteld aan dr. Claire Stein, mijn psychiater van het AMC. Grote fout. Bang dat ik iets afschuwelijks heb gedaan.

Een maand heb ik nu elke maandag en donderdag tussen tien en tien voor elf bij Claire in de spreekkamer gezeten, nadat de afdeling medische psychologie me naar haar had doorverwezen. Daar was ik dankbaar voor. Psychiatrie zit in een ander gebouw, een veel moderner gebouw aan de overkant van de straat, dat alleen met een loopbrug aan het ziekenhuis zit verbonden. Blij toe dat ik niet meer door die lange gangen hoefde te dwalen. Het AMC is de klap nog lang niet te boven. De medewerkers lopen nerveus door de gangen, hun blik strak op de vloer. Alleen vluchtig opkijkend als je voorbijkomt, weet je wel, maar dan lijken ze altijd haast te hebben om ergens anders te zijn. Er hangt daar een naargeestige sfeer... een dóde sfeer. Ik merk dat ik er niet aan herinnerd wil worden, misschien omdat ik er zelf zo dicht bij de dood ben geweest.

Hoe dan ook – Claire. Aanvankelijk was het allemaal het standaardriedeltje traumaverwerking en PTSS en EMDR, maar voorafgaand aan mijn sessies met Sam vorige week heb ik haar – op zijn aandringen – mijn manuscript laten lezen. Ze gelooft er natuurlijk niet veel van, maar ze is zo beleefd me niet het gevoel te geven dat ik gek ben, zonder mee te gaan in wat ze mijn wanen noemt. Bij het begin van onze sessie keek ze me van onder een ingelijste quote van Sigmund Freud – *Soms is een sigaar gewoon een sigaar*, stond er – met haar typische psychiaterpokerface aan: zo vriendelijk en nietszeggend als maar kan. 'Het is nogal een claim, Nick, als je zegt dat je bezeten bent.'

Ik greep naar mijn iPad, maar Claire legde er haar hand op en zei: 'Probeer het nou gewoon eens hardop te zeggen.'

Ik voelde me ongemakkelijk. Hardop over zoiets spreken was nog moeilijker dan erover schrijven. 'Het is geen pretje om naar me te luisteren, hoor,' mompelde ik. *Tus-geun prutje um nur-me te leustere, hur.*

'Je bent prima te verstaan.'

'Goed, als ik u er een plezier mee doe.' (Ik hoef het niet fonetisch uit te schrijven om iemand ervan te overtuigen hoe zwakzinnig ik klonk.) 'Ik kan niet van u verwachten dat u me gelooft. Ik geloof zelf helemaal niet in dat soort crap.'

'Zo kom je ook niet op me over. Je hebt me verteld dat je niet religieus bent. Maar de term "bezetenheid" is per definitie religieus.'

'Dat klopt, maar religie komt er helemaal niet aan te pas hier. Er is geen duivel of demon. Geen boze geest of zelfs maar iets wat in mythische zin me zijn wil kan opleggen. Er is alleen die berg.'

'Die berg die je zo obsedeert,' zei Claire.

Iets trok zich strak achter mijn verband. 'Ik begrijp best wat u daarmee zegt.'

'In de psychiatrie spreken we ook wel van bezetenheid, alleen dan in de context van obsessie. We spreken over de bezetenheid van een idee. Na een traumatische ervaring is het niet ongewoon dat obsessieve gedachten ontstaan. Men kan ze niet uit het hoofd zetten en verliest het vermogen om alle andere dingen buiten het onderwerp van de obsessie te zien. En daar handelt men dan naar.'

'Dus ben ik het zelf. Mijn obsessie triggert mijn gedrag.'

'Lijkt je dat op zijn minst niet een veel aannemelijker verklaring?'

'Ik heb het daar ook met Sam over gehad. Maar die vogels, die veranderen alles. Die waren echt. Sam zag ze ook.'

'Weet je dat wel zeker?'

Ik wilde iets zeggen, maar viel prompt stil. Die vraag kwam aan als een stomp in mijn maag. Claire heeft de afgelopen drie sessies dat we samen zijn geweest een vrij goed beeld van Sam gekregen. Nu geloofde ze dat ik hem bij mijn wanen betrok om ze de schijn van aannemelijkheid te geven. Of erger, dat Sam me heeft willen doen geloven dat hij de vogels ook zag, om de kloof tussen ons niet nog groter te maken.

De dood van mijn geestelijke gezondheid. Christus, hoeveel dieper kan ik zakken.

'Laten we er even van uitgaan dat het allemaal echt zou zijn,' zei Claire. 'Je flashbacks, de bezetenheid. Hoe werkt het dan precies?'

'Sam drukte het zo uit: "*Possession is obsession with a capital penetration. That mountain fucked you pretty good.*"'

Claire glimlachte maar dwaalde niet af. 'In je manuscript spreek je over hoe je gelooft dat bergen een ziel hebben.' Bij dat woord maakte ze aanhalingstekens met haar vingers. 'Dat is niet een overtuiging die zomaar ontstaat, lijkt me. En ik vind het moeilijk te rijmen met iemand die zijn uitspraken het liefst staaft op wetenschappelijke en rationele verklaringen. Hoe is dat idee ontstaan?'

4

(Italië, 2006)

In één ding had Claire gelijk: mijn obsessie met de bergen was er lang voordat ik ook maar voet had gezet op de Maudit. Hij werd geboren op de dag dat ik van een jongen in een man veranderde. Dat heb ik niet in die woorden tegen haar gezegd, maar nu ik dit opschrijf weet ik niet alleen dat het waar is, maar ook dat het relevanter is dan ik tot nu toe had durven denken.

Ik ben ervan overtuigd dat in ieder leven de overgang van kindertijd naar volwassenheid niet geleidelijk gaat, maar dat er één duidelijk aanwijsbaar moment is dat die scheiding markeert, als een steenman op de col tussen twee valleien. Op het moment van de overgang zie je het niet – misschien word je je er pas jaren later van bewust – maar goede moeders zien het wel. Ik zal nooit de blik in mijn moeders ogen vergeten toen ik die late augustusmiddag in 2005 de camping in het Gran Paradiso op kwam gesjokt en mijn bezwete rugzak voor de tent neerplofte. Ik was vijftien jaar en mijn overgangsritueel was de beklimming van de Punta Rossa geweest. Toen ik terugkwam moet ze iets op mijn gezicht hebben gezien, een zekere verharding, een uitdrukking van afstandelijkheid die ze niet kende. Maar eigenlijk zag ze dit: haar zoon was ouder geworden, ouder dan de jongen die die ochtend was vertrokken en die de weken ervoor door de weilanden had gestruind en dammen had gebouwd in de beek. Het brak mijn moeders hart, maar dat raakte me niet – alle zonen breken vroeg of laat het hart van hun moeder.

De dag ervoor, tijdens een van de wandeltochten met mijn ouders door het Parco Nazionale, was de berg tot me gaan spreken. Het was geen bijzonder hoge berg en op het eerste gezicht ook niet bijzonder mooi, maar ík vond hem mooi en bovendien schatte ik hem met mijn geringe ervaring in als binnen handbereik. Zelfs als het pad zich de andere kant op slingerde kon ik zijn aanwezigheid in mijn rug voelen, alsof die magnetisch was. Op dat moment had ik niet onder woorden kunnen brengen wat ik instinctief al wist: dat de berg een oeroude vorm van leven bezat en tegen me sprak. *Kom naar boven, Nick. Ik wacht op je.*

Harm en Louise Grevers waren wandelaars, geen klimmers. Zij voelden zich aangetrokken tot de alpenweiden, de hooglandgrassen en de vergezichten op de hellingen en in de dalen. Pa droeg zijn strohoed tegen de felle zon en ma plukte bloemen; in de bergen vond ik ze net een Italiaans echtpaar uit een film van Fellini. Met bergtoppen hadden ze niets, daar wachtte je geen enkele beloning.

'Alleen maar een punt vanwaar je niet verder kan,' zei mijn vader tegen me. 'Het is veel leuker om bij een meertje uit te komen, of bij een hut. Daarboven lijkt alles klein.'

Ik begreep niet hoe hij dat glinsterende landschap van ijskastelen in de verte 'klein' kon noemen. Misschien kon hij het niet verdragen om zelf klein en onbeduidend te lijken tegen het decor van zoiets groots. Ik? Noem het nihilistisch, noem het *teenage angst*, maar ik wilde juist verdwijnen in de grootsheid van dat al. Tot dan toe was mijn leven een opeenvolging van kleurloze gebeurtenissen geweest, waarin ik geen noemenswaardige betekenis had kunnen onderscheiden. Hogerop leek het leven ruiger, puurder, niet gepolijst door de tijd. De bergen waren een wereld zonder het vernis van de beschaving en ik voelde de onweerstaanbare drang ze bloot te leggen.

Maar mijn vader was onverbiddelijk. 'Geen sprake van,' was zijn antwoord op mijn smeekbedes om me mee te nemen naar de Punta Rossa, me desnoods alleen te laten gaan. 'Veel te gevaarlijk. Als je echt zo nodig bergen wil beklimmen, kun je volgende zomer een cursus volgen bij de bergsportvereniging. Nu ga je met ons mee naar beneden.'

Die cursus heb ik gevolgd, maar de Punta Rossa kwam als eerste en daar begon het allemaal mee. De berg opende een deur en nu, al die jaren later, ben ik bang dat er veel meer door de opening is geglipt dan me lief is.

De volgende ochtend vertrok ik voor zonsopkomst. Ik had een

briefje op de tentflap achtergelaten: *Ben steenbokhoorns zoeken en dam bouwen verderop in het dal. Voor het eten terug.* Tegen Claire vertelde ik dat als ik er nu op terugkijk, de beklimming van toen me vooral onbezonnen toeschijnt. Vijftien jaar, helemaal alleen in het hooggebergte en niemand die wist waar ik was. Maar op dat moment zag ik er niet de gevaren van in. Alleen de berg telde. Misschien is het een integraal onderdeel van het volwassen worden dat je voortdurend balanceert op een koord dat zich spant over de dood. De test is om ongeschonden aan de overzijde te komen.

Het dal was nog donker en vochtig van de dauw; de ochtendkou bezorgde me kippenvel op mijn blote benen. Mistflarden lagen stil tegen de hellingen en gaven het landschap een spookachtige sfeer. Het woud boven de camping scheen vol geheimen. Wanneer je het louter beschouwde als de toegangspoort tot de bovenwereld, leek de enige respectvolle manier om erdoorheen te treden het stil en snel te doen, met je ogen neergeslagen. Ik begon te hollen, had het gevoel door iets op de hielen te worden gezeten. Maar dat gevoel sloeg om zodra ik een ritme vond dat ik eindeloos leek te kunnen volhouden. Er hing een vreemde lading tussen de lariksen, een elektrostatische energie die ik voelde tintelen in mijn kiezen en mijn vingertoppen en die de helling deed gonzen van leven. Hoe steil het pad ook werd, ik stopte niet. Niet om op adem te komen, niet om te drinken, niet om rond te kijken. Rennend met mijn blik naar de grond, mijn hart in mijn keel, mijn focus op mijn ademhaling, leek mijn tred steeds aan zwaarte te verliezen. Na verloop van tijd had ik het gevoel dat ik vloog. Misschien deed ik dat ook wel.

Pas ver boven de boomgrens werd ik me weer bewust van mijn omgeving. De hemel kroop van dieppaars naar een parelmoer dat de laatste sterren deed verbleken. Waar mijn ouders en ik er de vorige dag drie uur over hadden gedaan om het punt te bereiken vanwaar je de Punta Rossa kon zien liggen, was me dat nu gelukt in iets meer dan een uur. Groots en steil rees hij in de ijle lucht, een machtige rotspiramide doorweven met een web van ribben en geulen die felrood opgloeiden in het eerste ochtendlicht. Op een of andere manier leek de berg groter dan de dag ervoor. Ik bevond me in een uitgeslepen kom van graslanden waar we gisteren een kudde steenbokken hadden zien grazen, maar die zag ik nu niet. Het was alsof de berg zich alleen aan mij wilde tonen: *Kom tot mij Nick. Hierboven bestaan geen grenzen aan wie je kunt zijn.*

Ik holde voort, voorbij het punt waar mijn ouders waren omgekeerd. De berg had mij uitverkoren en ik beantwoordde zijn lokroep: *Ik kom eraan. Hier ben ik dan, en ik ben er alleen voor jou.*

Alles wat er daarna gebeurde heeft in mijn herinnering de warrige consistentie van een koortsdroom, waarin ik steeds verder afdwaalde van het pad en me steeds roekelozer door de wildernis voortbewoog. Ik weet nog dat ik onder aan de ribbe, gewarmd door de zon en hongerig naar dingen die ik niet begreep, mijn rugzak had afgeworpen en de ribbe pal van onderaf aanviel. Zonder plan, recht omhoog, geleid door een primitief, dierlijk instinct. Wat ik Claire niet heb verteld is dat er iets zelfdestructiefs in mij was wakker geworden. En het was heerlijk. Overweldigend. Extatisch. Ik was bewust de banden aan het doorsnijden die me aan de benedenwereld gebonden hadden gehouden en verruilde ze voor een ontkoppeld bestaan in het steen. Hierboven leefde alleen de berg.

Hij staarde naar me. Recht mijn ziel in.

Zijn ogen wilden me niet loslaten.

Ik zie me nog altijd staan op de top: hoofd in mijn nek, ogen dicht, armen gespreid, één knie geheven. Mijn lichaam in een levensgevaarlijke balanceeract met de wind, mijn geest in een verrukkelijke impasse tussen leven en dood: *Eén stap naar links. Eén stap naar rechts. Ik kan ook eeuwig zijn.*

Nu, twaalf jaar later, bezorgt die gedachte me nog steeds kippenvel.

5

(In de behandelkamer)

'Hoe gevaarlijk kan ik worden? Dat moet ik weten, voor het straks te laat is.'

Met holle ogen staarde ik dr. Claire Stein aan. Ik was me er pijnlijk van bewust hoe ik op haar moest overkomen: met mijn ingezakte schouders, mijn gezicht in mijn handen en mijn ogen tussen mijn vingers ongetwijfeld bloeddoorlopen moest ik in haar ogen wel het toonbeeld zijn van een psychiatrische patiënt. Een gestoorde patiënt. Maar de huid onder het verband kon alleen ik voelen, en die was droog en heet en kloppend.

Er broeide daar iets.

'Is het wel eens in je opgekomen om Sam pijn te doen?'

'Nee. De gedachte alleen al!'

'De impuls is er niet?'

'Nee.'

'Zelfs niet als je 's nachts wakker ligt en de nare gedachten over je verminking je besluipen?'

'Ik hou van Sam. Ik wil hem beschermen.'

'En toch heb je hem door de kamer gesmeten. Je hebt ijzerdraad over zijn gezicht getrokken.'

Ik begon te stamelen. 'Ik... dat heb ik verteld. Daar had ik geen controle over.'

'Omdat je gelooft dat je het niet zelf was, maar dat die berg door jou heen werkt en je heeft aangestuurd. Hoe zit het met Augustin?'

Ik keek haar niet-begrijpend aan. 'Augustin is dood.'

'Dat neemt niet weg dat jij hem misschien verantwoordelijk houdt voor wat er met je is gebeurd. Sam vertelde vorige week over die foto die hij heeft gevonden, die foto waarop je Augustins ogen hebt doorgekrast en zijn wangen hebt opengescheurd. Je zei dat je je niet kunt herinneren dat je dat hebt gedaan. Is het vergezocht om te veronderstellen dat je in een vlaag van wraakgevoelens handelde?'

Mijn hart ging sneller kloppen en ik voelde het zweet in mijn nek uitbreken. 'Ik ben geen gewelddadig mens. Ik heb nooit een vlieg kwaad gedaan.'

'Hij heeft je voor het leven verminkt.'

'Dat was *híj* niet. Omdat...'

'... omdat die berg ook door hem heen werkte,' maakte Claire mijn zin af. Ze legde haar Parker neer op mijn stapeltje aantekeningen. 'Goed, tot hier kan ik je redenatie volgen. Maar wat ik dan niet begrijp, is waarom het zulke extreme geweldsuitbarstingen veroorzaakt. Waarom maakte het zoveel razernij los in Augustin dat hij je aanviel met die ijsbijl?'

Het duurde even voor ik antwoord gaf. Ik had Claire wel verstaan, maar mijn eigen woorden bleven maar door mijn hoofd echoën: *Ik ben geen gewelddadig mens. Ik heb nooit een vlieg kwaad gedaan.*

'Hij was er niet tegen bestand,' zei ik ten slotte. 'Tegen de Maudit, bedoel ik. Geen mens is tegen zo'n oerkracht bestand. Het opent deuren in je hoofd die beter gesloten kunnen blijven. Het wekt... driften.'

Ik had verwacht dat dat beeld haar een reactie zou ontlokken – voor mij gold dat zeker – maar Claire gaf geen blijk van emotie. 'En toch zit jij nu hier. Je praat tegen me, als jezelf. Ik zie geen berg. Waarom heb jij er wel controle over?'

'Denken dat ik er controle over heb is de grootste fout die u kunt maken. Die fout heb ik zelf ook gemaakt, toen we de top hadden gehaald. Tot op de top had de Maudit me volledig in zijn macht, maar ineens was de betovering verbroken. Daarom keerde Augustin zich tegen me. Ik wilde hem daar weghalen, begrijp je? Ik wilde hem redden. Maar ik was naïef.' Ik slikte moeizaam. Praten met een half vernietigde mond doet de speekselhuishouding nogal op hol slaan. 'Die bijl heeft een groot, zwart gat in mijn gezicht geslagen.'

'En daarmee was het terug?'

Ik knikte. Vanaf mijn plek aan de andere kant van het bureau keek ik Claire ongelukkig aan. 'Zeg maar eerlijk, u denkt dat ik gek ben, hè?'

Ze glimlachte. '"Geen uitmuntende ziel is gevrijwaard van op zijn minst een beetje gekte." Dat zei Aristoteles tenminste. Nee, ik denk niet dat je gek bent. Ik denk wel dat deze gedachten je leven op dit moment overheersen en ontwrichten en daar moeten we iets aan doen. Daarom zou ik je een alternatieve zienswijze willen voorleggen. Ik heb een casestudy gelezen over mensen die bergen beklimmen. Vat dit niet te persoonlijk op, maar volgens die studie zijn bergklimmers over het algemeen helemaal niet zulke leuke mensen.'

Ik zei niets, miste de gevatheid om een geestige opmerking terug te kaatsen.

'Ze werden gekarakteriseerd als egocentrische en obsessieve eenlingen, voor wie alleen de top telt. En daar moest ik aan denken vanwege iets wat je net zei. Dat de Maudit op de top zijn magie voor je had verloren. Neem jij niet van elke berg die je beklimt de top mee naar beneden voor je collectie?'

Ik knikte, al begreep ik niet waar ze naartoe wilde.

'Het zijn de trofeeën van je overwinningen. Daarmee zeg je: deze berg is van mij, ik ben boven alles en iedereen uitgestegen. Het artikel kenmerkte die beleving van verhevenheid als de gedeelde drijfveer van veel klimmers. Maar het gevaar schuilt erin dat verhevenheid werkt als cocaïne: je wil steeds meer. Elke volgende top moet nog hoger zijn, nog mooier, nog moeilijker. Na iedere succesvolle beklimming leef je in de illusie dat je onoverwinnelijker wordt. Maar in de bergen ben je niet onoverwinnelijk. In de bergen ben je Icarus, die steeds hoger en hoger naar de zon vloog. En we weten allemaal hoe het met Icarus is afgelopen.'

Haar vingers maakten een dwarrelbeweging door de lucht en uit het niets hoorde ik een stem in mijn hoofd: *Jíj zal ook ontdekken hoe het is om te vallen. Om te vallen... en te vallen... en te vallen... en te vallen.*

Het haar in mijn nek ging overeind staan. Wat bezielde me ineens? Waar was dat vandaan gekomen?

In de behandelkamer was alles nog hetzelfde. Mijn blik gleed langs Freuds ingelijste woorden aan de muur: *Soms is een sigaar gewoon een sigaar*. Toch voelde alles ineens anders. Het was alsof er ergens een wind was opgestoken die het gebouw heel zacht, nauwelijks waarneembaar, had laten trillen in zijn voegen. Ik durf te zweren dat Claire het ook merkte, want ik weet nog dat ze precies op dat moment opkeek en er iets donkers over haar gezicht gleed.

Als het er al was, had ze zich het volgende moment weer herpakt, want ze vervolgde: 'Wat ik wil zeggen is dat wanneer iets zo'n dodelijke fascinatie op ons uitoefent en ons tegelijkertijd zo'n gevoel van macht geeft, we kunnen gaan geloven dat we dingen zijn die we niet zijn. In het artikel werd een alpinist geciteerd die beweerde in de bergen letterlijk van identiteit te wisselen: in het dagelijks leven was hij productiemedewerker in een boterfabriek, tijdens het klimmen werd hij een god. Zijn woorden. Goed, ik wil niet beweren dat jij...'

'U zit er zo naast,' zei ik.

Claire sloot haar mond met een hoorbare plop. Er gebeurde iets vreemds: ik voelde een pijnlijke steek achter mijn gezicht en bracht geschrokken mijn hand naar het verband. Op hetzelfde moment zag ik Claires blik onderzoekend over me heen flitsen, alvorens ze haar ogen neersloeg, haar Parker oppakte en hem onwillekeurig met haar duim open en dicht begon te klikken.

Er was iets mis.

'Is alles in orde, dr. Stein?'

'Ik...' begon ze, maar ze aarzelde. *Klik-klak, klik-klak*. 'Sorry, ik...' Ze legde haar pen weer op mijn aantekeningen, kneep met duim en wijsvinger in haar gesloten ogen en keek toen met een wat verdwaasde glimlach naar me op. 'Sorry, ik was even een beetje duizelig, geloof ik.'

Ze nam een slok van haar water. Toen ze het glas terugzette deed ze dat met zo'n klap dat er water over de rand klotste en een kring vormde op haar aantekeningen.

Ik ben geen gewelddadig mens, dacht ik. *Ik heb nooit een vlieg kwaad gedaan.*

Ja, er was iets mis. Ik kon haar blik niet lezen, maar het was niet meer haar psychiaterpokerface.

'We laten het onderwerp voor nu rusten,' zei ze. 'Ik vind dat het tijd wordt dat je de confrontatie met jezelf aangaat. Ik vind dat het tijd wordt dat je je verband afdoet.'

'Dat kan ik niet doen, dr. Stein.'

'Waarom niet?'

'Het is geen verband. Het is een masker.' Ik leunde voorover en raakte met de wijs- en middelvinger van beide handen de ruwe stroken aan, waaronder de vormen van mijn gezicht vreemd en onherkenbaar waren. 'Hieronder zit het verborgen. Zolang ik het masker draag, hou ik het in bedwang. Maar doe ik het af... dan komt het naar buiten. En het komt naar buiten met de kracht van een storm.'

6

(Italië, 2006)

Het wekt driften.

Wat ik Claire niet heb verteld, is dat toen ik die dag op de Punta Rossa de top bereikte, de elektrostatische spanning die ik de hele klim door mijn lijf had voelen gonzen naar buiten kwam in de vorm van een explosieve seksuele ontlading. Ik had net de tijd om de knoop van mijn korte broek los te pulken, of ik kwam zo onbeheerst klaar dat mijn oren ervan suisden en ik me moest vasthouden aan het scheefgezakte ijzeren topkruis om niet letterlijk de afgrond in te vallen.

Misschien heb ik het bij Claire achterwege gelaten omdat ik vind dat mijn puberale escapades mijn psychiater niets aangaan, maar dat is geloof ik niet de reden.

Want ik heb haar ook niet verteld van het steenbokvrouwtje.

Ik stuitte op het dier bij de afdaling, op de puinvelden onder de col. Hier, niet langer op heilige grond, was de trance van de beklimming uitgewerkt. Ik voelde me afgemat, leeggelopen als een ballon. Als de steenbok niet had geblazen, was ik haar misschien voorbijgelopen zonder haar aanwezigheid te hebben opgemerkt. Nu bleef ik geschrokken staan. Het was een vrouwtje, te zien aan haar kleine, geringde hoorns. Ze was gewond. Moeizaam sleepte ze zich voort over het blokkenveld, bijna niet te onderscheiden tegen de grijsbruine achtergrond. Toen ik dichterbij kwam probeerde ze weg te hinken, maar ze was niet vlug genoeg.

Roerloos bleef ik naar het ontredderde dier staren, niet wetend wat ik moest doen. Ze was alleen gelaten door haar kudde nadat ze kennelijk haar achterpoot had gebroken bij een val van een rotspartij. Er was een stuk van het bot te zien en ik rook de weeïge, gasachtige stank van een ontsteking. Misschien was het al dagen geleden gebeurd.

Er klonk een schelle kreet. Hoog in de ijle hemel cirkelde een steenarend, of een lammergier. Ik begreep onmiddellijk wat dat betekende: ze was opgemerkt.

Ik knielde bij haar neer. Met milde, bijna menselijke ogen keek ze naar me om en blies opnieuw. 'Zachtjes, meisje,' suste ik. 'Ik weet dat het pijn doet. Stil maar.'

Ik schuifelde dichterbij, mijn hart bonzend in mijn keel. De gewonde steenbok probeerde zich op haar voorpoten overeind te werken, maar ze was aan het eind van haar krachten en gleed zijlings over de platte, hellende rots, waardoor haar gewonde poot onder haar pezige achterlijf terechtkwam. Ze jankte.

'Sssjjj,' suste ik opnieuw. 'Kalm maar, ik doe je niets. Arm meisje.'

Zonder adem te halen, mijn ogen opengesperd, stak ik mijn hand uit en legde hem op haar rug. Ik was vijftien, kwam uit de binnenstad van Amsterdam en had nog nooit een wild dier aangeraakt. Toen ik het deed drong de realiteit van de situatie tot me door en wenste ik dat ik die dag nooit naar de berg was gegaan. Het zou beter zijn geweest als ik een dam was gaan bouwen in de beek; het steenbokvrouwtje zou hierboven zijn gestorven, een eenzame dood, misschien vannacht, misschien eerder als de roofvogels het aandurfden haar aan te vallen. Het was wreed, maar de bergen waren wreed. Nu lagen de feiten anders. Ik was hier wél, al was ik er niet helemaal van overtuigd dat ik uit eigen, vrije wil naar boven was gekomen. Daarmee was ze mijn verantwoordelijkheid geworden. Zij was de tol die ik moest betalen voor het panorama op mezelf dat de berg me had geboden.

Een flits in mijn hoofd – ik wílde die tol betalen.

Het steenbokvrouwtje staakte haar pogingen om bij me weg te kruipen. Blijkbaar schatte ze me niet meer in als een gevaar, of besloot ze dat het er niet meer toe deed. Ik raakte haar kleine, stevige hoorns aan. In een gebaar van overgave legde ze haar kop op mijn dijbeen en sloot haar ogen. Ik bleef haar maar aaien en zachte woordjes toefluisteren, alsof ik daarmee kon uitstellen wat me te doen stond.

De zon brandde op mijn schouders en mijn lijf plakte van het zweet, maar de hitte die achter mijn gezicht oplaaide kwam van binnenuit.

Ik moet de kei al in mijn vrije hand hebben gehad. Ik weet niet meer dat ik hem oppakte. Wat ik nog wel weet is dat ik opstond en het stuk rots met trillende handen boven mijn hoofd hief. Mijn luchtpijp zat dicht. Ademhalen kon ik niet meer.

Het steenbokvrouwtje probeerde weer overeind te komen. Later heb ik mezelf proberen wijs te maken dat dat de reden is dat het uitpakte zoals het deed: het dier bewoog en lag niet langer met haar kop op de grond. Maar ik was het zelf. Haar hoorns zaten in de weg en ik was bang dat haar schedel bij de basis te dik was. Dat ze niet met één klap dood zou zijn. Toen ik de kei met al mijn kracht liet neerkomen, was het te veel naar voren.

Verbijsterd keek ik naar wat ik had aangericht. De klap had haar snuit verbrijzeld. Het was afschuwelijk. Het dier loeide en rolde met haar ogen. Haar, schuimend bloed en botsplinters besmeurden de rotsen toen ze overeind krabbelde en nu, met de kracht der stervenden, wel wist weg te hinken. Haar gescheurde snuit bungelde aan een reep vlees aan haar kop en ze maakte verschrikkelijke trekbewegingen met haar hoorns. Even bleef ik vastgenageld aan de grond staan, niet wetend wat ik moest doen. Daarna holde ik achter het bloedspoor aan, in paniek zoekend naar een nieuwe kei.

Zeven meter verderop was ze door haar poten gezakt. Zonder aarzeling begon ik met de kei haar kop in te slaan. Na de tweede klap hield ze op met loeien. Na de derde sidderde ze alleen nog. Na de vijfde was ze dood. Maar nog altijd bleef ik op haar inslaan. Ik hief de kei en liet hem neerkomen. Hief de kei en liet hem neerkomen. Ik dacht aan raderen die onverstoorbaar draaiden, aan pijpen die stoom afbliezen, aan zware machinerie die, nu het op gang was, niet gestopt kon worden. Mijn handen, mijn armen, mijn bovenlichaam zaten onder het bloed. Ik voelde het op mijn wangen spetten en in mijn haar. Het bloed was een hete rode waas voor mijn ogen.

Later stapelde ik keien op het lijk. De volgende dag merkte ik dat ik mijn armen nauwelijks tot schouderhoogte kon heffen, maar tijdens de afdaling was er alleen die hitte in mijn lichaam. Ik vond een staalblauw meertje in de kom boven de boomgrens en dook erin. Het water was zo ijskoud dat mijn hart twee slagen oversloeg en het bloed in mijn aderen vertraagde, maar toch bleef ik onder water zolang ik mijn adem kon inhouden. Het was het enige wat de hitte in mijn lijf kon blussen.

In de namiddag bereikte ik uiteindelijk de camping. Ik smeet mijn rugzak neer en wilde zonder iets te zeggen mijn tent in kruipen, maar mijn moeder, die bezig was wortels schoon te maken, riep mijn naam. Onze blikken ontmoetten elkaar een vreemd, geladen moment, en toen mijn moeder sprak hoorde ik iets onbehaaglijks in haar stem. 'Hé. Heb je iets gevonden?'

'Nee,' zei ik. 'Er was niets, daarboven.'

7

(In de behandelkamer)

'Waarom durf je je gezicht niet te laten zien?' vroeg Claire Stein.

De druk. O christus, de druk achter het masker.

'Want daar ligt de kern van het probleem. Je bent daarboven verminkt geraakt bij een afschuwelijk ongeluk. En laten we eerlijk zijn: tot nu toe was je altijd de jongen naar wie iedereen omkeek. Op straat, in de kroeg, in de sportschool. Je hebt meer volgers op Instagram dan mensen die je kent, en dat is niet vanwege de stukken die je schrijft voor *Lonely Planet*.'

'Ik zou niet willen zeggen...'

'Daar hoef je je niet voor te schamen. Iedereen die is gezegend met een goed uiterlijk is zich in zekere zin ervan bewust welke voordelen hem dat oplevert in de maatschappij. Maar het is ook iets wat je op den duur voor lief neemt. Niet uit arrogantie, maar gewoon door hoe de feiten liggen. Je went aan een bepaald zelfbeeld. En verminking past niet in hoe je je leven voor je zag, op je zevenentwintigste. Dus vertel je jezelf verhalen die je afleiden van die realiteit. Dat, Nick, is het echte masker waarachter je je verschuilt.'

Er was iets mis met haar stem. Wat was het? Ik kon haar blik nog steeds niet lezen en het onbehagen, het gevoel dat alles uit het lood was geslagen, groeide.

Goed, het was waar, mijn verminking hád een rol gespeeld bij hoe ellendig ik me de afgelopen weken heb gevoeld. Maar de werkelijke reden was anders. Die voelde ik vanachter mijn gezicht tegen het strakgespannen verband drukken.

Ik ben een beetje duizelig geloof ik, hoorde ik Sam in mijn hoofd. *Ik weet niet wat er met me aan de hand is, ik voel me de hele dag al dizzy. Tipsy. Topsy-turvy. Whatever.*

Het was de stem waarmee die woorden werden uitgesproken – de stem van een bang jongetje – die de herinnering ten slotte deed omslaan in herkenning. Plotseling begreep ik het. Claire was bang voor me. Ze had geweten dat er iets niet klopte. En daar had ze alle reden toe. Want het was terug. Dat was de betekenis van de druk die zich achter het masker had opgebouwd... en nu tot voorbij het kritieke punt was gestegen.

Doodsangst kneep mijn keel dicht en al probeerde ik er weerstand aan te bieden, het was alsof mijn gezicht door twee onzichtbare, ijzige handen uit elkaar werd getrokken.

'Doe je masker af, Nick,' zei Claire schor. 'Het is tijd dat je je met jezelf confronteert.'

'Zouden we voor vandaag kunnen stoppen?' hoorde ik mezelf nog zeggen, terwijl ik aanstalten maakte om op te staan. 'Ik weet dat het vroeg is, maar ik ben erg moe...'

'Blijf zitten! Ga zitten en doe dat masker af.'

'Het is echt beter als...'

'*Doe dat masker af!*'

Haar stem schoot snerpend uit en sneed door mijn hoofd... en plotseling was mijn hoofd vol echo's. Ze weerkaatsten tegen mijn schedel, ijl en geheimzinnig, alsof ik me verbeeldde dat ik iemand had horen gillen in de mist op een gletsjer. Maar was het wel verbeelding? Want nu zag ik het ook: flarden onstuimig jagende sneeuw, hoge muren van onvergevend ijs en een spelonk van duisternis die zich voor mijn voeten opende. De wind die uit de diepte naar boven kwam was ijzig koud.

En de wind bracht iets met zich mee.

Het glas voor Freuds ingelijste woorden aan de muur barstte.

Ik voelde het gebeuren: mijn bewustzijn dat zich naar binnen leek te keren, dat raam dat zich opende als een oog in mijn geest, waarachter ik niet anders kon dan machteloos toekijken hoe de berg naar haar staarde.

Hij zag haar.

Gedesoriënteerd merkte ik dat ik voor de tafel was gaan staan en dat mijn stoel met een dof geluid tegen de boekenkast was omgevallen. Ik kon geen woord uitbrengen, had geen enkele controle over mijn bewegingen. Het was alsof mijn wurgende paniek me achter dat raam gevangenhield. Ik kon op het glas timmeren wat ik wilde, er was niemand die me hoorde.

'Nick, ga weg.' De angst in haar stem was onmiskenbaar. 'We scheien ermee uit voor vandaag. Ga alsjeblieft weg.'

'Weet u zeker dat u het wil zien, dr. Stein?' zei de Maudit, terwijl hij langzaam om het bureau liep en tegelijkertijd het verband van mijn gezicht begon af te wikkelen. 'Meent u dat echt?'

'*Nick, ga weg!*'

'Want ik kán het u laten zien. Ik kán het u laten zien. Maar het is koud, achter het masker. Koud. Zo koud dat geen mens er lang kan overleven. Dus weet u het wel zeker?'

Maar Claire wilde het plotseling niet meer zien. Claire had nog maar één behoefte: vluchten, vluchten tot ze ver van die alles dominerende schaduw was die op haar afgleed. Maar haar stoel rolde niet verder achteruit dan het raam en daarachter wachtte een dodelijke val van twaalf meter op keihard beton.

De mist in mijn hoofd werd dichter en het laatste wat ik zag was dat het over Claire heen gebogen stond en de laatste wikkel van het verband wegtrok. Het liet het haar zien.

Claire begon te gillen.

Daarna herinner ik me alleen nog het beeld van Augustins tuimelende helm, vallend en vallend en vallend, een rood stipje dat steeds kleiner werd, en het erge was dat er nooit een einde aan kwam.

8

(Thuis, avond)

Dat was allemaal vanmorgen. Toen ik tot mezelf kwam was het laat in de middag en was ik geschokt te ontdekken dat ik thuis was, in de kelder, met de top van de Maudit in mijn rechterhand geklemd. Alsof ik me eraan brandde liet ik hem los. De steen viel op de keldervloer en schoot weg in een donkere hoek. Paniekerig tastte ik over mijn wangen, alsof ik door een spinnenweb was gelopen. Het verband zat op zijn plaats. Goddank – ergens in mijn black-out moest ik het weer om hebben gedaan.

Sam was naar de UvA en ik vond een appje op mijn telefoon dat hij zin had om daarna met Fazila te gaan netflixen, dus ik was hem goddank geen verklaring schuldig over mijn totale staat van ontreddering. Want het duurde een eeuwigheid eer mijn paniek tot bedaren was gekomen. Uiteindelijk ebden de ergste golven weg, maar de wanhoop en schuldgevoelens bleven. Ook nu nog, nadat ik de hele avond alles op papier heb gezet in een poging mijn rondgierende gedachten bij elkaar te rapen.

Lieve god, wat heb ik gedaan? Wat heb ik in vredesnaam aangericht, in de praktijk van Claire Stein?

Hoe ik het ook probeer, ik kan me niet herinneren wat er is gebeurd nadat het voor haar ging staan en het verband eraf trok. Het hiaat in mijn herinnering is ongrijpbaar en afschuwelijk. Dat het uit de hand is gelopen is zeker, maar hoe erg is het? *Hoe erg is het?* Ik zit in het bleke schijnsel van mijn Pages-document blind naar de muur te staren en te rillen als een zwerfhond in een onweersbui, omdat Augustins tuimelende helm niet het enige is wat me voor de geest komt als ik het probeer terug te halen. Elke keer dat mijn gedachten naar Claire schieten, moet ik denken aan het steenbokvrouwtje.

Aan hoe het loeide, toen ik dat rotsblok liet neerkomen.

'Ik ben geen gewelddadig mens,' fluister ik de hele tijd tegen mezelf. 'Ik heb nog nooit een vlieg kwaad gedaan. Ik ben geen gewelddadig mens...'

Maar wie hou ik voor de gek? Het is eerder gebeurd en als ik niets doe, zal het opnieuw gebeuren. Want het wordt erger. Het wordt erger, zoveel is me inmiddels wel duidelijk.

Mijn iPhone ligt de hele avond naast me op mijn bureau, met Claires privénummer open op het display. 'Bel me als er iets is,' zei ze na die eerste sessie, weken geleden. 'Dag en nacht. Als je de behoefte voelt, bel me dan.'

Hoe vaak heb ik vanavond niet op het punt gestaan dat te doen? Maar ik durf niet. Ik ben bang voor wat er aan de andere kant van die lijn op me ligt te wachten. Bang voor het horen van de kiestoon die maar blijft duren, als er niet wordt opgenomen. Ik stel me voor hoe Claire daar in een plas opdrogend bloed ligt terwijl haar mobiel in haar tas overgaat en aan de muur achter versplinterd glas Freuds woorden zwijgen: *Soms is een sigaar gewoon een sigaar*. Ik probeer het beeld met geweld uit mijn hoofd te verdrijven, maar het lukt niet.

Het is nu 01:26 uur. Te laat om te bellen, al heeft Claire me toestemming gegeven om haar 's nachts te storen. Mijn zenuwen schreeuwen erom, maar ik kan het niet. Misschien is het allemaal niet zo erg. Toen ik bijkwam waren mijn kleren doordrenkt met zweet, maar er zaten geen bloedvlekken op. Misschien slaat mijn fantasie wel op hol. En *als* ik me alles heb ingebeeld, wil ik niet dat Claire denkt dat ik gek ben. Dat er met grote letters 'VEINST

SCHIZOFRENIE' in haar dossier komt te staan. Omcirkeld.

Nee, het zal tot morgen moeten wachten. Maar ik betwijfel of ik dan wel zal bellen.

Een neutraal mailtje. Ja, dat is de oplossing. Gewoon vragen hoe laat de volgende sessie staat ingepland. Uit haar antwoord kun je afleiden – ja, wat eigenlijk? 'Dat ze nog leeft', typte ik een paar keer, maar ik heb het evenzoveel keer gedeletet. Natuurlijk *leeft* ze nog, je moet jezelf niet zo opfokken. Je maakt jezelf belachelijk. Wacht gewoon haar antwoord af.

Als ze antwoordt, natuurlijk.

Eén keer lichtte het display vanzelf op. Ik gilde bijna van schrik. Dat was tegen elven en het was Sam. Het is hondenweer en hij zei dat hij liever bij Fazila bleef slapen dan door de regen naar huis te fietsen. Ik geloof dat ik erin slaagde mijn stem neutraal te laten klinken, ondanks dat hij een paar keer vroeg of alles goed met me was. Hij is bezorgd, tuurlijk. Maar hij heeft ook zijn eigen *space* nodig om hiermee te dealen. Dat begrijp ik.

Sam mag NOOIT te weten komen wat er vandaag is gebeurd.

Hoe dan ook, de hele avond heb ik zitten schrijven, steeds sneller, alsof ik het van me af wilde schrijven. Het heeft me niet de antwoorden opgeleverd waar ik naar op zoek was. Ik ben moe en ik ben bang. Ik hoor de hagel onafgebroken tegen het dak slaan. En dan vraag ik me af hoe het nu daarboven in die vallei zal zijn. In die vallei boven Grimentz. Het seizoen is voorbij, de eerste herfststormen teisteren de bergen. Mensen komen er niet meer en aan de voet van de Maudit huilt nu alleen de wind... maar toch vraag ik me af of er niet meer geluiden zijn te horen. Of er daar in de storm geen echo's klinken van gegil uit een gletsjerspleet.

Kan het spoken op een berg?

Kan een hele vallei vervloekt zijn?

De foto's van onze expeditie naar de Maudit liggen hier voor me uitgespreid op de opengeslagen kaart van het Val d'Anniviers. Zo onbezorgd als Augustin de camera in kijkt, zo gruwelijk ging het daarna mis. De gedachte aan Augustin laat me niet los. Hadden we ons maar aan ons oorspronkelijke plan gehouden om na de beklimming van de Zinalrothorn naar Italië te gaan. Dan had Augustin nu nog geleefd. Waarom is het hem fataal geworden en ben ik in staat geweest om naar beneden te komen? Maar dit,

dit hadden we niet kunnen voorzien. Zelfs toen de dingen mis begonnen te gaan, hadden we dit niet kunnen voorzien.

Ik ben niet uniek in het toebedelen van een bovenmenselijke bezieling aan de bergen die ik beklim. Wereldwijd sluimeren talloze bergen met spirituele relevantie, in wier voetheuvels complete religies zijn ontsproten. De Olympus in Griekenland. De Sinaïberg in Egypte. Mount Taranaki in Nieuw Zeeland. De Fuji in Japan. Maar de Maudit was anders. Augustin en ik voelden het allebei. De Maudit sluimerde niet maar was continu waakzaam, rusteloos... en *vijandig*. Als een ziel die verzuurd is geraakt door een oeroude en onvoorstelbare gebeurtenis.

Het wilde ons daar niet.

En het gaat niet over.

Bij God, laat Claire alsjeblieft in orde zijn.

9

24 september 2018 – privénotities

Druk achter gezicht is weg. Voel me echt beter. Toch afspraak met logopedist afgezegd want durf verband er niet af te doen.

Hele dag doodongerust geweest over Claire. AT5 en *Parool* afgestruind op zoek naar berichten over het AMC. Vond niets. Geen nieuws is goed nieuws, zeggen ze toch? Maar twijfel blijft. Uiteindelijk pas net een mailtje gestuurd. Kreeg onmiddellijk zo'n automatisch antwoord terug, met de bijbehorende adrenalinestuip van valse hoop. Waarom stellen mensen zoiets ook in? Anyway, de bits en bytes zeggen dat ze bereikbaar is tijdens kantooruren en z.s.m. op mijn mail zal terugkomen. Afwachten dus maar.

S. verrassend vrolijk vandaag. Hebben het er niet over gehad. Zou toch haast onvermijdelijk moeten zijn? Soms lijkt hij te doen of het allemaal nooit is gebeurd. Maar in zekere zin is het verfrissend. Het biedt een glimp van hoop op hoe ons gezamenlijke leven kan zijn als dit allemaal achter de rug is. Dat ik me over mijn schaamte heen heb kunnen zetten en tegen hem praat draagt zeker bij aan het herstellen van de normaliteit. Gesprekken zijn doodvermoeiend als je steeds de vertraging hebt van het typen op je touchscreen. Erger: Sam las mijn berichten op het laatst niet meer, hij speelde ze af. Hij had zo'n walgelijke spraakapp gedownload waarmee ik klonk als Stephen Hawking. Toen ik zei dat ik er een bloedhekel aan had mezelf zo te horen, installeerde hij de stem van de omroepster op Schiphol. Ik geloof dat dat me het duwtje heeft gegeven toch maar m'n bek open te trekken.

Nu geen pijn maar flink aan het trippen op dubbele dosis antidepressiva en spierverslappers. Heb het idee dat het ermee onderdrukt wordt, of dat ik het althans meer de baas ben. Laten we het hopen dat ik het de baas ben. En blijf.

25 september 2018
Waarom mailt ze niet??? Word gek van onzekerheid!

10

26 september 2018
Verontrustende ontwikkelingen.

Eindelijk antwoord gehad, maar het kwam van het secretariaat. Ze schreven dat dr. Claire Stein om privéredenen de komende tijd niet beschikbaar is voor behandelingen en dat haar patiënten worden overgenomen door vervangende, 'even bekwame' psychiaters. Mijn sessie van maandag staat ingepland bij een zekere dr. Han Freriks. Zo, pats-boem. Zonder opgave van reden. Heb mezelf uiteindelijk toch zo ver gekregen dat ik Claire heb proberen te bellen, maar de telefoon ging niet eens over. Kreeg onmiddellijk een bandje te horen dat het nummer niet beschikbaar was.

Feitelijk gezien zou ik opgelucht moeten zijn – mijn allerergste zorg is tenslotte weggenomen – maar dit voorspelt niets goeds. De Maudit *zag* haar, toen het masker was afgewikkeld. Je gaat mij niet vertellen dat er geen verband bestaat tussen wat er drie dagen geleden gebeurde in de praktijk en het feit dat Claire plotseling al haar behandelingen heeft opgeschort.

Dus wat heeft het met haar gedaan? Daar durf ik niet over na te denken.

'Er is iets,' zei Sam, toen we na het eten de afwasmachine inruimden. 'Je doet raar. Is er iets gebeurd?'

Blijkbaar – gelukkig zou ik willen zeggen – kun je degene die echt van je houdt niet misleiden. Sam voelde dat er iets mis was. Ik kan hem natuurlijk niet vertellen over Claire, want ik wil hem niet banger maken dan noodzakelijk. Maar gelukkig had ik iets anders voorhanden, waardoor ik niet hoefde te liegen. Niet echt, tenminste.

'Ik heb de brief van Augustins ouders gelezen,' zei ik schoorvoetend. 'Die was in het Duits, jij kunt 'm ook lezen als je wil. En ik denk eigenlijk dat je dat zou moeten doen. Er staat iets in dat nogal verontrustend is.'

Dat was in elk geval de waarheid. Ik had de brief niet eerder willen lezen, bang dat het te pijnlijk zou zijn. Ik kan de Labers toch niet de waarheid vertellen over hun zoon. Maar ja, je wil toch rekenschap afleggen. Dus heb ik 'm gisteravond geopend en gelezen wat ze me hadden willen vertellen.

Uële en Bettine Laber zijn op goede voet gescheiden, dat heeft Augustin me een keer verteld, al lijkt het erop dat zij haar aangenomen naam heeft gehouden. Ik heb geen van beiden ooit ontmoet, maar het lijken me alleszins aardige mensen. Hun verdriet is groot en ze zitten vol vragen over de laatste dagen van hun zoon. Omdat de Police Cantonale ze geen lichaam heeft kunnen geven wilden ze ten minste een plek hebben om te kunnen rouwen.

'Dus zijn ze naar Zwitserland gegaan,' zei ik tegen Sam, nadat ik de brief erbij had gehaald. 'En wat blijkt: ze zijn voorgelogen! Hier, kijk naar dit fragment.' Ik liet hem een stuk tekst zien dat ik had gehighlight met een gele marker. 'Ze zeggen dat ze op aanwijzing van de autoriteiten de gletsjer hebben bezocht waar het ongeluk zou zijn gebeurd. Hier: "Man könnte sogar mit dem Auto hin, am Stausee Moiry entlang. Das Wetter war wunderschön, der Gletscher funkelte in der Sonne. Unfassbar, was ihr da oben durchgemacht habt. Und ein furchtbarer Gedanke, dass unser Augustin noch immer da oben liegt. In den Bergen, die er so geliebt hat..."'

Sam begreep aanvankelijk niet wat dat impliceerde en dat lag niet aan het Duits, maar aan zijn gebrekkige geografische kennis van het gebied.

'De autoriteiten hebben ze niet alleen naar de verkeerde gletsjer gestuurd, maar naar een compleet ander dal. De Moiry-gletsjer ligt in een vertakking van het Val d'Anniviers, als je bij Grimentz omhooggaat over het weggetje langs het stuwmeer. De gletsjer van de Maudit, waar het is gebeurd, is veel kleiner en ligt in een zijdal. Veel hoger. Onzichtbaar vanuit Grimentz, en al helemaal niet per auto te bereiken. Weet je nog hoeveel moeite het ons kostte om überhaupt al de toegang tot die vallei te vinden?'

'Dan lijkt het me eerlijk gezegd best logisch dat ze die mensen naar een andere plek sturen. Kunnen ze in elk geval veilig rouwen.'

Ik keek hem ongelovig aan. 'Maar dan zouden ze toch niet hoeven liegen over waar het lichaam van hun zoon ligt?'

'O... ké. Zit wat in.'

'Bij ieder normaal bergsportongeval zouden ze hebben gezegd: "Sorry meneer en mevrouw Laber, het is onherbergzaam gebied daarboven en wij raden het u af er op eigen houtje naartoe te gaan, maar als u toch de exacte plek wil bezoeken om afscheid te nemen, dan zijn hier betrouwbare berggidsen te vinden..."' Ik werd opgewonden en moest mezelf dwingen rustig te articuleren om achter het verband verstaanbaar te blijven. 'Maar hier gebeurt dat niet. Hier liegen ze. En dan vraag ik me af: waarom?'

Maar Sam moest er niet veel van hebben. Zei dat er bij ettelijke schakels in de keten een administratieve fout kon zijn gemaakt. Je weet hoe snel er *mix-ups* optreden in crisissituaties. Daar hoeft geen kwade intentie achter te zitten, zei hij. Ik begrijp niet hoe hij de context over het hoofd kan zien! In de context van wat er allemaal is gebeurd, heeft het er alle schijn van dat de waarheid bewust verborgen wordt gehouden. De Labers zijn naar een andere plek gestuurd. Om hen niet ook in gevaar te brengen? Maar wie liegt er dan? De Police Cantonale? Of is die op haar beurt voorgelogen door de bergredding?

De hamvraag luidt natuurlijk: *wie zijn er op de hoogte van wat er mis is op de Maudit?*

'Er is nog iets,' zei ik. 'Ik heb de afgelopen dagen met een *fake* Gmail-account drie verschillende gidsenbureaus gemaild. Om elke associatie met mij en Augustin te vermijden deed ik me voor als een Britse alpinist die de Maudit wilde beklimmen. Zei dat ik er online geen informatie over kon vinden en een gids zocht om me ernaartoe te leiden.'

'Wat zeiden ze?'

'De bureaus uit Grimentz en Zinal mailden terug dat de Maudit niet interessant is vanwege het landschappelijk saaie terrein en het brokkelige gesteente, wat de tocht bovendien te gevaarlijk maakt. Dat zijn dus letterlijke quotes uit de SAC-*Bergführer*.'

'De wat?'

'De routegids. Ze boden me alternatieven op bergen in de buurt. Het Alpin Center in Zermatt schreef dat ze niet in dat gebied opereren. Wat bullshit is, omdat ze ook naar de Grand Cornier en de Dent Blanche gaan en die liggen daar praktisch om de hoek. In mijn follow-up bood ik ze alle drie 1.800 frank om me toch op de Maudit te gidsen. Dat is zelfs voor Zwitsers veel geld en wordt normaal alleen voor extreme routes op extreme bergen betaald. Zermatt heeft niet meer gereageerd. Zinal schreef alleen: "*Too dangerous. Choose another mountain.*" Grimentz aanvankelijk niets, maar op mijn aandringen volgde een nogal geïrriteerde mail.'

'Wat dan?'

'Of ik s.v.p. geen contact meer wilde opnemen.'

'Vriendelijke man.'

Maar zelfs Sam, die weet dat je met geld alles kunt kopen, moest toegeven dat het vreemd was. Wat als de locals *weten* over die plek en het geheimhouden? Ik moet steeds weer denken aan hoe het die ochtend met Augustin leek alsof er onnatuurlijke barrières waren opgetrokken die de toegang tot de vallei vanuit het dal haast onvindbaar maakten. Het hek met prikkeldraad, het bordje ACCÈS INTERDIT, het ontbreken van padsporen en de overwoekerde houtkap die een oude versperring leek... En dan is er nog die chirurg uit Lausanne, hoe heet-ie ook alweer. Waarom wilde hij per se vasthouden aan de lezing dat het vallende rotsen waren geweest, ondanks dat zuster Cécile duidelijk kon zien dat ik was aangevallen?

Dit kan wel eens enorm worden. Ik heb bewijzen nodig die op afstand niet te verkrijgen zijn. En ook al schreeuwt alles in mij: *blijf er weg, hou je erbuiten*, kan ik er helaas niet van wegkijken, omdat ik er persoonlijk bij betrokken ben geraakt...

(later – aan Sam)

Wilde alleen even zeggen dat het me zo gelukkig maakt hoe lief je voor me bent. Het was fijn, net. Samen slaan we ons hierdoorheen.

Wel merkwaardig dat Ramses ineens niets meer van me moet hebben. Die dikke staart heeft-ie me nog nooit laten zien. En maar slijmen bij jou. Overloper.

11

27 september 2018 – privénotities

Nee! Het is terug. Terug! Elke keer lijkt het beter te gaan en dan kaatst het twee keer zo hard terug in mijn gezicht. Dat mismaakte, verminkte *fuck-fuck-fuckface*. Kan zo niet langer doorgaan!

Sam durft niet meer bij me in de buurt te komen. Zegt dat hij letterlijk duizelt als hij bij me is, al sinds we beiden terug in Ams. zijn. Vroeg waarom hij niet eerder iets heeft gezegd en zei dat hij dacht dat het aan hem lag. Of over zou gaan. Soms kan hij zo fucking naïef zijn! Hoe kan hij zoiets achterwege laten???

Vandaag was het erger dan anders. Zei dat ik ineens was teruggevallen in Mr. Hyde, zoals hij die ander noemt. Dat ik de hele tijd naar hem staarde, zo intens dat hij er helemaal akelig van werd. En dat hij iets anders door me heen voelde staren. Daarom liep hij weg, alleen struikelde hij dus over zijn eigen voeten en viel. Zo duizelig was hij. Kon het niet anders omschrijven dan dat hij – hou je vast – hoogtevrees had. Hóógtevrees. Zijn woorden.

Is het waar? Kan hij de Maudit door mij heen voelen?

Ik voel het, zoveel is zeker. Heb het S. niet verteld maar wéét nog dat het naar hem staarde. Weer die geestelijke kramp, dat raam dat zich achter mijn gezicht opende als een groot, loerend oog. Het kwam erdoorheen! Transformatie in mezelf is angstaanjagend, maar kan niet zeggen dat het onprettig voelde. Ik keek naar S. en ik zag zijn leven voor het onbeduidende, kortstondige hoopje miezerigheid dat het is, en voelde me zo sterk daartegenover, zo oneindig dominant! Als een volmaakt, louter zijn in de eeuwigheid, waarbinnen ik letterlijk alles met hem kon doen. Ik kon zijn ziel in een bodemloze afgrond smijten, in een eeuwige duisternis, en het zou me geen krimp kosten.

Die gedachte joeg me de stuipen op het lijf toen ik tot mezelf kwam.

Omdat hij van míj was geweest.

(later)
S. naar UvA gegaan (zegt hij, maar ontloopt me). Had ineens zelf behoefte buiten te zijn. Kraag hoog opgeslagen, hoed opgezet, zonnebril op. Bewoog me als een schaduw door de mensenmassa. Wist niet waar ik heen ging tot ik achter het station de pont over het IJ nam en aan de overzijde de A'DAM Toren zag oprijzen.

Op het observatiedek, hoog boven alles uittorenend, voelde ik hoe de wereld van de ene zonnewende naar de andere boog. De zomer is voorbij, de winter is in aantocht. Er waren vogels in de lucht. Ze trokken naar het zuiden. Ver voorbij de horizon liggen de bergen. Voelde ze aan me trekken met verwoestende kracht. Nog steeds terwijl ik dit schrijf.

Druk achter mijn gezicht bouwt zich weer op. Oxa lijkt het te onderdrukken maar ook maar tijdelijk. Neiging om het verband af te scheuren haast onbedwingbaar.

(later)
Heb de top van de Maudit bij mijn verzameling weggehaald en draag hem nu bij me. Sam hoeft hem niet te zien. Het is míjn top.

12

28 september 2018
Nauwelijks in staat helder te denken vandaag. Mis steeds vaker momenten. Gruwelijk. Controleverlies. Er is een schaduw over me heen gevallen en het houdt me gevangen in mijn eigen lichaam. Het duwt mijn geest weg in een groot, ijskoud Niets.

(later)
O fuck fuck fuck fuck fuck fuck fuck

(te laat)
Bang dat ik weer iets vreselijks heb gedaan. Had weer zo'n blackout. Dit keer gebeurde het toen ik voor de badkamerspiegel stond. Sorry Sam, sorry wereld, sorry sorry sorry... heb uiteindelijk toch het verband eraf gehaald. Onder het voorwendsel om littekenzalf te smeren (wat bullshit is, want normaal frot ik het gewoon met

twee vingers tussen de wikkels door). Maar ik moest de druk laten ontsnappen. Dat was de echte reden. Kon het niet meer verdragen. En dat walgelijke gezicht, het is elke keer weer erger dan ik verwacht. Zal er nooit aan wennen. Kon aanblik van eigen spiegelbeeld niet verdragen en liet glas barsten. Deed het gewoon. Als een fucking cliché in een sprookje. En dat was niet het enige: mijn vingers, stijf en met witte knokkels om de wastafel geklauwd, werden koud of het december was. Vanuit de bevroren toppen schoot een craquelé van barsten in het porselein. Volgende moment was ik terug in de spleet en hoorde Augustin gillen tegen muren van ijs. De kou. De echo's in het donker. En toen de Maudit, die vanuit de diepte naar boven kwam. Zo groot, zo levend... En daarna alleen nog Augustins vallende helm. Precies zoals de vorige keer, in de behandelkamer van Claire. Er kwam geen einde aan, dat was het ergste van alles.

Moet toch een einde zijn gekomen, want kwam tot mezelf hiervoor op straat terwijl Loes Timbergen van even verderop tegen me tekeer staat te gaan. Rosalie luidkeels krijsend in haar armen, gezichtje begraven tegen moeders borst, driewielertje op z'n kant. Hoe ik het in mijn hoofd haalde een kind zo de stuipen op het lijf te jagen. Misschien doelde Loes alleen op mijn mummiemasker, want ik droeg het weer. Misschien dacht ze dat ik een *prank* uithaalde. Maar ik denk het niet. Wat als er iets ergers is gebeurd? Iets ergs zoals met Claire? Straks heb ik een *kind* iets aangedaan!

Anyway, hief handen ter excuus en snel weggelopen. Zooi in badkamer opgeruimd. Mooi mozaïek is niet lelijk zullen we maar zeggen. Scherven brengen geluk. Maar ik was in elk geval weer mezelf. Druk was weg. Nog hogere dosis oxa ingenomen en rest van de middag geslapen. Neiging onderdrukt om hele pakje maar in één keer door te slikken en ervanaf te zijn.

Doe het niet. Omwille van S.

Dat doodsbange gezichtje van dat kindje Rosalie, het gaat maar niet uit mijn gedachten. Ik krijg er helemaal de kriebels van.

13

29 september 2018

Net ging de deurbel. Sam deed open. Loes Timbergen. Verhitte discussie. Kon niet verstaan wat L zei maar wel toen Sam uitviel: 'Luister, als je het op die toon wil hebben: hij droeg geen masker, hij is herstellende van een ongeluk dat-ie maar net heeft overleefd en we hebben wel wat belangrijkers aan ons hoofd dan dat dat kind van je er een nachtje niet van heeft kunnen slapen. Het is niet Nicks schuld dat ze ziek is, oké?' En sloeg de deur dicht.

Kind is dus ziek. Ziek. Sam heeft gelijk, zet het van je af. Niet jouw verantwoordelijkheid.

Maar. Maar. Maar.

(later)

Niks meer van Claire gehoord. Ik kan gissen zoveel ik wil, maar ik *weet* simpelweg niet hoe het met haar is afgelopen nadat ze tegenover die gruwel kwam te staan. De gruwel die ik met me meedraag. Maar van het kindje Rosalie weet ik het wel.

En dus kan ik het niet langer ontkennen.

Wat als het besmettelijk is?

14

30 september 2018

Sam, wat is er aan de hand? Gaat het om de badkamer? Of is er iets anders gebeurd???

(later)

Wat heb ik gedaan? Praat alsjeblieft met me!!!

(later)

Sam heeft eindelijk gepraat. Zei dat vannacht mijn telefoon ging. Schrok zich wild want weet dat ik 's nachts altijd geluid uitzet. Kan het zijn vergeten gisteravond, niet meer na te gaan. Vanochtend niet over nagedacht, ben door alles heen geslapen. Hoe dan ook, het was Augustin. Naam en fotootje in beeld. Sam bang en wist niet wat hij moest doen. Bedacht toen dat A.'s lichaam misschien was gevonden en politie laatste oproepen afging, dus nam op.

Er was alleen ruis te horen. Alsof van heel ver weg werd gebeld, zei Sam, of een sterke wind in de speaker blies. Maar toen hoorde hij een stem. Moest zich inspannen om te verstaan, want fluisterde. Besefte dat er steeds één woord in het Duits werd herhaald: *Kalt. Kalt kalt kalt*. Ging bijna een minuut door. Gefluister werd steeds intenser. Toen werd er opgehangen.

Kan het hebben gedroomd. Staat geen oproep van Augustin tussen mijn oproepen, ook niet van ander nummer. S. werd kwaad toen ik vroeg of het droom kon zijn geweest. Waarschijnlijk terecht, maar moest het vragen.

Nu drained en bang. Heel erg bang.

(later)

De kogel is door de kerk. Hebben besloten naar Zwitserland te gaan. Gaat zo niet langer. Die lieve Sam stelde het zelf voor, al is het het laatste wat hij wil.

Wist ik alleen maar of we er goed aan doen.

15

1 oktober 2018 – aan Sam

Lieve Sam, sorry voor alles. Sorry voor alles wat ik heb gezegd en alles wat ik je heb aangedaan. Ik ben verantwoordelijk voor deze ellende. Ik moest met alle geweld die berg op. Ik kan alleen maar hopen dat je me mijn stommiteit ooit zult vergeven.

Hoe langer ik erover nadenk, hoe meer ik ervan overtuigd raak dat je gelijk hebt. Het is de juiste beslissing om onze antwoorden te gaan zoeken bij de bron van alle ellende. Maar laten we elkaar één ding beloven: we gaan daar NIET naar boven. Wat er ook gebeurt. Ik snap je voorstel, maar ik geloof eerlijk gezegd niet zo in die psychologische quatsch van je *demons* te *facen* door er de confrontatie mee aan te gaan.

Die berg is GEVAARLIJK.

Dus beloof het me. Niks, met eigen ogen zien. We blijven er weg.

(later – privénotities)
Toch ook nog goed nieuws. Sam kwam net naar me toe. Heeft zijn vader bereid gevonden voor een maand een chalet te huren in Grimentz met een verhaal over traumaverwerking en relatietherapie. Ongelofelijk – dat moet een waar godsvermogen kosten. Ik wil niet eens weten hoeveel de huur is.

'Je pa is een held!' zei ik en ik viel hem in de armen. 'Als dit achter de rug is vliegen we met z'n tweeën naar New York en nemen we hem mee naar de Yankees. Dat wilde hij toch altijd nog een keer met je doen?'

Sam trok een wenkbrauw schuin en zei: 'Dan mag jij met hem in dat stadion gaan zitten. Ik heb geloof ik een afspraak in een loungebar aan 7th Avenue, waar ze fatsoenlijke cocktails mixen.'

Overmorgen vertrekken we en in die wetenschap voel ik me veel rustiger maar ook vol spanning. Eindelijk gaan we iets ondernemen!

16

3 oktober 2018
Op de valreep toch nog een referentie gevonden. Een paar jaar terug hebben Pieter en ik tijdens een klimvakantie een rustdag doorgebracht bij zijn oom, Frans Wijngaards, die een chalet heeft in de buurt van Zermatt. Ik herinnerde me dat hij ons een oud boekje liet zien met legendes en streekverhalen. *Walliser Sagen* heette het, uit 1963. Toen ik Frans vorige week mailde of er iets vermeld stond over de Maudit, kon hij niets vinden. Maar wat blijkt: vandaag mailde hij me een ingescand fragment over de alps boven Grimentz. Een ervan, achter wat staat vermeld als de 'Col Maudit', zou de 'Vallei der Echo's' worden genoemd, en de plek zou van oudsher worden gemeden door de dalbewoners omdat de duivel er zou wonen.

17

4 oktober 2018 (later)
Zojuist bij Sierre het Rhônedal verlaten en koers gezet naar het zuiden. Hele weg door het voorgebergte droog geweest maar nu regent het pijpenstelen. Stond niets over op *MeteoSchweiz*. Wolken hangen laag, onttrekken de hogergelegen hellingen aan het zicht. De watervallen van de Navisence op de bodem van de vallei gaan verborgen onder een tweede wolkenlaag, waardoor we ons door grauw, zwevend niemandsland voortbewegen. Als dit geen teken aan de wand is weet ik het ook niet meer!

Sam is nerveus, net als ik. Ik heb geen spijt dat we hier zijn, maar ik ben wel bang. Iets in me zegt dat we er als de bliksem vandoor moeten gaan. En toch, als ik bij mezelf naga waarom we nu zouden moeten omkeren, kan ik geen enkele reden bedenken. Wat we zoeken ligt daarboven, in de mist. Ik voel het aan alles.

Het trekt aan me als een magneet.

Het roept me naar huis.

The Haunting of Hill House

Aantekeningen van Sam Avery

All I could think of when I got a look at the place from the outside was what fun it would be to stand out there and watch it burn down.
– Shirley Jackson

I

Dat. Wat Shirley zegt, keer een miljoen.

De regen kletterde zo hard op me neer dat het persoonlijk leek. Hij stortte op mijn ingetrokken hoofd en schouders en gutste in straaltjes van mijn capuchon, mijn ellebogen en de onderkant van Nicks reserve-gore-texjas – *don't say*, niet alleen een fashionfail deluxe, maar totale karaktermoord. Mijn jeans klevend aan mijn dijen, mijn Ralph Laurens klotsend in modderige rivieren van regenwater die langs mijn voeten naar de zijkant van de oprit stroomden. Geen hand voor ogen te zien. Daar stond ik, het water van mijn lippen te sputteren en hevig te knipperen om het uit mijn ogen te drijven. Naar dat chalet te staren en te fluisteren: '*Ho. Ly. Mo. Ly.*'

Dat chalet, het was mooi op de manier waarop iets wat de *Enola Gay* had gedropt mooi kon zijn. Het lag daar op de dalbodem aan de beek, die voor de gelegenheid was veranderd in een kolkende en ziedende razernij, opgezwollen en bulderend als een gulzig bruin monster. De stuwdam van Moiry waar hij volgens Nick ontsprong onzichtbaar achter een claustrofobische clusterfuck van idioot steile berghellingen die het chalet aan alle kanten insloten. Het lag daar in een natuurlijke opening van het naaldwoud, tegen een eenzame rotsformatie die als een etterende steenpuist uit het landschap stak. Een etterende steenpuist met erbovenop een kruis en een Mariakapelletje.

Pittoresk, had Airbnb gezegd. Ground zero bij een catastrofale damdoorbraak, is wat ik zei.

Hier was alles wat je ooit wilde in een huis: klassiek Zwitsers zadeldak met overhangende randen, larikshouten muren op natuurstenen basis, sneeuwluiken door Heidi's opa zelf getimmerd en een traumatische spookherinnering aan alles waar je in je jeugd ooit van was weggelopen.

Iemand moest hier een kwade grap hebben uitgehaald. Dit was Huckleberry Wall *in reprise*.

Mijn iPhone trilde. Een berichtje van Julia. *How's mountain-boy doing?*

En ik weggedoken in die gele outdoorvuilniszak, denkend aan wat Airbnb had gezegd: sfeervol ingerichte woonkamer met panoramisch uitzicht op het zuiden, open haard en geschuurde lambrisering. Denkend aan wat Airbnb had gezegd: drie slaapkamers, kingsize-double en een whirlpoolbadkuip met kleurentherapie. Wat ze er niet bij vermeldden was de bezeten onderhuurder met kraaien in zijn verminkte kop in het souterrain. De Duitse *spirit-boy* die je 's nachts om drie uur uit bed belde om te vertellen hoe koud het was in die spleet waarin hij vastzat. Alleen de stoomsauna ontbrak nog, maar vijfsterren-ratings gegarandeerd.

De rit hiernaartoe was een nachtmerrie geweest, maar dit was de negende cirkel van de hel.

Even overwoog ik hier te blijven staan en me over te geven aan de elementen, me gewoon te laten verzwelgen door de rivier en de storm. Toen draaide ik me om en liep langzaam terug naar de Focus. Ik opende het portier, zakte druipend achter het stuur en sloeg het portier weer dicht. Onmiddellijk begonnen de ruiten te beslaan.

Nick keek me aan.

Seconden gingen voorbij.

Ik zei: 'Zeg maar niets.'

Of-ie de sleutelbos uit het dashboardkastje wilde vissen. Die, en de dikke leren instructiemap die we van het eigenaarsechtpaar beneden in Sion hadden gekregen. Dankzij hun plattegrond hadden we de toegangsweg gevonden. Een kilometer onverharde hobbelweg met velgdiepe plassen even voorbij het dorp. Omlaag, dit keer, maar toch was de gelijkenis met de Panther Mile onmiskenbaar. Ergens langs dat weggetje had zo'n camping moeten liggen, maar we zagen niets. Hier, aan het eind van de wereld, was niets. Mínder dan niets.

Ik liet de sleutel in de palm van mijn hand liggen, voelde het gewicht ervan op mijn ziel drukken en zuchtte: '*Welcome to Hill House.*'

Nick typte op zijn iPad. Liet Stephen Hawking dicteren: 'Zo erg is het toch niet? Het heeft een zeker... *curb-appeal*.'

'Dude, *The House of Usher* had nog meer *curb-appeal*. Als we hier weg zijn sta je me een penthouse in het krijt.'

2

Het was nog steeds licht toen ik de paniekaanval kreeg. Dit was na de tassen die ik druipend in de hal zette om uit te lekken. Na Nick die ik op de bank in de woonkamer liet cocoonen boven de vloerverwarming en een pot dampende kamillethee, na ik die het vertrek in me opnam en zei: 'Zwitserser krijg je het niet, behalve met raclette of belastingfraude.' Dit was na Ramses die uit zijn reismand sprong zodra ik de sluithaak had losgemaakt en beledigd veinsde dat hij op verkenning ging, maar nooit ver van mijn zijde week omdat hij in werkelijkheid een schijterd is en niet meer met Nick alleen durfde te zijn. Na mijn appje naar Julia: *One guess where am I – they serve fucking Pflaumenschnaps if I'm lucky* en na haar antwoord: *Bro, seriously??? BAD IDEA*. Dit was na mijn hete douche, na mijn natte kleding voor de radiator, na sweatpants en een wit T-shirt, na, na, na.

Eerlijk is eerlijk: tot dan toe had ik het heel aardig gedaan. Het chalet was ondanks de koekoeksklokoubolligheid van het houtwerk en de balken verrassend modern ingericht, het was haast klinisch schoon en misschien zou ik mezelf op een gegeven moment ertoe kunnen zetten om het 'knus' te noemen, al was het maar om Nick te pleasen.

Maar dan stond je daar in de *master bedroom* nietsvermoedend kleren op te hangen en ineens viel het hele huis over je heen.

Ineens mijn kruin jeuken, mijn T-shirt zat me te strak, mijn huid paste me niet. Ik door mijn haar woelen en in het rond draaien, naar alle kanten tegelijk willend. Wat bezielde me? Alles om me heen voelde plotseling afgrondelijk en afschuwwekkend. Ik keek in het rond, serieus van mijn stuk gebracht. Er was alleen het roffelen van de regen op het dak. Het vage schudden van het huis in de wind. Maria die huilde in d'r kapelletje.

Dat gevoel dat je er niet uit kan, dat je opgesloten zit: dat vermeldden ze er nooit bij op Airbnb.

Dan stond je daar, gevangen in het huis dat je je leven lang hebt lopen ontvluchten. Vierentwintig en het leven in z'n geheel draaiend om het ontsnappen van dat jongetje in dat volgepiste lendendoekje, dat jongetje dat het vuur bracht aan de mensheid en met één vonk z'n stamboom in de hens zette. Vierentwintig, en het leven leidde je in grote cirkels terug naar het begin, waar de ashopen nog nasmeulden.

Alles wat je wilde vergeten maar niet kon. Elk moment waar je van wilde ontsnappen, *back in your face*.

Niemand liep toevallig op tegen een huis als dit.

Ik liep naar de badkamer en gooide een plens koud water in mijn gezicht. Staarde naar mijn bloeddoorlopen ogen, denkend: *Waar de fuck zijn we mee bezig?*

Verantwoordelijkheid. Daarom was ik hier. Maar toch, wat voor ons vertrek nog zo logisch had geklonken, leek me nu waanzin. En de verontrustende gedachte bekroop me dat de grens tussen het najagen van schimmen en het vechten tegen geestesziekte zo onduidelijk en smal en vloeiend was geworden dat het nauwelijks meer een grens was. Misschien had-ie toch een of andere aandoening. Misschien moest ik rechtsomkeert maken, terug naar Amsterdam en alles opbiechten aan Nicks psych of een andere arts in het AMC die me eindelijk kon zeggen wat het allemaal had te betekenen. Maar de vogels waren echt geweest, ik had ze gezien. (*En je zag nog iets anders*, schoot het door me heen; *file*, sluisdeur: check.) De vogels waren echt en daarom was ik hier.

Plus, ik was verantwoordelijk voor Nick. We weten allemaal hoe het was afgelopen met de vorige verminkte kop waarvoor ik nog rekenschap moest afleggen.

Ieder kind heeft littekens. Ieder kind heeft rekplooien in z'n huid, omdat het te snel opgroeit. Striae op z'n zieltje. Ik was hier om iets glad te strijken.

Maar toch, toen ik terug in de slaapkamer dat onbehaaglijke gevoel niet kon afschudden, zag ik het beeld voor me hoe opa uit het brandende Huckleberry Wall tevoorschijn kwam, alleen dit keer viel hij niet rokend voorover in de sneeuw. Dit keer wankelde hij door de huilende wind op me af en sloot hij zijn armen om me heen. Pas toen ik de kracht op mijn ribben voelde waarmee hij toekneep begreep ik dat het niet opa was maar Nick, en hoorde ik hem zeggen: *Kleine, breekbare Sam!*

3

'Er is geen enkele reden,' zei ik terwijl we door het dal omhoogklommen, 'geen enkele reden waarom we je níét zouden meenemen naar New York om een escortservice te beginnen. *Facial disfigurement* is het nieuwe volslank. Je bent niet mismaakt, je bent *differently-abled*. Alleen al op basis van politieke correctheid kun je in Amerika een carrière bouwen.'

Nick, hij deed z'n best om onder het verband zijn gezicht in de plooi te houden, maar ik zag dat het hem moeite kostte.

'*Think about it*. Niemand wil nog perfecte schoonheid. Perfecte schoonheid maakt onzeker. Heb je eenmaal een bepaalde leeftijd, dan gebruikt iedereen profile pics van tien jaar terug. Niemand zal het je toegeven, maar ze wíllen payboys met progeria. Playmates met psoriasis. Iedereen wil compenseren.'

'Dus eigenlijk zou het een soort sociale hulpverlening zijn.'

'Jij begrijpt het.'

'Waarvoor je zonder enige wroeging mijn handicap zou exploiteren.'

'Niet ik, wíj.' Ik bleef staan zodat hij even op adem kon komen. 'En dan heb ik het nog niet eens over de merchandise. Stel je voor, de eerste levensgrote Nick Grevers-sexdoll. Dat gat in die mond is geschikt voor echt élke maat, *baby*.'

Nick gaf me een zet en zei: 'Hou op, zak. Lachen doet takkepijn.'

Het was een kraakhelder moment op een kraakheldere ochtend. Nicks lach, je moet weten dat die de kracht heeft om mij *instantly* een moment van geluk te bezorgen. Ik had 'm gemist, die lach. Zelfs nu ik alleen het deel ervan in zijn ogen kon zien, was het een supernova in een vacuüm van dode sterren.

Vóór dit alles was het een van onze favoriete bezigheden om elkaar ongegeneerd te dissen met onze zwaktes. Daarbij kenden we geen grenzen en taboes. Het was onze manier om elkaars terrein af te bakenen. Om te zeggen: jij bent van mij en ik ben van jou. Het was de defibrillator op ons samenzijn. Pecs: check. Pads, clear. *Annnd... discharge!* Het was heerlijk om weer eens helemaal onszelf te zijn. Het maakte dat ik me genezen voelde van de wonden van de afgelopen twee maanden, en ik ben er vrij zeker van dat dat ook gold voor Nick.

Belangrijker: de bergen leken hem goed te doen. Sinds het ongeluk had ik hem niet meer zo opgewekt gezien. De Maudit leek verder weg dan ooit. In de loop van de nacht was het opgehouden met regenen en wat ervoor in de plaats was gekomen was een frisse, stralende herfstochtend die wel zo onnatuurlijk verkwikkend was dat je er helemaal akelig van werd. Omdat je haast wel móést toegeven dat het hier mooi was. Hellingen die opgloeiden in verblindende kleuren. Lucht van een soort gefilterde biologische zuiverheid waarin je longen verzopen uit pure CO_2-ontwenning. Koebellen die idyllisch klingelden in de verte. Nick was zijn oefeningen gaan doen op de rots naast ons huis, die ik om voor de hand liggende redenen Castle Rock had gedoopt. Hoe-ie daar stond te stretchen op dat plateau, longen volgezogen met berglucht onder een stralend wit shirt, dat lichaam bijna puur shakes en vloeibaar, geprakt voedsel en pillen, pillen, pillen, viel het me op hoe onomwonden sexy ik hem vond. Zelfs met verband – onomwonden, *get it*? (Da-dum-dshhh **cricket sound**) En daarmee verbaasde ik mezelf dan weer. Sinds die rampnacht in Amsterdam waren we niet meer intiem geweest, niet echt. Hadden het niet meer gedurfd. Misschien kon wat onherstelbaar naar de klote leek toch nog worden gefixt.

Anyway, Nick had voorgesteld een eind het pad achter ons huis op te lopen. Kon-ie me eindelijk zijn geliefde bergen laten zien. En dat praten, goed, het ging allemaal nog een beetje langzaam, het klonk allemaal nog een beetje als een amateurbuikspreker op een slechte dag, maar wie heeft er articulatie nodig als je *will power* hebt?

'Oké, vergeet die handicap. Als je nou je superpowers onder controle leert krijgen zie ik een goudmijn in de filmbizz.'

'Ik heb geen superpowers, Sam.'

'Doe niet zo conservatief. Wat je met mij in die slaapkamer deed, dat was telekinese. Stel je voor. Elke visual FX studio in Hollywood overbodig. Elke actie- en horrorfilm, jouw naam in de credits. Je kunt de eerste reallife Carrie White zijn. En ik doe je impresariaat. Alleen al als we half zoveel vragen als wat de studio's uitsparen aan CGI, lopen we in no time binnen. Je hebt alleen wat oefening nodig. Hier. Lift me es van de grond.'

'Watte?'

'Lift me van de grond.'

'Dat kan ik niet.'

'*Will power*, Nick. Geloof erin. Je wil het niet graag genoeg.'

'Zo werkt het niet.'

Ik haalde mijn iPhone tevoorschijn en zei: 'Wil je dat ik het film? Ik voorzie honderd miljoen views op YouTube.'

Die explosies in zijn ogen, ik kon er geen genoeg van krijgen.

We deden het rustig aan en rustten zo vaak als Nicks conditie erom vroeg. Eén pas, tien passen, honderd passen. Verderop stond een enorme bruine koe gras te vreten op de alp. Een grijze koe probeerde met haar hoorns haar flank te krabben, vergezeld door het geklingel van een massieve bel. Een derde koe lag het pad te versperren, ogen toeknijpend tegen de zon. Herkauwend, de koeien verroerden geen vin, behalve als ze met hun staart de vliegen rond hun kont wegsloegen.

En ik, ik bleef staan, want die koeien, die hoorns, het is niet wat je graag door je zorgvuldig opgebouwde abs gespietst wilde hebben.

'Kalm maar, hoor,' zei Nick, handen geheven. 'Alpenkoeien zijn mak als lammetjes. Die doen geen vlieg kwaad.'

'Ik weet het niet, Nick. Een wijs man zei ooit: vertrouw nooit iets wat op een berg woont.'

'Wie was die wijze man?'

'Ik. Ken jij niet een of andere bezwering om dat mormel opzij te moven?'

Nick liep kalmpjes dichterbij. Eerbiedig. Alsof hij uit een of andere ashram kwam. En die koe, die keek 'm onverstoorbaar aan. Het was onmogelijk uit haar blik af te leiden of het beest nu ontzettend intelligent of heel erg dom was.

'Als-ie nu freaky gaat doen zou CinemaSins ons zó bestraffen,' zei ik. '*Animals-sense-supernatural-presence-before-humans-can-cliché*.'

Nick grinnikte. 'Kom nou maar. Ze doet je niks.'

'Mij niet, nee,' zei ik, maar toch liep ik in een boog achter Nick aan, zo ver mogelijk van het pad af als ging zonder in de beek te vallen. Elk moment verwachtend dat die mestbak zou *chargen*. Dat ze in een processie rondjes om Nick zouden gaan lopen.

Maar niets van dat al. Het beest keek niet eens om. Het was bijna een teleurstelling.

Ongeveer een kilometer voorbij ons huis klom het pad boven de boomgrens uit een vernauwing van het dal in en na een tijdje bereikten we de top. Voor ons, dwars door het dal, rees de massieve grijze muur van de stuwdam van Moiry. Daarboven, de schittering van de zon op een luchtspiegeling. Een gekartelde rij haaientanden. Het gebit van het hooggebergte. Gletsjers, sneeuwkappen, de hele hoelahoep.

Ik kreeg een wee gevoel in mijn maag, een gevoel dat geometrisch gezien honderdtachtig graden het tegenovergestelde was van wat de wilde fonkeling in Nicks ogen uitdrukte.

'Wow,' zei hij.

Ik zei niets.

Een eenzame wolkenkrul pluimde aan een van de hoogste toppen. Die bergen, ze hadden iets hypnotiserends, maar niet op een dromerige of heilzame manier. Ik kon me niet aan de indruk onttrekken dat de stuwdam een barrière vormde. Er ging een onzichtbare dreiging van uit. Ik was er niet op voorbereid geweest en het maakte me bang. Ook om wat ik in Nick zag.

'Zie je die ijswand daar, pal boven de dam? Pointe de Mourti. Die heb ik beklommen.'

'Motherfucker,' zei ik.

'Met Pieter was dat. Onze eerste noordwand. En die hoge daar in de verte, die ook. Dat is de Dent Blanche.'

Hij moet iets op mijn gezicht hebben gezien, want hij raakte even mijn hand aan en zei: 'Ahhhw.'

Ik wendde mijn blik af, wou dat ik mijn zonnebril bij me had. Ik zei: 'En nu ga je stoppen met klimmen, zeker?'

'Dat... daar heb ik eigenlijk nog helemaal niet over nagedacht.'

'Moet je daarover nadenken dan?'

Nick haalde zijn schouders op. 'De Kazachstaanse klimmer Anatoli Boukreev overleefde een storm op de Everest die acht collega's doodde en is zes dagen later de Lhotse gaan beklimmen, de op drie-na-hoogste berg ter wereld.'

'Acht, zes, drie, *I don't care*.'

'Joe Simpson ging weer klimmen nadat hij hoog in de Andes zijn been brak en bijna stierf.'

'Omdat het een idioot is.'

'Jouw idioten zijn mijn helden. Misschien kwamen ze terug naar de bergen om iets te verwerken.'

Maar dat was niet de hoofdreden en dat wisten we allebei. Ik dacht aan Nicks manuscript, aan iets wat-ie daarin had geschreven: *Hoor je als klimmer haar lokroep, dan raak je erdoor betoverd, bedwelmd, en weet je dat ze alleen begrepen kan worden als je eraan toegeeft – als je naar boven gaat.*

En Nick, weer die intense blik toen-ie de frisse lucht opsnoof. Woelde door mijn haar, wat ik normaal altijd mega-irritant vind, maar wat ik hem nu liet doen omdat ik me ineens heel *shaky* voelde.

'Wat heb je er toch op tegen, Sammie?' vroeg hij. 'De bergen brengen me altijd zoveel rust...'

Wat ik erop tegen heb? Ze hebben je gezicht eraf gebeten. Ze hebben je bijna doodgemaakt. Ze laten me elke keer weer in versteende angst thuis zitten, elke keer dat jij in je yogibehoefte moet voorzien om de hele karmische cyclus van het leven vanuit een of ander verhoogd spiritueel perspectief te aanschouwen. Een kaakoperatie en twee littekencorrecties in het verschiet, en zelfs dan ben je getekend voor het leven. Hoe is dat voor rust?

Maar dat zei ik niet. En ik kon hem ook niet vertellen over de Catskills. Over Huckleberry Wall.

'Er is gewoon iets wat me de kriebels geeft aan hoe ze voor de horizon staan.' Ik maakte een weids gebaar. 'Ze maken de wereld te klein. Alsof alles wat er achter die kammen ligt een geheim is.

En met elke stap die je zet verdwijnt de een achter de ander en komt er weer een nieuwe tevoorschijn. Eén stap opzij, en je hele wereld oogt anders. Hoe benauwend is dat?'

'Weet je wat benauwend is?'

'Nou?'

'Dat ziekenhuis. Ze zijn allemaal zo gruwelijk eensgezind positief, met hun goede bedoelingen en onbezorgde glimlachjes en verhalen over hoe het allemaal wel niet goed komt, maar om me heen gingen mensen dood. Al die vaders en moeders en zoons en dochters die hun geliefde nooit meer mee naar huis konden nemen, en ik lag me daar te schamen omdat ik me ellendig voelde over mijn gezicht, over hoe alles anders zou zijn als ik eruit kwam.'

'Het spijt me dat ik er niet was.'

'Zo bedoel ik het niet, dat weet je best.'

'Toch spijt het me. Het voelt alsof ik tekort ben geschoten door er niet voor je te zijn. Zelfs hier. Zelfs op die kloteberg. Ik had er voor je moeten zijn.'

'Dat is stom.'

'Toch is het zo.'

We liepen een tijdje zwijgend door. Onuitgesproken woorden tussen ons in. Een fortuin aan ongepolijste witte Tiffany-parels, aaneengeregen aan de horizon.

'Ik weet niet of ik het aan zou kunnen als je weer zou gaan klimmen, Nick.'

Dat weet ik, zei hij. Stil maar, zei hij. Maar alles wat goed was geweest aan deze ochtend leek ineens uit evenwicht. Ontwricht.

'Waar is die berg waar het is gebeurd?' vroeg ik, hopende daar geen vergissing mee te maken.

'Die kun je vanaf hier niet zien. Ligt aan de andere kant van die kam.' Hij wees naar de eroderende puinhelling aan de rechterkant, steil en scherp ingesneden door lawinegeulen. 'Als we later naar Grimentz gaan kan ik je de col wijzen die er toegang toe geeft. De col waar Augustin en ik die steenmannetjes hebben neergezet.'

Het noemen van Augustins naam, hier, zo dicht bij waar hij was omgekomen, zette een onaangename druk op mijn ingewanden. Sinds onze komst waren het voorval en de eigenlijke reden waarom we hier waren nog niet ter sprake gekomen.

'Dus als je hier helemaal omhooggaat, dan zou je zo die vallei in kijken?'

Nick peinsde. 'Ik weet het niet. De hoofdkam ligt geloof ik nog hoger, wat je hier ziet zijn schijntoppen. Maar in theorie heb je gelijk, ja. Alleen...'

'Alleen wat?'

'Ik vraag me af wat je zou zien. We hebben uren en uren door die vallei gelopen eer we de gletsjer bereikten. Toen die wolken ons insloten, weet je wel. Zo lang kan de vallei in werkelijkheid helemaal niet zijn. Het klopte niet. Niet met de kaart en niet met de werkelijkheid.'

'Jullie waren gedesoriënteerd.'

'Ja, dat klopt.'

We waren een tijd stil.

En ik, helemaal Sam Avery: 'We zouden een helikoptervluchtje kunnen boeken. Dan kun je het zien.'

Ik merkte dat Nick verstijfde. 'Dat wil ik niet. Te gevaarlijk.'

'Ernaar kijken is gevaarlijk?'

Hij zei niets.

En ik keek naar de bergen, en ik dacht weer aan tanden. En in mijn gedachten waren ze allemaal rot.

4

Het was al donker toen we voor het eerst naar Grimentz gingen, want Nick haatte het als mensen naar hem staarden. Nick helemaal Claude Rains in *The Invisible Man*, schouders diep weggedoken in die Hilfiger-parka, kraag hoog opgeslagen en een vilten hoed die hij normaal nooit droeg boven dat verband; het liet alleen een strook open waartussen zijn ogen naar buiten tuurden, donker en waakzaam als van een ree. Zou je dat verband afwikkelen, dan zou je er niets onder zien. Een totale leegte. Die reeënogen twee gepocheerde eieren in de lucht. Spookogen. Een zwevende hoed.

Dat-ie de Maudit of de toegang ertoe wilde laten zien liep trouwens uit op een teleurstelling – of moet in je in zo'n geval spreken van opluchting? In de loop van de dag was de lucht betrokken geraakt. Het had zelfs geregend. Nu gingen de dennenboomvormen rechtop de laaghangende wolken in. Je *million dollar mountain view* uitgewist door een zwarte soep die samenvloeide met de hoogste takken.

Tijdens de wandeling naar het dorp vertelde Nick me zijn verhaal. Zijn eigen spookverhaal. Hoe-ie het ervoer, als zijn geest werd weggedrukt en die berg de *controls* van 'm overnam.

Hoe-ie achter dat denkbeeldige raam alleen maar zijn eigen spiegelbeeld terug zag staren. Dat bleke masker vol donkere gaten dat rechtstreeks terug naar binnen staarde. De mond, een openhangend donker gat. De ogen, twee starende, donkere gaten die helemaal tot in de verre nacht reikten. En in die gaten, dat buitelende rode stipje van Augustins helm, die maar viel en viel en viel en viel en viel.

Hoe er nooit een eind kwam aan dat vallen, dat was het ergste. Hoe het die illusie van oneindigheid schiep. Dit verhaal, Nick vertelde het zonder me één keer aan te kijken. Wij allebei recht vooruit starend naar de weg, de lichtjes van Grimentz voor ons opdoemend in de mist.

Nick vertelde het verhaal liever niet, zei hij, omdat het Augustin terughaalde uit de dood. Verhalen als dit hadden de macht om de doden voor even tot leven te wekken. Vooral hier, zo dicht bij waar het was gebeurd. Nick, hij keek omhoog de mist in, en ik wou dat-ie dat niet had gedaan. Zo'n specifieke richting keek-ie uit, dat het leek of hij meende dat Augustin daarboven, achter de onzichtbare bergkammen, echt nog ergens was, in een stomme vorm van volhardend leven waaruit hij niet gered kon worden maar ook niet dood kon gaan. Een treurige, dolende ziel, vastgevroren in de gletsjer.

'Het goede nieuws,' zei Nick, 'is dat ik het hier nog niet heb ervaren. De druk lijkt wel weg. Heb jij nog iets bij me gevoeld?'

Nee, loog ik. Je wil iemand toch een goed gevoel geven. Aanmoedigen, zelfs al weet je beter. Go Nick. Een miljoen jaar power, spray er wat frisse berglucht tegenaan en boem, je bent genezen.

We wandelden het dorp in, langs het donkere, buiten werking zijnde gondelstation. Stalen kabels zweefden roerloos de mist in, naar de verlate skipistes op de hogere flanken. Er was hier een

COOP. Een boulangerie-pâtisserie. Er waren wintersportwinkels, een École de Ski, een Guides de Montagne, een Office du Tourisme. Etalages vol vierentwintigkaraats ingelegde Cartier-horloges. En natuurlijk, chalets te huur. Chalets te koop. Alles wat een luxe Zwitsers vakantieoord tot een luxe Zwitsers vakantieoord maakte. En toch voelde alles verkeerd. De mist drukte een stilte over het dorp die de lucht verdichtte. Er waren geen geluiden. Geen klaterend water, geen blaffende hond, geen stemmen van toeristen. Grimentz zweefde in het purgatorium tussen twee seizoenen, in stille afwachting van de winter. En het wachtte op nog iets *anders*. Dat gevoel, dat kon je niet van je afschudden.

Ik zei: 'Ik vind het helemaal niks, hier.' Langzaam klimmend door het steile straatje, zei ik: 'Ik voel me echt *lousy*. Onbehaaglijk.'

'Die mist heeft wel iets naargeestigs, ja.'

'Het is niet de mist. Het is gewoon... griezelig. Voel jij dat niet?'

Nick haalde zijn schouders op. 'Je hebt vannacht op 1.600 meter hoogte geslapen. De berglucht kan anders geladen zijn, misschien voel je dat. Maar dat lijkt me niet erg waarschijnlijk. Meestal gaat een voelbaar drukverschil vooraf aan een storm. Nu is de lucht stil.'

'Stiller dan stil. Dat is het 'm nou juist.'

Nick verkrampte merkbaar toen uit een van de hogergelegen straatjes een groepje mannen naar beneden kwam zetten. Ze spraken in een dialect waar ik geen touw aan vast kon knopen. Toen ze ons zagen zwegen ze, namen ons schattend op, negeerden ons verder en liepen door naar zo'n hotel-annex-herberg. Zo'n *crib*-annex-*crime scene*. Zo'n door stormen geteisterd gebouw met overhangende dakranden en lege bloembakken die van donkere raamnissen naar beneden hingen. Hôtel du Barrage, heette het. Het soort lokale *hangout* waar ze er niks op tegen hebben dat je je oma zou meebrengen, zelfs als ze al jaren op sterk water stond. Die deur, toen ze die openduwden róók het naar iemands oma op sterk water. Dat en gesmolten gruyère. De mannen haastten zich naar binnen, hoofd tussen de schouders, maar die ene, die keek nog vlug naar ons om. Naar *Nick* om. Nick z'n mummiemasker.

Ik zei: 'Als je denkt dat ik ga mingelen met orthodoxe bergpygmeeën om erachter te komen wat het lokale bijgeloof is, heb je het mis.'

Dit hotel, zei Nick, hier was het waar Augustin en hij het plan hadden opgevat om naar die berg te gaan. Daar in de kelder, zei hij, bij de toiletten, daar hing die oude ets waarop ze de Maudit hadden gevonden.

'Zin in een Pflaumenschnaps?' Knikkend naar de deur, zei ik: 'Ik trakteer.'

Nick, die zwevende ogen onder de rand van zijn Claude
Rains-hoed, naar me starend of-ie me liever dood wenste.

Voorbij de herberg hoefde je maar de oude dorpskern binnen te lopen, of dat gevoel van benauwenis was terug. Huizen van zwart geworden larikshout, mosbedekte leien daken en grote, beroete schoorstenen. Oude graanschuren die zo ver vooroverhelden dat ze zonder stutpalen zouden instorten. En dat alles zo dicht op elkaar dat de straten haast tunnels leken. Alle kanten bogen ze op, via nauwe trappetjes langs gevels met elkaar verbonden. Geen enkel teken van leven: de deuren van de huizen vergrendeld. Luiken afgesloten. Bloembakken omgekeerd tegen de muur gezet. Het dorp was winterklaar gemaakt...

... en *wachtte*.

Dat alles, je hoefde het alleen maar te zien, en dan zweette je natuurlijk. Dan was je een en al claustrofobie.

Daar liep je, en ineens was het er. Dat gevoel dat je dwong om schichtig om je heen te kijken. Alsof de stilstaande lucht werd verstoord door minuscule elektromagnetische pulsen, op het oog niet waarneembaar, behalve aan de uiterste rand van je netvlies en in het tintelen van je vingertoppen. Alleen al door om je heen te kijken bekroop je de zekerheid dat er net buiten je blikveld iets had bewogen. Net buiten gehoorsafstand iemand had geroepen. Een schaduw. Een echo.

'Nick?'

Ik schraapte mijn keel. Mijn stem klonk merkwaardig dik en rauw. Nick gaf geen antwoord. Stond te kijken bij zo'n gevel, onder zo'n dakrand.

Toen zag ik het ook.

Die schaduw die daar hing, die aan álle gevels hing, dat was geen vergaan klimmerstouw van iemands grootvader. Geen *Wal-*

liser Kuckucksuhr en geen schotelantenne afgestemd op SFR of RTS. Het was een vogelkooi. In die kooi, een kraai. Nee. Een kauw.

En ik dacht: *Birds.*

Ik dacht: *Birds came out of your face.*

De vogels die in Amsterdam door onze slaapkamer hadden gefladderd. De vogels die Nick op de muren had geschilderd. Deze hier waren precies hetzelfde. En ze waren overal. Onder alle dakranden hingen kooien. Geen wonder dat ze me niet eerder waren opgevallen, want die beesten daarbinnen zaten gitzwart en doodstil in het donker. Zelf toen ik op een ervan was toegelopen, zelfs toen ik mijn gezicht tot vlak voor die tralies had gebracht, moest ik mezelf ervan overtuigen dat-ie niet was opgezet. Hij léék opgezet. Veren dof en dood, als de dieren in zo'n stoffig kabinet in een natuurhistorisch museum. Maar toen sloeg die geur me in het gezicht. Die geur muf en onaangenaam, maar doordringend, als van rottend textiel en rauw vlees. De vogel leefde en zijn starre, gevoelloze ogen keken vanuit het donker recht in de mijne.

En niks geen roest. De kooi was in gloednieuwe staat en keurig bijgehouden. Niks geen spinnenwebben.

Er klonk een schel gekwetter en geschrokken deinsde ik terug, maar het was niet de kauw in míjn kooi die zich had geroerd. Het was die in de kooi waar Nick voor stond. Aan de overkant van de straat. Nick, ook hij deed een paar passen terug. Onze schouders raakten elkaar aan. We draaiden om onze as.

In Nicks kooi scharrelde die schim onrustig op z'n stokkie, voor zover het leren riempje om zijn poot het toeliet. Sloeg zijn vleugels uit. Kwetterde nog eens, luider nu, een muzikaal maar vooral kóúd *sprrrieh.*

Ook de kauw die net nog mij had aangestaard keek nu scherp langs me heen, naar Nick.

Álle kauwen keken naar Nick.

En ik, mijn hart bonzend in mijn keel, ik zei: 'Wist jij hiervan?'

Nicks ogen schoten van kooi naar kooi naar kooi. 'Nee.'

'Het zijn dezelfde, toch?'

'Ja. Alpenkauwen.'

'Die beesten die jij doodsvogels noemde.'

'Dat was bijgeloof.'

'Dude, dít is bijgeloof. Zie je dat niet?'

Natuurlijk, wat kon het anders zijn? Al die vogels in hun kooien, aan elke gevel van elk huis in Grimentz: een vleesgeworden volksgeloof. Oudewijvenpraat uit de bergen. Alpenkauwen: orakelvogels, boodschappers van de God van het Oude Testament. Symbolen ter afwending van een of ander lot. Dierlijke barometers om iets uit de lucht mee af te lezen, iets anders dan de temperatuur of de luchtdruk van de zwarte nacht.

Maar wat?

Uit de mist klonk een ijle kreet, vermoedelijk afkomstig uit het hogergelegen deel van het dorp. Het was moeilijk te onderscheiden of het menselijk of dierlijk was geweest. Misschien was het wel zo'n kauw. Iets klopte er niet. Iets aan hoe de nagalm vibreerde aan de binnenkant van mijn hoofd deed me me afvragen of ik het geluid wel echt had gehoord.

Opnieuw die verdikking van de lucht. Die vreemde schemering aan de rand van mijn blikveld. Die serie elektrische schokjes, als een waarschuwing.

Ik keek scherp om me heen. Keek omhoog. Luisterde.

'Hoorde jij dat ook?'

Nick vroeg: 'Hoorde ik wat?'

Maar voor ik iets kon zeggen krijste een van de vogels en toen brak de hel los. Ineens waren alle vogels in rep en roer. Op en neer hippend op gekromde klauwen, woest slaand met stoffige vleugels, kettingen kraakten en kooien schommelden. Eén zo'n schim, ik zag hem zijn primitieve razernij tegen het traliedeurtje botvieren.

Nick greep mijn arm en BAM, adrenalinestoot, duizeling. Maar het was ook Nick en hij zei: 'Wat was dat ook alweer over CinemaSins?'

'*Animals-sense-supernatural-presence-before-humans-can-cliché*. Jezus Christus, Nick, laten we hier weggaan.'

Op een drafje gingen we ervandoor, maar overal reageerden de vogels op onze aanwezigheid. Een kakofonie van gekwetter uit schommelende kooien in de mist dat een of ander naderend onheil inluidde.

Verderop lag een om een drinktrog gelegen binnenplaats, met aan de overzijde een kerkje dat je onder andere omstandigheden idyllisch had kunnen noemen. Muren van witgeschilderd pleisterwerk, een houten klokkentorentje: het hele *secret marvel*-gebeuren van zo'n *Lonely Planet*-beschrijving. Maar naast die zware houten deur hing een gekruld armatuur en ook daaraan hing een vogelkooi. Groter dan alle andere. Zeker vijf kauwen zaten erin opgesloten en die kauwen, ze fladderden in dolle paniek om elkaar heen en pikten met hun snavels in elkaars schurftige lijven.

Een aanzwellend gegrom deed al mijn haren rijzen en maakte me zo koud dat mijn huid zich in mijn lichaam leek te willen terugtrekken. Ik klauwde me vast aan Nick. Uit een donkere hoek van de binnenplaats kwam een grote zwarte hond tevoorschijn met een belletje om zijn nek. Blaffend, grauwend, kwijlend. Aangelijnd, dat wel, maar zijn baasje, zo'n gastje met een bleek en zielloos gezicht, een kind nog maar, leek het beest nauwelijks in bedwang te kunnen houden. Snauwde bevelen met schrille stem. In zijn flank twee andere gastjes, die met grote ogen naar het tumult van de gekooide vogels staarden. Een ervan holde met gespreide armen naar de kooi aan de gevel van het kerkje, alsof-ie ze wilde sussen, maar zijn vriendje riep iets en hij draaide zich om. Toen-ie ons in het oog kreeg veranderde die uitdrukking op dat sullige smoeltje van bezorgdheid in zo'n bezeten doodsangst, dat het haast komisch was.

Dat gastje, het is ook iemands zoon, hield ik mezelf voor. Iemands zoon én neefje, *by the looks of it*.

Dat voorste gastje, die met de wolfshond, hield de riem kort en sneed het beest drie passen voor Nick en mij de lucht af. Hij schreeuwde iets. Het beest hijgend achter zijn eigen witte adem, zwarte lippen opzij van zijn snuit opgekruld. Tanden als spijkertjes in elkaar gegrepen, zo trappelde hij zijn voorpoten in de lucht.

En wij met z'n tweeën in dat smalle straatje, mijn handen strak om Nicks arm, Nicks lichaam heet en trillend, een koortsige spanning achter dat masker alsof het littekenweefsel daaronder los over het bot bewoog. Zijn ogen intens en verzonken en in die ogen las ik escalatie, in die ogen las ik dat we moesten maken dat we hier wegkwamen voor er iets ergs gebeurde. Iets verschrikkelijks.

Opnieuw schreeuwde het gastje iets, maar dat dialect, het léék niet eens op Frans.

'*Que se passe-t-il ici?*' probeerde ik, maar het enige antwoord dat ik kreeg was een steen. Geen perfect gegooide steen, want hij kaatste af op de granieten sokkel van de voorraadschuur aan deze kant van de binnenplaats, maar een steen.

Ik hief mijn handen en riep: '*Arrêtez! Qu'est-ce que tu fais?*'

En overal om ons heen, die kauwen door het lint in hun vogelkooien. Overal om ons heen die zwarte veren olieachtig blauw flitsend. Overal om ons heen die kraaloogjes, starend en fel, en grijpende klauwen, op zoek naar ons. En dat ene gastje maar gebaren. Roepen. Die andere, die voorste, z'n hond ophitsen. Overal om ons heen. Zoiets kon nooit lang goed gaan.

De volgende steen sloeg Nicks Claude Rains-hoed van zijn hoofd. Een tel later, bloed. Nick zakte door zijn knieën maar herstelde zich, en zijn lichaam verstarde, zijn lichaam verhardde, *iets nam het van hem over* en wie weet wat er gebeurd zou zijn als ik hem op dat moment niet zo'n enorme zet had gegeven dat-ie achterwaarts, handen-omhoog, tegen die Walliser voorraadschuur kwakte.

Ergens ging een licht aan. Ergens ging een luik open.

Nick staarde me aan, stamelde *WTF* en ik trok hem aan zijn mouw, zette het op een lopen. We kregen een salvo stenen achter ons aan waarvan er een mijn schouder raakte, maar ik wilde dat gastje niet de lol gunnen ineen te krimpen.

We renden tot voorbij het gondelstation, voorbij de dorpsrand, waar Nick wankelde en zijn hoofd tussen zijn knieën moest laten zakken en ik hem moest ondersteunen om hem overeind te houden.

Maar daar waren we dan ook onzichtbaar. Die gastjes en die vogels en die hond, ver achter ons. Opgeslokt door de mist.

'Wat de fuck was dat,' hijgde Nick.

En ik: 'Een fucking hate-crime, is wat dat was.' Schreeuwend: 'Een fucking steniging, *fils de putes!*'

Uit de mist antwoordde een ijle kreet en Nick gebaarde: '*Shush*. Die vogels, bedoel ik. Die jochies. Ze waren *bang* voor me.'

'Dat ook ja. Jezus, Nick, gaat het? Je hoofd bloedt.'

Hij keek naar me op en het bloed droop langs zijn wenkbrauw naar de rand van het verband, waar het werd opgenomen en uitwaaierde als merlot in een servet. Ik veegde het weg en kuste zijn voorhoofd. Die kus, hij moet er iets van mijn woede in hebben opgepikt, iets van het suizen van mijn adrenaline, want Nick nam me bij de schouders en zei: 'Echt, je moet rustig worden, het gaat wel weer.'

'Helemaal niet, we zijn verjaagd als beesten! Ze hebben je...'

'Het maakt niet uit. Kom mee, Sam. We gaan naar huis.'

Maar het duurde tot we aan onze kant van de dalbodem waren en de donkere vorm van Hill House en de rotsformatie erachter voor ons opdoemden in de mist, dat de realiteit van die woorden tot me doordrong.

Denkend aan graaiende vogelklauwen en opeengeklemde wolfstanden, denkend aan die lege blik van dat gastje dat zomaar veranderde in bezeten doodsangst. Denkend aan het tikken van mijn oma's breinaalden, aan de gloed van het vuur dat de wanden van Huckleberry Wall oranje deed oplichten terwijl buiten de storm kraakte om het dak.

De Catskills of de Alpen, Phoenicia of Grimentz, de Kluizenaar of de Maudit: ieder huis hing scheef onder schaduwen. Ieder huis was *haunted*.

5

Zodra de volgende dag de kans zich voordeed zat ik met Julia op FaceTime en vertelde ik haar alles. Zie je het voor je, ik ijsberend voor de grote ramen van het chalet, de bossen en de rotsen tegen die enorme zonnige v van het dal voor me, het carillon van Grimentz dat in de verte twee uur sloeg. Bossen en rotsen en ik ijsberend met mijn iPhone in mijn hand, Julia fullscreen in beeld en ondanks dat het in New York zes uur vroeger was haar net-uit-bed-look *killend*, maar dat is puur een gevalletje goeie genen, zeg ik altijd maar.

'Dude, wat een verhaal,' zei Julia. 'Herinner je je nog dat rijmpje van oma vroeger? Ze zong het altijd als de kraaien in de tuin de broodkruimels kwamen stelen van de kardinaaltjes. *One crow sorrow, two crows joy. Three crows a letter...*'

'*Four crows a boy. Omigod*, dat was ik vergeten! *Five crows silver, six crows gold...*'

'*Seven crows a secret never to be told*. Hoeveel heb je er gezien, broertje? Misschien kunnen we je toekomst voorspellen.'

Ik zei dat het geen kraaien waren geweest maar kauwen, en Julia zei dat zulke details er voor volksgeloof niet toe deden, en ik zei dat het er toch meer dan zeven waren geweest en trouwens, ik was niet bijgelovig, maar *A for effort*.

Julia in kleermakerszit boven haar dampende mok Teatox Skinny Morning, ze vroeg waarom ik in godsnaam met Nick was afgereisd naar Zwitserland, weg van zijn psychologen, weg van zijn medische zorg. Dat mijn zusje zich zorgen om me maakte was niets nieuws. Wij letten op elkaar, dat hebben we altijd gedaan. Die epische afdaling over de Panther Mile, die bevroren nacht in de sneeuw – als je alleen elkaar had op het moment dat je leven begon en de rest in rook opging, dan schiep dat een band. Hoe we daar klappertandend in de sneeuw stonden, hand in hand en kijkend naar hoe de vlammenzee onze kindertijd opvrat en onze opa als een fakkel naar buiten kwam gerend; je zou kunnen zeggen dat we elkaar sinds die dag nooit meer echt hebben losgelaten.

'Echt, ik hou van Nick, dat weet je, maar je bent niet veilig bij hem. Je weet niet waar-ie toe in staat is. Ik heb gelezen dat mensen die *delusional* zijn...'

O, en of ik pa en ma al een kaartje had gestuurd. Dat chalet, het was toch pa's creditcard geweest.

'Hij is niet *delusional*, Julia.' Mijn stem gedempt, luisterend of ik Nick niet wakker maakte, terwijl hij in de slaapkamer aan het eind van de gang een oxazepam lag uit te zweten. 'Er is echt iets griezeligs met hem aan de hand. En er is ook echt iets griezeligs aan de hand met dit dorp. Je voelt het aan alles, het gaat helemaal onder je huid zitten. Ramses is ook helemaal uit z'n doen. En dan dat dal... hier, moet je zien hoe *fucked-up* het eruitziet.'

Ik draaide mijn iPhone naar het raam en Julia rolde met haar ogen. Mijn zusje mocht dan haar tropische vissen hebben vergiftigd en in bed hebben geplast tot haar tiende, maar het waren niet de bergen die haar hadden getraumatiseerd. Zij was zo iemand die 's winters doodleuk de zwarte piste af ging in Aspen of Banff of Calgary.

Rook was wat mijn zusje triggerde. Rook en vlammen. Olie op basis van *sandalwood*.

Ik heb haar nooit verteld dat ik het was die Huckleberry Wall had platgebrand.

Nu, Julia, zes uur vroeger in New York: 'Dan al helemaal, idioot! Wat je daar ook gezien denkt te hebben, wat voor goeds denk je dat eruit kan voortkomen als je dingen gaat oprakelen die beter begraven kunnen blijven?'

Precies mijn punt.

IJsberend voor dat raam, oortjes in, Julia in mijn hand, vertelde ik haar hoe die ochtend de deurbel was gegaan. Wij net wakker, het laatste wat we na gisteren verwachtten bezoek, dus zei ik tegen Nick dat-ie zich stil moest houden. Voor de deur, een hele delegatie. Drie man sterk uit Grimentz onder leiding van iemand met zo'n boordje, zo'n wit befje, zo'n vertegenwoordiger van de kerk waarvan ik vast de naam had geweten als ik twee generaties eerder of drie staten zuidelijker was geboren. Ze zagen er tegelijkertijd intimiderend en een beetje nerveus uit, hoe ze daar in de deuropening naar me stonden te kijken. Die ene vent met Nicks hoed tegen zijn befje gedrukt.

Ze kwamen hun excuses aanbieden voor *le petit incident* gisteravond bij de kerk, zeiden ze. *Les enfants* hadden alles opgebiecht en er flink van langs gekregen van hun ouders. Ze waren geschrokken – had een van ons soms een *masque de bandages* gedragen? – maar dat mocht geen excuus zijn voor hun abjecte gedrag. En nu wilden ze het rechtzetten. Ons *bienvenue* heten in Grimentz.

'Het was dus het meest *awkward* gesprek *ever*,' zei ik tegen Julia. 'No way dat ze hier waren om hun excuses aan te bieden, ze waren hier om ons na te checken. Ik weet het zeker, het was *totally creepy*. En wie waren die gasten anyway? Dit was fucking Airbnb, hoe weten ze dat we hier zitten? En maar vragen stellen. Wie we waren, waar we vandaan kwamen, wat we kwamen doen. Een zo'n vent keek steeds langs me heen de hal in, of er toevallig iemand anders was met wie-ie kon praten. Toen het ze duidelijk werd dat ze het met mij moesten doen zeiden ze dat ze zich tegenover mijn *copain* ook persoonlijk wilden verontschuldigen, en of ik 'm dus *peut-être* even wilde halen?'

'Ew, dat is inderdaad creepy. En toen?'

'Toen heb ik die hoed uit z'n handen getrokken en de deur dichtgeslagen.'

'Wow,' zei Julia. 'Subtiel, broertje.'

'Wat moest ik dan!' Ramses, die nerveus zijn voorpoot had zitten wassen voor het raam, kromp ineen. Ik dempte mijn stem en siste: 'De hele situatie is *fucked-up*. Die creeps bleven nog de hele tijd voor de deur staan want ik hoorde gedempte stemmen, en zelfs toen ik dacht dat ze weg waren wist ik het niet zeker, want ik dacht iets te horen voor het raam aan de zíjkant van het huis, en nu durf ik dus niet eens te gaan kijken en ik word helemaal gek hier in dit kuthuis en dit kutland waar al die kutbergen op je afkomen en...'

'*Sam.*' Julia, haar blueberryblauwe ogen boorden zich recht door het scherm van mijn iPhone in de mijne. Ze zei: 'Wat jij nodig hebt,' borend met haar vinger dwars door zes tijdzones en dat iPhonescherm, 'wat jij nodig hebt is een team.'

En ik viel stil.

Ze zei: 'Een *ally*.'

Julia zei: '*Eyes on the ground*.'

Ze had gelijk. Ik had versterking nodig.

Zes uur vroeger, New York, maar nog altijd hand in hand voor dat brandende huis: 'Ik kan je *home base* zijn. Je praatpaal, je raadgever op afstand. Maar wie ken je daar, Sam? Wie vertrouw je genoeg om erbij te halen?'

En plotseling swipete ik naar mijn second screen.

'Broertje? Hallo? Het beeld is blijven hangen.'

Ik opende WhatsApp, scrolde als een gek tussen mijn gesprekken.

'*Hallo?*'

'Wacht even!'

Daar. Eind augustus. Dat +41-nummer. Ik opende het gesprek en las mijn laatste berichtje:

Cécile, WTF?

En het hare:

Spijt me. Hij had gelijk, hij is een monster.

6

Fast-forward naar twee dagen later, vrijdagmiddag, de keuken. In de dikke leren instructiemap van het eigenaarsechtpaar in Sion stond te lezen dat op vrijdagmiddagen de hulp kwam schoonmaken. De hulp in kwestie Maria Zufferey-Silva de Souza, een met een Zwitser getrouwde Portugese uit Grimentz. De genenmix die dat opleverde zou zo in het MOMA kunnen, zei ik haar toen ze een foto liet zien van haar zoon. Die zoon een *Men's Health*-covermodel in spe, inmiddels gelegerd in een kazerne in Andermatt. En zij glunderen in haar schort, zij met die klaterende lach; ze hield niet meer op over het jong, en dit alles natuurlijk in het Frans met een heerlijk Zwitsers-Portugees accent. Maria, ze was een linguïstische thesis op zich.

Leer mij Zuid-Europese moeders kennen. *Don't ask*, maar als je iets van ze wil, begin je over hun zonen.

'Hij zal wel blij zijn dat-ie weg is uit het dal,' zei ik. 'Ik bedoel, het is verschrikkelijk mooi hier, maar het leven hier lijkt me nogal beperkend voor iemand van zijn leeftijd.'

'Och nee,' zei Maria. Dit was een vrouw die erin slaagde vol passie de klaagzang over haar leven te brengen terwijl ze met de grimmige routine van iemand die nooit anders doet de keukentegels sopte, en geen vetvlek miste. 'Anton is hier opgegroeid, hij voelt zich thuis in het dal. Elke keer als hij verlof heeft komt hij terug. Ik zeg steeds: ga naar Bern, jongen, ga naar Genève, of ga verder, de grens over. Ik heb tot God gebeden voor oorlog, dat hij naar Syrië wordt uitgezonden of Irak of Jemen, want dat is de enige manier waarop hij iets van de wereld zal zien. Maar het liefst gaat hij de hele winter lang skiën met zijn vrienden. Thuis, waar hij is opgegroeid. Kun je het je voorstellen?'

Maria, ze stopte even om een slok van mijn zelfgebrouwen ristretto te drinken die ik voor haar had neergezet. Het zweet op haar niet onaanzienlijke boezem, ze knipoogde vertrouwelijk en zei: 'Ik niet. Ik woon hier nu drieëntwintig jaar en de enige reden waarom ik het nog steeds volhou is dat ik ieder jaar in januari een maand naar mijn zuster in Lissabon ga. De hele winter ingesneeuwd. Wat een verschrikking.'

'Het is geen slechte plek.'

'Dat is het wel. De kou trekt in je botten. En het is niet alleen de kou. Het zijn de stormen uit de bergen die je tot waanzin drijven. Mijn man begreep het niet, die eerste keer, maar ik zei Pascal, als je me niet laat gaan zet ik nooit meer een voet in het dorp.'

'*Good for you, girl*,' riep ik uit en ik balde mijn vuist.

'*Ah, querido*.' Ze wierp me een kushandje toe.

Maria, ik hield meteen van haar. Van haar puurheid. Hoe ze haar mouwen tot aan de ellebogen had opgerold om haar levervlekken aan de hele wereld te laten zien. Als immigrant in de gesloten gemeenschap van Grimentz zou ze in hun ogen altijd een buitenstaander blijven. Misschien sprak ze daarom wel zo vrij met mij. Dat en de cafeïnestuip die ik haar toediende en het was de perfecte set-up om haar uit te horen.

'Wat is dat trouwens met al die vogels?' Dit achter het chalet, waar ik haar net een zelfgebrouwen Black Insomnia had gebracht, Maria de naalden van het terras vegend. 'Al die vogelkooien in het dorp die onder de daken hangen.'

'Die heb je dus gezien,' zei ze.

'Meer dan alleen gezien.' Ik vertelde haar wat er was gebeurd toen we het dorp hadden bezocht: de plotselinge gekte onder de vogels, de gastjes met hun stenen, de monsterhond met z'n malende kleine tandjes.

En Maria zei, over het zwiepen van haar bezem: 'Trek het je niet aan. Die kwajongens zijn geen vreemdelingen gewend buiten het seizoen. Het is allemaal een beetje ons kent ons hier.' Over haar bezem naar me toe buigend, theatraal achter haar hand: 'Sommigen zijn een beetje achterlijk, als je 't mij vraagt.'

'Maar wat hebben die vogels te betekenen?'

Ils sont des nog-iets, zei ze. Iets in dialect, in ieder geval geen Frans of Portugees.

'*Lucky birds*,' zei ze toen. Het waren de enige woorden die ik Maria in het Engels hoorde zeggen. Die donkerbruine ogen, er fonkelde daarbinnen iets.

'Geluksvogels,' zei ik.

'Het zijn vogels uit de bergen. De oude mensen geloven dat ze voorspoed brengen. Volgens de verhalen dragen ze de zielen van onze voorouders met zich mee en daarom moeten ze aanbeden worden. Maar dat is allemaal oud bijgeloof. Veel van die gebruiken gaan verloren met de tijd. Tegenwoordig is het vooral iets voor de toeristen.'

'Gelooft u dat ze geluk brengen?'

Maria sloeg een kruisteken. 'Ik geloof in onze lieve Heer. Maar de mensen leven hier al generaties lang. Het leven hierboven is anders. Rauwer. Dan ga je je eigen dingen geloven.'

Wat niet direct een antwoord was op mijn vraag, besefte ik. Eerder een verkoopbare versie van de waarheid. Een retorisch dwaalspoor. Maria met al haar puurheid, misschien ging er toch meer achter haar schuil dan ik had vermoed.

'Ik vond het eerlijk gezegd een beetje griezelig hoe ze allemaal tegelijk wild werden.'

'O, dat hebben ze soms. Ze bespeuren een verandering in de atmosfeer, een weersomslag die op til is. De een steekt de ander aan, en dan is het hek van de dam. En een kabaal dat ze maken! Dat heeft niets te betekenen.'

En soms komen ze in Amsterdam uit het gezicht van je vriendje gevlogen, dacht ik. *Dat heeft ook niets te betekenen.*

Vanuit de struiken aan de zijkant van het huis kwam Ramses tevoorschijn en bleef met halfgesloten ogen in de schaduw van een oude lariks zitten. Maria staakte haar gebezem en keek naar hem op de manier waarop iemand anders naar een ernstig zieke buidelrat zou kijken.

'Jullie hebben een kat meegebracht.' Maria, ze plantte de bezem tegen de gevel en veegde het haar uit haar gezicht. 'Ik zou hem niet buiten laten. In het dorp zijn we niet gek op katten.'

Ik wilde haar vragen wat ze daarmee bedoelde, maar Maria's praatgrage bui, van het ene op het andere moment was die voorbij. Ze mompelde iets van dat ze nog veel te doen had en haastte zich naar binnen. Ik vond het vreemd. Een weersomslag. Noem me paranoïde, maar ik kreeg de indruk dat ze te veel had gezegd. Maria bleef niet lang meer, maar de resterende tijd die ze er was, was ze in zichzelf gekeerd. In de whirlpoolbadkamer beneden sloeg ze mijn zelfgebrouwen Arabian Death Wish af. Op de vliering boven betrapte ik haar mompelend in zichzelf. Ik was er vrij zeker van dat ze een gebed opzei.

Zelfs toen ik vroeg of Anton de Alpenboy ook een Heidi had, ontweek ze me. Leer mij Zuid-Europese moeders kennen, maar volgens mij kan ik opnieuw beginnen.

Vlak voor ze vertrok kwam Nick thuis van zijn wandeling. Nick zag er beter uit, viel me op. Sterker. Zijn armen, neus en voorhoofd waren gebronsd door de oktoberzon en hadden een gezonde glans. Maria echter, zij schrok zichtbaar toen ze hem zag.

Hij heeft een ongeluk gehad, zei ik. Daarom zijn we hier. Voor de revalidatie. Maria knikte beleefd, schudde Nick de hand, maar haar ogen waren nerveus op haar eigen boezem blijven steken.

'Dit is Maria, Nick,' sprak ik langzaam in het Frans. 'Ze komt uit Grimentz. Zij maakt hier de boel schoon.'

En Nick, die meteen maar zijn hele repertoire aan Frans op tafel legde: '*Ah oui. Bonjour!*'

Maria wist niet hoe snel ze weg moest komen. Ze griste haar tas van de keukentafel en zei met duidelijke tegenzin: 'Goed, dan kom ik volgende week vrijdag weer.' Volgde haar ogen de deur uit, terwijl Nick en ik haar achternaliepen naar de voordeur. Hij stootte me aan, of ik kon vragen wat ze van de bergen boven het dorp wist. En ik tolken.

Onder aan het trappetje draaide ze zich om, liet haar blik een ogenblik over Nicks gezicht glijden, greep zich vast aan de reling en wendde zich tot mij. 'Van de bergen weet ik niets,' zei ze. Ze lachte nerveus. 'Ze zijn mooi om naar te kijken, ze dicteren het leven hier, maar ik ben er nooit in getrokken. Ik hou van het dal. Ik weet dat er daarboven nog een hele wereld is, maar die heeft me nooit kunnen bekoren.'

'Zegt de Pointe Maudit haar iets?'

Die naam, zelfs ongearticuleerd, zelfs gedempt door het verband en ingebed in het Nederlands; het had zijn uitwerking. Maria werd bleek en wankelde op haar benen. Het was onmogelijk te definiëren wat op haar gezicht stond te lezen. Ik wilde vragen of alles wel goed was, maar op dat moment kwam een donkerblauwe Peugeot het houten bruggetje over de beek afgehobbeld en draaide ons erf op. Het gaf Maria de gelegenheid zich naar haar eigen Nissan te haasten en zonder een woord van afscheid in te stappen.

Wat, *like*, totaal niet *weird* was.

'Verwachten we bezoek?' vroeg Nick.

Maria's Nissan vertrok over het bruggetje en liet een stofwolk achter, terwijl de Peugeot in haar wielsporen parkeerde. Nick en ik samen in de deuropening, kijkend naar hoe het portier openging. En Nicks gezicht een en al verwarring. Voor ons stapte een leren dameslaars uit het open portier van de Peugeot. Een ladderloze panty volgde. Een volle bos donker, krullend haar.

Wat Nick op zich toe zag lopen, was een spookbeeld uit de eerste dagen na zijn coma. Een geest uit zijn delirium.

'*Bonjour*,' zei Cécile Métrailler.

En ik zei: '*Surprise*.'

7

Bleek dat het helemaal niet moeilijk was om Cécile hier te krijgen.

Bleek dat twee appjes genoeg waren. Twee appjes genoeg voor haar om Lausanne voor het weekend achter zich te laten en de bergen in te rijden. De eerste:

> Jij had ook gelijk, hij is inderdaad een monster. Maar hij doet het niet expres.

En de tweede:

> Monster & Me zijn in CH. Wil je praten?

En *what else*: bleek dat dat bar-annex-herberggedeelte van Hôtel du Barrage zo slecht nog niet was. Zeker, ze serveerden geen Captain Collins of caipirinha, er was geen blacklight of backlight, maar hun Cardinal Draft was best te pruimen en in die joekel van een natuurstenen open haard knapte een joekel van een vuur dat een haast hypnotiserende hitte verspreidde.

Cécile en ik hadden een tafeltje helemaal achterin. Cécile, haar ogen, ze lieten me geen seconde los. Ze boog zich over het geweven tafelkleed naar voren en vroeg: 'Heb je gehoord van die Andenmatten-groep die in 1957 verdween? Dat is hier gebeurd. Boven Grimentz. Of het verhaal van die Britse vrouw die hier verdwaalde in de jaren negentig...'

Dit is wat je noemde infiltreren. De herberg vol dorpelingen, wij als enige van buitenaf. Doen alsof we er thuishoorden. Dit is pas wat je noemde compenseren.

In de keuken zong de kok Italiaanse liederen, zo hard dat je ze in de eetzaal kon horen. Die kok met zijn fladderende witte schort, hij serveerde de gasten geroosterd spit. Gepofte aardappels. Fonduepannen vol gesmolten kaas. Een forse barvrouw met donker dons op haar bovenlip bracht schuimende pullen bier aan de tafels of génépy aan de oude mannen die voor de haard hun pijp rookten. De geur van bier en tabak diep in het tapijt en het met balken gestutte plafond.

Je zou het bijna over het hoofd zien, maar in het bijna-donker boven de bar hing een vogelkooi. Een grote. Daarbinnen, iets donkers dat rondscharrelde.

Cécile, ze keek me aan en zei: 'Wist je dat hierboven als de wind gaat draaien de mensen allemaal gek worden?' Ze dronk van haar bier, en zei: 'Ze noemen het de *morose*. Een weersfenomeen, en het treedt maar één paar keer per jaar op.'

Cécile Grimentz had wat speurwerk op zich verricht. Verborgen feiten ontrafeld.

Het weerzien vanmiddag was zo goed gegaan als je redelijkerwijs kon verwachten. Vijf dagen in Zwitserland en het was heerlijk om een vertrouwd gezicht te zien. Céciles komst voelde goed. Cécile Métrailler, zuster Cécile, het enige baken van hoop tijdens die eerste dagen in het CHUV. Maar toch, ze hoefde maar de drempel over te stappen, je hoefde maar die eerste beleefdheden te hebben uitgewisseld of je voelde dat er van alles broeide.

Cécile was hier om ons te helpen, had ik tegen Nick gezegd. Ik zei dat ik haar had gevraagd om te komen omdat zij degene was die had geweten dat er gaten ter grootte van een gletsjermeer in het officiële verhaal hadden gezeten.

Je had een infiltrant nodig, zei ik. Iemand die de couleur locale kende. Dit was zij: Cécile Métrailler, geheim agent. We moesten haar in vertrouwen nemen.

En Cécile had daar op de bank in ons chalet gezeten, het ene been over het andere, haar handen friemelend met het sierkussen. Ogen waakzaam. Haar pupillen pulserend steeds als ze naar Nick keek, alsof iemand er morse in zat te seinen met zo'n penlight. Kort-lang-kort-lang, open-dicht-open-dicht.

Terwijl Nick zijn verhaal deed en ik zijn Engels aanvulde met Frans waar Cécile het niet begreep, verloor ik haar uitdrukkingen geen moment uit het oog. Hoe mensen op Nick reageerden als ze in zijn buurt kwamen, dat was me al eerder opgevallen. Hoe ze die berg in hem konden voelen. Ik had het gezien bij Harm en Louise Grevers, bij psych Claire. Deze middag nog, bij Maria. Het was subtiel, je moest weten waar je naar zocht. Maar het was onmiskenbaar. Die onbewuste tegenzin om lang bij hem in de buurt te zijn. Die instinctieve afkeer die hen zich van hem liet afwenden. Hoe ze steeds over hun lippen likten. Hoe ze ineens wankelden of zich ergens aan vastgrepen. Om voor de hand liggende reden was Nick bezoek van vrienden uit de weg gegaan tijdens onze weken in Amsterdam, maar één zaterdagmiddag was Fazila me thuis komen ophalen voor een *shopping spree* en we hadden in de keuken geluncht. Nick had boven op bed gelegen. Na een halfuur had Fazila geklaagd over een licht gevoel in haar hoofd. Zei dat ze naar frisse lucht snakte, vroeg zich af of haar periode soms te vroeg kon zijn. Gisteren was het ineens tot me doorgedrongen.

Droge mond. Misselijkheid. Draaierigheid en hoofdpijn. Stuk voor stuk symptomen van hoogteziekte.

Ik had het gegoogeld: hypobaropathie. Bleef je er te lang aan blootgesteld, dan resulteerde het in longoedeem en hersenoedeem en dan was je dood.

Stuk voor stuk symptomen die ík niet had... omdat ik aan Nick was geacclimatiseerd. Wat ik had was *hoogtevrees*. Aan hoogtevrees kon je niet acclimatiseren.

Kon Nick zo ver gaan... kon Nick iemands dood veroorzaken, gewoon door te lang bij hem in de buurt te zijn? En ik, was ik daarom zo bang voor hem?

Dit schoot allemaal door me heen terwijl ik naar Cécile had gestaard. Nick maar vertellen en Céciles vingers maar klauwen in dat sierkussen. Die ogen van haar, ze keken van hem weg, ze puilden haast uit en haar pupillen pulseerden hun *S.O.S. to the world* alsof het haar laatste strohalm was. Nick vertellen en Cécile zweette, één hand tegen haar deinende borst gedrukt, haar ademhaling te snel en haar hartslag haast hoorbaar. Als je goed keek zag je die hand trillen.

Cécile, toen Nick was uitverteld zag haar gezicht asgrauw.

Wat was er met haar aan de hand? Was dít hoogteziekte?

Of ze even mocht gaan liggen. Ze had die ochtend nog vroege dienst gehad in het CHUV, zei ze en ze was moe van de autorit. Ik liet haar de slaapkamer in de nok van het dak zien die Maria voor haar had klaargemaakt. Lakens schoon, matras gelucht, het enige nadeel dat de badkamer op de begane grond was. Dat maakte niet uit, zei ze, haar *body language* een en al *get out, now*. Haar stem schor, haar lip bevend toen ze me dat steile trapgat af joeg en het gat boven me afsloot met de afdekplaat. En ik naar boven roepend of ze nog iets nodig had, of ik haar kruidenthee kon brengen en zij nee, ze moest echt even rusten nu.

Nick, toen ik weer beneden was, hij keek me ongelukkig aan en zei: 'Het is mijn schuld, hè?' Buiten nam de schemering bezit van het dal en Nick, zelfs hij zei: 'Er is iets mis. Ik kreeg niet de indruk dat ze hier voor haar plezier is. Of voor ons.'

En ik ineens de indruk dat ze *haast* had gehad toen ze me uit de zolderkamer had weggebonjourd. Alsof ze te laat was voor zonsondergang en 's nachts in een oger veranderde, of zoiets.

Nu, aan ons tafeltje in Hôtel du Barrage, pakte ik haar handen vast en vroeg: 'Wat is er met je gebeurd?' Die ogen groot en bruin, nu was het mijn beurt om ze in een *eyelock* te houden. 'Je bent weggelopen uit het ziekenhuis terwijl je Nicks wonden verschoonde en je hebt het verband open en bloot laten liggen. Je appte datie een monster was. Wat zag je, toen je dat verband verwisselde?'

'Wat ik zag? Ik... een lelijke wond. Bloederig.'

Ik zei dat ze volgens de hoofdzuster gillend was weggerend. Dat was niet omdat ze een beetje bloed zag. Wat was erg genoeg om er gillend van weg te rennen?

'Het was niets,' zei Cécile. 'Ik stond onder veel druk op het werk. Het werd me allemaal even te veel.' Frunnikend aan haar haar, ze zei: '*Juste une dépression nerveuse.*'

Ik dacht: *Je verzwijgt iets.* Ik dacht: *Je wil het wel vertellen, daarom ben je hier, maar je durft het niet.*

'Oké,' zei ik. 'Goed. *Full disclosure*, hier. Ik heb ook gekeken. Onder het verband.'

'Dat was onvermijdelijk.' Ze dronk van haar bier. 'Ik weet nog dat je zei dat je ertegen opzag. Kon je het verdragen?'

'Er kwamen vogels uit zijn gezicht.'

Cécile knipperde.

Ik wees langs haar heen, naar wat boven de bar rondscharrelde in het bijna-donker. 'Diezelfde vogels die hier in al die kooien hangen.' *Lucky birds*, volgens Maria. Iemands voorouder met klauwen en snavel. 'Ik was op veel voorbereid, maar dit was zelfs mij een beetje te gortig. Nou jij. Wat zag jij?'

'Ik geloof dat ik je niet helemaal begrijp, Sam.'

Ik vroeg: 'Geloof je in spoken? In geesten?'

'Ja,' zei Cécile zonder omhaal. Ik zag niets op haar gezicht wat erop wees dat ze loog.

'Ik niet,' zei ik, en ik pauzeerde even. 'Maar er was nog iets.'

Wat dan, vroeg Cécile.

'Ik dacht dat ik Augustin zag. Dat klimmaatje van Nick, dat in die spleet is doodgevroren. Toen ik onder dat verband keek, zag ik zijn hand, in die mouw van die gore-texjas, met vingers helemaal blauw en stijf van het ijs.'

Wat je terug zag kijken, boven dat glas bier, dat waren die grote, bruine ogen, die nu je zo ver was de rest van het verhaal uit je trokken. Al het andere was er nog steeds: het gelach van de gasten, het poffen van het vuur. Het zingen van de kok. De buitenwereld een maanloos zwart, de ontsnappingsweg naar het dal één rijstrook smal in de oktoberregen. Al die dingen bestonden, maar het enige dat telde was het verhaal dat je vertelde aan Cécile, om haar het hare te ontlokken.

Dus ik vertelde het haar. Ik vertelde haar alles. 'Ik weet het,' zei ik na afloop. 'Ik moet het me hebben verbeeld. Maar het leek zo echt, weet je? Het leek zo echt.'

En Céciles armen, alle haartjes stonden rechtovereind. Snikheet in de herberg, drukkend heet, maar al wat Cécile voelde was de vrieswind uit de bergen.

De duizelingen, de hoogtevrees, alles. Ik legde al mijn kaarten op tafel.

'Jij voelde ook iets,' zei ik. 'Ik zag het aan je, toen Nick vanmiddag zijn verhaal vertelde. Ik zag het in je ogen, dat er iets met je gebeurde. Wat was het?' Ik liet opnieuw een stilte vallen en alsof-ie op z'n cue had gewacht explodeerde er – *pang!* – een knoest in het vuur. Cécile schoot op. Het enige wat er in het schemerduister was te zien waren de holle gezichten van de gasten. De zwarte schim in de vogelkooi. Mijn mond die woorden vormde die ze niet wilde horen: 'Je hebt iets meegemaakt toen je onder het verband keek. Je hebt iets gezien. Heeft hij je iets aangedaan?' Ik vroeg: 'Waarom ben je hier, Cécile?'

En Cécile zei: 'Ik ben hier om te helpen.' Een hartslag later: 'En ik ben hier omdat ik kán helpen.'

Hier ging ze dan. 'Ik ben zelf opgegroeid in de bergen,' zei ze. 'Niet in het Val d'Anniviers, maar in het Val d'Hérens, aan de andere kant van de keten hier boven het dorp. Het is hemelsbreed nog geen vijftien kilometer van waar we nu zitten, maar je kunt het net zo goed een andere wereld noemen. De dalen hier zijn geïsoleerd, ieder dal kent zijn eigen leven en zijn eigen verhalen. Meer hebben de bergbewoners niet nodig, ze kennen hun dal zoals ze hun eigen huid kennen. Natuurlijk hoorden we als kind wel eens verhalen uit de bergen. Spookverhalen. Vreemde dingen die in de afgelegen valleien gebeurden. Daar stond je niet bij stil. Als je in de bergen opgroeit, zit de buitenwereld vol geheimen. Je kende precies de plek bij de beek waar de oude veehoeder uit Fourcla op een lentedag werd gegrepen door een springvloed en werd weggespoeld. Ze zeiden dat je hem bij hoog water nog steeds kon horen schreeuwen, aan die kant van de kloof van La Borgne. Je kende precies de plekken rondom het dorp waar in de wintermaanden de wolven en de lynxen kwamen. Daar wemelde het van de pootafdrukken in de sneeuw. 's Nachts hoorde je de wolven naar de maan huilen. Maar er waren plekken, verder stroomopwaarts, waar de sneeuw altijd maagdelijk bleef. Onaangeroerd. Alsof de dieren die plekken schuwden, snap je? Daar bleef het zelfs bij vollemaan stil. Nou ja, zo werden er ook verhalen verteld over een berg die altijd in de wolken zou liggen. Over een vallei die vol echo's zou zitten, en waar niemand meer kwam omdat de duivel er een vloek op had gelegd. Hier in de bergdorpen drukt de Rooms-Katholieke kerk nog altijd zwaar haar stempel op wat de mensen geloven. Hoe dan ook, toen ik twaalf was verhuisden we naar Lausanne. Je wordt ouder, je verliest de voeling met de bergen en vergeet de verhalen die je als kind zijn verteld. Ik heb heel lang niet meer aan die berg gedacht. Tot afgelopen augustus Nick werd binnengevlogen door de reddingsdienst.'

Ze laste een stilte in, maar ik durfde hem niet te verbreken. De herberg, de mensen, het vuur; het was allemaal vergeten. Alleen Cécile bestond nog. Haar woorden, haar stem.

'Ik had met jullie te doen. Met jullie beiden. Ik wist dat wat er in het rapport van de Police Cantonale stond niet kon kloppen en ik wist dat dr. Genet loog over zijn diagnose van Nicks verwondingen. Waarom zou hij liegen over zoiets? Er klopte iets niet. Er heerste zo'n vreemde sfeer op de afdeling, niemand wilde erover spreken. Weet je nog die avond dat we elkaar ontmoetten, dat ik hardop loog over wat er op Nicks briefje stond? Dat was daarom. Het liet me niet los, ook niet nadat jij was vertrokken en Nick naar Nederland werd gerepatrieerd. Dus ben ik wat gaan snuffelen. En toen ik in het rapport las waar de bergredding hem had gevonden, kwamen al die oude verhalen terug en ben ik me erin gaan vastbijten. Ik voelde dat ik jullie iets was verschuldigd, omdat ik die avond ben weggelopen. Ik had er spijt van. En ja, je hebt gelijk. Misschien heb ik ook wel iets gevoeld, toen ik die avond bij Nick het verband verschoonde. Al was hij toen al onder zeil door de morfine. Ik dacht dat het puur intuïtie was waardoor ik ineens zo bang werd, maar na alles wat jullie hebben verteld is het logisch om aan te nemen dat ik hetzelfde heb gevoeld als iedereen. Dat ik de Maudit in hem voelde. Maar dat wist ik toen nog niet.'

Cécile, haar stem op dit punt alleen nog maar een adem in het donker: 'En toen pleegde dr. Genet zelfmoord.'

Nu was ik het die opschoot in mijn stoel. 'Dat lieg je,' zei ik, zo hard dat de gasten aan de dichtstbijzijnde tafeltjes omkeken. 'Dr. Genet was toch de kaakchirurg die Nick heeft geopereerd?'

Ze knikte. 'Ik wilde het niet vertellen waar Nick bij was.'

'*Holy moly*.' Het beeld dat me voor de geest sprong was hoe dr. Genet fronsend de politiefoto's ondersteboven en weer terug had gedraaid. Louise Grevers die haar handen voor haar mond had geslagen. 'Wat is er gebeurd?'

'Niemand weet het echt, op de afdeling is het doodgezwegen. Maar het was allemaal zo vreemd, er waren geen signalen geweest dat hij eerder depressieve neigingen zou hebben gehad. Op het dak van het CHUV hebben we een panoramaterras waar 's zomers wel eens recepties worden gehouden, omdat je er over de hele stad en het meer kan uitkijken. Begin september is dr. Genet daar naar boven gegaan, over de reling geklommen en naar beneden gesprongen. Ze vonden hem twaalf verdiepingen lager op de helikopterlandingsplaats. Hij heeft zijn eigen afscheidsbriefje beantwoord.'

'Wat was het?'

'"*Ik moest weten of er een eind zou komen aan het vallen. Of ik ooit de grond zou raken.*"'

8

Je erin vastbijten, zei Cécile, dat hield in dat je het spoor traceerde tot aan de bron. Die eerste vrijdag van september, dan rijdt ze naar de basis van Air-Glaciers op het vliegveld van Sion en probeert daar met mensen te praten. Het plan is om de Yvain Crettenand te spreken te krijgen die in de avond van 8 augustus jongstleden aan de Police Cantonale de informatie heeft verschaft over de reddingsoperatie van een ernstig gewonde Nederlandse klimmer. Die klimmer, die is bij zijn noodoproep niet in staat geweest om de hulpdienst te woord te staan, maar heeft wel de tegenwoordigheid van geest gehad om 1414 zijn gps-locatie door te appen. Zijn gps-locatie en het woord 'HELP', gespeld in hoofdletters.

Het punt was, niemand wil praten. Nadat ze eenmaal heeft verteld wie ze is, nadat ze heeft verteld over wie ze informatie wil, weet niemand meer iets.

Die Duitse jongen die die dag is omgekomen. Die ouders die nog altijd zoeken naar antwoorden. Ze wíl niet in de openbaarheid brengen dat niemand hem daarboven is gaan zoeken, zegt Cécile nadat ze bij de receptie op alle mogelijke manieren heeft zitten aandringen. Het hóéft niet uit te lekken dat er zelfs geen verkenningsvlucht is geweest. Zelfs nadat ze openlijk speculeert over wat de waarheid met de goede naam van de bergredding in de publieke opinie zal doen – toch funest voor een door giften gesponsorde instantie – zelfs nadat er eindelijk uit een kantoortje boven een of andere pief naar beneden is gekomen om haar te woord te staan, zelfs dan dreigen ze nog de bewaking te bellen als ze niet uit eigen beweging het terrein verlaat.

'Het punt is,' zei Cécile tegen me, aan dat tafeltje in Hôtel du Barrage, 'dat ik zonder Benjamin Crouton compleet zou zijn vastgelopen.'

Om de hoek, zei ze, voorbij waar de hangar stond, keek je zo door het gaashek op het platform en die rood-witte helikopters. Terwijl ze ernaar staat te kijken schuift een van die grote loodsdeuren naar boven en ziet ze het silhouet van een gozer tegen de felverlichte binnenkant van de hangar staan. Een silhouet dat haar wenkt. Die gozer, hij is zwaar, ziet ze als ze dichterbij is gekomen, een grote vent met een geel hesje over zijn uniform en vingers die eruitzien of ze naar olie stinken.

'Als je stil kunt zijn,' zegt die gozer terwijl hij nerveus over zijn schouder kijkt, 'kan ik je misschien wel een rondleiding geven.'

En Cécile, zij trapt natuurlijk haar Lucky Strike uit op het asfalt en volgt hem naar binnen.

Die gozer, zodra ze de hangar door zijn en op het platform staan stelt hij zich voor als Benjamin Crouton. Helikopterpiloot is-ie, en voor iemand die bang is om gesnapt te worden door zijn meerderen raakt-ie maar niet uitgepraat over driebladsrotoren en gyroscopische precessie.

'Dit schatje is de AS350-B2,' zegt-ie als ze naast de helikopter staan waar hij net aan heeft zitten sleutelen. 'Turboméca Arriel-motor, state-of-the-art lcd-schermen, digitale avionica. Ik wil niet opscheppen, maar je zou kunnen zeggen dat ik een autoriteit ben op dit gebied.'

Liefkozend streelt-ie de openstaande schuifdeur. Hij zegt: 'We noemen haar ook wel Eekhoorn.'

'Wow,' zegt Cécile. 'Ik mag haar zeker niet even vanbinnen bekijken?'

'Graag zelfs,' zegt hij. Terwijl zij naar binnen klimt en plaatsneemt achter de stuurknuppel, kijkt-ie nog een laatste keer om en stapt dan zelf in. Hij schuift de deur van de helikopter achter zich dicht. Nu zitten ze samen opgesloten in Eekhoorn. Niet wat je noemt een privéjet, maar dat terzijde.

'Oké, ik weet wie je zoekt en waarom,' zegt Benjamin. Pas nu ziet ze dat het zweet hem op het voorhoofd staat. Dat zijn handen trillen. 'Ik had koffiepauze en ik hoorde wat je zei op kantoor. Yvain is er niet. Hij geeft een cursus in Oostenrijk.'

'Hoe kan ik hem bereiken?'

'Wie wil dit weten?'

Cécile vertelt hem wie ze is. Ze vertelt hem dat die Nederlander in deze zaak haar patiënt was. Dat de chirurg die hem behandelde dood is. En dat ze die berg daarboven kent, omdat ze in die dalen is opgegroeid.

En Benjamin Crouton zegt: 'Ik ben de piloot die die dag de helikopter vloog.'

9

Oké, *major* stijlbreuk, maar wat nu volgt is het verhaal in de woorden van Cécile Métrailler, ongefilterd – *wink-wink* – door de hemelblauwe ogen van *yours truly*:

'Na zijn dienst kochten we een fles Chivas Regal en reden we naar de heetwaterbronnen van Leukerbad. Zo kwam het dat we niet veel later naast elkaar in dat pocheerbad lagen te borrelen. Hij met zijn handen achter het natte, dunne plukje haar op zijn hoofd gevouwen en zijn harige buik boven het stomende water uit als een eiland in de mist. En ik naast hem. Ik ben opgegroeid met thermaalbaden en naaktheid interesseert me niet, maar ik zou liegen als ik zou zeggen dat ik me ook maar een greintje kon ontspannen. Benjamin had 'm al flink hoog zitten, maar ik kreeg geen slok door mijn keel.

Ik wilde zijn naakte verhaal, snap je? De naakte waarheid.

"We rukken niet uit," zei hij. "Bij een Code 33-11 rukt niemand uit in Wallis. Niet bij Air Zermatt en niet bij ons. Dat is algemeen bekend onder de reddingsdiensten."

Benjamin Crouton heeft Nick het leven gered, Sam. En niet alleen Nick. Zijn leven in de waagschaal stellen om anderen te redden is voor Benjamin dagelijkse kost.

"Eén rukwind," zei hij, "één gril van de thermiek en je slaat je wieken tot gort in een stuifsneeuwhelling. Rukwinden. Bliksem-inslag. Het is gevaarlijk werk, maar wat het zo mooi maakt is de afwisseling. Vorige week nog plukten we twee Slowaakse alpinisten met een reddingslijn uit een noordwand en zwierden we ze de hele weg terug naar het dal. Twee dagen later, een Duitse familie met twee halfbevroren kids die noodgedwongen moesten bivakkeren tijdens een onweersstorm. Een verstuikte enkel op de Weisshorn. Een spletenredding op de Tête Blanche. In het hoogseizoen vliegen we soms wel twaalf keer per dag uit."

Lijken bergen doet hij ook. Op de basis hebben ze een stellingkast vol lijkzakken in cellofaan klaarliggen. "Er is er altijd wel weer eentje die dacht dat het hem niet zou overkomen. Dat-ie onsterfelijk was, tot hij achthonderd meter naar beneden viel. Leven en dood gaan hand in hand in de bergen. En wij zijn er om ze op te ruimen. Om de achterblijvers iets te geven om te begraven.

Voor hen doen we het, begrijp je? Hun vrouwen en hun kinderen hebben er niet om gevraagd dat hun geliefden die toppen op moesten." Hij haalde zijn neus op. "Natuurlijk zijn er ook vrouwen die doodvallen. Maar de meesten zijn mannen. Veruit de meesten."

Hij leek zo eerlijk, hoe hij dit allemaal vertelde. Naakt en schaamteloos en dronken. Hij was niet aan het pochen, het was zijn passie.

"Een Code 33-11 houdt in een vermissing op de Pointe Maudit of in de bergen rondom wat ze lokaal de Vallei der Echo's noemen. Altijd een vermissing, want ze bellen nooit zelf. Daarom vliegen we nooit uit. Tegen die tijd is het altijd al te laat."

In die vallei zijn de gebruikelijke alpiene gevaren niet het probleem, volgens Benjamin. Hij beweerde dat je er geen klimmers of langlaufers of huttentrekkers vindt. Zelfs geen jagers. Dat vond ik moeilijk te geloven, want de hele Zwitserse Alpen zijn overlopen door het toerisme. Maar Benjamin gaf geen krimp. "Eén dal naar het noorden, ja, daar sjezen 's winters studenten de pistes af boven Grimentz. Eén dal naar het zuiden en daar wemelt het 's zomers van de alpinisten die langs de zuidgraat van de Dent Blanche omhoogkruipen, soms wel met z'n vijftigen tegelijk. Vanuit Eekhoorn lijken het net mieren." Hij zweeg even en voegde eraan toe: "Maar hier vind je niemand. Dit dal is stil."

Code 33-11 staat voor de officiële hoogte die Swisstopo aanhoudt voor de Pointe Maudit, maar die klopt van geen kant, zei Benjamin. Net zomin als de dimensies van de vallei. Op satellietfoto's lijkt de gletsjer die er vroeger door het dal liep goeddeels weggesmolten, maar ook dat zou niet kloppen met hoe het er daarboven uitziet. Niemand weet precies hoe groot de vallei in werkelijkheid is. Groter dan wordt beweerd, in elk geval. En die berg, die is hoger.

"Meestal, tenminste," zei Benjamin.

"Hoezo, meestal," zei ik.

Maar Benjamin lachte alleen maar. "Jij bent nooit daarboven geweest, dame. Die plek doet iets met je hoofd. Oriëntatie, dat is stroomopwaarts boven Grimentz het echte probleem. Of laten we zeggen, waar de problemen beginnen."

"Oriëntatie," zei ik, alsof ik het woord wilde wegen in mijn mond.

"Daarna ga je dingen zien. Dingen horen."

De beschikbare informatie is vaag, zei Benjamin, omdat de meeste Code 33-11's nooit worden teruggevonden. Een ongerust telefoontje van thuisblijvers naar het alarmnummer of de Police Cantonale, dat is alles. Dan een begrafenis. Na een tijdje, als ze dood zijn verklaard. De kist, die is altijd leeg.

Alsof de berg ze heeft opgeslokt.

"Gelukkig komt het niet vaak voor. Eens in de paar jaar, hooguit. Op de honderdtwintig wandelaars en bergsporters die elk jaar in de Alpen verongelukken zou je het een statistische marge kunnen noemen. En zelfs dan weten we het niet zeker. Het is lastig gissen uit de weinige feiten die boven water komen. Waar de auto stond geparkeerd voor ze hem wegsleepten, tussen welke bladzijden het lint van het klimgidsje zat – het blijft detectivewerk."

Maar zíj weten het. De helden van de bergredding weten het. Want de echt griezelige verhalen, die vertellen zich toch wel voort.

"Twintig jaar geleden hadden we hier een zekere Mrs. Marjorie Hatfield uit Tintagel in Engeland. Ze vertrok voor een bergwandeling vanuit Grimentz. Ze was nog geen halfuur omhoog geslalomd of de wind blies koude mist in haar gezicht. Eén verkeerde stap en ze raakte van het pad. Nog een verkeerde stap en ze was verdwaald. Ze meende nooit ver van de bewoonde wereld te kunnen zijn en nam zich voor steeds naar beneden te blijven lopen om zo het dal terug te vinden, maar na uren en uren bereikte ze tot haar grote schok de rand van een enorme, bulkende gletsjer. Die hoorde daar helemaal niet te liggen, daar was ze zeker van. Ze gleed uit en viel van een rotspartij. Wandelaars troffen haar de volgende dag aan in de bossen boven Grimentz. Ze miste haar ogen en gilde onafgebroken."

Ik vroeg hoe ze dit allemaal wisten en Benjamin zei dat ze dat uit haar gegil moesten hebben ontcijferd. Met verband over haar lege kassen gewikkeld overleed ze vijf dagen later in een ziekenhuisbed van het Hôpital du Valais in Sion, blind en nog steeds gillend. Haar hartspier zou halverwege twee ademteugen zijn gescheurd.

"Of de oproep van Alexander Rüegsegger," zei Benjamin. "Ook zo'n verhaal. Rosa Mueller, de operator op onze basis in Sion, heeft het nu een paar keer meegemaakt. Rosa is een pittige en je zou denken dat niets haar eronder kan krijgen, maar de eerste keer dat het gebeurde kwam ze krijtwit naar me toe. Tegen de voorschriften van de hangar in had ze een sigaret opgestoken, maar ze kreeg hem nauwelijks aan haar lippen omdat haar vingers zo beefden. Kun je het je voorstellen? Het was al donker en er hing een slechtweerfront over de bergen dat alle heli's aan de grond hield, maar volgens Rosa was de radio ineens aangesprongen en had Rüegsegger zich gemeld. Hij had gezegd dat hij wilde terugkeren naar de basis, maar dat hij de uitgang van het dal niet kon vinden. Boven zijn stem kon je de turbine van zijn helikopter horen, beweerde Rosa. Dat en van die krakerige storingen in de ether, alsof hij op een verkeerde golflengte zat.

'Ik zei dat hij moest blijven zoeken,' zei Rosa en ze lurkte aangeslagen aan haar sigaret. 'Dat hij uiteindelijk wel een uitweg zou vinden.' Ze keek me lijkbleek aan en zei: 'Je wil zo iemand toch een hart onder de riem steken, begrijp je?'

Iedereen op de basis weet dat Alexander Rüegsegger in 1978 met twee collega's en zijn SA315-B is verongelukt tijdens een opsporingsvlucht op de Maudit. Het wrak is nooit gevonden. Het was niet het eerste incident dat daar plaatsvond en er is sindsdien nooit meer een helikopter naar boven gevlogen. Niet van ons, niet van de REGA en niet van Air Zermatt. Als je daarboven verdwijnt, zeggen we hier, dan verdwijn je voorgoed.

Zijn stem was nog één keer teruggekomen, vertelde Rosa. Gillend boven de statische ruis. Rosa had niet de tijd gehad om iets terug te zeggen en toen was-ie weg."

Benjamin pauzeerde om de fles whisky aan zijn lippen te zetten en ik luisterde naar het borrelen van het thermaalwater door de circulatiepomp. Zijn verhalen hadden een vreemde manier om bij me binnen te komen. Het was alsof ze de verhalen die me vroeger als kind waren verteld rechtstreeks uit mijn onderbewustzijn naar boven haalden. Ik lag daar te staren naar de contouren van de omliggende bergen die pikzwart uit de gekleurde stoom de koude nacht in staken en ik merkte dat ik ondanks het warme water kippenvel had.

"Daarom was ik ook zo geschokt toen Yvain zei dat we maar eens moesten uitvliegen," zei Benjamin. "Toen die noodoproep van die Nederlander binnenkwam, bedoel ik." Zijn stem op dit punt dik en omfloerst, hij voegde eraan toe: "Die Nederlander met dat halve gezicht."

"Die Yvain moet Yvain Crettenand zijn," zei ik. "Zijn naam heb ik op het formulier van de Police Cantonale zien staan."

"Dat klopt. Yvain is berggids en hoofd van onze reddingsoperaties. Het enige waar hij die avond mee kwam aanzetten bij Andrea en mij, waren gps-coördinaten en dat woord 'HELP'."

"Wie is Andrea?"

"Andrea Charbonnet, de dienstdoende paramedicus. Toen we zagen dat die coördinaten zich precies op de col van de Vallée Maudit bevonden, keken Yvain, Andrea en ik mekaar aan en kreeg ik het koud over mijn hele lijf. Ik zeg, weet je zeker dat je uit wil vliegen en Yvain zegt, we hebben nog een uur daglicht. Heb jij nooit met je eigen ogen willen zien wat er daarboven is? Andrea's mond was een streep en haar wangen waren vuurrood, want zij had duidelijk even weinig zin als ik om daar te gaan kijken, maar Yvain neemt een besluit en zegt: Tot die col gaan we, geen meter verder. Als hij daar niet is keren we om. Voor niet al het goud in Amsteg zet ik voet in die vallei. En wij zeiden niets. Yvain heeft nieuwe routes geopend op de Eigernoordwand in hartje winter. Om hem zoiets te horen zeggen, daar word je stil van."

Zes minuten later hadden ze alles ingeladen, het reddingsmateriaal en de brancard en het infuus, en volgden ze de Rhône stroomopwaarts door het dal. Ze droegen audiohelmen, maar niemand sprak. Alle kleur was uit de avondlucht weggelekt. Vanachter zijn stuurknuppel staarde Benjamin naar de berghellingen en ging hij alle lessen na die ze hem vroeger bij de luchtmacht op het gebied van zelfbeheersing hadden meegegeven, maar hij vond niets wat zijn gemoed kon verlichten. En toen hij Eekhoorn bij Sierre naar het zuiden het Val d'Anniviers in zwenkte, was hij onomwonden bang geworden. Het waren die verhalen. Die spookten steeds maar door zijn hoofd. Hij zei dat ze daar vibreerden als een oeroude, vergeten kinderangst, het soort dat een onderbewuste boodschap in je brein prentte. Ik vreesde dat de alcohol hem een beetje filosofisch en eerlijk gezegd wat onsamenhangend had gemaakt toen hij hierover bleef mijmeren. Eén blik op wat niet voor onze ogen was bedoeld, zei Benjamin, en drie weken later nam je een kabelhaspel uit de schuur, knoopte het eind van het snoer aan de kledingroede in je inloopkast en een strop om je hals en zakte je tegen de achtermuur naar beneden. Gestikt. Dood. Je eigen treurige spookverhaal.

"Dat is wat die plek met je doet," zei hij. "Die kaakchirurg van jou, die vent die naar beneden is gesprongen, het zou me niets verbazen als hij het ook heeft gezien. Dat die Nederlander die we daar hebben weggeplukt hem er op een of andere manier een blik op heeft laten werpen. Alsof-ie die plek channelt, of zo."

Daar werd ik helemaal akelig van.

"Boven Grimentz kreeg ik zo'n knoop in mijn maag dat ik er haast duizelig van werd. Alle drie voelden we dat die berg aan het eind van die vallei op ons lag te wachten. Nog steeds had geen van ons een woord gesproken, maar ik durf te zweren dat de anderen net zo bang waren als ik. Drie ervaren bergredders en het liep ons verdomme dun door de broekspijpen."

Ze naderden de vallei door dezelfde kom die Nick en Augustin moeten hebben gebruikt tijdens hun beklimming. Hij hing vol nevels. Het was een grijze muur waar ze recht op afvlogen. Alle drie keken ze ernaar, likkend over hun droge lippen. En op 2.400 meter slokte de muur ze op.

"Het werd op slag donker. En kouder, dat vooral. Het geluid van de wieken veranderde en sloeg dood tegen de wolken. De omstandigheden dwongen me om laag over de puinhelling te navigeren. Je state-of-the-art avionica, je gps, daar heb je niets aan in zo'n nauw dal. Daar ben je afhankelijk van goed zicht en ouderwets vliegeniersinstinct. Een white-out is niet waar je dan in terecht wil komen, maar toch is dat exact wat we die avond voor onze kiezen kregen. Aan weerszijden grijs tot zo ver het oog reikte. Boven de 2.700 meter was alles bedekt met een laag poedersneeuw en was er nauwelijks meer onderscheid te maken tussen wolk en berg. En maar schommelen, die Eekhoorn. Steeds maar rukwinden, de turbulentie was niet te harden. Volgens de gps waren we dichtbij, maar we vlogen stekeblind en ik wilde net zeggen dat we moesten omkeren, dat het zelfmoord was om door te gaan, toen Yvain ineens riep: 'Daar! Aan jouw kant!'

Hij wees naar buiten en toen zag ik het ook. Veertig meter lager was een gat gevallen. Een besneeuwd rotsveld. Dat moest het zadel zijn dat toegang gaf tot de Vallei der Echo's.

En er lag iets roods. Een bundel gore-tex in mensvorm.

'Aiai, dat ziet er niet best uit,' zei Andrea over haar headset. 'Dat ziet er helemaal niet best uit.'

Niet best," voegde Benjamin er ontnuchterend aan toe, "dat betekent in bergredderskringen morsdood."

Want dat dachten ze op dat moment echt: dat Nick dood was. Hij lag plat op zijn buik en gaf geen enkel teken van leven. De verse poedersneeuw om hem heen was gelardeerd met bloed. In zijn blote hand hield hij nog steeds zijn mobieltje geklemd.

"Een dode bergen is altijd triest, maar je professionaliteit neemt het van je over. Je gaat op de automatische piloot. Zo was het die avond ook. Ik zag dat we waren aangewezen op een *touch & go*, wat inhoudt dat je net lang genoeg vlak boven de grond zweeft om de paramedici met hun uitrusting te laten uitstappen. Maar toen ik Yvain en Andrea een stukje van het lichaam eruit liet en de poedersneeuw opstoof in de *downwash* van de wieken, voelde ik me kwetsbaarder dan ooit. Ik keek op naar de wolken. Naar de loodgrijze, bewegende muur in het zuiden, waar die berg moest zijn. Alles voelde ineens anders. Ontwricht. Toen ik het duimpje-omhoog kreeg van Yvain, keek ik nog een laatste keer over mijn schouder en zei over de headset: 'Jongens... wees voorzichtig.'

Daarna klom ik terug in de richting waar we vandaan kwamen, maar zodra de col niet meer was te ontwaren bleef ik stil hoveren. Ik wilde niet gedesoriënteerd raken, begrijp je? Niet hier. Overal alleen maar die wolken. Het licht verstrooid en met de minuut minder. Ik kan het niet goed uitleggen, maar de hele situatie greep me naar de strot.

Toen kwamen de stemmen. Eerst Andrea: 'Christus, hij leeft!'

Toen Yvain: 'Lieve god, wat is er met zijn gezicht gebeurd?'

Het was even stil en toen Yvain opnieuw: 'O lieve god...'

Het was vreemd en verwarrend hun stemmen over de koptelefoon te horen. Alsof ze bij me in de cabine zaten. Die gedachte maakte me zo wee in mijn maag dat ik moest omkijken of ze er niet echt zaten. Natuurlijk was alleen ik er. Ik en de koude lucht die door de open schuifdeur naar binnen drong.

'Is-ie bij bewustzijn?' vroeg ik. Professionele interesse misschien, maar het was vooral een excuus om mijn eigen stem te horen.

Andrea zei: 'Nee, en godzijdank zou je haast zeggen. Op het eerste gezicht zie ik een avulsiefractuur van zijn onderste gezichtshelft. Joost mag weten hoe hij dat heeft opgelopen. Zijn dat... wat zijn dat?'

Statische ruis, en toen Yvains stem terugkwam, klonk hij helemaal vreemd: 'De vogels hebben hem te pakken willen nemen. Overal in de sneeuw om hem heen staan kraaienpoten. Misschien hebben ze hem al te grazen gehad, aan zijn gezicht te zien...'

Dus ik vragen: 'Kunnen jullie hem stabiliseren?'

'Ja. We moeten hem naar Lausanne brengen, hij is te complex voor Sion. Maar geef ons een paar minuten, anders haalt hij het sowieso niet.'

Dus hield ik me verder stil. En..."

Hij was stilgevallen, dus draaide ik me naar hem toe. Hij zag er zo ongelukkig uit, Sam, zoals hij daar in dat dampende thermaalbad lag. Ik had echt medelijden met hem. Hij zei dat hij nog steeds niet wilde praten over wat er daarna was gebeurd. Hij wilde het niet en hij wilde het ook wél, want in de maand sinds het gebeurde had hij nooit meer op dezelfde manier naar de bergen kunnen kijken. Zevenentwintig jaar lang heeft hij dit vak gedaan, het is altijd zijn leven geweest, maar nu was alles anders. En je zag het niet eens, op het eerste gezicht. Benjamin Crouton gaat nog steeds elke dag naar zijn werk, hij kijkt de rapporten door, hij vliegt uit als er een melding komt. Hij drinkt meer koffie dan vroeger, veel meer, *ongezond* veel meer, maar de extra kilo's vallen zijn collega's niet direct op. Hij maakt de helikopters schoon tot alles spiegelt van het gewreven metaal en het geboende glas, en de citroengeur van het schoonmaakmiddel doet hem denken aan hoe de keuken in zijn moeders appartement altijd rook. Maar hij ruikt ook altijd de geur van zijn eigen zweet.

Elke nacht ligt hij wakker, vertelde hij, en denkt hij aan de paar minuten dat hij in die vallei is geweest. Acht waren het er, hij heeft het geklokt. Acht minuten, al leek het veel langer.

"Ik wilde daar helemaal niet zijn," zei Benjamin en toen het natte, harige eiland van zijn buik ineens beefde en kringen veroorzaakte op het water, besefte ik dat hij huilde. Ik was geschokt. Zo'n beer van een vent, en hij huilde als een klein kind.

De enige reden dat hij hier was, zei hij, was dat hij iemand in alle anonimiteit zijn verhaal moest vertellen.

Ik veegde met mijn duimen de tranen van zijn wangen, leunde naar binnen en drukte een kus op zijn voorhoofd. "De enige reden dat ik hier ben," zei ik, "is dat ik je verhaal wil horen, Benjamin."

En dus vertelde hij het.

Hij zei dat die plek hem begon te hypnotiseren. Die grijze, lege wereld om hem heen. Het lopen van de druppels tegen het cockpitraam. Het ronken van de turbine. Al die dingen begonnen op hem in te werken.

"Want die wereld was helemaal niet leeg, begrijp je? Er lag een vreemd soort diepte in de wolken en daarbinnen bewoog alles, alsof je rechtstreeks in het raderwerk van de goden keek. En ik verloor mijn hele besef van tijd. Ik had geen idee meer hoeveel tijd er was verstreken sinds ik voor het laatst de stemmen van Yvain en Andrea had gehoord. Zij waren daarbeneden bezig met die Nederlander en moeten wel overleg hebben gepleegd, maar ik zweer dat ik geen woord meer heb gehoord. In mijn beleving was ik helemaal alleen en heb ik urenlang boven die col gehoverd."

"Dat is fucking griezelig," zei ik en dat meende ik.

"Ik hoorde wel andere dingen."

"Wat dan?"

"Boven het ronken van de wieken uit klonk er een gedempte dreun uit de wolken. Het rukte me uit mijn sluimering. Ik weet nog dat ik opkeek, van mijn stuk gebracht. Het was van heel hoog gekomen. Die dreun had geklonken als de sneeuwlawines die in maart kunnen losbreken uit steile couloirs. Jij komt ook uit de bergen, je weet hoe dat klinkt. Dus ik op gerommel wachten, maar er kwam niets. Er was alleen die stille dreiging. Die donker wordende nevel die maar om me heen bleef vervormen.

En ik hoorde nog iets. Een gil. Het was de meest afschuwelijke gil die ik ooit heb gehoord. Een *woest* geluid, anders kan ik het niet omschrijven. In die gil hoorde je de ontkenning, alsof iemand van grote hoogte naar beneden stortte en het niet wilde accepteren. Maar het griezeligste aan dit alles was dat het onmogelijk is om stemmen boven de turbine van de helikopter uit te horen, dus leek het alsof iemand *binnen in* de cabine had gegild. Met een schok keek ik opnieuw om. De cabine was nog steeds leeg, natuurlijk. Maar ik was ervan overtuigd dat ik in de val zat. Opgesloten. De benauwdheid greep me naar de keel.

En toen heb ik volkomen rationeel overwogen om uit Eekhoorn te stappen en over de wolken weg te lopen."

De temperatuur van mijn bloed daalde geloof ik een graad of tien. Ik wou dat ik kon geloven dat hij dronkenmanspraat uitkraamde, maar Benjamin Crouton was volkomen ontnuchterd toen hij dit vertelde.

"Wat me redde was de stem van Yvain die over de headset schalde. Wat ik in godsnaam aan het doen was. Ze konden me niet zien, alleen horen. Maar de helikopter klonk heel ver weg. En helemaal aan de verkeerde kant."

"Nee..."

"Jawel. Bleek dus dat ik honderden meters was afgedreven, die vallei in. Honderden meters van de plek waar ik dacht stil te hangen. En ik zweer je dat ik alleen maar correcties op mijn stick en de pedalen heb toegepast. Alleen correcties om op mijn plek te blijven. Zoiets is me nog nooit overkomen. Iets moet me daar naar binnen hebben getrokken. Wind doet zoiets niet.

Goed, toen raakte ik in paniek. Mijn instrumenten gaven allemaal verkeerde lezingen. Zelfs het oude kompas van mijn pa dat ik op het paneel heb gemonteerd was aan het tollen. In een impuls liet ik me tot vlak boven de dalbodem zakken en pas toen kon ik afleiden in welke richting de col lag. Nooit ben ik zo opgelucht geweest als toen ik daar aankwam. Want ik wilde voor geen goud in die vallei landen, snap je? Nog niet voor al het goud in Amsteg, zoals Yvain zou zeggen. Nu wist ik het: al die verhalen zijn waar. Het is een *verkeerde* plek en er is niemand die me iets anders kan wijsmaken."

Dat was het einde van Benjamins relaas. Ze pikten Nick op van die col en keerden terug naar het dal. Zodra ze daar weg waren, werkten de instrumenten weer normaal. Tijdens de afdaling had Yvain lijkbleek voor zich uit gestaard en had Andrea zich in stilte over Nick ontfermd. Benjamin zegt geen idee te hebben van wat zij hebben gezien, want ze hebben er met geen woord over gesproken. Niet toen en niet later. Het was of ze door erover te zwijgen het makkelijker konden maken, begrijp je? Alsof het nooit was gebeurd. Hoe dan ook, ze brachten Nick naar Lausanne, waar dr. Genet hem diezelfde avond nog opereerde. Hij schijnt nog even bij bewustzijn te zijn geweest en heeft ze duidelijk kunnen maken dat er een tweede klimmer bij het incident was betrokken en dat die op de gletsjer in een spleet zou zijn gevallen. Die melding hebben ze in ontvangst genomen, zei Benjamin, maar Augustin Laber werd beschouwd als een tragisch sterfgeval, niet als een vermissing. Yvain Crettenand sprak met de Police Cantonale en die stelden een eindrapport op. Wat er in dat rapport staat is een verzonnen verhaal. Er is niemand meer omhooggevlogen, die avond. Ze hebben geen pickel zien liggen aan de rand van een gletsjerspleet. Er is nooit een vertegenwoordiger van de Police Cantonale mee geweest, zoals de voorschriften dicteren. Stuk voor stuk verzinsels. Ergens heeft iemand een oogje toegeknepen.

Behalve dan dat lijken altijd boven komen drijven. En hoe meer tijd er verstrijkt, hoe afzichtelijker het gezicht dat door het oppervlak breekt. Benjamin heeft het voorval geen moment uit zijn gedachten kunnen zetten. Tegen september begon het steeds onnatuurlijker te voelen om er niet over te praten. Het verhaal zwol in hem op, als een ballon vol kwalijke gassen. Hij stond op knappen. En toen? Nou ja, toen liep hij mij tegen het lijf.'

10

Exit Benjamin Crouton, reddingsheld van Sion. Fade-in naar Hôtel du Barrage, onze hoofdsetting. De avond gevorderd; de straatdeur had het afgelopen uur meer mensen naar buiten dan naar binnen gelaten en de dinergasten die er nog zaten, aan de schnaps. Uit de keuken niet meer het *O sole mio* van de kok, maar geklater van servies dat in de horecavaatwasser ging. In het bijna-donker boven de bar, die zwarte vogel stilletjes rondscharrelend in z'n kooi. Tegenover mij Cécile Métrailler, Geheim Agent, ze stak een sigaret op en je hoefde niet eens je best meer te doen of je zag haar vingers trillen.

En ik, ik zei: 'Geloof je 'm?' Haar aankijkend, twee lege bierglazen en rook en schemering tussen ons in, ik zei: 'Geloof je al die verhalen over die berg?'

Ze zuchtte. 'Misschien heeft hij inderdaad iets vreemds meegemaakt, of denkt hij iets vreemds te hebben meegemaakt. Ik was er niet bij, maar ik was er wel bij toen hij dit allemaal vertelde en ik ben ervan overtuigd dat hij zelf geloofde dat hij de waarheid sprak...'

Cécile, ze was aan het *musen*. Een rookgordijn van woorden aan het optrekken. De onthulling aan het verzachten dat ze het verhaal wel degelijk geloofde. Het was zo herkenbaar: ik had het zelf ook gedaan.

'Er is gewoon zoveel.' De lucht aftastend met haar vingers, haar gezicht zwevend in het dimlicht, ze zei: 'Zoveel incidenten die zijn toe te schrijven aan die plek, als je de optelsom maakt. En de implicaties zijn dodelijk serieus. Er verdwijnen daar mensen. In Duitsland wonen op dit moment twee ouders die zijn voorgelogen over wat er met hun zoon is gebeurd. Stel je voor hoe zij zich voelen...'

De barvrouw kwam naar ons schemerige hoekje om te vragen of we nog iets wilden bestellen. Ik zag Céciles schouders ineenkrimpen toen ze zich naar voren boog en de kringen van tafel veegde, alsof ze werd betrapt bij het bespreken van een staatsgeheim. Ik glimlachte naar het mens en zei: 'Tweemaal hetzelfde nog, alsjeblieft.'

Toen ze weg was vroeg ik: 'Goed, maar waar hebben we het dan over, Cécile?' Mijn handen open en bloot op tafel, ik vroeg: 'Als dit allemaal waar is, waar hebben we dan mee te dealen?'

'Ik kan niet verklaren wat er daarboven mis is, maar ik word er naar van. Zijn jou ook niet de overeenkomsten opgevallen tussen wat Nick en Benjamin afzonderlijk van elkaar hebben beweerd? Nick vertelde toch ook dat die vallei vanbinnen groter had geleken dan topografisch mogelijk was? Dat ze maar waren blijven lopen en steeds maar niet de gletsjer hadden kunnen vinden?'

Ja, *sure*, natuurlijk was me dat opgevallen. Maar dat was desoriëntatie geweest. Delirium. 'Tenminste, dat dacht ik vóór Benjamin Crouton. Vóór die piloot van jou ook begon te claimen dat je je kaart daarboven net zo goed kunt weggooien. En dat die berg hoger is. Ik bedoel, meestal, zei-ie. *Meestal*. Wat heeft dat te betekenen?'

De barvrouw kwam terug met ons bier. Toen ze ons alleen had gelaten zei Cécile zacht: 'Dat is precies wat me bang maakt, Sam. Ik weet het niet.'

Ik wel, maar waar ik aan dacht, dat was te waanzinnig om hardop uit te spreken. Dat was een vallei die op een of andere manier morfde... die *leefde*. Met je liep te mindfucken.

Geef toe, als die berg Nick kon *haunten*, als die berg Nick kon *possessen*, dan was dit alleen maar *origin*.

Babystapjes in de rangorde van het bovennatuurlijke.

Plotseling was mijn mond droog. Níck had geleefd, zoveel was zeker. Hij had daarboven gelegen, verdwaald, alleen. Bloedend in de sneeuw, denkend dat-ie doodging. Hoe weinig had het gescheeld of ze waren hem niet eens gaan zoeken? Hoe beangstigend moest dit alles voor Nick zijn geweest? Hoe eenzaam?

Het besef van zijn bijna-dood wekte ineens zo'n afschuwelijk wee gevoel in me dat ik het met geweld uit mijn hoofd moest zetten. En daar zat ik, te zweten in mijn shirt. Om me heen te kijken, duizelig, ineens ervan overtuigd dat er iets enorms vlakbij was. Iets enorms met grote, holle tunnels als ogen.

Het water binnenin vriest en dooit, vriest en dooit...

Het was of ik een klap in mijn gezicht kreeg.

'Sam, gaat het wel?'

'Nee,' zei ik. 'Nee, eigenlijk niet.' Ik sloeg mijn bier achterover en zette het glas zo hard terug op tafel dat de oude mannen in hun muffe stoelen voor de haard opkeken. 'Jij zegt dat die plek je bang maakt; mij jaagt het de stuipen op het lijf. Want het heeft Nick *veranderd*. Wat door die vallei naar beneden is komen lopen, wat door die reddingshelikopter is opgepikt en door die dokter die nou dood is is geopereerd, dat was niet Nick. Niet alléén Nick, tenminste.'

'Dus dat geloof je echt. Dat hij is bezeten door de Maudit.'

'Ja. Ja, dat geloof ik. Jij niet?'

Ze knikte langzaam, met tegenzin.

'En ik weet niet hoe, maar zijn verminking heeft ermee te maken. Wat-ie achter dat verband verborgen houdt. Misschien kun jij hem overtuigen het je te laten zien. Aanbieden hem medisch te onderzoeken of zo, en dan...'

Cécile, ze deinsde merkbaar terug.

En ik zei: 'Je bent bang voor hem, hè? Je bent bang voor Nick.'

En zij helemaal ongemakkelijk, zo van *ik eh*, zo van *ik weet niet of...*

‘Ja, je bent bang voor hem.’ Ik leunde voorover, pakte haar beide handen vast. ‘Cécile, je verzwijgt iets. Ik zag het vanmiddag al, in het chalet. Ik zag hoe je naar Nick keek. Hoe nerveus je was. Dit is niet het moment voor geheimen, Cécile. Als er iets is wat ik moet weten, dan hoor ik het liever nu.’

En zij, *snappend* als een gebeten hond: ‘Zou jij niet nerveus zijn? Met hoe ik hem heb achtergelaten? Hoe ik júllie heb achtergelaten?’

‘Wat zag je, toen je onder dat verband keek?’

‘Dat heb ik je al verteld.’

‘Je voelde die berg in hem.’

‘Ja, al wist ik niet wat het was.’

‘En verder niets.’

‘Nee.’

‘Maar wat voelde je dan?’

Hetzelfde liedje. Duizeligheid. De nabijheid van iets enorms. Moeilijk te omschrijven. Fuck, dat stenen gezicht van haar. Onbewogen, een standbeeld. En toch, barsten. Erachter schemerde iets onbeheersts, bijna op het hysterische af. Een leugen? Of joeg ik nu spoken na?

‘Cécile... *waarom ben je zo bang voor hem?*’

Haar lip die trilde.

‘Cécile?’

En zij: ‘Vanwege wat er met dr. Genet is gebeurd.’

Oh boy.

‘Wat heeft Nick daarmee te maken?’

En zij: ‘Zie je dat dan niet?’

‘Nee? Hij was niet eens in de buurt toen het gebeurde...’

En zij: ‘Nee, hij was niet in de buurt. Maar hij was ook niet bij bewustzijn toen ik dat verband verschoonde. En wat-ie me liet zien was sterk genoeg dat ik alles losliet en wegvluchtte.’

Oh boy.

Cécile, ze zei: ‘Die plek heeft hem verminkt, Sam. Die plek in de bergen. Het is een *kwalijke* plek en begrijp me niet verkeerd, maar ik weet niet of het wel de bedoeling was dat Nick ervan zou terugkeren. Dr. Genet mag dan een zekere arrogantie hebben gehad, maar hij was een goed man en een voortreffelijk chirurg. Ik heb anderhalf jaar onder hem gewerkt en hij was altijd goedgehumeurd, altijd vol grapjes. Voor zover ik weet had hij een goed huwelijk. Ze hadden drie kinderen en in september zouden ze naar Mauritius zijn gegaan. Er was niets wat hem aanleiding had moeten geven om te doen wat hij heeft gedaan. En toen werd Nick binnengevlogen, rechtstreeks vanaf die plek in de bergen, en veranderde alles. *Alles*. Dr. Genet opereerde hem, keek hem recht in dat verminkte gezicht. Een paar weken later klom hij naar het dak van het ziekenhuis en sprong hij naar beneden.'

Er waren misschien wel duizend dingen die ik wilde zeggen, maar ik zweeg. Durfde haar niet te onderbreken, nu ze los was.

'Ik heb hem in augustus een aantal malen gezien, tussen die bewuste avond en zijn dood. Hij was veranderd. Dat zagen we allemaal. Hij zag bleek, zijn haar stond in pieken, zo erg dat onze afdelingschef Martine Guillarmod hem een keer bij zich heeft geroepen en vroeg of hij soms ziek was. Ik zie die uitdrukking op zijn gezicht nog voor me. Hij heeft niets losgelaten in die paar weken, maar er ging iets om achter zijn ogen. Verdomd als ik kan vertellen wat het was, maar ik werd er niet goed van. Het was alsof hij op die momenten al bewust bezig was zich los te maken van het leven.'

'Dat is afschuwelijk,' zei ik, 'maar nogmaals, ik zie niet in wat Nick ermee heeft te maken.'

Cécile, op dit punt haar adem een mix van nicotine en bier: 'De klap waarmee hij neerkwam was verschrikkelijk.' Op dit punt haar onderlip weer bevend, ze zei: 'Het geluid dat het maakte...'

'O jezus. Was je...'

'Ik stond buiten te roken. Het was puur toeval dat ik er getuige van was. En tegelijkertijd voelde het helemaal niet als toeval. Paranoïde, hè? Maar ja, ik was het die zijn dood vaststelde, nog voor de Police Cantonale arriveerde. Ik was het die het briefje uit zijn binnenzak viste, toen ik naar zijn hartslag zocht. Alsof ik ook maar ergens verwachtte dat hij nog kon leven.' Ze grinnikte vreugdeloos, meer een snik dan een lach. 'Dat briefje, daar ging het om. Het is naar de politie gegaan en daarna naar zijn vrouw, maar niemand wist zijn woorden te duiden. Niemand wist wat hij had bedoeld toen hij zei dat hij erachter moest komen of hij de grond zou raken. Of er ooit een eind zou komen aan het vallen.'

Mijn lichaam *twitchte* in één grote spierkramp, één groot rudimentair besef van kilte, zo hevig dat ik *all over* begon te beven. Ik weet niet of Cécile iets merkte, want het enige wat ik voor me zag was het ziekenhuisbed in Lausanne, het mummiemasker dat zich straktrok over die gruwelijke grijns en Nick die helemaal niet had moeten kunnen praten: *Jíj zal ook ontdekken hoe het is om te vallen. Om te vallen... en te vallen... en te vallen... en te vallen.*

Meteen daarna: de kelder in Amsterdam. Nick die zijn hand over het smileymondje op het verband sloeg.

Smile! Zo weet je altijd dat ik het ben en kun je je nooit vergissen. Als ik lach hoef je niet bang voor me te zijn, oké?

Kleine, breekbare Sam.

Pas nu drongen de woorden van het afscheidsbriefje tot me door en zag ik de overeenkomst met wat ik Nick die avond in het CHUV had horen zeggen. Dit openbaarde zo'n duister panorama dat ik me er met heel mijn lichaam en geest tegen verzette. Oké, je aanvaardde dat die plek daarboven in de bergen in je vriendje was gevaren. Je aanvaardde je penetraire erosie van de ziel. Je parasitaire orogenese. Je *basecamp possession*. Maar iedere cocktail bestond uit zijn afzonderlijke componenten.

En een *berg* wenste niemand dood.

Het waren Nicks woorden waarmee het zich had geuit. Nicks gedachten waardoor het zich had gefilterd.

Nicks angsten. Nicks wroeging.

Nicks handen. Nicks tanden.

Nicks wil.

Kon het werkelijk zo zijn dat Nick, sluimerend, comateus, *bezeten*, dr. Genet regelrecht zijn onfortuinlijke dood in had gestuurd?

Dat geloofde ik niet. Wilde ik niet geloven. Kón ik niet geloven.

'Luister,' zei ik. 'Het spijt me verschrikkelijk dat je daar getuige van hebt moeten zijn. Maar Nick is daar niet voor verantwoordelijk.'

Maar wie probeerde ik nou werkelijk te overtuigen?

'Beloof me dat je hem ermee confronteert,' zei Cécile. *Smeekte* ze haast. 'Dat je z'n reactie peilt.'

'Dat beloof ik. Maar onthou dat Nick geen kwaad in de zin heeft. Hij vecht ertegen. Laten we hem helpen ervan af te komen. En laten we er voor nu een eind aan maken. We zijn allebei doodop en die wanhopige *look*, die staat je niet goed.'

Ze kon er niet om lachen. 'Wees alsjeblieft voorzichtig. Ik wil niet dat je iets overkomt. Dat het je kwaad zal doen.'

'Dat zou Nick nooit toelaten.'

Maar ik dacht weer: *Kleine, breekbare Sam.*

We rekenden af. Wachtend op mijn wisselgeld vroeg ik wat onze volgende stap was en Cécile zei dat ze me wilde meenemen naar het Val d'Hérens, haar geboortedal. Dat daar iemand was aan wie ze me wilde voorstellen. Toch was dat niet de laatste verrassing die ik die avond kreeg. Toen we het Hôtel uit liepen keek ik nog één keer om naar het bijna-donker boven de bar, naar de plek die al de hele avond als een magneet mijn blik had getrokken.

In de vogelkooi zat niet het silhouet van een alpenkauw, maar van een man.

Hij grijnsde naar me.

11

Sorry voor die cliffhanger, maar na die info influx (info OVERLOAD – all caps – zoals Julia zegt) vond ik het tijd om naar de volgende dag te cutten. Je zult je nu wel afvragen, Sam, WT-fucking-F? *Shivering with anticipation*. Nou, maak je geen zorgen: ik zal het je allemaal vertellen. Zo meteen.

Eerst was er die chronisch vervelende nacht waarin je die hele zooi lag te processen en uit pure uitputting maar in een urenlange appathon met Julia verzeild raakte. Het ene onderwerp van mijn zorgen lag op het kussen naast me te slapen als een edelweissje en het andere lag boven op de vliering naar ik vermoedde haar eigen demonen te vervloeken. Wij met z'n allen in één chalet, een *Friends*-aflevering op steroïden, alleen was niemand echt *there for you* omdat we allemaal te druk waren met het plotten van ons eigen exorcisme. Insomnia Galore dus, tot ergens in de kleine uurtjes Ramses stilletjes op mijn bedhelft sprong, zijn kop tegen me aan duwde en een hele *Relaxation Therapy*-playlist bij elkaar begon te spinnen. Fijn om te weten dat er nog iemand was op wie je kon bouwen, maar ook een tikje depri, want Ramses is maar een huis-tuin-en-keukenkat. Niet eens een birmaan.

Cécile wist niet hoe snel ze weg moest komen uit het chalet, de volgende ochtend. Haar ogen gezwollen van weinig of geen slaap, haar mondhoeken trillend elke keer als ze probeerde te glimlachen, zodra ik een half ontbijt achter de kiezen had dirigeerde ze me naar de deur. En Nick? Volkomen *oblivious*, met al z'n goeie wil. En z'n powersmoothie.

'Vanavond,' zei ik, toen hij ons beteuterd uitzwaaide. 'Vanavond vertel ik je alles.'

Ik had een beetje medelijden met hem. Hoe-ie daar in de deuropening stond. Zo alleen. Ik had nauwelijks kunnen uitleggen waarom we met z'n tweeën op pad wilden, maar ik had het Cécile beloofd.

Nick drukte me even tegen zich aan en fluisterde: 'Je bent iets op het spoor, hè?'

'Geloof me, de tv-rechten zijn al verkocht.' *Vanavond*, vormde ik met mijn lippen.

'Goed, maar doe alsjeblieft voorzichtig.' Knikkend over mijn schouder, hij zei: 'Ook met haar. Ik mag haar graag, maar ze doet een beetje raar.'

De haar in kwestie inmiddels bezig aan de passagierskant van onze Focus in te stappen, maar toen werden alle drie onze blikken getrokken door een beweging aan de overkant van het weggetje. Wie daar uit de richting van het dorp kwam aandraven, was niemand minder dan Ramses, Schrik van de Nijl. Iedere kattenbezitter probeert gewoonlijk twee harde feiten over hun *coochie-coochie* troetelkind onder het tapijt te schuiven: dat het meedogenloze killers zijn en dat ze hun eigen anus likken. Wat dat eerste betreft had Ramses in Amsterdam af en toe half opgegeten muizen voor ons op de deurmat achtergelaten en één keer een uit elkaar gerukte koolmees, maar wat-ie nu in zijn bek had, dat had ik nooit voor mogelijk gehouden.

Het was zo'n grote, zwarte alpenkauw.

Ik riep: '*Dude*, dat is iemands voorouder!'

Het slappe verenlijf bijna half zo groot als de kat, rode smurrie druipend uit zijn bek, het was eerder slepen wat Ramses deed. De oprit afspiedend, me even vluchtig aankijkend met zo'n stoïcijns-arrogante blik van *ja hoezo, ik was het niet en trouwens, ik zou hier een medaille voor moeten krijgen* en *next thing you know*, het vogellijfje sidderde, de kauw draaide zijn nek om en pikte de kat diep in de flank, kort en hakkend en fel als een havik. Ramses krijste het werkelijk uit, sprong haast een halve meter de lucht in en liet zijn prooi los. Die klapte tegen de grond, sloeg zijn gehavende vleugels uit, hipte-struikelde een paar snelle meters en scheerde laag over de grond weg, terug in de richting van het dorp. En Ramses nergens te bekennen natuurlijk. Alleen een donkere kogel die langs me heen het chalet in was geschoten.

Cécile, in het open portier zette ze haar zonnebril af en zei: 'Had hij nou zo'n kauw te pakken?'

'Lijkt het wel op,' zei ik in het Frans. 'Al vraag ik me serieus af wie wie te pakken heeft gehad.' In het Nederlands, knikkend naar binnen: 'Ik geloof dat iemand hier nazorg nodig heeft.'

'Toch niet zo'n goeie killer als-ie zelf denkt,' grinnikte Nick. 'Zal hem leren met zijn eten te spelen. Ik zal zo eens kijken of ik hem onder de kast vandaan krijg. *Bonne chance, aujourd'hui!*'

Hij hief zijn hand naar Cécile en we vertrokken.

Die vogel was hartstikke dood, dacht ik toen ik de Focus even later de hoofdweg op draaide. Cécile zwijgzaam uit het zijraam starend, beboste hellingen die oker herfstlicht in de auto wierpen en ik die dacht: *In mijn versie van wat ik zag hingen de ingewanden uit die kauw z'n buik*. Mijn gedachten in een richting waar ik me verre van wilde houden: *In mijn versie van de waarheid is er iets serieus verkeerds aan wat daar gebeurde.*

En dat bracht me dus met een grote cirkel terug bij wat ik gisteravond had gezien. Of dácht te hebben gezien. Tuurlijk, het was een flits geweest. Het was laat geweest. Mijn hoofd had op springen gestaan van Céciles verzameling *happy horror tales*. Maar daar, in dat bijna-donker boven de tap, opgepropt en gitzwart, had ik een mens in die vogelkooi zien zitten. Een man. Eén arm met knokige vingers om de tralies gekromd, de andere arm en twee benen bungelden naar buiten. Precies hoe je je voorstelde dat ze vroeger dieven in kooien opsloten en lieten verhongeren.

Precies wat je níét verwachtte boven een Zwitserse toog, terwijl de barvrouw glazen spoelde.

En het paste natuurlijk van geen kant. Die kooi was veel te klein om een mens in op te sluiten. En toch zat-ie er. Maar dat was niet eens wat je dat holle gevoel gaf in je buik. Niet wat je dat gevoel gaf van een acute shock: je hartslag die versnelde, het zweet dat je uitbrak, je neiging te gaan hyperventileren. Dat was zijn gezicht. Een flits lang zag je het. Alsof-ie een masker droeg. Maar het was geen masker. Alsof je naar een poppengezicht keek dat in de verte staarde, voorbij jou staarde... maar dat wel degelijk íéts zag.

En hij grijnsde. Dat was het allerergste.

Van die grijns werd je ijs- en ijskoud.

Eén keer keek je om, één keer zocht je de blik van Cécile en dan was het weg, zag je gewoon weer zo'n stomme vogel in die kooi. Zo'n ouwe bergbewoner die op z'n kruk naar je openhangende mond zat te staren of je gek was geworden.

Ja, ik was moe geweest. Had een hoofd vol spoken gehad.

En nee, ik kon niet met zekerheid zeggen dat Ramses' vogel dood was geweest.

Je wist alleen maar wat je dacht te hebben gezien.

De hele rit naar het dal wisselden we geen woord en scrolde het uitzicht blind aan me voorbij. Haarspeldbocht na haarspeldbocht van hetzelfde okergele licht alsof de bossen in lichterlaaie stonden. Het asfalt kon je naar Parijs of Milaan of de Middellandse Zee brengen en het zou geen enkel verschil maken. Achter je lag die berg. Je voelde zijn invloed met onzichtbare vingers naar je uitstrekken. Waar je ook ging, hij zou je blijven achtervolgen, zoals gletsjerwater in beekjes naar rivieren stroomde en uiteindelijk een half continent verder kon uitmonden in zee, waar je als willekeurige zwemmer ineens in een koude stroom terecht zou komen en onbehaaglijk zou rillen.

12

De persoon aan wie Cécile me wilde voorstellen, dat bleek haar oma, een blinde vrouw die haar hele leven zelden of nooit buiten het Val d'Hérens was geweest. Ze heette Louetta Molignon en woonde in een met leien bedekt huis in het hogere gedeelte van het plaatsje Evolène. Vlak bij waar Cécile haar jeugd had doorgebracht. Als je het weggetje vervolgde, zei ze, kwam je bij de boerderij uit die haar ouderlijk huis was.

'*Mamie, c'est moi, Cécile,*' zei Cécile luid en duidelijk, toen we de oude vrouw achter het huis in een rieten tuinstoel aantroffen. 'Ik kom u bezoeken, en ik heb een vriend meegenomen uit Amerika.'

Ze omhelsde haar grootmoeder en vanachter haar voorovergebogen lichaam zag je rimpelige, gelevervlekte handen tevoorschijn komen die haar betastten en lazen als braille. Van achter haar lange, yogagetrainde dijen hoorde je het gedempte gekras van iets stokouds. Daarna stapte Cécile opzij en maakte plaats voor mij.

Ik zei: '*Bonjour madame Molignon, je m'appelle Sam.*'

Louetta zag eruit alsof ze door de oerknal zelf was uitgespuwd. Wit haar, zo dun dat je de hoofdhuid erdoorheen kon zien. Grote oren en schots en scheve tanden, een schilferige nek die verdween in een afzichtelijk vrolijk roze bloemetjesvest waarin niet eens een karkas leek te zitten. Maar haar ogen, zo mijmert de romanticus, die waren nog jong en daar zag je haar hele leven in weerspiegeld – *just kidding*. Het ene was spookachtig wit en het ander hing wulps naar beneden, alsof het tevergeefs op zoek was naar wat ooit het puntige ijzerdraad van haar ouwevrouwen-bh had opgevuld.

Nee, Louetta Molignon, het was haar geest waar de pep in zat. Die nog hip en trendy was.

'Meisje toch,' zei ze toen ze met die uitgemergelde klauw mijn hand had beetgepakt, 'wat moet je toch weer met zo'n buitenlander?'

En ze begon zo hard te lachen dat ze een hoestbui kreeg, waardoor haar gezicht verkreukelde als een kaneelbolletje.

Madame Molignon, later zou ze vertellen dat ze hulp had voor het huishouden en de boodschappen, maar ze woonde nog helemaal op zichzelf. Een beetje zoals een fossiel in een natuurhistorisch museum op zichzelf woonde.

'Als je mijn kleindochter maar gelukkig maakt, jongeman,' zei de oude vrouw toen ze was uitgehoest. Haar vingers omhoogtastend langs mijn armen en schouders, ze zei: 'Zo te zien is dit een best exemplaar. Echt hoe je je een Amerikaan voorstelt.'

En Cécile, met een enorme boei: 'O, maar we zijn niet samen, *Mamie*...'

En Louetta, met een wegwerpgebaar: 'Je maakt je grootmoeder niks wijs, meisje.'

En ik, met een brede grijns: 'Maakt u zich maar geen zorgen, madame Molignon. In voor- en tegenspoed.'

Ze had verse melk, zei ze, die Cécile binnen moest halen. Zo idyllisch als we daar zaten, moest ik denken aan Auntie Bernstein, die wel-of-niet een eindje met me mee de Panther Mile was opgelopen. Het is gek hoe gezichten van oude mensen in onze herinnering na een tijdje op elkaar gaan lijken. Wat ze uniek maakt zijn de verhalen die ze vertellen. En zoals iedere oude vrouw had Louetta de mooiste verhalen. Ze was vergroeid met de bergen, ze sprak over de bergen met een liefde die zelfs op mij aanstekelijk werkte. Soms wekte ze de indruk dat ze de geboorte van de jongste ervan nog had meegemaakt.

De melk was inderdaad vers en romiger dan ik ooit had geproefd. Het verbaasde me dat ik het lekker vond.

We waren er een poosje, toen Cécile ineens zei: '*Mamie*, vertelt u Sam eens over de morose. Over die keer dat-ie opa bijna te pakken kreeg.'

'Lieve help,' zei Louetta en voor je *Lucifer* kon zeggen had ze een kruisteken geslagen. 'Waarom zou je zulke dingen willen oprakelen, meisje? Het zijn slechte dingen, daar praat je niet over.'

Cécile, ze vertelde dat ik een vriend had die hoog in de bergen een ongeluk had gehad. Dat we vermoedden dat de bergen hem ziek hadden gemaakt, dat *één bepaalde berg* hem ziek had gemaakt en dat we wilden weten waarmee we te maken hadden voor we hem konden helpen.

Hoe ze dat zei, zat ik daar ineens met een brok in mijn keel.

En die oude vrouw ging maar van: 'Och, dat is niet goed, jongen. Nee, dat is helemaal niet goed...' Alsof ze het Orakel van Delphi zelf was. 'Iedereen die de bergen in trekt, neemt de bergen mee naar beneden,' zei ze. Louetta Molignon, ineens keek ze me recht aan met dat ene troebele, witte oog. 'Jij hebt ook een berg in je, jongeman. Een hele oude. Ik kan hem zien.'

En voor ik iets kon uitbrengen begon ze te vertellen.

Iedereen hier vreesde wat ze de morose noemden, zei ze, al kwam-ie in dit dal niet voor. Hier waaiden de winden anders. In dit dal was God hun genadig geweest.

Je moest je inspannen om haar dialect te verstaan, maar ik wist wat *morose* betekende. Alles wat akelig en somber en droevig is in het Frans.

Met blinde ogen starend over de velden, vertelde Louetta: 'Dit speelde zich lang geleden af, een heel leven voordat jullie werden geboren, toen je grootvader nog jong was. In de bergen boven La Sage ligt een alm die ze Le Tsaté noemen. Daar stonden in die tijd een paar oude hutten bij een kapel. Dat jaar, het moet '48 of '49 zijn geweest, brachten we er de hele zomer door en lieten we de kudde grazen op de hellingen boven de alm. Elke zondagmiddag kwam Vader Zufferey omhoog, de priester van La Sage, om de Heilige Mis voor te lezen en zijn zegeningen uit te spreken over het vee en de melk. Dat deed hij al zo lang we ons konden heugen, omdat iedereen wist dat er in de bergen daarboven een plek was die was bevlekt door de Boze.'

Louetta's magere schouders huiverden bij het uitspreken van die naam. Dat kwalijke oord, zo zei ze, lag aan de andere kant van de kam, en daar kwam je nooit. De bergen waren er te steil, het was niet mogelijk om die vallei vanuit dit dal te benaderen. Bovendien, zei ze, bracht die plek onheil. De wind die van die kant naar beneden kwam was onaangenaam koud en er schenen daar 's nachts nooit sterren.

'Voor veel dingen ben ik te oud om ze te herinneren, maar dit weet ik nog of het gisteren was. Toen dat jaar de dagen korter werden en de nachten kouder, trokken de almbewoners een voor een naar het dal. Na de laatste zegeningen daalde ook ik met Vader Zufferey af naar het dorp. Maar niet je grootvader, meisje. O nee, Jérôme was dol op de alm. Hij wilde de zomer altijd zo lang mogelijk rekken, tot de goede dagen op waren en plaatsmaakten voor de donkere dagen. Hoog in de bergen bestaan maar twee seizoenen, wist je dat? De goede dagen en de donkere dagen. Niets ertussenin. Hoe dan ook, Jérôme bleef met twee andere herders en de kudde achter en ik had er de zenuwen van. Want er had zich iets geroerd in de lucht. We hadden het allemaal gevoeld. Er was een waas van onrust over de alm komen te liggen aan het eind van de zomer. De koeien werden er nerveus van. En we wisten allemaal wat het had veroorzaakt. "Je maakt dat je beneden komt, hoor je me?" zei ik tegen Jérôme voor ik afdaalde. "Je weet wat er daarboven rondwaart en ik wil niet hebben dat je jezelf in moeilijkheden brengt!" Je grootvader verzekerde mij dat hij na hooguit een week naar beneden zou komen en ver van de hogergelegen hellingen zou blijven. Maar eenmaal in het dal kreeg ik spijt dat ik er niet op had gestaan dat hij met me mee was afgedaald. Ze waren daar helemaal alleen. Niemand zou dat jaar nog omhooggaan en de alm was door God en iedereen verlaten.'

Louetta zei: 'En toen kwamen de donkere dagen.'

De oude bergbewoners, zei ze, die hadden oude manieren om te weten dat er storm op til was. Ze voelden het in hun botten. Botten schuurden. Gewrichten knarsten. Kiezen tintelden. De amateurprofetie van osteoporose. Hoe de natuur je probeerde te vertellen dat je geen AccuWeather-app nodig had, maar *good old witchcraft*.

En er waren meer voortekenen. Omina, als hoog in de atmosfeer die dichte, koude luchtmassa zich een weg naar de Alpen stootte. De kring om de zon. Grote groepen vogels die spiralend opvlogen en ineens haastig naar het dal afdaalden. Lenswolken die bedrieglijk kalm over de toppen lagen. De bergen, je kon ze lezen, als je hun taal kende.

Dit alles, zei Louetta, dit was nog vóórdat je de morose hoorde.

De morose kwam alleen voor in het Val d'Anniviers. En dan nog alleen aan de monding van de Vallée Maudit, die hier ook wel de Vallei der Echo's werd genoemd.

Als de morose begon, zo zeiden de oude bergbewoners, dan hoorde je die vallei de dood van de wereld huilen.

'Het was een oktobermaand net als deze,' vertelde Louetta, 'en we hadden de storm al dagen zien aankomen. Elk moment verwachtten we je grootvader en zijn kornuiten het dorp binnen te zien lopen. Maar hij kwam maar niet. Ik maakte me ongerust. Die laatste middag zwol de wind aan en als je naar het zuiden keek, daar leek het al wel nacht! Buiten moest je worstelen om tegen de wind in te komen. Iedereen in het dorp was bezig de luiken vast te zetten en de omheiningen dicht te maken. En toen kwam opeens Ambroise Nicollier over de grindweg uit La Sage aangerend, buiten adem en met ogen groot van schrik. Ambroise was een van de twee herders die met je grootvader daarboven was gebleven. Alleraardigste jongen was dat, zijn dochter Marie-Louise heeft nog met je moeder gespeeld, lieve kind. Hij is in '57 verongelukt bij een aardverschuiving in Ferpècle, dat was een trieste zaak.'

Ze waren van plan geweest die ochtend af te dalen, had Ambroise verteld, zodat ze de koeien op stal hadden voor de storm losbarstte. Maar die ochtend was-ie alleen wakker geworden in de almhut. Geen kornuiten. Geen koeien. Alles in dichte mist.

En daarbuiten, daar huilde de wind de dood van de wereld.

Ambroise, hij kende de verhalen, zei Louetta. Dat als je de morose hoorde, er vreemde dingen met je gebeurden. Dat je een veilig heenkomen moest zoeken, voor het je naar boven zou lokken als de roep van de Sirenen. Dus had hij het op een lopen gezet en had hij niet ingehouden eer hij het dal had bereikt.

'"Het is daarboven niet pluis, Louetta," zei Ambroise nog nahijgend. "Híj waart daarboven over de hellingen en we kunnen alleen nog maar bidden voor Jérôme en Nicolas. Ik heb de Duivel horen zingen! De Duivel!" En weg was hij. Naar het huis van zijn moeder, hoorden we achteraf, en het duurde weken voordat we hem weer zagen. Ik was ondertussen helemaal over mijn toeren. Ik trok mijn mantel aan en ben de hele weg naar La Sage omhooggelopen, terwijl het weer almaar verslechterde. Daar vertelde ik Vader Zufferey wat er was gebeurd. Ik smeekte hem om een aantal sterke mannen uit het dorp te verzamelen en te gaan zoeken, maar hij zei dat er geen beginnen aan was. De duisternis kon elk moment invallen en alsof het erop had zitten wachten, barstte op hetzelfde moment de storm los. De hagel roffelde op het dak van de kapel neer en dat betekende dat in die vervloekte vallei de morose op zijn hoogtepunt was, en ik had alle hoop verloren dat ik je grootvader ooit nog zou zien.'

'Wat gebeurde er toen, *Mamie*?'

'Nou, toch sloeg een uur later de deur van de kapel open en daar stond hij. Uitgeput, tot op het bot doorweekt en lijkbleek. Ik vloog hem in de armen, maar Jérôme beefde als een oude man en wilde niets loslaten tot hij met Vader Zufferey had gebeden en een glas warme rode wijn had achterovergeslagen. "Nog nooit," zei hij toen, "heb ik meegemaakt wat ik vandaag heb meegemaakt, en ik hoop het zo lang ik leef ook nooit meer mee te maken." En toen begon hij te vertellen.'

Hij was wakker geworden, niet in de veilige almhut, maar in een puinveld. Overal om hem heen, mist. Overal om hem heen, het fluiten van de wind, een huiveringwekkend, aanzwellend gezang. Hij had om Ambroise en Nicolas geschreeuwd en overal rondom zijn geschreeuw, uitwaaierend achter hem en om hem heen, had hij fantoomgestalten in beweging zien komen. Uit wervelende openingen in de mist rezen logge, gehoornde koppen op die bevroren naar hem staarden. Pas na lange momenten van absolute doodsangst had hij beseft dat-ie naar zijn eigen koeien keek. Rusteloos snuivend achter het gedempte geklingel van hun zware bellen.

'Weer riep Jérôme naar zijn vrienden,' zei ze, 'maar alleen de wind gaf antwoord. Paniek greep hem om het hart. Al roepend begon hij over de helling te dwalen, maar hij wist niet welke kant hij uit moest. De mist joeg in slierten langs hem heen. Uit de verte, of zo leek het althans, meende hij een kreet te horen. Hij bleef gespannen staan luisteren, tot het opnieuw kwam, van hoger op de helling. Het was zo'n nare jammerklacht dat de kudde ervan op hol sloeg en in de mist verdween. Maar Jérôme had zijn eigen naam horen roepen en hij snelde bergopwaarts. "Ambroise, Nicolas, waar zitten jullie?" riep hij almaar. Toen antwoordden meerdere stemmen, ijl en ver weg en hoog boven hem. Het klonk nog steeds als geroep om hulp, maar ineens was je grootvader er niet meer zo zeker van dat ze zijn naam hadden geroepen, en ook niet of het wel Ambroise en Nicolas waren die daar riepen. Ze bleven maar komen, die kreten uit de mist. Soms dacht hij schimmen te kunnen ontwaren, maar steeds als hij erop afging verdwenen ze weer. Uitgeput en rillend van de kou bleef Jérôme ten slotte staan. Hij besefte dat hij voor de gek was gehouden, en nu zou het hem noodlottig worden. De mist was ondoordringbaar geworden, zijn adem dampte en het huilen van de wind klonk als een koor van gillende zielen. Een dissonante melodie, rechtstreeks afkomstig van de Duivel zelf. "Vader Zufferey," zei hij die avond in de kapel van La Sage, "ik heb daarboven de morose gehoord en ik heb me er alleen met de wil van God van kunnen losrukken."'

Want ineens was het aangezwollen.

Dat geluid, het had dwars door zijn ziel gesneden, zei Louetta, maar het had ook dieper gesneden dan dat. Veel dieper. Je wist dat het de morose was als je het hoorde. En dan?

Dat wist niemand. Want niemand die de morose ooit heeft gehoord heeft het kunnen navertellen.

Zie je... Jérôme Molignon, Céciles grootvader, die hoorde niet écht de morose. Die woedde aan de *andere* kant van de kam, in de Vallée Maudit. Jérôme, hij hoorde alleen de buitenfrequenties. Gedempt. '*Dans la marge*,' zoals Louetta het zei. Zo dichtbij werden ze hem bijna fataal.

In Grimentz, zei Louetta, pal op de monding van die vallei, kwam het gehuil van de wind ongehinderd naar beneden huiveren. Daar werkte alleen de afstand in je voordeel. Alles verwaaide uiteindelijk. Zwakte af.

Toch werd het vee ziek. Werden mannen gek. Moeders, die kregen miskramen. Kinderen werden stom.

'*Sérieusement*,' zei ik, ongelovig naar de oude vrouw starend.

'O ja,' zei Louetta. 'Ik heb het verhaal gehoord van een klein meisje dat zich voor haar moeder had verstopt in een hooischuur toen de morose begon, en tot op haar sterfbed zestig jaar later heeft ze geen woord meer uitgebracht.'

Dus sloten ze eens per jaar in Grimentz alle luiken. Eens per jaar, tijdens de eerste hevige najaarsstorm, hingen ze kruisen tegen de deuren en speelden de locals in hun chalets ländlermuziek tot in de kleine uurtjes. Dan kon je buiten de alpenhoorns en de *Schwyzerörgeli* horen boven het gillen van de nacht uit.

Een geluidsbombardement om iets ergers te overstemmen.

Onvruchtbaarheid, geweldsuitbarstingen, mensen die in de ban raakten van de wind en verdwenen in de nacht: er waren ergere dingen dan Zwitserse volksmuziek.

Volgens Louetta gebeurde dit nog steeds, tot op de dag van vandaag.

Wat ze je er op Airbnb niet bij hadden verteld.

13

'Ik ga daar niet naar binnen,' zei Cécile, met grote ogen door de voorruit naar Hill House starend. 'Sorry, dat kan ik niet.'

Buiten fluisterde de wind door het dennenbos.

'Dit is *awkward*,' zei ik.

Namiddag, Nicks Focus naast Céciles Peugeot ingeparkeerd, maar in plaats van uit te stappen had Cécile een Lucky opgestoken en nu zaten we daar ongemakkelijk te zijn. De donkere glazen van mijn Black V-Wire Curves tussen ons in zodat ik me wat minder opgelaten voelde, maar na te lang zwijgen trok ik die Lucky uit haar vingers om er zelf een trek van te nemen. Normaal rookte ik alleen in New Yorks meest *Vogue-approved drinking dens* en dan zéker geen tabak, dus ik hoestte en werd meteen draaierig.

'Ugh, je moet hier echt mee kappen, schat,' zei ik. Ik schoot de sigaret uit het open raam weg. Cécile leek het niet eens te merken.

'Ik wil dat je naar binnen gaat, mijn spullen van zolder haalt en ze naar buiten brengt,' zei ze. 'Alsjeblieft. Zou je dat voor me willen doen?' Smekend: 'Zonder zíjn aandacht te trekken...'

'Cécile, kom op, je overdrijft.'

'Ik meen het, Sam. Ik kan daar geen voet meer binnen zetten.'

'Maar we zouden met Nick praten. Je zou morgen pas...'

En dat was hoe ver ik kwam voordat Cécile het portier opensmeet, uit de Focus struikelde en in het hoge gras naast de oprit braakte.

Dus ik uitstappen. Ik om de auto heen hollen, een hand op haar rug leggen. Ik voelde hoe zweterig ze was. Hoe zweterig en *koud*. 'Jezus, Cécile, je bent echt ziek, hè?'

Toen ze overeind kwam en met de rug van haar hand over haar mond veegde, zag ik dat ze huilde. 'Alsjeblieft, Sam, dwing me niet terug naar binnen te gaan. Ik wil het niet, ik wil het echt niet...'

Ze was bang. Echt bang, *panic-attack*-bang. Dus nam ik haar in mijn armen en zei: '*Shush*.' Ik zei: 'Ik zal je nergens toe dwingen. Als je echt naar huis wil, dan moet je naar huis gaan. Je hebt al meer gedaan dan ik had kunnen verwachten.'

'Het spijt me zo, Sam.' Snikkend en bevend tegen mijn schouder zei ze: 'Vooraf leek het zo'n goed idee om hiernaartoe te komen en je te vertellen wat ik wist. Maar nu weet ik niet of ik er goed aan heb gedaan.'

'Waarom denk je dat?'

'Ik heb alleen maar verwarring gesticht en je bent geen stap verder gekomen.' Haar gesnik zwol aan en het werd steeds moeilijker haar te verstaan: 'Het spijt me dat ik niet meer voor je heb kunnen doen... dat spijt me echt...'

'Hey, ho, ho. Onzin, Cécile. Hey, kijk me eens aan.'

Met tegenzin keek ze naar me op, haar ogen nat en omrand en haar make-up in donkere strepen uitgelopen. 'Ik zie er afschuwelijk uit.'

‘Lekker belangrijk. Je hoeft míj nergens mee te imponeren.’

Een flauw glimlachje. ‘Daar dacht *Mamie* heel anders over.’

Ik bewoog mijn wenkbrauwen op en neer. ‘In voor- en tegenspoed, *sugar plum*.’

Nu lachte ze door haar tranen heen. ‘Alleen een Amerikaan kan zoiets tegen een vrouw zeggen en het als compliment bedoelen.’

Het voelde goed dat we nog konden lachen als, nou ja, normale mensen, maar algauw ging haar blik langs me heen naar het chalet en viel de schaduw weer over haar gezicht. In die blik zag ik ineens de familiegelijkenis met haar grootmoeder.

Louetta Molignon, ze had haar verhaal wel afgemaakt, maar dat laatste gedeelte, ik had het maar half meegekregen. Over hoe die opa alleen en verdwaald in de mist was afgedaald, lager op de helling zijn kudde en Nicolas tegen het druipnatte lijf was gelopen en bij aankomst in het dal ontdekte dat-ie het suizen van de wind nog altijd hoorde. Maar dan in zijn oren. Als een irritante fluittoon die maar niet weg wilde en hem hele nachten uit zijn slaap hield. De dokters hadden niets kunnen vinden. Logisch ook. De oorzaak was dezelfde als waarom Nicolas opeens impotent was geworden. Waarom de koeien opeens geen melk meer wilden geven. Zij hadden de morose gehoord – gedempt, zoals je iemand die achter een dichte deur schreeuwde wel kon horen maar niet kon verstaan – en de morose had iets in hen achtergelaten. Drie maanden lang hielden de klachten aan en toen waren ze verdwenen. Tegen die tijd waren de bergen bedolven onder een dik pak sneeuw en was de vallei stil.

En ik, ik had het allemaal aangehoord. Al haar woorden had ik in me opgeslagen, maar mijn brein was blijven steken bij een poging ook dit verhaal weer te verwerken tot iets verkoopbaars. *Down* te *playen* tot zomaar een de facto bijgeloof.

Iets wat ik kon slijten aan Nick.

Toen Louetta klaar was, had ik gevraagd: ‘Madame Molignon, wat bedoelde u toen u eerder zei dat u in mij ook een berg kon zien? Een hele oude?’

‘Heb ik dat echt gezegd?’ Smakkend met haar magere lippen had de oude vrouw gezegd: ‘Daar moet je niet te zwaar aan tillen, jongeman. Soms ben ik een beetje in de war.’ Ze wendde zich tot Cécile. ‘Lieve kind, wil je even een half glaasje rode wijn voor me inschenken? De fles staat op de plank in de keuken. Ik zeg altijd maar zo: van verse melk en een halfje rood gaat een mens pas op haar honderdste dood.'

En ze was zo hard gaan lachen dat ze een hoestbui had gekregen, waardoor haar gezicht was verkreukeld als een *bisteeya*.

Zodra Cécile weg was had ze me streng aangekeken met dat ene, melkwitte oog en opnieuw had ik het verkillende gevoel dat ze dwars door me heen keek. 'Jij kunt ook honderd worden, jongeman,' had ze gezegd. 'Maar je hebt nog een boel om open te krijgen.'

'Wat moet ik open krijgen?'

'De wereld.'

Op een of andere manier wist ik dat ze gelijk had.

'Er waren wel degelijk vogels die nacht, Sam. Hele grote, met lange snavels, op zoek naar een prooi.'

Mijn gezicht begon te gloeien.

'Iedereen draagt een vloek met zich mee. We kunnen een ander pas helpen als we die van onszelf hebben opgeheven.'

Dat starende witte oog, die mist daarbinnen, het voelde alsof het me hypnotiseerde. Denkend: *Ze is net als Auntie Bernstein.* Denkend: *Let maar op, zo dadelijk verdwijnt ze, en als we straks in de auto zitten is het net of ze nooit heeft bestaan. Of we hier nooit zijn geweest.*

Ze was niet verdwenen, maar het moment was wel voorbij geweest en tegen de tijd dat Cécile naar buiten was gekomen moest je tegenover jezelf toegeven dat het aannemelijker was geweest dat je het je allemaal had ingebeeld.

Dat was toen.

Dit was nu.

'Wat ga je nu doen?' vroeg Cécile kleintjes.

'Met Nick praten, denk ik.' Ik haalde mijn schouders op. 'Met alle respect voor je *Mamie*, maar ik geloof niet in de Duivel en voortekenen en die hele religieuze rambam. Maar ik weet wel dat er daarboven op die berg een kracht heerst die ons allebei de stuipen op het lijf jaagt. En die kracht zit ook in Nick.'

'Jullie zouden ook kunnen gaan,' zei Cécile. 'Samen. Weg vanhier. Weg van die berg.'

Maar ik schudde mijn hoofd. 'Ik wou dat dat zo was. Ik ben

vreselijk bang dat er een soort doos van Pandora zal opengaan als Nick nog lang zo dicht op de bron zit, maar onze enige hoop ligt hier.'

Nu pakte ze mij vast, stevig, haar vingers klauwend in mijn armen. 'Wees alsjeblieft voorzichtig, Sam. Hij is gevaarlijk.'

Er ging van alles om achter Céciles gezicht, maar die uitdrukking, ik kon hem niet goed plaatsen. Het zat me niet lekker. Pas later die avond, alleen in bed en denkend aan donkere dagen en een hemel zonder sterren, zou ik beseffen dat het opluchting was geweest. Maar opluchting waarover? Opluchting dat Nick en ik in Grimentz bleven? Maar waarom dan?

Blijkbaar had Cécile niet doorzien dat ik maar een halve waarheid had verteld. Want wat die kracht ook was, ik geloofde niet dat het Nick tot een monster had gemaakt. Ik geloofde niet dat Nick die dokter tot zijn dodensprong had gedreven.

Wat ik wel geloofde, is dat het hem had *veranderd*.

En het maakte me nieuwsgierig.

Zou jij dat niet zijn?

Als die doos van Pandora openging, dan wilde ik naast hem staan en er samen met hem een blik in werpen.

Ik deed wat Cécile had gevraagd en haalde haar bagage van zolder. Ik zag Nick nergens. Waarschijnlijk lag-ie beneden te slapen. Als ik al zijn aandacht had getrokken stond ik te snel weer buiten om hem te horen roepen.

'*Now, girl*,' zei ik toen ik weer op de oprit stond. '*Sashay away*.'

Maar Cécile, zij tuurde alleen maar omhoog. 'Moet je kijken,' zei ze. Wijzend in de heiige lucht. Wijzend naar boven.

Ik zette mijn zonnebril af.

In het westen, laag boven de bergkam, stond een volmaakte kring om de zon.

14

Meteorologisch gezien was de herfst al een aantal weken onderweg, maar als je Louetta Molignon geloofde, als je ervan uitging dat de bergen maar twee echte seizoenen telden, dan was de laatste echte zomerdag van dat jaar de dag nadat Cécile in haar

Peugeot weer naar beneden tufte, die zondag 15 oktober. Daarna zou het weer verslechteren, maar die zondag, zie je het voor je, de lucht één warme omhelzing van de zon. Een omhelzing van monnikskap, een jeneverbeskus en zie het voor je, Nick die zijn oefeningen deed op Castle Rock, hij had zijn shirt erbij uitgetrokken en hoe-ie daar stond te stretchen, hoe-ie daar stond uit te kijken over het dal, schitterde de zon op zijn gebronsde huid alsof-ie licht gaf.

Die plek heeft hem verminkt, hoorde ik Céciles stem in mijn hoofd zeggen terwijl ik naar hem stond te kijken – maar wat betekende verminking nog als je een gepolijst natuurfenomeen was?

Nick die op z'n yogamatje z'n *burpees* en z'n *planks* deed. Z'n *lunges* en z'n *squads*. Een lichaam dat glansde, dat straalde, dat zinderde als de toppen die ik aan de andere kant van de stuwdam had gezien. Het verband om zijn gezicht zo felwit in de zon dat je je ogen ervoor moest toeknijpen. Dit was Nick. Dus restte me niets anders dan met één hand en twee voeten omhoog te klauteren, niets anders dan Ramses in mijn kielzog, Ramses die halverwege de rots bleef staan... en argwanend naar Nick opkeek.

'Hai,' zei ik.

'Hai,' zei Nick.

Holy fuck. We waren terug op *first-date territory*.

'Ik heb druivensap voor je meegenomen. Die van de COOP, die je zo lekker vindt.'

'Bedankt.' Hij nam het glas van me over en het rietje verdween tussen twee wikkels verband. In één teug zoog-ie het halfleeg, daarna zette hij het neer op het plateau. 'Hier, moet je eens voelen.'

Hij nam mijn handen en drukte ze tegen zijn borst. Er schoot een nerveuze lading van ongeveer een miljoen volt door me heen, een hunkering die mijn oren deed gonzen. Nicks huid was heet. Niet zomaar het heet van een work-out in de zon, maar het heet van een meltdown in een onderhuidse microreactor. Het heet van een smeltende ster.

'Wauw,' zei ik.

'Bizar hè? Voel je die energie?'

'Sommige mensen zouden het "koorts" noemen.'

'Maar dat is het niet. Ik voel me heerlijk. Geen pijn meer. Eigenlijk voel ik me beter dan ooit, sinds ik uit het ziekenhuis ben.'

Hij articuleerde ook beter, dat was een ding dat zeker was.

'Je gloeit helemaal.'

Nicks ogen fonkelden. 'Het begon meteen toen ik hier naar boven klom. Het is alsof de zon alle negatieve lading van me af smelt.'

De hitte in zijn poriën moest zijn zweet hebben verdampt, want zijn huid voelde glad en droog. Nick, hij leidde mijn handen naar boven over zijn schouders en kruislings over zijn armen. Mijn vingertoppen, zijn huid, het had iets beslotens en onvermijdelijks, een aspect van hier-eindigt-het-universum-en-meer-doet-er-niet-toe. En die hitte, die voelde je uit zijn hele lichaam wasemen. Zelfs het litteken van het transplantaat aan de binnenkant van zijn biceps trilde als de lucht boven een heet wegdek.

'Wat is er?' zei ik.

'Je staart.'

En die ruimte tussen ons in kleiner. Ik ineens de indruk dat Nick zich naar voren boog om me te kussen, te *kussen*, adem en lippen en o god, een steek van pijn en leegte omdat ik al die tijd zijn lippen had moeten missen en toen, BAM, *full-frontal crash* tegen die muur, zijn ogen groot, die fonkeling van zijn gezicht geveegd, alsof de realiteit van zijn verband op precies hetzelfde moment bij hem en mij landde.

Alsof-ie zich had gebrand liet Nick me los en wat dacht je, alles tolde weer. Alles tuimelde. Drie jaar samen en alles kantelde *topsy-turvy* naar dit moment waar Castle Rock steeds steiler afhelde naar die val in de beek, de hellingen wankelend en draaiend om ons heen en Nick boven me uittorenend, hij greep mijn arm voor ik kon vallen. En ik zwaaien op mijn benen, ik trapte onbeholpen tegen iets aan, het geluid van brekend glas en de rots, die bloedde rood druivensap uit opengesneden kwartsaderen.

En ik dacht: *Er zitten gaten in het ijs*. Ik dacht: *Het zijn net ogen...*

'Sorry,' zei hij. 'Sorry, Sam, het was niet mijn bedoeling om... je weet wel...'

'Ja, ik weet het,' zei ik. 'Geldt ook voor mij.' Ik zei: 'Hou me vast, alsjeblieft.'

Alles om me heen leek diep en afgrondelijk, het geluid van de beek nu weer dichtbij, dan weer ver weg. Zonder Nicks armen was ik volkomen uit evenwicht.

'Gaat het wel?'

'Je doet het weer.' Ik draaide rondjes met mijn wijsvingers voor mijn slapen.

'Sorry. Het gaat niet expres.'

Nick sloot zijn ogen en de uitdrukking op zijn gezicht was er een van intense concentratie, alsof hij zich geestelijk aan iets probeerde vast te klampen. Me goed op hem focussen was onmogelijk, daarvoor draaide alles te veel en was er te veel licht in de wereld en tintelden mijn tanden te vreemd in mijn hoofd, dus sloot ik ook maar mijn ogen en gaf me over aan de duizelingen.

Nee, dacht ik. *Geen duizelingen. Hoogtevrees.*

Heb je wel eens bedacht dat jíj het misschien bent die dit doet? hoorde ik Nick zeggen, maar zijn stem, die zat in mijn hoofd. Niemand had hier iets hardop gezegd. Het besef kwam vertraagd en Nick, hij moet mijn plotse verkramping hebben gevoeld, want op precies hetzelfde moment openden we onze ogen. Keken elkaar aan. Er was iets veranderd aan het licht. Het had een helderheid en een diepte die eerder onzichtbaar waren geweest. De werkelijkheid een Instagram-filter *come-to-life*, een ultrahighres gigapixelpanorama met de meest spectaculaire kleurenintensiteit die je je maar kon voorstellen. In dat licht waren Nicks ogen groot en rond en gefascineerd en onkenbaar. Boorden zich recht bij me naar binnen.

En ik dacht: *Telepathie*. Ik dacht: *Dit is geen gezonde berglucht, dit is lsd.*

'Kom even zitten, Sammy.'

Had-ie zijn woorden nu wel hardop uitgesproken? Ik geloof het wel, maar hey, we draaiden al naar de grond en zonken neer op zijn yogamatje, hij op z'n zij en ik lepeltje-lepeltje tegen hem aan en ergens mochten er dan allerlei alarmbellen rinkelen, zónder zijn arm om me heen had ik het gevoel dat ik zou vallen en mét zijn arm om me heen had ik het gevoel dat ik zou vallen, dus wat maakte het nog uit?

Cécile met al haar waarschuwingen, ze zou het niet begrijpen als ze ons zo zou zien. Als ze zou weten hoe ik zo reikhalzend en doodsbang naar Nick verlangde.

Gisteravond had ik hem alles verteld. Alles wat ik dankzij Cécile te weten was gekomen. Alles, behalve hoe dr. Genet aan zijn eind was gekomen. Sommige details liet je achterwege, gewoon omdat je hem niet van streek wilde maken. Je dacht erover na, ontdekte geen logisch verband tussen Nick en de dood van die vent en besloot dat het er niet toe deed.

Behalve dat je bang was voor wat je op Nicks gezicht zou zien als je het 'm zou vertellen. Behalve dat je bang was voor dezelfde schuldbekentenis in z'n ogen als toen je vroeg of-ie Augustin...

Ho! Sluisdeur, *file*: check.

En toch. Toch hadden die verhalen ons dichter bij elkaar gebracht. Zo werkten griezelverhalen: ze haalden de rauwe randjes van de werkelijkheid. Maakten het gezicht dat schuilging achter die stroken verband wat minder angstaanjagend. Want het kon altijd erger. Dat bewees Marjorie Hatfield, die zichzelf met lege oogkassen de dood in had gegild. Dat bewezen Alexander Ruëgsegger en Augustin Laber, die helemaal geen gezicht meer hadden en voor eeuwig ronddwaalden tussen bevroren bergwanden. Nick, hij was niet zo'n verhaal geworden. Nick leefde. En het cliché was waar: wat je niet doodde, maakte je sterker.

Nu, in het volle schijnsel van de zon, Nick die duizelde: 'Ik dacht dat je me na al die verhalen wel zo afstotelijk zou vinden dat je me niet meer zo dichtbij durfde te laten komen.'

'Het is standaardprocedure dat je je *inner demons* in de ogen kijkt voor je ze uitdrijft, Nick. Dat is *possession-101*.'

'Ben ik je *demon* of is de Maudit je *demon*?'

Ik rekte me uit en draaide mijn ruggengraat, zoals Ramses dat er altijd zo lekker uit laat zien. Het was ook lekker. 'Pas maar op dat ik jóú niet uitdrijf en die berg laat zitten. Het heeft wel wat, dat duizelen.'

'En ik maar denken dat je niets van de bergen moest hebben.'

'Ik heb er nog nooit eentje ontmoet die me liet trippen als een malle.'

Een tijdlang was er niets anders dan onze adem en het samenspel van zonlicht en waterdeeltjes en kleine vliegende beestjes in de lucht. Met mijn oor tegen Nicks borst luisterde ik naar de hartslag van de aarde. Diep en traag resoneerde het door onze lichamen. Verward constateerde ik dat-ie hooguit vijf, zes keer per minuut sloeg, maar dat leek niet van belang. Mijn hoofd wilde er maar geen coherente gedachte over vormen. Veel lekkerder was het om gewoon boven Castle Rock te zweven en mee te deinen op het ritme van het oeroude leven dat in Nick ontkiemde.

Ik zei: 'Serieus.' Mijn stem dromerig, ik zei: 'Die nieuwe jij. Die berg. *Whatever*. Ik heb je nog nooit zo dichtbij laten komen, omdat ik er altijd bang voor was. Maar nu...'

Met dichtbij laten komen doelde ik op meer dan alleen zijn armen om me heen. Ik zag het beeld voor me van een delta van levende stroompjes energie aan de bron van een gletsjertong. Kronkelende stroompjes die niet alleen mijn geest omsloten, maar de diepste essentie van mijn zíjn. Ik vond geen woorden om het beeld in uit te drukken, naar dat hoefde ook niet. Nick deelde het. Dat wist ik.

Op die nieuwe, griezelige, fonkelende manier waarop we dingen deelden.

Zijn woorden zweefden naar me toe: *En is het een goeie trip of een slechte trip?*

'Holy fuck, zit je nou serieus in mijn hoofd?'

En wat dan nog?

'Hallo? Daar bewaar ik privacygevoelige informatie.'

Hij bulderde van het lachen en de aarde leek te beven. Ik was er vrij zeker van dat het niet alleen Nick was die lachte. *Geloof me als ik zeg dat ik al je geheimen zo onderhand wel ken, Sam. Waarom kom je er niet lekker bij?*

Werkt dat dan?

Je moest eens weten wat ik allemaal kan laten werken.

...

Zie je?

Damn.

Hoe ver liet ik me nog meeslepen? Ik wilde niets liever dan me overgeven aan Nick, aan mijn Nick, de nieuwe Nick, maar ik speelde een levensgevaarlijk spel. Er werd daarbinnen iets wakker dat over veel meer dan alleen mij kon heersen. De vraag was niet hoelang het nog zou duren eer Nicks transformatie het kantelpunt bereikte vanwaar er geen weg meer terug was. De vraag was waartoe hij in staat zou zijn als het zover was.

Cécile: *Wees alsjeblieft voorzichtig, Sam, hij is gevaarlijk.*

Het is een kwalijke plek.

Ik weet niet of het wel de bedoeling was dat Nick ervan zou terugkeren.

Hij is gevaarlijk.

Het is een kwalijke plek...

En Nick: *Word één met me.*

Ik stokte. 'W-wat zei je?'

Je hoorde me wel.

Felle opwinding. Handen die manipulerend mijn geest kneedden en het beeld dat ik nu voor me zag, bulkende lawinekeringen die op het punt stonden te breken. De stuwdam van Moiry die op het punt stond te bezwijken. Het sneeuwwitte verband voor Nicks gezicht dat steeds strakker werd gespannen over wat op het punt stond zich een weg naar buiten te scheuren...

Tot een maar al te realistisch gezoem me uit mijn verdoving rukte.

Een libelle. Een reuzeninsect. Nee, een drone.

En ik, ik viel terug in mijn lichaam. Knipperde met mijn ogen. Nick, hij was al opgesprongen, tuurde met een hand boven zijn ogen naar de lucht.

'Dat meen je niet!' riep hij.

Uit de richting van het dorp kwam-ie aanzetten. Zilver en zwart. Vier propellers. Gps-sensoren. Een 4K-spycam. Om een of andere reden moest ik denken aan Benjamin Crouton die volgens Cécile z'n helikopter had gestreeld en 'm liefkozend Eekhoorn had genoemd.

Ik kwam overeind en ging naast Nick staan. 'Zijn ze ons nou serieus aan het bespioneren?'

Vanaf de top van Castle Rock keek je neer op het overhangende dak van Hill House. De drone zweefde nog zeker dertig meter boven ons en vloog in een trage boog over de dalbodem, waarie ter hoogte van het bruggetje bleef hangen. De spycam, zo'n miniperiscoopje dat aan de onderkant uitstak, totaal niet subtiel op het chalet gericht.

Nick krabde zich koortsig achter zijn verband. 'Misschien zijn het die kinderen uit het dorp...'

'Dit ziet er niet uit als speelgoed. Een drone van dit formaat kost minstens duizend euro.'

'Dan zijn het die fuckers zelf. Godverdomme! Ze kwamen toch ook al aan de deur hier? Ze weten wie ik ben, Sam.'

'Jezus... en ik denken dat ze hier nog met morsecode werkten.'

'Dude, het zijn Zwitsers. Bij Genève hebben ze de Large Hadron Collider gebouwd. Dan kunnen ze ook wel met een drone overweg.'

Die drone: het Alpen-equivalent van de MI6. Een *do-it-yourself*-kit voor iedere privédetective.

Iemand had plannen met ons.

Met gebalde vuisten staarde Nick naar de lucht. Zijn vingernagels dreven bloedende groeven in zijn handpalmen. Hoe-ie daar stond, zijn schouderbladen samengeperst, de kabels van zijn onderarmen opgezwollen, dat lijf groot en opgericht als van een alfaroofdier, zou je doodsbang van hem worden. Zijn ogen weerspiegelden de zon, dat *hele lichaam* weerspiegelde de zon; misschien was ik nog steeds aan het trippen maar de stralen spatten letterlijk van hem af en de wind die ineens opstak in het dal was een echo van de storm die in hem losbarstte. Wat daar stond, dat was niet langer menselijk. Wat daar stond was een Zonnegod. Een Stormschepper. Woedend. Verknipt. Waanzinnig. Een vreemde, niet mijn vriendje, niet mijn vriendje.

De drone, hij zweefde met hoge snelheid dichterbij om het chalet uit een andere hoek te filmen. Voor een bestuurder met *FPV-goggles* of een telefoonapp waarop-ie kon meekijken kwamen wij nu vol in beeld en even zwenkte het apparaat ook echt, alsof hij zichtbaar schrok. Toen begon hij met een rotgang te klimmen.

En toen. En toen en toen en toen en toen.

Ik hoorde de kreet eerst. Zag de flits eerst voor ik besefte wat er gebeurde. Een schaduw die de zon verduisterde. Geklapper als van zeilen. Ineens was-ie daar. Ethon. De Dondervogel. Nee, een steenarend. Zoals vogels altijd uit het niets verschijnen, zo schootie in een krijsende duikvlucht op de drone af. Groots. Gracieus. Een kogel. Ik weet dat het onmogelijk is en misschien was het alleen maar de opwinding van het moment, maar ik zou er Nicks moeder onder durven verwedden dat het beest een spanwijdte van zeker vijf meter had, toen-ie op het laatste moment zijn vleugels uitklapte en haast ondersteboven zwenkte, zodat-ie de drone van onderaf kon beetgrijpen en met uitgestrekte klauwen uit de lucht kon plukken, voordat de propellers hem onverhoopt in een donkerbruin kussengevecht zouden veranderen.

De arme drone zag nooit wat er op 'm af was gekomen.

Wat die klauw had overgelaten van de lens flitste in een gouden regen van glas naar beneden.

Over efficiëntie gesproken.

Met de drone in zijn klauwen klapwiekte de steenarend door het dal naar het zuiden. Zijn triomfantelijke kreet weerkaatste tegen de berghellingen. Hoger en hoger klom-ie, om daar achter een bergrug van de aardbodem te verdwijnen.

En ik, ik joelde: 'Amelia-fucking-Earhart!' Zodra ik me ook maar enigszins bij machte voelde, zodra ik mijn stem ook maar enigszins onder controle had: 'MH-fucking-370! *Eat that*, motherfuckers!' Mijn armen in de lucht, ik joelde: 'Zag je dat, Nick?'

Maar zodra ik naar hem keek, wist ik dat-ie het niet alleen had gezien.

Hij had het gedáán.

Zoals iedere berg heerste over z'n ecosysteem.

Zoals iedere berg heerste over z'n dal.

Zoals iedere berg heerste over het weer.

Nick, hij was louter licht en warmte. Onder die golvende spieren pompten zijn longen leven in dat lichaam. Onder die golvende aardkorst pompten ze leven in Castle Rock. Pompten leven in de vallei, in de beek, in de wind, zoals de Maudit leven pompte in Nick. Sereen en verheven stond hij daar, in een onverschillige volharding om boven alles uit te rijzen, hoger en hoger, verwikkeld in een constant gevecht met de elementen die hem ten val wilden brengen. Dit was Nick, bezig zijn geciviliseerde identiteit van zich af te werpen en de onverzoenlijke, duister aantrekkelijke kracht van de wildernis te omarmen.

En ik, dit is wie ik was. Mijn verleden en mijn toekomst, *full-circle*. Mijn handen klauwden naar zijn gezicht, ze klauwden naar die wikkels verband en begonnen ze van hem af te trekken als kledingstukken van een minnaar. Goed of kwaad, het maakte me niet meer uit. Ik pelde het als een schil van hem af.

Ik had een vriendje dat evolueerde tot een god...

... en ik werd halsoverkop verliefd.

The Metamorphosis

Digitale dagboekfragmenten van Nick Grevers

But what now if all the peace, the comfort, the contentment were to come to a horrible end?
– Franz Kafka

I

28 oktober
Ik ben aan het verdwijnen.

Vanmorgen gebeurde het opnieuw. Had een black-out en kwam tot mezelf in een veld boven het dorp, alleen en rillend van de kou. Zonder verband, natuurlijk. Thuis trof ik Sam helemaal over de rooie aan. Hij was me overal wezen zoeken, zei dat ik anderhalve dag weg was geweest. *Anderhalve dag*. En ik wist me er niets van te herinneren. Wimpelde hem af, douchte lang en heet en schrobde obsessief mijn verminkte gezicht. De littekens klopten en pulseerden. Daarachter leeft het. Kan het voelen zitten. Het *drukt*, het is bijna niet te harden. Het verband hielp iets, maar niet veel.

Ben gaan schrijven. Moet orde scheppen in mijn gedachten, want de tijd dringt. De momenten waarop ik mezelf ben worden schaarser.

Nu, terwijl ik dit typ, verkeer ik in een continue staat van angst. Elk moment kan het weer toeslaan. Ik ben waakzaam op elke plotselinge tochtvlaag, elke gedachte die niet van mezelf lijkt. Elke keer dat de druk lijkt toe te nemen. Word er niet goed van. Het wordt sterker en als ik nu niets doe, zal ik er straks letterlijk niet meer zijn. Maar wat kan ik doen? Als het komt dan komt het met de kracht van een orkaan en blaast het mijn complete bewustzijn het diepst van de gletsjer in. Het is of ik er nooit aan ben ontsnapt. Ik zit vastgevroren in een eeuwige kou en het enige wat ik zie is het rode stipje van Augustins helm, dat tuimelt en tuimelt en tuimelt. Tot ik op een gegeven moment ergens tot mezelf kom, zonder te weten hoe ik daar ben terechtgekomen, hoeveel tijd er is verstreken of wat ik heb gedaan. Dat is afschuwelijk, weet je? Het totale verlies van controle is afschuwelijk...

... en het is ook *lekker*. Op een verdorven manier is het lekker, en laat ik het gebeuren.

Het wekt driften die... nee, dat schrijf ik niet op. Maar ik ben niet de enige die zich er niet meer tegen kan verzetten.

Sam is eraan verslaafd geraakt.

En dit is waar het écht gevaarlijk wordt.

Sinds die dag op Castle Rock laat hij het steeds vrij. Hij komt naar me toe en begint dan hunkerend aan de wikkels van mijn verband te trekken. Blijkbaar is mijn verminking geen belemmering meer. Zou eigenlijk blij moeten zijn, maar ben niet blij. Hij wil namelijk niet mij, hij wil die *ander*. Aan mij heeft hij niets. Hij wil de wildernis. Hij wil de Maudit. En ik probeer wel afstand te nemen, te zeggen dat we een dodelijk spel spelen omdat het elke keer aan kracht wint, maar S. ronduit vijandig. Blik in zijn ogen is de blik van een junk. Berekenend. Hij ziet in mij alleen iets wat hij nodig heeft en achter dat sluwe gezicht zie je hem bezig gaan met hoe hij dat van me kan loskrijgen.

Wat Sam ziet als hij dat verband afrukt en zich door de Maudit laat overpoweren weet ik niet, maar het moet hetzelfde zijn als wanneer een junk een heroïnespuit in zijn arm zet. Je weet dat het een pad is dat naar de afgrond leidt. Je weet dat je binnen afzienbare tijd zult OD'en. En toch doe je het, want de bevrijding van de shot doet je al die dingen vergeten. Sam heeft een verleden met shit waar hij beter van af kan blijven. Waarom ben ik dan zijn dealer? Want ik moet eerlijk zijn: ik laat het gebeuren. De druk achter mijn gezicht wordt ondraaglijk en dan *moet* ik het verband afrukken. Ik moet het vrijlaten! Het manipuléért me om het vrij te laten. Maar ik wíl het ook, snap je? Ik wil het zelf en voor ik het weet sta ik daar dan met die wikkels in mijn handen en dan weet ik helemaal niets meer.

Het is geen lust waardoor Sam wordt gedreven. Geen liefde. Het is iets fatalistischers. Eergisteravond kwam hij naar me toe en klampte zich aan me vast. Hij zag er belabberd uit en beefde over heel zijn lichaam. Hij drukte zich tegen me aan en snoof heel diep de lucht naar binnen, alsof hij me in zich opsnoof. Het was een beetje eng, eigenlijk.

Wat hij in mijn oor fluisterde, daar werd ik helemaal wee van: '*Als je gaat, neem me dan mee het donker in.*'

Mijn god, wat hebben we in gang gezet???

Vanmorgen kwam ik dus tot mezelf op die helling boven Grimentz. Een eind heuvelafwaarts stonden drie mannen in overalls te gebaren rondom een koe die op haar flank in de modder lag. Eerst dacht ik dat ze bezig was een kalf te werpen, maar daar is het het seizoen niet naar. Toen zag ik dat ze verstrikt zat in het prikkeldraad. Over de hele lengte van het benedenveld lag een losgerukte afrastering. Vertrapt, modderig gras, koeienvlaaien – er had hier een kudde staan grazen. En die was duidelijk uitgebroken.

De oudste van de mannen kreeg me in het oog. Begon te wijzen. Uitdrukking veranderde, werd woest. Hij schreeuwde iets en stak zijn pink en wijsvinger naar me op. Heb Wikipedia gecheckt – het gebaar van de gehoornde hand is nog steeds in gebruik bij de oude bergbewoners om de Duivel af te weren.

De jongste van het stel deed een paar stappen mijn kant uit, waardoor hij het trieste zicht onthulde op de achterhand van de koe. De huid was volledig afgestroopt. Het dier moest zich met geweld door het prikkeldraad hebben gewerkt. Andere runderen hadden zich blijkbaar wel weten los te rukken en de weg geplaveid voor de rest van de kudde, want van veel lager, uit het dorp, kwam het zachte geklingel van bellen. Eén koe lag dood halverwege de helling.

Ongelovig staarde ik ernaar. Had ik dit aangericht???

Toen vergat ik alle koeien, dood of levend, want op dat moment hief die boerenzoon een dubbelloops jachtgeweer. En al mijn spieren slap. Toch was ik in staat mijn handen te heffen en demonstratief koers te zetten naar de zijkant van het weiland, om te laten zien dat ik geen kwaad in de zin had. Nog voor de bosrand verloor ik mijn zelfbeheersing en zette ik het op een lopen. Viel bijna over mijn voeten toen het schot klonk. Het galmde over de hellingen, maar deze kogel was niet voor mij bedoeld.

Dus hier zit ik nu. Tot wat voor monster ben ik verworden?

Die veeboeren konden het in me voelen. Claire en Cécile konden het in me voelen. Zelfs mijn ouders voelden het, in dat vroege stadium. Het joeg ze de stuipen op het lijf. En terecht.

Want ik weet waartoe het in staat is.

Claire heeft nog steeds niets van zich laten horen. En ik ben vreselijk bang dat ze dat ook niet meer zal doen.

Van Sam hoef ik geen hulp meer te verwachten. Moet zelf de touwtjes in handen nemen voor het te laat is. Het vergif van die plek verspreidt zich door mijn aderen. Ik moet gebruikmaken van de momenten die ik nog heb... maar ik voel dat het er minder worden. Wist ik maar wat ik moet doen!

2

29 oktober

Ramses is weg.

Het is nu uren donker en het heeft geen zin meer om te blijven zoeken. S. maakt zich doodongerust. Ik ook, eerlijk gezegd.

S. zegt dat hij hem vanmorgen voor het laatst heeft gezien toen hij hem eten gaf. Maar Ramses gaat nooit ver van het chalet en blijft nooit lang weg. Hij is tot nu toe onverschillig geweest over zijn vakantie naar Zwitserland en 's avonds ligt hij hier zelfs te spinnen op zijn vaste plekje voor de open haard, al houdt hij altijd één oor waakzaam mijn kant op zodat hij me in de gaten kan houden. Ook hij voelt de Maudit en moet er niets van hebben, sinds zijn omslag thuis in Ams. Maar waar het om gaat is dat R. een stadskat is. Het onbegrensde territorium van dit dal is erg on-Ramsesachtig. Het maakt hem een schijtluis. Dus ja, het is zorgwekkend dat hij niet is thuisgekomen.

Hebben geroepen, met brokjes geschud. Niets. S. is eind het weggetje afgelopen en heeft geschenen met de zaklantaarn van zijn telefoon. Ik wilde met hem meegaan maar hij zei nee, blijf maar thuis. Klonk verwijtend. Denkt hij dat het mijn schuld is dat Ramses weg is?

Misschien is dat ook wel zo.

S. bleef niet lang weg. Hij was bleek toen hij terugkwam en helemaal schrikkerig. Zei dat hij niets had gezien.

3

30 oktober
We hebben hem gevonden. In een wildklem! Fucking motherfuckers. Wie doet nou zoiets? Die klem was daar bewust neergelegd.

Sam kwam in alle vroegte met hem aanzetten. Gezicht nat van de tranen. Ramses een kluwen van viezigheid in zijn armen, erbarmelijk mauwend en grote, angstige ogen. Toen ik de ijzeren schakelketting zag die uit Sams armen naar beneden hing, wist ik meteen hoe laat het was. Voorzichtig legde hij de kat neer op het kleed om hem te warmen aan de vloerverwarming. Ramses schokte met zijn achterflank en mauwde opnieuw. Het was zijn rechtervoorpootje. De klem waarin die vastzat was van donker, roestig ijzer en speciaal vervaardigd voor klein wild. De beugels hadden van die scherpe tanden en die hadden zich diep in zijn vlees gebeten. Plukjes witte vacht kleefden eraan vast. Ramses moet hebben geworsteld om los te komen. Arme, arme kat! Terwijl Sam hem afdroogde met een theedoek krauwde ik hem op zijn koppie en voor het eerst in weken liet hij dat zonder protest toe.

S. zei dat hij hem een eind voorbij het bruggetje had gevonden, in het hoge gras naast de weg. Ik vroeg me af of de val door stropers kon zijn uitgezet, voor de konijnenjacht of zo, maar Sam zei nee, er had *kattenvoer* op de ijzeren plaat gelegen. Voor hetzelfde geld was Ramses er met zijn kop in gegaan en was zijn nek gebroken.

'Hufters!' riep ik uit.

En dat was nog niet alles: Sam had nog drie andere vallen zien liggen, allemaal met kattenvoer en wemelend van de mieren. Hij heeft ze af laten gaan met een tak en hij zei dat de kracht van de veer die tak steeds versplinterde.

'Ze willen ons wegjagen,' zei ik. 'Ze willen ons pakken via de kat. Lafaards.'

Maar S. schudde zijn hoofd. 'Dat geloof ik niet. Ik denk dat het ze echt om Ramses was te doen.'

Ik vroeg hoezo dan en toen zei hij dus wat hij van Maria heeft gehoord, onze werkster met die mooie naam: dat ze het in het dorp niet hebben op katten. Niet Maria persoonlijk, maar *het hele dorp*. Ze heeft hem blijkbaar geadviseerd hem niet buiten te laten. Toen ik vroeg wat dat te betekenen had keek Sam me aan – of ik het dan echt niet begreep.

'Weet je nog die vogel die hij bijna aan stukken had gescheurd? Wat jij die doodsvogel noemt? Die vogels die ze hier overal als een soort talisman aan hun voordeuren hebben hangen?'

Ik wilde iets zeggen, maar mijn mond viel dicht met een plop.

Hoe dan ook – met R. naar een dierenarts in Sièrre gereden en die heeft de klem verwijderd. Hij heeft mazzel gehad, zei ze. Zijn pootje is niet gebroken, maar wel haast tot op het bot gevild en flink gezwollen. Er is schade aan de spiertjes, maar volgens de arts zal Ramses met een beetje geluk over een paar weken alweer de oude zijn. Hij heeft nu pijnstillers en antibiotica en zijn voorpootje zit in het verband. Het lijkt alweer wat beter te gaan: sinds we hem thuis uit zijn reismand hebben gelaten heeft hij ons en de wereld vooral zijn trademark vernietigende blik gegund, maar hij heeft in elk geval gegeten als een paard en op dit moment ligt hij voor de haard te slapen.

Maar dat woord 'talisman', dat blijft maar door mijn hoofd spoken.

Volgens S. zegt Maria dat alpenkauwen geluk brengen. Ze zouden de zielen van voorouders met zich meedragen, daarom houden de bewoners van Grimentz ze in of om de huizen. Een aardige traditie, en je kunt de raakvlakken zien met die andere, luguberder legende die Augustin vertelde: dat het doodsvogels zijn die de zielen van gevallen klimmers bevrijden door hun ogen uit te pikken.

Een bovennatuurlijke interpretatie voor een volstrekt natuurlijk fenomeen, zou ik vóór dit alles hebben geredeneerd. Maar niets aan dit alles is natuurlijk.

Ik zie steeds voor me hoe Augustin zich omrolde op die ijsbrug en zijn bevroren handen naar me uitstak. Dan zie ik dat gezicht naar me opkijken, waar de ogen uit ontbraken. Ze waren niet zomaar uit hun kassen gepikt, er zaten *tunnels* waar zijn ogen hadden moeten zitten. Diepe tunnels, die regelrecht het donker in leidden.

Ik heb het zo koud, Nick, zei hij. *Zo koud...*

Stel nou dat het geen delirium was. En stel nou dat de legende waar is. Dan was het niet langer Augustin, wat daar op die ijsbrug had gelegen en wat ik met al mijn goede bedoelingen uit die spleet heb getakeld. Augustins ziel was tenslotte al vrijgelaten. En toch had het *geleefd*. Op zijn eigen, bevroren manier had het geleefd.

Was het de Maudit zelf geweest? Of nog iets anders?

Want het kende mijn naam.

(later, avond)

Ruzie gehad met Sam. Hij stelde voor om terug naar Nederland te gaan! Zei dat het hier te gevaarlijk wordt voor ons allemaal. Dat we hier toch niets kunnen uitrichten. Ik stelde voor dat hij misschien alleen terug moest gaan, vanwege de slechte invloed die het op hem heeft, maar dat wilde hij niet. Ik doorzag de leugen. Het is de verslaving die via hem spreekt. Sam wil niet langer dat ik ervan afkom. Hij wil het voor zichzelf. Het maakte me razend.

Ik kreeg een waas voor ogen en daarna zit er een gat in mijn geheugen. Moet een black-out hebben gehad. Kwam net tot mezelf in het stikdonker. Pas toen het maanlicht door de jachtige wolken brak en door het raam naar binnen viel, besefte ik dat ik op het tapijt voor de open haard lag. Ramses staarde me over zijn verbonden pootje met sluwe, gele ogen aan.

Gezicht bonkt. Is niet te harden. Voorheen was de druk althans een tijdje van de ketel als ik het had vrijgelaten. Niet meer.

Sam. Durf niet naar beneden. Wat heb ik aangericht?

O godverdegodver klotefuck...

Oké, beheers je. Moet gaan kijken.

(nog later)

Vals alarm. Sam slaapt. Maar kan hem niet meer vertrouwen, zoveel is duidelijk. Weggaan is geen optie. Ik kán niet weg. Hier ligt mijn enige hoop. En S. zal nooit alleen gaan. Bovendien zijn er praktische bezwaren. We hebben net de huur van het chalet verlengd tot 1 december en over een paar weken heb ik hier in Zwitserland mijn littekencorrectie. Een privékliniek in Montreux. Het AMC heeft mijn medisch dossier naar ze doorgestuurd, want als ergens de cosmetische chirurgie van hoge kwaliteit is, is het wel in CH. Pa zei doe het nou maar gewoon, je bent nu toch daar. Hij staat garant voor de kosten.

Ze zullen het verband moeten afdoen. Zullen in mijn gezicht moeten *snijden*.

Onder narcose *moet* het veilig zijn. Toch?

Als ik twijfel kan ik altijd annuleren.

4

3 november

Hele dagen op zoek geweest. Websites, kaarten, krantenberichten, online foto's en geen enkel nieuw aanknopingspunt. Helemaal fucking niets.

Overdag durf ik me niet meer in het dorp te laten zien, dus ga ik alleen nog 's nachts op pad. Ik dwaal door de straten van Grimentz als een spook uit een victoriaanse roman: kraag omhoog, gezicht in verband en hoed naar voren getrokken. Alleen de kauwen verraden mijn aanwezigheid. Elke keer dat ze beginnen te krijsen en hun kooien gaan schommelen gaat er ergens een licht aan en schiet ik weg in een steeg. Ben een zondebok. Een paria.

Waar ik naar op zoek ben? Ik weet het ook niet meer.

Sams afhankelijkheid is naar een dieptepunt gedaald. Probeer me wijs te maken dat het beter zal worden, maar wie hou ik eigenlijk voor de gek?

Soms denk ik dat ik het allemaal maar moet laten gebeuren. Gewoon om ervanaf te zijn.

(later)

Oké, toch op iets interessants gestuit, al weet ik niet of het erg hoopgevend is. Vanavond glipte ik om iets voor middernacht over de binnenplaats voor het kerkje en sloop in de schaduw van een oude pruimenboom naar de begraafplaats aan de achterzijde. Die ligt op een terras dat uitkijkt op de bergen aan de overzijde van het dal. De maan was opgekomen en in het bleke schijnsel kon je zien dat de sneeuwgrens tot onder de 2.400 meter is gekropen. De lucht is de laatste dagen koud en helder. Op een sombere manier bestendig. Maar over de hogere toppen liggen lenswolken, wat betekent dat de atmosfeer onrustig is.

Op alle graven prijkt hetzelfde houten kruis, met aan de bovenkant twee schuine houten latten die ze het uiterlijk geven van kleine chalets. Vorst, dooi en het felle zonlicht hebben ze schijnbaar onberoerd gelaten; zelfs de oudste graven, die dateren uit de jaren twintig van de vorige eeuw, zijn perfect onderhouden. In het maanlicht waren niet alle inscripties even goed leesbaar, maar ik zag er onheilspellende boodschappen tussen staan als GUIDE DE HAUTE MONTAGNE of MORT EN WEISSHORN. Die troffen me dieper dan waar ik op voorbereid was. Het zijn de doden van de bergen. Waren zij net als ik ook zo onbezorgd uit het dal vertrokken, met de dood niet eens in hun gedachten?

Sommige graven waren van bloemen voorzien, op andere stonden vogelkooien. Allemaal leeg... en dat bezorgde me nogal een onaangenaam gevoel.

Iemand schraapte zijn keel en vliegensvlug draaide ik me om.

Het was de pastoor. Hij hief zijn handen en ik was bang dat er een tirade in het Frans zou volgen, maar in kalm, perfect Engels zei hij: 'Het spijt me dat ik u heb laten schrikken.'

Ik voelde mijn gezicht bonzen achter het verband, maar ik bleef het de baas – voor nu. Te oordelen naar Sams beschrijving was dit dezelfde man die in gezelschap van twee anderen bij ons aan de deur is geweest, de ochtend nadat we door die stenen gooiende jochies uit het dorp zijn verjaagd. Zwarte soutane, wit boordje en het gouden kruis waar de katholieken in Zwitserland nog altijd prat op gaan. Het flakkerende kaarslicht van zijn lantaarn weerspiegelde in zijn brillenglazen. Daarachter leken de ogen nerveus, maar zijn gezicht stond zeker niet vijandig – eerder geïnteresseerd en op een bepaalde manier misschien zelfs vriendelijk. Toch kwam hij niet dichtbij genoeg om me de hand te schudden.

'Mr. Grevers,' – *Grévèr*, sprak hij het uit – 'u moet onmiddellijk weg uit Grimentz.'

Ik stond verstomd.

'Ik kan niet langer instaan voor uw veiligheid of die van uw kompaan. De dorpelingen maken zich ernstig zorgen om uw aanwezigheid en er gaan stemmen op voor een revolte. Er zijn slechte voortekenen geweest. De vogels hebben een verandering opgemerkt in de lucht, het vee is uitgebroken en er zijn vreemde geluiden gehoord op de hellingen. Uw aanwezigheid verstoort de natuurlijke loop. Ik heb tot God gebeden, maar ik kan u niet helpen. U *moet* de vallei verlaten!'

'En wat is hier dan precies de natuurlijke loop?' vroeg ik. 'Er is niets natuurlijks of goddelijks aan uw vogels en die verdomde berg. Er is geen God op de Maudit.'

Bij het uitspreken van de naam van de berg deinsde de pastoor letterlijk terug en sloeg een kruisteken. Werd lijkbleek. Maar wat kon ik anders? Hij wist wat er gaande was, het had geen zin om het te ontkennen.

Wat volgde was een onsamenhangende smeekbede die ik maar ten dele begreep. De dagen van onheil waren aanstaande. De *verandering* was voelbaar, evenals de *aanwezigheid*. Hij kon het nú voelen terwijl hij tegenover me stond. En de hele tijd staarde hij maar naar het verband om mijn gezicht.

Help me om ervan af te komen en ik ben weg, suggereerde ik, maar de pastoor schudde zijn hoofd en fluisterde: 'Geen dienaar Gods kan uitdrijven wat leeft op die berg.'

Ik vroeg hem om me dan ten minste te vertellen wat hij wist. Hij moest íéts weten, daar was ik van overtuigd. Zei dat ik net zo bang was als hij. Dat ik hier ook niet voor had gekozen en dat ik erger wilde voorkomen – en dat leek aan te komen. De pastoor nam me mee naar het achterste deel van de begraafplaats en liet me de graven zien van vier mannen die allemaal in de twintig of dertig waren geweest toen ze in 1957 plotseling waren overleden. Mijn hart begon sneller te kloppen toen ik in het schijnsel van zijn lantaarn de inscriptie PTE. MAUDIT zag staan.

De mannen waren deel geweest van de Andenmatten-groep, vertelde hij, die dat jaar met zeven man sterk een poging had gewaagd om de Maudit te beklimmen, ondanks waarschuwingen van hun dorpsgenoten. Natuurlijk, daarom rinkelde er een belletje bij het jaartal! Het bericht uit *La Nouvelliste*. Heb de jpeg net geopend. Er staat dat ze waren overvallen door slecht weer en nooit waren teruggekeerd. De pastoor zei dat op het kerkhof in Zinal nog twee gedenktekens stonden, maar alle graven waren leeg. De zevende was Jorg Andenmatten zelf, zei hij, de leider van de groep. Die was tot ieders verbazing na bijna een week Grimentz komen binnenwandelen. Verzwakt, onderkoeld, maar in leven. Het hele dorp liep te hoop om te horen wat er was gebeurd, maar Andenmatten had zich niets kunnen herinneren.

'Maar zodra we hem zagen wisten we dat het mis was.'

Ik keek hem ongelovig aan en zei: 'U kunt nooit zo oud zijn dat u erbij bent geweest.'

'Ik was een kind, maar het staat me nog helder voor de geest. Hoe kan iemand ooit de gruwel vergeten die door onze straten liep? Andenmatten had de Maudit in ons midden gebracht en liet een schandelijke vlek achter op onze gemeenschap. We droegen allemaal de gevolgen en voor sommigen was de last zwaar. Té zwaar. En toen kwam die lange nacht van 29 oktober...'

Ik wilde vragen wat er was gebeurd, maar de pastoor bracht zijn hand naar zijn mond en zwaaide op zijn benen. De lantaarn in zijn andere hand schommelde en zijn gezicht veranderde in een masker van afgrijzen. Instinctief hief ik mijn handen. Stond op het punt me uit de voeten te maken, want voelde de druk achter mijn verband meedogenloos toenemen. Wilde hem niet besmetten, snap je? Besmetten zoals ik de anderen heb besmet.

'Alstublieft,' smeekte ik. 'Echt, ik heb geen kwaad in de zin. Vertel me wat er gebeurde.'

Maar de pastoor stuntelde alleen maar achteruit. Raakte het kruis om zijn hals aan en herhaalde zijn smeekbede of ik *alsjeblieft* wilde vertrekken voor het te laat was.

'Vertel me dan ten minste of er een manier is om ervan af te komen!'

'U zult niet blij zijn met het antwoord,' was het laatste wat ik hem hoorde zeggen, voor hij zich omkeerde en het kerkje binnenvluchtte.

De druk nam af. Ik wandelde naar huis met mijn handen in mijn zakken en mijn hoofd vol vragen. Die zitten er nu nog steeds. Maar één ding weet ik nu: het is dus eerder gebeurd. Jorg Andenmatten. Ik moet te weten komen hoe het met hem is afgelopen. En toch... ik zie steeds het masker van afgrijzen op het gezicht van de pastoor voor me en dan hoor ik zijn laatste woorden: *U zult niet blij zijn met het antwoord.*

5

6 november
Gestopt met schrijven. Niet bij machte geweest. Had niet verwacht dit document ooit nog eens te openen. Zaak is hopeloos. De momenten dat ik mezelf ben worden zeldzaam. Ook het laatste deel van wie ik ben zal verdwijnen. De gletsjer sluit zich om me heen en strekt zich uit tot in het oneindige.

O Sam, dat zielloze ding in die schommelstoel...

Ik wil er niet aan denken.

Moet Sam hier weg zien te krijgen. In bescherming nemen. Kan hem niet aandoen wat me te wachten staat. Maar dat betekent dat ik met hem zal moeten breken en dat kan ik niet aan. O, was er maar een manier... maar ik loop op de zaken vooruit. Zal het allemaal opschrijven. Voor Sam. Zodat hij het misschien begrijpt als ik er straks niet meer ben.

Twee nachten geleden werd ik volkomen gedesoriënteerd wakker. Gezicht bonkte afschuwelijk. Het was niet zozeer pijn – ik leek wel verdoofd – als wel een ontzettend gevoel van leegte, alsof iets zich er een weg doorheen naar buiten had gewerkt en een diepe holte had achtergelaten. Het was nacht en het sneeuwde. De kou brandde in mijn longen toen ik hem inademde.

Er scharrelde iets vlak bij me. Het stonk naar verrotting.

Bliksemsnel tastte ik naar mijn gezicht. Geen verband. Huid stijf en bevroren.

Iets streek langs mijn armen. Hipte op mijn borst. Meteen daarna een felle steek in mijn linkeroog. *Het was zo'n vogel, Sam, en hij pikte naar mijn ogen!* Gillend vloog ik overeind. Voor ik het wist greep ik in fladderende vleugels. Zijn scherpe, zoekende klauwen grepen zich vast aan mijn kin en trokken mijn lip open. In een reflex rukte ik mijn handen uit elkaar en scheurde de vogel letterlijk doormidden. Stank was weerzinwekkend. Vol afschuw wierp ik de bloedige stukken in de sneeuw, viel op mijn knieën en sloeg mijn hand voor mijn oog. Terwijl ik dat deed vlogen overal om me heen krijsende schimmen op. *Er had zich een hele zwerm alpenkauwen in de sneeuw verzameld.*

De zwerm verdween tussen de warrelende vlokken in de nacht en toen pas keek ik om me heen... en wat ik zag deed me bijna wensen dat de vogel me blind had gemaakt.

Ik bevond me in een lariksbos. De sneeuw, die hier en daar al echt bleef liggen en tegen de ochtend het dal voor het eerst dit najaar wit zou hebben gekleurd, weerkaatste dat vreemde nachtlicht dat bij sneeuw overal en nergens vandaan lijkt te komen. Ik wist waar ik was. Even verderop zag ik de prikkeldraadversperring met het gele bordje *ACCÈS INTERDIT*. Aan de andere kant kon ik vaag het steile pad naar de Maudit onderscheiden. Hier was onze beklimming begonnen. Hier had ik de foto van Augustin gemaakt waar hij breed grijnzend de camera in kijkt. Pluk haar achteloos over zijn bandana. Slaapmatje opgerold tegen de zijkant van zijn North Face-rugzak.

Op nog geen twee meter van me af, in een wirwar van vogelsporen, stond een scheefgebogen gedaante. Zelfs met één oog leed het geen twijfel dat het Augustin was.

Hij stond van me afgekeerd. Bewegingloos staarde hij naar het bordje *ACCÈS INTERDIT*. Het was niet de Augustin van de foto – dit was de Augustin van de gletsjer. Hij droeg zijn rode gore-texjas. De reden dat hij in zo'n vreemde, onmogelijke houding stond was dat hij zijn beide benen bij de val in de gletsjerspleet op meerdere plaatsen had gebroken. En toch stond hij daar.

Zijn bevroren hand hing roerloos uit zijn mouw. Zijn wijsvinger trilde heel zachtjes. Was het de wind? Of...

Ademloos stond ik naar hem te kijken. Met één oog. Uit het andere sijpelde bloed tussen mijn vingers door. Ik kon mijn linkeroog bijna niet open krijgen. Knipperde voortdurend terwijl de tranen over mijn wang stroomden, maar voor zover ik kon nagaan was er geen enorme schade aangericht.

Augustin daarentegen...

Ik probeerde mezelf wijs te maken dat Augustins projectie uit de gescheurde doodsvogel was gekomen. Maar ik wist wel beter. Hij was uit mijn gezicht gekomen. Dat had de leegte veroorzaakt. Ik had een deel van hem altijd bij me gedragen sinds die bijlslag.

Toch wist ik instinctief dat wat daar stond niet de echte Augustin was. Die was goed geweest. Vol levensvreugde. Dit ding léék op Augustin maar was vertekend. Als een negatief. Een echo.

Geritsel wekte me uit mijn verdoving. Het was de kauw. En Sam – hij probeerde zich met één verminkte vleugel door de sneeuw voort te slepen. *Tenminste, de helft waar zijn kop nog aan vastzat.*

In een flits moest ik denken aan het steenbokvrouwtje... maar die gedachte werd verdrongen door een veel urgentere constatering.

De doodsvogel was dwars doormidden gescheurd, maar *leefde* nog.

Toen begon ik geloof ik heel veel te begrijpen.

Ik griste de vleugel met het afgerukte stuk flank uit de sneeuw en was niet verbaasd opgedroogde lijmresten tussen de veren te ontdekken. Garen. Vlassig stro. De andere helft van de vogel stribbelde tegen en pikte naar mijn polsen toen ik het oppakte en voorzichtig onder mijn jas verborg, maar ik lette er niet op. Ik keek naar Augustin. Hij had zich niet verroerd, maar toen leek het beeld van hem voor mijn ogen te schemeren en ik had maar geknipperd of hij stond ineens *omgedraaid* en nu keek hij naar mij. Ik zette het zonder aarzelen op een lopen.

Slechts één keer keek ik om. Een meter of dertig lager. Ik wou dat ik het niet had gedaan. Augustins schim had zich weer tot de helling gewend. Nu zag ik waar hij al die tijd naar had gekeken.

Aan de andere kant van de prikkeldraadversperring stonden nog veel meer schimmen roerloos in het bos. Ze staarden allemaal naar het dal.

6

(vervolg)

Ik vond het zaakje meteen, aan de smalle hoofdstraat even voorbij Boulangerie Salamin. Het was me bijgebleven door de opgezette gems in de etalage en de steenarend die boven een glanzende verzameling mineralen en bergkristallen zijn vleugels spreidt. TAXIDERMIE & CURIOSITÉS NATURELLES, staat op het glas te lezen. Typisch zo'n winkeltje voor toeristen. Nu begrijp ik dat dat façade is.

Ik bonkte op de deur tot er in het woonhuis achter de zaak eindelijk een licht aansprong. Het kon me niet schelen dat ik de buren zou wekken. Het krijsen van de vogels in de gevelkooien had me toch al verraden.

Even later werden sloten omgedraaid. Toen de deur op een kier openging en het verschrikte gezicht van een oude dame me aanstaarde, aarzelde ik geen moment. Ik smeet mijn schouder tegen de deur en viel het huis binnen. Met een kreet sprong de vrouw achteruit en binnen twee tellen had ik haar tegen de muur en mijn vrije hand over haar mond om te voorkomen dat ze om hulp zou gillen. Met mijn hak duwde ik de deur in het slot. Even was er een vreemde auditieve illusie, want nog steeds kon ik het krijsen van de doodsvogels horen. Maar één blik in de winkel en ik besefte dat het geluid van binnen kwam.

Het zaakje stond vol opgezette Alpendieren, maar de kauwen in de kooien leefden allemaal. Ze vielen stuk voor stuk de tralies aan.

'*Hush*,' zei ik tegen de vrouw. '*Don't scream*.'

Ik haalde mijn hand voor haar mond weg. Dodelijk beangst keek ze naar me op. Ik moet er ook wel monsterlijk uit hebben gezien. Twee koppen boven haar uittorenend, littekens ontbloot, oog bloeddoorlopen en lip gescheurd. Toch schrok ik ook van hoe zíj eruitzag. Lang grijs haar om een toegetakeld gezicht dat onder de krassen zat. Ik begreep onmiddellijk wat dat had veroorzaakt. Het waren de offers die zij bracht bij het werk dat ze uitvoerde.

Toch was het niet mijn uiterlijk dat de vrouw de meeste angst aanjoeg. Ze wist dat met mij de Maudit was binnengetreden.

Met mijn beetje kennis van de Franse taal improviseerde ik: '*Je suis ne pas dangereux*.'

Maar dat was ik wel. En zij wist het.

Voorzichtig, haast teder, haalde ik de verminkte vogel uit de binnenkant van mijn jas en liet hem aan haar zien. Het diertje was opgehouden naar me uit te halen en trilde van de stress, maar het leefde nog altijd. De ogen van de vrouw werden groot en stroomden vol begrip toen ze het van me overnam. Ik haalde de afgerukte vleugel uit mijn jaszak en hield hem haar voor.

'*Il ne pas mort*,' zei ik simpel.

De taxidermiste keek me geringschattend aan en zei toen, terwijl ze zich langs me heen naar haar werktafel haastte: '*Il n'y a pas de mort pour les oiseaux*.'

Daar kreeg ik het helemaal koud van, ondanks de weldadige warmte die vanuit het huis kwam. Mijn Frans was goed genoeg om te kunnen afleiden wat het betekende: *Er bestaat geen dood voor de vogels.*

Dus het is waar. Het is allemaal waar. Natuurlijk. De vogel die ik uit elkaar trok, maar die niet doodging. De dode vogel waarmee Ramses kwam aanzetten, die op een of andere manier weer tot leven kwam en de kat de stuipen op het lijf joeg. *Ze sterven niet, omdat de zielen die ze bij zich dragen niet sterven.*

Maar dat verklaart niet hoeveel het er zijn, dacht ik terwijl ik naar de vogel in de handen van de oude vrouw keek. *Zoveel mensen kunnen nooit op de Maudit zijn gestorven. Nooit.*

En het verklaarde ook niet waarom ik Augustin op de ijsbrug in léven had aangetroffen, nadat zijn ogen waren uitgepikt. Waarom was hij niet in zo'n vogel overgegaan?

Dat was Augustin niet. Dat was niet iets wat leefde. En wat je vanavond zag was ook niet Augustin. Niet echt, tenminste. Je ziet iets over het hoofd...

Met toenemende ontzetting staarde ik naar de blind aanvallende vogels. Hun kooien schommelden aan hun kettingen. Veertjes dwarrelden naar beneden als pikzwarte sneeuw. Ook het verminkte exemplaar dat ik had meegebracht begon zich te roeren. Hij probeerde weg te komen uit de felle lichtkring van de schemerlamp op het werkblad. Toen de oude vrouw hem terugschoof kraste hij schor en pikte naar haar met littekens overdekte vingers.

'*Allez, allez!*' riep ze, nu meer geïrriteerd dan bang. Ze gebaarde naar me dat ik de winkel moest verlaten. Maar ik kon me niet verroeren. Het greep me naar de keel.

Die hakkende snavels. De nagels die zich om tralies klauwden. Wat wáren dit voor wezens? Niet dood, niet levend. Vogelschimmen bezeten door de doden bezeten door de berg. Ze moeten zich aangetrokken voelen tot menselijk leven, misschien vlogen ze daarom terug naar het dal. Wat voor traditie er ook uit was geboren, men hield ze in kooien en omdat de vogels nooit stierven moest de associatie zijn gelegd met geluk en lang leven.

En wat niet stierf, moest worden onderhouden.

Met het vakkundige gemak van een ambachtsvrouw of een alchemist schoof de taxidermiste een leren kapje over de kop van de kauw en gespte de riempjes vast. De vogel werd op slag rustig. Ze goot alcohol over een pluk watten en begon het bloedige gat in zijn romp te deppen. Ik verkrampte. Wendde me af. Had ineens de intense behoefte aan koude buitenlucht.

De vrouw riep iets naar me, maar ik hoorde haar nauwelijks. Mijn aandacht was gevallen op een ingelijste oorkonde aan de muur. Ik liep dichterbij en terwijl de vrouw opnieuw riep, feller nu, las ik: *Certificat d'Honneur et Mérite pour Votre Excellence dans l'Art de la Taxidermie, Marie Andenmatten – Canton du Valais*.

Ik merkte dat mijn voeten me dieper de zaak in leidden, maar ik had er geen controle over. De geweien, de gedroogde bloemen, de opgezette dieren: alles draaide. Ik keek om en zag dat de oude vrouw een naald dwars door de samengedrukte, vlezige randen van het vogellijfje en de afgerukte vleugel stak.

'*I think I'm going to get sick*,' hoorde ik mezelf zeggen, maar ver weg, alsof ik onder water was. Ik strompelde langs haar werktafel de schemerige gang in naar het woonhuis. Botste tegen de deurpost op. De vrouw slaakte een verbaasde kreet, maar haar stem, het gekrijs van de vogels, ik hoorde het nauwelijks nog.

Links was een trap vanwaar licht naar beneden kwam, maar ik liep verder het donker in. Ik weet niet wat me bezielde. Maar die naam, die naam...

Er was een deur waarop een bloedende Christus aan het kruis hing, maar toen ik de klink probeerde, gaf hij niet mee. De deur ertegenover stond op een kier. Dezelfde muffe lucht die ook in de winkel hing walmde me zo tegemoet dat mijn maag zich omdraaide. In het vage licht van de gang zag ik dierenhuiden hangen aan haken. Een groezelige badkamer met de geur van bejaarde mensen. Een voorraadkast vol bergkristallen. Een gordijn van dikke stof en daarachter nog een laatste deur. Aan de muur links hing een ingelijste zwart-witfoto van een jong paar dat voor een gletsjer stond, die ik herkende als de Glacier du Moiry, voorbij het stuwmeer. In het schemerige duister leek het paar meer te grijnzen dan te glimlachen, hij spichtig en met ingevallen wangen en zij met bleke, kleurloze ogen.

Niet die deur opendoen, dacht ik.

Maar natuurlijk deed ik de deur wel open en ik deinsde terug voor de golf van dikke, menselijke warmte. Het was stikdonker. Bijna had ik de deur meteen weer dichtgetrokken, maar toen hoorde ik zacht geritsel. Er had zich iets bewogen. Met trillende vingers haalde ik mijn telefoon tevoorschijn. Swipete naar boven. Drukte op het zaklantaarnicoontje en richtte de kamer in.

And in the naked light I saw.

Het was een slaapkamer, maar het opgemaakte bed zag eruit alsof er jaren niet in was geslapen. In een schommelstoel naast het bed zat een oude man zonder ogen. Hij was netjes aangekleed in een gestreken overhemd en het geborduurde gilet dat kenmerkend is voor de Walliser klederdracht. Zijn magere handen lagen gevouwen op zijn schoot en aanvankelijk was ik ervan overtuigd dat hij dood was... *maar toen zag ik dat zijn buik rees en daalde met zijn ademhaling*.

En op dat moment herkende ik de familiegelijkenis. De man was vele jaren ouder dan de jongeman op de portretfoto, zijn bleke gezicht rimpelig en spierwit, dun haar dat van een verder kale schedel naar beneden hing, maar hij had dezelfde spichtige, ingevallen wangen. En de jonge vrouw...

De man in de schommelstoel had geen enkel teken gegeven dat hij me had opgemerkt. Het harde licht van mijn telefoon leek door zijn lege oogkassen naar binnen te worden gezogen en daar te verdwijnen. Ook ik voelde me er onweerstaanbaar toe worden aangetrokken, want ondanks dat mijn geest gilde: *Draai om!* had ik een aantal willoze passen de kamer in gezet. Wie weet wat er zou zijn gebeurd als op dat moment niet van links uit het donker die monsterlijk verrukte kreet was gekomen. Mijn lichaam klapte letterlijk dubbel. Ik richtte de telefoon naar wat er op me afkwam. Dat verbrak de betovering.

Het was een alpenkauw, maar hij zat in een grote, ijzeren kooi. Zijn felgele snavel stak als een mes tussen de tralies door en hij spreidde zijn schimmige vleugels.

Ik draaide me om en vluchtte weg, maar ik geloof dat ik op dat moment al wel begreep wat de pastoor had bedoeld met zijn laatste woorden: *U zult niet blij zijn met het antwoord.*

De man in de schommelstoel was Jorg Andenmatten geweest.

7

(vervolg)

Toen ik wegvluchtte voor de verschrikking aan het eind van de gang en Marie Andenmatten onthutst met haar gemangelde vogels achterliet, stond er een kleine menigte me op te wachten op straat. Een stuk of vijftien dorpelingen. Eén blik op hun gezichten, hun gebalde vuisten en de stukken hout ze in de hand hielden was voldoende. Ik zou hier niet zonder kleerscheuren wegkomen.

En dus riep ik het op. Sam, vergeef het me. Nooit eerder heb ik de Maudit bewust opgeroepen, maar nu deed ik het.

'*Go away!*' schreeuwde ik. '*I don't want to hurt anybody, but I will, and I cannot help it!*'

Ik zag de woede op hun gezichten omslaan in angst. Ik spreidde mijn armen, maakte me breed en richtte mijn geest naar binnen. Ik droeg geen verband en het gebeurde met nietsontziende kracht. Ik weet alleen nog dat ik de sensatie had dat ik groeide, daarna tuimelde mijn geest achterover en pas vanavond kwam ik weer tot mezelf.

Twee dagen later.

Ik hóóp dat ze op tijd zijn weggekomen. Dat hoop ik met heel mijn hart.

Ik twijfel er niet aan dat ze voor me zullen terugkomen. De volgende keer zal het menens zijn. Daarom is het niet meer veilig voor Sam om hier te blijven. Voor mij ook niet, maar wat mij te doen staat moet hier gebeuren, dat weet ik nu. Tot nu toe zag ik maar twee uitwegen, die allebei een even somber licht werpen op de toekomst. Of ik laat gebeuren wat door de Maudit in werking is gezet en richt de totale vernietiging aan, niet alleen van mezelf maar van alles wat ik liefheb. Of ik stop mezelf, om ons allemaal dat lot te besparen. Ik heb voldoende oxazepam op voorraad om het te doen. En eerlijk – als het niet omwille van Sam was, had ik het misschien al wel geprobeerd.

De dood of Pandora's doos... maar nu weet ik dat er nog een derde mogelijkheid is.

Die oude man in de schommelstoel. Dat zielloze ding zonder ogen. En in het donker, die vogelkooi met de alpenkauw.

Ik had oog in oog gestaan met Jorg Andenmatten, die bezeten

was geweest door de Maudit, en nu weet ik eindelijk hoe het exorcisme werkt.

Nu ik dit schrijf hoor ik het smeltwater van de dakrand druppelen. De sneeuw is bijna weggesmolten, maar er is storm op komst.

Ik proef het in de lucht. Wolken pakken zich samen boven de bergen. Vroeger zou ik MeteoSchweiz nodig hebben gehad om dat te weten, maar nu luister ik naar wat een dieper instinct me influistert en weet ik het net zo zeker als mijn eigen naam.

Sam moet hier onmiddellijk weg.

In de verte kan ik de vallei horen zingen.

Wuthering Heights

Aantekeningen van Sam Avery

The intense horror of nightmare came over me: I tried to draw back my arm, but the hand clung to it, and a most melancholy voice sobbed, 'Let me in – let me in!'
– Emily Brontë

I

De morose kwam op 7 november.

Het was alles wat Louetta had verteld en erger.

Je wist het toen er die ochtend een menselijke gil uit de wolken kwam. Een gil die je hoorde in het vibreren van de sponningen van het grote raam.

Je wist het toen de wind om de dakrand aantrok en je de komst van de dichte, koude luchtmassa in de atmosfeer in je tanden voelde tintelen.

Je wist het omdat je hersenschors begon te kriebelen. Omdat je beenmerg jeukte. Omdat er een gewicht op je ingewanden drukte en er iets onaangenaams in je darmen gebeurde. Je wist het zoals ratten en wezels wisten dat er een aardbeving op til was. Zoals vissen wegzwommen voor een tsunami.

Het uitwaaien van de open haard was alleen maar een voorbode.

Het dalen van de barometer alleen maar een profetie.

Nick, de hele ochtend liep-ie al voor dat grote raam heen en weer. Als een tijger in een kooi. Naar buiten turend, zijn blik als een magneet getrokken door die plek achter de bergkammen waar de Maudit moest zijn. Aan zijn voeten een groeiende slijtplek in het parket.

Hij was een beetje eng geworden.

Fuck dat, hij was eng op een heel nieuw level. Milly-Shapiro-in-*Hereditary*-eng.

Punt was, ik kreeg geen contact meer met hem. Ik kon Nick niet meer vinden daarbinnen. Elke keer dat ik zijn naam uitsprak, elke keer dat ik over mijn kurkdroge lippen likte en voorzichtig een stap op zijn pad zette, dan was het of-ie dwars door me heen keek. Alsof ik niet bestond.

Dan dacht je weer een gil te horen, een echo, een weerklank en je blik schoot naar buiten.

De vallei wachtte. Hield zijn adem in voor wat ging komen.

Om tien over tien begon de gemzentrek. Ineens leefden de bossen. Ineens maakten zwart-wit gestreepte doodskopsnuiten zich los tussen de naaldbomen. Hele kuddes *Rupicapra rupicapra*, hun hoorntjes meewuivend met hun gebogen koppen, zo trokken ze aan het chalet voorbij zonder het ook maar een blik waardig te gunnen en volgden de beek in de richting van het dal.

Niet exact wat *National Geographic* zou omschrijven als 'natuurlijk gedrag'. Niet exact wat de zoölogisch angehauchte intelligentsia zelfs maar zou omschrijven als 'ecologische anomalie', maar Nick zág ze niet eens. Hier trok ik de grens.

Nick mocht mij dan hebben gegijzeld; de morose gijzelde hem.

Om te weten hoe we hier waren gekomen moet ik je mee terug nemen naar nog geen dag eerder, naar het moment dat ik *rock-bottom* raakte.

Gisteravond, Julia voor het eerst in weken op FaceTime, haar stem over mijn draadloze oortjes: 'Ik maak me serieus zorgen om je. Amy Winehouse' lijk zag er nog beter uit dan jij. Waarom reageer je niet meer op mijn berichten?'

Zelfs op het laagste punt vond iedere alcoholist, iedere junk, iedere verslaafde nog wel een manier om te zeggen: *I got this*. Alles onder controle.

Je vertelde haar natuurlijk niet dat je vreesde dat je doelbewust in de val was gelokt. Nu, op een van je spaarzame cleane momenten, dat je vreesde onder valse voorwendselen te zijn verleid. Ik had het tenslotte alleen maar sterker laten worden. Zitten *empoweren*, door steeds dat verband af te rukken en dat roofdier vrij te laten.

Ik, zijn *aphrodisiac*; hij mijn cocaïne.

Nee, je zei gewoon dat je druk was geweest. Volgens iedere afkickkliniek was dat de verslaving die sprak. Want in werkelijkheid trilden je vingers. In werkelijkheid stond het koude zweet je in je nek omdat je *ontwenningsverschijnselen* had. Luisterend met één oortje uit of je Nick beneden niet hoorde, of hij jóú niet hoorde, want iedereen wist dat dit je *cry for help* was. Nu, gebruikmakend van een van je spaarzame cleane momenten, was dit de o zo nodige interventie *in the making*. Niet om de suspense te killen, maar ergens tijdens dit gesprek zou mijn masker breken. Zelfs ik wist dat.

Zelfs het kleine jongetje dat het huis van zijn jeugd in brand had gestoken en als de dood was dat-ie ooit zou worden betrapt, wist dat je je niet voor eeuwig kon blijven verstoppen.

Zie je, hoe mijn opa het verhaal vertelde, liet hij Prometheus gewoon wegrotten. Geketend aan die bergtop boven Phoenicia, *exposed* in zijn sexy lendendoekje met die adelaar die elke nacht zijn lever kwam uitrukken. Volgens de oude Grieken was de lever de zetel van je emotionele belevingswereld. Met dat onder vuur en steeds iets verder geplunderd, werd Prometheus' geest na verloop van tijd schraler en schraler. Zijn lichaam alleen nog maar een leeg omhulsel.

Elke nacht opnieuw, zo ging het verhaal, zijn schuldgevoel dat zijn emoties kwam leegvreten. Komt je bekend voor?

Mijn opa had nooit van een happy end gehouden.

Pas jaren later ontdekte je dat er ook een alternatieve afloop van het verhaal bestond. Daarin kwam op een dag een knappe Held genaamd Hercules de arme Prometheus redden uit zijn benarde positie. Prometheus de prinses in de kasteeltoren, Ethon de draak die geslacht moest worden. Hercules schoot hem een pijl dwars door z'n kanis en samen reden ze de zonsopkomst tegemoet.

Aan ieder verhaal kun je een alternatief einde spinnen. Ieder verhaal kan worden herschreven.

Wat ik nodig had, was mijn Hercules met een Detoxcocktail. Mijn Held in Rehab.

Enter: Julia Avery.

'Echt, die plek is vergif voor je,' zei Julia gisteravond, fullscreen op FaceTime. 'Die *jongen* is vergif voor je. Zolang je hem de hand boven het hoofd blijft houden stopt het niet, Sam.'

'Maar je begrijpt het niet. Nick is niet de schuldige. Het is die berg. Het is de Maudit.'

Stilte. Net effe twee tellen te lang.

'Je zou jezelf eens moeten horen.'

Ik kon het haar niet duidelijk maken. Ik moest het haar laten *zien*.

Behoedzaam liep ik naar de gang. Hield me bevend vast aan de deurpost, vooroverleunend in het trapgat, mijn hoofd schuin om te luisteren. Eén oortje uit, in het andere Julia die zei: 'Echt, je moet hier een eind aan maken, voor het te laat is. Je moet daar weg.'

Stilte. Diepe, massieve stilte. Bulderend op de benedenverdieping. Ik probeerde niet te bewegen, probeerde geen adem te halen. Je vóélde Nick voor je hem kon horen. Ineens, de zuigende werking van dat trapgat. De diepte die zich verwijdde. Wankelde. Op me toe schoot. De optische illusie van hoogtevrees. De cognitieve ervaring van iets ontzettends.

Zo geluidloos als ik kon ging ik terug naar de woonkamer. Ramses, zijn linkervoorpootje in het verband, met grote ogen keek-ie langs me heen naar de deur. Ik probeerde het duizelen te stoppen door mijn blik vast te klampen aan Julia, maar mijn ogen waren branderig en haar beeltenis blurry.

'Broertje, wat is er aan de... ben je nou aan het huilen?'

En ik met mijn iPhone voor me uitgestrekt, ik met mijn selfiecam op mij gericht, ik bracht mijn bevende wijsvinger naar mijn lippen.

'*Sam, wat is er aan de hand?*'

Ik zette de telefoon op de schoorsteenmantel en schoof er een waxinehoudertje voor, zodat hij bleef staan met het oog van de camera op de woonkamer gericht. Bekeek het resultaat. Ik schoof de ansichtkaart van Louise en Harm en het vaasje gedroogde alpenrozen dichterbij. Een clustertje huiselijke onopvallendheid. De iPhone zag je alleen als je wist dat-ie er was.

In mijn oor, Julia die zei: 'Waar ís Nick eigenlijk?'

Van beneden klonk een enorme dreun.

Het huis trilde. Het beeldscherm glitchte.

In een nerveuze hink-stap-sprong verdween Ramses in het trapgat naar de zolder.

Julia zei: 'Wat was dat?'

En ik fluisterde: 'Dat was Nick.'

Hij kwam binnen.

Julia in mijn oor: 'Sam, wat gebeurt er? *Wat gebeurt er?*'

'Hallo, Sam,' zei Nick.

Hij grijnsde, een Cheshire Cat-grijns die werd doorgetrokken in de complexe puzzel van littekens en breuklijnen op zijn gezicht, helemaal tot aan zijn oren. Zijn linkeroog was bloeddoorlopen en op zijn onderlip zat een lelijke, korstige snee. Ik keek ernaar en probeerde me niet uit het veld te laten slaan door de dramatische verandering van luchtdruk die zijn komst met zich had meegebracht. Mijn vingertoppen, mijn lippen, mijn oren verdoofden. Een doffe pijn drukte op mijn trommelvliezen en achter mijn oogbollen. Er was iets mis. Dit was niet het effect dat de Maudit normaal op me had. Dit was erger. Veel erger.

En Julia een *gasp*, een uitroep, een windvlaag in de verte: '*Ren weg! Ren weg Sam, nu!*'

Nick kwam op me af. Elke haar op mijn lichaam schokte overeind in kleine, statische ladingen. Alles in het chalet, alle dingen en hun ruimtelijke verhoudingen, de lichte plekken en de schaduwen leken zich haarscherp op mij te richten in een gloeiend brandpunt. Mijn instinct gilde *vlucht*, gilde *ga weg nu het nog kan*, maar ik vluchtte niet. Een soort fatalistische metalogica nam het van me over en fluisterde me in dat iedere verslaafde weet dat cold turkey stoppen een illusie is. Iedere verslaafde hengst nog één keer die naald in zijn arm. Eén keertje nog, gewoon om het af te leren.

Nick grijnsde. 'Kleine, breekbare Sam.'

Hij sloot me in zijn armen en heel even was het of ik *door* de wereld heen kon kijken en de wereld *achter* de wereld zag, waarin het chalet draaide in een koud, stilstaand universum.

En Julia, een gillende stem in mijn oor: '*Wie is die vrouw? Wie is die vrouw in de hoek daar achter je?*'

Maar dat alarmeerde me nog maar vagelijk, want er was geen vrouw, er was alleen Nick, zijn geur overweldigend *Nick* in mijn neusgaten, ik snoof het diep in me op terwijl, *klabam*, een nieuwe schokgolf het chalet deed daveren in zijn voegen. Een snerpende elektrische flits, Julia's gil zwol aan tot een gezoem en alle lampen gingen uit. Een scherpe *pats*: mijn iPhonescherm sprong kapot. Een glasachtige bons: de magnetron in de keuken viel voorover. Een penetrante schroeilucht: de router brandde door.

Julia's stem was stilgevallen.

Nick, een stormfront in het aardeduister, hij zei: 'Jij en ik, Sam. We hebben niemand anders nodig.'

Dat was gisteren, en daarom trippelde ik nu op mijn tenen naar de hal. Kleedde me warm aan. Trok mijn Ralph Laurens aan. In mijn gedachten, Julia. De hele nacht had ik met grote ogen in het donker liggen staren, gevangen onder Nicks *muscle-blown* arm. Hij slapend, zoals een pitbull sliep die een bot bewaakte, of een draak een robijn. Zijn ademhaling rommelend. Ik doodongerust om Julia, Julia vast en zeker doodongerust om mij, maar geen enkel middel om haar mijn SOS te sturen. Je wifi dood. Je telefoon – lieve, lieve iPhone – R.I.P. De Maudit had me afgesneden van de wereld. Je mocht blij zijn dat er extra stoppen in de meterkast lagen, ander waren we helemaal terug naar de middeleeuwen geblazen.

En, ja, ondanks alles ook doodongerust om Nick, want hoe was-ie aan zijn verwondingen gekomen? Die *barfight*-lip, dat zombieoog? Had de drukgolf waarmee de Maudit zijn zaakjes overnam een ader op zijn netvlies doen knappen? En wat als het de volgende keer een ader in zijn hersenen zou zijn?

Uiteindelijk moet ik toch in slaap zijn gevallen en toen je wakker werd wist je dat het te laat was. Toen wist je dat er in die vallei daarboven ook iets wakker was geworden. Dan hoorde je de wind en dacht je aan wat Louetta had verteld.

Ik *moest* Julia laten weten dat ik oké was. Dat ik oké was, maar dat we hulp nodig hadden. En snel ook.

Dus ik die simkaart uit de resten van mijn telefoon vissen om hem in die van Nick te douwen en van zijn 4G gebruik te maken, maar de kink in de kabel was dat de vorm van zijn telefoon daar vrolijk in de zak van zijn sweatpants voor het grote raam mee liep te ijsberen.

No way dat je hem in deze staat ging vragen of je zijn telefoon mocht lenen. Gewoon, om effe te *candycrushen*.

No way dat je hem in deze staat ging proberen te zakkenrollen.

Zonder geluid te maken trok ik mijn jas aan. Je wilde niet denken dat-ie je zou tegenhouden. Dat-ie je ineens zou aanstaren met die ijzige blik en zou vragen waar je dacht dat je naartoe ging, met je Macbook Air onder je arm. Met de naweeën van zijn roes nog altijd voelbaar, wist ik niet of ik mezélf dan wel in bedwang zou kunnen houden.

Even bleef ik staan, hand op de deurklink, kijkend naar hoe-ie daar gehypnotiseerd bij het raam stond. Iets probeerde van binnenuit met kleine tandjes aan mijn hart te knagen, maar ik drukte het met geweld de kop in. Toen glipte ik naar buiten, duwde de deur zachtjes dicht en draaide het slot erop.

2

Buiten was het erger. Veel erger.

Ik was nog niet halverwege het dorp of ik wenste dat ik thuis was gebleven. De vallei stond op de rand van een paniekaanval. De bergen leken ontwricht. De lucht uit het lood geslagen. De kou, uit balans. Er zijn van die novemberochtenden waarop de kou helder en knisperend en heerlijk is, maar deze kou was plakkerig, stroperig, klampte zich aan je vast. Alsof-ie je om hulp smeekte. Jij, de eerste levensvorm die het op zijn pad tegenkwam, om hem alsjeblíéft met je mee te nemen en te behoeden voor wat komen ging, want dat was vele malen erger dan de kou zelf.

Christus. De morose was nog niet eens begonnen en mijn gedachten ontspoorden nu al. Ik kneep mijn ogen dicht. Opende ze. Liep haastig door.

En verdomme.

Verdomme!

Er was iets mis met mijn hoofd.

Ik bleef staan. Keek om me heen.

Daar. Of...

Ik had het claustrofobische gevoel dat er van alle kanten werd teruggekeken. De steile hellingen, de sombere lucht, alles scheen akelig en afschuwwekkend. Mijn rug huiverde van de elektriciteit. Wat bezielde me?

Mijn blik die omhoogschoot. Mijn hele lijf krampte.

Ik had het me niet verbeeld! Weer zo'n menselijke gil. Ik wist zeker dat ik het had gehoord. Ik wist zeker dat ik het had gezíén. Net buiten de rand van mijn waarnemingsvermogen. Iets wat je in een rechte streep door de lucht had zien flitsen. Alsof je brein net een stap te laat was om het te registreren.

Daar, opnieuw. En daar. Ik tuurde naar de voorbijjagende wolken, zo schichtig en zo intens dat mijn netvliezen ervan opdroogden.

De lucht was geladen met gegil. De wolken waren er zwanger van, als aankomende stortregen.

Hoe hadden de oude bergbewoners het ook alweer gezegd? *Als de morose begon, dan hoorde je die de dood van de wereld huilen.*

En Louetta Molignon: *Toen antwoordden meerdere stemmen, ijl en ver weg en hoog boven hem. Het klonk nog steeds als geroep om hulp, maar ineens was je grootvader er niet meer zo zeker van dat de stemmen zijn naam hadden geroepen, en ook niet of het wel Ambroise en Nicolas waren die daar riepen.*

En ik, met een groeiende kilte die heel mijn lichaam omvatte, ik dacht niet meer aan lokale meteorologische fenomenen of aan hoe de tunnelvorm van de vallei als een natuurlijke versterker voor het fluctuerende gebrul van de wind kon werken. Zo'n pseudowetenschappelijke verklaring over hoe infrageluid de elektrocorticale activiteit van het brein kon verstoren, dat was wel het laatste waar je nu nog aan dacht.

Je dacht alleen nog maar aan hoe Louetta had verteld dat niemand die de morose ooit had gehoord, het had kunnen navertellen.

Buitenfrequenties, dacht je. *Buitenfrequenties zijn je redding in Grimentz. Alles verwaait. Alles zwakt af.*

Toch dacht je aan mensen die in de nacht verdwenen, in de ban van de wind. Je dacht aan naargeestig gegil uit de vallei dat, als het zijn vergif maar diep genoeg in je geest had laten doordringen, even verleidelijk begon te klinken als de roep van de Sirenen.

Je dacht aan geweld. Aan ziekte. Aan waanzin.

Je dacht aan Louetta die zei: *Ik heb het verhaal gehoord van een klein meisje dat zich voor haar moeder had verstopt in een hooischuur toen de morose begon, en tot op haar sterfbed zestig jaar later heeft ze geen woord meer uitgebracht.*

Al die dingen waren echt.

Misschien vraag je je wel af waarom ik op dat moment niet omkeerde naar het chalet, Nicks Focus nam en m'n biezen pakte. Gewoon vertrok. Ik zou liegen als ik beweer dat ik dat niet heb overwogen. Maar ik kon het niet. Vanwege Nick.

Ik was afhankelijk van hem geworden... maar ik hield ook van hem.

Dat ding in het chalet is niet langer Nick, dacht ik. Ik dacht: *De Maudit steelt nu zijn show. Denk je echt dat je Nick na vandaag nog te zien zal krijgen?*

En Louetta: *Hij waart daarboven over de hellingen en we kunnen alleen nog maar bidden voor Jérôme en Nicolas. Ik heb de Duivel horen zingen! De Duivel!*

Ik huiverde en dwong het uit mijn gedachten, maar de nieuwe echo van een gil die verwaaide in de wind deed me ineenkrimpen. Plotseling woedend richtte ik me tot de lucht en schreeuwde: 'Flikker een teringeind op nou!'

Al was de kans nog zo klein dat ik Nick hier goed en wel uit kon slepen, dan nog zou ik daar alles voor in het werk stellen.

Terwijl ik diep weggedoken in mijn kraag en met een gezicht als een donderwolk naar het dorp liep, lichtte het enige antwoord op de enige vraag die door mijn hoofd speelde steeds weer op als een vuurtorenlamp in de mist: *Take him out. Take him out and take him down.*

3

In Grimentz heerste allesbehalve de stilte voor de storm.

Vanaf de parkeerplaats onder aan het dorp was het een ware exodus. Een opstopping van dure Zwitserse auto's nog voor de afslag naar Zinal, omdat een boer zijn kudde runderen over het enige toegangsweggetje naar veiliger oorden in het dal leidde. De kantonvlag van het gesloten Office du Tourisme klapperde met een voortjagend, metalig geluid aan zijn mast. De mensen die zich in het dorp zelf op straat waagden, waren gehaast en met veel gebonk bezig hun luiken vast te zetten en omheiningen te sluiten.

Vlaggewapper. Het gehonk van claxons. Het geklingel van koebellen en het rusteloze geloei van het vee. Het geluidsbombardement was al begonnen.

Van hoger op de helling kwamen de statige, meerstemmige tonen van alpenhoorns naar beneden waaieren.

Van het gondelstation wist ik dat-ie was gesloten voor het seizoen, maar dat de etalage van de boulangerie-pâtisserie vanaf de binnenkant was dichtgespijkerd met grote schotten pallethout was nieuw. Het papier dat aan de binnenkant tegen de ruit van de COOP was geplakt met daarop de handgeschreven boodschap FERMÉ TEMPORAIREMENT, was nieuw.

De berg deed zijn *power-grab* en de hele retail van Grimentz moest wijken.

Ook de wintersportwinkel was dicht, ontdekte ik een eindje verderop. Dat was goed kut, want tijdens een eerder bezoek had ik gezien dat ze daar mobiele telefoons verkochten. Geen iPhones, maar op dit punt zou ik genoegen hebben genomen met een Nokia. *Hell*, een Motorola, als het moest.

Met steeds somberder gemoed liep ik door. Opeens besefte ik wat ik miste. De vogelkooien. Blijkbaar waren ze allemaal naar binnen gehaald. Nergens was er ook maar een te vinden.

Geëvacueerd, voor wat hier op til was.

Ik geloof dat ik op dat moment bang begon te worden.

Niemand was op straat toen ik Hôtel du Barrage bereikte. Niemand om te horen hoe ik steeds weer hardop 'nee, nee, néé,' riep, toen ik zag dat ook hier alle luiken dicht zaten. Een fucking hotel. Hoe flikten ze dat dan met de toeristen?

Ik dacht: *Die zijn er niet.* Ik dacht: *Schweizer Pünktlichkeit. Daar zorgen ze hier wel voor.*

Tegen beter weten in probeerde ik de deur. Ging zitten op de verandatrap. Haalde mijn MacBook uit de hoes, klapte hem open. Er was wel wifi, maar alleen voor gasten. Beveiligd met een wachtwoord. Ik probeerde *hoteldubarrage*. Probeerde *Grimentz2018*. Probeerde *pute-de-raclette*, met en zonder streepjes.

Waar ik het ook probeerde, voor elk donker restaurant, elke leegstaande vakantiewoning en elk dichtgespijkerd chalet, ik kon nergens inloggen.

Dus bonsde ik op de deur bij Hôtel du Barrage. Ik bonsde terwijl de wind langs de lege plantenbakken floot en het uithangbord boven de deur liet piepen. Ik bonsde terwijl de wolken hun echo's lieten vallen als de voorlopers van de storm.

Wie opendeed was dezelfde vrouw die Cécile en mij die avond in oktober bier had gebracht. Ze leek niet blij me te zien. Ze leek niet blij wie dan ook te zien.

'*Fermé*,' zei ze nors. Toen ze mij leek te herkennen werden haar oogjes klein, varkensachtig. De deur, prompt terug op een kier.

En ik in beleefd Frans uitleggen dat ik niet veel van haar tijd nodig had. Of ik misschien even mocht bellen, dat het een noodgeval was, dat ik bereid was om te betalen.

'Jouw verdomde noodgeval kan me gestolen worden!' viel ze uit.

Dat ik dan alleen even haar wachtwoord nodig had. Alleen haar wachtwoord, en tien minuten om op haar veranda te zitten.

'Ga weg hier! Ga maar naar dat verdomde onheil dat je in ons midden hebt gebracht!'

Of ze American Express accepteerde?

Opeens werd haar uitdrukking sluw en ze zei op een haast kinderlijke treitertoon: 'Het maakt nu toch niet meer uit. Na vannacht zal het allemaal afgelopen zijn... met hém.'

Mijn hart maakte een tuimelval. Ik wilde vragen wat ze bedoelde, maar op hetzelfde moment kwam er een gil uit de wolken, luid genoeg om meer te zijn dan alleen een echo. Ik *zou zweren* dat ik vanuit mijn ooghoeken iets uit de lucht had zien komen. Dichtbij. Boven de daken aan de overkant van de straat. De ogen van de barvrouw plotseling groot en dodelijk beangst en net op dat ene moment dat mijn aandacht verslapte sloeg ze de massieve deur, zo, boem, in mijn gezicht. Ik hoorde er een grendel op gaan.

Ik roffelde met mijn vuisten op het hout en schreeuwde: '*Joyeux morose, Morticia!*'

Als therapie is het niet veel, maar je moet wat.

Geef toe, je was de strijd aan het verliezen. Ja, je kon de Focus pakken en naar een koffiebar rijden in Vissoise of Mission of Zinal voor je cafeïneshot en je wifi, maar wat dan? Het was niet alsof Julia iets kon uitrichten.

Bovendien waren mijn handen weer aan het trillen. De noodzaak om Julia te bellen ineens weggedrukt door de hunkering naar een ándere shot – een shot die alleen Nick me kon geven.

Het maakt toch niet meer uit. Na vannacht zal het allemaal afgelopen zijn... met hém.

Wat had dat enge mens bedoeld toen ze dat zei?

Op de weg terug klonken de alpenhoorns en zag ik over de velden boven het dorp een hele congregratie van mannen en vrouwen voortschrijden. Etnische klederdracht, handgesneden wandelstokken en meer van dat soort stereotiep berggedoe. Ik vroeg me af of ze soms een of ander ritueel hadden uitgevoerd aan de bosrand om de morose te paaien. Een zoenoffer.

Een zondeloos lam geslacht, of zo.

Toen ik beter keek zag ik dat de man die in pij en met staf vooropliep, dezelfde pastoor-slash-kerkmens was die eerder bij ons aan de deur was geweest.

Toen ik beter keek zag ik dat een aantal mensen in de stoet huilden.

Waar je aan moest denken was een begrafenisstoet.

Toch droegen ze geen kist met zich mee. Geen urn.

Ik besloot dat het mijn zaak niet was en liep door.

Op de doorgaande weg was de opstopping opgelost. Naar het zuiden toe, waar de weg naar de stuwdam klom, was hij sinds de vorige sneeuwval gesloten en volgens Nick zou hij de hele winter dicht blijven. Ik was net het lege parkeerterrein voor de wintersportgasten aan het oversteken om het weggetje naar Hill House in te slaan, toen ik een auto met hoge snelheid bergopwaarts hoorde komen.

Zonder richting aan te geven zwenkte hij het parkeerterrein op, rubbersporen achterlatend op het asfalt.

Het was een Peugeot in Obsidiaan No.2.

Céciles Peugeot.

Je denkt, die remt wel, je denkt, die ziet me wel, maar ze remde níét.

Pas toen ik met twee armen zwaaiend haar kant op rende leek ze me in het oog te krijgen en dan nog kostte het haar veertig meter, rokende banden en een flinke schok toen de Peugeot afsloeg om tot stilstand te komen.

Ik rende het laatste stuk naar de auto. Het portier ging open en Cécile kwam letterlijk naar buiten struikelen.

'Sam?'

'Cécile! Jezus, wat is er gebeurd met je arm?'

Ik had beter kunnen vragen wat is er gebeurd, *full stop*, want van Cécile Métrailler, mijn *très ooh-la-la* zuster Cécile, was geen spaander heel. Haar linkerarm hing in een mitella. Haar vingers staken uit het gips. Ze had de heupen om haar broek op te houden en de borsten om haar blouse op te vullen, maar wat ze eronder had was zeker tien kilo kwijt. Zelfs de rouge onder haar jukbeenderen kon niet maskeren dat ze in drie weken tijd tien jaar ouder was geworden.

Ondanks dat alles wist ze iets voort te brengen wat op een grijns moest lijken. 'O, dat. Dat was een stom ongelukje.' De grijns verbreedde zich iets. 'Ik heb m'n pols gebroken. Ik ben van het keukentrapje gevallen toen ik een lamp indraaide.'

Die uitspraak ontmaskerde haar als een doorgewinterde, totale superleugenaar, maar dat zei ik niet. 'Wat doe je hier in godsnaam? Christus, je bent een wandelende camouflagestift.'

Ze stamelde dat ze het al een paar dagen op haar heupen had. Dat ze het gevoel had dat er iets mis was. En vanmorgen had ze het zeker geweten. 'Op tv zeiden ze dat er een enorm sneeuwfront op de bergen afkwam, de eerste echte grote storm van dit najaar. Toen moest ik denken aan wat mijn oma vertelde en besloot ik te komen. Ik... ik kon je niet alleen laten vannacht. Met Nick, weet je wel.'

Dat raakte me. Ondanks mijn verrassing, ondanks mijn argwaan kreeg ik een brok in mijn keel. Ik sloot Cécile in mijn armen, voorzichtig om haar gipsarm niet te pletten.

'Wat ben ik blij om je te zien.'

'Ik jou ook, Sam. Het gaat niet goed, hè?'

'Nee.'

Verdomme, nu begon mijn onderlip ook al te trillen, dus hield ik haar nog wat langer vast. Ook ik maskeerde wel eens wat op z'n tijd en wat was daar nou eigenlijk mis mee? Bovendien was het fijn om iemand dichtbij te kunnen houden. Iemand die je geen visioenen bezorgde van het oneindige en je naar de maan stuurde en terug.

'Lieve hemel, je voelt het aan alles hier. Ik word er helemaal akelig van. Is het al lang zo?'

'Sinds vanmorgen.'

'Dacht ik al. En wij zijn blijkbaar niet de enigen die het voelen.'

Ik keek haar aan en Cécile knikte naar boven.

De hemel werd verduisterd door hele zwermen vogels. Op grote hoogte koersten ze naar het noorden. Ze kwamen uit de bergen, met duizenden tegelijk. Hun eenstemmigheid had iets onheilspellends, iets wat je brein eenvoudig niet kon of wílde processen.

Waar gingen ze naartoe? En zouden wij die plek ooit te zien krijgen?

Cécile, ze dook ineen tegen een plotse windvlaag en zei: 'Kom.' Ze ontweek mijn blik en zei: 'Laten we naar huis gaan.'

Dat deden we, maar onderweg over het hobbelende weggetje keek ik naar haar trillende hand op het stuur en besefte ik dat ik niet in staat was geweest om haar uitdrukking te lezen.

4

'*Nom de Dieu*,' fluisterde Cécile.

Obsessief krabbend tussen het haar op haar hoofd zei ze: 'We moeten hem drogeren.' Het zweet op haar voorhoofd, haar pupillen pingpongend in hun kassen: 'Voor het straks nog erger wordt en die glazen deur niet meer genoeg is om hem hierbinnen te houden.' Met verkrampte vingers tegen haar open mond: 'Hij lijkt wel gehypnotiseerd...'

Ik zei: 'De vorige keer dat ik hem drogeerde gebruikte ik oxazepam en dat werkte prima.' Ik begon te lachen, kon het niet helpen. *De vorige keer dat ik hem drogeerde.* Fijne therapeut die dat als vruchtbare basis voor je relatie beschouwde.

Nick, hij was opgehouden met ijsberen. Stond nu stil voor het grote raam, gezicht schuin omhoog, ogen in de reflectie van het glas groot en starend en blind, blind althans voor dingen die wij konden zien. *Vibes* uit te wasemen die onze nekharen deden rijzen. Al bij binnenkomst had het ons overrompeld. Het was of er een gifwolk in het chalet hing. Zodra we in de hal stonden en de massieve deur met een plof in de aantrekkende wind lieten dichtvallen, voelden we dat er hierbinnen een veel groter gevaar op de loer lag. Ik herkende het van als de Maudit de plaats innam van Nick, maar het was opnieuw erger geworden. Ik had de indruk dat er maar één afgestreken lucifer voor nodig was en heel Hill House zou veranderen in een rokende krater. Een krater met drie verkoolde, onidentificeerbare gebitsfragmenten.

Eén keer die lucht diep in je opsnuiven en je wist dat er shit was waar je beter van af zou blijven. Zelfs ik wist dat. Zelfs in mijn staat.

'Nick?' probeerde ik. 'Nick, ik heb Cécile meegebracht. Ze is hier om ons te helpen.'

In mijn hoofd: *Jij en ik, Sam. We hebben niemand anders nodig.*

Hij reageerde niet. Het enige geluid zijn ademhaling, diep rommelend in zijn borst.

En Cécile in de deuropening, tien kilo lichter en zes tinten bleker dan de vorige keer dat ze door diezelfde deuropening was gekomen, je hoorde haar adem stokken.

'Nick?'

In het glas, de reflectie van zijn ogen vertekend, te hol, te donker.

De reflectie van zijn vernietigde gezicht, grotesk uit het lood geslagen.

En Cécile, je hoorde haar fluisteren: '*Jésus-Marie-Joseph.*'

'Nick. Hoe-hoe.' Ik raakte zijn schouder aan. Liet mijn hand tussen zijn ogen en het glas op en neer gaan. 'Cécile wil je graag onderzoeken.'

En Cécile: '*Tu con...*'

Ik keek om, haalde m'n schouders op. Ik bleef het een tijdje proberen, maar er kwam geen reactie. Het was of Nick er helemaal niet was. Alsof ik naar een leeg omhulsel keek. Het was griezelig. Die blik, vastgepind op iets wat alleen hij zag. Behalve als er zo'n echo klonk. Zo'n auditieve illusie van gegil. Dan leek iets levends in zijn ogen erachteraan te zweven. Dan was het of-ie zijn naam had horen roepen.

Een verzoeking die hem het onbekende in lokte.

Het grote raam trilde in zijn sponningen. De wind had er vrij spel op en leek onophoudelijk op zoek naar zwakke plekken. Om binnen te komen. Een lokaas te vormen voor alles wat erachteraan wilde dolen.

Drogeren dus.

Cécile en ik, we stommelden achter elkaar aan de trap af. Naar de badkamer beneden, voor het geval-ie toch op een of andere manier zou meeluisteren. Ik haalde een strip oxa's uit Nicks leren toilettas op de wastafel. Zei dat-ie meestal in de middag een paar uur sliep. Dat-ie meestal veel water dronk. Meestal – maar ik wist niet of vandaag meestal was.

'*Wat is zijn normale dosis?*'

'*Twee. Geloof ik. Drie op slechte dagen. Waarom fluisteren we?*'

'*Weet niet. Voelt beter. Oké, geef hem er zes.*'

'*Bitch! Hij moet worden uitgeschakeld, niet dood.*'

Cécile rolde met haar ogen. '*Geloof me, zelfs na een heel pakje seresta word je morgen gewoon wakker met een versuft gevoel en een flink maagprobleem. Er zijn maar weinig medicijnen op recept verkrijgbaar die op zichzelf genoeg zijn voor een dodelijke intoxicatie. Dat heeft een reden.*'

'*Goed, zes dan. Haalt dat hem door de nacht heen?*'

'*Dat... weet ik niet. Ik weet niet wat voor effect het heeft op... verdómme, zelfs hier achtervolgt het je! Ik word er gek van, hoor jij het niet?*'

Ik weet niet of ze doelde op het huilen van de wind of de subliminale boodschap die in het huilen van de wind verborgen lag, maar ik kon niet hebben dat ze hier met haar handen over haar oren gedrukt een inzinking zou krijgen. 'Cécile,' zei ik hardop, 'raap jezelf bij elkaar.' Zes pillen uit die strip op een schoteltje drukkend, ze griste er een vanaf en slikte hem droog door. Ik keek haar aan. Zij keek terug met een blik van, *dus?* Ik zei: 'Oké, als dat je helpt...'

Ik drukte er nog een uit en vermaalde de zes pillen tot poeder met de bodem van een glas. Goot het poeder in het glas, vulde het met water, klotste het tot een draaikolk. Het resultaat, troebel water. Het resultaat, niet echt hoe een beetje fatsoenlijke Poetin-poedel je je ongemerkte dosis polonium zou toedienen.

'Ik doe er wel wat druivensap bij,' zei ik. 'Misschien denkt-ie dat het Mountain Dew is.'

Dus wij naar boven. Ik deed wat ik had gezegd en zette het glas op het bijzettafeltje naast de bank. Als Nick zich zou omdraaien, was dit het eerste wat-ie zou tegenkomen.

'En nu?' vroeg Cécile toen ik terug in de keuken was.

'Nu wachten we af.' Ik schoof een stoel voor haar achteruit en zei zonder mijn stem nog langer te dempen: 'En laten we vooral normaal doen. Misschien komt-ie wel terug uit *La La Land* als-ie onze stemmen hoort.'

Cécile ging zitten en glimlachte triest. 'Hoe doe je ook alweer normaal?'

Ik stelde voor om tomatensoep op te warmen. Terwijl het pannetje op het vuur stond vertelde Cécile oppervlakkig over haar werk in het CHUV. Ik ruimde de vaatwasser uit, zei ja en amen en deed mijn best om flink met de borden en pannen te kletteren. Het voelde heel geforceerd allemaal. Ik had het idee dat Cécile van alles verzweeg. En al die tijd was er die statische lading, die knetterde op je huid. Die je haar soms uit het niets rechtovereind deed staan.

Cécile stond erop om mee te helpen. Met haar goede hand pakte ze soepborden uit de kast en ik schepte ze vol. *Next thing you know*, Cécile die een gil slaakte, het bord dat tegen de tegels aan scherven viel en dampende tomatensoep in spetters over de keukenvloer. In spetters op de keukenfrontjes. In spetters over mijn Ralph Laurens, *fuck-a-duck*.

Ik draaide me om en zag waar Cécile door de deuropening naar keek. Nick stond niet langer voor het grote raam. Hij stond roerloos halverwege de woonkamer. Zijn glimlach rekte zich uit tot een lugubere grijns. Hij keek naar *haar*.

Die seconde, die grijns: het werd bloedheet achter mijn gezicht.

Opeens greep Cécile haar onderlip en begon er keihard aan te trekken en te draaien. Bloed sprong tevoorschijn, vulde haar verhemelte en droop over haar kin.

'*Jesus-fuck!*' riep ik.

Céciles ogen, ze puilden uit hun kassen. Vulden zich met tranen van pijn. En Nick staarde alleen maar. Met die grijns.

Ik sprong naar voren. Gleed weg in de tomatensoep, hervond mijn evenwicht en trapte met een klap de keukendeur dicht. Het was of er een drukgolf ontplofte. Cécile zakte huilend in elkaar en verborg haar gezicht achter haar goede hand, de mitella-arm halverwege haar schokkende boezem. Voor de tweede keer die dag nam ik haar in mijn armen, dit keer zelf met grote bolle koeienogen over mijn schouder kijkend.

Die dichte deur naar de woonkamer, fantaseer er een soundtrackje met van die Hitchcock-*murder-strings* onder en je weet ongeveer hoe ik me voelde.

'Liet híj je dat doen?' stamelde ik. 'Cécile, liet Nick je dat doen?'

En zij maar het hoofd schudden, want ze kon geen woord uitbrengen. Ik in regelrechte paniek, moesten we weg hier? Liepen we gevaar? Achter me, die deur leek op me af te komen als de speelkaarten in *Alice in Wonderland*. Nick daarachter een onzichtbaar zwart gat, een onmogelijke massa die mijn hele vermogen tot logisch nadenken en het nemen van beslissingen leek op te zuigen. O jezus, o jezus. Cécile, ze tikte me aan, ze probeerde me zonder lucht duidelijk te maken dat ik haar een momentje moest geven. Zij haar handen over haar neus en mond cuppen om haar adem tot bedaren te brengen en ik leidde haar naar de keukenstoel, waar alle kracht uit haar wegvloeide.

Die deur nog altijd dicht.

Daarachter weergalmde de stilte. Er kwam niets door die deur.

Er kwam nog steeds niets door die deur.

Eindelijk kwam Cécile tot rust en nu snikte ze alleen nog maar, donker bloed druppelend op de keukentafel. Ik gaf haar een dot keukenpapier om mee te deppen. Daarna begon ik de scherven op te rapen en soep te dweilen. Het was niet Nick geweest, zei ze door haar tranen heen. Ze was het zelf geweest. Ze had een paniekaanval voelen opkomen. Dit was haar laatste kunstgreep geweest om zichzelf terug te slaan in het yin en yang. Céciles versie van een ultieme realitycheck.

Ik vroeg of zelfmutilatie echt de oplossing was.

'Je begrijpt het niet,' zei ze. 'Je begrijpt er helemaal níéts van. Het was allemaal een leugen, snap je dat dan niet?'

Een leugen?

'Ik ben met ziekteverlof. Ik werk al zeker een maand niet meer in het ziekenhuis.' Ze keek me aan alsof ik wel heel dom moest zijn. Ik vóélde me ook dom. Die kledderige dweil in mijn handen. Alles om me heen teruggebracht tot één keuken, één dichte deur, één déja vu. 'Ik ben gebroken, Sam en de oorzaak daarvan is híj. Je hebt al die weken met hem samengeleefd, maar je hebt er geen benul van wat hij veroorzaakt, hè?' Ze lachte door haar tranen heen, hees, hoog, alsof ze het voor het eerst zelf begreep. 'Je hebt werkelijk geen benul.'

Cécile, ze stroopte haar rechtermouw op en liet me haar elleboog zien. Er zat een schaafwond.

'Ik móét mezelf wel uit zo'n paniekaanval slaan.'

Stroopte haar broekspijp op en toonde de blauwe plekken op haar scheen.

'Voor ik nog meer breek.'

Draaide haar onderarm naar me toe: groteske krassen van een nagelschaartje. Een aardappelschilmesje.

'Of erger.'

5

Halftwee.

We wachtten.

Na dat alles, *zero chance* dat we die deur zouden opendoen.

Aan de andere kant ervan hadden we Nick naar de wc horen gaan. Hadden we die voetstappen weer door de woonkamer horen sloffen. *Slof-plof, slof-plof*. Een tijdje stilte. Daarna was het weer begonnen. *Slof-plof*. Had-ie z'n *nightcap* opgedronken?

Zero chance dat ik ging checken.

Ik hield mezelf bezig met koffiezetten. Thee brouwen voor Cécile. Zij aan de keukentafel, haar gezicht verborgen achter een mok dampige stoom. Mijn experiment een *epic mix* van koffiedik, tabasco en een scheut cognac, ik noemde het *Intestinal Hemorrhage*. Mijn plengoffer aan mezelf. Buiten waren de besneeuwde hellingen aan het eind van het dal waar de vallei afboog naar de stuwdam niet meer te onderscheiden. De loodgrijze hemel een steeds massievere, samenpakkende massa die de hoogste kammen al had verstikt.

Dus ik zei, je beschadigt jezelf om te voorkómen dat je een paniekaanval krijgt, begrijp ik dat goed? En Cécile, ze gaf een ontwijkend antwoord. Ik zei, wat gebeurt er dan als je wél een paniekaanval krijgt? Ik zei, je bent niet echt van een keukentrapje gevallen, hè?

Ik zei, Cécile?

Plotseling leek haar gezicht iets op te klaren. Leek er een blos van schaamte op haar wangen te verschijnen. 'Kijk mij nou toch,' zei ze, haar uitgelopen camouflage over haar gezicht wrijvend. 'Ik ben hier gekomen om je te helpen en nu ben ik zelf een dweil. Het spijt me zo, Sam.'

Ik dacht: *Je weet helemaal niets van haar.* Ik dacht: *Je hebt een vreemde in huis gehaald. Aan het eind van de wereld. Met de storm van de eeuw op komst.*

Ja, en op basis van wat, eigenlijk? Een gedeelde interesse om Nick te curen?

Niet dat ik pretendeerde Freud te zijn, maar je had geen psychoanalyse nodig om te concluderen dat zelfmutilatie geen teken was van interne stabiliteit. Ze had verdomme in zichzelf gesnéden.

Dat bekende, weeë gevoel in mijn ingewanden weer. Waarom wás ze hier eigenlijk?

Cécile, ze glimlachte door haar schaamte heen en zei: 'Weet je wat het is, ik ben gewoon even helemaal van het pad geraakt door alles. De geheimzinnigheid rondom de opname van Nick afgelopen zomer, de zelfmoord van dr. Genet en daarna al die verhalen van Benjamin Crouton en mijn oma... het is in mijn hoofd blijven spoken, begrijp je?' Twee handen om haar dampende mok thee, ze zei: 'Ik ben medisch opgeleid en gewend om alles wat het leven ons toebedeelt te staven aan een wetenschappelijke norm. Dat geeft me een gevoel van veiligheid. Maar sinds dit najaar voelt het alsof die hele basis is weggevallen. Alsof een illusionist zo'n wit laken wegtrekt onder een compleet gedekte tafel. Als hij de truc goed uitvoert, blijft alles staan. Alleen in mijn geval voelt het alsof het hele servies mee is weggetrokken en op de grond is stukgevallen.'

'*Girl*,' zei ik, '*I can relate*.'

'Nou ja, en ik merk dat ik daar niet mee kan dealen. Mijn afweermechanisme is dat ik in paniek raak. Ik heb al weken nachtmerries. Angstaanvallen. En dan doe ik soms dingen... dan wil ik voelen dat ik er nog ben, snap je? Dat de wereld zoals ik die ken nog echt is.'

'Oké,' zei ik, 'maar dat knijpen en dat trekken, daar moet je echt mee ophouden. Daar zijn die lippen van jou veel te *fabulous* voor.'

Ze snik-lachte. 'Ik heb overwogen om in therapie te gaan. Maar wat moet je zo'n psycholoog vertellen?' Knikkend naar de deur, knikkend naar wat er buiten gaande was, ze zei: 'Ik moet mijn angsten onder ogen zien. Daarom besloot ik hiernaartoe te komen. Als we dit niet hebben opgelost, kan ik het ook niet loslaten. Het spijt me dat het me net zo overviel toen ik Nick zag.'

'Laat me niet lachen. Als dit is opgelost hebben we allemaal therapie nodig. Dus wat gaan we nu doen?'

'Eerst ons plan volgen.' Ze zei: 'We moeten hem beschermen tegen wat er vanavond staat te gebeuren, want we hebben er niets aan als we hem kwijtraken. Morgen...'

Er klonk een daverende bons. Cécile en ik, we keken elkaar geschrokken aan. Iets had tegen het glas geslagen. Van binnenuit.

Ik fluisterde: '*Ik dacht dat je hypothetisch sprak.*'

Ze hief haar hand, tuitte haar lippen, *hush*. Bam, de power-dynamic geshift. In één klap, alle zenuwen terug. Had ik gedacht dat het niet erger kon? Dat was dan een beroerde vergissing geweest. Wat als Nick zou uitbreken? De naderende storm in zou gaan? Met zijn half catatonische toestand had ik daar geen rekening mee gehouden. Ik had de deuren wel op slot gedraaid, maar het chalet was geen fort.

We luisterden. Weer een bons. En nog een. Tussenpozen van meer dan een minuut. Beide keren krompen we ineen.

Daarna bleef het stil.

De minuten tikten weg.

Tegen tweeën hoorden we voetstappen de trap af gaan. *Slof-plof, slof-plof*. Beneden, in de richting van de slaapkamer. Cécile en ik keken elkaar aan. Wat voelde als een oneindigheid wachtte ik, zonder te bewegen, haast zonder adem te halen. Toen hield ik het niet meer. Sloop naar de deur. Duwde geluidloos de klink omlaag.

De woonkamer was stil.

Ons lokaas had gewerkt: het glas was leeg.

Ik wenkte Cécile, stak twee gespannen duimen omhoog. Liep door naar de hal om in het trapgat te luisteren naar wat er beneden plaatsvond. Niets. Geen geluiden uit de badkamer, geen achterstevoren uitgesproken bezwering, geen *relaxation* playlist die Nick wel eens opzette om in slaap te vallen. Gewoon niets.

'*Wat denk je?*' fluisterde Cécile vlak achter me en ik, een halve hartverzakking. '*Oeps, sorry,*' fluisterde ze.

'*Jesus-fucking-Christ*. Ik háát *fake jump scares*.'

'*Geef hem nog een kwartiertje om dieper in slaap te komen*.'

Dus wachtten we. Luisterden zwijgend naar de wind.

Na een kwartier slopen we de trap af.

Nick sliep.

Hij lag op bed in dezelfde kleren die hij die ochtend had gedragen. Grijze sweatpants en wit T-shirt. Z'n standaard huiskloffie.

Mijn vriendje, zijn borst rijzend en dalend met de rommelende ademhaling van die bergparasiet, zijn gezicht glanzend littekenweefsel en de illusie van een ruw, blootgelegd landschap, *otherwise stunning*.

'Nick,' zei ik zachtjes. 'Nick, slaap je?'

Ik likte over mijn lippen, raakte zijn schouder aan. 'Nick?'

Hij was koud.

Bij de aanraking had ik een verre duizeling gevoeld, maar niet zoals anders. Het was meer de indruk van een duizeling. Alsof mijn geest het wel registreerde maar mijn lichaam het niet voelde.

'Oké, hij is out,' zei ik tegen Cécile. 'Kom op. *Impulse control*.'

Ik trok de stoffige gordijnen dicht. Liep naar de badkamer, schudde Nicks depri-makende voorraad rolverband-in-plastic leeg in de wastafel, een grabbelton van glinsterende marshmallows. Terug in de master bedroom, ik scheurde met mijn tanden een verband uit de verpakking. Cécile in het schemerdonker in de deuropening, ze hield zich vast aan de deurpost alsof ze bang was weg te waaien.

'Kom. Ik heb je hier nodig.'

'Wat ben je van plan?'

'Waar lijkt het op?' Ik siste: 'Ik ga zijn hoofd van het kussen houden zodat jij het kunt inwikkelen als een baguette in cellofaan.'

Cécile, geen enkele aanstalten makend in beweging te komen, ze zei: 'Ik raak hem niet aan. Dat kun je niet van me vragen.'

'*Zuster*. Hij *slaapt*.' Ik zei: 'Dit is zo'n moment dat "je angsten onder ogen zien" meer is dan alleen psychologische bullshit.'

Dus zij met tegenzin naar het bed. Ik Nicks hoofd in mijn handen en van dat kussen liften, dat hoofd nu het sliep veel zwaarder dan ik voor mogelijk had gehouden. Nicks haar was klam en zweterig. Buiten dat was het of ik een bevroren ham uit een koeling tilde.

Cécile propte met trillende vingers van haar goede hand het gaas achter zijn nek. Grote ogen glanzend in het schemerdonker. Reikte over het kussen, tussen mijn armen door. Tastte mis.

Nicks hand gleed van zijn buik en viel slap op het matras.

Cécile en ik stokten.

Nicks ademhaling bleef rustig. Bleef rommelen. Maar die hand, wat-ie had losgelaten op het witte laken, wat-ie blijkbaar al die tijd had omklemd, was een puntig stuk steen. Nicks relikwie. Zijn fetisjobject. De top van de Maudit.

Waar je aan moest denken, was het stuk speerpunt waarmee de centurion Jezus Christus in zijn zij had gestoken. Diezelfde speerpunt, hij zou in bezit zijn geweest van verschillende bloedlustige Romeinse keizers. Later werd-ie gestolen door Perzische strijdmachten. Nog later, door de nazi's. Zo'n relikwie, het is maar een voorwerp. Wij kiezen ervoor om er relevantie aan te geven, maar ondertussen trok het wel even een spoor van bloed door de geschiedenis.

Als je een beetje wist hoe voodoo werkte, als je een beetje wist hoe magische artefacten werkten, dan wist je dat zomaar weggooien alleen maar uitstel van executie was. Daarom liet ik voorzichtig Nicks hoofd zakken, pakte de steen van het matras en borg het op in het nachtkastje. Voor latere zorg.

Cécile en ik wisselden een gejaagde blik. 'Kom op, laten we het doen.'

Dus liftte ik dat hoofd weer op van het kussen, en begon zij te wikkelen, wat klungelig met anderhalve hand, maar het ging allemaal prima tot halverwege, Nicks mond al bedekt, de spieren achter zijn gezicht trokken en hij ineens zei: 'Heb je 'm vergeten vast te maken?'

Cécile kermde en haar handen schokten boven Nicks gezicht. Ik stond verlamd met Nicks hoofd in mijn handen. De enige geluiden, het bulderen van de wind tegen het chalet en het bonken van mijn hartslag op plaatsen waarvan je niet eens wist dat je 'm kon voelen.

Nicks ogen bleven dicht. Wat-ie had gezegd was in het Engels geweest, niet in het Nederlands. Niet in zijn moedertaal. Binnensmonds, gedempt maar ondanks dat verstaanbaar, mompelde hij: 'Jezus.'

En ik, ik suste: '*Shhhh*. Slaap maar.'

Ik voelde dat zijn schouders samentrokken, alsof hij ze ophaalde, en hij zei: 'Nou ja, hij is weg. Niets meer aan te doen. Focus, man, we hebben nog een lange weg te gaan.'

Dat was het laatste. Wat voor droomgesprek hij ook bij elkaar had gehallucineerd, het was nu voorbij. Hij zonk weer weg in slaap. Cécile schoot toe en verbond ook de laatste windsels om zijn gezicht. Kleefde de sluitstrip vast. Ik liet voorzichtig zijn hoofd in het kussen zakken. Opluchting toen ik het had losgelaten.

Mijn mummie, roerloos op zijn tombe.

Zijn neus stak als een eiland uit de zwachtels.

Het voelde niet goed.

Wat het nodig had, een zwart, liggend boogje. Wat het nodig had, haakjes voor cupidowangen. Ik had geen Sharpie, maar wel een balpen uit Nicks etuitje.

'Waarom doe je dat?' vroeg Cécile.

'Voor geluk.'

'Een smileymondje. Dat is fucking creepy.'

Ik bekeek het resultaat. 'Ja, oké...'

'Wacht, ik heb ook nog wat.' Cécile verdween voor ik iets kon zeggen, de gang in, de trap op. Ik alleen met Dr. Jekyll. Slapend. *Smilend*. Denkend: *Zo weet je altijd dat ik het ben en kun je je nooit vergissen. Als ik lach hoef je niet bang voor me te zijn, oké?*

Cécile kwam terug met twee feloranje schuimrubberen oorplugjes. 'Die heb ik altijd bij me om te slapen in een vreemd bed,' zei ze. 'Maar ik denk toch niet dat er vannacht veel van slapen komt...'

Quick thinking. Ik kneedde ze smal en duwde ze zachtjes in Nicks gehoorgangen. Misschien was het overkill, maar ik haalde zijn *wireless* Dr. Beats uit het nachtkastje, flipte hem aan en liet voorzichtig de leren kussens over zijn oorschelpen zakken.

'Noise cancellation,' zei ik.

Cécile knikte. 'Denk je dat het een goed idee is om de luiken dicht te doen?'

Ik knikte. Terwijl zij de terrasdeur opende en ik rilde bij de koude wind die de slaapkamer binnendrong, zag ik mijn kans schoon. Ik boog over Nick heen, tastte in de zak van zijn sweatpants en rolde zijn telefoon. Ik bedoel, ik zonder iPhone, ik was verrast dat ik het al zo lang had overleefd. Het scherm lichtte op, om me heen alles donkerder omdat Cécile de panelen van de haak had gehaald en dichtklapte, *14:26 uur. Louise Grevers, 3 gemiste oproepen. Mam en pap thuis, 5 gemiste oproepen.* Ja, ja, ja. Maar *no way*, nu was ik aan de beurt. Met een veiligheidsspeld duwde ik de simkaarthouder los, wipte die van Nick eruit, haalde die van mij uit mijn broekzak en drukte hem er weer in. Dubbele focus om mijn vingers niet te laten trillen. *Swipe* – toegangscode – ontgrendeling – en wachten.

'Sam, kom eens hier,' klonk het van buiten.

'Wacht, ik kom zo...'

Swisscom. 4G. Een tel later, *ploink*, *Julia Avery, 36 gemiste oproepen. Swipe*, en ik belde haar terug. Mijn oproep in nanoseconden over bergen en oceanen, *bouncend* tegen satellieten, *straight to voicemail.*

'Sam,' in de deuropening.

En ik riep: 'Wat!' Opende WhatsApp. Voerde mijn gegevens in. Fucking hell, verifieerde mijn nummer – hoelang duurde dit?

En Cécile zei: 'Ik geloof dat ik iemand zie.' Cécile zei: 'Iemand die die berg op gaat.'

6

'In Japan,' zei ik, turend door de verrekijker, 'brachten ze in tijden van honger de oudste familieleden naar bergtoppen of afgelegen bossen en liet men ze daar achter om te sterven.' Scherpstellend tussen jagende vlekken grijs-wit zei ik: 'De Inuit lieten ze achter op het ijs.'

Daar. Honderden meters hogerop, pal aan de grens waar de stormwolken de besneeuwde hellingen boven het dorp opslokten.

'In Amerika heet het *granny-dumping* en is het vooral een fenomeen bij verpleeginstellingen.' Ik zei: 'Wist je dat de nummers *spiken* in de week voor Kerstmis?' Het beeld van *blurry* naar scherp, ik zei: 'Dat is wanneer Amerikaanse families honger krijgen en geen zin meer hebben om op bezoek te gaan in de weekends.'

En Cécile, ze zei: 'Je praat te veel.'

'Dat doe ik altijd als ik nerveus ben.' Ik haalde de kijker voor mijn gezicht weg en zei: 'Dat ís toch de kom die naar de Maudit leidt, toch?'

'Schat, op een dag als deze, wat zou het anders kunnen zijn?'

Het chalet stond op een steil aflopend stuk grond en de masterbedroom beneden grensde aan het laagstgelegen terras, dat uitkeek op de helling in het westen. Cécile, huiverend van de spookachtige elektriciteit in d'r nek had ze zich omgedraaid. Omhooggestaard. Er had iets bewogen, zei ze. In die kom. Tegen het wit. Nauwelijks te onderscheiden. Ze dacht eerst dat het gemzen waren, een steenbok misschien. Toen had ze er een mens in herkend. Een stipje, dat in de sneeuw omhoogploeterde.

November, het lawinegevaar op 4, storm op komst: het was zó geen klimseizoen.

Op WhatsApp ondertussen een *gazillion* berichten van Julia, ik las alleen de laatste die zei: Laat er alsjeblieft niks met je gebeurd zijn broertje en appte terug: Ben in orde, BEL ME. Eén fucking grijs vinkje, is alles wat je kreeg.

Dus wij met de verrekijker uit het laatje in de gang die schim dichterbij halen. 'Het is een vrouw,' peinsde Cécile. De wind bijtend in onze wangen, de gordijnen bolden naar buiten. Turend tegen die helling op, ik zei, laat mij ook eens.

Als je eenmaal de plek had gevonden, als je eenmaal de werkelijkheid met het prismabeeld had gesynchroniseerd, kon je het niet meer níét zien. Dat voorovergebogen figuurtje, voortbewegend met trage, vermoeide stappen, een spoor zigzaggend door wat kniediepe sneeuw leek te zijn. Je dacht een wandelstok te zien. Je dacht een wapperende mantel te zien. Zeker kon je het niet zeggen, maar er was iets in de lichaamshouding, in de grimmige volharding tegen de elementen, wat je er zeker van maakte dat je naar een oude vrouw keek. Ze leek ineen te duiken tegen een vlaag stuifsneeuw. Na een tijdje klom ze weer verder. Alsof ze was betoverd.

'Wat dóét ze daar?' mompelde ik. 'Ze zal nooit voor de storm terug in het dal zijn.'

En Cécile, *stating the obvious*: 'Ik heb niet het idee dat het dal is waar ze naartoe gaat, Sam.'

O fuck. De processie die ik die morgen had gezien boven het

dorp. De alpenhoorns. De huilende mensen.

Christ Almighty.

Ik vertelde het aan Cécile en zo waren we hier terechtgekomen.

'In Japan,' zei ik, 'noemen ze het *Ubasute*, wat "het achterlaten van een ouder" betekent.' Ik merkte dat mijn vingers begonnen te trillen. 'We kunnen dat arme mens toch niet zomaar aan haar lot overlaten?' Terwijl Cécile de kijker uit mijn handen trok zei ik: 'Ze zal daarboven bevriezen of sterven van uitputting. Als het waar is, dan is ze zeker zevenhonderd meter omhooggeklommen.'

En ik dacht weer: *Betoverd.*

'Wat wil je doen, erachteraan soms?'

'We kunnen dat helikoptervriendje van je bellen? Hoe heette-ie ook alweer, Eekhoorn.'

'Ze gaan nooit komen, Sam. Snap je het dan niet?'

'Maar we moeten toch iets doen?'

'Goed, bel dan 1414. Dat is het alarmnummer van de REGA. Al voorspel ik je dat ze niet zullen uitvliegen.' Ze likte over haar lippen en zei: 'Wacht, ik ben haar kwijt...'

Nicks telefoon nog steeds in mijn hand, ik toetste het nummer in en zette hem op speaker. Daarboven, je had geen verrekijker nodig om te zien dat de trechtervormige kom waar we het stipje net nog hadden kunnen ontwaren aan het zicht was onttrokken. De storm had haar verzwolgen.

Tien punten voor dramatische timing, maar op hetzelfde moment kwamen de eerste sneeuwvlokken uit de lucht zetten.

'REGA, *wie cha ich dia helfen?*' vroeg een vrouwenstem in het Schwyzerdütsch – een taal die ik voor de verandering níét in mijn repertoire heb. Overschakelend op Frans, ik zei dat een oude vrouw hulp nodig had in de bergen.

'Waar bevindt u zich?'

'In Grimentz. Ze...'

'Moment, ik verbind u door met het OCVS in Wallis.'

Cécile, haar krullen ernstig aan het devolumizen in de wind, ze knipperde tegen de sneeuw en staarde de storm in. Zichzelf en haar gipsarm warm wrijvend, het enige waar je een glimp van opving op de helling was grijze rots die snel die legendarische *hazy shade of winter* aannam. Cécile zelf, die *whiter shade of pale.*

'*Opération des secours Valaisanne, s'il vous plaît?*' Een mannenstem dit keer. Dat er dus een oude vrouw in moeilijkheden zat, boven Grimentz. We hadden haar door de sneeuw zien ploeteren, honderden meters boven het dorp, helemaal alleen en de storm kwam eraan.

'Boven Grimentz, zegt u?'

'Ja. We zijn bang dat ze is verdwaald, want ze zit in de wolken en het weer verslechtert zo'n beetje met de minuut.'

'Kunt u aangeven waar u haar precies heeft gezien?'

Cécile boog zich over de telefoon en zei: 'Aan de zuidwestkant van het dorp loopt een stroom door een steile kom, die de Torrent du Maudit heet. Die kom loopt helemaal door in de richting van de Vallée Maudit.' Ze keek me aan. 'In die kom zagen we haar.'

'Vallée Maudit, zegt u?' Zelfs in het blikkerige geluid van de speaker kon je horen dat er iets was veranderd in de klank van zijn stem.

'Ja,' zei Cécile. 'Maar laag nog, ik schat op zo'n 2.300 meter hoogte.'

'En waar zijn jullie dan?'

'In Grimentz.'

Stilte. Dat we haar dus vanuit het dal hadden gezien? Ja. En of we haar kenden? Nee. Opnieuw stilte. Boven ons floot de wind door de daklijsten. Of ze een helikopter konden sturen, vroeg Cécile.

'Dat zal niet zomaar gaan, ziet u. In deze weersomstandigheden vliegen we niet uit. Te gevaarlijk.' Een aarzeling. 'Weet u wel zeker dat u het goed hebt gezien? Het klinkt alsof u nogal ver weg was...'

Ik, verbijsterd, ik zei: 'We hebben een verrekijker...'

'Misschien heeft u wel een gems gezien of zo.'

'Een gems met een rococowandelstok?'

Cécile griste de telefoon uit mijn hand en zei: 'Luister goed, kerel. Ik ben arts. U verliest kostbare tijd.' Ze zei: 'U móét een helikopter sturen, of ik kan u garanderen dat deze vrouw daarboven zal sterven.'

Defensief gesputter. Dat-ie zou kijken wat-ie kon doen. Of we op dit nummer bereikbaar bleven en dat we teruggebeld zouden worden. De verbinding werd verbroken.

Ik keek Cécile aan. 'Denk je dat ze een helikopter gaan sturen?'

'Nee, natuurlijk niet. Ik wilde alleen weten of hij het wist. En hij wíst het. Het is precies zoals Benjamin al zei. Ze vliegen niet uit naar de Maudit.'

Na dat belletje gingen we naar binnen. Sloten de luiken voor Nicks slaapkamerramen. Nick in het pikkedonker, z'n *earplugs* en z'n *headphones* en z'n verband, misschien was het de storm maar ineens leek het niet meer genoeg. Misschien was het het feit dat er daarbuiten iemand in die godverlaten wildernis dwaalde, maar ineens voelde je gezicht zwaar en was het of in alle donkere hoeken het huis bewoog.

Na twintig minuten werden we teruggebeld. Wij boven, de eerste sneeuw die tegen de ramen bleef plakken, er was niets aan de hand, zei die vent. Diezelfde vent van de reddingsdienst. Er was daarboven zo'n almhut, zei hij en daar hadden ze contact mee gelegd. Bleek dat die vrouw daar op weg naartoe was geweest en ze was inmiddels veilig binnen en zat zich op te warmen bij het vuur.

'Geen zorgen, meneer en mevrouw,' zei hij, 'maar dank voor de waakzaamheid. Het zijn goede daden als deze die levens redden.'

Er wás daarboven geen almhut.

Niets in Nicks manuscript, niets in Nicks verhalen, gaf te kennen dat daar een almhut zou liggen. Niets in wat je over die spookberg wist maakte het lógisch dat daar een almhut lag.

Voorbij Grimentz waren de bergen stil.

'Goed, dank voor het terugbellen,' zei ik. 'Laatste vraag dan nog. De hele vallei hier klinkt vol gegil. Als ik iemand naar boven wil sturen voor een zoenoffer, moet ik dat dan brengen aan de katholieke god of toch liever aan een primitiever opperwezen als Huitzilopochtli?'

Er werd opgehangen.

'Het spijt me,' zei ik, 'maar Zwitsers hebben geen gevoel voor humor.' De telefoon in mijn broekzak stekend, ik zei: 'Kom, we gaan iemand een bezoekje brengen.'

Cécile, schijnbaar in gedachten verstoord: 'Wat? Wie?'

'Ik ken iemand in het dorp die ook van buiten komt. Ze heeft bovendien al een week of drie haar werk verzaakt, dus ze is ons een verklaring schuldig.'

'Nee, Sam! We kunnen nu toch niet naar buiten, je weet wat mijn oma heeft gezegd over de morose...'

'Maar ben jíj niet benieuwd dan?' vroeg ik. 'Ben jij niet benieuwd wat die ceremonie te betekenen heeft? Die oma op haar kruisweg?'

Cécile, ze keek naar me alsof ze op de rand van een *mental breakdown* balanceerde. Ik kneep zachtjes in haar schouder en zei: 'De vorige die naar die vallei trok was Nick, weet je nog?' Mijn beste Sam-Avery-glimlach glimlachend, ik zei: 'Dit is onze kans om iets te weten te komen. En de morose, die is nog niet begonnen. Volgens je oma zou het klinken alsof de vallei "de dood van de wereld huilde". Het enige wat ik tot nu toe hoor huilen is een beetje wind.'

Dat was niet waar, maar ze leek iets te verzachten. 'Natuurlijk ben ik ook benieuwd,' zuchtte ze. 'Sorry, ik ben mezelf niet. Ja, ik had wel voorspeld dat ze niet zouden uitvliegen, maar als ze die vrouw écht de storm in hebben gestuurd, dan gaat het om een ritueel van leven en dood. Dat jaagt me de stuipen op het lijf.' Haar ogen donker, ze zei: 'Hoe doe jij het?'

Hoe deed ik wat?

'Je act.' Ze zei: 'Je grapjes. Je altijd-aan-staan, je altijd-scherp-zijn.'

Ik lachte. 'Lieverd,' zei ik, '*sugar plum*,' zei ik, 'daar beneden slaapt de persoon van wie ik het allermeeste hou in de hele wereld terwijl die berg zijn geest van binnenuit leegvreet. En jij denkt dat ik niet bang ben? Ik ben vreselijk bang. Ja, ik ben bang voor wat daarbuiten is, ik ben bang voor wat er vannacht staat te gebeuren, maar het meest bang ben ik dat er straks niets meer van hem over is. En dat, terwijl ik de belangrijkste dingen uit onze relatie nog tegen hem moet zeggen.'

En dit, dit was de waarheid. Koud, eerlijk, *bulletproof*.

'Mijn act,' zei ik, 'is het enige wat ik kan.'

Cécile kneep zachtjes in mijn hand. 'Dank je. Nu voel ik me al beter.'

7

Maria Zufferey-Silva de Souza woonde volgens de leren instructiemap in een fraai chalet in het hogergelegen deel van het dorp.

Zelfs de tien meter vanaf waar je je Focus parkeerde leek te ver om ernaartoe te lopen. Zelfs het trapje dat van de straatkant afdaalde naar de voordeur leek in de aanzwellende storm onoverbrugbaar.

Tien meter, en uit de schoorsteen zag je rookslierten jagen die meteen in het wit van de sneeuw werden verzwolgen. Je zag het dal door een waas van wel honderd kolkende sneeuwvormen die het landschap onherkenbaar maakten en je zintuigen in verwarring brachten. Tien meter maar, maar de geluiden die je uit de bergen hoorde komen konden een mens tot waanzin drijven. Iedere aanval van de wind nog heftiger dan de vorige. Elke loeiende brul, een octaaf hoger. Het prikkelde je scalp. Het deed je opkijken met de voortdurende zekerheid dat er iemand vlak achter je stond, iemand of iets, een zwevende open mond.

We belden aan en wachtten. Net toen je dacht dat er niemand meer kwam ging de deur open en gleed een warme gele gloed over het grijswit van de buitenwereld. Maria in een – sorry, ik moet het melden – paars fleecevest, ze keek ons verschrikt aan. 'Mijn god, wat doen jullie buiten?'

'Madame Zufferey-Silva de Souza,' grijnsde ik met open armen. Leer mij Zuid-Europese moeders kennen. *Don't ask*, maar gevoel voor decorum is het halve werk. 'Storm-watchen, natuurlijk. Dit hier is Cécile Métrailler, een goede vriendin van me. Cécile, Maria. We wilden u eigenlijk om hulp vragen.'

Maria's blik gleed even naar Cécile maar richtte zich toen weer op mij. 'Als het gaat om het schoonmaken: het spijt me dat ik niet ben geweest. Ik heb last van reuma en met de kou beginnen mijn handen op te spelen.' Vanuit het huis schetterden radiostemmen. 'Ik zal tegen meneer en mevrouw...'

'Het gaat niet om het schoonmaken, Maria. Ik weet dat u niet meer komt omdat u bang bent voor Nick. Met de morose op komst zijn we zelf eerlijk gezegd ook een beetje bang geworden.'

Ze werd bleek. 'Dus jullie zijn op de hoogte...'

'Het stond eerlijk gezegd niet in de folders van het Office du Tourisme, maar, ja.' Ik zei: 'Vanmorgen was er hier in het dorp een hele ceremoniële poespas met alpenhoorns en net, vlak voor het begon te sneeuwen, zagen we een vrouw de bergen in trekken. Helemaal daarboven.' Een weids gebaar makend met mijn arm, ik zei: 'Precies waar Nick afgelopen zomer die berg heeft beklommen. Die berg waar alle ellende is begonnen.'

Maria sloeg haar handen voor haar mond. 'Dus het is waar. Hij is er geweest...'

'Dat kun je wel zeggen, ja. Daarom willen we graag alles weten wat u ons kunt vertellen over... *holy*...'

Een schel, maniakaal gejank kwam neergedaald uit de sneeuw, zo dichtbij dat we alle drie in elkaar doken. Zo dichtbij dat het écht was geweest, dat het was doorgedrongen in het textiel van onze werkelijkheid en er een schreeuwende vlek in achterliet. Maria, ze sleurde ons zo'n beetje de hal in. Smeet die deur dicht, schoof de grendel erop. 'Kom snel verder, jullie moeten het weten...'

'*Right*, en over dat klotegegil uit de wolken dus.' De sneeuw uit mijn haren schuddend, ik zei: 'Vertel ons daar ook maar over.'

Echo's, zei Maria, nadat ze ons sterke kruidenthee had ingeschonken. Als de morose hier de winter inluidde, kon je ze aan deze kant van de Gougra naar beneden horen tuimelen. De nacht zat er vol mee. Dolende mensen die niet gered konden worden maar die ook niet doodgingen.

Ze had nog aan ons gedacht, zei ze, die ochtend. Om ons te waarschuwen. Instructies mee te geven, zodat we veilig de nacht zouden doorkomen. Wij, vreemdelingen in Grimentz, immigranten, zoals ze zelf ook ooit was geweest. Maar die vent van haar, die Pascal Zufferey, die had haar verboden om zich met ons in te laten. Pascal, op dit moment in het dorpshotel, een feestavond voor ingewijden. Volksliedjes spelend op z'n Schwyzerörgeli. Dorpelingen die een kunstmatig geluidsbombardement optrokken terwijl ze zich het leplazarus zopen aan Cardinal Draft. Als je ooit in een Zwitserse bierstube was geweest tijdens een ländlerfestival, dan wist je waarom Maria zich liever op Netflix de gillende nacht door bingewatchte.

'Ik ben gek op Scandinavische krimi's,' zei ze.

Dat, en fado.

En allemaal op haar koptelefoon, natuurlijk. Tien tegen één dat-ie noise cancellation had.

Wij in Maria's keuken, nippend van de lavendelthee, en al die gesloten luiken gaven je het gevoel dat je in een doodskist zat.

Op het dressoir, een vogelkooi van waaruit de roerloze schim van een alpenkauw ons aanstaarde. Die vogel staren en Maria zei dat die vallei boven Grimentz van meet af aan al een krachtplek was geweest. Dat zelfs de oude Helvetiërs er in de steentijd hun vijanden naartoe brachten. Hun vijanden en toen ze het eenmaal doorhadden, hun ouderen.

Die ouderen, die gingen daar dood, natuurlijk. En dan kon je op je vingers natellen dat er zo'n vogel kwam die je ogen uitvrat om de weg vrij te maken voor je ziel. Poef, en je laatste ademtocht, die kwam niet over je gefrostbitete lippen, maar uit je lege oogkassen.

En dat, dat was allemaal niet eens eigen aan die plek, zei Maria. Dat was gewoon je standaard bergverscheiden. Wat wel eigen was aan die plek was dat die zielen op dat punt allemaal waren bezeten door de Maudit.

Dat die zielen op dat punt allemaal tot onsterfelijkheid waren gepimpt.

Die ouwe Helvetiërs, hun druïden waren zo gek nog niet geweest. Die hadden geweten dat er in de spirituele evolutie van de mens een splitsing optrad. Een post-mortempolarisatie. Goed en slecht. Al het goede wat je was geweest reïncarneerde in zo'n vogel. Het enige wat je ervoor hoefde te doen was op het altaar van die berg je leven vaarwel bonjouren en je rees op als een feniks.

Vrij van zonden. Zonder bagage. En voor altijd.

'Wat je vanmorgen zag,' zei Maria, 'was een uitzwaaiceremonie.'

Mensen vonden altijd wel manieren om de natuur naar hun hand te zetten. Een wonder uit te buiten.

Als de oudste dorpelingen voelden dat ze alles wel zo'n beetje hadden gezien, kozen ze ervoor om zich warm aan te kleden en een wandeling te gaan maken. Een laatste pelgrimstocht. De ballade van een voltooid leven, opdat men terugkeerde als patroonheilige. Niet iedereen, natuurlijk. Het vergde een bepaalde mate van zelfopoffering om je plekje in het paradijs op te geven voor een plekje aan de gevel of op de schoorsteenmantel. Maar elk jaar waren er wel weer een paar.

'Vanmorgen zijn er twee vertrokken,' zei Maria. 'De patriarch van de familie Gosselin, die zevenentachtig is maar nog altijd goed ter been, en Muriel Solioz, de moeder van een vrouw bij wie ik poets. Een schat van een mens, drieënnegentig en compleet seniel.'

'En die hebben jullie... in de bossen gedumpt?' vroeg Cécile. 'Als in, echt achtergelaten?' Ze deed geen moeite om haar afschuw te verbergen. 'Ik weet niet wat ik moeilijker te geloven vind, dat jullie je bejaarden opofferen of dat jullie denken dat zij op hun leeftijd überhaupt die vallei kunnen bereiken. Dat is ruim 1.500 meter stijgen in de slechtst denkbare condities.'

'Ik zal het je sterker vertellen,' zei Maria. 'De oude mevrouw Solioz is al drie jaar niet meer op eigen kracht haar bed uit gekomen. Daar kan ik persoonlijk van getuigen. Maar toen madame Ducourtil twee dagen geleden haar kamer binnenkwam, stond ze ineens aan het raam naar boven te kijken. Mevrouw riep haar moeders naam en toen zij omkeek zei ze: "Het is tijd om te gaan." Toen wisten we dat de morose eraan kwam.' Maria, gedachteloos de telefoon in haar handen flippend, ze zei: 'Nou ja, en door de vogels natuurlijk. Die voelen het ook.'

Je moest het zien als een schip dat uitzeilde. Dat in de haven lag te wachten tot de winden goed stonden. De morose, het was levensgevaarlijk om je erin te begeven... behalve als je naar boven wílde, natuurlijk.

Als je wílde dat het je hypnotiseerde.

'Michel Gosselin vertrok vanmorgen het eerst,' zei Maria. 'Daarna reden ze mevrouw Solioz in haar rolstoel naar de bosrand. Ik heb gehoord dat ze is opgestaan, haar familie heeft omhelsd en is weggelopen. Het was heel mooi.'

'Hoe weet u dat allemaal?' vroeg Cécile.

'De buurt-app,' zei Maria. Ze kantelde het scherm van haar telefoon naar Cécile en zei: 'Nieuws verspreidt zich snel, hier.'

Ergens in de loop van de komende dagen, dan zou er zo'n alpenkauw op het raam tikken bij de familie Ducourtil. Een *Pyrrhocorax graculus*. Die vogel, bezeten door al het goede wat moeder Solioz in zich had gehad, die zou de familie voor de rest van hun leven voorspoed brengen.

Volgens het bijgeloof, dan.

En het slechte? Dat was daarboven achtergelaten.

Dat galmde tegen de bergen na als een echo.

'Wat je vanavond hoort gillen,' zei Maria, 'is alle ellende van iedereen die daarboven ooit is doodgegaan.'

Je kon ze zien, zei Maria; de gillende doden. Je kon zien hoe ze vielen. In je ooghoeken. Vleesgeworden menselijke dwalingen. Verbrijzelde zielen. Zonder hoop, zonder liefde. Alles wat van een mens overbleef nadat de menselijkheid eruit was geslagen. Je kon ze zien, maar je kon ze vooral horen. Tijdens onrustige nachten dat het stormde in de bergen en de omstandigheden dezelfde waren als de dag dat ze stierven, kon je hun doodskreten zelfs hier vanuit het dorp horen, in de wolken, tegen de hellingen, in het dal.

Echo's, noemde men ze hier. Bezeten door de Maudit dwaalden ze rond in die vallei, eeuwig aangetrokken tot de berg. Soms kwamen ze naar beneden en lieten ze zich zien op plaatsen waaraan ze een herinnering koesterden. Een plek in het dal. Het ouderlijk huis. Maar meestal bleven ze daarboven. Schreeuwden ze hun zonden uit aan de poorten van de hel.

'Tijdens de morose,' zei Maria, 'wordt het erger. Dan gaat de wind op een bepaalde manier door de inkeping van die vallei en draagt hij al die geluiden met zich mee.' Maria, ze zei: 'Geloof me. Zoiets heb je van je leven nog niet gehoord.'

Hoe erg het ook was, als je er te lang naar luisterde, dan kreeg het vat op je. Dan kreeg je de onweerstaanbare drang om naar ze toe te gaan. Hun stemmen, een sirenengezang uit de bergen.

'Ze zeggen dat de doden je willen omhelzen,' zei Maria. 'Dat ze zich willen warmen aan je leven. Want ze hebben het zo koud. Zo ontzettend koud.'

Die trof me als een kogel. Augustins telefoontje. Toen in Amsterdam. Midden in de nacht. Die bevende fluisterstem: *Kalt. Kalt. Kalt.* De ruis op de lijn, als van de wind op de gletsjer. Wat Maria vertelde, dat was iets uit een griezelverhaal. Je kon moeilijk geloven dat die dingen ooit echt leken. Maar in de doodskist van Maria's keuken, met het tikken van de verwarming en het geschetter van Zwitserse radiostemmen uit de woonkamer en af en toe, heel licht maar duidelijk voelbaar, het schudden van het huis in de storm, kon ieder griezelverhaal waar zijn.

Ik moest mijn keel schrapen eer er geluid over mijn lippen kwam. Wees naar de roerloze schim in de vogelkooi en zei: 'Mag ik u vragen wie dat is?'

'Dat,' zei Maria, 'is Catherine Zufferey, de moeder van Pascal.' Ze haalde haar neus op en voegde eraan toe: '*She's a real bitch.*'

In het Engels. Alsof ze bang was dat ze haar anders verstond.

'Mag ik haar bekijken?'

'Je gaat je gang maar.'

Het was gewoon een vogel. Geen witte staarogen. Geen geronnen bloed aan de snavel waaraan je kon zien dat ze dood was. Niets van dat al en toch bonsde je hart in je keel. Zelfs als je die hele tantra geloofde en je aannam dat alleen al het goede in zo'n beest voortleefde, dan nog bezorgde het je kippenvel om ernaar te kijken.

Onnatuurlijk, dacht ik. Het had iets onnatuurlijks, hoe stilletjes ze ons zat aan te staren. Bijna iets sacraals. Behalve dan dat ik het gevoel had dat ze naar onze ogen zat te loeren zoals een zeemeeuw naar oesters keek.

'Hoe weet u dat zíj het is?' vroeg ik.

'O, dat weet je,' zei Maria. 'Dood of levend, er zijn manieren waarop een schoonmoeder laat blijken dat ze je niet mag.'

Ik wendde me tot haar. 'Heeft u haar echo wel eens gezien?'

Hoe je haar lippen tot een bleke streep zag samenpersen dacht je dat ze niets zou zeggen, maar toch zei ze, heel kortaf: 'Eén keer.'

Meer wilde ze niet loslaten, hoe ik ook aandrong.

We moesten nu echt gaan, zei ze. Het kon elk moment losbarsten en ze wilde er niet verantwoordelijk voor zijn als we ons nog op straat zouden begeven. Maar voor we onze jassen goed en wel aanhadden klampte Maria zich aan me vast en nu lag er oprechte angst in haar ogen.

'Alsjeblieft,' smeekte ze, 'haal 'm hier weg.' Die ogen groot en rond en blinkend grijs, ze smeekte: 'Die vriend van je. Breng hem naar het dal en blijf hier weg. Ik weet niet hoelang het hier nog veilig voor jullie is.'

'Neem me niet kwalijk,' zei ik, 'maar wat bedoelt u daarmee?'

'Hij is daarboven geweest. Niemand die daarheen gaat keert ooit terug. Hij heeft de Maudit in ons midden gebracht en sindsdien is de hele gemeenschap ontwricht. De natúúr is ontwricht. En het concentreert zich allemaal rondom jullie huis, of waar je vriend wordt gesignaleerd...'

Maria, ik hoorde haar nog wel, maar mijn ogen staarden in het dimlicht van de hal.

Al die geluiden die je steeds hoorde aan de rand van je gehoorveld.

Al die bewegingen die je steeds zag, net buiten je ooghoeken.

Steeds, de doden om je heen. Altijd. Overal. Je zag ze niet, maar je vóélde ze. Alsof je door een spinnenweb liep in een herfstig bos.

Julia's gillende stem over FaceTime: *Wie is die vrouw? Wie is die vrouw in de hoek daar achter je?*

Maria, haar handen bleek en koud de mijne omsluitend, ze zei: 'Ik vertrouw je dit toe omdat ik ook een buitenstaander ben. Zelfs na drieëntwintig jaar zien ze je niet als van hier. Ik weet hoe men hier denkt over buitenlanders. Als mensen bang zijn reageren ze vanuit hun onderbuik. Maar de angst is echt.' Maria, ze schudde ferm mijn handen en zei: 'In de WhatsApp-groep gaat de roep op vanuit sommigen om er iets aan te doen. Er is een patstelling. Maar ik weet niet hoelang het nog de goede kant op blijft kantelen. Als er iets gebeurt...'

Cécile en ik in de gang, ik zei dat ik haar raad ter harte zou nemen. 'Dank u wel dat u eh... niet vanuit uw onderbuik reageert.'

Maria, ze lachte, maar er lag iets triests in haar ogen. '*Querido*,' zei ze, '*eu sou Portuguesa*.'

8

Overal buiten was het schemer. Schemer en sneeuw. De wereld buiten Maria's chalet een kleurloze kou. Nicks Focus, een iglovorm langs de weg. Ik was geschokt door hoeveel sneeuw er zich in korte tijd tegen had kunnen opstuwen.

Zodra Maria de deur achter ons had dichtgeslagen dwong de storm je op je knieën. Je arm rond de balustrade van het steile rotspad gehaakt, de andere om Céciles schouders, sneeuwvlagen sloegen je in het gezicht en benamen je de adem. Sneeuw en donker en Cécile en ik, onze huid, onze ogen, de details van de wereld duizelden door elkaar heen. Het bulderen van de wind en daarboven, onmiskenbaar, echo's. Met een plof liet je je vallen achter het stuur, trok je het portier dicht, Cécile aan de andere kant hetzelfde, en sloot je dat alles buiten.

Bijna meteen begonnen de ruiten te beslaan. Ik startte de motor en zette de blazers heet en hoog. Liet de ruitenwissers twee halve cirkels zwiep-zwiep-zwiepen. Met niets anders in het donker deed ik het groot licht aan, maar eigenlijk zag je daardoor nog minder, dus dimde ik weer.

Toen ik met knerpend rubber de weg op draaide wilde ik Cécile eigenlijk vragen hoe ze over het hele verhaal dacht, maar één blik opzij en het was duidelijk dat ze geen *headspace* meer had voor een analyse. Ik kon het haar niet kwalijk nemen. Na dit alles had mijn eigen manipura ook wat management nodig.

Ik reikte naar voren en veegde met mijn mouw wat zicht op de ruit.

'Rij alsjeblieft voorzichtig,' zei Cécile. 'Vooral de bochten. Met dit weer kun je sturen wat je wilt, maar je auto schuift vrolijk rechtuit een sneeuwbank in. Of een afgrond.'

Het weggetje, het was het diametraal tegenovergestelde van wat je van een weggetje wilde. Onverhard. Amper breder dan de Focus. Voorbij de laatste chalets ploegde het zich door een braakliggende helling, in de winter waarschijnlijk gebruikt als skipiste. Aan je rechterhand veilig en steil omhoog. Aan je linker, even steil naar beneden. Als je hier in een slip raakte was het prikkeldraad echt niet voldoende om te voorkomen dat je tachtig meter lager de achtergevel van een leegstaand vakantiechalet kon gaan bezichtigen.

Stapvoets kropen we vooruit.

Een halve kilometer of wat buiten het dorp doemde de scheefstaande pyloon van een gondelbaan op. De kabels zwiepten dronken in de wind. Of misschien was dat wel gezichtsbedrog. Alles bewoog, laag over laag van kolkende sneeuw die ook het laatst resterende licht opslokte. Daarachter het bos, niets meer dan een massief donkere, naar beneden hellende streep.

Ik zou je niet kunnen zeggen waarom, maar ik stopte de auto.

'Wat doe je?' vroeg Cécile.

Het was of er iets vreemds kwam aanwaaien in de atmosfeer. Een ingehouden-ademgevoel van gevaar dat je ervan weerhield om verder te rijden. Ik keek uit het zijraam. Ineens, mijn huid die begon te kruipen. Begon te kietelen, alsof onzichtbare vingertoppen er heel zacht overheen gleden. Ineens, de besloten intimiteit van de auto te drukkend en ik opende het portier. Sneeuw striemde mijn gezicht.

Achter me, Cécile gealarmeerd: 'Hé, wat doe je!'

Ik zou je niet kunnen zeggen waarom, maar het was op een vreemde manier opbeurend om een voet buiten in de sneeuw te kunnen zetten.

Heel even leek de storm te gaan liggen. Ik keek naar hoe mijn adem in wolkjes bevroor. Luisterde gefascineerd naar de verzoeking van het donker.

Uit het verre, afgelegen duister kwam het naderbij.

Het vond ons.

Het begon met een gil. Daarna een tweede. En een derde. En een vierde. Tot er een heel koor van gejammer opsteeg, dat van overal en nergens leek te komen. Zeggen dat je nekharen ervan overeind gingen staan zou niet eens een cliché zijn, maar een hele cliché-soufflé, en toch was het zo. Het drong door tot in elke porie van je huid. Elke vezel van je lichaam. Er lag een dissonantie in die alle axonen van je zenuwstelsel op tilt deed slaan. Het was het soort gehuil dat wolven met de staart tussen de poten zou doen afdruipen. Zoveel pijn, zoveel leed, zoveel haat en zoveel leegte: alleen de doden huilden zo.

En het was het gegil van honderden. Van duizenden.

De morose.

Cécile, ze reikte over haar gipsarm, sleurde mij terug in de auto en trok het portier met een klap dicht. 'Gassen,' zei ze.

Ik keek haar verbluft aan. Traag en met een flauwe glimlach, alsof ik wakker werd uit een verdoving, zei ik: '*Listen to them – the children of the night. What music they make!*'

En PETS – een vlakke hand in mijn gezicht. En ik terugveren tegen het portier, zo ver bij haar vandaan als ik kon, ik riep: 'Dude, waar was dat voor nodig?'

'Gewoon voor de zekerheid.' Cécile, ze drukte de automatische deurvergrendeling in. Drukte de ronde knop van de autoradio in en Muse dreunde door de speakers. Cécile, ze riep: 'Gassen nu!'

Ze draaide het volume helemaal open.

Toen gaste ik. Achterwielen slippend, fonteinen sneeuw opspuitend. De banden kregen grip en we schoten vooruit.

We vluchtten door het donker en buiten zat een hele horde banshees ons na.

Het gegil vrat zich bij je naar binnen, ondanks het loeien van de motor. Ondanks Muse, onze kunstmatig opgetrokken verdedigingslinie. Het vrat aan je verstand. Doofde het uit. Dooien die gilden. Dooien die huilden.

Als dit de buitenfrequenties waren, hoe erg moest het daarboven dan zijn?

Cécile, ze gilde: 'Kijk uit!'

Mijn linkerwiel stuiterde over een hobbel en schoot naar links. Ik het gaspedaal los, ik het stuur klemvast tot ik voelde dat de Focus weer rechtuit zat en drukte het gas toen weer in, te snel en te diep. Wij weer in een slip en Cécile gillen. Cécile die het portier vastgreep en gilde: 'O mijn god zie je dat? *Zie je dat?*'

Ik zag niets, of misschien zag ik toen wél iets, iets wat ik niet wílde zien en dus zag ik alleen maar jagende sneeuw, alleen jagende sneeuw en de weg terug in het vizier en mijn eigen adem – zo koud was het in de Focus.

Zonder iets te zeggen jaste ik ons de berg af en op een of andere manier wist ik de wagen op het weggetje naar Hill House te brengen zonder ons de vernieling in te verramsjen.

'Binnen,' schreeuwde ik om me verstaanbaar te maken, 'binnen doen we eerst de stereo en de tv aan.' Ik schreeuwde: 'Dan alle luiken dicht.' Schreeuwde: 'Jij de keuken en boven, de zolder. Ik beneden. De woonkamer, de terrasdeuren doen we samen. En blijven roepen!' De Focus het bruggetje over stuiterend, ik schreeuwde: 'Ik wil je horen, oké?'

Oké. Ze knikte. Goed.

Hill House doemde op uit de sneeuw als een nachtmerrie.

Ik parkeerde pal voor de verandatrap. Liet de motor stationair draaien. Liet Muse blèren.

'Oké,' riep ik, 'ik tel tot drie, dan rennen we.'

Ik dacht: *Motor uitzetten. Portier opengooien. Rennen.*

Dacht: *Motor. Portier. Rennen.*

Cécile, ze riep: 'Wat doen we tegen het geluid?'

'Bedek je oren en zing.'

'Wat?'

'Zing!'

'Zing wat?'

'Wat maakt dat nou uit! "Bohemian Rhapsody" voor mijn part, als je zingt luister je naar je eigen stem en niet naar wat er buiten gilt!'

Ik telde af, drie, twee, één en daar gingen we.

En fuck.

Fuck-fuck-fuck!

Het eerste lek in mijn waterdichte plan, zodra ik de contactsleutel omdraaide viel Muse stil en laaide het gehuil van de nacht op en ik had mijn handen nog nodig voor, *like*, alles. Ik begon te zingen, een luid en geagiteerd: '*Jalalalala!*' Serieus. Dat was hoe ver mijn originaliteit reikte. Er zat niet eens melodie in.

Cécile, die was natuurlijk allang verdwenen.

Nadat ik me uit mijn gordel had gewerkt, nadat ik me uit de auto had gewerkt, begonnen alle geluiden te mengen. Mijn lied, mijn *jalalalala*, het gillende koor van echo's, Céciles naar omstandigheden verrassend welluidende: '*I see a little silhouetto of a man*' – al dat geluidsgeweld bracht een kettingreactie op gang die al het andere uit je hoofd dreef. Niet eens zo anders dan hoe de Maudit bezit had genomen van Nick. Het dichtslaan van het portier. Het bulderen van de wind. Geluid dat je behekste.

Céciles verdienstelijke sopraanstem: '*Thunderbolt and lightning, very very frightning me!*'

Ons hoofd, de gastheer. Wij, de bezetenen.

Zo bereikten we de voordeur. Zo kwamen we binnen. En zo slaagden we er op een of andere manier in om ons plan uit te voeren. Het geluid buiten te sluiten. Het chalet te isoleren, door er met geweld overheen te gaan.

De tv, op SF1 doorlopende nieuwsstemmen. Uit de stereo-installatie, een of andere Franstalige popsong. Het volume voluit.

Blindelings rondrennend van kamer naar kamer leek de trillende lucht in het chalet onder hoogspanning te staan. Alle lichten aan, om het donker uit de hoeken te verdrijven. Overal luisterend voor sporen van gegil. Overal waar je de ramen opensloeg om de luiken te sluiten, overal joeg het met de wind mee naar binnen. Overal, bam, het exorcisme.

O ja, en Nick.

Ten-out-of-ten op de *freaky-fucked-up*-schaal: toen ik de pikdonkere slaapkamer binnenkwam zat-ie rechtop in bed. Ogen gesloten. De Dr. Beats nog altijd over zijn oren, maar zijn hoofd schuin, alsof-ie luisterde.

Op het verband, het lachende smileymondje.

Ik likte over mijn lippen en zei: 'Nick?'

Niets. Ik kon hem gewoon zachtjes terugduwen en hij sliep door alsof er niets was gebeurd. Maar hij had rechtovereind gezeten. Dat had ik me niet verbeeld.

Cécile en ik, we troffen elkaar weer in de woonkamer en nadat ook daar alles was afgedicht staarden we elkaar aan. Luisterden. Naar doodskreten in de marge van de marge. De buitenste buitenfrequenties. Niets. Toch?

Niets.

En adem uit.

9

Oké, ik kan nu vier uur vooruitjumpen en dan zou ik je vertellen over een harde bonk. *Spoiler alert*, maar om negen uur die avond zou die bonk het einde inluiden van mijn leven zoals ik het kende. En ik vraag me af: had ik in de uren ervoor iets kunnen voorzien? Een glimp van die zwarte aura kunnen opvangen, als voorbode van hoe we onvermijdelijk op de klippen afstevenden?

Om zes uur was ik in de keuken bezig met een vegetarische lasagne all'uovo. Tomaat, courgette, geitenkaas. Cécile aan de keukentafel, haar in een handdoektulband omdat ze zich na al het voorafgaande had willen afzonderen en een bad had willen nemen. Gezicht als de *before*-foto in een advertentie voor prozac. Achteraf bezien had dat een hint kunnen zijn. Maar wat had ik kunnen doen? Haar gezicht had er *de hele dag* uitgezien als de *before*-foto in een advertentie voor prozac. Dat kan ik mezelf moeilijk aanrekenen.

Om zeven uur aten we. Ramses onder de bank in de woonkamer, platgedrukt in de hoek, ogen groot en bang en hoe ik ook had zitten *here-kitty-kitty*'en, hoe ik 'm ook had proberen te paaien met Sheba Fresh & Fine, hij had het vertikt om eronderuit te komen. *Again*, hier had je je hint, maar ik dacht gewoon dat-ie zich schuilhield voor die doodskreten uit de bergen.

Om acht uur zaten we voor de open haard. Het vuur brandde. Cécile en ik, alleen en bang in een huis vol schaduwen en met te veel donkere plekken waar je soms in een flits vanuit je ooghoeken van alles dacht te zien staan. Op dit punt had het bijna iets grappigs. Ik had een radiostation gevonden dat non-stop jodelmuziek draaide. Cécile, ze had het verhaal verteld van een Tiroler die onder een bergwand zijn jodelkunsten liet horen en werd bedolven onder zestig ton losgetrilde kalkrotsen. Met alles wat er om je heen gebeurde, de claustrofobie van de *lockdown* en het trillen van het dak, moest je wel lachen. Als je niet lachte ging je meegillen met het koor van echo's.

En toen werd het negen uur.

Toen hoorden we die bonk en verging je het lachen.

10

Ik fluisterde: '*Wat doen we?*'

Cécile, ze staarde met holle ogen en bevende lippen langs me heen de trap af en fluisterde: '*Ga kijken.*'

Ik zette een voet op de bovenste trede. Dwong de andere een trede lager. Bleef besluiteloos staan.

Fluisterde: '*Ik durf niet.*'

Het probleem was wat je had gehoord. Het probleem was die bonk. Eérst die bonk, massief en dof. Een geluid dat je niet kon duiden. Dat voor allerlei interpretaties vatbaar was. Een bowlingbal die viel op een tapijt. Een sneeuwlawine die hoog op de hellingen boven het chalet werd getriggerd. Een lichaam dat uit een bed rolde.

Toen een paar daverende klappen, fel en scherp en hierover was geen misverstand mogelijk. Een vuist die beneden op de luiken bonsde. Op de gesloten paneeldeuren voor de kamer waar Nick sliep. Of hád geslapen.

Het probleem was dat je niet wist of er iemand naar bínnen wilde of naar buiten.

'Als dat Nick is,' had Cécile gezegd, 'dan heeft hij de terrasdeur al opengemaakt.' Céciles adem hortende zuchtjes ontsnappende lucht, ze had gezegd: 'Het kan toch niemand anders zijn dan Nick?'

Nog meer bonzen. Hard. Fel. Dwingend.

In de daaropvolgende stilte had de jodelmuziek al zijn kleffe, viezige vrolijkheid verloren. Het klonk nu alleen nog maar snerpend. Naargeestig. Op de gang, waar het van verder weg kwam, lieten de harmonieën van het lederhosentrio onnatuurlijke dissonanten horen. Je kromp ineen. Je werd er koud van. Tot je besefte dat die wanklanken uit de ether het chalet binnendrongen en niet uit de speakers.

Dan pas drong het tot je door dat je hier op de gang het kreunen van het dak kon horen. Het infecterende huilen van de storm.

Als je het eenmaal hoorde, kon je het niet meer onthoren. Dan begon het zijn boodschap in je brein te prenten, zo diep dat je er niet bij kon.

Beneden, niets. Alleen het donker.

Ik moest snel zijn. Er waren geen andere opties. Ik likte over mijn lippen en fluisterde: '*Goed, we gaan kijken.*'

Dus ik die trap af, zo stil en snel ik kon. Beneden was de gang leeg. De deur naar de slaapkamer dicht. Boven aan de trap, Cécile, ze had zich niet verroerd. Ik wenkte dat ze moest volgen, mimede *kom*, maar ze staarde alleen maar strak naar beneden. Kin een beetje omhoog. Lippen vaneen.

Mijn zorg om Nick won het van mijn angst, dus ging ik die gang door. Hierbeneden wankelde onze geluidsverduistering nog erger. Hier morfden het jodelen en de morose tot een ronduit vals ensemble, een bedorven, pervers geluid, dat je bewust maakte van geluiden *achter* geluiden, geluiden die niet voor menselijke oren waren bedoeld.

Ik luisterde aan de deur. Niets. Een bulkend niets. Een enorm niets.

Ik opende de deur.

Een golf van natte, ijzige kou sloeg me in het gezicht.

Het was vrijwel donker in de kamer, maar in het schijnsel van boven zag ik Nick roerloos voor de dichte luiken staan. Zonder zijn Dr. Beats.

Het verband hing in lussen om zijn nek.

Daar stond ik, vastgenageld aan de grond. De kou in mijn gezicht was de illusie van de gletsjerwind geweest, een echo van de storm in een hooggelegen vallei... maar wat op mijn schouders en jukbeenderen smolt, was poedersneeuw en die was echt. Echt.

Plotseling wist je dat je werd gadegeslagen.

Met een ruk draaide ik me om. Er was niemand in de gang. Alleen schaduwen.

En ik, ik op een holletje terug naar die trap. Verwachtend Cécile naar beneden te zien staren, maar ze was verdwenen. Ook boven was de gang leeg.

'*Cécile!*' siste ik. Over mijn schouder kijkend, toen weer naar boven, harder, met stemgeluid: 'Cécile!'

Alleen dat jodelen. Het gillen van de doden.

Mijn benen, ik had er geen wil meer over. Als vanzelf brachten ze me terug naar de slaapkamer. Terug het donker in. Voorbij dat donker werd het gillen luider.

Nick was weg.

Waar hij net nog had gestaan waren nu alleen de luiken. Ik wreef in mijn ogen. Grote, dansende vlekken van helemaal niets. Ineens mijn hartslag, een dreunende roffel. Mijn ademhaling, afwezig. Nadenken kon ik niet meer. Ik, teruggebracht tot pure, reactionaire handeling.

Ik voor de deuropening naar de slaapkamer, het pikdonker kwam op me af.

De deurpost sloeg een miniem ritme onder mijn vingertoppen. Het hout trilde van de kreten die door de muren kwamen. Hypnotiseerde me.

Met elke stap was je verder in de slaapkamer. Met elke stap zag je meer donkere ruimte waar Nick niet was.

Het probleem was dat je niet wist of je Nick moest beschermen tegen de morose, of jezelf moest beschermen tegen Nick, of ons allemaal moest beschermen tegen iets onzichtbaars.

Weer een stap verder.

Ik zei: 'Nick?'

Er kwam geen antwoord.

De badkamer. Dat was de enige mogelijkheid. Dat, of onder het bed.

De deur naar de badkamer stond open.

Daarbinnen was het donker.

En in dat donker bevonden zich vormen.

Ik staarde ernaar, wachtend tot mijn ogen aan het duister zouden wennen. Verwachtend de vorm van Nick te zien staan.

De badkamer stond vól vormen van Nick.

Menselijke vormen, roerloos, schouder aan schouder. Zeker acht. Of twaalf.

Er stonden mensen in de badkamer.

Ik knipperde met mijn ogen en die mensen, ze stonden *dichterbij*, de voorste twee stonden in de deuropening naar de slaapkamer en daarna zit er een kort gat in mijn geheugen. Een felle flits, alsof mijn brein kortsluiting maakte. Wat ik weer weet is dat ik de gang door rende, dat ik de trap op struikelde, dat ik het vel van mijn scheen schaafde tegen een trede, dat ik de gang boven bereikte. Licht, licht, welkom licht. Licht om je aan te laven. Muziek om je aan te laven. Het overstemde al het andere hier en dat was goed, want ineens liep er weer stroom door mijn hersenstam, ineens al die cellen gloeien van het hervonden leven en ik dacht: *Die mensen beneden.* Ik dacht: *Die mensen in de badkamer.* Dacht: *Wat de fuck was dat?*

Ik dacht: *En waar is Nick?*

Dacht: *En waar is verdomme Cécile?*

Woonkamer in. Geen Cécile. Alleen het vuur dat zachtjes knisperde. Misschien was het een idee om een blok hout met een tang uit het vuur te halen en op het tapijt te laten vallen, dan was je meteen van de hele klerezooi af.

Cécile. Ik moest haar vinden.

Christus, die mensen in de badkamer. Die mensen. Die mensen!

Alle buitendeuren waren dicht. Céciles schoenen, ze stonden gewoon nog in de hal naast de mijne uit te dampen. Er was niemand gevlucht. De keuken. Leeg. Ik rende naar de badkamer op de begane grond. Leeg. Het toilet, donker en leeg.

Boven. Natuurlijk, haar eigen kamer. Na haar bad had ze haar spullen op zolder geïnstalleerd. Het trapgat krap, er stond een zware houten ladder in. Steil. Donker. Maar boven brandde licht. Klonk het geschetter van een doorlopend weerbericht op het kleine, ouderwetse televisietoestel. Meer geluidsverduistering

En ik die ladder op.

In het voorportaal van de zolder schemerden alleen de spookvormen van het wasrek. De strijkplank. Het schijnsel kwam om de steunmuur van het slaapgedeelte heen. Planken die kraakten als je je gewicht erop verplaatste.

Céciles naam was al bijna mijn lippen gepasseerd, maar het geluid stierf een snelle dood nog voor het was geboren. Daar stond ze, ademhaling hijgend, snuivend, iemand die te veel adem tegelijk naar binnen slokte. Bezig een injectienaald te vullen uit een ampul. Haar gipshand zo hevig trillend dat de kleurloze vloeistof in de ampul klotste en ze de naald drie keer opnieuw erin moest steken. Op het bed, uitgespreid op een handdoek naast haar wijd open Anna Field-weekendtas, een tweede naald en een tweede ampul en een opengetrokken verpakking.

En ik, ik ben geen medicus, maar ik wist wel dat ze niet bezig was met een insulinespuit. Of een cortisolshot.

En dat ze die injectie niet voor zichzelf prepte.

Ik zei: 'Cécile?'

Dat was genoeg om haar met een gil op te laten springen. Ze draaide zich om, trok die naald uit de ampul en vloeistof spatte in het rond.

'Sam! Ik...'

'Wat ben je aan het doen?'

Haar ogen groot. Haar blik één neon schuldbekentenis. Ineens begreep je het allemaal. De hele charade. De hele reden van haar komst. Cécile was niet naar Grimentz gekomen om Nick en mij uit de brand te helpen... *maar zichzelf*.

En toegegeven, wat er nu komt deed ik onnadenkend. Ik wilde haar alleen maar overmeesteren. Die spuit uit haar handen trekken. Met grote passen beende ik naar voren en Cécile zag me komen. Te laat zag ik dat ze in haar mitella tastte, dat ze er iets uit haalde. Toen ik de pols van haar rechterarm vastgreep en die wegtrok, duwde ze haar gipshand en de kleine verrassing daarin tegen mijn middenrif.

En *TAKKETAKKETAKKETAKKETAKKETAKKETAK*...

En ik ging neer.

En ik schreeuwde.

En de pijn!

Er was geen black-out. Geen gevoel van verstreken tijd. Geen enkele discontinuïteit. Alleen maar de meest abominabele pijn *ever*. Mijn spieren verkrampten. Een tel of wat leek mijn hartslag te stoppen. De balken van de zoldering zweefden naar me toe. Misschien duurde dit alles maar vijf seconden, maar dan waren het wel de vijf langste seconden van mijn leven. Met Cécile over je heen gebogen en het gevoel alsof de bliksem zelf door je heen schokte, zag ik letterlijk sterretjes, sterren en kometen in alle kleuren.

Toen was het voorbij. Cécile, haar stem, je hoorde haar zeggen: 'Blijf liggen.' Die stem ergens boven je, ze zei: 'Ik wil het niet nog een keer moeten doen, maar ik zweer het, als je opstaat ga je weer neer.'

Opstaan? Wie had het over opstaan? Het enige wat ik wilde was kermen, over de vloer rollen, mijn hele creatieve repertoire aan krachttermen eruit gooien.

Toegegeven, het verdiende allemaal niet de schoonheidsprijs.

Toen ik eindelijk mijn ogen opende zag ik dat Céciles gezicht een ziekelijk bleke glans droeg. In haar hand had ze een stungun. Ze had me getaserd.

En ik had in mijn broek gepist.

Meer nog dan al het andere, maakte dat me woest.

'*Cécile... bitch!*' Tranen in mijn ogen, mijn T-shirt kleddernat gezweet: '*What the fuck!*'

'Het was beter geweest als je het niet had geweten,' zei Cécile achter die naald en die ampul. De een in de ander stekend, ze zei: 'Als hij gewoon aan een overdosis had kunnen sterven.'

En ik lag daar met mijn spieren brandend alsof ik de pezen van mijn botten had gedeadlift.

'Je ziet het niet hè?' zei Cécile. De vloeistof opzuigend, ze zei: 'Nee, jij ziet het niet. Er zit een enorme Sam-vormige blinde vlek in de manier waarop jij naar de wereld kijkt.' Zei: 'Het vriendje is blind, want het vriendje blijft buiten schot.'

En ik, ik gilde: 'Blind voor wat!'

'Hij is een parasiet, Sam!' Luchtbelletjes uit de naald spritzend, ogen bezeten, ze zei: 'Als hij je eenmaal heeft aangeraakt, als hij je eenmaal heeft vervloekt, dan dringt hij je hoofd binnen en gaat hij daar niet meer weg. Hij laat je *vallen*.'

En ik zei, vallen?

Op tv, een gozer voor een kaart vol dicht bij elkaar liggende lijnen die zei dat de storm bijna de hele Alpen lamlegde. Zoveel sneeuw, zei hij, dat was uniek. En zo vroeg in het seizoen.

Uit het trapgat, door de spleten in de vloer, de geluidsinstallatie die erop los jodelde. Nog dieper in het chalet, waar Nick moest zijn, wat je daar hoorde was niets.

En Cécile zei: 'O, je hebt geen idee.' Ze legde de volle spuit op de handdoek en nam de lege. Nam de tweede ampul en zei: 'Dacht je echt dat ik in mezelf kras als *afweermechanisme*? Dat ik mezelf blauwe plekken bezorg om een *paniekaanval* te voorkomen?'

Ze stiet een hoog, ijl hoonlachje uit en ik dacht: *Ze heeft haar verstand verloren.* Dacht: *Ze is coocoo complètement.*

Ik probeerde mezelf overeind te worstelen, maar in twee stappen was ze bij me met die stungun en zei: 'Blijven liggen! Ik meende wat ik zei!'

En ik twitchen, ik in foetushouding, mijn armen voor mijn lichaam geheven en ik gilde: 'Oké oké ga weg! Niet doen! Haal dat kloteding weg!'

Als je eenmaal getaserd bent, dan weet je waarom verdachten zich bij de tweede keer altijd overgeven aan de politie.

'Je snapt het niet, hè?' zei ze. Terug naar haar dodelijke cocktail, ze zei: 'De enige reden waarom ik mezelf pijn doe is dat ik zo kan voorkomen dat hij me laat vallen.'

En ik: 'Cécile, wat zit er in die naald?'

'Dr. Genet schreef op zijn afscheidsbriefje dat hij moest weten of er ooit een einde aan zou komen. Of er ooit een einde zou komen aan het vallen.' Haar stem uitschietend tot een schrille kreet: 'Ik hoorde hem neerkomen, Sam! *Ik hoorde hem neerkomen! Zover laat ik het bij mij niet komen!*'

En ik: 'O *god, wat zit er in die naald?*'

En die gozer op tv, grafieken erbij halend van sneeuwmetingen door de jaren heen.

En beneden, jodelen.

En Cécile, *sprits*, en ze zei: 'Zo heeft hij dr. Genet vermoord.' Ze zei: 'Zo heeft hij al die mensen in Amsterdam vermoord.'

Waar had ze het over?

'Ben je dan zo blind?' Ze zei: 'Die mensen in het AMC, Sam! Je vriendje is een massamoordenaar!'

Mijn oren klapperden. 'Cécile, waar heb je... Hoe had-ie in vredesnaam... hoor je wel wat je zegt?' Ik stamelde: 'Nick zou nooit...'

Ik, zo verbijsterd dat ik alleen in mozaïek kon spreken.

Cécile, ze nam beide injectiespuiten in haar rechterhand en zei:

'Het is spijtig en het is onrechtvaardig.' Met de stungun in haar linker: 'Ik weet dat Nick er niet voor heeft gekozen om zo te zijn. Maar nu is er geen andere mogelijkheid meer.' Stap, stap over de krakende planken, de zwarte weduwe, ze liep om me heen en zei: 'Er moet nog één dode vallen. Eén dode om erger te voorkomen.'

En op dat moment rolde een rommelend geluid door het trapgat naar boven dat het chalet op zijn grondvesten deed schudden.

Nick.

De muziek viel stil.

Cécile, haar ogen puilden uit hun kassen. Bevend over haar hele lichaam. Stil, halverwege het trapgat en mij. Beneden huilde de wind. Buiten krijste de morose.

En ik, ik gilde: '*Nick! Nick, pas op! Ze heeft een...*'

TAKKETAKKETAKKETAKKETAKKETAKKETAK...

En het was of ik door een paard in het schrikdraad werd getrapt.

En terwijl ik lag te rollen, terwijl ik lag te kermen van de pijn, begon Cécile door het trapgat af te dalen.

11

Je vriendje is een massamoordenaar.

Beneden vond iets ontzettends plaats, maar ik dacht alleen maar: *Die mensen in het AMC, Sam.* Dacht: *Ben je dan zo blind?*

Ik dacht: *Als hij je eenmaal heeft aangeraakt, als hij je eenmaal heeft vervloekt, dan dringt hij je hoofd binnen en gaat hij daar niet meer weg. Hij laat je vallen.*

Ik dacht: *Zo heeft hij al die mensen in Amsterdam vermoord.*

Céciles woorden, ze leken in mijn hoofd vast gedrild door die elektroconvulsietherapie, maar toch werden ze weggeblazen door een gebrul van beneden dat zo onmenselijk was, dat je niet kon zeggen of het je bloed kokendheet of ijskoud maakte. Opnieuw een daverende dreun. Brekend glas, het gezoem van kortsluiting. Een schelle gil. Het *TAKKETAKKETAK* van de stungun. Snelle voetstappen.

Daarna, niets.

Wat naar boven kwam, een verstijvende wind die koud genoeg was om je in een stuip te huiveren.

Wat naar boven kwam, het gillen van de morose.

De echo's. *Ze waren binnen.*

O jezus, wat had Nick gedaan? Wat had *Cécile* gedaan?

Kermend kwam ik overeind. Ging bijna meteen weer onderuit. Mijn hele lichaam krampte. Het was of iemand keihard in al mijn spieren tegelijk kneep.

Ik strompelde naar het trapgat. Liet mijn voeten erin zakken, steunend op de randen. Zoekend naar de treden. De kou wikkelde zich eromheen.

Daaronder, in het gat naar de overloop, lagen benen.

Ik schreeuwde: 'Nick!'

De wind huilde. Sneeuwvlagen joegen door de gang. *De buitendeur stond open.*

Ik viel die trap bijna af, bereikte de overloop.

Nick lag op één elleboog, hij schokte helemaal, zijn gezicht rood en bezweet en compleet ontredderd, hij huilde: 'Sam! Sam, help me! Help me alsjeblieft!'

Nick. Hij was het, in optima forma. Niet de Maudit.

En ik durfde niet naar hem toe.

Het was zo afschuwelijk geweest zei-ie, zo koud zei-ie, de druk achter zijn gezicht was zo erg geweest en hij had gedacht dat hij nooit meer zou wakker worden. En ik stond daar maar onder aan het trapgat op hem neer te kijken. Hief mijn gezicht in de poolwind die door het gitzwarte gat van de deur naar binnen stoof om de opkomende hitte erachter te doven. Je hunkering, je afhankelijkheid, je verslaving op slag verdwenen. Ik in definitieve afkickmodus door waar ik hem ineens toe in staat achtte.

Of-ie oké was. Of-ie gewond was. Waar Cécile was en Nick, hij hief zijn handen voor zijn littekens, hij zei: 'Cécile?' Zijn blik blijven steken op de natte vlek in mijn jeans, hij zei: 'Wat is er gebeurd?' Zijn gezicht één twitch, één kramp, hij zei: 'Mijn hele lichaam doet pijn.'

En ik zei hem dat-ie was getaserd. Dat ze de Maudit letterlijk uit zijn hoofd moest hebben getaserd – voor nu. Het is waar, zei ik, Cécile was hier geweest en ze had hem willen doden. Eén injectienaald lag in een plasje op de vloertegels, de andere was op de deurmat terechtgekomen en zat nog vol vloeistof.

Wat er ook was gebeurd, haar plan had gefaald.

Nick, hij keek langs me heen en ik zag hem wit wegtrekken.

Met knikkende knieën, met verstikte stem zei hij: 'Wat is er daarbuiten aan de hand?'

En ik, losgerukt uit mijn verdoving, ik hinkte die gang door alsof je door een windtunnel een vriescel tegemoetging, mijn adem wolkend in de koude lucht, ik wilde al naar buiten reiken om de voordeur dicht te trekken maar ik stokte. Buiten was het een hel. Anders zou ik het niet kunnen omschrijven. De wind een levende, kwaadaardige kracht die aan mijn bezwete shirt rukte en onbeheerste rillingen over mijn hele lijf zond. IJskristallen geselden vanuit het duister mijn gezicht, glinsterend in de lichtgloed van het chalet. Ladingen sneeuw hadden het landschap erachter onherkenbaar gemaakt. Vanuit de storm schreeuwde een gekweld koor van stemmen de longen uit hun lijf. Ze schreeuwden de dood van de wereld. Ze schreeuwden alle pathos van een mensenleven.

Het gegil kwam uit de lucht vallen en vaag merkte ik dat het nu al mijn brein begon te benevelen, maar waar je naar keek waren de voetstappen in de sneeuw. Een dronken spoor dat de trap af slingerde, naar rechts. Niet naar de Peugeot. Niet naar het dorp. Maar om het chalet heen, in de richting van Castle Rock. Moiry. De stuwdam.

Ik brulde: '*Cécile!*'

Mijn stem had geen schijn van kans in de nacht die zich aan alle kanten aan me opdrong, doodskreet na doodskreet.

Ik trok de deur dicht en strompelde terug de gang in. Céciles gympen, ze waren weg. Onder deze omstandigheden zou het dunne leer haar nog geen tien minuten bescherming bieden tegen bevriezing.

Nick, hij had zich ondertussen wankelend overeind gesjord. Hij had een sjaal van de kapstok getrokken en om zijn gezicht gewonden. 'Is dat de morose?' vroeg hij. 'Is dat waar haar oma je over heeft verteld?'

En ik knikken.

En Nick vroeg: 'Is Cécile naar buiten gegaan?'

En ik knikken.

En Nick zei: 'Als we haar niet achternagaan, dan wordt het haar dood.'

En ik zei: 'Heb je wel gehoord wat ik zei?' Ik tegen die injectiespuit schoppen, waardoor-ie tegen een plint kletste en als een tol in het rond bleef spinnen, de punt van de naald afwisselend van Nick naar mij naar Nick naar mij. Ik zei: 'Ze wilde je vermóórden.'

Nicks gezicht kreeg iets afstandelijks. 'Kun je haar dat echt kwalijk nemen?'

En ik keek naar hem.

En ik dacht: *Jíj zal ook ontdekken hoe het is om te vallen. Om te vallen... en te vallen... en te vallen... en te vallen.*

Ik dacht: *Het vriendje is blind, want het vriendje blijft buiten schot.*

Ik liep langs hem heen en verdomme, als ik daar niet helemaal flauw werd, zo dichtbij als ik hem passeerde. Als ik daar niet helemaal duizelig werd. Toen was ik hem voorbij en de woonkamer in en deed ik die radio weer aan, ik zei dat-ie aan moest blijven tot die hele shitstorm was gaan liggen. Ik zei, dit is je geluidsverduistering. Nick, op een of andere manier leek hij me te begrijpen en stelde geen vragen.

Met trillende lippen zei ik: 'Je hebt gelijk.' Langzaam, een overweging makend, zei ik: 'We kunnen Cécile niet aan haar lot overlaten. Het is niet haar schuld.'

'Precies! Laten we dan...'

'Niet wij,' zei ik. 'Ik ga alleen. Ik wil niet dat jij buiten bent zolang de morose bezig is. Als die berg jou wegzapt en je bent daarbuiten, dan sta ik nergens.'

'Maar... ik wil niet dat je alleen de storm in gaat, Sam. Met wat daar aan de hand is. Straks is haar spoor dichtgesneeuwd. Ik wil niet dat je verdwaalt.'

En ik, ik snákte ernaar om te verdwalen.

Ik zei: 'Luister.' Mijn onvaste stem dwingend niet te breken zei ik: 'Ik heb nog niet veel tijd verloren. Ik doe je Dr. Beats op. Ik ben sterker dan Cécile en ik kan haar nog inhalen. Maar als ik nu niet ga is ze hard op weg daarbuiten haar eigen spookverhaal te worden en met wat je daar naar boven lokt is het *helemaal* geen goeie plek voor jou om op dit moment te zijn.'

Nicks ogen schemerden en de zorg die erin te lezen stond was oprecht. Toch knikte hij langzaam. 'Goed, dat begrijp ik. Heel eerlijk: ik weet sowieso niet of ik ver zou komen. Ik ben nog nooit zo moe geweest in mijn lichaam.'

'*Oh, right*,' zei ik. '*That's on us*. We hebben je gedrugd.'

Hij haperde maar heel even.

Zo snel als ik kon maakte ik me klaar. Daar, in de gang, gereduceerd tot duizend gedachten die je met uiterste krachtinspanning uit je hoofd probeerde te blokken. Sweatpants, sjaal, dikke jas, gestikte fleecehandschoenen uit het laatje van het eigenaarsechtpaar. Nick kwam aanzetten met in zijn ene hand zijn La Sportiva-bergschoenen en in de andere zijn Dr. Beats. Die La Sportiva's twee dikke maten te groot, maar ze hielden de sneeuw in elk geval buiten.

'Ik heb je iPhone,' zei ik, terwijl ik er Spotify op opende. '*Don't ask*, lang verhaal.' Nicks account, het eerste wat je hoorde, fucking Spandau Ballet.

Ik klikte op willekeurig iets anders en zei: 'Blijf binnen.' Lopend naar de voordeur, ik zei: 'Kom me niet achterna. Zelfs als ik niet meteen terug ben. Kom me pas zoeken als de storm is gaan liggen. Beloof me dat, Nick.'

En Nick ellendig met hangende schouders, hij sloeg zijn ogen neer en zei: 'Ik beloof het.'

Ik wendde me tot de deur en maakte aanstalten de koptelefoon op te zetten, maar Nick zei: 'Sam?'

Ik keek om.

'Blijf alsjeblieft hier. Dit is gekkenwerk. Blijf bij mij.'

Ik schudde traag mijn hoofd. Deed de deur open en deinsde niet terug voor de felle wind.

'Maar Sam?'

'Wat?'

'Wees dan voorzichtig.'

Ik zei niets, liet de kussens van de Dr. Beats over mijn oren zakken en ging naar buiten.

12

Het moment dat ik van de veranda stapte, de rand van de duisternis in liep en tot mijn knieën wegzakte in een volmaakte woestenij van sneeuwbanken met Nicks *80's*-Playlist op mijn koptelefoon, voelde als de grootste bevrijding van mijn leven. De eerste stappen die je zette door de waas van voortsnellende sneeuwvlokken, het beuken van de wind die je capuchon onmiddellijk afrukte en Bonnie Tyler die op vol volume 'Total Eclipse of the Heart' zong, het was in één woord sensationeel. Misschien was het omdat Céciles spoor volgend door het ijzige landschap van je plotse twijfel – wie ben ik om een metafoor niet in te koppen als ik er een zie – letterlijk alle mogelijkheden opengooide. Onzekerheid was ook macht. Twijfel gaf je de gelegenheid het fundament onder je leven opnieuw vorm te geven. Wat het ook was: toen ik eenmaal de storm in mijn wangen voelde bijten was ik klaarwakker en springlevend.

Céciles spoor, het waren niet zomaar de delicate voetafdrukken van vrouwengympies. Door de diepte van de sneeuw en hoe je je voeten erdoorheen moest trekken leek het wel het spoor van een yeti. Toch was het nog maar vaag te onderscheiden omdat het zich begon op te vullen met sneeuw. Voorovergebukt volgde ik het de hoek om. Donkere bewegende vormen doemden op in de dwarrelende sneeuwjacht en verdwenen weer. Geleidelijk pasten je ogen zich aan en kon je links en rechts de steile berghelling en de onder sneeuwladingen bedolven lariksen onderscheiden. Het spoor slingerde zich voorbij Castle Rock naar de bosrand en verdween daar in de wildernis.

'*Cécile!*' schreeuwde ik. '*Cécile, kom terug!*'

En je móést wel Bonnie Tyler van je oren trekken om te luisteren, maar al wat je terug hoorde gillen was de morose. De echo's klonken hier zo dichtbij dat ze zich meteen als een zuur bij je naar binnen begonnen te vreten, je cognitieve vaardigheden aantastten en je vermogen uitholden om rationele beslissingen te nemen.

Net toen ik de leren oorkussens weer tegen mijn oren wilde laten veren flitste er iets in mijn ooghoek. Ik hield mijn hoofd stil. Wachtte. Staarde recht vooruit.

Het kwam nog eens. Een vallende flits. Een vallende schreeuw. Verzwolgen door een sneeuwwolk. Nog eens. En nog eens. *Het was overal.* En heel dichtbij. Net achter de eerste sneeuwbanken, maar als je ernaar keek verdwenen ze van je netvliezen.

Wat je vandaag hoort gillen, had Maria gezegd, *is alle ellende van iedereen die daarboven ooit is gestorven.*

Starend in het duister hield ik mezelf voor dat ze zich alleen maar wilden warmen aan mijn leven. Volgens Maria wilden ze je alleen maar omhelzen. Omdat ze het zo koud hadden. Zo verschrikkelijk *kalt... kalt... kalt...*

Die mensen in de badkamer, dacht ik. *Dat waren ze. Ze waren in het chalet. De badkamer stond er vol mee.*

Dit hier was het soort ouderwetse horrorverhaal waar ik als jongetje op zou hebben gekickt. Ik negen jaar en mijn opa smekend zijn verhalen nog griezeliger en nog bloediger te maken, terwijl je wist dat er buiten meer jankte dan alleen de wolven en het *high-pitched* shrieken van de wind. Hier was je pay-off. Het verhaal waar je sinds je kindertijd op had gewacht. Als je wist hoe die verhalen gingen, dan accepteerde je dat Maria's echo's inderdaad de dolende zielen waren van mensen die zich aangetrokken voelden tot de berg waar ze waren gestorven. Dan accepteerde je dat als de wind hun trieste, flakkerende en bijna uitgedoofde bewustzijn mee uit die vallei naar het dorp droeg, het aannemelijk was dat ze de Maudit in Nick konden voelen. Dat ze zich daarom *aan ons chalet* wilden warmen.

En ik, ik wist hoe die verhalen gingen. Als je accepteerde dat echo's waren wat overbleef nadat je al het *goeie* uit zo'n dooie had gereïncarneerd, dan wist je dat het uiteindelijk niet bij warmen zou blijven.

Starend in het duister dacht ik: *Vlucht*. Verstijfd in Céciles yetispoor, ik dacht: *Keer om. Je hebt je creditcard. Je hebt je leven. Waad desnoods het hele stuk door de sneeuw naar beneden tot waar de wegen begaanbaar zijn en lift dan naar de dichtstbijzijnde airport.*

En toch, toen ik in beweging kwam merkte ik dat ik niet omkeerde, maar dat mijn voeten me verder de nacht in leidden. Want soms, zo wist je, lag er nog een laag onder dat verhaal begraven, een laag die erger was dan al het andere.

Een goed horrorverhaal eindigde niet met de dood maar met iets ergers.

Ik volgde Céciles spoor in het bleke schijnsel van Nicks telefoon de wildernis in en daar, met Billy Idol en 'White Wedding' in mijn oren en eindelijk genoeg afstand tussen mij en het chalet om het te durven toelaten, daar hoorde je haar die allerergste gedachte uitspreken: *Je vriendje is een massamoordenaar.* Céciles stem, schel als de wind zelf: *Het vriendje is blind, want het vriendje blijft buiten schot.*

Als eenmaal het zaadje was geplant, kon je nergens anders meer aan denken.

Wás ik blind geweest?

Hád Cécile gelijk gehad?

De gedachte was überhaupt niet in me opgekomen dat Nick iets te maken kon hebben gehad met wat er die nacht in het AMC was gebeurd. Heel eerlijk, door alles wat er daarna was gebeurd was ik het hele voorval alweer bijna vergeten. Toen zo'n pief uit het kabinet na een paar dagen het gerucht van biologisch terrorisme de kop in had gedrukt, hadden zelfs de talkshows het onderwerp met rust gelaten. Dertig doden door de uitbraak van een of andere *seizure*-veroorzakende ziekenhuisbacterie scoorde minder dan een woestijnjihadist met een Ph.D. in virologie. Wat míj het meest erover bijstond was Nicks e-mail over de quarantaine, waarmee ze het blijkbaar de kop in hadden weten te drukken. Ik in New York en Nick die mailde dat-ie in quarantaine was geplaatst op de IC, omdat ze hem hadden willen checken op verdachte symptomen. Maar dat was gewoon protocol geweest.

Ze hadden geen *betrokkenheid* vermoed.

Als er ook maar enig vermoeden had bestaan dat Nick *patient zero* was geweest, dan was-ie nooit een week later met een bos bloemen en een *get-well card* ontslagen.

Right, dacht ik. *Behalve dat zijn artsen natuurlijk niet in de realm van het bovennatuurlijke naar betrokkenheid zouden zoeken.*

Met Pat Benatar en 'Love Is a Battlefield' in mijn oren voelde ik mijn lippen opdrogen in de vrieskou. Kon het waar zijn wat Cécile beweerde? Kon Nick dertig doden op zijn geweten hebben?

Zigzaggend op stijve benen door de sneeuw, elke keer dat ik Céciles naam schreeuwde, elke keer dat ik de koptelefoon heel even van mijn oren trok om te luisteren hoorde ik de echo's dichterbij vallen, en soms zág ik ze, aan de rand van mijn blikveld, dan stonden ze daar tussen de bomen en staarden ze naar me met holle, gapende ogen. En elke keer keek ik weg en trok ik dieper de wildernis in.

De echo's maakten me niet meer bang.

Wat me bang maakte, waren de woorden die Nick op zijn iPad had getypt, de ochtend dat ik wakker was geworden met een buitenboordbeugel van GAMMA-ijzerdraad. Diana Ross en 'Upside Down' in mijn oren en Nicks woorden nog vers in mijn geheugen: *Ik wilde je geen pijn doen. Maar die persoon aan de andere kant van dat raam wilde dat wel. En ik kon hem niet tegenhouden.* Nick, hij had geschreven: *Als het me die dingen kan laten doen, als het me zulke vreselijke dingen kan laten doen, waar eindigt dit dan?*

Wat me bang maakte, was dat ik dat nooit echt had geloofd. Ja, in het begin misschien, maar toen kwam je erachter dat wat hem aanstuurde een natuurkracht was, geen denkend bewustzijn. Een natuurkracht was willoos. Die triggerde alleen je eigen potentieel.

Wat me écht bang maakte, was dat wat voor wreeds het hem ook liet doen, het uit *hemzelf* kwam. Dat het zijn eigen onverwerkte hang-ups waren.

Nick. Mijn Nick. Mijn *perfect-smile*, *emerald-eye* vriendje, die me ooit met een klap tegen de kleedkamerkluisjes van de UvA-gym had geduwd en me had gezoend, en me daarna verlegen had gevraagd of ik mee uit eten wilde. Een massamoordenaar.

Je vriendje is een massamoordenaar.

Nee.

Ik liet me meeslepen. Feit was dat Nick in dat prille begin van zijn revalidatie niet eens in staat was geweest om de plee van zijn eigen ziekenhuiskamer te bereiken. Feit was dat-ie vastgelijnd aan doorzichtige buisjes en een rammelend infuus en trippend op morfine, fysiek niet in staat zou zijn geweest om op *killing spree* door het AMC te trekken. En feit was verdomme dat-ie Nick was. Nick. Ik kende Nick.

Maar was dat zo?

Ja, dat was zo. Kop dicht.

Hij was nooit gewelddadig geworden.

Er waren geen dooien gevallen.

Ik dacht: *En dr. Genet dan?* Ik dacht: *Die arts die naar beneden sprong om te kijken of er ooit een einde zou komen aan het vallen?*

Maar Nick had in coma gelegen. Dr. Genets zelfmoord zou bovendien meer dan een maand na de operatie hebben plaatsgevonden. En wie was je bron? Juist: Cécile Métrailler. Ik had haar verhaal nooit geverifieerd. Als ze het van het begin af aan al in haar bol had gehad, kon ze dit erbij hebben verzonnen.

Bleef de vraag: waarom zou ze zoiets doen? Zuster Cécile, op het laatst was ze misschien overgekookt, maar eerder had ze ons alleen maar geholpen. Ik had haar gemogen. Wat had haar ertoe gedreven dat ze met de gevaarlijkste nacht van het jaar op komst de bergen in was gereden om Nick een dodelijke injectie te geven?

Noodzaak.

Opnieuw voelde ik mijn ingewanden wee worden. Ineens weer Céciles stem, heel dichtbij: *Als hij je eenmaal heeft aangeraakt, als hij je eenmaal heeft vervloekt, dan dringt hij je hoofd binnen en gaat hij daar niet meer weg.* Céciles stem, zélf een vloek: *Hij laat je vallen.*

Ik schrok op en bleef staan. Rukte mijn Dr. Beats af. De storm raasde onverminderd voort, maar de echo's leken nu verder weg te klinken. Of werd ik voor de gek gehouden? Als je om je heen keek was er niets te zien, niets waar je vandaan kwam. Geen dal, geen bergen. Niets dan de desolate nachtvloed op de dichtbeboste helling. Niets dan gure vrieslucht die brandde in je luchtpijp. Nu pas besefte ik hoe uitgeput ik was, hoeveel kracht het me had gekost om door de diepe sneeuw te ploeteren. De storm, hij beukte op me in en maakte mijn handen gevoelloos. Mijn gedachten vloeibaar.

Céciles spoor was weg.

Ik keek om me heen. Het was er gewoon niet.

'*Cécile!*' schreeuwde ik weer, maar zonder overtuiging. De nacht had haar opgeslokt. Of het spoor nou was dichtgesneeuwd of dat ik het was kwijtgeraakt, het resultaat was hetzelfde. Ik was haar kwijt. En tegelijkertijd besefte ik met mijn uitgeholde geest dat het me nooit om het vinden van Cécile te doen was geweest. Dit was mijn eigen vlucht. Verdwalen gaf me macht. Controle.

Het tegenovergestelde van wat Cécile had bedoeld met 'vallen'.

Queen en 'Another One Bites the Dust' in mijn oren en ik zette me weer in beweging. Lionel Richie en 'All Night Long', George Michael en 'Faith', de kou en het aanhoudende tumult van de storm beukten de tijd vloeibaar. Michael Jackson en Kim Wilde en Paul Simon, de hele storm en de reden dat ik hier was zeiden me niets meer, de muziek zei me niets meer, het was alleen maar een mix van geluiden die soms vervaagden en dan weer helder werden. Die gozer die steeds met gevoelloze handen het trekkoord van mijn capuchon aantrok, ik herkende hem niet. De rijp van zijn bevroren ademhaling op mijn sjaal was niet de mijne. Het moeten uren zijn geweest dat ik zo voortdoolde. Zowel de accu van mijn Dr. Beats als die van Nicks iPhone gaf in de loop van de nacht de geest, maar ik herinner me niets anders meer dan de hypnotiserende wind. Misschien was de morose gaan liggen, of was ik te ver van de monding van de vallei gedwaald om zijn echo's nog te horen. Alles wat ik nog kende was macht, de macht van het voortgaan. Er zou letterlijk een muur voor nodig zijn geweest om me tegen te houden.

Die kwam. Ik botste er letterlijk tegenop.

Je merkte het pas op het laatste moment. Een luwte in de storm. De wind die iets ging liggen. Toen zag je hem opdoemen uit het duister, pal voor je. Onmetelijk hoog. Onmetelijk breed. Een grauwe, betonnen kolos. Als ik dood was en aan de hemelpoort stond, was Gods idee van het paradijs behoorlijk stalinistisch.

Hier stopte mijn queeste. Hier zou ik sterven of herboren worden. Ik trok mijn stijf bevroren fleecehandschoenen uit. De palmen van mijn handen rood en wasachtig, ik legde ze tegen het beton. Voelde het vibreren. Een diepe, donkere vibratie die door mijn hele lichaam ging, alsof er ver achter die muur een gigantische, demonische generator draaide. Ik verbeeldde me dat wat hier vibreerde het ademen van de bergen zelf was.

Na een tijdje legde ik ook mijn wang tegen de muur, om er helemaal in op te gaan.

13

Zomaar een moment, niets in het bijzonder, de volgende ochtend. Je bent wakker geworden, of wat daarvoor doorgaat. Het moment zelf herken je niet als zodanig. Alleen dat je je opeens bewust wordt dat je naar een stil, besneeuwd berglandschap ligt te staren. Je hebt een vage gewaarwording van het leven van de atmosferische getijden in de ruimte boven je. Een eindeloos eb en vloed op de horizon van het universum. Maar als je wakker bent is het licht. De nacht is ongemerkt overgegaan in de dag. De storm is gaan liggen.

De dimensies zijn grenzeloos. De stille hemel, grenzeloos. De bergen, enorm. De muur waar je tegenaan zit, die je herkent als de stuwdam van Moiry, immens. Je bent in een land van reuzen.

En in al hun stille volmaaktheid, begin je de bergen eindelijk mooi te vinden.

Het duurt nog lang voor je jezelf genoeg bij elkaar hebt geraapt dat je aan de lange afdaling kunt beginnen. Voor je genoeg gevoel in je ledematen hebt geklopt en gewreven dat het bloed gaat stromen en je in staat bent om op te staan. Pijn voel je niet. Je lippen ook niet, trouwens. Of je oren. Je neus. Alleen een algehele, loodzware moeheid. Je hoofd is vreemd leeg.

Dat blijft zo als je je door dat vreemde, stille dal beweegt. De hemel is effen wit en houdt zijn adem in. Soms laten de bergen lawines los, maar ze raken je niet.

Pas als je bijna terug bent in de bewoonde wereld, als je met de bocht van het dal mee bent gebogen en je onder aan de beboste helling het chalet ziet liggen en de weg van gepolijst ijs die naar het dorp slingert, zie je dat iemand je in de verte tegemoetkomt. Eerst denk je dat het Nick is, dan zie je het delicate postuur en denk je Cécile. De figuur rent door de sneeuw, struikelt soms, valt dan op de knieën.

Pas op het laatste moment zie je dat het Cécile niet is. Ze komt huilend op je af.

En ik zeg: 'Julia?'

En ik val in haar armen.

The Great God Pan:

Digitale dagboekfragmenten van Nick Grevers

I knew I had looked into the eyes of a lost soul, Austin, the man's outward form remained, but all hell was within it.
– Arthur Machen

I

november????

Bijna voorbij nu. Voel ik. Zíé ik letterlijk. Er zit een waas voor mijn ogen. Een bleke, doorzichtige nevel, een staar op mijn geest. Alles verdwijnt erachter. Ik ben aan het vervagen in een groot en blind niets!

Kan er niets tegen beginnen. Wanhopig en heel letterlijk probeer ik me vast te grijpen aan de wereld. Aan de rand van mijn bed, aan het bureau of zelfs maar de laptop waarop ik typ. Maar de geluiden van het huis worden doffer en ik hoor in mijn hoofd steeds luider het huilen van de wind uit de bergen. Ondraaglijk benauwd. De desoriëntatie is verstikkend. De stijve omhelzing van het niets, het naderende wit van de absolute oneindigheid en de tastbare aanwezigheid van de Maudit vlak achter mijn gezicht: het brengt gruwelijke, onduldbare angst met zich mee.

Zo wil ik niet leven maar...

Negen dagen nog.

Negen dagen tot mijn operatie.

Zo lang hou ik het nooit vol!!! Zal wel moeten maar druk achter gezicht is nooit heviger geweest. Kan niet veel langer de baas. Voel dat ik word weggedrukt en dat is

2

(later)
Weer mezelf. Drijfnat van het zweet. Oxa genomen en ietsje helderder nu. Iets.

Cécile is er niet meer. Ze is de nacht in gelopen en verdwenen, wat betekent dat ze dood is. Net vloog er een reddingshelikopter over, maar die ging in de richting van het stuwmeer, niet naar de vallei van de Maudit, en hij was ook zo weer weg. Het lijkt meer voor de vorm te zijn geweest dan dat ze een echte zoekactie hebben ingesteld. Zodat ze tegen nabestaanden kunnen zeggen dat ze zijn uitgevlogen. Eerder kwamen er twee agenten van de Police Cantonale langs en die hebben Sam vragen gesteld. Ook zij vertrokken binnen tien minuten weer en namen Céciles bezittingen mee. Even later kwam een transportwagen haar Peugeot opladen en wegvoeren en dat was dat. Hetzelfde doofpotwerk als bij Augustin. Ze wéten dat er hier op z'n tijd mensen verdwijnen. Het is een ingecalculeerd verlies.

Alleen kan ik dat verlies niet zomaar voor lief nemen. Want ik ben ervoor verantwoordelijk.

Volgens Sam was Cécile hiernaartoe gekomen om mij te doden. Hij zei dat ze afgelopen augustus uit het ziekenhuis is gevlucht toen ze in Lausanne mijn verband verschoonde en op het laatst zou hebben gezegd sindsdien te 'vallen'. Of dat me iets zei. Nee dus. Sam keek me lang aan. Blik verontrustte me. Weet niet of hij me nog gelooft. En al zweer ik met mijn hand op mijn hart dat ik er niets bewust van weet, hoelang kan ik me daar nog achter blijven verschuilen? Als de Maudit iets met haar heeft gedaan – dat onheilspellende woord 'vallen' schiet steeds weer door mijn gedachten – dan heeft het dat in míjn hoofd gedaan. Met míjn geest. Hoe langer ik erover nadenk, hoe meer ik ervan overtuigd raak dat ik dat in Sams ogen zag, toen hij naar me keek.

Het gaat niet goed met Sam. Maar Julia is uit New York overgekomen! Godzijdank. Reddende engel. En zo onverwacht. Zou wel eens gunstig kunnen uitpakken, want misschien krijgt zij Sam zover om met haar mee terug te gaan. Wil niet dat hij hier is als er iets gebeurt. Als gebeurt wat ik denk dat er gaat gebeuren. Sam mag geen gevaar lopen.

Cécile. Dood. Ik hoop met heel mijn hart dat ze rust heeft gevonden. *Maar wat bedoelde ze met vallen???*

Heb ik haar

O hel palles is wit Zie ht toetsenbors nauweljiks

3

(nog later)

Werd wakker bij de beek. Geen verband. Druk afgenomen, maar nevel voor mijn ogen was er nog altijd. Rillend van de kou, kroop ik op handen en knieën door de sneeuw naar de oever en keek naar mijn vertekende reflectie. Het snelstromende water veranderde mijn gezicht in iets monsterlijkers dan het al was. Schreeuwde ertegen. Maakte het uit voor al het lelijke in de wereld.

Er gebeurde iets vreemds. Kneep mijn ogen samen tegen de waas en toen ik ze weer opende zag ik niet mijn eigen spiegelbeeld terugstaren in het oppervlak van de beek, maar de gehoornde kop van een steenbok. In een reflex hief ik mijn hand en tastte naar mijn gezicht en in het water zag ik mijn spiegelbeeldhand naar de grotesk verbrijzelde snuit tasten. Deze bungelde met een pezig stuk huid aan een donker, bloederig gat. *En ik herkende haar.* Ik keek ernaar en ze keek roerloos naar me terug met honingkleurige geitenogen.

Misschien had ik altijd al geweten dat ze zou terugkomen. Alles waar je verantwoordelijk voor bent, komt uiteindelijk bij je terug.

Kom tot mij, zei het steenbokvrouwtje in mijn reflectie. *Geef je aan me over.*

Ze sprak helder en duidelijk, al bewoog haar verminkte snuit niet. Ik hoorde haar woorden midden in mijn hoofd, precies op de plek waar de Maudit zich schuilhield. Precies op de plek vanwaaruit, al die jaren geleden, de Punta Rossa tot me was gaan spreken om me de wildernis in te lokken.

Ik was het zelf.

'Wat wil je?' stamelde ik, hoewel ik dat precies wist. Had de neiging bij de beek weg te krabbelen, maar zat als bevroren. Kon mijn blik niet lostrekken van de glazige, dromerige ogen van de steenbok.

Het is je natuur, zei het wezen in mijn hoofd en ik hoorde de honger in haar stem. *Omarm het. Dan zal alles goed zijn.*

Hoewel ik nog steeds niet bewoog, zag ik haar weerspiegeling groter worden. Dichterbij komen. Alsof ze me wilde opslokken. Haar gerimpelde hoorns dijden uit door het golvende wateroppervlak. Kermend, met een stem die ik nauwelijks herkende, greep ik om me heen. Greep een kei. Smeet hem er blindelings naartoe. Ik spatte de reflectie kapot.

Het werd stil.

Toen ik weer keek zag ik gewoon weer mijn eigen spiegelbeeld in de beek. Aan de overkant hingen dennentakken stil onder zware ladingen sneeuw. Toch dacht ik vaag een dierlijke lucht te ruiken in de wind en bekroop me het gevoel dat vanuit het bos die glazige, honingkleurige ogen naar me loerden. Draaide me snel om en liep naar huis.

Dit is niet mijn natuur. De Maudit is niet mijn natuur. Ik had het kunnen omarmen, maar ik was het de baas. Dat betekent dat er een kans voor me is, toch? En het lot móét wel aan mijn kant staan, want zodra ik onder de douche vandaan kwam en me had opgewarmd ging mijn telefoon. De kliniek in Montreux. Er is een plek vrijgekomen omdat iemand last minute is uitgevallen. Alsof het de voorzienigheid is! Mijn littekenreconstructie stond pas over negen dagen gepland, maar ik kan nu overmorgen terecht. Overmorgen! En morgen consult! Dat moet toch haast wel betekenen dat het geluk aan mijn zijde staat!?

Er zit iets lelijks in me. En vanaf het allereerste begin heb ik geweten dat het verband houdt met dat lelijke, verminkte gezicht. Nou, snij het er dan maar uit. Haal het maar weg. Ik neem een risico, een heel groot risico misschien, maar na wat ik heb gezien achter het taxidermiewinkeltje van Andenmatten weet ik dat het mijn enige kans is.

Zal oxa's nemen. Zal mijn gezicht in ijswater dompelen voor het verband eraf moet. Zodat het er niet uit komt. Alles om het te onderdrukken. Over de operatie zelf maak ik me geen zorgen, want dan ben ik onder narcose.

Twee dagen moet lukken...

Alles lijkt op z'n plek te vallen. De timing. Julia die hier is, om Sam af te leiden zodat ik ongezien kan wegkomen. Toeval? Misschien, maar mag ik niet ook een beetje in lotsbestemming geloven?

4

9 november

Gisteravond afscheid genomen van Sam. Meest afschuwelijke moment van mijn leven, want het vóélde als een afscheid, een definitief afscheid en kon hem niets laten weten! Stond op het punt hem te vertellen over operatie, maar kon het niet. Risico te groot. Zal me willen tegenhouden.

O, lieve Sam! Een afscheid van mijn leven kan ik accepteren, maar niet een afscheid van jou. Nooit heb ik me ook maar voor kunnen stellen dat jij en ik niet samen oud zouden worden. Sam Grevers en Nick Avery, voor nu en voor altijd. Had ik maar naar je geluisterd! Was ik maar nooit de bergen in gegaan!

Gehuild in mijn slaap. Net wakker geworden. Lethargisch. Sam lag niet naast me. Maudit vlakbij, voel het. Er ligt een mist over de wereld die zich uitstrekt naar alle kanten. Kan de gletsjerwind horen huilen aan de rand van de horizon, en mijn horizon wordt kleiner en kleiner.

Boven wezen kijken. Sam is weg met de Focus. Als hij straks terug is ga ik rijden.

(later)

Waar blijft hij toch, verdomme??? Kan nu niet veel langer meer wachten

(nog later)

Nu of nooit. Julia is naar het dorp gaan wandelen. Sam nog steeds weg met de Focus maar Julia's huurauto staat voor de deur en sleutel ligt op salontafel. Kust is veilig om ongezien weg te komen

Kan ik autorijden in deze staat? Het moet maar

Dag Grimentz, dag Val d'Anniviers, dag Maudit

Laat dit a.u.b. niet mijn laatste aantekening zijn in dit document!

Lieve Sam, als ik niet meer terugkom: weet dat ik van je hou. Voor nu en voor altijd

In the Hills, the Cities

Aantekeningen van Sam Avery

And if it killed them, this monster, then at least they would have glimpsed a miracle, known this terrible majesty for a brief moment.
– Clive Barker

I

The stage was set. Broer en zus. Terug in de bergen. Terug in een cabin. Ingesneeuwd, een vuur knapperend in de haard. Een spookverhaal tussen ons in. Een hálf spookverhaal – want niemand vertelde ooit, ooit, ooit het hele verhaal.

Ergens hadden we een verkeerde afslag genomen.

Ergens waren we terug bij af.

Na het telefoontje van Louise Grevers kwam ik de kamer binnen en zag ik Julia naar me kijken. Julia en ik in Hill House en het enige wat eraan ontbrak was het zachte, knusse tikken van oma's breinaalden. De smaak van oma's blueberrywafels in onze adem. Opa's oudemannenstem die zei: *Eens, lang geleden...*

En Julia naar me kijken, dwars bij me naar binnen kijken met haar blueberryblauwe ogen, ze zei: 'Dat was geen goed nieuws, hè?' Haar Tumi-travelpack tussen haar sloffen en Ramses spinnend op schoot, ze zei: 'Wil je erover praten?'

En ik zei, ik weet het niet. Ik helemaal shaky, ik wist het echt niet. Neerzakkend op de armleuning van de bank, misgrijpend toen ik de rugleuning wilde beetpakken voor wat evenwicht.

'Je moet toch een keuze gaan maken,' zei Julia. 'Wat ga je doen? Wat je de afgelopen tijd ook hebt geprobeerd, het heeft je niet verder gebracht. Je gaat er al zo lang aan onderdoor. En nu is het volkomen uit de hand gelopen.'

Mijn zusje, mijn complete inventaris aan mensen die me nog konden redden op dit moment – en ik durfde haar niet in de ogen te kijken.

'Er wordt een vrouw vermist,' zei ze. 'Waarschijnlijk is ze dood en jij hebt erover gelogen tegen de politie.' Uitdagend probeerde ze mijn blik te vangen, ze zei: 'Of tegen mij.'

Ik had niet tegen haar gelogen, protesteerde ik.

'Je hebt me ook niet alles verteld. En dat hoeft ook niet,' voegde ze er meteen aan toe. Julia die Ramses achter zijn oren krauwde, de kat strekte zich volledig uit in een houding die een duidelijke middelvinger was naar mij. 'Sam, ik ben je zus. Ik kén je. Beter dan wie ook, zou ik durven zeggen, hoe close je ook bent met Nick. En ik weet dat als je bewust tegen de politie hebt verzwegen dat Cécile hier was om Nick iets aan te doen, je daar een goede reden voor zult hebben gehad. En niet om je eigen straatje schoon te vegen.'

Julia en ik in Hill House, in de haard knapte een blok en het enige wat eraan ontbrak was ik in een lendendoekje en een haardtang in mijn hand. Dr. Jingles, Twig en Porcupiny voor me uitgestald op het tapijt. Mijn beer, mijn stuk geknuffelde ondefinieerbare íéts en mijn stekelvarken.

Wat in mijn wereld doorging voor de mensheid.

Het enige wat eraan ontbrak, de woorden: *Laat mij, de grote Prometheus, jullie het vuur brengen!*

Julia, ze had een halve wereld verzet om mij te komen opvangen. En godsamme, ze had ook niet een dagje later moeten komen. Tegen de tijd dat ik haar op de helling boven het chalet in de armen was gevallen had ik compleet aan de grond gezeten.

'Sam!' had ze steeds maar weer geroepen. 'O mijn god Sam, ik ben zo blij dat ik je heb gevonden!' Steeds maar weer mijn gezicht betastend alsof ze zich ervan had moeten vergewissen dat ik echt was en niet een of andere geestverschijning. Mijn stijf bevroren wangen onder haar doorbloede vingertoppen en ik steeds weer haar naam prevelend, nauwelijks gelovend dat zíj echt kon zijn.

Kijk, op dat punt was er geen plan meer voor mij geweest. Mijn hele identiteit opgehangen aan het idee van Nick en ik, weggevaagd in het licht van de voorbije nacht. Naar het dal lopen was puur een fysieke overlevingsimpuls geweest, maar wat ik zou doen als ik dat had bereikt? *God knows*. Hikikomori klonk aantrekkelijk. Algehele sociale terugtrekking. Wee, de Japanners en hun weltschmerz.

Julia mijn gezicht maar aanraken, ze had gezegd: 'Ik maakte me zoveel zorgen nadat ons FaceTime-gesprek werd afgesneden. Hoe Nick op je afkwam... het was helemaal mis. Dat voelde ik aan alles.'

Of ik in orde was geweest. Waar ik vandaan was gekomen, waarom was ik niet bereikbaar geweest. Waar was Nick. Vragen, vragen, vragen.

'Die vrouw, Sam,' had ze gezegd. 'Die vrouw in de hoek van de kamer. Wie was dat?'

En ik had gezegd: 'Er was geen vrouw.'

Julia, toen eenmaal de avond was gevallen in New York had het haar niet meer losgelaten. Ze had pa gebeld en die ouwe had gezegd: ga. Als je er echt van overtuigd bent dat-ie gevaar loopt, ga dan en zorg dat-ie veilig is.

'Ik was te laat voor de avondvluchten naar Europa,' had Julia gezegd, 'maar er was één vlucht gisterochtend die me dezelfde dag nog in Zwitserland zou krijgen. Vanaf Boston via Heathrow, en zelfs dan was de overstap zo krap dat ik hem waarschijnlijk zou missen. Maar pa boekte een businessticket om me voorin in de rij te krijgen en zei: ga ervoor.' Julia, hoe ze daar voor de opening van het witte dal had gestaan had ze haar tranen weggeveegd en gezegd: 'Ik haalde de connectie net. En ook alleen maar omdat de vlucht naar Genève was vertraagd.'

Het was al na elven geweest toen ze daar was aangekomen en toen was mijn appje van gistermiddag wel binnengekomen op haar telefoon – *Ben in orde,* BEL ME – maar ik was opnieuw onbereikbaar geweest. Ik, op dat moment dwalend in mijn delirium, echt, fuck Swisscom in een sneeuwstorm. In Genève was die gozer van Hertz ondertussen al bezig af te sluiten toen Julia de drempel over was komen struikelen. Die gozer, hij had gevraagd waar ze naartoe moest en toen Julia zei Grimentz had-ie gezegd, daar ga je nevernooit-niet meer komen vannacht. De wegen in de bergen potdicht. Vanwege de sneeuw. 'Ik huilde van frustratie en toen heeft hij me toch maar een wagen meegegeven, want hij zei dat hij nog nooit iemand had gezien die zo dringend ergens naartoe leek te moeten. Maar hij drong erop aan dat ik voorzichtig moest zijn.' Julia, ze had gezegd: 'Ik heb het geprobeerd, Sam. Ik heb het echt geprobeerd. Maar in de bergen was er niet tegenop te strooien. Zelfs niet op de snelweg. Ik heb moeten opgeven en een hotel genomen. Echt, ik heb het geprobeerd, maar ik was zo verschrikkelijk moe...'

En ik, zacht ei, ik een brok in mijn keel. 'Dat maakt toch niet uit, zusje!' Ik glimlachen en zeggen: 'Je bent er. Je hebt het gehaald. Ik ben zo blij dat je bent gekomen.'

Vanmorgen, de weg vrij geploegd en hoppa, zij naar boven. Het adres had ze uit de algemene mail over ons verblijf in Zwitserland gevist. De luiken potdicht en het was puur intuïtie geweest dat ze een eind voorbij het chalet was gelopen toen er niemand had opengedaan, zich bedenkend wat ze nu moest doen. En daar was haar antwoord door de sneeuw aan komen wankelen.

Ik had haar geknuffeld, natuurlijk. Haar bedolven onder de *thank you's*.

'Bedank pa maar, Sam. Serieus. Het is dankzij hem dat ik hier ben. Hij heeft me om twee uur 's nachts opgehaald van NYU en naar Logan gereden.'

'Pa heeft je...' O fuck. Nu had ik mijn gezicht in de wind moeten draaien om de tranen te stelpen die opwelden in mijn ogen.

'Hij zei: "Haal hem naar huis, Julia." En dat ben ik van plan te doen.'

Dat was allemaal vanmorgen.

Daarna, al die praktische rambam. Het belletje naar 1414 om Céciles vermissing door te geven. Opwarmen. Het halfbakken gesprek met de Police Cantonale. Die agent die vlak voor-ie vertrok zei: 'Godgloeiende, het kan hier 's nachts behoorlijk spoken, maar het is niets om je druk om te maken.'

Oké, dat ik bewijsmateriaal had zitten verduisteren was misschien iets om je een béétje druk om te maken – Céciles injectienaalden en ampullen mikte ik in de open haard; de stungun had ze waarschijnlijk bij zich gehad toen ze de nacht in was gerend. Heel eerlijk: ik had ook al haar iPhone gereset en mijn eigen sim erin gedrukt en hem niet met de rest van haar spullen meegegeven. Tikje onethisch misschien, maar zíj was gekomen om Nick te vermoorden en ik hád een iPhone nodig, dus welbeschouwd was het zelfverdediging.

En toen was het telefoontje gekomen van Louise Grevers.

2

Ze belde net toen Julia en ik stonden toe te kijken hoe Céciles Peugeot werd weggesleept. Nog voor ik opnam wist ik dat het slecht nieuws zou zijn. Niet om het een of ander, maar na dit alles wist je gewoon dat slecht nieuws een gevoel voor timing had.

'Wat is het goed om je stem te horen,' klonk mijn schoonmoeders stem, toen ik me had afgezonderd in de keuken. 'Ik hoorde op het nieuws over al die sneeuwval in de Alpen. Dat het zo vroeg is dit jaar.' Louise, ze zei: 'Ze spraken van overlast, maar voor jullie, lekker warm in het chalet, zou ik me kunnen voorstellen dat het buiten nu net het landschap uit een sprookje is.'

Dat was het zeker, zei ik. Een van die slechte, waar je doodvroor in een behekst bos. Dat zei ik niet.

Of het goed met me ging. Of ik een beetje mijn draai had kunnen vinden in Zwitserland en of het allemaal een beetje was bezonken wat ons allemaal was overkomen. Pas na al die dingen vroeg ze naar Nick. Zo is ze, Louise Grevers. We willen allemaal af en toe een stemmetje in ons hoofd horen dat je vertelt dat je het kunt en dat je het goed doet. Dat stemmetje, bij mij was het van vlees en bloed en dronk het algenshakes.

'Harm en ik maken ons zorgen,' zei Louise. Nick had al een tijdje niet meer op hun berichten en oproepen gereageerd. 'Ik heb het gevoel dat hij momenteel in een moeilijke fase zit,' zei ze. 'Weet jij misschien of dat klopt?'

Sja, hij ging door een diep dal, zei je. Er moest nog een enorme berg worden verzet, zei je. Ik de perfecte schoonzoon, gouden goudeerlijk. Niets waar niet aan gewerkt kon worden, zei je. Goed, een kleine asterisk: je ging een moeder niet vertellen dat haar zoon misschien al wel te veel schade had aangericht. Dat het misschien al wel te laat was voor zijn exorcisme.

'Echt,' zei ik, 'hij zal dolblij zijn te horen dat jullie aan hem denken.'

Nick, op dit moment lag-ie beneden. Te rusten. Of de Maudit had hem weer uitgefaseerd. Zoiets – zeker wist je het niet. Thuiskomst was compleet *awkward* geweest. Hij had op de bank zijn oxazepams liggen uitslapen, de radio nog altijd op die jodelzender. Had niet eens gemerkt dat ik de hele nacht weg was geweest. Verward had-ie uit zijn rozenslaapje opgekeken, Julia gezien en gezegd: 'Julia?' Afweziger dan anders. Julia's komst in elk geval voldoende afleiding dat-ie mijn afstandelijkheid niet opmerkte. Hoopte ik dan.

Met al die andere dingen had ik kunnen dealen... maar niet met Nick.

Niet als ik geen uitsluitsel had.

Louises stem, aan de andere kant van al die verhalen die je niet vertelde: 'Nou, laat hem nu maar even rusten dan. Weet jij of Nick nog steeds van plan is zich te laten opereren aan zijn litteken?' Daar had-ie het met Harm over gehad, zei ze. 'Het staat geloof ik gepland voor volgende week, of de week erna, maar we hebben er al een tijdje niets meer over gehoord.'

En ik, uitkijkend over het vrijgeploegde weggetje naar het dal en denkend dat een operatie voor Nick het slechtste idee aller tijden zou zijn, ik zei dat-ie nog twijfelde.

'Dat moet hij ons zelf dan maar vertellen, hè.' Louise zei: 'Zou je willen zeggen dat ik heb gebeld?'

O ja, ze was de planten gaan watergeven en de post gaan ophalen. Er was een dringende oproep voor Nick om zijn kwartaalaangifte te doen. Een brief voor mij van de UvA, of ze die voor me moest openmaken?

En een rouwkaart. Dat was zo'n triest verhaal, zei ze.

Daar had je het.

Rosalie Timbergen, zei ze. Een kindje dat een paar huizen verderop in de straat had gewoond. Drie nog maar. Of we de familie Timbergen goed kenden?

En ik hoorde mezelf zeggen, niet goed nee. Hoorde mezelf zeggen, ik zag haar wel eens voorbij komen op haar driewielertje. Hoorde mijn hart bonken, *kadoeng-kadoeng-kadoeng*.

Wat ik voor me zag, het rood aangelopen gezicht van Loes Timbergen in de deuropening terwijl ze snauwde: *Hij heeft haar de stuipen op het lijf gejaagd met dat masker van hem!* De oprecht angstige uitdrukking in de ogen van die moeder terwijl ze zei: *Ze is helemaal uit haar doen geraakt, ze is er ziek van...*

'Ik kwam Adelheid op de stoep tegen,' zei Louise. Natuurlijk. Onze buurvrouw van rechts en roddelkoningin van Amsterdam-Zuid. 'Ze was naar de uitvaart geweest op Zorgvlied. Het moet echt afschuwelijk zijn geweest, ik kon zien dat ze was aangeslagen toen ze erover sprak. Zo jong nog, dat kindje. En dan die ouders, ontroostbaar...'

Wat ik mezelf hoorde zeggen, voor ik die deur in Loes' gezicht had dichtgesmeten: *Het is niet Nicks schuld dat ze ziek is, oké?*

Het is niet Nicks schuld.

Het had een griepje geleken, had Adelheid gezegd. Misselijkheid, duizeligheid, braken. Het was steeds weer teruggekomen en ze had niet op pijnstillers gereageerd. De huisarts had geen directe oorzaak kunnen vinden, maar had zich geen zorgen gemaakt. Gevalletje verminderde weerstand. Het heerste, tenslotte. Onder de wol ermee, uitgeperste sinaasappeltjes, gemberthee en grootmoeders kippensoep. En toen waren de longetjes volgelopen en was ze verdronken in haar eigen lichaamsvocht.

'Het was longoedeem,' zei Louise. 'Ze waren er te laat bij, het ambulancepersoneel kon niets meer voor haar doen. Als er een andere diagnose was gesteld, hadden ze er misschien op tijd bij kunnen zijn...'

Terwijl mijn blikveld begon te schemeren hoorde ik mezelf zeggen: *Het is niet Nicks schuld dat ze ziek is, oké?*

Mijn blikveld vernauwde zich tot een steeds smaller wordende tunnel, ik hoorde Louise zeggen: 'Volgens Adelheid stonden de doktoren voor een raadsel...'

Longoedeem.

Ik had er pas nog over gelezen. Want longoedeem was waar je aan stierf bij acute hoogteziekte. Je longen begonnen te lekken. Op het laatst je hersenen.

Waar doktoren niet aan dachten, want Amsterdam lag op exact 0 meter N.A.P.

'Je moet er niet aan denken om je kind te verliezen,' zei Louise. 'Wat dat betreft mogen we dankbaar zijn dat we Nick nog hebben, nietwaar?'

Ja, zei ik. Zo dankbaar.

3

Dus daar zaten we. Julia en ik, terug in de bergen. Terug in een cabin. Alsof we de Panther Mile nooit helemaal waren afgedaald.

'Wat zou je doen,' zei ik, 'als je vermoedde dat de persoon van wie je hield iets verschrikkelijks had gedaan? Echt iets verschrikkelijks.' Hardop denkend terwijl ik sprak, ik zei: 'Hij was misschien niet helemaal zichzelf terwijl hij het deed... beperkt toerekeningsvatbaar, zou je kunnen zeggen. En je denkt ook datie het niet nog eens zou doen, dat-ie nu meer controle heeft over de impulsen die het hem lieten doen. Maar toch. Het is gebeurd, en je hebt heel sterk het vermoeden dat hij het op zijn geweten heeft. Wat zou je doen?'

Julia, ze twijfelde geen moment. 'Ik zou eerst heel zeker willen weten of het echt zo is. Ik zou het niet over mijn hart kunnen verkrijgen om iemand vals te beschuldigen.'

'Dus bewijs vergaren.'

Ja.

'En dan?'

'Dan zou ik hem confronteren. Als dat mogelijk is, tenminste. Vragen waarom hij het heeft gedaan. Dat zou ik willen weten. En daarna hangt het af van de omstandigheden. Wat er is gebeurd. Of er kans bestaat op herhaling. Wie er zijn benadeeld. Maar dan zou ik toch op een of andere manier het recht laten zegevieren. Zeker als er anderen bij zijn betrokken.' Ze keek me aan. 'En zelfs als het ten koste ging van mezelf. Van mijn liefde voor hem.'

Ik had ineens het gevoel dat ik moest huilen. Julia zag het en pakte mijn handen vast, waardoor Ramses van haar schoot sprong. Julia plotseling heel dichtbij, ze zei: 'Broertje, wat het ook is, je kunt dit aan. Je bent sterk.'

Dat was ik niet.

'Dat ben je wel. En ik kan het weten.' Julia, heel dichtbij: 'We zijn samen ooit door een hel gegaan, weet je nog? Je hebt me uit een brandend huis gered.'

Was dát hoe ze het zich herinnerde?

Julia zei: 'Je bent altijd mijn held geweest, Sam.'

Ik rukte me los. Rukte me los en stond op. Ik, een held. Flikker toch op. Of er kans bestond op herhaling? Dit alles was *een en al* herhaling. Niets anders dan hetzelfde verhaal dat je keer op keer vertelde. Hoe je in je jeugd iets verschrikkelijks had gedaan en je leven leefde in de hoop dat je ooit de kans kreeg om boete te doen. Om iets recht te zetten. Hier was je kans, en je had het verkloot. Dr. Genet. Cécile Métrailler. *Een fucking kind van drie.* Om nog maar te zwijgen over al die mensen in het AMC. *Ik had erbij gestaan en ik had het niet gezien.*

Ik had niets gedaan om te voorkomen dat Nick al die mensen de dood in had gejaagd.

Ik en mijn escapades. Ik had het monster in hem gewekt. Ik had het monster in hem volwassen gemaakt. Nu stond je te kijken hoe het vuur om zich heen greep. Ik, de vader van het vuur, en alles wat eraan ontbrak was oma die gilde. Opa die als een rokende fakkel in de sneeuw vooroverviel.

Hoe het leven je in cirkels leidde en je pas echt een *fail* was als je een herkansing kreeg toegeworpen die je niet pakte.

Ik was geen held. Ik was het monster.

Julia, ze beet op haar lip en zei: 'Ik heb iets voor je meegebracht.'

Ze bukte en nam haar Tumi-travelpack op schoot. Opende de rits van het hoofdcompartiment.

Wat ze eruit haalde, dat zou je nog niet geloven als je moeder het je vertelde.

Ik was zo'n kind geweest dat nooit gewoon maar één knuffelbeest had. Zou je in mijn New Yorkse slaapkamertje zijn gekomen tussen die winter van Huckleberry Wall en pakweg mijn puberteit, dan zou je hebben gezien dat het er vól stond met pluchen olifanten. Pluchen aapjes. Een pluchen T-Rex. En allemaal afdankertjes, hè. Die panda's misten ogen. Mijn eendje was platgedrukt. Oren rafelden. Vachtjes waren versleten. Ma Avery vroeg een keer hoe het toch kwam dat ik alleen maar van die mislukkelingen met gescheurde naden had en Pa Avery zei, laat het kind, hij kiest de kant van de underdog, dat spreekt voor zijn karakter. Tot-ie op een dag mijn kamertje binnenkwam en zag hoe ik met mijn Hasbro *lightsaber* een volmaakt pluchen zeehondje doodknuppelde. Hoe ik de vulling uit mijn pluchen neushoorn rukte als een stroper op de Serengeti.

Hij is vroegoud, zei de psych. Zo'n diagnose, geef 'm eens ongelijk.

Echt, ik geloof dat er in al die sessies nog niet één glimlachje vanaf had gekund. Alsof je die psych iets ging vertellen. Wat had het voor nut, als zo'n kerel geen rekening hield met het simpele feit dat ieder kind een favoriet knuffelbeest had. Dat ik het mijne met de rest van mijn kindertijd per ongeluk in de hens had gestoken.

En mijn opa. Die had ik ook in de hens gestoken.

Iedereen creëert rekplooien als-ie opgroeit, maar op een gegeven moment is de rek er wel uit. Dan knap je gewoon.

En daarom was het volstrekt onmogelijk wat Julia hier, vijftien jaar later, uit haar Tumi-travelpack haalde.

Dr. Jingles.

Lang, heel lang kon ik niets uitbrengen. Toen zei ik: 'Hoe kom je daaraan?'

'Ik heb hem altijd bij me gehouden,' zei Julia. Krabbend met haar hand achter haar oor. En ik, ik wist genoeg. Ik begreep het al: helemaal geen mysterie. Het was een beer die léék op Dr. Jingles. Hij had dezelfde pluchen golden retriever-vacht. Dezelfde uitnodigende snuit. Dezelfde glanzende ogen. De beer die Julia uit haar tas had gehaald, zijn hele achterhand was verschroeid, alsof-ie met zijn lobbige kont op een barbecue was gaan zitten. Waar je naar keek was een imitatie. Een *clever fake*. Waarom, *who knows*, maar de beer op wie ik het in Huckleberry Wall gloeiende asresten had laten regenen was verdwenen in een woekerend inferno. In rook opgegaan. Gecremeerd, samen met de rest van de mensheid.

Ik nam de teddy van haar over en hield hem voor me.

Die net wat scheefstaande snuit. Die slijtplekken op zijn voorpootjes.

Kijkend naar Julia's beer herinnerde ik me dat de echte Dr. Jingles onder aan zijn rug een scheurtje in de voering had gehad waar je de grijze vulling kon zien zitten. Julia's beer, ik draaide hem om. Onder aan zijn rug zat een scheurtje in de voering waar je de grijze vulling kon zien zitten.

Net boven de rand van de schroeiplek.

Ik drukte mijn neus tegen zijn borst zoals ik als kind altijd had gedaan en inhaleerde diep. Wat ik rook was mezelf. Wat ik rook, het zonlicht door de hoge ramen als je wakker werd op zaterdagochtend. Wat ik rook, de sirenes en het straatrumoer van 2nd Avenue. Zomer en heet en rijden over Montauk Highway naar het Hampton Bays Boy's Camp. Mama die je welterusten kwam kussen. Mijn pyjamajasje met de zeilbootjes. Daar had ik in geen achttien jaar meer aan gedacht.

Brandend vurenhout. Monstervogels die krijsend boven de besneeuwde takken cirkelden, op zoek naar prooi terwijl een grote, rokende duivel ons voorttrok op de slede. Alle dingen waarvoor ik was weggevlucht, al die dingen rook ik.

Het was wél Dr. Jingles.

Ik zei: 'Serieus.' Ik moest mijn keel schrapen voor ik kon zeggen: 'Hoe kom je hieraan? Ik bedoel, wat weet je nog van die nacht?'

Alles beefde. Mijn vingers. Mijn lippen. Alles.

'De paniek, vooral. Jij maakte iedereen wakker en het huis stond vol rook en oma gilde en toen was het paniek. Het staat me nog bij dat ik in een flits Dr. Jingles oppakte, terwijl jij me aan mijn arm mee naar buiten sleurde.'

'Deed ík dat?' En toen, belangrijker: 'Maar waar? Waar vond je hem?'

'O, dat weet ik niet meer. Ik was zes, hè. Ik zie alleen nog het beeld voor me dat ik hem meegriste. Van het bed, neem ik aan. Waar het om gaat...'

Ik zei: 'Daar lag-ie niet.'

'O... ké.'

Het duizelde me. Als Julia Dr. Jingles had meegenomen, dan was hij nooit verbrand. Dan was hoe ik het me al die jaren had herinnerd niet waar. Hoe ík het me herinnerde, opa die gilde dat we naar buiten moesten. Julia en ik meegesleurd aan zíjn hand, ik die een blik over mijn schouder wierp om te zien of er nog sporen waren te zien die me konden ontmaskeren als pyromaan. Sporen van Dr. Jingles, Twig en Porcupiny. Wat ik me herinnerde, de woonkamer één hete, roodgloeiende oven waarin niets kon overleven.

Als je één kaart wegtrok, stortte het hele kaartenhuis in elkaar.

Al. Die. Jaren.

Alles waarin ik had geloofd.

Je hele trauma. Je hele executie.

En Julia zei: 'Luister, Sam. Er is niets wat jij niet kunt doen. Je kunt hier vandaag nog een einde aan maken.' Zei: 'Je moet hier weg. Even los van Nick. Even tot jezelf komen. Dan ga je de dingen helderder zien. Om te doen wat goed is.'

Ze hield Dr. Jingles op en toonde me zijn schroeiplekken. 'Iedereen brandt zich vroeg of laat. Iedereen maakt fouten. Maar zonder jou waren we allemaal gestikt in de rook, Sam. Als jij ons niet had wakker gemaakt waren we hier niet geweest.'

Julia, ze keek me aan en zei: 'Je kunt weer een held zijn.'

4

Google. LinkedIn. Instagram. Facebook. Ogen wijd open, speurend via de juiste profielen, de juiste vriendenlijsten, met de juiste zoektermen. Dat is hoe je bewijs vergaarde. Julia's woorden in je hoofd: *Ik zou eerst heel zeker willen weten of het echt zo is.* Je MacBook op schoot, het zweet glinsterend op je gezicht en Julia's woorden: *Ik zou het niet over mijn hart kunnen verkrijgen om iemand vals te beschuldigen.*

Keukentafelresearch. Halfvier 's middags, Julia op de bank uit haar jetlag aan het powernappen, Dr. Jingles glazig de open haard in starend. Dr. Jingles die eigenlijk miljoenen minuscule asdeeltjes verspreid over de hele Catskills zou moeten zijn en ik, sinds ik mijn ouwe teddy onder ogen was gekomen had ik niet meer warm willen worden. Hadden mijn longen niet meer echt genoeg lucht naar binnen kunnen zuigen.

Nick. Hoe gevaarlijk wás Nick?

En ik dacht: *Tijdbommen.*

Julia zei dat ze niets had gevoeld toen ze hem vanmorgen had *gehugd*. Geen duizeligheid. Geen hoogtevrees. Julia's scepsis over het bovennatuurlijke was één ding, maar als je het Rosalie zou vragen zou je een ander verhaal horen. Bij Rosalie was er meer aan de hand geweest dan hoogtevrees. Veel meer.

Rosalie had het achtervolgd... net zoals het Cécile had achtervolgd. En dr. Genet. Ze waren alle drie Nick op hun pad tegengekomen en daarna hadden ze rondgelopen als tikkende tijdbommen en nu waren ze alle drie dood.

Als hij je eenmaal heeft aangeraakt, als hij je eenmaal heeft vervloekt, dan dringt hij je hoofd binnen en gaat hij daar niet meer weg.

Tijdbommen.

Hoelang zou het duren voor zijn ouders zouden exploderen?

Harm en Louise? Hoelang voordat Julia of ik zouden exploderen?

Jij zal er ook achter komen hoe het is om te vallen... en te vallen... en te vallen... en te vallen.

Al die mensen in het AMC. Waren die soms ook gevallen?

Als Nick tijdbommen in de hoofden van al die mensen had geplaatst, dan hadden ze wel een heel directe ontsteker gehad. Een timer met *right-the-fuck-now* op de teller.

Dertig man. Een compleet *demolition squad*.

Ik móést bewijzen hebben.

Mijn enige aanknopingspunt in het AMC was Nicks psych, dr. Claire Stein. Haar moest ik hebben. Maar die twee sessies waar ik bij was geweest, die waren via Nick gegaan en ik had geen nummer. Dus ik inloggen op Nicks Gmail-account. Ja, ik kende zijn wachtwoord en oké, misschien was dat ook onethisch, maar wie daar in dit stadium nog over begon, dikke vinger.

Wat ga je doen als het waar is? Als-ie echt een massamoordenaar is?

Bek dicht. Zo ver waren we nog niet.

Claires laatste e-mail was een out-of-office-notification van 24 september. Tien dagen voor we naar Zwitserland waren vertrokken. Haar 06 plukte je uit de *signature*, maar toen ik haar probeerde te bellen kreeg ik onmiddellijk een dit-nummer-is-niet-meer-in-gebruik-melding. Dat was vreemd. Geen voicemail. Gewoon afgesloten. Ik kopieerde haar adres, opende mijn eigen e-mail en tikte: Beste dr. Stein. Ik zou graag met u willen spreken over Nick. Het is **zeer** dringend. Ik dacht even na en voegde eraan toe: Ik ben bang dat het een zaak is van leven of dood. Sam Avery.

Send.

Ping!

Out-of-office.

Ik wachtte. Begon updates te zoeken over wat er die nacht was gebeurd. De Dodennacht. Het officiële verhaal luidde nog steeds dat met grote waarschijnlijkheid de uitbraak van een ziekenhuisbacterie *seizures* en daaropvolgend hartfalen had veroorzaakt. Welke bacterie? Ja, daar konden ze nog geen uitspraak over doen. Zo'n advocaat van nabestaanden klaagde bij *DWDD* over de schimmige informatievoorziening, die *conspiracy theories* in de hand werkte. Bij *Pauw* dat-ie een gezin bijstond dat geen afscheid had kunnen nemen van hun moeder. Dat het een gesloten kist was geweest en dat ze hun niet hadden willen vertellen waarom.

Elke vijf minuten refreshte ik mijn e-mail.

Na de derde keer begonnen mijn handen te beven. Wat betekende het dat Claires 06 niet meer in gebruik was?

Ik zocht naar haar Instagram, maar die had ze niet. Niet eens Facebook.

Gefrustreerd en min of meer lamgeslagen scrolde ik langs Instapics van *abs* en *boobs* en *sportcars* en *luxury retreats*. Scrolde door mijn meldingen. Mijn chatberichten. Alles voelde leeg. Hol. Buiten, achter berghellingen en wolken, staarde de Maudit regelrecht door het raam naar binnen. Beneden sluimerde iets ontzettends.

Er was een berichtverzoek van iemand met wie ik niet was verbonden.

Emily Wan, heette ze. Een profile pic van een oosters uitziende vrouw. Twee berichtjes. Beide van gisteren, 10:34 uur. Het eerste was haast identiek aan de mail die ik zelf aan Claire had gestuurd: Dag Sam. Je kent me niet, maar ik zou graag met je in contact willen komen over je vriend Nick. Er is haast bij. Het tweede, dat deed het hem. Het tweede berichtje zei: Ik ben net als hij een overlevende van het AMC-drama van 18 augustus. Er is iets wat ik je moet vragen.

Holy fuck.

Emily Wan. Ik scrolde langs haar foto's. Veel waren het er niet. Knap op een *sophisticated* manier. Chinese afkomst, twee kids. *Speaking-gig* in een of andere zaal. *31st European Neurology Congress Madrid*, stond podiumbreed achter haar katheder gebeamd.

Met bonzend hart tikte ik terug: Er zijn wel honderd dingen die ik U moet vragen. Bellen?

Het duurde niet lang voor er antwoord kwam. Ik ben zo opgelucht dat je reageert! Sorry voor het vreemde verzoek. Ja, graag! En een nummer.

Ik had beet.

5

Ik belde buiten op de veranda, want ik wilde niet dat Nick me kon horen als hij wakker zou worden. Ik merkte dat de kou van afgelopen nacht nog steeds in mijn botten zat. In mijn spieren.

Een heel andere kou omvatte mijn hart.

Emily Wan nam onmiddellijk op, natuurlijk. Alsof ze met de telefoon in haar hand had zitten wachten. Emily Wan, in haar intonatie hoorde je slechts een hint van de melodie van de Chinese taal. Wat je ook hoorde waren zenuwen. Nee, meer dan dat. Wat je hoorde was een vrouw die doodsbang was maar *full composure* fakete.

Dat het zo fijn was dat we elkaar zo snel konden spreken. Dat ik wel raar moest hebben opgekeken van haar berichtje. Voor haar was het ook allemaal ongemakkelijk, ze wist niet goed hoe ze moest beginnen en o hemel, ze vergat helemaal zich voor te stellen: Emily Wan, aangenaam, woonachtig te Amstelveen en als neurochirurg verbonden aan het AMC. Haar *credentials* een en al intelligentsia, maar ze ratelde maar door alsof ze met opengesperde ogen en één krampachtige hand knijpend in haar kin voor zich uit zat te staren. Ze durfde niet te beginnen over waar ze me eigenlijk over wilde spreken.

Dus ik zei: 'Laat me raden. U was erbij die nacht in augustus, en nu ervaart u flashbacks. Nawerkingen. En u denkt dat Nick er op een of andere manier voor verantwoordelijk is.'

Lange tijd bleef het stil. Toen ze weer sprak was haar stem nauwelijks meer dan gefluister: 'Het is waar, hè?' Nauwelijks te horen boven de stilte op de verbinding: 'Vertel me wat je weet...'

Doodsangst fake je niet en toch, ineens was ik op mijn hoede. Welke referenties had ik nou helemaal? Ik kende haar niet, wie zei dat ze geen journalist was?

Dus ik vragen hoe ze bij Nick en mij was uitgekomen. Hoe ze ons had gevonden.

'Via... via een bevriende arts.' Ze probeerde opnieuw beheersing in haar stem te brengen. 'Iemand die je vriend Nick in behandeling heeft gehad. En god, ja, wat je zegt klopt. Ik was inderdaad aanwezig in het AMC toen het drama zich afspeelde. Ongewild ben ik er persoonlijker bij betrokken geraakt dan me lief is.'

Ik vroeg wat ze daarmee bedoelde.

'Ik had een spoedoperatie. De patiënt die we opereerden is onder onze handen gestorven. En niet aan de conditie waarvoor wij hem hielpen.'

Ik sloot mijn ogen. Bang dat het antwoord me onherroepelijk naar een waarheid zou leiden die ik niet onder ogen wilde zien, nog niet tenminste, omdat ik er mede voor verantwoordelijk was, vroeg ik: 'Waaraan is uw patiënt gestorven, mevrouw Wan?'

En Emily zei: 'Dat kan ik niet zeggen. Niet aan de telefoon. Alle ziekenhuismedewerkers die die nacht aanwezig waren hebben een geheimhoudingsverklaring moeten tekenen.' Er veranderde iets in haar toon. 'Ik hoor aan je stem dat je meer weet, hè? Wat is er aan de hand?'

En ik zei, misschien wist ik wel helemaal niets.

'Luister Sam, ik begrijp je argwaan, maar je moet weten dat ik geen slechte intenties heb. En ik geloof ook niet dat jij of je vriend die wel hebben. Ik zoek alleen jullie hulp. Eerlijk gezegd ben ik aan het eind van mijn Latijn.' De wanhoop was terug in haar stem, nu onverholen. 'Want ook het andere wat je zei klopt. Het is alsof sinds die nacht... alsof ik nooit meer alleen ben geweest. Iets achtervolgt me. Het valt me aan. Steeds weer. En...'

En of we niet konden afspreken. Elkaar ontmoeten. En ik zei dat ik wel wilde, maar dat ik in Zwitserland zat.

'In Zwitserland?' Haar stem klonk scherper. 'Is Nick daar ook?'

'Wat als dat zo is?'

'Wat doen jullie daar?'

'Het officiële verhaal is traumaverwerking.' De kou van het dal maakte de soep van mijn gedachten iets helderder en ik zei: 'Stel nou hè...' Ik zei: 'Stel dat ik inderdaad meer zou weten over wat er met u gaande is. En stel dat ik dat allemaal aan u zou willen vertellen.' Ik was hardop aan het denken. 'Wat kunt u me dan vertellen over die nacht in augustus?'

'Niet aan de telefoon, Sam. Dwing me daar alsjeblieft niet toe. Ik kan het niet. Wíl het niet.'

'Wat voor nawerkingen heeft u?'

'Kun je niet naar Nederland komen?'

Verschijnselen van hoogteziekte?

'Ik ben bang dat ik niet lang meer heb...'

Duizeligheid? Hoogtevrees?

‘Alsjeblieft, Sam...’

Het gevoel dat ze viel?

En opnieuw bleef het stil. Pas na een tijd besefte ik dat dat was omdat ze huilde. Dat schokte me dieper dan al het eerdere. Emily Wan, door haar tranen heen zei ze: ‘O, hij laat me vallen, Sam. En als ik val, dan ervaar ik het oneindige. Dan ben ik bang dat er nooit een einde aan zal komen.’

Hier waren je referenties.

6

‘Wát moet je doen?’ vroeg Julia. Ze staarde me ongelovig aan.

‘Ik moet naar Amsterdam. Morgenochtend.’

Vijf uur inmiddels en nagenoeg donker.

En Julia zei: ‘O... ké. Oké. Dat is goed. Ja, goed. Ik zei vanmorgen al dat je hier weg moet. Even wat ruimte nemen. Ik zal mijn ticket moeten omboeken, maar...’

‘Eigenlijk wilde ik je vragen of je hier wil blijven.’

En mijn zusje, *wait, wut?*

En ik wegkijken. Naar mijn handen kijken. In het vuur. ‘Ik durf Nick niet alleen te laten. Niet in zijn toestand.’ De subtext *being* dat ik bang was voor wat hij zou kunnen aanrichten als hij ging zwerven. De subtext, dat ik nog banger was voor zijn éígen veiligheid. Voor wat de dorpelingen hem wilden aandoen als ze hem tegen het lijf liepen. Voor wat hij zichzelf wilde aandoen als hij de controle verloor.

Heel even was er een wel heel zwarte gedachte in me opgekomen. *Nou en? Misschien moet je dat laten gebeuren. Ben je van alles af.*

Daar waren mijn haren van overeind gaan staan.

We hadden het wél nog steeds over Nick.

Ik zei: ‘Het is maar voor één nacht. Ik rij morgenochtend weg en als alles goed gaat, ben ik de avond erop weer terug.’

‘Maar... wat moet je daar dan doen?’

‘Bewijs vergaren.’

Julia, ze keek me onderzoekend aan. Ik haatte het als ze dat deed, want zij had zo’n beetje als enige persoon ter wereld de gave om recht bij me naar binnen te kijken en alles wat ze daar zag te lezen als een boek. Ze vroeg: 'Mag ik jou wat vragen?' En zonder op antwoord te wachten: 'Je zei dat Cécile hiernaartoe was gekomen om Nick iets aan te doen. Maar zíj is degene die wordt vermist. Klinkt bekend, toch?'

Wat bedoelde ze daarmee?

'Augustin, *dummy*.'

O ja. Mijn zusje, patronen trekkend die ik zelf nog niet eens had gezien.

Ze vroeg: 'Heeft Nick iets te maken met de verdwijning van Cécile?'

'Zoals een wijze vrouw ooit zei: ik zou het niet over mijn hart kunnen verkrijgen om iemand vals te beschuldigen.'

'Dus er is vannacht niet iets...'

'Hij heeft haar niet vermoord, als je dat soms denkt. En je weet dat ik je nooit alleen bij hem zou achterlaten als ik zou denken dat je gevaar zou lopen.'

Dat was mooi geredeneerd, maar was het ook waar?

De muziek was uitgegaan vóórdat Cécile met haar stungun naar beneden was geslopen.

En de voordeur had wagenwijd opengestaan. Een warm welkom voor alles wat uit de nacht naar binnen had willen komen.

Goed, dat laatste kon Cécile ook zelf hebben gedaan. Punt was: ik wist niet wat er zich beneden had afgespeeld, nadat ze de Maudit uit hem had getaserd. Bleef overeind dat ik wel degelijk erop vertrouwde dat Julia veilig alleen met Nick kon blijven, zelfs als de Maudit hem overnam. Ik had het zelf ook wekenlang gedaan. De belangrijkste overweging was dat alle slechte dingen – áls ze waren gebeurd – *in het begin* waren gebeurd. Zelfs als je wilde geloven dat Nick indirect verantwoordelijk was voor Céciles dood, dan was die tijdbom gelegd in de eerste dagen na de fatale expeditie. Nick had er nu meer controle over.

In theorie.

Bullshit, dacht ik. *Als je denkt dat-ie er controle over heeft hou je jezelf grondig voor de gek. Het wordt steeds erger, dat weet je. En dit keer leg je het leven van je zusje in de waagschaal. Wat als er dit keer iets misgaat? Wil je daarvoor de verantwoordelijkheid op je nemen?*

Maar de Maudit had nooit iemand kwaad gedaan van wie Nick hield. Dat was een feit.

Voor mijn verstand me nog verder aan het twijfelen kon brengen, deed ik mijn mond open. 'Luister,' hoorde ik eruit komen. Alsof ik mezelf wilde overtuigen door het hardop te zeggen: 'Je hoeft echt niet bang te zijn voor Nick.'

'O, maar dat ben ik ook niet,' zei Julia. 'Ik maak me zorgen om *jou*. Je gaat eraan onderdoor, Sam. Je hebt de nacht in een sneeuwstorm doorgebracht. En nu wil je halsoverkop – hoe ver is het wel niet?'

Duizend kilometer, zei ik. Zeshonderd mijl. Tien uur, met een beetje geluk – als je eenmaal de bergen uit was, was het grootste deel rechtdoor op de Duitse Autobahn.

'Dat bedoel ik. Wil je halsoverkop dat hele eind in je eentje gaan racen. En de volgende dag weer terug.'

Ik nam Dr. Jingles van de bank en hield hem voor haar op. 'Ik *moet* dit doen. Echt, ik weet dat je denkt dat ik me laat beïnvloeden door Nicks traumafantasieën. Maar laat me dit doen en ik beloof dat ik het je allemaal uitleg.'

'*Try me*,' zei Julia en ze spreidde haar armen.

Ik zuchtte. 'Goed. Cécile zei op het laatst dat Nick haar *hauntte*. Dat-ie in haar hoofd zat. Die berg. De Maudit. Ze zei dat-ie haar liet vallen, wat ze daar ook mee bedoelde. Ze was echt bang voor hem, Julia. Zo bang dat ze geen andere uitweg meer zag dan hem te doden.'

'Dat is nogal wat.'

'Zie je wel? Je gelooft er geen zak van.'

'Ik geloof dat jíj ervan overtuigd bent dat het zo is. Ik geloof ook dat je onder grote druk hebt gestaan de afgelopen tijd.'

'Wat als ik je zou zeggen dat je wél iemand zag op de webcam?' Ik zei: 'Die vrouw in de hoek, waar je het over had?'

'Ik dacht ook echt dat ik iemand zag. Maar ik kan me vergist hebben. Het ging zo snel allemaal. En ik was bang dat Nick je kwaad zou doen.' Ze glimlachte, al was het zonder een zweem van spot. 'Of wil je me vertellen dat er naast die spooky berg ook nog allemaal geesten ronddolen in het dal?'

Geen geesten, dacht ik. *Echo's*.

Dit was exact de reden waarom ik Julia niet over de morose

had verteld. Dergelijke discussies ging je liever uit de weg als er geen absolute noodzaak toe was. Die was er niet: de komende dagen was er stabiel weer voorspeld. Dooi zelfs. Dat versterkte mijn vertrouwen dat het veilig voor haar zou zijn om te blijven.

'Waar het om gaat, is dat er in Amsterdam iemand woont die precies hetzelfde beweert. Iemand die ook met Nick in aanraking is gekomen. Een neurochirurg, nota bene.' Ik zei: 'Als iemand iets van hersencondities weet, is zij het wel. Die vrouw is mijn laatste hoop.'

Dat was niet het hele verhaal, maar – o, *full stop*.

'Ga,' zei Julia. 'Ga en ik zal op Nick letten.'

'Echt?' Ik vloog haar in de armen. 'Je bent een held, echt waar...'

'Ja, ja, ja. Maar ik doe het alleen maar omdat het me goed voor je lijkt om even weg te zijn. En als dit je niets brengt, dan gaan we het op mijn manier doen, beloofd? Dan brengen we Nick naar Nederland, zorgen we dat hij de hulp krijgt die hij nodig heeft en ga jij een tijdje met me mee naar huis.'

'Beloofd.'

Maar dat zou er niet van komen. De waarheid was simpel: als ik Emily Wan eenmaal had gesproken, splitste het pad zich in twee mogelijkheden. Langs het ene was er geen reden om aan te nemen dat Nick verantwoordelijk was voor het drama in het AMC. Als dat zo was, dan was ik bereid te aanvaarden dat de dood van Rosalie, de verdwijning van Cécile en de zelfmoord van dr. Genet – als die al had plaatsgevonden en niet alleen aan Céciles fantasie was ontsproten – op toeval berustten. Dan had Nick misschien nog wel een probleem met de Maudit, maar was hij niet het monster waartoe mijn fantasie hem had opgeblazen. Dat kon nog steeds.

Langs het andere pad kleefde er ook bloed aan mijn handen... en welke uitkomst het ook zou zijn, wat me wachtte waren tien uren alleen in een auto om uit te denken wat me dan te doen stond.

Julia, ze duwde me zachtjes van zich af en keek me aan. 'Jullie gaan elkaar wel uit de weg, hè?'

Wat bedoelde ze daarmee?

'Nick heeft zich de hele middag niet laten zien en jij hebt vandaag nog niet *so much as* naar hem omgekeken.' Julia's blueberryblauwe ogen, recht bij me naar binnen kijkend: 'En nu kijk je betrapt.'

Ik hield Dr. Jingles voor mijn gezicht, schudde met zijn kop en zei met mijn beste berenstem: 'Beer houdt niet van bemoeials.'

Maar met die laatste opmerking had ze wel degelijk een snaar geraakt en ik ging de avond in met een zware knoop in mijn maag. Een zware knoop en een voorgevoel van naderend onheil dat ik maar niet kon afschudden.

Wat je deed, de praktische zaken. Ik appte Emily dat ik zou komen – ik was van plan morgenochtend om zeven uur weg te rijden en dan kon ik inclusief pitstops om zes uur 's avonds in Amsterdam zijn – en *ping*, Emily's appje meteen daarop: *Geweldig!* En een adres. Wat je in je rugzak propte, alleen het strikt noodzakelijke. Paspoort, laptop, creditcard. Nicks Dr. Beats alvast aan de oplader. Wat je deed, alles om jezelf bezig te houden. Af te leiden. De trein van je gedachten tot stoppen te brengen omdat-ie rechtstreeks afstevende op die dubbele tunnelingang die het duister van je geweten binnenleidde.

Een van de gedachten op die trein: *Ik mijd hem, maar hij mijdt mij ook.* Getriggerd door wat Julia had gezegd, in een flits kwam het in me op: *Hij is iets van plan.*

File, sluisdeur: check. Ik had er geen ruimte voor. Ik had te veel aan mezelf.

Had ik er maar langer bij stilgestaan.

Toen ik aan het eind van de avond de slaapkamer binnenkwam zag ik hem op bed liggen. Nick, zodra hij me zag strekte hij zijn armen naar me uit en onder het verband leek het of hij me riep, al kwam er geen geluid over zijn lippen. Ik zag meteen dat er iets mis was. Iets met zijn ogen. Een witte, melkachtige waas verscheen en verdween over zijn pupillen, verscheen en verdween. Niet het wit van staar, maar het wit van een nevel, het wit van de gletsjer. En elke keer dat het gebeurde trok er een golf van duizelingen door me heen.

Ik ging naast hem zitten. Ik hield hem vast.

'Stil maar jongen,' suste ik, mijn duizelingen verdragend. 'Ik ben er, alles is goed. Het is voorbij, het is goed, je bent het de baas. Kijk maar Nick, je bent het de baas.'

En hij werd het de baas. De storm ging liggen, zijn ogen kwamen tot rust. Hoelang we daar hebben gelegen weet ik niet, maar Nick kon niets uitbrengen.

Hij zonk weg, maar vlak voor hij in slaap viel opende hij nog een keer zijn ogen en klampten ze zich aan me vast, vol angst en eenzaamheid. Hij smeekte: 'Ga niet weg, Sam. Ga alsjeblieft niet weg. Laat me niet alleen...'

Dat bezorgde me een schok. Een hitte achter mijn wangen.

Al konden zijn woorden op alles duiden, al duidden ze bijna zeker op hier en nu, toch kon ik niet anders dan er een profetie in horen. Een waarschuwing.

Een *guideline*.

En ik kon er niet aan voldoen.

Lang, heel lang hield ik hem nog zo vast, terwijl Nicks ademhaling vertraagde, me geheel onbewust van zoveel dingen die met de tragische precisie van het noodlot samenvielen. Nicks leven in mijn armen verstild tot kalm stromende vloeistoffen in een tijdloze volharding en ik, ik was me geheel onbewust van het drama dat zich op dit moment in Amsterdam voltrok. Op dit onaangeroerde moment deden alle dingen waar ik hem van verdacht er niet toe, want op dit moment waren er alleen Nick Grevers en ik en hield ik van hem zoals ik al die tijd sinds onze paden zich met zo'n onwaarschijnlijke, *one-in-a-billion-chance* hadden gekruist, van hem had gehouden.

7

Buiten de Focus was het niet zomaar één lange weg. Buiten de Focus waren het álle wegen. Alle haarspeldbochten en tunnels en benzinestations en *overpasses*. Alle plaatsnamen en nummerborden en opflitsende remlichten die je naar huis brachten. Binnen in een auto droeg je je eigen universum met je mee, maar daarbuiten veranderde altijd alles.

Het was een vreemde gewaarwording om vanuit de winter terug de herfst in te rijden. Onder de sneeuwgrens was het Rhônedal een palet van bruintinten. Na een tijdje was het of de sneeuw helemaal niet had bestaan. In je spiegeltje zag je na sommige bochten nog de verre, witte zaagtanden van de hoogste toppen glinsteren, maar een spiegeltje was zo versteld. Ik voelde me vreemd opgewekt. De Dr. Beats over mijn oren, mijn eigen playlist op en nu niet om je leven te redden, maar in de wetenschap dat ik iets aan het ondernemen was. Meezingend met 'Tongue Tied', meezingend met 'Get Out', trommelend op het stuur en tegen de tijd dat je bij Sion de snelweg bereikte zwenkte je naar de linkerbaan en drukte je het gaspedaal lekker in.

Naast me, in zijn gordel op de passagiersstoel, zat Dr. Jingles.

Buiten de Focus, de E62 en de E27 en de E25. Buiten de Focus glooiden de wegen tussen steeds andere, steeds dezelfde bergen door. Buiten de Focus, het enige verschil was dat ze steeds een stukje lager werden. Minder dreigend.

Tussen Bern en Basel wachtte het eerste oponthoud. Het ging regenen. Naar het noorden, een kilometerslange ketting van rode achterlichten. Naar het zuiden, kilometerslang aaneengeregen witte koplampen. Automobilisten werden silhouetten achter zwiepende ruitenwissers. De routeplanner liet rode stippeltjes zien die helemaal doorliepen tot aan de Duitse grens. Echt, het zou eens meezitten. *Give me a break.*

Buiten de Focus kroop de wereld tergend langzaam aan je voorbij, tot je x kilometer voor Basel eraf ging bij een overvolle Raststätte. Je gooide je tank vol. Piste op een vies toilet.

Kocht Red Bull.

Ik appte Julia of alles oké was daar en zij appte, *Alles oké, rij voorzichtig broertje!* Daarna Emily, dat mijn verwachte aankomsttijd eerder acht uur werd als ik niet teveel oponthoud had. Eén grijs vinkje. Ik stuurde er een sms'je achteraan.

Om halftwaalf bereikte ik de grens. *Heil Deutschland*, land van ongelimiteerde snelheidslimieten. Nagenoeg vlakke horizonnen. Het weer en de files klaarden op en ik knalde met een kleine 170 op de cruise control vooruit.

Een kleine twee uur later, net voorbij Karlsruhe, begon ik nerveus te worden.

Misschien werkte Emily. Had ze haar telefoon uitstaan.

Vanuit de houder staarde dat ene grijze vinkje me aan.

Ik belde haar maar kreeg meteen voicemail. Belde Julia. Of ze Nick nog had gezien. Ja, die was vanmorgen naar boven gekomen. Hadden samen ontbeten.

‘O echt?’ Ik vroeg: ‘Hoe ging het met hem?’ Ik vroeg: ‘Wat zei je?’

‘Dat je iets aan het uitzoeken bent. Voor waar jullie mee bezig zijn, dat ik het ook allemaal niet precies wist. Dat je nog zou bellen over wanneer je terugkomt.’ Ze zei: ‘Daar leek hij genoegen mee te nemen.’

Er klonk iets vreemds in haar stem.

‘En wat zei hij verder?’

‘We hebben het niet gehad over... over wat er aan de hand is.’

‘Echt niet?’

Ze wilde hem niet ongemakkelijk laten voelen. Over Cécile. Over zijn uiterlijk. Dus nee.

Misschien zag ik spoken.

Buiten de Focus, de A6 en de A5 en de A67 en in je eigen universum vertelde Julia het daaropvolgende halfuur over NYU en pa en ma en haar Tinderdates met Abercrombie-dragende fratboys. Buiten de Focus waren Duitsland en betrokken luchten en binnen je eigen universum deed je alles om de tijd te doden. De normaliteit te herstellen.

Niets voelde normaal. Alles voelde verkeerd.

‘Weet je zeker dat er niets is gebeurd?’ vroeg ik ineens en Julia zei, nee, niets gebeurd.

We namen afscheid en ik reed door.

Benen strekken. Meer Red Bull. Gapen. Voor Frankfurt waren er veel wegwerkzaamheden en mocht je maar tachtig. We reden zestig. Stonden stil. Ik belde Emily nog een paar keer en checkte mijn e-mail voor de zekerheid. Dan weer door. Ik vrat een zak winegums leeg. Een zak M&M’s.

‘Het betekent allemaal niets,’ zei ik hardop, maar ik huiverde bij het horen van de klank van mijn stem in de lege auto. Ik huiverde en dacht: *Wat als ze zich heeft bedacht?*

Er was iets mis. Dat voelde ik aan alles.

Dr. Jingles staarde glazig naar het dashboardkastje. Als kind waren we onafscheidelijk geweest, maar zijn aanwezigheid, die feitelijk onmogelijk was, slaagde er niet in om me op mijn gemak stellen. We hadden een boel te bepraten, Beer en ik.

Buiten de Focus, het Ruhrgebied. Het werd donker en het weer verslechterde. Tegen die tijd begon ik echt moe te worden. Buiten de Focus, grote vrachtwagens traag voortkruipend door eindeloze regen. Nog voor Köln stonden we muurvast en was het stemmetje in mijn onderbewuste aangezwollen tot een onheilspellend en ronduit dreigend koor. Het deed denken aan het huilen van de morose.

Mijn telefoon ging en ik schrok. Julia. Ik trok de Dr. Beats over mijn oren en swipete haar aan.

'Zusje!'

'Hey, waar ben je?'

'Bij Köln. Cologne. Ugh, het is echt crap op de weg, sis. File tot zo ver je kunt zien. *Like*, de hele rit al.'

'Hoelang moet je nog?'

'Drieëneenhalf uur. Als er niks nieuws meer komt, tenminste.' Ik pakte het stuur met twee handen vast en zei: 'Is alles goed, zusje? Je klinkt... niet helemaal oké.'

'Ik ben ook niet helemaal oké.'

'Wat is er dan?' Het was stil aan de andere kant van de lijn en ik zei: 'Hey, wat is er?' Toen hoorde je een snik. Julia huilde. 'Hey! Zusje, wat...'

'Het spijt me zo, Sam...'

'Maar wat is er dan?'

'Nick is weg.'

'*Say what?*'

Sinds het eind van de ochtend al, zei ze. 'Ik heb je het niet eerder verteld omdat ik je niet ongerust wilde maken. En er was ook geen reden om ongerust te zijn, ik dacht dat hij elk moment weer terug kon komen. Maar nu is het donker en is hij er nog steeds niet en nu maak ik me wel zorgen...'

'Nou ja, hij is wel vaker gaan zwerven als hij... als de Maudit het overneemt, maar als ze hem in het dorp...'

'Dat is het niet, Sam. Hij is weg met de auto. Hij heeft mijn huurauto meegenomen toen ik even naar dat supermarktje was gelopen.'

En ik, met mijn bek vol tanden. Nick, hij had in geen wéken meer de auto genomen.

Die blik in zijn ogen, gisteravond. Zijn wanhoop. Hij was iets van plan geweest. Dat was van zijn gezicht af te lezen geweest. *Ga niet weg, Sam*, had hij gezegd. *Ga alsjeblieft niet weg. Laat me niet alleen...*

Hij was iets van plan geweest en had gewild dat ik het doorzag. Dat ik er een stokje voor zou steken... omdat hij bang was geweest.

Maar voor wat?

Angst door mijn lijf. Fijn en scherp als glassplinters. Ik kneep mijn ogen dicht en toen ik ze weer opende zat ik bijna op de bumper van een Volvo v90. Focus, idioot.

Ik vloekte. 'Heeft-ie iets gezegd?' vroeg ik. 'Iets waaruit je kunt afleiden waar-ie naartoe is gegaan?'

'Nee,' zei ze. Ze snotterde. 'Maar er is wel iets anders, Sam.'

'Wat dan?' Ik wist niet of ik het wel wilde horen.

'Het kreeg mij ook te pakken. Wat het ook is waar jij het al zo lang over hebt, het kreeg ook vat op mij.' Ze zei: 'Hij leek zo gróót vanmorgen, Sam. Ik kon het niet helpen. Ik zei tegen mezelf dat ik niet zo stom moest doen, maar ik werd bang van hem. En...' Een hap naar adem. 'En ik werd duizelig.'

Ik vroeg: 'Had-ie zijn verband om?'

En Julia zei: 'Ja. Maar dat was juist wat zo mis was. Die vorm van zijn gezicht daaronder, die klopte helemaal niet.'

De v90 voor me stond ineens op de rem en ik toeterde. Schold.

Ik zei: 'Luister.' Zei: 'Blijf naar hem uitkijken, oké? Als hij terugkomt, laat het me dan meteen weten. Maar wees voorzichtig. Als-ie zichzelf is is er niets aan de hand. Maar als je ook maar iets vreemds aan hem merkt, ga hem dan uit de weg. Laat hem z'n gang gaan, maar sluit de deuren af, hou de sleutels bij je en ga hem uit de weg.'

'Het spijt me zo, Sam.' Haar stem nog altijd zacht over mijn Dr. Beats in mijn oren, haar stem gevangen in een chalet zevenhonderd kilometer naar het zuiden, ze zei: 'Ik voel me zo ontzettend schuldig.'

'Dit is niet jouw schuld, Julia.'

Ik zei dat ik terug zou bellen en hing op. Ik belde Nick. De telefoon ging over. Bleef overgaan. Tot-ie naar voicemail ging.

'*Fuck!*' schreeuwde ik en ik sloeg keihard met mijn vuist op het stuur. De Focus zwenkte. Ik belde nog drie keer.

En toen kreeg ik de ingeving. Fel en hard als staal dat in je botten beet. Een klauwhamer die in je schedel werd geslagen. *Dacht Nick aan zelfmoord?* Had hij daarom gesmeekt dat ik hem niet alleen mocht laten? Zag hij het niet meer zitten omdat we, laten we eerlijk zijn, na al die weken in Zwitserland geen steek dichter bij een uitkomst waren gekomen?

Maar waar had hij de auto dan voor nodig gehad?

Ik appte: *Nick, bel alsjeblieft, maak me gek van zorgen!!!* Twee grijze vinkjes. Wel ontvangen, niet gelezen. Zijn telefoon stond dus aan. Ik belde opnieuw. Wat je voor je zag, een rinkelende telefoon in het wrak van een huurauto hangend in een lariksboom, in een nauw ravijn halverwege het Val d'Anniviers. Nick met zijn hoofd tegen het stuur, bloedend uit alle gaten.

Er zitten gaten in het ijs. Soms lijken het net ogen.

Ik maakte mezelf gek. Nick zou nooit...

Het water binnenin vriest en dooit, vriest en dooit.

Stop it! Nick zou nooit zelfmoord plegen zonder afscheid van me te nemen. Toch?

Maar ik kon het gevoel niet afschudden en tegen de tijd dat het verkeer weer doorreed en ik mijn laatste pitstop had gehad kon zelfs mijn playlist me niet meer afleiden. Het kwam van alle kanten op me af. De machteloosheid was onverdraagbaar. Ik had steeds de neiging om om te keren. Terug te rijden. Maar wat had dat voor zin? Ik was te ver weg.

Ik moest wachten tot ik iets van hem zou horen.

Buiten de Focus hamerde de regen op de voorruit. Buiten de Focus, de rusteloze avond. Buiten de Focus, de Nederlandse grens.

Het was na achten. Op de helderblauwe bewegwijzering boven de A12 stond AMSTERDAM 117.

8

Ik was van plan meteen naar het adres te rijden dat Emily Wan me had geappt. Dat adres in Amstelveen, het was nog geen drie kilometer van ons huis in Amsterdam-Zuid. Drie jaar van mijn leven had ik hier gewoond en toch voelde ik helemaal niets toen ik de stad binnenreed. Mijn toebehoren, mijn thuis, mijn anker hier was Nick geweest, maar Nick behoorde nu aan de bergen toe. Het enige wat ik hier nu vond was een vaag gevoel van onbehagen. Je kon het niet toeschrijven aan de marathonrit van de afgelopen veertien uur. Aan het feit dat Nick was vermist. Nee, dat onbehagen was het gevolg van de groeiende zekerheid dat alles op het punt stond nog veel verder te ontsporen.

Er wachtte hier iets lelijks.

En al wilde ik het niet zien, ik had geen keus.

Emily Wan, ze woonde in een typisch Nederlands rijtjeshuis in een typisch Nederlandse gegoede buurt. De Focus zette je aan de straat. Door de stromende regen zag je licht branden achter dichte gordijnen. Dat was goed. Dat was iets. Stromende regen in je nek en van het bordje naast de deurbel las je EMILY WAN – YVAIN EN NAOMI.

Ik belde aan.

Bijna belde je nog een keer, bijna wilde je teruglopen over het tuinpad, maar je was net een fractie te laat, want toen ging de deur open. Wat je zag speelde een verontrustend spel met je verwachtingspatroon. De vrouw in de deuropening, ze léék op Emily Wans Instafoto's en tegelijkertijd keek je naar totaal iemand anders. Dit was Emily Wan als ze een totaal ander leven had geleid, met een totaal andere carrière op een ander continent.

Laat me raden, het was Emily's zus. Laat me raden, overgekomen uit Beijing of Shanghai of Chengdu. Laat me raden – ik geloof dat ik toen al wist wat er zou gaan komen.

'*How can I help you?*' vroeg de vrouw met een sterk Chinees accent. Een bleek meisje van een jaar of vijf glipte langs haar benen en keek naar me op. Haar rechteroog was opgezwollen, zat bijna dicht.

Laat me raden. Naomi.

'Ik... ik kom voor Ms. Emily Wan,' stuntelde ik in het Engels.

'Het spijt me, zij kan nu niet komen.'

En dicht ging de deur. Instinctief stak ik mijn hand uit, hield hem tegen. 'Maar... ik heb een afspraak met haar... alstublieft, wacht.'

Het bleke meisje verscheen weer in de smalle deuropening, pyjamaatje en al en zoals een ander kind misschien zegt *míjn mama is politieagent*, zei zij: 'Míjn mama is dood.'

En ik, wát? Al het bloed weg uit mijn gezicht. En die vrouw, ze ratelde tegen Naomi in het Chinees, en ik als linguïst kon niet eens uitmaken of het een snauw was of een troost.

De deur ging weer iets verder open en nu zag ik in het licht van de buitenlantaarn hoe vermoeid de vrouw eruitzag. 'Het spijt me dat ik zo onbeleefd was, sir, het is een heel lange dag geweest voor ons allemaal.' Ze zei: 'Mijn naam is Sue, ik ben Emily's zuster.'

En ik vroeg, is Emily dood?

'Het spijt me. Ze is gisteravond overleden.'

En ik: 'Maar dat kan niet... ik heb gisteravond nog met haar gesproken!' Wat niets zei; het was een pure uiting van mijn verbijstering. 'We hadden een afspraak gemaakt om elkaar vandaag...'

'Sorry, mag ik vragen wie u bent?'

'Ik ben Sam Avery,' zei ik, 'ik ben...' Ja, wie was ik eigenlijk?

Maar Sue ging al van, *aahhh*, alsof mijn naam haar alles zei en ze ging van, *wait a moment please*. En trok zich terug in het huis.

Stond je daar met het regenwater op je lippen. Volkomen ontredderd. Dat kleine meisje Naomi in haar pyjamaatje met dat gezwollen oog naar me opkijkend.

En Naomi zei: 'Mijn mama is dood.'

Wat zeg je tegen een kind van vijf dat haar moeder is verloren?

My two cents: 'Wat naar voor je.'

Naomi trok met twee handjes haar pyjamaatje strak en zei: 'Ik heb beertjes op mijn pyjama.'

Ik zei: 'Als ik een pyjama had gedragen, dan had ik ze op tijd kunnen waarschuwen en was het huis niet afgefikt.'

Soms zijn mensen gewoon in shock.

Er klonk gerucht en Naomi keek om en huppelde terug de gang in. Sue verscheen weer. In haar hand een A4-formaat envelop. Dik. Ze kwam naar buiten, onder het lekkende afdakje en duwde de deur op een kier. Hield de envelop tegen haar lichaam om hem niet nat te laten regenen, maar zelfs dan kon je de twee woorden lezen die er in een net, regelmatig handschrift op waren geschreven: *Sam Avery*.

'Ik kan u helaas niet binnen uitnodigen, vanwege de kinderen. Mag ik u vragen wat uw relatie was tot mijn zus?'

Een vriend, loog ik. Ik zou haar vandaag zien over... over een aantal... dingen. Dingen rondom het AMC. Wat was er gebeurd?

Sue slaakte een beverige zucht. 'Emily heeft vannacht een einde aan haar leven gemaakt. Ik vertel je dit omdat ze je blijkbaar goed genoeg kende om deze envelop voor je achter te laten.' Ze overhandigde hem aan mij en zei: 'Het is onbegrijpelijk. We wisten wel dat ze aan depressie leed, maar dit hadden we niet zien aankomen.' Toch voegde ze er bijna tussen neus en lippen aan toe: 'Ze had waandenkbeelden.'

Maar dat strookte niet met hoe rationeel ze het had gedaan. Wans zelfmoord was geen impulsactie van een depressieve vrouw geweest. Dit was de weloverwogen daad van iemand die alle mogelijkheden tegen elkaar had afgestreept en geen andere uitweg meer had gezien. Een dag eerder was Sue overgekomen en had op advies van de Raad van de Kinderbescherming de tijdelijke zorg over de kinderen gekregen. Emily zou naar de crisisdienst zijn gebracht, maar blijkbaar had ze de hulpverleners ervan weten te overtuigen dat ze was gekalmeerd. Dat het veilig was om haar te laten gaan.

En dat laatste, allemaal gisteravond. Het moest zijn gebeurd vlak nadat ze mij haar adres had geappt.

Op de eettafel had ze een net stapeltje achtergelaten. Haar testament. De eigendomsakte van het huis. Wachtwoorden, pasjes met codes. De hele reutemeteut. Plus een envelop voor haar kinderen. Een envelop voor Sue. Voor mij. Emily Wan was een georganiseerde vrouw geweest: zelfs haar openstaande rekeningen had ze betaald. Alsof ze op vakantie ging.

'Daarna,' zei Sue, 'is ze naar het dak van het ziekenhuis gegaan en is ze naar beneden gesprongen.'

9

Terug in de Focus scheurde ik de envelop open. Erin zat een stapeltje uitgeprinte papieren. Een paperclip in de linkerbovenhoek. Het bovenste velletje los, een brief. Het licht van de straatlantaarn maakte bewegende patronen van regen over de tekst. Mijn natte vingers maakten het papier week.

Natuurlijk vroeg je je later af wat er zou zijn gebeurd als je Emily's brief niet zou hebben gelezen. Als je zou hebben toegegeven aan je eerste impuls: de brief verscheuren. Wegrijden. Naar de Noordkaap of zo.

Maar natuurlijk was het onmogelijk om níét te lezen.

Dus knipte ik het autolampje aan en las.

Beste Sam,

Het is jammer dat het ons niet is gegeven elkaar te ontmoeten. Door de telefoon klonk je als een aardige jongeman. Ik weet dat deze zaak je vreselijk moet aangrijpen, omdat je er zo dicht bij bent betrokken. Misschien ben je nog banger dan ik nu ben en dat wil wat zeggen. Daarom wil ik mijn bewondering en respect uitspreken voor je kracht.

Er zijn vanavond een aantal dingen gebeurd waardoor ik weet dat ik niet verder kan leven. Niet alleen heb ik mijn kinderen pijn gedaan – en dat is onvergeeflijk – maar ik besef nu dat wat mij overkomt, ook hun zal overkomen als ik nu geen einde aan mijn leven maak. Ik draag een virus met me mee sinds die afschuwelijke nacht van 18 augustus – die nacht dat ik in het AMC tegenover jouw vriend stond – en mijn kinderen mogen er niet mee besmet raken.

Er zijn geen woorden om de oneindigheid te beschrijven. Het is te donker.

Daarom heb ik geen keus. Het spijt me verschrikkelijk dat dit zo moet lopen. Ik had gehoopt dat ik meer tijd had gehad. Wellicht hadden we dan samen kunnen ontdekken wat we ertegen hadden kunnen ondernemen. Hoewel ik dat ernstig betwijfel. Wat jouw vriend heeft meegenomen uit de bergen is met geen wetenschappelijke hypothese te verklaren. Dat maakt me zo bang en maakt dat ik het zo somber voor jou inzie. Uit mijn eigen vakgebied weet ik dat we als we iets niet kunnen verklaren, het vaak ook niet kunnen genezen.

Maar misschien heb ik het mis. Voor mij zal het te laat zijn, maar voor jou misschien nog niet. Ik laat je mijn aantekeningen na. Ik hoop dat mijn inzichten je verder kunnen brengen.

Vanuit de grond van mijn hart smeek ik je: maak er een eind aan, Sam. Wat het ook is, breng het tot stoppen. Als het niet goedschiks kan, dan maar kwaadschiks. Voor er meer onschuldige slachtoffers vallen.

Bovendien ben jij de enige die weet dat ik niet gek ben. Ik sterf in de hoop dat jij, mocht je hier goed uit komen, dat op een dag duidelijk zult kunnen maken aan mijn kinderen.

万段 *Emily Wan*

Regen sloeg tegen de voorruit. Wind joeg natte bladeren over straat met het gebulder van een onzichtbare kracht die uit de bergen zelf afkomstig leek. Het had me gevonden, zelfs hier, zelfs hier.

Jíj zal ook ontdekken hoe het is om te vallen. Om te vallen... en te vallen... en te vallen... en te vallen.

Emily was ook gevallen.

Kleine, breekbare Sam.

Ik bladerde met mijn vinger door het stapeltje aantekeningen. Kon me niet inhouden en las de eerste regels. Bij het begin van de tweede paragraaf kreunde ik, smeet de bundel papieren op de passagiersstoel en kneep in mijn oogleden.

Ik beefde. Rilde. Van de kou. Omdat ik doorweekt was. Van ellende. Ik was leeg. Leeg. Moe, afgepeigerd, maar vooral leeg, leeg, leeg.

Minutenlang bleef ik zo zitten, niet wetend wat ik moest doen. Toen reed ik langzaam naar huis.

Het huis was stil. Dood.

Ik trok de deken van ons bed en sloeg hem om me heen. Ik ging zitten op de bank en begon te lezen.

In a Glass Darkly

Het document van Emily Wan

I remember everything about it – with an effort. I see it all, as divers see what is going on above them, through a medium, dense, rippling, but transparent.
– Sheridan Le Fanu

I

16 oktober
Vanmorgen is het weer begonnen. Ik wil mezelf niet op de kast jagen, maar ik moet realistisch zijn over mijn situatie. Ik ben er nu zeker van dat het een gerichte aanval was. Sue heeft me verboden om het zo te noemen, maar zij heeft het niet meegemaakt. Iedereen die dat wel heeft praat er niet over, of is dood. Zo liggen de kaarten ervoor.

Het gebeurde tijdens de condoleancereceptie van dr. Claire Stein, een collega van PMU die ik half-half kende van de groepslessen pilates in het sportcentrum. Haar dood grijpt me aan omdat ik *weet* dat het geen ongeluk was. Het lijkt wel een ongeluk – haar Audi schoot met zo'n hoge snelheid van het viaduct op de ringweg dat de klap haar lichaam heeft verpletterd voor de wagen volliep met het zwarte water van het Amsterdam-Rijnkanaal. Maar ik heb navraag gedaan en de lijkschouwer heeft een sterk verhoogde concentratie rohypnol in haar bloed gevonden. Je kunt me van alles wijsmaken, maar een psycholoog neemt geen zeventien capsules rohypnol in achter het stuur zonder de uitkomst van het toxicologisch onderzoek als afscheidsbriefje te hebben bedoeld. De kersverse weduwnaar, Victor Rijneveld, weet het ook. Het was van zijn gezicht te lezen. De plotselinge dood van een geliefde laat diepe groeven achter – de spiegel liegt tenslotte niet – maar een gewelddadige dood, zoals moord of zelfmoord, kent een basale hardheid voor de nabestaanden die onmiskenbaar is. Rijneveld leek nauwelijks aanwezig te zijn toen hij de condoleances in ontvangst nam. Verloren in shock en onbegrip tastte hij steeds met een bleke hand in de lege ruimte naast zich, alsof hij bevestiging zocht in de afwezigheid van zijn vrouw. Het was erg triest allemaal.

Maar er is nog een reden dat de dood van dr. Stein me zo aangrijpt. Ik vermoed dat het op een manier die ik nog niet helemaal begrijp verband houdt met wat er met mij gaande is! En het zaadje voor dat vermoeden heeft ze zelf geplant, toen ze me drie weken geleden na het sporten aansprak.

Ik zal het allemaal opschrijven – maar eerst vandaag.

Het overviel me toen ik uit de rouwstoet aansloot bij de koffietafel. Ik voelde het aankomen, dat was het ergste. Alsof het me gedurende de plechtigheid al de hele tijd in de gaten hield, wachtend op het juiste moment om toe te slaan.

Alles kwam terug: het acute kippenvel, de lucht die te zwaar in mijn longen drukte, die sterk verhoogde staat van geladenheid, alsof de zenuwbanen in mijn ruggenmerg zich letterlijk verwijdden. In de neurologie noemen we zoiets een aura: aan de hand van een vreemde smaak in de mond of een bepaalde hallucinatie voelen sommige epileptici een aanval aankomen. Dit was míjn aura... maar er was nog iets. De plotselinge zekerheid dat er iemand bij me was, iemand die ik niet kon zien. Vlak achter me. Instinctief draaide ik me om, maar ik zag alleen de bleke gezichten van de gasten: mannen in pak en vrouwen in zwart jasje of een jurk; ziekenhuismedewerkers, dierbaren, vrienden van dr. Stein. Ik voelde de blikken op me van degenen die het dichtstbij stonden. En op dat moment begreep ik het: *zij voelden het ook*. Wat er om me heen hing, als een wolk gifgas. Ze voelden het, konden het niet plaatsen en deden het af als de geladen sfeer van rouw. Maar toen ik me verontschuldigde en me uit de rij wrong, week het gezelschap voor me uiteen alsof ik een soort afstotende kracht uitwasemde.

Want het volgde me. Dat voelde ik.

Ik drong door de menigte naar de toiletten en bereikte ze net op tijd. De deur was nog niet dichtgeslagen of het gebeurde. Mijn brein schakelde de film van mijn perceptie uit en ging over op het registreren van de werkelijkheid in fotoflitsen, het soort dat op je netvlies wordt gebrand en je in staat stelt zelfs in een staat van opperste paniek situaties met ongewone helderheid te beoordelen. In de eerste flits zag ik het vrouwentoilet – donkere tegels, zacht troostlicht, brandend waxinelichtje, opgerolde handdoekjes in een rieten mandje. Verlaten, godzijdank. In de tweede flits zag ik mezelf weerspiegeld in de spiegels boven de wastafels. Alleen herkende ik mezelf nauwelijks. En laat ik er niet omheen draaien: er stond iemand over me heen gebogen. Mijn professionele mening geeft in dat het verbeelding zal zijn geweest; hersenen die in een flits menselijke gezichten en gestaltes denken te herkennen in schaduwen en je de stuipen op het lijf jagen. Maar zo staat het me bij in die korte, verzengende fotoflits: *ik kon het zien, vlak achter me.*

En het had geen gezicht.

Net als die schim in het ziekenhuis.

De derde flits was niet zozeer een beeld als wel een geluid en dat zat in mijn hoofd: het alarm dat loeide in de westvleugel van het AMC. Gehaaste voetstappen op de gang. Stemmen in paniek. Het versnelde piepen van de hartfunctiemonitor van de patiënt bij wie we op dat moment een luikje in het schedeldak hadden gemaakt. Mijn eigen pieper die afgaat. (Ik zal dit echt nooit aan iemand vertellen, maar in de eerste weken na 18 augustus heb ik de pieper bijna voortdurend uit gehad. Schandalig, ik weet het, maar ik kon dat geluid niet meer horen zonder het doodsbenauwd te krijgen.) En ten slotte dat diepe, onaardse gerommel van iets onbeschrijfelijks dat nadert.

Het was vreselijk. Meer kan ik nu niet opbrengen om erover op te schrijven. Ik wil het niet opnieuw moeten beleven. Later misschien. Als ik er met meer afstand tegenaan kan kijken.

Het zal ongeveer tien minuten later zijn geweest dat ik uit het vrouwentoilet naar buiten kwam. De rug van mijn linkerhand was paars en opgezwollen. Die moet tegen de wastafel zijn geslagen. Gekneusd, vermoedde ik, hopelijk niet gebroken. Er zat ook een schaafwond op mijn rechterarm, maar daar kon ik de mouw van mijn blouse overheen trekken. Met mijn linkerhand in de rechter verborgen strompelde ik rechtstreeks naar de uitgang van het rouwcentrum – geen haar op mijn hoofd die er nog aan dacht om de teraardebestelling bij te wonen – en ontweek zo de blikken van de meeste gasten, maar zeker tien van hen moeten mijn verwilderde haar en mijn bezwete, door de war gebrachte kleren hebben gezien.

Tijdens de rit naar huis deed ik wat ik gedurende de hele herdenking niet had gedaan: ik huilde. Toen ik het viaduct passeerde waarvan dr. Stein haar Audi in het kanaal heeft gestuurd leek de ringweg voor mijn ogen van me weg te vallen en nu gilde ik. Ik gilde echt. Op een bepaald punt bereik je een grens en komt het er allemaal uit.

O, het is weer begonnen! Ik dacht echt dat ik het achter me had gelaten. Dat het een soort posttraumatische cocktail was: een reactie op het drama van 18 augustus, een verlaat stadium van rouw. Geen suikerrandje, geen parapluutje. Maar nu weet ik dat ik het mis heb.

Dr. Stein is dóód en ik moet steeds denken aan wat ze zich liet ontvallen tijdens ons gesprek. Aan Edgar. En... nee, dat schrijf ik niet op.

2

(later)

Yvain en Naomi liggen in bed en ik heb ruzie gehad met Sue. Ik neem het haar niet kwalijk dat ze niet alles wat ik haar heb verteld zomaar gelooft. Niemand bij haar volle verstand zou het zomaar geloven, toch? Ik wil niet beweren dat Sue denkt dat ik lieg, maar wel dat ik me dingen inbeeld. Ik besef maar al te goed dat ik de schijn van aannemelijkheid ben kwijtgeraakt door wat zij mijn 'wanen' noemt te antropomorfiseren. O, maar al die goedbedoelde adviezen over WeChat terwijl zij daar in Beijing zit en geen benul heeft van wat zich hier afspeelt... op een gegeven moment bereik je een grens en ontplof je gewoon!

En goed, ik zal eerlijk zijn. Ik heb vier glazen wijn op en dat zijn er drie meer dan goed voor me is. Dat maakt het gemakkelijker om te accepteren dat ik aan dingen denk die lijnrecht in gaan tegen niet alleen de doctrine van de neuropsychologie, maar tegen alles wat wetenschappelijk te staven is... maar het maakt de beheersing moeilijker.

Hoe dan ook, ik zal mijn vermoedens over wat dr. Claire Stein me vertelde opschrijven voor ik terugkrabbel.

Ze sprak me aan na pilates, buiten het sportcentrum. Later heb ik begrepen dat ze op dat moment al met ziekteverlof was en al haar patiënten had doorverwezen, en ik ben ervan overtuigd dat ze die morgen alleen maar kwam sporten als excuus om mij te spreken. Ik was op weg naar het hoofdgebouw, zij liep met me op en zei toen, zo tussen neus en lippen door als maar kon: 'Zeg, ik heb begrepen dat jij erbij was, die nacht van de achttiende.'

'Dat klopt,' antwoordde ik. Ik was meteen op mijn hoede. Er zijn zoveel journalisten als motten om een straatlantaarn rond het AMC blijven cirkelen – dezelfde journalisten die het drama zo fijnzinnig de 'dodennacht' zijn gaan noemen. De laatste tijd zijn ze in aantal afgenomen, maar je zag ze nog steeds.

Toch begreep ik onmiddellijk dat Claire Stein een ander motief had. Ze was duidelijk slecht op haar gemak en ze droeg een dikke sweater en een sjaal, ondanks dat het een heerlijke nazomerdag was. Dat viel me toen al op.

'Het moet vreselijk zijn geweest,' zei ze, om de sociale verplichting uit de weg te krijgen. 'Ik wilde je eigenlijk iets voorleggen. Het is nogal een vreemd verhaal. En mogelijk is het gerelateerd aan wat er die nacht is gebeurd.'

'O? Misschien kun je er dan beter mee naar de Inspectie.'

Maar dr. Stein wilde iemand spreken die er persoonlijk bij was geweest, zei ze en ondanks alles was mijn interesse gewekt. We hebben allemaal zo onze menselijke nieuwsgierigheid, hè? Soms te veel.

'Ik weet alleen niet of ik je de informatie kan geven die je zoekt, Claire. Je zult er wel van op de hoogte zijn dat we een mediaverbod hebben moeten tekenen. Of eigenlijk een geheimhoudingsverklaring.'

Dr. Stein zei dat ze me geenszins in de problemen wilde brengen en daarna kwam ze ter zake. Ze vertelde dat ze een patiënt in behandeling had die afgelopen zomer verminkt is geraakt bij een geweldsincident tijdens het bergbeklimmen in de Alpen. Echt zo'n type sportieve jongeman, ze noemde hem voor het gemak Edgar, al is dat niet zijn echte naam. Ze zei dat zijn klimpartner naar alle waarschijnlijkheid een ijsbijl dwars door zijn gezicht heeft geslagen.

'Jezus,' zei ik.

Volgens Claire kampte Edgar naast de fysieke disfiguratie en het trage herstelproces met zware psychische gevolgen van het incident, maar hij had het tenminste overleefd. Zijn klimpartner is nooit teruggevonden. Ik stelde de voor de hand liggende vraag of ze vermoedde dat Edgar bij zijn verdwijning is betrokken.

'Ik kan het niet uitsluiten,' zei Claire. 'Edgar beweert dat zijn partner tijdens het incident in een gletsjerspleet is gevallen. Daar hebben ze noodgedwongen de nacht in moeten doorbrengen, toen het misging. De Zwitserse politie spreekt echter van een ongeluk en maakt geen melding van een geweldsdelict. Het is erg vreemd allemaal. Maar dat is niet waar dit om gaat. Waar het om gaat is dat Edgar beweert dat hij bezeten is door de berg waar dit allemaal is gebeurd.'

Paranoia en angstaanvallen zijn niet uitzonderlijk bij patiënten die kampen met ernstig trauma. Wanneer de stofwisseling van de hersenen wordt ontregeld, treedt er een snelle verandering op van de hersenfuncties, waardoor de illusie kan ontstaan dat het controleverlies wordt veroorzaakt door een aanwezigheid van buitenaf. Een deel van mij weet dat ook mijn eigen hallucinaties illusies zijn, maar er zijn obscure gebieden in de menselijke psyche waar illusies soms als een bijtend zuur door de werkelijkheid heen sijpelen. Ik ken een geval van een Nederlandse patiënt met ernstige schizofrenie die ineens vloeiend Zweeds sprak (wat hij volgens familieleden nooit had gedaan), met de stem van een oude vrouw. Vroeger zou men zonder twijfel hebben aangenomen dat hij door de duivel bezeten was. Tegenwoordig weten we dat geestesziekte de grenzen van wat wij als menselijk normaal beschouwen nagenoeg oneindig kan oprekken en dat idee is eigenlijk veel griezeliger. Omdat we er feitelijk, nog steeds, zo weinig van begrijpen.

Dat dacht ik toen.

Claire zweeg een ogenblik en zei toen: 'Ik heb twee weken geleden een aanvaring gehad met Edgar. Uit schaamte voor zijn uiterlijk bleef hij ook na zijn herstel zijn gezicht helemaal in verband inpakken. Ik heb geprobeerd hem de confrontatie te laten aangaan met zijn verminking en hem gevraagd het verband af te doen. Maar ik deed het niet voor hem, Emily. Ik deed het voor mezelf. Ik was bang van hem. Er was iets met hem aan de hand wat niet goed voelde. Ik weet niet hoe ik het anders moet zeggen. En toen hij het deed...' Er trok een huivering door haar heen. 'Er is iets gebeurd. En sindsdien is er iets veranderd.'

'Wat is er gebeurd, Claire?'

'Hij... hij liet me iets zien. Iets wat ik helemaal niet had willen zien.' Met trillende hand zette ze haar zonnebril af. Pas nu zag ik hoe slecht ze eruitzag. 'En sindsdien heb ik attaques,' zei ze.

'Wat voor attaques?'

'Ik lijd aan wat ik bij gebrek aan een betere term psychosomatische hypothermie ben gaan noemen.'

Ik vroeg haar wat ze daarmee bedoelde. Iets dit, iets dat: Claire was in steeds vagere bewoordingen gaan spreken. Het is een bekend fenomeen dat psychologen soms bevat kunnen raken door de hersenkronkels van hun patiënten en die indruk wilde ze koste wat het kost vermijden. Daar slaagde ze niet erg goed in.

'Ik heb het steeds koud,' zei ze, 'hoe dik ik me ook aankleed. Eerst dacht ik aan een nazomergriepje, maar dat is het niet. Ik heb een aantal attaques gehad waarbij ik niet meer kan ophouden met rillen. Gisteren was het zo erg dat mijn man mijn temperatuur heeft opgemeten. Die was 34,1° C.'

'Dat lijkt me niet psychosomatisch. Ben je naar de huisarts gegaan?'

'Ja. Zij vermoedt een traag werkende schildklier en schrijft hormonen voor. Maar ze zit ernaast, Emily. Ik ben bang dat... ik ben bang dat ik een vertraagde variant heb van hetgeen waar ook de slachtoffers van 18 augustus aan zijn gestorven.'

Nu kon ik mijn verbijstering niet verhullen. 'Maar hoe kom je daar nou bij? Je moet toch weten dat...'

Ze pakte mijn pols beet en ik zou liegen als ik zou zeggen dat ik niet schrok van hoe koud en ronduit akelig haar hand aanvoelde. Ik zag blauwe aders lopen onder haar huid en haar vingers zagen zo wit dat het leek alsof ze totaal geen doorbloeding hadden.

'Jij was erbij die nacht,' zei ze, echt bang. 'Jij moet meer weten... het is toch zo dat een aantal van die mensen die zijn gestorven symptomen van hypothermie hadden?'

Dat verhaal was door *de Volkskrant* naar buiten gebracht: zeker veertien van de tweeëndertig slachtoffers zouden zijn bezweken aan hypothermie. Het werd in de Nederlandse talkshows natuurlijk groot overgenomen, zodat het AMC het wel moest bevestigen. De oorzaak is een raadsel (wat de voedingsbodem is geworden voor de meest waanzinnige complottheorieën – de meest absurde luidt dat er vloeibaar stikstof in het luchtverversingssysteem van het ziekenhuis zou zijn verspreid) en men noemt het nu een 'onbekende medische anomalie', waar noch het ziekenhuis, noch het publiek erg gelukkig mee is. Het bizarre wat er met míjn patiënt gebeurde – die jongen die we op dat moment aan het opereren waren – was zeker géén hypothermie (en ook geen epilepsie, zoals in zijn overlijdensakte staat), maar ten minste veertien anderen zijn die nacht, zoals het in de volksmond heet, doodgevroren.

Dat zei ik Claire niet, want ik wilde haar niet voeden in wat overduidelijk een waanidee was. In plaats daarvan vroeg ik hoe ze erbij kwam om het verband te leggen.

'Edgar was er ook bij die nacht. Hij was patiënt van het AMC en was aan het herstellen van zijn verwondingen.'

Dus dat was de link. En aanvankelijk was ik er nog van overtuigd dat dr. Stein meende dat haar patiënt door wat er die nacht is gebeurd besmet is geraakt en het aan haar had doorgegeven... maar dat had ik mis.

Ze dacht dat hij het had veróórzaakt.

Opnieuw greep ze mijn hand, nu met beide handen en ze zei: 'Ik had een hallucinatie bij die laatste attaque, Emily. Dezelfde hallucinatie die Edgar me liet zien toen hij in de behandelkamer zijn verband had afgedaan. Ik bevond me in een ijsgrot. En daar was ik niet alleen. Ik voelde de hele tijd dat er iemand vlak bij me was, maar ik was zo overmand door de kou dat ik niet kon ontdekken wie of wat. De kou was in me gedaald, helemaal tot in mijn botten. Ik wist alleen dat het een slécht iemand was.'

Ik trok voorzichtig mijn hand los, want ik merkte dat ik er erg ongemakkelijk van werd. 'Die gletsjerspleet, de kou... je moet zelf toch ook doorzien dat het logisch is waar je associatie met het verhaal van je patiënt vandaan komt, Claire. Je zegt het zelf al. Je hallucineerde. Heb je overwogen om verder neurologisch onderzoek te laten doen? Een CT-scan, om bepaalde zaken uit te sluiten...'

Maar ze schudde haar hoofd. 'Heb jij dan niets... geen klachten, sinds die nacht?'

Ik stokte maar heel even voor ik nee zei. Claire keek me onderzoekend aan, maar ik had me herpakt en was stellig in mijn antwoord. En ik hád ook geen klachten gehad, zei ik tegen mezelf. Niet van de aard waar dr. Stein het over had.

Ik raadde haar aan een afspraak te maken bij neurologie en gaf haar mijn kaartje, voor als ze de behoefte had om nog eens te praten. Maar Claire was zichtbaar teleurgesteld en na die ontmoeting heeft ze nooit meer contact opgenomen.

Had ze dat maar wel gedaan!

Had ík maar iets gedaan. De waarheid is dat ik vorige week nog op het punt heb gestaan. Dat moet vlak voor haar dood zijn geweest. Ik heb op het punt gestaan naar PMU te lopen en haar op te sporen – ik had haar nummer tenslotte niet. Want het liet me niet los. En toch luisterde ik naar de stem van mijn verstand, die zei dat ik spoken zag.

Wat me niet los wilde laten was het laatste wat dr. Claire Stein had gezegd voordat we afscheid namen. Dat was dat ze haar hallucinatie had ervaren alsof die voor altijd had voortgeduurd en nooit was opgehouden.

'Dat was het ergst,' had ze gezegd. 'Toen ik wakker werd van mijn eigen gegil en besefte dat mijn man me wiegde, was ik ervan overtuigd dat ik hem in geen jaren meer had gezien.'

Twee weken later reed ze het Amsterdam-Rijnkanaal in.

Ik heb het steeds koud, had Claire gezegd.

Dezelfde patholoog-anatoom die me vertelde over de hoge dosis rohypnol in haar bloed heeft zich laten ontvallen dat ze zo goed als ontkleed is aangetroffen, toen ze haar uit het kanaal haalden. Ze had haar vest en blouse uitgetrokken en was bezig zich van haar broek en slip te ontdoen toen de wagen van het viaduct stortte. Hij dacht aan iets seksueels, maar dat geloof ik niet. Er bestaat een fenomeen dat *paradoxical undressing* heet. Vlak voor een slachtoffer van hypothermie het bewustzijn verliest, verwijden de bloedvaten onder het huidoppervlak zich plotseling en veroorzaken een sensatie van extreme hitte. In een vergevorderd stadium van onderkoeling rukken mensen die verdwaald zijn in de sneeuw zich soms de kleren van het lijf. Omdat ze het zo heet hebben, terwijl ze aan het doodvriezen zijn.

Zie ik spoken?

Ik loog tegen Claire toen ik ontkende dat ik klachten heb gehad, na het drama van 18 augustus. De eerste paar weken heb ik posttraumatische flashbacks gehad. Maar tegen de tijd dat Claire me aansprak had ik echt gedacht dat ik ervanaf was. Ja, de overeenkomst met de ervaring van het oneindige die dr. Stein beschreef was frappant te noemen geweest, maar ik had niet willen toegeven aan dergelijke drogredenen. Ik wilde me niet op een hellend vlak begeven.

Maar ik kan niet anders meer dan concluderen dat ik ernaast zat. En ik hou mezelf voor de gek als ik zeg dat het weg is geweest. Terugdenkend aan de afgelopen weken weet ik dat het altijd op de achtergrond heeft liggen sluimeren. Dat onbestemde gevoel. En vanmorgen in het rouwcentrum kwam het in volle sterkte terug. Een attaque, net als die nacht in het AMC.

Ik krijg ook een hallucinatie. Niet dat ik bevries, maar dat ik val. Elke keer opnieuw. En er komt geen einde aan.

Oneindigheid is zomaar een woord, een nietszeggend concept, maar de betekenis ervan zodra je het hebt ervaren is iets afschuwelijks.

Verdorie, ik moet alweer huilen. Dit heeft met psychologie niets te maken. Ik draag iets bij me, sinds die nacht in augustus. Iets wat zich als een parasiet in me heeft gevreten. Is het hetzelfde wat Claire Stein ook te pakken heeft gekregen? Zo ja, dan heeft het haar de dood in gejaagd. En wat moet ik nou beginnen?

Verbeeld je dat ik zo'n aanval krijg waar de kinderen bij zijn. Of tijdens een operatie! Ik heb er geen controle over. Ik kan mezelf hooguit afzonderen als ik het voel aankomen – áls ik het voel aankomen. Maar wat als dat op een dag niet gaat?

En ik moet steeds denken aan wat Claire zei over haar patiënt.

Die jongen met zijn gezicht in het verband.

De schim die ik vanmorgen over me heen gebogen zag staan in de spiegel van het toilet van het rouwcentrum, die had geen gezicht gehad.

Morgen zal ik Sue mijn excuses aanbieden, want ik ben onredelijk geweest. Ik mis Huib zo! Misschien zou hij niet hebben geweten wat ik moet doen, maar hij zou me in ieder geval in zijn armen hebben kunnen sluiten. Dat zijn de dingen die ik het meest mis.

Misschien had hij me kunnen vangen, als ik val.

3

20 oktober

Het wordt erger. Twee grote aanvallen gehad. Gistermiddag. En goddank thuis. Ik heb mezelf spierverslappers voorgeschreven en rohypnol, wat iets lijkt te helpen (hm, dr. Stein slikte ook rohypnol, bedenk ik nu). Ik heb er met Sue over gepraat, maar ik moet op mijn hoede zijn dat ik haar niet alles vertel.

Heb wat speurwerk verricht. Op de afdeling reconstructieve chirurgie sprak ik een collega aan met een verzonnen verhaal over een jonge sporter die verminkt is geraakt in zijn gezicht. Dat ik had gehoord dat op de afdeling een bergbeklimmer met soortgelijke verwondingen in behandeling is geweest en dat ik met hem in contact wilde komen om te kijken naar de langetermijneffecten van zijn verminking op zijn functioneren. In de meeste ziekenhuizen heerst een cultuur van heren en dames onder elkaar – met andere woorden, er worden nog wel eens vriendendienstjes geregeld. De arts wist nog om wie het ging en bood aan om contact met hem te leggen met het verzoek. Daar verwacht ik niet veel van, maar belangrijker: hij liet zich zijn naam ontvallen.

Edgar heet in werkelijkheid Nick Grevers.

4

31 oktober

Even kort, want moet straks de kinderen uit school halen. Geen aanvallen meer gehad, twaalf dagen nu en ik knijp steeds in mijn arm of het geen droom is!

Ik heb besloten het te laten rusten. Gisteren heb ik lang gebeld met Sue en haar gevraagd hetzelfde te doen. Ik ben een tijd geobsedeerd geweest door mijn waanbeelden, maar ik heb het gevoel de dingen nu weer helderder te zien.

Over obsessie gesproken. Als die Nick Grevers zou weten hoeveel ik over hem te weten ben gekomen, zou hij me nog voor een stalker houden! Ik weet dat hij voor *Lonely Planet* schrijft. Leuke, frisse stukjes. Ik weet dat hij een vriend heeft uit New York, genaamd Sam Avery. Ik zal eerlijk zijn: ik heb de Instagramprofielen van hen beiden helemaal doorgepluisd. Het zijn echt van die leuke, knappe knullen. Wat me vooral is bijgebleven is een selfie die ze vorig jaar hebben genomen bij een concert van Shania Twain in Londen. Armen over elkaars schouder, allebei een biertje in de hand, Nick met een hoed op die Shania zo te zien het publiek in heeft gegooid. Het straalt zoveel geluk uit. Het is tragisch hoe het ongeval daar zo drastisch een eind aan heeft kunnen maken. De laatste post op Grevers' profiel heeft iets onheilspellends: daar staan hij en zijn klimmaatje breed grijnzend op een hoge, vergletsjerde top in de Alpen, zonnebrillen op, spiegelende glazen. *#livingthelife* schreef hij erbij. Daarna niets meer. Een paar dagen later was het klimmaatje dood, Grevers verminkt en dat was het einde van zijn online geluk. Ook zijn vriend heeft na augustus niets meer gepost.

Het voelt bijna alsof ik ze ken en dat betekent dat ik het te dichtbij heb laten komen. Het is niet mijn zaak. Ik moet mijn eigen leven oppakken. Welk mysterie het ook is dat Claire Stein uiteindelijk de dood in heeft gejaagd, het is een mysterie geweest van de menselijke geest. De menselijke waanzin.

Mezelf gek maken lijkt een moeilijk af te leren gewoonte, maar soms moet je een knop omzetten en léven, toch?

Jee, zo laat al! Ik moet rennen.

5

1 november

Ik kan wel janken!!! O godverdomme stomme klote *cocksucker!* Het is terug en het was veel erger dan voorheen. Kinderen slapen nu eindelijk maar ik huil de hele tijd veel pijn kan dit mentaal bijna niet aan.

'Vallen' niet eenmaal in hun rapporten genoemd. Daar is de

medische wetenschap te pragmatisch voor. Niemand heeft ze tenslotte zien vallen, maar dat is exact wat er gebeurde. Ze vielen en vielen en vielen en sloegen toen te pletter.

6

2 november

Terug achter mijn notities. Telefoon op stil gezet want Sue belt de hele tijd en wil niet bellen nu. Geen energie voor. Geen energie om mezelf te moeten verdedigen. Ze zou het niet begrijpen. Ik begrijp het nu pas zelf! Arme dr. Stein. Het knakte haar verstand op het laatst en ik geloof dat dat bij mij ook is gebeurd.

Als de kinderen er niet waren geweest, zou ik nu denk ik een eind aan mijn leven hebben gemaakt. Zij houden me op de been; voor hen moet ik sterk zijn. Net als Yvain op het kritieke moment – o, hoe hij zich over zijn zusje ontfermde! Huib zou zo trots zijn geweest.

Ze waren erbij. Dat was mijn grootste nachtmerrie en het is waarheid geworden. We zaten te eten toen het gebeurde. Ik had niet eens tijd om me erop voor te bereiden of me schrap te zetten, want het blies me omver. Het trof me met zo'n kracht dat ik in mijn stoel achterover tegen de grond moet zijn geslagen. Zelf ben ik me daar al niet meer van bewust geweest; ik weet alleen nog dat mijn hoofd plotseling vol was van het geraas en dat alle schaduwen uit de kamer over me heen doken. En toen begon het vallen. Maar de kinderen...

Het moet afschuwelijk zijn geweest, zoals ze hun moeder hebben gezien. Ik kan alleen maar gissen naar wat er met me gebeurt als ik val, maar afgaande op hoe ik mezelf steeds weet toe te takelen moet het er gewelddadig aan toegaan. Blijkbaar had ik mijn glas rode wijn vast toen het gebeurde, want ik kwam bij tussen kristalsplinters en de rug van mijn rechterhand lag helemaal open, omdat die vrijelijk in het glas had liggen maaien. Yvain en Naomi zaten brullend in een hoek van de kamer, helemaal in paniek, maar toch had Yvain zijn armen om zijn zusje geslagen en troostte hij haar door zijn eigen tranen heen. Hij zei later dat hij 'zo bang was geweest' dat het niet in hem was opgekomen om 112 te bellen. Maar het dieptepunt kwam toen ik mezelf jammerend en bloedend naar hen toe sleepte en ze voor me *terugdeinsden*, waarna Naomi gilde: ‘Waarom heb je me pijn gedaan, mammie? Waarom heb je me pijn gedaan?’

God, het is waar. Yvain vertelde het. Ze was op me afgerend en ik heb haar tot tweemaal toe keihard tegen de vlakte geslagen, voor Yvain haar bij me weg wist te trekken. Het is vreselijk! Haar jukbeen is helemaal opgezwollen en paars en ook op haar arm zit een enorme blauwe plek. Huib en ik hebben de kinderen nooit geslagen. Nooit. Natuurlijk niet! Wat moet ze wel niet denken?

O lieve schat, zei ik, lieve schat kom hier, mammie deed het niet expres, mammie is ziek. Met grote, angstige ogen keek Naomi naar mijn hand en zei: ‘Mammie, je hebt bloed’, en als dat zo was, als mammie zich ook pijn had gedaan, dan moest het wel een ongeluk zijn, dan had mammie haar dus niet expres pijn gedaan. Ze liet zich door me knuffelen. Godzijdank. Ik hield ijs tegen haar wang en mijn hoofd en verbond ten slotte mijn hand. Drie glassplinters moest ik er met een pincet uit halen. En Yvain was de hele tijd zo lief en behulpzaam! Soms lijkt hij zo volwassen, met die zorgelijke blik van hem. Dan zie ik echt Huib achter dat jonge gezichtje.

Verdomme, nu huil ik alweer.

Hoe dan ook, het duurde nogal eer Naomi tot bedaren was gekomen, maar ze mocht een grote pleister uitzoeken met Disneyfiguurtjes erop en dat vond ze leuk. Het verbergt die lelijke plek in haar gezicht, maar ik ben bang dat haar juf er maandagochtend wel naar zal vragen. Toen ik haar in bed legde zei ik: ‘Vertel juf Marian maar dat mama ziek was en dat je bent gevallen, maar verklap niet dat mama’s hand je per ongeluk heeft geraakt, oké? Dat hoeft ze niet te weten. Dat is ons kleine geheimpje.’

Ik schaam me rot!

Ik hoop dat ze er niet over zal praten. Maar ik heb er geen controle over.

Goed, ik heb dus gezegd dat ik ziek was. Naomi accepteert dat zonder meer, maar Yvain is doortastender en hij vroeg wat ik dan had. Ik zei dat de dokter dat nog niet wist en dat ik soms een aanval kon krijgen, maar dat die altijd in een ogenblik weer zou overgaan, ook al zag het er misschien heel griezelig uit. Ik prees hem dat hij het geweldig had gedaan, zei dat hij een geweldige grote broer was en dat als het nog eens zou gebeuren, hij zijn zusje mee naar de slaapkamer moest nemen en wachten tot het voorbij was.

Later, toen hij ook in bed lag, zei hij iets afschuwelijks: 'Mama, er was iemand bij je.'

Ik vroeg wat hij daarmee bedoelde, maar hij had niet veel meer kunnen zeggen dan dat het had geleken alsof er een man in de kamer was geweest, toen ik zo had gegild en met mijn armen had gezwaaid. Maar hij had niet kunnen zien wie het was, want die persoon had helemaal geen gezicht gehad.

Ga me niet vertellen dat ik nu nog rationeel moet zijn! Of dat er een natuurlijke verklaring voor dit alles is.

Yvain zei trouwens nog iets. Hij zei dat het had geleken alsof ik boven de grond had gezweefd.

Hij viel in slaap en daarna stortte ik in.

O, zal ik ooit iemand duidelijk kunnen maken hoe het is? Wat ik ervaar als ik val? Is zoiets wel te beschrijven?

Laat ik het in ieder geval proberen. Misschien kan ik door het op te schrijven nog enige ordening aanbrengen. Misschien dat ik dan een uitweg zie uit dit dal. Een aanwijzing die ik eerder over het hoofd heb gezien.

Terwijl ik dit typ zie ik door het zolderraam achter de huizenrij aan de overkant van de straat de lichtgloed van Amsterdam-Zuidoost. Daar liggen de ArenA, de Ziggo Dome en het bedrijvenpark op de Amsterdamse Poort. Meer naar het zuiden, verder weg, het AMC. Daar is het allemaal begonnen, dus daar zal ik ook beginnen.

Mijn patiënt tijdens die nacht van 18 augustus heette Tim van Laerhoven en was pas vijftien jaar oud. Na een rondreis door Zuid-Amerika met zijn ouders kreeg hij eind juli last van hoofdpijn, koorts en duizeligheid. Na een serie onderzoeken op de polikliniek en bij interne geneeskunde werd de jongen met een verdenking van chronische infectie en een co-trimoxazolkuur naar huis gestuurd. De koorts zakte, maar Tim bleef futloos en klaagde, zo vertelde zijn vader tijdens de intake, over 'druk' achter zijn slapen. 'Ik zocht er eigenlijk niet zoveel achter, ik heb zelf af en toe migraine,' zei Van Laerhoven schouderophalend (volgens anesthesist was hij van het type doe-er-maar-een-pleister-op, zelfs als zijn kroost een arm is afgerukt). Op de avond van 17 augustus trof hij zijn zoon bewusteloos aan in de badkamer, stuiptrekkend en met zijn ogen halfopen en nu had hij er wél iets achter gezocht. Tim werd met spoed per ambulance naar het AMC gebracht, waar uit de CT-scan bleek dat er onder zijn hersenvlies een enorm abces groeide met acute inklemmingsverschijnselen. Zodoende was Tim van Laerhoven die nacht dus mijn spoedgeval. Ik was ervoor uit bed gebeld, de kinderen logeerden bij vriendjes (zoals altijd wanneer ik 's nachts oproepdienst heb) en dit is het werk waarvoor ik ben opgeleid.

Stella, een jonge verpleegkundige van neurochirurgie, was de eerste die het zag en haar verstikte uitroep zal ik nooit vergeten.

'*Jezus hij beweegt dat kan niet de narcose...*'

'Stella, doe normaal,' zei Stefan scherp vanachter zijn mondkapje (Stefan is Stefan Rudnicki, assistent-chirurg). Hij zei het denk ik niet omwille van wat ze zei (want dat hield hij eenvoudig niet voor mogelijk) maar om hoe ze het zei, want protocol in de OK is dat er onder geen beding hard mag worden geroepen om de behandelend chirurg niet uit haar concentratie te halen. (Om diezelfde reden is de OK nagenoeg geluidsdicht, en daarom hadden we geen idee van wat er zich op dat moment buiten op de gangen afspeelde – wat er zich overál in het gebouw afspeelde. Het was toen even na drie uur 's nachts.)

We hadden een luikje in Tims schedel gezaagd en het hersenvlies geopend. Een hersenabces is heel goed te behandelen mits je er op tijd bij bent en dat waren we, al scheelde het niet veel. Op het moment dat het misging was ik gefocust op de monitor van het neuronavigatiesysteem en zat ik bovendien aan de andere kant van de tent van lakens die we om zijn hoofd hadden opgetrokken, en zodoende had ik niet gezien wat Stella wel had gezien. Maar ik hoorde het wel, want op dat moment begon het piepen van zijn hartfunctiemonitor in snel tempo op te lopen.

'Verhoogde hartslag,' meldde de anesthesist. 'Hartslag 96, jongens.'

'96?' vroeg ik, opkijkend van de monitor. 'Waar komt dat ineens vandaan?'

'Hersenfuncties stabiel, bloeddruk iets verhoogd, hartslag nu 104.'

'Sufentanyl en vecuronium, en snel een beetje,' zei ik. Hij kón eenvoudig niet wakker worden uit zijn narcose, maar je neemt het zekere voor het onzekere. 'En wat bedoel je, "hij beweegt", Stella?'

'*Kijk dan, zijn armen!*'

Geërgerd keek Stefan om het tentdoek heen en ik hoorde zijn adem stokken. 'Jezus christus.'

Nu keek ik ook. En nu zag ik het. De armen van de jongen – beide armen – waren van het blauwe laken op de operatietafel omhooggekomen en zweefden er een decimeter boven. 'Vecuronium, nú!' zei ik. 'Stefan, check voor bloeding of lekkage. Hou die armen vast, Stella. Zijn hoofd ligt in de klem, maar als hij een toeval krijgt kan hij losschieten.'

'Hoe kan hij een toeval krijgen als...'

'Geen bloeding of lekkage,' zei Stefan. De anesthesist had de narcotica toegediend, maar het richtte niets uit. De hartfunctiemonitor ging tekeer. Zijn hartslag oversteeg nu de 130 en klom nog steeds.

Ik geloof dat Stella een kreet slaakte toen het lichaam van de jongen omhoogkwam. Het was niet dat hij zweefde, niet zoals je ziet in slechte griezelfilms over mensen die bezeten raken. Zijn heupen kwamen los van de operatietafel en zijn lichaam vormde een soepele boog, en ik moest denken aan een trapezeartiest die bij zijn middel de lucht in wordt gehesen in het circus. Stella liet hem los en deinsde terug, onderweg tegen de microscoop op botsend en nu zweefden zijn armen mee. Zijn schouders en hielen verloren nooit het contact met de operatietafel en de houding die zijn lichaam aannam kun je zelf met enige spierkracht op bed nadoen, maar de ledematen van de jongen waren volmaakt ontspannen. Dat voelde ik toen ik tegendruk probeerde te geven en dat maakte het zo onnatuurlijk. Er was geen verkramping, geen spasme, geen epileptisch insult, niets van dat al. Tim van Laerhovens slapende lichaam gedroeg zich alsof het op lucht dreef... of door lucht viel.

Ik denk dat we op dat moment alle vier te verbijsterd waren om iets anders te kunnen doen dan naar onze patiënt staren. Ik weet niet hoelang het moment heeft geduurd. Het ging allemaal zo snel. Stefan was de eerste die de tegenwoordigheid van geest had om te reageren: '*Strap* 'm in voor hij op de grond valt.'

'Waarmee?'

'*Wat maakt dat uit, verdomme!*'

Onder de tent om zijn voorhoofd gingen Tims ogen open. We zagen het allemaal. De jongen was onder algehele narcose, we hadden zijn schedel opengezaagd, maar toch gingen zijn ogen open. Alleen waren er geen ogen, alleen uitpuilend wit. En hij grijnsde. Die grijns was het griezeligste wat ik ooit heb gezien. Het was een gelukzalige grijns, de grijns van een jongen die een rit in de achtbaan maakt en geniet van de kriebels in zijn buik.

Toen klapte zijn lichaam letterlijk doormidden.

Het geluid dat het maakte was als van een flinke bundel droge takken die met geweld doormidden brak. Maar er was ook een vóchtig geluid, een *splasj*. De jongen stierf pal voor onze ogen. Hij sloeg te pletter. Met een denderende klap kwam hij op de operatietafel terecht en stuiterde letterlijk weer op voordat hij opnieuw neerkwam, definitief dit keer. De plugs op zijn borst schoten los en de hartfunctiemonitor liet onmiddellijk een schrille, aanhoudende pieptoon horen. De tent die we om zijn hoofd hadden opgetrokken werd weggeslingerd, de instrumententafel sloeg omver en alle instrumenten kletterden over de vloer. En Tim...

Alle botten in zijn lichaam waren gebroken. Ik meen me te herinneren dat in het autopsierapport stond dat alleen drie van zijn rugwervels en een middenvoetsbeentje waren ontzien; de rest was eenvoudig vergruisd. Maar de huid was intact gebleven. Het is bekend dat de menselijke huid enorme krachten kan doorstaan zonder te scheuren. Wat er voor ons lag in dat blauwe ziekenhuishemd was in feite een vormloze huidzak waarbinnen een totale vernietiging had plaatsgevonden. In de dood krimpen mensen, is me altijd opgevallen. Het geweld van zijn dood had het ding dat eens Tim was geweest donkerpaars gekleurd en met een schok doen krimpen, zonder zijn overblijfselen uit te spuwen. Dat had het vochtige geluid veroorzaakt dat we hadden gehoord.

Alleen de schedel. Die zag eruit alsof er een zware, loden plaat op was gevallen. En een schedel zit vol gaten – om maar niet te spreken over het gat dat wíj erin hadden gezaagd. Stefan kreeg alles over zich heen en hij gilde als een klein meisje.

Ik gilde ook. De anesthesist was teruggedrongen in een hoek van de OK en zag eruit alsof hij elk moment kon flauwvallen.

Stella vluchtte jammerend de kamer uit en liet de deur wagenwijd openstaan. Even later hoorden we buiten op de gang het alarm loeien.

Dit is dus wat ze in de media hebben beschreven als de 'vreemde botbreuken', die zeker zestien van de slachtoffers die nacht hebben opgelopen. Ook hierover deden de wildste theorieën de ronde, zoals altijd bij een groot mysterie dat na verloop van tijd onopgelost blijft. Stuipen veroorzaakt door epilepsie. Een agressieve infectie. Arsenicumvergiftiging. Zenuwgas. Stuipen kunnen botten breken, maar niet zo. Niet dít. Een journalist van *De Telegraaf* die de postmortale verslagen goed heeft bestudeerd, schreef dat haar het gevoel had bekropen alsof ze de autopsierapporten van MH17-slachtoffers had zitten lezen (het vliegtuig brak in de lucht in stukken en veel passagiers zijn elf kilometer naar beneden gevallen) en ik denk dat zij dichter bij de waarheid zat dan ze kon vermoeden.

Goed, we hebben hem dus doodverklaard, meer konden we niet voor hem doen. Pas toen ik me uit dat steriele OK-centrum had bevrijd en me op de gang had begeven begon ik door te krijgen dat er iets veel groters aan de hand was in het ziekenhuis (tegen die tijd heerste er totale paniek), alhoewel die wetenschap me op dat moment niets zei. Mijn handen wilden niet meer ophouden met trillen en het enige wat ik voor me zag was de grijns van die jongen. Op de achtergrond hoorde ik zonder het echt te registreren het geloei van het alarm, geschreeuw, rennende voetstappen en de steeds repeterende, onheilspellende boodschap over de intercom (*... niet in beheersing, ik herhaal, nog* niet *in beheersing. Patiënten en medewerkers wordt verzocht te blijven waar u bent, tenzij anders meegedeeld door bevoegd personeel. Het is ten strengste verboden het ziekenhuis te verlaten. Eerstehulppersoneel zo snel mogelijk naar Unit 2A, ik herhaal...*). De gang voor het OK-centrum zelf was echter spookachtig verlaten. Ik schoot het eerste vrouwentoilet in dat ik zag.

En daar gebeurde het. Ik voelde het meteen toen de automatische verlichting aansprong en ik chloor en desinfecterende middelen rook. De atmosfeer in het steriele toilet was geladen, leek te knetteren van energie. Ik zag het met meer dan mijn ogen; het zat diep in mijn hersenen omdat ik dit keer – dat begrijp ik nu

– zélf de bezetene was. De muren dijden uit en draaiden om me heen. Een ogenblik lang dacht ik dat ik zou flauwvallen, want ik verwarde het opsteken van de stormwind met duizelingen in mijn evenwichtsorgaan. Ik zette me al schrap. Toen merkte ik de koude luchtmassa op die zich dreigend naderbij stootte, zwanger van – ik lieg niet – grote vlokken sneeuw. De spiegels raakten beslagen in een bevroren boeket van ijsbloemen. Ergens boven het constructieplafond zag ik elektromagnetische flitsen, alsof de bitterkoude lucht geladen raakte, en de zwarte schichten van vogels die met acrobatische buitelingen omlaag doken en in een snelle, spiralende afdaling de dalende luchtdruk ontvluchtten. Er naderde een storm. Ik greep me vast aan de wastafels en wankelde terug naar de gang.

Daar was iemand.

Aan het eind van de gang. Er was daar een enorme diepte. Een enorme duisternis.

Ik zag een schim tussen de sneeuwvlagen die door de gang voor het OK-centrum joegen, een schim zonder gezicht. Waar hij vandaan kwam, al sla je me dood, maar op dat moment wist ik één ding zekerder dan al het andere: die schim was de oorzaak van dit alles.

Daarna begon ik te vallen.

Ik viel met misselijkmakende snelheid door genadeloos voortsnellende winden. Ik wist nauwelijks wat me overkwam. Ineens was de grond onder mijn voeten verdwenen. Woest maaiden mijn armen naar houvast terwijl de zwaartekracht bezit van me nam. De kou en de stormwind sloegen de lucht uit mijn longen, deden mijn hart verkrampen en lieten mijn gil boven me wegsterven. Mijn ingewanden protesteerden tegen de snelheid waarmee ik viel. Ik weet dat skydivers hun lichaam tijdens de vrije val in volmaakte ontspanning kunnen brengen, maar ik kan dat niet. Mijn val was ongecontroleerd, een stuurloze en duizelingwekkende afdaling door een ontaarde duisternis en het gevoel dat het in me teweegbracht was een graad van onduldbaar afgrijzen.

En het hield maar niet op.

De enige gedachte als je van grote hoogte naar beneden stort is aan de grond die je elk moment zal raken en de enige impuls is je schrap zetten tegen de klap die het leven uit je zal slaan.

Maar die kwam niet. Ik bleef maar vallen. Mijn zintuigen werden gebeukt, versuft, gedesoriënteerd. Ik verloor het gevoel van tijd: mijn wereld verschrompelde tot een hulpeloos aanvaarden van de zwaartekracht en de niet-aflatende kou die tegen me aan sloeg en mijn verstand verscheurde.

Het uitblijven van de dood zorgde niet voor opluchting; het haalde niet mijn scherpe angst ervoor weg, noch verlichtte het de ondraaglijk benauwende druk op mijn longen. Integendeel. Het was alsof de storm waar ik doorheen viel een bulderend, levend wezen was dat mijn ondergang rekte tot een uitzichtloze lijdensweg. Wat daar beneden op me wachtte was de oneindigheid.

Zo verstreken weken, en jaren, en ik viel.

De manifestatie van het oneindige gaat ons voorstellingsvermogen te boven en dat is, durf ik te zeggen, de redding van onze geestelijke gezondheid. Maar ik heb het gezien. Mij is het perspectief geboden op het oneindige – en één blik op de plaats die ons armzalige, individuele leven daarin inneemt, maakte op slag dat ik de bodem wilde raken.

Maar plots was ik vol van een nog veel verstikkender, alarmerender angst: *dat dat niet zou gebeuren.*

Ik besefte pas dat ik wakker was toen ik al een hele tijd naar mijn hand had liggen staren. Die lag plat op het linoleum van de gang voor het OK-centrum. Mijn wang ook. Er klopte iets pijnlijk in mijn lichaam (ik had een rib gekneusd, zou ik later ontdekken en mijn armen zaten onder de blauwe plekken). Het duurde een hele tijd voor ik wist waar ik was. Het alarm en de intercom waren stilgevallen. Ik had geen idee hoelang ik out was geweest.

Ik probeerde om hulp te roepen, maar besefte dat ik geen stem had om dat mee te doen. Die had ik schor gegild tijdens het vallen en dat betekende dat het echt was geweest. Toch was ik nu hier en was de storm voorbij.

Maar dat is de grootste illusie van allemaal, weet ik nu. Want de storm is nooit gaan liggen. Tweemaal heb ik de fout gemaakt te denken dat ik ervan los ben gekomen, maar steeds is het erger teruggekomen. Nu achtervolgt het me dag en nacht. Elke keer dat het me aanvalt gebeurt het precies zo. Dan val ik door die gitzwarte leegte en ervaar ik opnieuw de oneindigheid. Hel is herhaling, zeggen ze, maar elke keer de onbetwiste zekerheid hebben dat je vastzit in de oneindigheid is de vernietiging van de geest.

Waar eindigt dit??? Ik ben bang dat ik het antwoord wel weet. De val van Tim van Laerhoven kwam ten einde voor onze ogen. Hij raakte de grond. Net als al die andere slachtoffers van 18 augustus. Hun was het genadig.

Nu ben ik weer Instagramfoto's aan het bekijken. Ik weet dat de schim zonder gezicht die ik in de gang voor het OK-centrum zag, Nick Grevers was. Het is dezelfde schim die dr. Claire Stein in haar attaques najoeg. Dezelfde schim die Yvain gisteravond over me heen gebogen heeft zien staan.

Was het wat je noemt een bovennatuurlijke projectie? Een soort uittreding, o, hoe noem je dat... een dubbelganger?

Als ik langs zijn foto's scrol kan ik alleen maar speculeren over wat voor onnatuurlijks hem in staat heeft gesteld zijn traumatische ervaring in de bergen op zijn slachtoffers te impregneren en tot hun realiteit door te laten dringen. Het vallen. Het bevriezen.

Waarom doodde hij al die mensen en liet hij Claire en mij leven? Misschien weet hij het zelf niet eens. Misschien heeft hij er geen controle over.

Ik kan niet naar de politie.

Ik heb op het punt gestaan om zijn vriend een bericht te sturen. Als iemand moet ervaren wat er met Nick aan de hand is, is hij het. Maar ik durf niet. En wat moet ik zeggen???

O, wist ik maar wat ik moest beginnen!

7

8 november

De kinderbescherming! Hoe *kan* ze zoiets doen????!!! Ze heeft me zó grondig verraden!

Net nu er hoop was. Net nu er licht aan de horizon daagde. Morgen zou ik eindelijk Sam Avery ontmoeten.

Maar ik weet wat me nu te doen staat. Vanmorgen vond ik Naomi in bed, koortsig en rillend van de kou. Ze zei dat er vannacht een man op de rand van haar bed had gezeten. Hij had het gezicht gehad van een mummie, alleen had het verband losgehangen, 'helemaal in slierten'.

Ik draag iets giftigs bij me en dat zal ik de rest van mijn leven met me meedragen. Ik zal anderen ermee besmetten. Ik ben de poort en die moet ik nu sluiten, omwille van de kinderen. Alleen dan kan ik er zeker van zijn dat zij ongedeerd blijven.

Het spijt me zo verschrikkelijk, Huib. Vang me alsjeblieft op als ik val!

A Modern Prometheus

Aantekeningen van Sam Avery

How slowly the time passes here, encompassed as I am by frost and snow.
– Mary Wollstonecraft Shelley

I

Buiten de Focus zag alles er precies zo uit als een dag eerder, alleen in *reverse*. Rood opflitsende *taillights* naar het zuiden en felle witte koplampen naar het noorden. Köln, Frankfurt, Mannheim, een film die zich een déjà vu in terugspoelde. Ruitenwissers die kilometers Duitsland wegzwiepten naar het oosten.

Binnen, dezelfde rozekauwgomballensmaak van Red Bull in je mond. Het enige wat je voet in deze staat op het gaspedaal hield de cafeïnekick, de *reverse psychology*-effecten van suiker en taurine. De rest van je lichaam, één groot, bonkend NEE. Je elleboog tegen de ruit. Je hoofd naar links, hangend in je uitgestrekte hand als een bowlingbal. Zwaar als een bowlingbal. Je vingers slijtplekken masserend op je slaap, je keel dicht met een opgezwollen tong vol twijfel.

Wat dat alles veroorzaakte, dat nummer. 32. Opflitsend in je hoofd, zonder dat je het kon tegenhouden. Als een hersenkramp. Een reflex. Een nies.

Nicks *body count* in het AMC.

Als een jonge wolf in een schapenwei. Iets wat had gedood voor de fun. Speels zijn nieuw ontdekte powers uittestte.

Nicks *body count*, 32 *and counting*. Dr. Genet, Claire Stein, de kleine Rosalie, Cécile, Emily Wan. Dat waren er al 37. 37 waarvan ik het wíst. Een *body count* van 37 degradeerde zelfs Charles

Manson en Jeffrey Dahmer tot amateurs.

37 *and counting*, als Emily Wans dochtertje Naomi nu ook was besmet.

Ik laat je mijn aantekeningen na, had Emily geschreven. *Ik hoop dat mijn inzichten je verder kunnen brengen.*

O, dat hadden ze gedaan. Verder dan me lief was.

Eindelijk wist je wat Cécile had bedoeld met 'vallen'. Wat dr. Genet had bedoeld met zijn afscheidsbriefje. Eindelijk wist je wat voor gruwelijks er schuilging aan de donkere, onkenbare achterzijde van het gezicht van je vriendje.

Die beschrijving van dat geopereerde gastje in het ziekenhuis. Hoe al zijn botten waren gebroken, toen Nick hem te pletter had laten slaan.

En Emily: *Maak er een eind aan, Sam.* Emily: *Als het niet goedschiks kan, dan maar kwaadschiks. Voor er meer onschuldige slachtoffers vallen.*

Eindelijk wist je hoe royaal alles naar de klote was. Waar je nu steeds aan moest denken was hoe je Nick in je armen had gehouden. Hoe dat melkachtige waas voor zijn ogen was getrokken en weer was verdwenen, als voorbijjagende nevels. Hoe het je had geduizeld en Nick alleen tot rust was gekomen doordat ík hem tot rust had weten te brengen. Waarom ík niet was gevallen, toen ik net als al die anderen op de rand van de afgrond had gestaan en er een blik in had geworpen?

Eindelijk wist je ook daarop wel het antwoord.

Zelfs in die afgrond, zelfs daar had ik nog altijd Nick gezien. Míjn Nick.

En daarom was hij mijn verantwoordelijkheid. Ik was degene die hier iets aan moest doen.

Maar wat? En waar was hij nu?

Dat-ie zelfmoord zou plegen was op dit punt niet meer mijn eerste *concern*, want de vinkjes bij mijn appjes waren blauw geworden. Nick had ze dus gelezen. Om 8:23 uur vanmorgen, om precies te zijn. Nick was dus zichzelf geweest – de Maudit was veel te druk met, weet ik veel, erosie, om WhatsApp te checken. Sterker, Nick was op een plek geweest met netwerk of wifi. Een oplaadpunt. Mijn angst dat we zijn lichaam over een paar weken zouden terugvinden in de bergen, zijn ogen door vogels uitgepikt en de lippen teruggetrokken van zijn grote dode tanden terwijl Nick genoegen had genomen met een astraal bestaan in de schoot van zijn Maker, die bleek ongegrond. Maar volgens Julia was hij ook niet thuisgekomen in het chalet, dus waar was hij dan wel? En wat was hij van plan?

Hij *was* iets van plan, zoveel was duidelijk.

Wat je ook appte, hij appte niet terug. Hoe vaak je ook belde, hij nam niet op. Na een tijdje stond zijn telefoon weer uit. En ik, mijn lippen stijf op mekaar. De slijtplekken op mijn slaap groter en groter.

Julia – *breaking character* – was al sinds vanmorgen op van de zenuwen. Ik had haar alles verteld, voortkruipend van *Baustelle* naar *Baustelle*. Alles wat we hadden vandaag was tijd. Tijd en een onbeperkte datalimiet. Julia kon niet duidelijk maken waarom ze zo'n onbestemd voorgevoel had. Het was ondefinieerbaar, een rondzwevende schim, maar mijn verhaal had het er natuurlijk niet beter op gemaakt en elke keer dat ik haar aan de lijn had, elk uur dat ik obsessief-compulsief terugbelde zei ze schiet alsjeblieft op, broertje. Kom alsjeblieft snel... en wakkerde je vrees aan dat ze wel eens gevaar zou kunnen lopen als Nick onverhoopt terugkwam. Met de kennis van nu, met de kennis van nu... dus drukte je het gas nog iets dieper in.

Ennnn remmen. Nog voor Mannheim kwam het met bakken tegelijk uit de hemel. De Autobahn muurvast. Trommelend op het stuur, rechterbeen *out-of-control* restless-leggen boven het pedaal en toen werd het halftwee en werd er gebeld.

Een +41 nummer. Zwitserland.

En ik dacht: *Dit zul je niet willen horen.*

Nee, dat wilde ik inderdaad niet, maar dit was mijn gifbeker. Ik moest hem leegdrinken.

Dus nam ik op en zei ik: '*Bonjour*?'

In het Frans, die gozer aan de andere kant, hij zei: 'Goedemiddag, u spreekt met dr. Alain Rambert van de *Clinique Esthétique Le Châtelard* in Montreux.' Over de Dr. Beats, zijn stem trillend van opwinding, hij zei: 'Spreek ik met Sam Avery?'

Wat je moet weten is dat Alain Rambert een compleet uit m'n duim gezogen naam is, want in werkelijkheid heb ik geen flauw idee hoe die vent heette. Op dat moment was namelijk met twee tellen vertraging de betekenis van *Clinique Esthétique* tot me doorgedrongen, de échte betekenis ervan met alles wat het impliceerde en dat had verdrongen wat daarvoor was gekomen. Ik voelde mijn hart in mijn borst bevriezen. Voelde mijn oogbollen opdrogen en zag wit in het achteruitkijkspiegeltje, heel veel, dooraderd wit. Ineens begreep ik het. Begreep ik het allemaal. O, nee. Nee-nee-nee-nee-nee. Nick had de grootste fout van zijn leven gemaakt.

In de verte hoorde ik mezelf zeggen: 'Krijg ik gratis tandenbleken als ik ja zeg?'

'Eh, nee meneer. Ik bel met een serieus bericht. U bent een bekende van Nick Grevers?'

'Ja, zijn partner.' *In crime*, dacht ik.

'Ah, goed dat ik u spreek. Monsieur Grevers heeft uw nummer opgegeven als aanspreekpunt van de familie. U zult ervan op de hoogte zijn dat hij vandaag in onze kliniek een littekencorrectie zou ondergaan.'

'Jazeker,' zei ik en in gedachten volgde ik het hele spoor van Nicks verband hand over hand de duisternis in. Lus voor lus wikkelde ik het af en wie je daar in het donker tegenkwam was Cécile, die het had verschoond voordat ze gillend was weggerend uit het CHUV. Wie je daar tegenkwam, dr. Genet, die eronder had geopereerd voordat-ie nog geen maand later met een verwoest brein een eind aan zijn leven had gemaakt. Wikkel voor wikkel volgde je het dieper het donker in en daar was ikzelf, ertussendoor *peekend* voordat er zwarte vogels uit waren gekomen. Daar was de kleine Naomi, die het los had zien hangen van de schim op de rand van haar bed, 'helemaal in slierten'. Sneller en sneller en als je alle repen had afgewikkeld dan zag je in het centrum van de duisternis Nick, die rillend en apathisch tot zichzelf was gekomen in een hoek van de ziekenhuiskamer en het stinkend naar wondzalf van zijn gezicht naar beneden had zien bungelen, terwijl om hem heen zich een verschrikkelijk drama ontvouwde.

Het kwam eruit als-ie zijn verband afdeed. Maandenlang had-ie de druk laten opbouwen. Ging je erin sníjden... dan kon je net zo goed de Kraken loslaten.

'Jazeker,' zei ik nog een keer. Mijn stem ver weg, als vanuit de mist: 'Ik dacht alleen dat dat pas over twee weken zou zijn?'

Tijd genoeg om het hele onzalige idee uit zijn hoofd te praten.

'Dat was aanvankelijk ook zo,' – die chirurg al even ver weg – 'maar er was een plek vrijgekomen. Monsieur Avery... ik weet niet zo goed hoe ik dit moet vertellen.'

'Is Nick in orde?'

'Dat kan ik niet zeggen. Er is geen makkelijke manier om dit uit te leggen en daarom zal ik er ook niet omheen draaien: monsieur Grevers is tijdens de operatie opgestaan en weggelopen.'

En ik zei: 'Weggelopen.' Denkend: *Daar kunnen we mee dealen* en meteen daarop: *O Jezus, hoe erg is de schade?* Zie hier: de rekbaarheid van het menselijk brein. Zie ook: complete shock. Eén van de twee. Kies maar.

En ik zei: 'Was-ie niet onder narcose dan?'

'Jawel, en dat is het vreemde.' Waar je aan dacht, Emily's patiënt. Dat gastje wiens lichaam omhoog was gekomen, alsof hij was gaan vliegen. 'Gezien de grootte van zijn littekens hebben we hem onder algehele narcose gebracht. Hij lag aan de beademing en zowel zijn hartslag als de EEG wezen uit dat hij onder zeil was. We waren net begonnen met de ingreep toen het misging.'

Wat er misging? Nick was wakker geworden, dát was er misgegaan. En die anesthesist natuurlijk meteen toeschieten, maar Nick had hem een harde douw gegeven en toen was het allemaal heel snel gegaan. Nicks ogen waren opengegaan als van een slaapwandelaar, schijnbaar blind en nogal luguber. En zonder ook maar een woord uit te brengen had hij de plugs en de intubatieslang losgerukt en was hij weggelopen. Bloedend als een rund uit de incisie in het litteken.

'Echt,' stuntelde die chirurg, 'we hebben geprobeerd hem te overmeesteren... maar hij liet zich niet tegenhouden. We waren zo van slag dat hij de kliniek al had verlaten eer we goed en wel beseften wat er was gebeurd. En nu is hij eh... vermist.'

Stel je voor, Nick in een met bloed bespat operatiehemd, Nick met openhangend gezicht, voortwaggelend als het monster van Frankenstein door de straten van Montreux. Beeld je in, een menigte van uit elkaar stuivende mensen. Niets van dat al. Bleek dat er geen enkele melding was binnengekomen. Dat was het vreemdste van alles. De Police Cantonale had een signalement uitstaan – mag jij je voorstellen hoe dát luidde – maar Nick, hij leek van de aardbodem verdwenen.

'Het is van het grootste belang dat hij zo snel mogelijk naar de kliniek terugkomt,' ratelde die chirurg. 'Hij zal de wond wel hebben verbonden, maar de kans op infectie is groot en hoe langer het openligt, des te moeilijker zal het worden nog een enigszins mooi resultaat te boeken voor wat betreft de correctie.' Hij zei: 'Maar dat staat los van het feit dat we volkomen verbijsterd staan over...'

En ik zei: 'Is er iets gebeurd toen jullie in hem sneden?'

'Ik begrijp niet wat u...'

'Iets vreemds? Heeft u een visioen gehad?'

Stilte aan de andere kant.

'Heeft u kou gevoeld? Het gevoel gehad dat u viel? Dat er een afgrond openging onder uw voeten?'

En aan de andere kant van de lijn hóórde je die vent gewoon bleek wegtrekken.

Ik zei, ik moest alles weten. Er konden levens mee gemoeid zijn.

En na een lange, beverige stilte zei hij: 'Ik zal open kaart met u spelen als u me uw woord geeft dat u niet met de media spreekt. Dan kan ik mijn kliniek opdoeken. Ik weet dat we de schijn tegen hebben en het lijkt alsof we een fout hebben gemaakt met het toedienen van de narcose, maar dat is het hem nou net: ik hield zelf toezicht. Ik durf er mijn beide handen onder te verwedden dat er geen fout is gemaakt.'

En ik zei dat ik hem geloofde.

Zodra hij het mes in Nicks gezicht had gezet, vertelde die chirurg, had-ie een flauwte gekregen. 'Ik wilde mijn assistent waarschuwen, maar het ging zo snel.' Hij zei: 'Ik zag vlekken voor mijn ogen en werd opeens bestormd door een heel onaangename sensatie. En een geur. De zoete, weeë geur van ontbinding. Het riep een herinnering in me op.'

Toen hij een jaar of acht was geweest was hij met zijn ouders in de bergen wezen picknicken. Hij was een eind langs de beek opgelopen en op de oever, wat zijn tere kinderzieltje voor altijd had getraumatiseerd, daar had-ie de halfvergane resten van een steenbok gevonden, dampend in de zon en krioelend van de maden. De rottingsstank had hem zijn hele aardappelsalade doen uitkotsen. Het was die geur geweest die de chirurg nu had geroken.

'Ik keek op, denkend de OK te zullen zien, maar in plaats daarvan zag ik die berg aan het eind van het dal boven me uittorenen. Alleen was het niet dezelfde berg als vroeger. Deze berg was gehoornd. Als de Duivel. En u heeft gelijk: ik voelde inderdaad een kilte door me heen gaan. Het beeld was verkéérd, begrijpt u? Anders kan ik het niet uitdrukken. Er ging iets helemaal verkeerds van uit. Ik kreeg er de rillingen van. Het was méér dan een herinnering. Het was zo kraakhelder dat het leek alsof ik er echt was. Ik zag het felle licht, ik hoorde de beek, maar ik rook vooral die stank. Die zoete lucht van ontbinding.'

En hij was niet de enige die iets had gezien. Zijn anesthesist was een ogenblik na Nick de kliniek uit gevlucht en nam nu zijn telefoon niet op. Zijn assistente was gebleven, maar had met geen woord over het voorval willen spreken. Zij zat op dit moment lijkbleek voor haar lunch, zei hij, maar had er geen hap van genomen.

En ik dacht, er was tenminste nog niemand dood. Dacht, er was nog niemand doormidden gebroken.

Die chirurg, zijn stem brak af in een snik. 'Die ontbindingslucht, ik kan het maar niet kwijtraken.' Beverig, hij zei: 'Ik ruik het nu nog steeds.'

Godver.

Bijna eruit floepend: *U zult het nog veel sterker ruiken voor u sterft.*

'Alstublieft,' smeekte die vent nu haast, 'we zullen monsieur Grevers vinden, daar ben ik zeker van, maar vertelt u me in de tussentijd wat u weet. Want u weet meer, nietwaar? Dat merk ik aan uw reactie.'

Ik zei, misschien. Ik zei dat ik mijn vermoedens had. Dat ik hem t.z.t. alles zou vertellen, maar dat ik nu eerst contact moest opnemen met de politie. Familie bellen. Die vent had niet eens door dat ik hem afscheepte.

'Nog één ding,' zei-ie.

Wat dan?

'Toen wij uw vriend onder narcose brachten was hij bang. Echt bang. Vlak voordat hij wegzakte raakte hij in paniek en sperden zijn ogen zich open, alsof hij ineens een ingeving had. Hij greep de anesthesist vast en riep: "Snij mijn ogen eruit. Snij niet in mijn gezicht. Snij mijn ogen eruit." Dat was het laatste, want toen gleed hij weg. Nu zeggen mensen in die roes wel vaker vreemde dingen, maar in het licht van wat er is gebeurd... weet u of dat iets te betekenen heeft?'

'Geen idee,' zei ik en ik hing op.

2

Daarna, chaos. Mijn rechtervoet, switchend van gas naar rem naar rem naar gas. Slalommend tussen filerijdende auto's, scheldend, toeterend als zo'n Duitser in een BMW je er niet tussen liet. Mijn vinger al zwevend boven Julia's naam tussen mijn recente oproepen toen opnieuw de telefoon ging, nummer onbekend.

En ik, ik zei: '*Bonjour?*'

De Police Cantonale. Ja, ik was al op de hoogte. Nee, ik wist zijn verblijfplaats in Zwitserland niet. Had-ie die niet opgegeven aan de kliniek, dan? O oké, zei ik, ergens aan het meer van Genève in ieder geval. Nee, ik was zelf in Denemarken.

Hopend, *biddend* dat een of andere malloot daar niet mijn naam door het systeem zou halen en op een verhoor van twee dagen eerder zou stuiten over de vermissing van een zekere Cécile Métrailler in Grimentz. Nicks naam niet aan de zaak gelinkt; dié cops waren veel te druk bezig geweest hun eigen mysterie in de doofpot te stouwen om aandacht te besteden aan een revaliderend patiënt op de benedenverdieping. Op dit moment was er geen verdenking van een misdaad en was ik puur het bezorgde familielid, maar als iemand A aan B zou linken dan zou-ie niet alleen dwars door mijn leugens heen prikken, dan was het alarmfase I. Een beetje rechercheur zou niet in toeval geloven in twéé uiterst vreemde zaken.

De Police Cantonale, ze maakten zich zorgen om Nicks wélzijn. Ik maakte me zorgen om het welzijn van de Police Cantonale, mochten ze hem onverhoopt tegen het lijf lopen.

Oui, het was een bizar verhaal en *oui*, ik zou het laten weten zodra ik iets van hem hoorde en of ze *s'il vous plaît* hetzelfde konden doen. *Merci fucking bien.*

O fuck. O fuck o fuck o fuck. Ik belde Julia. 'Julia, je moet daar weg. Nu meteen.'

En Julia zei: '*Excuse me?*'

'Neem een bus of een lift naar het dal en pak daar een hotel. Nick is los en ik ben heel erg bang dat het dit keer definitief is.' En ik vertellen wat er was gebeurd. En Julia gealarmeerd, Julia al haar spullen aan het pakken nog voor mijn verhaal klaar was. Gossiemikkie, iemand die dééd wat je wilde. *Praise the Lord.* Ik zei: 'Ik weet niet wat hij doet, of hij naar Hill House zal komen, maar als dat zo is dan wil ik dat je daar weg bent. Hij is gevaarlijk.'

En Julia zei: 'Ik weet niet of ik wel beneden kan komen, Sam. Het is gaan sneeuwen hier, ik weet niet hoelang de wegen nog open zijn.'

Mijn maag leek te verzakken. 'Dat was niet voorspeld, toch?'

'Ik weet alleen maar wat ik buiten zie.'

'Goed, ga dan in elk geval naar het dorp. Daar is ook een hotel.'

Julia haperde. 'Ik... ik ben bang, broertje. Ik heb je steeds proberen te bellen net, maar je was in gesprek.' Ze zei: 'Er waren mensen, hier.' Mensen? 'Uit het dorp. Een hele groep. Ze vroegen naar Nick. Naar die man met zijn gezicht in het verband. En... ze zagen er niet uit of ze met goede bedoelingen kwamen. Ze waren nogal agressief, ik was bang dat ze me iets zouden aandoen.'

Christus. Dus Maria en haar buurtapp hadden gelijk gehad. De vlam was in de pan geslagen. Maar wat was de aanleiding geweest dat dat juist nu was gebeurd? Was Nick soms... nee, daar was niet genoeg tijd voor geweest. Nog niet.

'Wat heb je gezegd?'

'Dat jullie waren vertrokken en dat ik op het huis paste.'

'Held.'

'Maar ze gingen niet weg, Sam. Ze zijn een hele tijd rond het chalet blijven hangen. En niet eens in het geniep. Ik denk dat ze zich echt ervan wilden overtuigen dat jullie weg zijn. Pas toen vertrokken ze.'

Ik zei dat ze het goed had gedaan. Dat ze nu haast moest maken. En wees voorzichtig, alsjeblieft. Wat kon je anders zeggen om haar gerust te stellen? Tussen Julia en mij lag vijfhonderd kilometer asfalt. Met mijn *luck* zou het Kerstmis zijn eer ik bij haar was.

Stomkop. Ik had haar nooit alleen mogen laten. Nu stond ik volkomen machteloos.

Angst in mijn botten, fel als de wind om de spoilers van de Focus. Tegen die tijd kropen we niet eens meer vooruit, we stonden letterlijk stil. Ingesloten. Je kon je niet aan de indruk onttrekken dat je door iets werd tegengehouden. Dat je gemanipuleerd werd, terwijl er in Zwitserland iets afschuwelijks stond te gebeuren, of al aan het gebeuren was. Iets wat ik niet kon verhinderen. De lucht in het zuiden leek wel nacht. De regen was overgegaan in natte sneeuw. Twee graden, zei je display. En de bergen waren nog niet eens *dichtbij*.

Buiten de Focus staarde een gezicht met holle ogen me aan door het zijraampje. *Holy crap* – ik ben niet de eerste gozer *in history* die schrikt van zijn eigen spiegelbeeld, maar de dooiende druipstriemen vervormden het, ontmenselijkten het, keerden het binnenstebuiten.

Er was daar niets, buiten de Focus. Niets kwaads dat daar ronddoolde. Alleen maar zo'n schim met gaten als ogen, zo'n schim van wie het gezicht binnenstebuiten zat. Ieder mens had zo'n achterzijde, zo'n duisternis die je in staat stelde de meest onmenselijke dingen te doen. De meesten van ons hadden alleen het geluk dat we nooit tegen een ontsteker aan liepen die het triggerde. Was het pure pech geweest dat het bij Nick wel was gebeurd? Hoeveel *close calls* hadden we dan in ons dagelijks leven, zonder dat we ons er zelfs maar van bewust waren? Hoe dicht begaven we ons allemaal op de rand van die afgrond?

Van die vraag kreeg je het door en door koud.

Anderhalf uur later. Dertig kilometer verder. Julia weer. Ze was naar het dorp gelopen, maar ze was weggejaagd. Als een zwerfhond. Geen van de hotels had haar een kamer willen verhuren. Alsof er een vloek op haar rustte.

Het weer verslechterde inmiddels rap in de bergen en La Poste reed niet meer naar het dal. Lopen was onder deze omstandigheden geen optie. Conclusie: mijn zusje was gestrand. Gedwongen om in het chalet af te wachten. Je enige consolatie: als het voor Julia moeilijk werd om omlaag te komen, zou het voor Nick even moeilijk zijn om omhoog te gaan.

Behalve dan dat een berg heerste over het weer.

Een berg veróórzaakte het weer. Schiep zijn eigen microklimaat.

Waar je helemáál niet aan wilde denken.

Ook de Police Cantonale belde nog terug. Tegen die tijd was het al laat in de middag en spraken ze op de radio van een weeralarm, over een zwaar front dat onverwacht over Centraal-Europa naar de Alpen trok, over sneeuwrecords die waarschijnlijk in de loop van de nacht gebroken zouden worden. Tegen die tijd spraken ze over truckers die zich moesten opmaken om de nacht op de vluchtstrook door te brengen en over een negatief reisadvies voor iedereen die niet beslist de weg op moest, maar vertel dat maar eens aan al die mensen in de files die traag achter Zuid-Duitse strooiwagens aan kropen.

Die vertegenwoordiger van de Police Cantonale, ze zei dat Nick wel ergens een onderkomen moest hebben gevonden. Met dit hondenweer zou hij niet op straat zijn gaan zwerven. Zolang ze niet zijn verblijfplaats wisten konden ze niets uitrichten.

Het werd donker. Julia was alleen in Grimentz. Ik stond vast voor Basel. Nick was spoorloos en in de bergen waren zelfs de echo's stil, in afwachting van wat naderde.

3

Dit geloofde je niet: één uur 's nachts en nog steeds was je niet boven. Je brein het stadium voorbij dat Red Bull nog hielp; waar je naar snakte was een Long Island Iced Tea. Een Cuba Libre. Honderd milligram ritalin.

Dit geloofde je niet: ik reed dus achter de knipperende oranje lampen van een sneeuwploeg aan. Stapvoets zigzaggend van haarspeldbocht naar haarspeldbocht, opsproeiend strooizout bijtend in het profiel van je zomerbanden, hoger en hoger het Val d'Anniviers in. Of dat hoopte je althans, want het enige wat je in je mistlampen kon onderscheiden waren sneeuwbanken die de v-vormige schuiver langs de weg opstuwde en de wervelende ijskristallen. Je had nogal wat overredingskracht nodig gehad om die gozer zover te krijgen dat-ie naar boven ging, maar vijf minuten in de *blizzard* in je rol als aanstaande jonge vader en een lulverhaal over hoe zijn fontanelletjes op dit moment al door de puffende cervix van zijn moeder werden samengeperst en je was klaarwakker. Voorbij Bern was ik nog bijna de vangrail in geknikkebold, maar nu wilden je ogen wel openblijven. De vermoeidheid voorbij. Wat ervoor was teruggekomen was het onbehagen. De angst dat je te laat was – te laat om een onzichtbaar noodlot af te wenden. Bullshit, maar niettemin waar.

De bergen buiten de Focus, je zag ze niet, maar je voelde hun aanwezigheid dreigender dan ooit. Hun gekromde toppen, grijpend als vingers. Hun donkere spelonken vol blinde ogen, loerend in de nacht. Hun kille, dode adem. Soms leken ze je te hypnotiseren en dan was je bang dat je de oranje zwaailichten voor je zou kwijtraken, dat je hier helemaal alleen zou stranden op die bevroren bergweg, alleen met wat voor gruwel zich daarbuiten in de sneeuw ook ophield.

En *PETS*, vlakke hand in je gezicht, kappen met die onzin. Voorzichtig het gas dieper indrukken, zorgen dat je niet slipte.

Aan het eind van deze helletocht wachtte Hill House en daarmee kwam ook het onvermijdelijke dichterbij: wat moest ik doen als ik tegenover Nick zou staan? Het tartte elke logica dat-ie daarboven zou zijn, het laatste wat je nota bene had gehoord toen Julia tegen elven was gaan pitten was dat er geen enkel teken van leven van hem was geweest. En toch, en toch...

Zestien uur alleen met mijn gedachten en ik was geen enkele strategie opgeschoten. Geen enkele epifanie verder.

Twintig over één. Turend door de sneeuwvrije halvemanen van de ruitenwissers op je voorruit en ineens, het schijnsel van je telefoon. Grijpend tussen alle zooi op de bijrijdersstoel, je open rugzak, je half opgegeten McFilth, Dr. Jingles – je iPhone. Je Dr. Beats. Turend op de weg, met één hand probeerde je hem over je oren te trekken. Het scherm oplichtend, twee gemiste oproepen. Net op tijd om de derde aan te nemen en het bluetoothsignaal op te pikken.

'Julia!'

En Julia zei: 'Waarom nam je niet op?'

'Sorry, het is linke soep hier op de weg. Moest 'm even aan mijn koptelefoon linken. Heb je nieuws?'

'Ik... nee.' Haar stem klonk vreemd hol. Misschien was ze net wakker, of had ze helemaal niet kunnen slapen. 'Waar ben je?'

'Onderweg. Zussie, is alles goed? Je klinkt gek.'

Een korte stilte en toen zuchtte ze. 'Ja.' Ze zei: 'Ik word alleen gek van die storm. Hoelang duurt het nog voordat je er bent?'

'Ugh, als ik dat eens wist. Dit geloof je niet: ik rij achter een sneeuwploeg aan! Dat is de enige manier waarop ik vannacht nog omhoog kon.' Dus ik vertellen hoe voorbij Bern *ein-de-lijk* alle files waren opgelost. Hoe de wegen leeg waren gelopen maar de omstandigheden er alleen maar slechter op waren geworden. Over het weeralarm, over het lawinegevaar in de bergen. Ik merkte dat ik het fijn vond tegen Julia te kunnen praten. Mijn stemgeluid maakte dat ik me wat minder alleen voelde met het oranje flitslicht op mijn netvlies en het vreemde, gefilterde huilen van de middernachtelijke storm door de noise cancellation. En – goed, wat minder bang. Op een bepaald punt was de enige reden dat je voortratelde het horen van je eigen stem: '...want ik schoof gewoon schuin over de weg naar de vluchtstrook voor ik hem weer onder controle kreeg. Daarna werd het ietsje beter omdat ze strooien, maar hier valt niet tegenop te strooien. Echt, het is wel indrukwekkend wat een materieel die Zwitsers inzetten om hun wegen vrij te houden. Ze zijn hier twintig keer beter voorbereid dan bij ons, maar ja, daar zijn het ook Zwitsers voor...'

Aan de andere kant van de lijn, gekletter. Een telefoon die uit iemands vingers glipte. En ik zei: 'Hallo?' Zei: 'Hallo? Hallo? Ben je daar?' Zei: 'Julia?'

'Ja, ik ben er.'

'O, oké. Slimpie. Nou ja, het was een vreemd gevoel om langs Montreux te rijden omdat Nick daar vandaag dus is geweest en weet ik veel, misschien is-ie daar wel nog steeds...' Ik luisterde. De stilte op de lijn was te drukkend. 'Hallo?'

Geen ademhaling. Alleen die zachte ruis. Alsof je de storm zelf op de lijn hoorde zuchten. Dat las je wel eens in oude boeken, maar was zoiets nog mogelijk met draadloze satellietverbindingen?

Ik dacht: *Niet de storm.* Dacht: *De adem van de Maudit.*

En ik zei: 'Julia? Julie!'

'Sorry, ik... ik liet je even vallen. Praat maar door, ik ben er.'

Er kraakte een plint door mijn koptelefoon. Julia was op zolder.

'Ik weet niet, de verbinding lijkt af en toe weg te vallen.' Ik luisterde – hij leek nu weer hersteld. '*Anyway*, toen ik dus eindelijk aan het begin van het dal aankwam was al gebeurd wat ik vreesde: de weg naar Grimentz was dicht.' Helemaal vanaf de snelweg, vertelde je. En toen dat hele verhaal over hoe ik die gozer in de sneeuwploeg had bewerkt. Die sneeuwploeg die toevallig voorbij was gereden, toen je je frustratie op het interieur van Nicks Focus had losgelaten. Die gozer in zijn reflecterende overjas van de wegwerken, hij had sneeuwkettingen om mijn voorwielen gemonteerd, daarmee kwam ik nu stapvoets vooruit. En ondertussen doemde er zo'n bord op langs de afgrondkant van de weg, ontdaan van zijn sneeuwpak door de snijdende wind: VISSOIE 3 GRIMENTZ 11 ZINAL 15.

Die gozer, hij had gezegd dat-ie me in Grimentz kon krijgen, maar niet via de directe route die helemaal naar de dalbodem slingerde en aan de andere kant van de Navisence weer omhoogklom. Te gevaarlijk. We zouden de hoofdweg volgen en vlak voor Zinal afbuigen. Die weg was langer maar lag in de luwte van het bos en was minder steil. Ik zei *I don't care* hoe je me boven krijgt, als ik maar op tijd was om iemand z'n navelstreng door te knippen.

'Echt, het is bar en boos.' Ik zei: 'Ik heb het idee dat achter ons de weg meteen weer ingesneeuwd raakt. Soms kan ik door de voorruit zelfs de achterlichten van de sneeuwploeg niet eens zien en ik rij nog geen tien meter achter hem. Ik heb echt geluk gehad, hij zou vannacht eigenlijk niet verder gaan dan Vissoie, maar... ben je er nog?'

En Julia zei: 'Ben je al in het dal?' Alsof het nu pas tot haar doordrong.

En ik: 'Ja.' Dat probeerde ik al de hele tijd duidelijk te maken.

'Kom alsjeblieft snel.'

'Ik doe mijn best, zusje, maar ik kan niet sneller dan de sneeuwploeg. Ik schat nog veertien kilometer. Een halfuur. Veertig minuten, of zo.'

Iets in haar stem verstilde me. Uiteindelijk was zo'n stem door je koptelefoon niets anders dan een schijnveiligheid. In werkelijkheid lag er een eindeloze tunnel van bewegende vormen sneeuw tussen ons in. Je ogen staarden tot tranen toe die tunnel in, schoten van links naar rechts in hun kassen om ieder spoor van dreiging op te kunnen vangen. Om te kunnen zien wat er daarbuiten jacht op je maakte. Hoe dieper je als mens in de bergen doordrong, hoe meer je een gehandicapt dier werd dat werd beslopen door iets met druipende kaken.

Ik rilde, dwong de gedachte uit mijn hoofd, kon het niet. 'Ik heb Nick proberen te bellen,' zei ik zacht. Likte over lippen die aanvoelden als perkament en zei: 'Zijn telefoon staat nog steeds uit.' Zei: 'Ik ben bang, Julie.'

En plotseling, als in een inval, besefte ik dat het gevaar niet hier was, op deze bergweg... maar daar, in het zuiden, in Hill House.

Het was helemaal mis. En ik was te laat.

Ik fluisterde: '*Julia...*'

En Julia bevend, hyperventilerend: 'W-w-wat?'

'Julia, wat is er aan de hand? Ben je aan het huilen?'

'Nee, ik...'

'Je bent wel aan het huilen! Zussie, wat is er?' Twee handen klauwend om het stuur, koud zweet in mijn nek: 'Is er iets gebeurd?'

'Kom alsjeblieft, o god...'

'Ik kom!' Overslaand nu. 'Ik ben onderweg, dat weet je, maar ik kan niet sneller! Wat is er gebeurd?'

En Julia zei: 'Er zijn mensen hier.'

'Wat?'

'Er zijn mensen hier.'

'Hoe bedoel je, mensen.'

'In mijn slaapkamer.'

'Hoe bedoel je, er zijn mensen! Uit het dorp? Die mensen die vanmiddag uit het dorp kwamen?'

'Nee, die zijn het niet.'

Julia's stem, een verstikt gepiep. Nu pas drong het tot me door wat ze had gezegd: *In mijn slaapkamer*.

Een snerpend gekrijs, een zware bonk: je hoorde het niet met je oren maar met je hart en ziel. De sluisdeuren die eindelijk openschoven, het begrip dat in mijn brein op z'n plek viel. De schimmen die ik tijdens het hoogtepunt van de morose in de badkamer had zien drommen. De echo's. O jezus.

Maria's stem, nu zelf echo: *Ze zeggen dat de doden je willen omhelzen. Dat ze zich willen warmen aan je leven. Want ze hebben het zo koud. Zo ontzettend koud.*

'Er zijn hier mensen...' piepte Julia weer. 'De hele kamer staat vol en ze kijken naar me. O god Sam, ze komen dichterbij! O jezus. Ze komen steeds dichterbij. Help me. Kom alsjeblieft nu meteen. Er is een vrouw en ze kijkt naar me, ze staat naast mijn bed en kijkt de hele tijd naar me...'

Ik voelde alle kleur wegtrekken, niet alleen uit mijn gezicht maar uit de wereld. 'Julia! O god, hebben ze ogen? *Hebben die mensen ogen?*'

En Julia begon te gillen. Mijn zusje. Mijn Julia. Gillen.

'*Julia, maak dat je daar wegkomt!*'

Julia gilde om mij en haar gegil drong zich mijn oren binnen als een dolkstoot. Eén keer eerder had ik haar zo horen gillen, dat was toen het rookalarm was gaan loeien in Huckleberry Wall, vijftien jaar eerder en toen was ik er voor haar geweest, toen had ik haar kunnen redden, maar nu was ik hier, nu was ik te laat, *nu was ik te laat*.

'Ga daar weg, nu meteen! Julia! Julia! O god Julia, vlucht, ga naar beneden, ga bij ze weg, ga nu meteen weg!'

Te laat besefte je dat het stil was. De verbinding verbroken. Dus ik terugbellen – *straight to voicemail*. Nog een keer. Twee keer. Drie keer. *Kom op, kom op, kom op*, misschien belden we langs elkaar heen, *bel zelf dan*... maar de seconden tikten weg en Julia belde niet.

Haar telefoon uit. Verdwenen. Vernietigd.

Er zijn hier mensen...

O *hell*, als het de echo's waren als ze *in huis* waren als ze *actief* waren dan was hun gedrag veranderd dan konden ze Maudit voelen en *dat betekende dat Nick daar ook was, Nick was daar, alleen was het niet langer Nick, dan was het de Maudit, dan was zijn verwording voltooid*.

En ik toeteren, ik slingeren, ik bumperkleven, *VLATS* een waaier strooizout over mijn voorruit, eindelijk flitsten zijn remlichten op, eindelijk stond die ploeg stil. En ik het portier opensmijten, ik sprong uit de Focus, jezus de kou, die wind en *SLIP* meteen op m'n bek, gezicht in de sneeuw, ik hapte naar adem en rende alweer voor ik goed en wel overeind was.

'*Dude, relax*,' schreeuwde die gozer vanuit de ploeg boven de wind uit, met mij hangend aan zijn portier. '*Wat is er aan de hand?*'

'*Sneller! We moeten sneller! Het is begonnen! Alsjeblieft, gas erop!*'

'*Ik ga zo snel als we kunnen!*' Hij keek me aan en schreeuwde: '*Voor iemand die op het punt staat een gelukkige vader te worden zie je er behoorlijk panisch uit. Is alles wel oké?*'

'*Gas erop!*' gilde ik alleen maar, alweer op weg naar de Focus.

Die laatste tien kilometer naar Grimentz, tergend langzaam achter die sneeuwploeg aan, ik kan zonder overdrijven zeggen dat het de donkerste momenten van mijn leven waren. De paniek was volledig. Mijn bloedeigen zusje. Julia Avery, *Manhattan's finest*. Als haar iets was overkomen, dan kleefde haar bloed aan mijn handen. Ik was verblind geweest door Nick, zelfs nu nog, door wat ik niet geloofde dat-ie op zijn geweten kon hebben. En ondertussen had de realiteit me aan alle kanten ingehaald. Hoe had ik zo ongelofelijk stom kunnen zijn?

Zoom out: een gil in een auto, een wervelende sneeuwstorm, een bevroren dal, een elektrisch geladen wolkendek en een triljoen kille, dode sterren in een universum waar niets van dat alles ook maar enige betekenis had.

4

Dertig minuten later vloog ik voor de laatste keer in mijn leven Hill House binnen. Dat huis of ik, één van ons zou het loodje leggen. En doe nou niet alsof je er rouwig om bent. Ik was een *complete failure* die niemands medelijden verdiende en dit soort blokhutten in de bergen, laten we eerlijk zijn, het is gewoon brandhout dat erop wacht om aangestoken te worden. *Story of my life*.

Ieder pad naar je *destiny* leidt in cirkels.

Ieder pad naar de hel leidt een of andere berg op.

Fast-forward naar die gozer in de sneeuwploeg die je veel babygeluk wenste. Of-ie echt niet even moest wachten – nee, het was al gebeurd, er was een dokter uit Grimentz bij geweest en ik ging nu die kleine vasthouden. Naar die oranje zwaailichten die je zag verdwijnen in de richting van het dal terwijl jij met *blurred vision* de laatste meters door de sneeuw naar het chalet rende. *Fast-forward* naar de besneeuwde berghellingen die van alle kanten op je afkwamen en je bespotten met fluisterende stemmen: *Julia, Julia*, fluisterend in de wind: *Wij hebben Julia*, ik gillend '*Julia!*' en die fluisterende stemmen: *Julia, de bergen hebben Julia te pakken...*

Rondom het chalet nergens een huurauto, maar dat maakte geen enkel verschil voor de *shockwaves* aan adrenaline door je vernauwde aderen. Nick was híér, de bergen waren híér – maar waar was Julia?

De voordeur stond open. Op een kier. In de sneeuw, een spoor dat bijna was uitgevlakt door de wind. Zo uitgevlakt dat je niet kon zien of het naar het chalet toe liep of ervandaan. Julia zou nooit de voordeur open hebben gelaten. Ze had voor het slapengaan alle luiken gesloten en de hele boel vergrendeld. Voelde veiliger, had ze gezegd. Maar er waren hier dingen die grendels niet tegenhielden (*er zijn hier mensen...*) dingen die geen sporen nalieten in de sneeuw (*de hele kamer staat vol...*) maar die je de nacht in lokten met hun dode gegil.

Fast-forward naar de veranda, naar ik die gilde '*Julia!*' Naar de vestibule: duisternis.

De kou van de bergen was in het huis getrokken.

Fast-forward naar ik die gilde: '*Julia!*' Gilde: '*Julia, waar ben je!*'

En die deur die achter je dichtviel in het slot. En *holy* – complete duisternis. Nee, toch niet compleet. Door het trapgat viel een vaag schijnsel naar beneden. Julia's naam gillend, in één, twee, drie sprongen de steile trap op.

Wat je niét zag op die zolderkamer: mensen. Wie je niét zag: Julia. Met één ruk trok ik de dekens van het bed. Julia's iPhone, dood. Een nog steeds natte plek. Angstzweet. In bed gepist. Ik mijn handen in het haar, ik die gilde: '*Julia!*' Gilde: '*Julia!*'

Al waren er dan geen mensen meer te zien op de zolder van Hill House, er was wel íéts blijven hangen. Ze zeggen wel eens dat kwade dingen een imprint achterlaten in het weefsel van de werkelijkheid. Dat hevige emoties uit het verleden echo's hebben die nagalmen in het hier en nu. Zo was het op die plek ook. Wat er ook had plaatsgevonden nadat de verbinding was verbroken, het huis was erdoor opengelegd als de buik van een haas door een stroper. Door die snee, door die gapende wond, gluurden de verbrijzelde zielen van de Maudit over hun schouder terug naar buiten en hoorde je nog steeds hun doodskreten trillen in de moleculen van de lucht.

Want ze zouden hebben gegild, op het laatst. O ja. Ze hadden gegild toen ze zich warmden aan het leven van Julia en dat kon alleen maar betekenen dat Julia naar buiten was gegaan, de storm in.

Om een van hen te worden.

Het spoor in de sneeuw, dat was *Julia* geweest. Niet Nick. Julia, ze had de voordeur open laten staan omdat ze ten prooi was gevallen aan de roep van de Sirenen. Mijn zusje, ze was Cécile achternagegaan. *De bergen in.*

Na al mijn pogingen, na al mijn goeie wil was ik toch nog te laat geweest.

Story of my fucking life.

En ik, jammerend denderde ik de trap weer af, tegen beter weten hopend dat Julia nog beneden zou zijn, jammerend de gang door, met twee handen tegelijk rukte je de deur naar de woonkamer open en...

Het was geen duizeligheid, die je daar overviel. Geen duizeligheid die ervoor zorgde dat het ziedende donker plots tot leven kwam, dat je omgeving begon te zweven en dat het hele concept van een vloer onder je voeten wegviel.

Zoiets onder 'duizeligheid' scharen zou hetzelfde zijn als Hiroshima een bedrijfsbarbecue noemen.

Eén blik in die kamer en alle paniek, alle emoties om Julia waren op slag verdwenen. Eén blik en de kámer was verdwenen. Waar het interieur en de grote ramen waren geweest strekte zich een vergezicht uit dat je menselijke voorstellingsvermogen letterlijk te boven ging. Wat je daar zag, iedere poging om het te beschrijven zou in het niet vallen bij de magnitude ervan. Het panorama beschreef een curve door ruimte en tijd, sloeg gaten in dimensies en triggerde een lawine van de zenuwen, een overload aan elektromagnetische pulsen. Al wat je geest kon doen was sterven of waarnemen.

En ik, ik zei: 'Nick?'

Daar was-ie. Daar was Nick. Altijd en overal. Nick was de Maudit. Torenhoog rees hij het macroversum in en droeg mij met zich mee omhoog. Een gekartelde piek, scherp afgetekend tegen de nachtelijke hemel. Zwarte kammen geëtst door een spookachtig, zilveren licht dat rechtstreeks uit de stratosfeer leek te vallen. Sneeuwrichels door de wind geslepen tot scherpe randen glanzend staal. Zo heerste hij over zijn landschap, dwars door tijdperken heen en legde mij op zijn top. Gebonden en naakt. Niet gestript van mijn kleding, maar van alle lasten van mijn leven. Dit was meer dan de liefde bedrijven, dit was een transcendente samensmelting. Nick en ik. Een koppeling van de ziel. *Sure*, als ik mezelf een paar maanden geleden zo had gehoord zou ik hebben gedacht mens, ga macrameeën of zo, maar voor een ogenblik wist ik wat het was om hem te zíjn en was ik onderdeel van de geomorfologische processen die het leven in hem hadden geblazen. Dat ogenblik, het strekte zich uit over een levensspanne van miljoenen jaren. Gebonden aan zijn top, alleen-maar-niet-alleen in een zuiver *zijn*, daar voelde je de hartslag van het gebergte. Daar zag je het allemaal. Alles wat je door één vonk, één kettingreactie van leugens je leven lang had gehaat.

Bossen.

Beekjes.

Gletsjers.

Bergen.

De littekens van een stil, geblakerd landschap.

En terwijl je ernaar keek verschoof boven je hoofd het rad van het heelal en begreep je wat het oneindige was. Een aanblik die Cécile, dr. Genet en Emily Wan van hun verstand had beroofd en ze de dood in had gejaagd.

En ik dacht, *fuck it.*

Want ineens begreep ik het. Hoe je een verkloot leven betekenis kon geven.

Cécile Métrailler, ik hoor het haar nog zeggen, een triljoen jaar geleden in Hôtel du Barrage: *Die plek heeft hem verminkt. Het is een kwalijke plek en begrijp me niet verkeerd, maar ik weet niet of het wel de bedoeling was dat Nick ervan zou terugkeren.*

Vroeg of laat leidden alle paden terug de bergen in.

Dat Nick was teruggekomen naar het chalet, dat was alleen maar omdat er nog steeds een deel van de menselijke Nick in hem zat. In die oerkracht die in hem was gegroeid was ik altijd Nick blijven zien. *Omdat ik van hem hield.* Dat was mijn troefkaart geweest. Daarom was ik niet gevallen. Was ik niet bevroren zoals al die anderen. Ik had in de afgrond gekeken en had nog altijd Nick gezien.

Maar de afgrond had teruggekeken... en Nick had ook míj gezien.

Ik was de laatste navelstreng die Nick aan het dal verbond.

Nick was teruggekomen naar het chalet *omdat hij me wilde ophalen.*

Mijn toekomst: alles wat je had gezien in je visioen. Hoe je je leven betekenis gaf: de ultieme *lovemaking* op de top van de berg. Voor eeuwig geketend. Je ultieme bondagefantasie.

Heil Prometheus, niet de narcist, maar het offer.

Hier was je boetedoening. Je zelfopoffering.

Als je hiermee het monster waartoe Nick was verworden uit de wereld kon verleiden, als je hiermee zijn slachtoffers kon wreken en een verdere slachting kon voorkomen, wat had ik dan nog te verliezen? Ik had Julia verspeeld, ik had mijn eigen zusje verspeeld en het was niet alsof je pa of ma Avery nog onder ogen wilde komen. Niet echt wat je allemaal op je curriculum vitae wilde zetten.

Er was maar één moment nodig om de rest van je leven te verknallen. Er was maar één moment nodig voor *redemption.*

En daar, midden in de tijd, midden in mijn visioen, midden in Hill House, daar doemde eindelijk Nicks gezicht voor me op. Nicks perfecte gezicht, dat volmaakte gezicht, het was schokkend, het was schitterend, het was mateloos mooi. De sneeuwkristallen waarmee het gewelfde en gekloofde weefsel van zijn mismaaktheid waren bepoederd straalden, glinsterden, fosforesceerden toen hij naar me lachte en de aangebrachte sneden zijn wangen openspleten. Zijn tanden en kiezen, blinkend wit helemaal tot achterin. Zijn ogen schitterend als warme diamanten. Ze spraken van zowel een oneindige tederheid als een enorme afstand, als de corona om de zon of een orografische wolk die verre pieken bedekte.

En Nick zei: *Hai.*

En ik zei: *Hai.*

Omigod. We waren terug op *first-date territory.*

Hier zijn we dan, zei hij verlegen.

Dit was allemaal zó ontzettend Romeo-en-Romeo.

Waar precies? In het chalet?

In zekere zin nog wel, ja. Hij duwde de kraag van zijn gore-texjas omlaag en krabde achter zijn haarlijn, een gebaar dat, ondanks alles, zo ontzettend Nick was. *Het is niet helemaal volgens het boekje gegaan, hè? Niet helemaal zoals we het ons hadden voorgesteld.*

Niets gaat ooit volgens het boekje. Weet je nog die eerste keer dat we elkaar ontmoetten? Toen jij zo overdreven zat te benchpressen in de UvA-gym in de hoop dat ik zou kijken?

Natuurlijk weet ik dat nog. Hoe zou ik dat kunnen vergeten?

Wat ik me had voorgesteld, is dat je een paar weken later een vriendin zou hebben. Zo provinciaal leek je me wel.

En toch keek je.

Ja, zei ik. *Toch keek ik.*

Er gleed een schaduw over zijn gezicht, als iets droevigs dat na jaren van stilte weer in herinnering kwam. *Het spijt me*, zei hij. *Van alles. Ik had er geen controle over.*

Geeft niet. Je deed al die dingen omdat je emotioneel verknipt bent.

Wauw. Zeg jij.

O jongen toch. Ik mag dan niet helemaal stabiel zijn, maar vergeleken bij jou ben ik Mike Pence' huwelijk.

Hij hield zijn hoofd schuin.

En ik zei: *Ahw*, uitkijkend in de verte. Misschien kon ik meer zeggen. Misschien móést er meer gezegd worden. Misschien kon ik zeggen dat er een mogelijkheid was om te doen alsof al die dingen niet waren gebeurd. Dat alles weer kon worden zoals het was geweest voordat Nick de bergen in was getrokken. Mijn maag, je voelde hem samentrekken in een haast pijnlijk verlangen naar die mogelijkheid, maar ik was bang, heel bang dat als ik die woorden zou uitspreken ze een leugen zouden blijken te zijn. Je kon Pandora's doos niet on-openen.

In plaats daarvan zei ik: *Hey, als ik met je meega, kunnen we dan Ramses meenemen? Ik zou het heel erg vinden als hij alleen achterblijft en niet weet waar we zijn.*

Natuurlijk, lachte Nick. *Je hoeft alleen maar zijn reismand voor je te zien en we nemen hem mee!*

Dat deed ik en het volgende moment hield Nick de kat omhoog, zijn ene voorpootje nog altijd in een strik van wit verband gewikkeld. Het concept 'Sturm und Drang' deed misschien niet helemaal recht aan de uitdrukking op Ramses' smoeltje, maar kwam aardig in de buurt.

Hé lachebekje, zei Nick en hij kriebelde de kat op zijn buik. *Zin om nog één keer met ons mee op vakantie te gaan?*

Ramses keek hem aan en ergens veranderde op dit moment lava in gletsjers. Nick liet hem in zijn reismand zakken en sloot het deurtje. Daarna kwam hij overeind en liet hij al zijn tanden zien. *Zullen we dan maar eens gaan?*

En ik zei: *Ja. Laten we dat doen.*

En dat was het moment dat een of andere malloot zijn bijl dwars door de winterluiken van het chalet hengstte en het grote raam aan scherven ging.

5

Dus dit was waar het allemaal op uitdraaide. Een koude sneeuwvlaag die door het gat naar binnen wervelde. Een helsoranje schijnsel. Het gejoel van een menigte. En geen dooien dit keer. Alleen maar Maria's buurtapp, *IRL*. Democratie in z'n rauwste vorm.

De bijl werd teruggetrokken uit het gat en hakte er opnieuw in. Splinters vlogen in het rond. Het gat werd groter.

Overal werd op het huis ingebeukt.

In één ruk uit je visioen geblazen, je tuimelde regelrecht in het hier en nu. Wat je zag was Nick, een zwevend silhouet, hij draaide zich in één beweging om naar de opening en ik zweer het je, ergens diep in de aarde klonk een diep gerommel waardoor de meubels trilden en de verzameling génépyflessen aan de muur rinkelden.

Wat je zag, een woedende meute in de sneeuw rondom het chalet. Zó uit het niets, zwaaiend met bamboe tuinfakkels. Stukken hout met spijkers erin geslagen. Serieus: zwaaiend met hooivorken.

Iedereen wist hoe dit soort scènes afliepen. Geen ritueel, geen exorcisme, maar een ouderwetse lynchpartij.

Waar het allemaal op uitdraaide. *Go figure*, zelfs voor je *redemption* was je te laat.

Het volgende dat door het gat naar binnen kwam zeilen, met een staart van vuur, was een fles Jägermeister. Alleen kon je er prat op gaan dat er geen Jägermeister in zat, want toen hij op de grond smakte – en dat deed hij natuurlijk op exact de plek voor de open haard waar je vijftien jaar eerder je gloeiende houtskool over de mensheid had uitgestrooid – explodeerde hij in een vuurzee die onmiddellijk de zithoek in lichterlaaie zette. De gordijnen in lichterlaaie zette. Het moment dat je bedacht dat je je borg niet ging terugkrijgen was het moment dat Nicks kleren in lichterlaaie gingen.

Laten we wel zijn, met mij hier was dit een *accident waiting to happen*.

En ik, ik gilde: 'Nick!'

Vertel mij hoe snel vuur zich verspreidt. Wat ze er niet bij hadden gezegd op Airbnb: je smaakvolle licht suède zitbanken, je *million dollar mountain view* op het zuiden en het bezeten spook ronddansend in de woonkamer, het fungeerde als prima brandstof. Zijn armen zwierend, Nick maakte opnieuw een draai terwijl de vlammen meer en meer van zijn kleren aten. Terwijl de vlammen meer en meer van het chalet aten.

Door dit alles heen echode het gejammer van verloren menselijke zielen, als een koor van wilde honden – of misschien was het alleen het rookalarm. En je wist dat het ook niet bij één Jägermeister was gebleven. In no time was de vuurzee in het chalet zo fel en zo heet dat je er niet eens naar kon kijken. Je huid begon te glimmen, je neusharen begonnen te verschroeien. In een ogenblik van opperste vertwijfeling staarde je naar Nick, maar Nicks schreeuw, het was niet zozeer menselijk als wel het bulderen van de donder. Het was niet zozeer pijn als wel het razen van woede.

En ik begreep dat er iets ontzettends ging gebeuren.

En ik rende.

De kracht van vuur was dat je het niet kon tegenhouden. Dat je er geen controle over had. De enige controle die je had was over jouw positie in het middelpunt van dit alles – als je geluk had. Terwijl ik rende moest een deel van mij al hebben geweten hoe dit ging aflopen, want ik had op dat moment maar één doel voor ogen. Springend over likkende vingers van vlammen, springend in één, twee, drie sprongen de trap af, ik gilde: '*Julia!*' Gilde: '*Opa! Oma!*' Ineens de tranen die over mijn wangen stroomden, ik gilde:

'Julia, wakker worden! Wakker worden!' Gilde: '*Wakker worden! We moeten naar buiten!'*

In de slaapkamer. Het bed. Het nachtkastje.

Ik vond wat ik zocht.

Een subtiele, bijna onmerkbare machtsverschuiving trad op in het universum, hoog boven de hoogste toppen van de Alpen.

Toen brak er iets door de terrasdeur van de slaapkamer en werd ik met een zwaar voorwerp tegen de grond geslagen. In mijn hoofd, een lichtflits, een ontploffing. Ik ging niet zozeer knockout, als wel dat het moment tot een extreme vertraging kwam, dat het oorverdovende gonzen in je oren alles opslokte en er maar ruimte was voor één enkele gedachte: *Mijn gezicht! Ze hebben mijn gezicht kapotgeslagen!*

O jezus, ik kon niet focussen. Alles zag wazig. Alles zwom om me heen in de penetrante, verstikkende rook. Julia, ik moest Julia waarschuwen. Gilde: '*Julia!*' En toch zag je die leren bergschoenen in je blikveld stappen, de sneeuwresten nog tussen de veters. Toch zag je die natte broekspijpen. Toen werden je benen beetgegrepen en werd je naar buiten gesleurd. En ik schoppen, ik schreeuwen, ik me vastklampen maar alles wat je te pakken kreeg was een handvol dekens van het bed die je achter je aan trok als een sluier. Daarna was je de drempel over en gleed je voort door ijskoude sneeuw.

Wat eruitzag als een lange vlecht van donker haar dat uit een kasteeltoren naar buiten hing, was in werkelijkheid een spoor van bloed uit mijn gespleten wenkbrauw. Wat eruitzag als een inferno tegen het decor van woedende bergen, was in werkelijkheid een inferno tegen het decor van woedende bergen.

En toch nog, toch nog zag je vanuit je ooghoeken boven het chalet de flitsen van vallende echo's naar beneden komen.

IJl en zwak hoorde je hun doodskreten.

Daar werd je bij je lurven gegrepen en overeind gehesen. Je hoofd tollend op je nek alsof er kogellagers in zaten, door ruwe handen werd je overeind gehouden. Midden in die cirkel van fakkels dragende dorpelingen. Van geheven knuppels en hooivorken. Je keek om je heen terwijl bloed in je linkeroog liep, je keek om je heen en zag ze allemaal. Je zag de oranje gloed op hun vertrokken gezichten. Boven het bulderen van het vuur, boven het bulderen van de storm kon je bijna het klapperen van hun tanden horen. De dorpelingen, ze waren als de dood. Natuurlijk. Hier waren ze, getriggerd door voorouders die zich in vogelkooien tegen tralies hadden gekamikaasd. Levende barometers die tot hun max waren uitgeslagen omdat ze de komst van de Maudit hadden *gesensed.*

Hier, op het aflopende terras achter ons brandende huis, in de luwte van Castle Rock, scandeerden ze een of andere leus. Een samenzang. Een incantatie.

Te midden van de meute zag je die gozer met het witte befje. Die gozer van de kerk met zijn congregratie. Zo'n gast rechts van hem, hij droeg een knoeperd van een vogelkooi, met daarin een krijsende zwarte kauw, opgehitst door het vuur of het gejoel. Aan de onderkant van die kooi zat een nekbreed gat.

Je hoefde niet uit te leggen waarvoor die kooi diende.

Nu pas was ik genoeg bij mijn positieven om te horen dat wat ze scandeerden Engels moest voorstellen. Dat en het feit dat het Zwitsers waren, en hun tongval zo lek was als Emmentaler.

Ze schreeuwden: '*Come out! Surrender! Come out! Surrender! Come out! Surrender! Come out!*'

O christus. Ik was het lokaas.

Het zou hun dood worden.

Die gozer die je vasthield, ik probeerde hem met mijn elleboog in zijn maag te peren en ik gilde: '*Vlucht!*' Gilde: '*Vlucht, nu het nog kan! Nu er nog tijd is!*'

In het Frans, ik gilde: '*Jullie snappen het niet! Jullie maken geen enkele kans! Vlucht! Ren voor je leven!*'

Een paar van die gozers, je zag ze ophouden met zingen en onzeker om zich heen kijken, in afwachting van wat de anderen deden. De meesten gingen gewoon door. Geheven vuisten naar het vuur. Op hetzelfde moment stortte een stuk van de gevel van Hill House in en een kolk van vlammen en vonken steeg op in de nachtelijke hemel. As en roetdeeltjes drongen je longen binnen bij elke hap adem die je nam.

En ik bulderde: '*Fly, you fools!*' Ik, helemaal Gandalf.

De figuur die uit de vlammenzee naar voren stapte, die zo het brandende balkon van Hill House op stapte, dat was niet Nick. Zijn goretexjas afgebrand tot op de naden, zijn haar weggebrand, zijn rokende gezicht een opengescheurd monster-van-Frankenstein-masker dat léék op het gezicht van Nick, maar het niet was: roet en bloed en voorgekookt vlees en middenin twee ogen.

De dorpelingen, zij zagen de Duivel en sloegen kruistekens.

Ik zag de Kluizenaar uit het verhaal van mijn opa.

Te midden van al je traumasoep beleefde iemand hier zijn déjà-vu.

Maar in plaats van dat-ie voorover het balkon af viel, zó met zijn gezicht plat de sneeuw in en er sissend doorheen zou smelten, sperde Nick het gat van zijn mond open en bracht zo'n verwoestend geluid voort dat ik op slag doof dacht te zijn. Dat geluid, het was niet eens meer te beschrijven in termen van volume of frequentie; het was zo zwaar en sonoor dat je het alleen in je hoofd hoorde. In een flits zag ik de gehoornde berg voor me aan het eind van de vallei. In een flits zagen we het allemaal. De dorpelingen, ze stoven uiteen als losgebroken vee. Fakkels doofden, hooivorken lieten getande afdrukken achter. Ik, ineens niet meer vastgehouden, ik viel met blote handen in de sneeuw. Het gebulder kerfde zich de wereld binnen, ineens teruggebracht tot aardse proporties; het kwam uit de wolken aanrollen als Wodans fucking Tesla. Je kon niet anders dan omkijken naar waar het vandaan kwam.

Terug in het dal, daar zag je de lichten van Grimentz doven. De hotels en de leegstaande wintersportchalets op de helling, waar die waren geweest zag je opstuivende wolken stuifsneeuw, in het duister van de nacht bulkend als de pyroclastische stroom van een vulkaan. Bomen werden weggezwiept. Grimentz werd bedolven. De lucht dreunde, opgetild door de lawine.

Hierop kon je niet reageren. Niet handelen. Naar dit tafereel kon je alleen staren.

En de dorpelingen, gillen natuurlijk. Gillen om wie in het dorp waren achtergebleven. Gillen om hun voorouders. Huizen konden worden uitgegraven. Mensen konden worden gered, maar vogelkooien aan gevels zouden worden verpulverd.

En dan dacht je dat je er was, maar nee. Wat daar van het balkon naar beneden kwam zetten, rokend en zwartgeblakerd als een steak op een barbecue, dat was nog niet klaar met zijn vernietiging. Wat daar over de vluchtende, gillende menigte uitkeek als een tsunami over zijn kustlijn, het toonde geen emotie bij de doodsangst die het veroorzaakte. Alleen die gast met het befje, hij was nog blijven staan, zijn ogen groot en rond achter zijn vuur-weerspiegelende brilletje, hij hief beide handen en riep in helder Engels: '*Stop! Laat ons u helpen!*'

Daarna begon-ie te zweven, natuurlijk.

Niets veranderde ooit. Een vuur zou altijd een einde maken aan ieder huis waar je woonde. Nicks *terror spree* zou zich altijd verder verspreiden, als een dodelijk virus dat de hele wereld overspoelde. Hoe mijn leven zich ontrafelde, werd niets ooit opgelost.

Die gast met het befje, zijn armen fladderden vergeefs om houvast, als een kuiken dat leerde vliegen. Verschrikt keek hij naar beneden, naar Nick, die nu voor hem stond in de sneeuw. Zijn voeten gingen achter hem omhoog, tot-ie met zijn gezicht naar beneden een meditatief eindje boven de grond zweefde. Zijn pij wapperde in de wind. Die gozer, met een piepstemmetje kon hij nog net uitbrengen: '*Mon Dieu...*'

Toen begonnen ze allemaal te zweven. Alle vluchtende dorpelingen. Zo trappelden ze door de sneeuw, zo trappelden ze door de lucht. In hun panische ogen zag je hun angst. Zag je dat ze in hun perceptie al waren begonnen met vallen.

En ik dacht aan dat gastje in het AMC. Ik dacht aan hoe hij voor Emily Wans ogen te pletter was geslagen en zijn skelet was vergruisd.

En ik schreeuwde: '*Stop!*'

Afwezig, als in gedachten verstoord, draaide Nick wat er over was van zijn hoofd om naar mij. En ik keek hem aan. En hij keek mij aan. Toegegeven, dit was zo'n moment dat je wankelde, maar je hield je voor dat wat je zag alleen maar de verwoesting van necrotisch weefsel was. Alleen maar oxidatie van gaargekookt vet en spiermassa, dat je met een beetje goeie wil van de onderliggende botstructuren kon afkrabben. Als de verkoolde randjes van een beenham.

Iedereen had littekens. Met een beetje goeie wil keek je daar dwars doorheen en dan zag je gewoon weer Nick. Dan zei je: *Laat die mensen gaan, Nick. Zij hebben niets met ons te maken. Zet ze neer.*

Dan zei je: *Jij en ik, we hebben een berg te beklimmen.*

En Nick, dan lachte hij naar je met die jongensachtige hunkering.

Overal rondom het brandende huis ploften lichamen zachtjes in de sneeuw. De inwoners van Grimentz keken verbaasd om zich heen, alsof ze ontwaakten uit een droom.

Hill House ging in vlammen op, maar de lucht boven het chalet was tot rust gekomen en hier echode alleen nog de stilte.

De Maudit was gevlogen en ik vloog met hem mee.

6

Zonder al te trippy te klinken: ik weet niet precies hoe we boven kwamen. Ieder menselijk lichaam bereikt een punt waarop het je gewoon de vinger geeft. Genoeg is genoeg, zei het dan. De slaap kwam en nam bezit van je lichaam zoals een berg bezit nam van je geest.

Op zo'n *moment suprême*, dat is nog eens wat je noemde overgave.

De menselijke conditie, in situaties waar de controle volledig uit onze handen wordt genomen capituleren we. Dat zit in ons DNA. Iedereen die een vliegtuig in stapt aanvaardt zijn lot, ongeacht of het nu Captain Sully was die achter de stuurknuppel zit. Als Tolkien je adelaars stuurde omdat de situatie uitzichtloos is, is dat je cue dat je verder je bek moet houden en blij moet zijn met je lift.

Ethon of je Uber-*driver*, op een of andere manier hebben we een rotsvast vertrouwen in wie er achter het stuur zit.

Nick en ik, misschien vlogen we ook wel echt. De bergen in trekken door het landschap van Nicks geest, je *picturede* het het liefst als een zuiver spirituele aangelegenheid. Je wilde zoiets niet te plastisch maken. Een honderd procent onstoffelijke reis was het echter ook niet, want onze lichamen kwamen wel degelijk in die behekste vallei terecht. Die had je tenslotte nodig voor de transitie. Om je ziel te bevrijden moest er nog steeds iets worden uitgelepeld.

Hoe ik het *picturede*, was dat ik dwars door die sluimerslaap en die tunnel van sneeuw en ijs heen bergopwaarts werd getrokken op een slee. Het voortdurende kraken van ijskristallen onder de glijders. Om je schouders, een wollen deken die je warm hield in de snijdende wind. Tussen je benen, een thermoskan Zwitserse kruidenthee met een scheut van iets wat rook als pflaumenschnaps. Steeds als ik wegdoezelde, dan zakte ik voorover op de reismand van Ramses, van waaruit twee glinsterende ogen het donker een *silent treatment* gaven. Die reismand, waar je aan dacht was hoe Nick had gezegd dat ik er alleen maar aan hoefde te denken en ik zou hem echt maken. En dat is waarom ik niet kan zeggen hoe echt dit alles was. De slee, de deken, zelfs die sympathieke thermoskan, misschien dacht ik ze wel het bestaan in en kon ik ze net zo makkelijk weer wegdenken, zoals wanneer je een switch omzette en een haardvuur van gasvlammen op slag doofde in een bed van *fake* stenen houtblokken in een hotellobby.

En zeg nou zelf, het was geen grote sprong om je voor te stellen dat het gewicht van die deken eigenlijk de armen van je oma waren. De armen van oma die je omhelsden. Dat het haar gesnik was dat je hoorde, in plaats van de lokroep van de echo's in de wind. Als je je eigen realiteit schiep, dan was het geen grote sprong dat die grote, donkere figuur die je voorttrok, voorovergebogen in een uiterste krachtinspanning, niet Nick was, niet opa, maar de Kluizenaar. De mythische, gezichtloze figuur die je je leven lang had gevreesd, zijn schedel en schouders nog altijd rokend omdat-ie zó uit de vlammen was gestapt. Al die dingen waren net zo echt als de kou. Ja, het was intens koud geweest die nacht, had Auntie Bernstein gezegd. Als je ouder werd en die kou ging eenmaal in je botten zitten, zei ze, dan ging hij daar nooit meer weg.

Ook Louetta Molignon had iets gezegd over die bewuste nacht, vijftien jaar geleden in de Catskills. Céciles oma, volgens haar waren er wel degelijk vogels geweest. Hele grote, met lange snavels, op zoek naar een prooi.

En ja, die waren er. Elke keer dat je bewustzijn over de grens dreef tussen slapen en waken kon je glimpen van ze opvangen. Doodsvogels. De aaseters van de bergen. Ze cirkelden hoog boven de hellingen, nooit ver van de slee vandaan, als gieren boven een stervend dier in de woestijn. Soms kwetterden ze of maakten ze duikelingen, maar ze vielen niet aan. Nog niet.

Ik geloof dat ik toen wel wist waar ik was.

Ooit waren we hier een afdaling begonnen, maar die was nooit geëindigd.

Wat je zou zien als je de Panther Mile helemaal terug naar boven zou volgen had me altijd vervuld met onbeschrijflijke doodsangst. Nu was die angst gedoofd tot een vaag, kloppend onbehagen. Je voelde het aan je trekken, je voelde het aan het eind van die vallei daarboven op je wachten. Het geblakerde gat waar ooit Huckleberry Wall had gestaan. Een bezeten berg. Het staarde naar je met gaten als ogen, waarin het vroor en dooide. Gaten als littekens in een gezicht, waaruit de eeuwige cyclus van de tijd ademde.

Zo klommen we voort en lieten het dal achter ons, en om ons heen sliepen bergpassen onder een dikke laag sneeuw. Nu weer drijvend door echte en onechte dingen, dan weer geworteld in de steile kom die toegang verschafte tot de Maudit: je ticket naar *redemption* was *one-way only*, maar dat had je aanvaard.

Dat wil zeggen, tot alles zo ver vooroverkantelde dat je je niet langer kon vasthouden.

Als de zwaartekracht je te pakken kreeg, vielen we allemaal.

7

Het valt me zwaar om op te schrijven wat er nu komt. Om een eind aan mijn verhaal te schrijven. Het is niet het einde dat ik je zou willen vertellen. Als je een beetje aan mijn kant staat dan hoop je op iets melodramatisch, op ons eigen *Thelma & Louise*, maar dat was ons niet gegund. Zo'n einde, een einde van onverwoestbare liefde, van liefde die zelfs de dood overwint, het zou meer troost geven, omdat je diep vanbinnen wilde dat zoiets waar kan zijn. Maar we zijn hier in de laatste etappe van een reis die we lang geleden zijn begonnen en als ik nu zou gaan liegen, dan heeft al het voorgaande geen betekenis meer.

Wat je krijgt is het onvermijdelijke einde. Het naakte einde. Zo waar als jij en ik. Ze zeggen dat je niet boos kunt zijn op het onvermijdelijke, maar soms verplettert het je met zo'n ongelofelijke kracht dat je het niet kunt helpen, hè?

Nick en ik, we bereikten de col bij het eerste licht van de nieuwe dag. *Again*, hoe we er precies kwamen weet ik niet, maar ik weet nog wel dat ik uit mijn sluimertoestand de wakende wereld in schommelde en dacht: *We zijn er.* Dat ik dacht: *Dit hier is Nicks heiligdom.*

Voor me lag alleen maar zo'n zwevend landschap van diepe, ingehouden kleuren dat zijn opgeklopte reputatie aan het waarmaken was. De storm was in de loop van de nacht gaan liggen. Gelaagde, vervagende wolkenflarden trilden nog steeds in de lucht, maar waren verbleekt tot vage pufjes adem die aan de monden van de hoogste toppen hingen. De vallei die voor je lag, ik herkende hem van de beschrijving in Nicks manuscript, alleen was alles nu niet leigrijs maar pimpelpaars. Alles was violet. Magenta. Azuur en turquoise. Alles was ijs dat glinsterde in het soort *alpenglow* dat je op Instagram banaal zou noemen, omdat het nooit echt kon zijn. Maar hier was het. De *anticipation* van zonlicht voordat er zonlicht was, gereflecteerd op ijskristallen en geladen deeltjes in een atmosfeer die was gepolijst als een Cartier-diamant.

En te midden van deze arena zag ik eindelijk, voor het eerst, de Maudit.

Je wist dat het de Maudit was zodra je hem zag. Zelfs ik wist dat. Je kon je hoofd in je nek leggen en dan nog moest je hoger kijken om zijn volledige omvang in je op te nemen. De Maudit, hij rees uit de mistwolken op de gletsjer zoals de ijsberg die de *Titanic* had geveld uit de mist moest zijn opgedoemd: groots, plotseling, onafwendbaar.

Dit was wat je noemde een berg.

Zelfs ik kon begrijpen waarom Nick ervoor was gevallen. Hij had gelijk gehad: er lagen hier mysteries opgesloten. Iets tijdloos en droomachtigs dat je riep. In de vernietigende schoonheid van deze berg, in zijn allesoverstelpende wildernis en dito rúst, zag ik precies dat deel van Nick waar ik vanaf het eerste begin als een blok voor was gevallen. Dat deel dat zo ver van mezelf af had gestaan. Fluisterend zweefde het naar me toe en verleidde het me met de belofte van afwezige dingen en erachteraan zweven, dat was zo aanlokkelijk als opgetild worden door een droom...

Laat me duidelijk zijn: dat was de hypothermie die sprak.

Als de kou dieper in je lichaam dringt, word je zweverig. Futloos, afgeleid. Je geeuwt, je rekt je kaak, je ontspant. Bevriezing staat met stip op één in je TripAdvisor Top 10 van transportmiddelen naar het hiernamaals. Omdat het je zo vredig stemt. Alles lijkt aanvaardbaar, als je dichter en dichter zo'n winterslaapcoma tegemoet treedt. Alles is fijn. Alles is goed. Dan stopt je hart.

Per definitie maakte ik me daar op dat moment geen zorgen om.

Het ritselen van de zoom van m'n jas klonk vreemd gedempt in de stilte. Die jas, ik bleek dus Nick z'n reserve gore-tex aan te hebben, merkte ik nauwelijks verrast op. Zelfs je ultieme *fashion faux pas* dacht je het bestaan in voor wat praktisch gemak. Alle geluiden klonken hier vreemd gedempt. Ook daarin had Nick gelijk gehad: voor een plaats die ze beneden de Vallei der Echo's noemden waren er verdacht weinig echo's.

Een donkere schaduw gleed over me heen. In de lucht, een nogal onheilspellende, vreemd muzikale roep. Enkele meters verderop landde zo'n zwarte vogel in de sneeuw. Nieuwsgierig deed hij een paar stappen dichterbij. Hij keek me aan met kille, lidloze ogen. Een blik zonder enige diepte, met alleen honger. Een penetrant luchtje van orgaanvlees. Zwezerik of zo. Lever.

'*Shoo!*' riep ik en ik smeet afwezig een handvol sneeuw naar het beest. Het vloog op en verdween.

Toen ik opkeek zag ik Nick.

Hier was je cue om te *gaspen*. Hier was je cue om je adem in te houden.

De plotse overgang naar licht was moeilijk te begrijpen. De kleuren waren ineens intenser. Ze haalden de diepblauwe holtes uit de berg. Haalden donkerpaarse schaduwen uit de noordwand. De steile kamlijnen die de top verankerden, ze hadden de eerste zonnestralen gevangen en spatten uiteen in gele en oranje en roze schitteringen. Nick stond precies tussen mij en zijn tempel in en het was of je naar een spiegel in een spiegel keek. Want ook Nick schitterde in diezelfde fonkelende kleuren. Zijn lichaam, aan de gebogen houding ervan kon je zien dat de gevolgen van de brand en de klim het ernstig hadden verzwakt, maar waar je naar keek, dat was iets hogers, dat was een versmelting. Even dacht je nog aan een reflectie, of een fata morgana, maar die kleuren vloeiden echt uit hemzelf en wervelden de lucht in, waar ze hun liefdesdans aangingen met de aura van de Maudit.

Hij was thuisgekomen. Zijn verwording, zijn *éénwording*, was compleet.

Een warme hand van stralend zonlicht werd naar me uitgestoken en ik pakte hem beet.

Er was een klein rukje van de geest toen ik uit mijn lichaam werd getrokken. Daarna zeilde ik weg op de lucht, een zwevende vogel hoog boven een verankerde bergwereld. Om me heen, een hele zwerm. Hun vleugels gespreid. Hun pootjes gekromd. Hoger en hoger dreven we op de onzichtbare golven van de thermiek. Het zou een geweldig gevoel moeten zijn geweest om onderdeel te zijn van die zwerm. Het raffinageproces van de menselijke ziel, voltooid.

Maar het voelde niet geweldig.

Het voelde of ik stikte.

Iets enorms trok me omlaag, iets eenzaams en zwaars dat me wilde terughalen naar de col waar onze lichamen waren achtergebleven en ik moest zelfs mijn best doen om er niet door naar beneden te worden getrokken.

Op een of andere manier moet ik me hebben kunnen verzetten, want toen ik weer mijn bewustzijn in gleed was ik dan eindelijk op de plaats waar het leven me al vanaf die nacht in de Catskills vijftien jaar geleden in grote cirkels naartoe had geleid. En ik was hier eerder geweest. In angstdromen. In nachtmerries over monsterlijke vogels en scheurende snavels, waar ik als kind schreeuwend uit was wakker geworden. Later, in je fantasieën die je met niemand deelde. En in mijn visioen dat ik had gedeeld met Nick.

Mijn boetedoening.

Mijn *redemption*.

Ik, het altaar én het offer.

Heil Prometheus. Zelfs het lendendoekje was compleet.

Geketend lag ik aan de top van de berg. Er was geen kou meer, geen moeheid. Alleen het oranjeroze licht van de morgenstond aan de eindeloze horizon. Hoe ik daar lag, was het niet zoals mijn *childhood hero* aan ijzeren kettingen, maar met een streng van energie die het leven blies in mijn echo. Een echo, was dat wat ik hier zou zijn? Verstoken van al het goede – maar ja, dat was niet zoveel. Elke nacht zou Nick komen, mijn Nemesis, mijn minnaar, we zouden de liefde bedrijven en hij zou steeds meer van mijn emoties en gevoelens wegvreten, tot er niets anders overbleef dan een weerklank van wat ik ooit was geweest. Iets wat nagalmde tegen de verre rotswanden van het dal.

We zouden altijd samen zijn.

Ergens daarbeneden in de vallei zou mijn lichaam nu wel gauw stoppen met ademhalen. Het zou nu wel gauw zijn dat zo'n doodsvogel het de ogen zou uitrukken. Zo'n vogel, die maakte het niet uit of zijn hapje nog ademde of niet.

Over vogels en hapjes gesproken.

Er klonk het geklapper van machtige vleugels. Ik keek op en daar was hij dan. Nick. Zoals Nick was bedoeld. De Maudit had met hem gedaan wat de neoclassicisten deden toen ze de Goden uit marmer sculptuurden. Je beste Instafilter, je *cuteness overload*. Beeld je dat alles in en je zit warm. Abs: check. Pecs: check. *Eagle wings*: check. Nicks gezicht was weer zoals het ooit was geweest, voordat deze berg het had vernietigd. En hij lachte naar me. Zijn mond vormde onhoorbare woorden en toch wist ik wat hij zei: *Mijn Sam.*

En o, dat moment. O, Nick. O Nick, lieve Nick, míjn Nick.

Had ik je maar die glimlach kunnen teruggeven.

Had ik je woorden maar kunnen beantwoorden.

Supernova's van een duizelingwekkende, donkere diepte openden zich in mijn maag. Ineens begreep ik hoe het voor Cécile en al die anderen moest zijn geweest om te vallen.

Want.

Want dit was niet mijn *redemption.*

Terug naar die slee. Terug de Panther Mile op. Die epische afdaling, die epische klim. Als je je voorstelde dat de nacht van Huckleberry Wall en de nacht van de Maudit dezelfde waren, dat oma wel degelijk achter je op de slee zat, dan kon het alleen maar compleet zijn als er nog iemand anders bij was.

Op een gegeven moment was je wakker gesluimerd en had je gezien dat Julia er ook was geweest.

Zoals tijdens de morose de ouderlingen op hun laatste reis gingen, zo had ook Julia haar reis naar de vallei ondernomen. De echo's hadden haar te pakken gehad. Betoverd door hun lokroep was ze door de sneeuw omhoog gaan ploeteren. Als een bejaard wijf uit Grimentz het kon, dan kon Julia het ook.

Ergens gedurende de nacht moeten we haar hebben ingehaald. Ergens gedurende de nacht moet ik haar op de slee hebben gedacht.

Julia leefde.

Dat betekende dat de betovering kon worden verbroken.

Het beeld dat je daarbeneden in die vallei lag te wachten om vogelvoer te worden, het beeld van lege, bloedige oogkassen in een gemummificeerd, halfvergaan lijk dat over duizenden jaren misschien in een museum zou worden tentoongesteld als de nieuwe Ötzi, dat was nog tot daaraan toe als het om jezelf ging. Maar als Julia er óók bij lag en die zwarte bacillenbeesten hipten dichterbij, dan was het een zandloper die heel snel leegliep.

Ik tastte in mijn lendendoekje en was niet verrast te vinden wat ik zocht. Wat je in je epifanie uit Nicks nachtkastje had gevist toen boven je Hill House affikte.

Het was een scherpgekarteld stuk steen.

Nicks totem. De top van de Maudit. Het souvenir dat hij van zijn beklimming mee naar beneden had genomen, zoals de Sioux scalps afsneden.

Het veroveren of vernietigen van trofeeën is altijd de doorslaggevende factor geweest bij het overnemen van andermans macht. Laten we wel zijn, als je naam Sam was en aan de horizon stond Mount Doom, dan was je voorbestemd een of ander magisch artefact in een afgrond te smijten.

Pas op het laatste moment zag Nick wat ik deed. Die keten waarmee ik vastzat, Prometheus' ketting, dat was de navelstreng die me aan de berg gebonden hield, en de berg was Nick.

Met het stuk steen sneed ik het door.

Het ravijn van gekwelde shock dat zich in zijn ogen opende was oneindig diep en toen ik de steen losliet zag ik hem daarbinnen wegtuimelen. Een klein rood stipje, dat viel en viel en viel en voor altijd onbereikbaar zou zijn.

Toen draaide ik me om, keek van de topgraat naar beneden en sprong.

EPILOOG

The Exorcist:

Aantekeningen van Sam Avery

From the cab stepped a tall old man. Black raincoat and hat and a battered valise. He paid the driver, then turned and stood motionless, staring at the house. The cab pulled away and rounded the corner of Thirty-sixth Street. Kinderman quickly pulled out to follow. As he turned the corner, he noticed that the tall old man hadn't moved but was standing under the streetlight glow, in mist, like a melancholy traveler frozen in time.
– William Peter Blatty

Oké, dat laatste was misschien een beetje een gok, een nogal wilde gok misschien, maar het pakte goed uit. En het was een berekende gok. Niemand heeft ooit gepionierd door op safe te spelen.

Pionieren betekende niet dat je met een klap terugviel in je lichaam. Je plofte niet op je rug in de sneeuw, zoals het in een film zou gebeuren. Geen schok, geen happen naar adem. Je werd je gewoon gewaar van de zwaarte van je lichaam en de kou die bezig was het op te vreten. Het flapperen van de kraag van je gore-texjas.

En een vaag leverluchtje.

Wat je zag als je je ogen opende was zo'n alpenkauw, koppie schuin, snaveltje geel. Kijkend naar je zoals een Fransman naar *escargots* kijkt. Zoiets maakt wel dat je in één klap wakker bent. Dat je de kou effe vergeet.

Schreeuwend en zwaaiend met mijn armen stoof ik overeind. De vogel stoof op. Alle vogels stoven op. De hele zwerm, die zich om me heen had verzameld. Om mij én Julia.

Julia, ze lag even verderop in de sneeuw, naast de slee. Overal om ons heen, geharkte pootafdrukjes. Huiverend van de kou en kermend van de pijn in mijn ledematen ploegde ik naar mijn zusje toe en liet me op mijn knieën vallen. Ogen: check. Polsslag: check, ademhaling: check.

Julia: check.

Maar waar was Nick?

Ik keek om en niemand zag dat ik werd aangestaard door een gapende leegte. Niemand voelde dat ik werd overspoeld door een ondraaglijk gevoel van eenzaamheid. De lichtshow van de dageraad was voorbij en de laatste felle kleuren waren van de top verdwenen. Het licht was verschoven, de Maudit trilde ver weg in de heiige lucht. Ik wilde hem aanraken. Ik had de troost nodig van de illusie dat hij dichtbij zou zijn, maar hij dreef daar maar ver weg en onbereikbaar boven de mistwolken op de gletsjer, die nu hoger tegen zijn flanken waren opgeklommen.

Het beeld was niet te bevatten. Het zwol op in mijn borst en overweldigde me. Verpletterde me. Legde een lelijke, diepe wond bloot. Ik voelde me zinken en dacht alleen maar: *Nee. Alsjeblieft, nee. Alsjeblieft, ik wil dit niet.* Ik dacht: *Ik ben hier niet tegen opgewassen. Ik wil niet alleen zijn. Niet zonder Nick.*

Ik liet me zakken in de sneeuw, trok Julia tegen me aan en wikkelde de deken om ons heen die ons vijftien jaar geleden het leven had gered op de Panther Mile. Ik begon haar warm te wrijven. Warm te blazen. Julia's haren, ze wapperden voor haar voorhoofd in de kalme wind die van de gletsjer naar beneden kwam. Ik probeerde een muts werkelijk te denken, maar het lukte me niet. We moesten het doen met de dingen die we hadden.

Zo zaten we daar op de col en niemand wist hoelang, totdat je een rimpeling voelde in de tijd. Totdat je Julia beverig hoorde zeggen: '*Oh my god.*' Julia, ze stamelde: 'Sam, wat is het prachtig hier...'

En ik maar wrijven. Ik kon niet anders, snap je? Ik kon niet anders. Wat hier ook hing in de stilte, ik moest het blijven vasthouden. Moest het bij me houden, voor het me voor altijd zou ontglippen. Je moest je masker voorhouden omdat je vreselijk bang werd van het idee dat de wereld je zwakte kon zien, ondanks je pogingen beheersing bij elkaar te *faken*. Sam Avery, altijd *in control*. Misschien zit er een hart in, maar we zien alleen graniet.

Het lukte niet en ik begon te huilen.

Geschrokken draaide Julia zich om, maar ik zag haar niet meer. Ik verborg mijn gezicht in de kromming van mijn elleboog en voelde alleen hete tranen.

'Hey, broertje...' Ze krabbelde tegen me op en wrong onze lichamen, totdat zij het was die mij vasthield in plaats van andersom. 'Is Nick nu daar?'

Ik kon alleen maar knikken. Daar was het allemaal toe teruggebracht. Nick was nu daar. Ik was hier.

Ik huilde hardop en Julia probeerde me te troosten. 'Sam,' suste ze, 'broertje,' suste ze, 'hij hóórt hier, zie je dat dan niet? Nick is thuis hier, hij ís deze plek. Dat weet je toch? Kijk maar! Kijk naar de bergen en probeer er eens níét Nick in te zien! Dat kan toch niet?'

En ik keek, en al die dingen waren waar, en daarom huilde ik. Ik kon er niet mee ophouden. Ik had geen beheersing. Ik was mijn anker kwijt.

'Ik heb het echt geprobeerd,' zei ik tussen het snikken door. Zoekend naar de juiste woorden om de dingen te zeggen die je wilde zeggen, ik zei: 'Als er een andere manier was geweest om hem uit te drijven, om hem op te laten houden met al die dingen...'

Julia, ze veegde met haar duimen de tranen uit mijn ogen en keek me diep aan. Handen op mijn schouder, ze zei: 'Dat weet ik.' Ze zei: 'Er was geen andere manier.'

'Het was te sterk, Julia. Wat er in hem zat. Hoe kun je vechten tegen iets wat zo groot is als... als...'

'Je hebt gevochten. En je bent van hem blijven houden. Daardoor heb je hem kunnen bevrijden.'

'Ik wil zo graag dat hij terugkomt, Julia...'

'Sam.'

'Ik wil gewoon...'

'Broertje...'

'Ik hou zo van hem! Hij heeft zulke slechte dingen gedaan, maar echt, dat was hij niet. Dat was hij niet zelf, Julia. Hij was lief, echt waar...'

'Sam.' Streng. Haar vingers knijpend in gore-tex schouders. Plat op mijn wangen, knijpend, schuddend, alsof ze een sinaasappel uitkneep. 'Luister, al die dingen zijn waar. Het doet heel veel pijn en het gaat nog veel meer pijn doen. *Daarom ben ik naar je toe gekomen.* Jij hebt mij eens opgevangen en ik zal jou opvangen, begrijp je dat?' Ze bewoog zelf mijn gezicht op en neer zodat ik ja knikte, waardoor ik door mijn tranen heen moest lachen. 'Maar nu moet je afscheid nemen van deze plek, want we hebben nog een heel lange afdaling voor de boeg en ik denk niet dat je hier ooit nog zult terugkomen.'

Nieuwe tranen kwamen, ik kon ze niet tegenhouden. Julia pakte de thermoskan en schroefde hem open. Schonk dampende thee in de dop en liet me drinken. Nee, uh-uh, nog een slok. De thermoskan had het brouwsel heerlijk warm gehouden en *whatever* voor *sugar coating* er ook in zat, het brandde in mijn keel.

'Zo, iemand heeft die thee goed opgespiced, hè?' zei mijn zusje toen ze zelf een slok had genomen. Niet dat haar dat uitmaakte. Julia, ze heeft de lever van een potvis.

Toen ik me ietsje beter voelde zei ik: 'Ik heb de brand in Huckleberry Wall aangestoken.'

'Weet ik,' zei Julia.

Mijn ogen heet en nat en schrijnend, ik keek haar geschokt aan. Uiteindelijk kon ik uitbrengen: 'Sinds wanneer?'

'Ik heb het altijd al geweten. En nu heb je het verteld en hoeft het dus geen ding meer voor je te zijn.'

Ik was verbijsterd. 'Maar... hoe?'

'*It adds up.*' Ze zei: 'Het was niet moeilijk te zien. Met wat je allemaal met je mee moest dragen, al die jaren. Ik geloof niet dat pa en ma het ooit hebben geweten, maar ik ben je zusje. Ik prik daardoorheen. Hier, wacht.'

Julia, ze liep naar de slee en kwam terug met de reismand van Ramses. Natuurlijk, de kat! Ik had nog helemaal niet bij hem gecheckt. Maar toen ze het luikje opendeed, haalde Julia niet Ramses eruit, maar Dr. Jingles.

Ik begreep er helemaal niets meer van.

Julia, ze overhandigde me mijn ouwe beer. Met z'n verschroeide kont. Die net wat scheefstaande snuit. Die slijtplekken op zijn voorpootjes. Net als een paar dagen geleden drukte ik mijn neus in zijn vacht en snoof de geuren van mijn kindertijd op.

Ik vroeg: 'Maar waar is Ramses dan?'

‘Die zal beneden op je staan te wachten,’ glimlachte ze. ‘Hij zal vast blij zijn om je te zien.’

Julia, ze vertelde dat ze een paar weken voordat ze naar Zwitserland was gevlogen ineens de behoefte had gevoeld om een ritje te gaan maken. Een ritje stroomopwaarts langs de Hudson, de heuvels in.

Ze had pa’s open Corvette Grand Sport zo ongeveer op dezelfde plek geparkeerd waar ik hem twee maanden eerder ook had geparkeerd. Onder aan de Panther Mile, voor het erf van het laatste huis dat daar stond.

The Last House on the Left.

The Cabin in the Woods.

‘Ik ben een eindje gaan lopen met een oude bekende van ons,’ zei Julia.

En ik zei: ‘*Get out.*’

Die oude bekende, dat was natuurlijk Abigail Bernstein. ‘Ze zei al dat jij ook was langs geweest. Een paar weken eerder – ze kon het zich niet precies meer herinneren.’

Ik zei: ‘Je weet dat Auntie Bernstein al jaren geleden is overleden?’

‘Ja,’ zei Julia. ‘Dat weet ik.’

De stilte hing tussen ons in. ‘Je hebt Dr. Jingles helemaal niet al die jaren bij je gehouden, hè? Ik begreep het al niet...’

Ze schudde langzaam haar hoofd. ‘Auntie Bernstein heeft hem aan me gegeven. Ze zei dat ze hem had gevonden op de plek waar vroeger Huckleberry Wall stond, maar dat jij er nog niet aan toe was geweest om helemaal naar boven te gaan. Ze zei dat ik hem aan jou moest geven. Dat je hem binnenkort wel eens nodig kon hebben.’

Julia staarde zuidwaarts, omhoog de vallei in. Ik probeerde te bevatten wat ik allemaal voelde, maar het was te veel. Te pijnlijk.

‘Ben je helemaal naar boven gegaan?’

‘Ja.’

Ik wist niet of ik het wilde weten, maar toch vroeg ik het: ‘Wat heb je daar gezien? Boven aan de Panther Mile?’

‘Er was niets meer te zien van de brand. Ik herkende de grote esdoorn waar opa die schommel van die oude band had opgehangen. En de glooiing waar we ’s winters altijd sleetje reden. Maar weet je wat het gekke was? Achter het huis lag die bergtop die we altijd op een adelaar vonden lijken, weet je dat nog?'

Natuurlijk wist ik dat nog.

'Ik zag het niet meer,' zei Julia. 'Het was gewoon een berg.'

We maakten aanstalten om naar beneden te gaan. Ondanks dat ik me er nu toe in staat voelde, merkte ik toch dat mijn blik weer werd getrokken door de Maudit. Alleen de top was nog te zien in de traag verschuivende nevels. De berg zwevend in zijn ademloze stilte, de aanblik ervan vulde me met een zware, verkillende pijn bij het vooruitzicht op de dagen, de maanden en de jaren die voor me lagen. Die pijn zou er altijd zijn. Het missen zou er altijd zijn. Elke keer dat ik zijn geur rook in een kledingstuk, dat ik zijn foto zou zien en aan hem dacht, zou het terugkomen.

Ik had weer het gevoel dat ik wilde huilen en snel keek ik weg, probeerde de kou van de wind het gevoel te laten doven. Die pijn, ik wilde er nog niet aan. Het was te veel. Tijd vlakt zelfs de hoogste, scherpste bergpieken uit tot glooiende horizonnen. Maar de bergen hadden een vooruitzicht van miljoenen jaren. Ik had alleen maar mijn leven.

En er was nog iets anders.

Een goed horrorverhaal eindigde niet met de dood. Het resoneerde met de echo van iets ergers. Iets wat eronder lag begraven, een laag die erger was dan al het andere.

Die laag was de venijnige angst van het verstilde leven dat hierboven altijd zou blijven voortwoekeren. Misschien kon je, als je goed luisterde, vanuit het dal zijn kreten horen. Wat als het naar me op zoek zou zijn? Het zou hier ronddwalen, eenzaam en bevroren. Een gepijnigd gezicht dat hier altijd stil zou blijven hangen, door niemand opgemerkt maar altijd turend over de horizon. Nícks gezicht. De nachten zouden te koud zijn. Te donker en te lang.

Toch was er ook hoop, bedacht ik, toen ik een laatste blik over mijn schouder had geworpen en de opstijgende mist de berg had verzwolgen. Misschien zou ik nog even in Zwitserland blijven. Zou ik ergens in het dal een vogelkooi aanschaffen. Naar de horizon kijken. Misschien zou er, uit de bergen, een vogel komen.

Als je hoop had, had je vertrouwen. En dan stelde je je voor dat hij op je schouder zou landen. Misschien zou hij je af en toe pikken, maar die littekens zou ik dragen, want ze waren van mij.

Met Julia aan mijn ene arm en Dr. Jingles onder de andere daalde ik de helling af in de richting van het dal.

Zo werden bergen geboren.

Je nam twee aardplaten en ze kropen in elkaar. Ze draaiden, ze barstten, ze verhieven elkaar en lieten explosies van energie vrij in de vorm van aardbevingen en uitbarstingen. Maar ze duwden elkaar hogerop dan tevoren, hogerop dan ze afzonderlijk van elkaar ooit hadden durven dromen.

En hoe je ook schoof, hoe je ook wrikte, ze kwamen nooit meer los van elkaar.

24 mei 2015, 's-Hertogenbosch - 11 november 2018, Mook

Dankwoord

Echo is mijn zesde roman, maar het was de moeilijkste om te schrijven. De vorige vijf schreef ik in relatieve anonimiteit en voor een bescheiden publiek. Toen verscheen *HEX*, werden de rechten verkocht aan ik weet niet hoeveel landen en noemde Stephen King, de man wiens werk ik sinds mijn elfde lees en bewonder, het boek 'briljant'. Wat volgde waren meer lezers dan ik ooit had durven dromen, tournees in vier werelddelen en een enorme writer's block. Ik was niet voorbereid op de druk van het succes.

Ik ben een bergbeklimmer die, net als Nick, de top mee naar beneden neemt als souvenir. Maar zodra je in het dal bent is het maar een stuk steen en heeft het zijn magie verloren. Dan dwaalt je blik alweer naar een nog hogere, uitdagendere top in de verte. Heel eerlijk, die drang om altijd weer hoger te gaan voel ik bij alles wat ik in het leven doe. En daarom voelde dit, het overtreffen van het succes van *HEX*, als een onmogelijke opgave.

Als je als alpinist voor een te moeilijke of eenzame route staat, wend je je tot een berggids. Mijn berggidsen in dezen waren Paul van Loon, Herman Koch, Esther Verhoef en George R.R. Martin. Hun persoonlijke verhalen en waardevolle adviezen hebben elk ertoe bijgedragen dat ik mijn stem weer heb kunnen terugvinden. Daarvoor wil ik ze bedanken.

De enige manier om je eigen succes te overtreffen, is natuurlijk om het beste boek te schrijven dat je in je hebt, en daar het grootst mogelijke plezier aan te beleven. Dat heb ik met *Echo* proberen te doen. Ik hoop dat jij net zo van het verhaal hebt genoten en van de personages bent gaan houden als ik.

Mijn agenten, Marianne Schönbach in Amsterdam, Sally Harding in Vancouver en Ron Eckel in Toronto, vormen het beste en meest professionele team dat ik maar zou kunnen wensen. Jullie zijn van onschatbare waarde als bron van warmte en wijsheid. Marianne, je luisterend oor en de tomeloze energie waarmee je je voor mij en het boek hebt ingezet zijn indrukwekkend en mijn dankbaarheid reikt voorbij horizonnen. Nu aan de champagne, goed?

Een aantal mensen heeft hun huizen voor me opengesteld en fantastische retraites geboden waar ik kon schrijven. Claartje en Frans Hinnen in de Zwitserse Alpen – en het enige wat ik ervoor hoefde te doen was walnoten rapen en het pad sneeuwvrij scheppen. Annelie Hendriks in Thailand – en het enige wat ik voor haar hoefde te doen was haar rondrijden toen zij haar elleboog brak. Adelheid den Hollander in Overasselt – en het enige wat ik ervoor hoefde te doen was padden helpen oversteken. En opa en oma in Mook. Dat huis stond inmiddels leeg, maar toch speelde ik af en toe op de oude piano, zodat opa kon meetikken vanuit de muren. Ik ben hun allemaal veel dank verschuldigd.

Goede mensen die het manuscript lazen en beter maakten met waardevolle suggesties, aanmoedigingen en verbeteringen waren Tom Harmsen, Ingrid Hendriks, Francine Olde Heuvelt, Theo Veenhof en Yvonne Verschuur. Ik ben ze allemaal erg dankbaar. Maar niemand heeft zoveel wonderen verricht met dit boek als mijn vlijmscherpe redacteur Diana Sno. Haar uitzonderlijke talent om in één zin feilloos bloot te leggen waarom een scène werkt zoals hij doet en wat eraan moet veranderen om het sterker te maken, was elke keer opnieuw heerlijk verhelderend. Diana heeft bovendien continu het gaspedaal ingedrukt op het moment dat ik verzwakte en dit boek tachtig bladzijden korter gemaakt.

Een speciaal woord van dank gaat uit naar Vincent Docherty. Talloze malen hebben Vince en ik van gedachten gewisseld over de grote lijnen, de praktische details en onderliggende lagen van dit boek. Vince' creatieve inzichten hebben me over talloze hobbels geholpen en mijn dank is dan ook groot.

Mijn uitgever is bijzonder geduldig en meegaand geweest. Dat begon al bij Geneviève Waldmann, maar zette zich onverminderd voort bij Febe van der Wardt en nogmaals, Tom. Ik wil jullie van harte bedanken voor het in mij gestelde vertrouwen. Samen hebben we het toch al zo vloeibare begrip 'deadline' tot een puur hypothetische, haast filosofische exercitie weten op te rekken.

Toen noeste arbeid moest worden verricht en ik het niet meer zag zitten was er altijd Jacques Post. Jacques, jouw trouwe telefoontjes elke avond om halftien, de eindeloze gesprekken en je vriendschap, hebben me door de moeilijkste periode heen getrokken. Dank je wel!

Jill Tio, het is een genot voor David en mij om met je te werken. Dat geldt ook voor Bo van Unen en Miriam Tuk, en natuurlijk voor Anja-Sylvie Postma, hoewel 'werk' tekortdoet aan wat je voor me betekent. Mijn lieve familie steunt me door dik en dun, en ik wil met name mijn ouders, Elisa en Han, en Francine en Guus bedanken. Doran voor de mond-en-klauwzeer. Wes, nog steeds inspireer je me steeds weer opnieuw met je creativiteit, je humor en je warmte.

In juli 2017 overleed Pieter Grosfeld. Pieter was naast mijn goede vriend mijn vaste klimmaatje en een ontzettend mooi en lief mens. Niet lang voor zijn dood heb ik Pieter in Zwitserland de eerste honderd bladzijden van *Echo* voorgelezen. Hoog in de bergen, waar we elkaar altijd onze verhalen vertelden. Ik wou dat hij er nog was, zodat ik hem de rest kon voorlezen. Als er iemand is geweest die ooit het leven in het gebergte kon voelen, dan was het wel Pieter. Ik mis hem nog elke dag. Ik heb dit boek aan hem opgedragen.

David heeft al die jaren naast me gestaan en daardoor ben ik een bevoorrecht mens. Elke dag opnieuw verwonder je me weer, David, en dat is het mooiste geschenk dat een mens een ander kan geven. Naast over de bergen, gaat dit boek over de liefde, en daarom draag ik het ook op aan jou.

Rest me niets anders dan jou te bedanken, beste lezer. De band tussen schrijver en lezer heeft me altijd gefascineerd. Zonder de verbeeldingskracht van een lezer zijn verhalen slechts dode woorden in het donker. Pas als jij het boek openslaat breng je het tot leven. Het heeft iets weg van een bezwering, of magie. Bovendien verspreiden jullie die magie, doordat je over het boek praat, post, of het aan iemand cadeau geeft. Dat is de afgelopen jaren van onschatbare waarde voor me geweest en daarvoor ben ik jullie duizendmaal dank verschuldigd. Ik kan niet wachten om veel van jullie weer te ontmoeten als ik het land in ga, en zoals altijd waardeer ik het ontzettend als je me wil laten weten of je van dit boek hebt genoten. Dat kan via Instagram, Facebook of mijn website. Ik lees al jullie berichten en doe mijn best ze allemaal te beantwoorden.

En dan beloof ik dat je minder lang hoeft te wachten op het volgende boek.